❖ 가정, 직장, 심방, 새벽, 구역예배 ❖

사복음서
단락별 설교 핸드북

박유신 목사 저

베드로서원

나는 평상시 성서본문을 주해하고 해석하는 것을 즐긴다. 왜냐하면 설교란 성서본문의 정확한 의미를 전달하는 것이라고 믿기 때문이다. 그래서 본서는 성서본문의 의미를 정확하게 밝히는 것에 염두를 두었다. 그리고 그 밝힌 의미를 성도들의 삶에 적용할 수 있도록 구성하였다.

본서의 또 하나의 특징은 복음서의 모든 내용을 단락별로 설교화하였다는 것이다. 설교하기 좋은 본문만 택한 것이 아니라 설교가 될 것 같지 않은 본문까지도 그 의미와 뜻을 끄집어내었다. 그래서 본 저서를 주석서로 사용해도 좋으리라는 확신이 든다.

이런 여러 가지를 고려할 때 본서를 각 가정과 직장 예배, 목회자들의 심방 설교 및 공예배 설교를 위한 주석서로, 구역장의 구역예배공과로 사용해도 좋으리라고 확신한다. 또한 심방설교를 돕기위해 특별히 각 설교문마다 주제와 찬송가를 덧붙여놓았다.

이 책은 5년동안 안산제일교회에서 가정예배와 직장예배를 위해 창세기부터 요한계시록까지 제공되었던 설교문들중 우선 사복음서만을 묶어서 책을 내게 되었다. 이 책을 출판하는데 도움을 주신 안산제일교회 고훈 목사님과 베드로서원 한영진 장로님께 감사를 표한다.

차례

＊본문 찬송가는 새찬송가로 표기하였습니다.

사복음서 단락별 설교 핸드북

마태복음

Matthew

예수님의 족보
(마 1:1~17, 용서, 긍휼 / 찬 250장)

예수님의 족보 안에는 다섯 여자의 이름이 나온다. 그들 중에는 이방 여인, 즉 가나안 출신의 라합과 모압 출신의 룻도 있다(5절). 이 족보 안에는 입에 담을 수 없는 죄인도 있다. 3절에 나오는 유다와 다말은 시아버지와 며느리 사이이다. 먹고 살기 힘든 며느리가 창녀로 변장해서 시아버지 유다를 유혹하여 베레스와 세라라는 부끄러운 자손을 낳았다. 그러면 이 족보는 무엇을 의미하는가? 이미 예수 안에서 출신 성분의 장벽이 무너졌음을 의미한다. 남자와 여자, 유대인과 비유대인, 죄인과 의인의 장벽이 무너졌다. 그리고 이 족보 안에는 세계 선교를 꿈꾸시는 하나님의 마음이 담겨져 있다. 마태복음을 열자마자 나오는 예수님의 족보 안에는 2000년이라는 세월이 지나서 오늘이라는 시간을 살아가는 비유대인 '나'에 대한 구원의 계획이 포함되어 있다. 이 족보 안에는 모든 것을 포용하시고, 모든 것을 수용하시는 하나님의 마음의 넓이를 볼 수 있다. 이 하나님 마음 안에 오늘 우리가 속해 있다. 그래서 우리도 그분에게 무한히 용서 받았고, 지금도 용서받고 있다.

비정상적인 임신
(마 1:18~25, 동정녀, 창조, 섭리 / 찬 216장)

예수님은 마리아의 태속에서 성령으로 잉태되어 10개월을 계신 뒤 세상에 오셨다(18~20절). 사람의 죄를 대신 짊어지고 죽으실 예수에 관한 탄생 이야기는 마리아의 남편 요셉에게도 천사를 통해서 알려졌다(20~21절). 그는 처녀의 몸에서 태어나셨다(23절). 즉, 비정상적인 임신을 통해서 이 세상에 오셨다. 정자와 난자가 결합해야 정상적인 임신이 된다. 유전공학에서는 정자와 난자의 결합 없이도 생명을 만들어낸다. 그래서 양도, 소도 만들어낸다. 그러나 이것은 하나님의 창조법칙에는 위배된다. 왜냐하면 생명을 만들 수 있는 유일한 존재는 하나님이시기 때문이다. 유전공학은 비정상적인 임신이다. 그런데 하나님께서 인류역사상 비정상적인 임신을 단 한 번 사용하신 적이 있는데, 그것이 예수님의 동정녀 탄생이다. 그는 정자와 난자의 결합 없이 이 세상에 오셨다. 성부 하나님이 성자 하나님을 한 여인의 태속에 잉태시켜서 세상에 나오게 하셨다. 예수님의 동정녀 탄생을 믿느냐 믿지 않느냐의 문제는 창조론을 믿느냐 믿지 않느냐의 문제와 같은 수준일 만큼 중요하다.

예수님의 탄생에 대한 세 가지 반응
(마 2:1~12, 성탄, 감사 / 찬 114장)

아기 예수의 탄생 소식에 여러 사람의 반응들이 나타났다. 헤롯은 곧 바로 증오와 적의를 가졌고 (3~8절), 아기를 죽이려는 의도를 가지고 있었다. 또 제사장과 서기관들은 완전히 무반응을 보였다. 그들은 "메시야가 베들레헴에서 난다고 기록되어있던데요"(5~6절)라는 정도로만 관심을 보였다. 그러나 동방박사들은 아기 탄생 소식을 듣고 매우 기뻐하며 값진 선물을 드리고자 하였다(9~11절). 오늘날 예수님을 대하는 태도도 이렇게 세 부류가 있다. 첫 번째는 헤롯처럼 증오와 적의를 가지는 부류가 있다. 요즘 시대는 이런 부류의 사람이 더 많이 생겨난 것 같다. 두 번째는 같은 신앙인이면서도 제사장과 서기관처럼 예수님에 대해 무관심한 부류가 있다. 예수님이 뭘 원하는지, 뭘 싫어하는지 도무지 관심이 없고 주일 예배만 드리고 가는 것만 반복하는 부류이다. 세 번째는 동방박사들처럼 적극적으로 감사하고 헌신하는 부류이다. 우리는 어떤 부류에 속하는가? 우리는 예수님으로부터 영원한 생명을 받았는데 좀 더 적극적인 존경과 감사의 표시를 하며 살아야 하지 않을까?

속도가 순종의 척도이다
(마 2:13~15, 순종, 헌신 / 찬 211장)

아기 예수의 부모는 꿈을 통해서 헤롯이 아기 예수를 죽이려 하니 애굽으로 피하라는 지시를 받았다(13절). 이 메시지를 듣고 요셉이 잠자리에서 "일어나서"(14절) 애굽으로 내려갔다. 요셉은 즉시, 잠이 채 깨기도 전에 가족들을 데리고 갔다. 그리고 헤롯이 죽기까지 돌아오지 않았다(15절). 그는 머뭇거리지 않았다. 그는 곰곰이 생각하지 않았다. 그는 즉시 일어났다. 그는 자기가 받은 메시지가 하나님으로부터 왔다고 확신하고 속도 있게 움직였다. 이 속도가 순종의 척도이다. 그는 순종의 사람이었다. 성서의 위대한 인물들은 종종 꿈이나 환상을 통해 그들이 나아가야 할 길을 지시받았다. 요셉, 엘리야, 모세, 베드로, 바울, 요한이 그랬다. 그때마다 그들은 모두 속도 있게 움직였다. 이 요구가 하나님께로부터 왔다는 확신이 든다면 속도가 순종의 척도이다. 느리게 움직이는 것은 순종이 아니다. 변명을 많이 하는 것, 생각을 너무 많이 하는 것도 순종이 아니다. 순종은 즉시 일어나는 것이다(14절).

헤롯이 베들레헴에 있는 두 살 이하의 아기들을 죽이라고 명령했다(16절). 마태는 구약의 예레미야의 예언을 이루는 일이라고 하였다(17~18절). 어떻게 자기의 목적 달성을 위해 무고한 남의 집 자식을 죽이라고 할 수 있을까? 헤롯은 암살의 대가였다. 자기 부인 마리암과 장모와 처남과 그의 두 아들과 300명의 정적들을 살해했다. 헤롯은 예수가 자기 일을 방해할 것이라고 생각했다. 헤롯 속에는 이런 광기가 있다. 그러나 이런 종류의 광기는 어느 누구에게나 조금씩은 있다. 만일 우리가 무엇이든지 마음대로 할 수 있는 위치에 있다면 우리는 어떻게 행동할까? 누가 나의 욕망과 나의 길을 방해한다면 어떻게 할까? 우리도 우리의 길을 방해하는 사람이 있다면 얼마나 그에게 무서운 짓을 할 수 있을까? 헤롯은 그런 사람의 육체를 죽였지만, 우리는 그런 사람의 인격을 죽인다. 단지 나의 일을 방해했다는 그 이유로 상대의 언행과 인격과 가문을 깎아내린다. 심지어 그가 옳은 일을 했다하더라도 그 업적마저도 훼손하려는 광기가 우리 속에도 있다.

아기 예수와 그의 부모를 죽이려는 헤롯이 죽자 천사들이 이 사실을 요셉에게 지시하여 아기 예수는 다시 이스라엘로 돌아온다(19~20절). 그리고 헤롯의 아들 아켈라오의 악명을 피하여 예루살렘으로 가지 않고 갈릴리 근처의 나사렛이라는 동네에 정착한다(22~23절). 그곳에서 예수님은 한 평범한 '나사렛 사람'으로 생활을 하게 된다(23절). 그는 나사렛 사람이란 말은 태초부터 선재하셨던 성자 하나님께서 인간으로 오셔서 얼마나 겸손히 인간적인 삶에 최선을 다하였는가를 보여준다. 그는 나사렛이라는 동네에서 아버지 요셉의 목수의 일을 돌보며 형제 중 장남의 소임을 다하다가 나이 30세에 하나님으로서의 본격적인 활동을 하신다. 공생애 이전의 예수님은 노동을 하고, 생활비를 벌고, 부모를 부양하고, 동생들을 돌보고, 돈을 절약해가며 평범한 일상을 보내셨다. 예수님이 인간을 돕기 위해서는 인간의 삶이란 어떤 것인지 알아야 했다. 예수님은 지상에서 30년 동안 인간생활을 답사하셨다. 그러므로 그는 오늘 나의 인간적인 생활과 형편을 누구보다 잘 알고 계신다.

약점을 제거합시다
(마 3:1~6, 성결 / 찬 288장)

세례 요한의 메시지는 늘 강경했다. 그는 악을 볼 때마다 장소와 때를 가리지 않고 회개의 복음을 전하였다(2절). 그는 회개하고 마음을 깨끗이 하는 것이 오실 메시야의 길을 준비하는 것이라고 믿었다(3절). 당시 종교 지도자들인 사두개파와 바리새파들은 형식주의 신앙에 빠져 있었다. 사두개파는 예루살렘 성전을 중심으로 부와 권력을 쥐고 있었고, 바리새파는 지방 회당을 중심으로 명예와 기득권을 유지하고 있었다. 세례 요한은 그들을 향해서 "회개하라"고 하였다. 그가 그렇게 강력한 메시지를 선포할 수 있었던 이유는 그가 그의 삶에 자신이 있었기 때문이다. 그는 청렴하였다. 그는 약대 털옷을 걸치고 메뚜기를 잡아먹고 사는 야인이었다(4절). 그는 부를 축적하지 않았다. 그는 자기 삶에 자신이 있었기 때문에 강한 소리를 낼 수 있었다. 자기 삶에 자신이 없으면 담대히 남을 가르치지 못한다. 자기가 어떤 부분에 약점이 있으면 절대로 그 부분을 남에게 강요하지 못한다. 자기가 못하는 것을 절대로 남에게 강요할 수 없다. 우리가 좋은 지도자가 되기 위해서는 먼저 우리 삶에 약점을 제거해야 한다.

불을 가지고 오신 예수님
(마 3:7~12, 소망. 심판 / 찬 175장)

세례 요한의 메시지는 강약조절이 있었다. 그는 사두개파나 바리새파들을 향하여는 "독사의 자식들"(7절) "회개에 합당한 열매를 맺어라"(8절) "이미 도끼가 나무뿌리에 놓였다"(10절)라며 강경하게 말하였다. 그러나 그의 메시지는 늘 강경하지는 않았다. 그는 예수님에 대해서 충실히 증거하였다. 그가 예수님을 증거하는 방식 중 하나는 불과 관련되어 있다. "내 뒤에 오시는 예수는 성령과 불로 세례를 준다"(11절) 세례 요한은 예수님을 불을 가지신 분으로 묘사하였다. 예수님은 그 불로 인을 치신다. 그 불로 사람의 어두운 구석을 환히 비추어서 그 속의 온갖 더러운 것을 다 드러내신다. 그 불로 사람의 얼어붙은 마음에 들어와서 따뜻한 온기를 주신다. 그 불로 사람의 마음에 불붙는 열정도 주신다. 그 불로 사람을 강하게 하고 단련시킨다. 그러나 그 불은 악인을 태우는 소멸시키는 불이되기도 한다. 예수님은 불을 가지고 오시는 분이다. 그 불은 어떤 이에게는 희망과 소생의 불이기도 하지만, 어떤 이에게는 심판의 불이 된다.

왜 예수님이 세례를 받으셨는가?
(마 3:13~17, 죄, 심판, 성결 / 찬 143장)

예수님께서 드디어 공적인 삶을 시작하시면서 세례 요한에게 세례를 받고 물에서 올라오자 하늘이 열리고 성령 하나님께서 비둘기같이 예수님 위에 임하셨고(16절), 성부 하나님의 "저는 내 사랑하는 아들이요 내 기뻐하는 자라"(17절)는 답사가 있었다. 여기서 한 가지 의문점을 가지게 된다. 어떻게 하나님이 인간에게 세례를 받을 수 있는가? 세례 요한 자신도 어떻게 예수님께 감히 세례를 베풀 수 있느냐며 주저하였다(14절). 세례 요한의 세례 이전에 유대인이 세례를 받는 법이 없었다. 왜냐하면 유대인은 하나님의 자녀요 선택받은 백성이었기 때문이다. 세례는 죄로 오염된 이방인들이 유대교로 개종할 때만 베풀었다. 그러면 이 의미는 무엇인가? 예수님이 세례 받았다는 의미는 죄에 대한 새로운 자각이며 의식의 전환이었다. 스스로 죄 없다 하는 모든 이들에게 예수님도 세례를 받으심으로 "모든 인간들은 다 진노아래에 놓여있다"는 사실을 보여주는 것이었다. 거기에는 하나님의 아들도 세례를 받았는데, 어떻게 죄 많은 인간이 세례를 거부할 수 있겠는가에 대한 메시지가 있다.

나는 매력있습니다
(마 4:1~11, 마귀, 성도의 삶 / 찬 347장)

예수님께서 사십일을 밤낮으로 금식하신 후 몹시 주리셨을 때(2절) 시험하는 자(마귀)가 와서 예수님을 시험하였다. 그러나 예수님은 그 세 번의 시험을 물리치셨다. 마귀는 예수님이 육체적으로 굶주리고 피곤한 타이밍에 덤벼들었다. 예수님께서 공식적으로 하나님의 일을 하시기 직전이셨다. 그는 이제 가장 고귀하고 위대한 일을 시작하려고 하는 순간이었다. 그는 특별한 능력과 힘을 가지신 분이셨다. 그는 마귀의 주공격 대상이었다. 마귀는 항상 비범한 능력을 가지고 특별히 중요한 일을 하려는 매력적인 사람을 공격한다. 마귀는 평범한 사람에게는 관심이 없다. 마귀는 하나님과 사람들에게 매력 있어 보이는 사람들만 주로 노린다. 그들을 노리는 타이밍 또한 절묘하다. 그가 가장 약해져있을 때, 아니면 그가 가장 강하다고 자부할 때를 노린다. 우리의 재능이 적재적소에 요긴하게 사용되어지려고 할 때 마귀는 우리를 공격한다. 매력 없는 사람에게 마귀도 없다. 지금 혹시 내가 시험에 빠져있다면 그것은 내가 하나님과 사람 앞에서 가장 매력적이기 때문에 그렇다.

예수님이 가버나움으로 가신 이유
(마 4:12~17, 교회의 사명, 선교 / 찬 208장)

예수님께서는 세례 요한이 잡혔다는 소식을 듣고 고향 나사렛을 떠나 가버나움으로 가셨다(12~13절). 그리고 그때부터 본격적으로 설교하기 시작했다(17절). 마태복음의 저자는 이와 같은 사실이 이사야의 예언이 이루어진 것으로 보았다(13~16절). 그러면 왜 예수님은 고향 나사렛을 떠나 가버나움으로 가셨을까? 가버나움은 당시 로마 군대가 주둔하고 있던 곳이었다. 그들은 민란과 소요의 화약고 갈릴리에서 문제가 발생하면 신속히 진압하기 위해서 그곳과 인접한 가버나움에 있었다. 가버나움과 갈릴리는 많은 아픔과 좌절을 겪고 사는 민중들의 도시였다. 여기는 항상 언제 터질지 모르는 화약고였다. 예수님은 여기서 자신의 첫 설교의 입술을 여셨다. 왜 하필 그와 같은 지역에서 첫 설교를 시작하셨을까? 배고프고, 병들고, 무지하고, 한이 많은 사람이 거주하는 곳! 예수님은 그 땅에서 희망 없이 살아가는 자들에게 하나님 나라가 시작되었음을 알리셨다. 누구든지 예수의 잔치에 응하기만 하면 그에게 천국이 주어짐을 알리셨다. 오늘날 교회도 이 세상에서 희망을 잃은 사람들, 미래가 없는 사람들을 더욱 찾아다녀야 한다.

어부의 근성
(마 4:18~22, 전도자 / 찬 496장)

예수님께서 어부들을 주로 제자로 삼으셨다. 첫 번째 발탁된 어부들은 베드로와 안드레였다(18절). 그리고 예수님은 그들을 물고기가 아닌 "사람 낚는 어부"로 만들겠다고 하셨다(19절). 그 다음 발탁된 어부들은 야고보와 요한이었다(21절). 이들의 아버지가 세베대라고 표기된 것은 당시 사람들이 그 이름만 들어도 다 아는 유력가였다는 뜻이다. 왜 예수님은 이렇게 어부들을 전도자로 삼으셨을까? 대개 어부들에게는 불굴의 정신력이 있다. 어부들은 파도와 싸워 이기는 힘과 근성이 몸에 베여있다. 그리고 어부들은 고기가 올라올 때까지 끈기 있게 장시간 기다리는 근성이 있다. 전도자의 사역은 어렵고 거친 사역이다. 그것은 인내와 불굴의 정신과 투쟁이 필요하다. 예수님은 어부 출신들을 이런 이유 때문에 많이 발탁하지 않았을까? 이런 점을 생각할 때 오늘날 성도들도 단단히 각오를 해야 한다. 예수님의 제자로 산다는 것이 그리 만만치 않다. 하나님의 일은 낭만도, 환상도 아니다. 이 일은 현실이다. 그분의 일은 때로는 싸워야 하고, 때로는 기다려야 하는 어부의 근성이 필요하다.

말로만 하지 마세요
(마 4:23~25, 성도의 삶, 복음, 전도 / 찬 497장)

예수님은 갈릴리에 두루 다니시며 천국 복음을 전하셨다. 그리고 병을 고치셨다(23절). 이 소문은 광범위하게 퍼져나갔다(24~25절). 예수님은 항상 말로만 천국을 가르치지 않았다. 그는 행동으로 보여주셨는데 그것이 병 고침이었다. 그는 왜 항상 병 고침을 수반하셨을까? 그는 천국의 삶은 가난과 질병과 질고가 없는 평화와 치유와 회복이 넘치는 삶이라고 말로 설명하셨다. 그리고 그는 그 천국의 맛을 이 땅에서 실제로 행위로 보여주셨다. 그것이 귀신을 쫓아내고 병을 고치신 사건이었다. 그는 천국에는 아픈 사람이 없다고 말로도 전하셨고 실제로도 아픈 사람을 없게 하셨다. 천국에는 희락과 화평이 넘친다고 말로도 전하셨지만 실제로도 즐거운 잔칫집에 많은 사람과 함께 다니셨다. 그가 전하신 가르침이 '참' 되기 위해서는 이렇게 반드시 보증이 필요했다. 우리도 우리가 말하는 복음이 효력을 발휘하기 위해서는 보증을 필요로 한다. 그 보증은 우리의 손과 발과 마음과 심장에서 나온다. 우리는 우리가 말한 복음이 참이 되게 하기 위해서는 우리의 인격으로 그것을 보증해야 한다.

예수님의 복의 기준
(마 5:1~12, 교회, 복 / 찬 210장)

예수님은 새로운 기준의 복의 개념을 설명하셨다. 그의 새로운 복의 기준은 인격이었다. 예수님은 마음이 가난한 사람(3절), 자기 죄에 대해 슬퍼하는 사람(4절), 마음이 따뜻하고 부드러운 사람(5절), 의로운 일을 사모하는 사람(6절), 불쌍한 사람을 돕는 사람(7절), 마음이 깨끗한 사람(8절), 이웃과 화평을 도모하는 사람(9절)이 복 있는 사람이라 하셨다. 왜냐하면 이런 인격을 가진 사람이 결국엔 천국과 땅과 좋은 평판과 위로를 차지하기 때문이다. 이것은 오늘날 복의 개념과는 다르다. 오늘날 복의 개념은 얼마나 소유했는가, 얼마나 높이 올라갔는가, 무엇이 되었는가와 관련되어 있다. 재벌이 된 자는 복이 있나니 그의 생애가 즐거울 것이요, 권력이 있는 자는 복이 있나니 그가 무엇이든 할 수 있을 것이요… 등이 일반적 사람의 복 개념이 아닌가? 그러나 예수님은 얼마나 소유했는가, 얼마나 높이 올라갔는가, 무엇이 되었는가가 아니라 어떻게 사느냐는 문제로 그것을 설명하셨다. 만약에 오늘날 교회가 아직도 세상 기준의 복을 강조한다면 분명히 예수님의 정신을 따르지 않고 있는 것이다.

나는 형광등입니다
(마 5:13~16, 기독교 문화, 의 / 찬 235장)

예수님은 성도는 세상의 소금이라 하셨다(13절). 성도는 맛이 좋은 세상을 만들어야 하는 존재라는 뜻이다. 또 예수님은 성도는 빛이라 하셨고(14절), 그 빛을 비추라고 명하셨다(16절). 빛은 어두운 곳을 비춘다. 깜깜한 방에 들어가면 아무것도 보이지 않지만 형광등을 켜면 모든 것이 드러난다. 성도가 이 형광등이다. 형광등을 켜면 자연히 빛이 비춰지는 것처럼 성도가 복음을 받아드리면 자연적으로 착한 행동이 이루어진다. 성도는 이러한 자신의 선행을 통해서 자기가 죄인인줄 모르는 사람에게 강한 영향력을 끼쳐야 한다. 눈이 어두워서 자기가 죄인인줄 모르는 사람들에게 성도는 그의 선한 빛을 통해서 그들이 추하다는 사실을 발견하게 해야 한다. 성도는 너무나 깨끗하고 고결해서 그가 나타나는 곳마다 세상이 자기의 죄를 발견하고, 그것으로 인해 고통 받고, 자기를 비하하며, 결국 자기의 삶이 실패였다는 사실을 알게 해야 한다. 세상이 자기가 추하다는 사실을 발견하도록 하는 역할은 성도의 몫이고, 그 다음 그 더러운 것을 치우는 역할은 예수님의 몫이다.

예수님은 율법의 찬양자
(마 5:17~20, 성서, 우상 / 찬 199장)

예수님은 율법을 폐하러 온 것이 아니라 완전케 하려 오셨다(17절). 그는 율법의 일점일획이라도 폐하지 않고 다 이루실 것이며(18절), 바리새인의 의보다 낫지 못한 사람을 천국에 들여보내지 않을 것이다(20절). 예수님은 율법을 무시하지 않으셨다. 그는 율법을 존중하셨다. 심지어 바리새인들이 율법을 준수하는 태도보다 더 투철하지 않으면 천국에 들어갈 수 없다고까지 하셨다. 예수님은 율법을 찬송하셨다. 왜냐하면 그것은 하나님으로부터 왔기 때문이다. 그가 싫어한 것은 하나님이 주신 율법 자체가 아니었다. 그는 인간들이 만들어낸 율법에 첨부된 세부 조항들과 그것을 문자적으로 강요하는 유대교 지도자들을 싫어하셨다. 유대교 지도자들은 율법 자체보다 율법의 세부 조항에 목숨을 걸었고 이것에 위배되는 사람들을 지옥자식으로 규정하였다. 예수님은 사람이 만든 율법의 조항들과 그것을 마치 신처럼 받드는 사람을 싫어하셨지 율법 자체를 거부한 것은 아니었다. 이 세상에 사람이 만든 것 중에 하나님을 대신할 만한 것은 없다. 그런 것이 있다면 그것은 바로 예수님의 경멸의 대상이 된다.

살인해보셨습니까? (1)
(마 5:21~26, 살인, 성결, 회개 / 찬 289장)

예수님은 살인에 대한 말씀을 하신 후에 형제에게 노하거나, 골빈놈(라가) 혹은 미련한 놈이라고 욕하는 것까지도 살인으로 규정하겠다고 하셨다(21~22절). 이 말씀은 사람의 외면적인 행위 뿐 아니라 내면적인 행위까지도 심판받게 됨을 의미한다. 직접 살인을 하지 않았어도 마음으로 형제를 미워하고 멸시하고 분노했다면 그는 살인을 한 것이다. 그러므로 마음에 거리낌이 있는 자는 빨리 화해하기를 촉구하였다 (23~24절). 오랫동안 품는 분노와 타인에 대한 멸시는 자기 영혼에 상당한 치명타를 줄 수 있다. 우리는 분노의 종이 되지 말아야 한다. 이웃을 습관적으로 멸시하는 입술을 가지지 말아야 한다. 우리가 실제로 사람을 죽일 가능성은 없다. 그러나 우리가 생활 속에서 자주하는 말이나 자주 품는 생각을 통해서 날마다 살인을 하고 있고 거기에 상응한 보응을 쌓고 있다. 우리는 실제로 살인하지 않으면서도 나중에 살인자라는 오명을 쓰지 않도록 각별히 주의해야 한다. 우리는 회개와 화해를 통해서 이 문제를 해결할 수 있고 또 늘 그래야 살인자라는 누명에서 벗어날 수 있다.

가다가 푸세요 (2)
(마 5:25~26, 승리, 화해 / 찬 348장)

예수님은 시시비비를 가리기 위해 법정에 가기 전에 반드시 서로 화해하라고 하셨다(25절). 이 말은 싸움에서 이긴 자가 진정한 승리자가 아니라 싸움까지 가지 않게 하는 자가 진정한 승리자라는 말이다. 먼저 사과하면 싸움은 이루어지지 않는다. 싸움에서 이기면 문제 해결은 쉽다. 그러나 패한 자는 마음이 상하게 되고 앙금이 남는다. 대부분 사람들은 싸움에서 패하면 그 패배를 인정하지 않을 뿐 아니라 그 패배의 원인을 다른 곳에서 찾는다. 사람은 싸움에서 졌다고 물러서지 않을 뿐 아니라 더 억울하고 원통한 마음을 가진다. 그리고 언젠가는 다시 반격의 기회를 노린다. 그래서 싸움이란 또 다른 싸움을 야기하는 악순환적인 고리를 만든다. 예수님은 법정까지 가지 말고 초기에 둘 중 어느 한 사람이 먼저 사과하라 하셨다. 그러면 분명히 상대방도 자기도 실책이 있었다는 것을 인정하게 될 것이며 그리하면 십중팔구 화해가 일어난다. 먼저 사과하는 자는 수치를 당하는 것이 아니라 큰 어른이 되는 것이다. 먼저 사과하는 자가 승자가 되는 것이지 싸움에서 이긴 자가 승자가 되는 것이 아니다.

음행은 이성으로도 이겨야 한다
(마 5:27~32, 가정, 음행 / 찬 555장)

예수님은 마음으로 음욕을 품는 것(28절), 간음한 이유 없이 배우자를 버리는 것, 그렇게 버림받은 사람과 결혼하는 것(32절) 등을 음행으로 규정하셨다. 그리고 그 음행 결과는 지옥이라고 하셨다(30절). 음행의 결과 치고는 지옥이라는 형벌은 너무 가혹하지 않는가? 왜냐하면 사람은 항상 성욕에 지배를 받고 있기 때문이다. 성욕은 식욕과 마찬가지로 인간 내부에서 원천적으로 올라오는 어떤 강력한 힘이다. 이런 인간 구조를 생각해 볼 때 음행은 인간이 가장 범하기 쉬운 자연스러운 죄이다. 그러면 성도는 어떻게 이 음행의 문제를 이길 수 있을까? 믿음의 사람 다윗도 넘어진 이 문제를 어떻게 극복할 수 있을까? 이 문제는 신앙의 힘 뿐 아니라 이성의 힘으로도 대처할 수 있다. 단 한 번의 음행이라도 그 결과가 너무 비참하다는 사실을 이성적으로 늘 상기해야 한다. 단맛을 한번 보고 난 후에 돌아오는 결과는 지옥이며, 가정 파괴이며, 자녀들에게는 지울 수 없는 상처이며, 지금까지 쌓아온 공든탑이 무로 돌아간다는 것이다. 음행은 신앙의 힘과 이성의 힘을 다 동원해서라도 막아야 한다.

맹세하지 마세요
(마 5:33~37, 맹세, 신용 / 찬 449장)

예수님은 맹세하지 말 것을 요구하셨다(34절). 하늘에다 두고도, 땅에다 두고도, 자신의 생명(머리)을 걸고도 맹세하지 말라고 하셨다(34~36절). 그냥 "예"라고 해야 할 때 "예"하고 "아니오"라고 해야 할 때 "아니오"라고 하라는 것이다(37절). 자기가 진실하면 더 이상 추가하는 말을 할 필요가 없다는 것이다. 신용 있는 사람은 "나는 진실합니다. 나는 맹세할 수 있습니다"라고 말하지 않는다. 자기의 말에 자꾸 맹세하고 다짐하는 사람은 남에게 계속 의심을 받아왔던 전력이 있는 사람이다. "나의 말은 진실입니다. 맹세 합니다"라고 자주 말하는 사람은 신용을 잃은 사람이다. 이 세상은 너무 못 믿을 사람이 많기 때문에 항상 서약과 맹세로 보장을 받으려 한다. 예수님의 맹세하지 말라는 말씀은 이렇게 신용 있는 사회를 만들라는 말씀이다. 맹세할 필요가 없는 사람은 신용이 있는 사람이다. 성도는 다른 사람으로부터 어떠한 맹세도 요구받지 않을 만큼 항상 신용 있는 모습을 보여주어야 한다. 이것은 비단 성도 뿐 아니라 교회나 목회자들에게도 해당된다.

오른뺨을 치면 왼뺨도 돌려주라
(마 5:38~42, 희생, 양보 / 찬 219장)

율법에는 눈은 눈으로, 이는 이로 갚으라고 하였지만 예수님은 누가 자기 오른뺨을 치면 왼편도 돌려대고(39절) 속옷을 달라하면 겉옷까지 주라고 하셨다(40절). 오늘날 이 교훈을 문자적으로 실천할 수 있는 사람이 있을까? 누가 자기의 오른뺨을 치려할 때 빨리 왼쪽도 치라고 하면서 돌려대면 오히려 상대방의 화를 더 돋우게 된다. 이 말씀은 문자적 실천보다 세상 삶의 원리 하나를 설명하신 것이다. 그 원리는 자기 권리를 영원히 자기 것이라고 우길 수 없다는 것이다. 이 교훈은 자기 자신에 너무 집착해서 조금도 양보하지 않으려는 사람들에 대한 경고이다. 어떤 사람은 자기 권리에 대해서 그 어느 것 하나도 침해당하지 않으려는 사람이 있다. 만약 눈곱만큼이라도 자기가 손해를 당하면 바로 싸움에 돌입한다. 이 예수님의 말씀은 사람에게 어느 정도 손해는 항상 있을 수 있고, 그리고 그런 줄 알고 살라는 말씀이다. 인생살이에는 어느 정도의 손해가 있고 또 적당히 양보하며 사는 것이 기본이다. 이것이 기본이기 때문에 보복하는 것보다 순응하며 살아야 한다.

원수사랑? 가능합니다
(마 5:43~48, 성령 충만, 용서, 사랑 / 찬 182장)

예수님은 원수를 사랑하고 자기를 핍박하는 자를 위하여 기도하라고 하셨다(44절). 사랑할 만한 사람을 사랑하는 것은 죄인들도 할 수 있는 일이므로 선인과 악인에게 골고루 은총을 베푸시는 하나님의 온전하신 인격을 닮으라고 하셨다(45~48절). 우리는 원수를 용서하기도 힘이 드는데 어떻게 원수를 사랑할 수 있을까? 원수에게 보복하지 않는 것도 잘하는 것인데 어떻게 원수가 잘되라고 기도까지 할 수 있을까? 예수님은 인간 현실을 너무 모르시고 인간을 너무 낙관적으로 생각하시는 것이 아닌가 생각이 든다. 그러나 이것은 예수님의 준엄한 명령이기에 우리는 준행해야 한다. 그러면 우리는 어떻게 이 원수 사랑의 대 명령을 실천할 수 있을까? 이것은 사람의 힘으로 할 수 없고 성령님의 도움을 받아야 한다. 성령의 은총에 휘감길 때만 손양원 목사와 마더 데레사 수녀처럼 그 놀라운 사랑을 실천할 수 있다. 내가 하려고 할 때는 불가능하지만 성령님이 함께 하면 가능하다. 그것은 내가 할 수 있는 일이 아니라 내 속에 있는 성령님이 나를 시켜야 가능한 일이다.

예수님은 사람에게 인정받기 위해서 하는 착한 일(1절)과 구제하는 일(2절)에 대해서 엄히 경고하셨다. 예수님은 구제하는 자가 자기의 선행을 알려서 존경받는 것을 금하셨을 뿐 아니라 심지어는 자기 자신까지도 모르게 은밀하게 구제하라 하셨다(3절). 즉, 오른손이 하는 것을 왼손도 모르게 하라고 하셨다. 그리고 예수님은 더 충격적인 말을 하셨다. 가식적인 봉사와 구제는 이미 이 땅에서 사람들에게 보상을 받았기 때문에 하나님께로부터는 받을 상이 없다고 하셨다(2절). 봉사에 가식이 섞이면 본전도 못 찾는다는 뜻이다. 시간, 물질, 건강을 드려서 열심히 충성하였는데 거기에 가식이 섞이면 그 수고는 무로 돌아가고 제로가 된다는 것이다. 즉, 그 봉사는 안한 것보다 못한 것이 된다는 뜻이다. 우리는 교회에서 봉사할 때마다 늘 자기를 향해서 외쳐야 한다. "하나님! 나에게 사람의 칭찬과 찬미가 절대로 돌아오지 않게 하소서." 그래야 장차 자기의 수고의 열매를 따먹을 수 있게 된다. 주님의 은혜에 감사해서 하는 순수한 충성은 엄청난 결실이 되어서 자기에게로 돌아온다.

예수님은 '순수한 기도'와 '진솔한 기도'를 강조하셨다. 예수님 당시 외식하는 자들은 자신들의 열심을 자랑하려고 일부러 공공장소(회당, 큰 거리)를 찾아가 기도하였다(5절). 5절에 "서서 기도함"은 외식하는 자들이 자신이 기도하는 모습을 더 잘 보이게 하기 위해 취했던 행동이다. 이에 예수님은 골방에서 기도하라고 하셨다(6절). 문자적으로 골방으로 머리 숙이고 들어가서 그곳에서 기도하라는 뜻이 아니라 외식하는 마음을 버린 '순수한 마음'으로 기도하라는 뜻이다. 또 예수님은 '진솔한 기도'를 강조하셨다. 하나님은 성도의 필요를 다 알고 계시기 때문에 형식적으로 많은 말, 즉 '중언부언' 할 필요가 없다(7절). 예수님은 많은 말보다 진솔한 짧은 기도를 좋아하신다. 믿음이 없는 사람들은 많은 말을 해야 하나님이 정성스럽게 받으신다고 생각한다(7절). 그러한 생각은 오래 오래 빌어야, 정성을 기울여야 소원이 충족된다는 샤머니즘문화에서 온 것이다. 그러나 예수님은 그런 샤머니즘적인 기도, 무조건 말을 많이 하고 오래하는 기도를 배격하고 진솔한 한 마디 기도를 더 기쁘시게 들으신다.

선(先) 영광, 후(後) 축복
(마 6:9~13, 기도의 순서 / 찬 362장)

주기도문의 처음 세 번째까지는 하나님 영광에 관한 내용으로 구성되어 있다. 즉, 하나님의 이름이 영광을 받음(9절), 하나님 나라가 이루어짐(10절), 하나님의 뜻이 이 땅에서도 이루어짐(10절) 등이다. 그 다음부터는 인간의 소원하는 것들로 구성되어 있다. 즉, 일용할 양식(11절), 죄사함(12절) 시험과 악에서 건짐(13절) 등이다. 이 주기도문의 구조에서 중요한 것은 먼저 하나님에게 최상의 영광을 돌려야 한다는 것이다. 가장 먼저는 하나님의 나라와 그 의를 먼저 구해야 한다. 그 다음 인간의 소원을 말하라는 것이다. 이것은 하나님에게 합당한 영광을 돌린 후에야 비로소 인간의 삶이 정리되고 잘 정돈된다는 것을 말한다. 기도는 우리의 욕망을 이루는 것이 아니다. 기도는 욕망을 이루기 위해서 하나님을 나에게로 끌어내리는 것이 아니다. 하나님께서는 자신에게 돌아올 합당한 영광을 받으시면 그 다음 그에게 소망하는 바를 자동적으로 이루어주신다. 기도에서는 이러한 선후관계가 반드시 지켜져야 한다. 이 순서를 잊어버리고 자신의 소원부터 던지고 돌진하는 것은 바람직하지 못하다.

나를 제발 용서하지 마세요
(마 6:14~15, 은혜, 용서, 이웃 / 찬 143장)

예수님은 "너희가 사람의 과실을 용서하면 너희 천부께서도 너희 과실을 용서하며 너희가 사람의 과실을 용서하지 않으면 하나님도 너희 과실을 용서하지 않으리라"고 하셨다(14~15절). 이 구절은 사람이 자기의 죄를 용서받기 위해서는 남의 과실을 먼저 용서해야 한다는 의미를 담고 있다(14절). 이 문장을 직역하면 우리가 누군가를 용서해 준 비율에 따라서 하나님도 우리 죄를 용서해주신다는 뜻이다. 만일 우리가 지금 현재 누군가를 용서하지 않고 있다면 그것은 "하나님은 나의 죄를 절대로 용서하지 마십시오"라고 기도하는 것과 같다는 뜻이다. 내가 오늘 현재 누군가의 잘못을 잊지 않고 복수를 다짐하고 있다면 그것은 "하나님께서 나의 과오를 절대로 사하지 마세요"라고 기도하는 것과 같다. 그러므로 우리는 남의 과오에 대하여 잘 잊는 연습을 해야 한다. 그래야지만 우리의 죄도 잘 용서 받게 된다. 내가 어느 장소에서 어떤 취급을 받았는지, 혹은 누구에게 손해를 당했는지 잘 잊어버려야 한다. 잘 잊는 자가 잘 용서 받는다. 잘 잊지 못하는 것은 스스로 자기를 해치는 것이 된다.

금식기도의 티
(마 6:16~18, 금식, 소망 / 찬 364장)

예수님은 금식기도하는 자들은 얼굴에 슬픈 기색이나 혹은 얼굴을 흉하게 하지 말라 하셨다(16절). 자기가 위대한 금식을 한다고 절대로 티내지 말라 하셨다. 이것만 주의하면 금식기도의 위력은 상당하다고 하셨다. 외식만 하지 않으면 "네 아버지께서 다 갚으시리라"(18절)는 말씀 속에서 볼 수 있듯이 금식기도는 하나님의 동정과 자비를 받아내기에 그만이다. 왜냐하면 금식기도는 집중력이 있기 때문이다. 또 집중력이 있는 만큼 파워가 크다. 금식기도는 자기 몸을 괴롭혀서 세상의 어느 것에라도 관심을 두지 않게 하고 오직 하나님에게만 집중하게 만든다. 금식기도는 인간에게 가장 기본적인 욕구인 식욕을 제어하면서 오직 필요한 것은 지금 이 순간 하나님밖에 없다는 것을 나타내는 몸으로 하는 기도이다. 하나님은 이런 집중력 있는 기도를 귀히 여기신다. 그래서 그 금식자의 갈구를 채워주신다. 그러므로 이런 위대한 금식기도에 티가 들어가서는 안 된다. 그 티는 외식이다. 몸으로 하는 그 기도에 티만 섞이지 않는다면 하나님은 그에게 무한한 동정을 보내주신다.

하늘은행이 가장 안전해요
(마 6:19~21, 상급, 충성, 심판 / 찬 312장)

예수님은 땅에 보물을 쌓아 두는 일을 버리고 하늘에 보물을 쌓아야 한다고 하셨다(19절). 왜냐하면 땅에는 좀(곰팡이)과 동록(금속에 끼는 균)과 도둑이 있어서 이 모든 것을 다 털어가기 때문이다. 일상생활에서 오래 쓸 수 있는 것을 얻는 것이 지혜이다. 우리가 옷을 한 벌을 사든지 신발을 사든지 할 때에도 오래 사용할 수 있는 것을 사는 것이 상식이다. 그러나 예수님은 우리가 일상에서 사용하는 모든 곳에 곰팡이와 침입자가 있어서 곧 낡아지고 빼앗길 것이라고 하셨다. 우리가 가진 집도 얼마 있으면 보수공사를 해야 하고, 자동차도 낡아질 것이다. 더군다나 우리의 미(美)도, 권력도, 명예도 젊을 때 한 때뿐이다. 우리는 하늘의 은행에 보물을 저금하는 것이 가장 안전하다. 그러면 하늘은행에 저금할 수 있는 것이 무엇인가? 그것은 주님의 이름으로 하는 모든 종류의 봉사를 가리킨다. 이 땅에서 하나님의 영광을 위해서 하는 모든 것은 다 하늘나라 은행에 쌓여지는 보물이 된다. 오늘 나의 수고와 땀이 진짜 보물이지 눈에 보이는 보물들은 언젠가 사라지게 될 가짜제품들이다.

시선이 인격입니다
(마 6:22~24,교육, 성도의 인격 / 찬 287장)

예수님은 "눈이 성하면 온 몸이 밝아 질 것이요"(22절)라고 하셨다. 여기서 '눈'은 사람의 마음을 상징한다. 눈이 건강하면 마음도 건강해져 전인격까지 건강해진다. 눈이 인격을 결정한다. 사람의 시선의 향방이 곧 그 사람의 인격이다. 아이 눈에는 과자가게, 장난감 가게, 만화방, 전자오락실이 주로 보일 것이다. 어른들의 눈에는 식당, 반찬가게, 옷수선 가게, 철물점, 할인마트가 들어올 것이다. 사람은 교양 정도에 따라, 나이에 따라, 성별에 따라, 직업에 따라, 종교에 따라 보는 것이 달라진다. 무엇을 보느냐가 그 사람의 인격이다. 오늘 하루 우리는 무엇을 보고 지냈는가? 음모와 질투와 거짓말과 불의한 사람들을 보고 지냈는가? 아니면 찬송하고, 전도하고, 헌신하고, 칭찬하고, 남을 세워주는 사람들을 많이 보고 지냈는가? 오늘 나의 시선이 선한 곳에 많이 고정되었으면 오늘 선한 인격으로 살았고 악한 곳에 많이 머물렀으면 오늘 악한 인격으로 산 것이 된다. 오늘 내가 많이 본 것이 나의 인격의 점수가 된다. 오늘 내가 몇 점짜리 인격이었는지는 오늘 내가 무엇을 많이 보았는가가 결정한다.

의식주 문제는 이렇게 해결하세요
(마 6:25~34, 섭리, 봉사, 상급 / 찬 349장)

예수님은 의식주 문제에 대해서 염려하지 말라고 하셨다(25절). 하나님은 공중의 새(26절)와 들의 백합(28절)도 돌보시는데 자신의 아들딸을 돌보시지 않겠는가?(26절) 공중의 새가 먹지 못해서 땅바닥으로 떨어지는 일이 없는 것 같이 하나님은 성도들을 결코 굶기지 않는다. 심지어 오늘 있다가 내일 사라질 들풀도 하나님이 입히시는데 심지어 자신의 아들딸이 거할 처소를 주시지 않겠는가?(30절) 예수님은 의식주 문제에 대해서 염려하지 말고 심지어 기도도 하지 말라고 하셨다(32절). 의식주 때문에 기도하는 자를 이방인, 즉 믿음 없는 자로 간주하겠다고 하셨다(32절). 그러면 성도가 해야 할 일은 무엇인가? 도대체 성도의 생존은 무엇으로 보장받는가? 그것은 "그의 나라와 그 의"를 구하는 일이다. 그러면 그 모든 것을 더해 주시리라 하셨다(33절). 오늘날 우리는 우리의 의식주 해결을 위해 얼마나 많이 기도했던가? 그러나 이것을 위해서 기도하는 순간부터 그는 믿음이 없는 자로 서게 될 것이다. "하나님의 나라와 그 의"를 위해서 헌신하는 자만이 잘 먹고 잘살 수 있는 길이 열리게 된다.

너나 잘 하세요!
(마 7:1~5, 판단, 관용 / 찬 289장)

예수님은 남을 비판하는 자는 반드시 자기도 그런 비판을 받게 된다고 하셨다(2절). 이것은 콩 심은데 콩 나는 원칙과 같은 것이다. 자기 눈에 장애(들보)가 있어 시력이 좋지 못한 사람이 남의 눈에 있는 티를 빼내려 한다면 이 얼마나 위험천만한 수술인가?(3~4절) 그런 시력으로는 남의 눈의 티를 빼기는커녕 오히려 남의 눈에 더 큰 상처를 주게 될 뿐이다. 대부분 비판하는 자와 비판받는 자가 이런 모습이다. 사실 우리는 남의 전 인격을 모른다. 기독교적 환경에서 자란 사람이 제사문화권에서 성장한 사람의 시련을 어찌 알 수 있겠는가? 부유한 환경에서 자란 사람이 빈민굴에서 자란 사람의 처지를 어떻게 이해할 수 있겠는가? 건강하게 자란 사람이 장애를 가지고 태어난 사람의 짐을 어찌 알 수 있겠는가? 게다가 사람의 판단이라는 것도 항상 감정적이고, 직감적이고, 이권중심적이다. 이렇게 사람의 판단은 불안정하다. 그러므로 우리는 남을 비판해서 안 된다. 남을 잘 비판하는 자는 남의 그 입장에 서보는 공감능력에 결핍이 있는 자이다. 예수님은 이런 자에게 "너나 잘하세요"라고 말씀하신다(5절).

해도 해도 안 되는 사람들
(마 7:6, 교회, 심판, 성도 / 찬 210장)

예수님은 귀걸이를 개에게 주지 말고 진주를 돼지에게 주지 말라고 하셨다. 왜냐하면 개와 돼지가 귀걸이와 진주를 알아보지 못하고 오히려 이것을 준 자를 공격하기 때문이다(6절). 이 말씀은 기독교 복음을 받아드리기에 적합하지 못한 사람들에게는, 마음이 너무 삐뚤어져서 복음에 대하여 조금이라도 마음 문을 열지 않는 사람에게는 마침내 그 복음의 문을 닫아버리라는 뜻이다. 아무리 해도 해도 안 되는 사람에게는 전도의 문을 닫으라는 뜻이다. 우리 주변에는 해도 해도 안 되는 사람들이 있다. 교회에 대해서 무조건 조롱하는 이들, 이단에 깊이 빠져 원천적으로 복음에 눈이 닫힌 사람, 교회가 무엇을 해도 항상 비꼬는 사람들, 지적 교만이 가득차서 성서를 박대하는 자들이 있다. 어떤 때는 장로교의 예정 교리대로 이들은 하나님의 선택에서 원천적으로 삭제된 자가 아닐까 하는 생각이 들기도 한다. 그러나 우리가 어떻게 이것을 감히 판단할 수 있겠는가? 해도 해도 안 되는 인간들이 주변에 있지만 그것은 하나님만이 아신다. 그러므로 우리는 다른 생각하지 말고 복음만 전하면 된다.

하나님께서 자기 백성들의 기도를 얼마나 애타게 기다리고 계신지 모른다. 하나님은 자기 백성들에게 "구하라"고 하셨다. 구하라는 말은 기도하라는 뜻이다. 그리고 그것을 한 번 더 강조하신다. 이번에는 "찾으라"고 하셨다. 그리고 한 번 더 "두드리라"고 하셨다(7절). 기도할 것을 세 번 강조 한 것은 성서의 용법에서 볼 때 최상급을 의미한다. 최상급은 성서가 가장 강조하고 싶을 때 사용하는 용법이다. 그런데 여기에 또 세 번을 더 강조하고 있다. "구하는 이마다 얻을 것이요", "찾는 이가 찾을 것이요", "두드리는 이에게 열릴 것이니라"(8절) 기도에 대해서 최상급 용법을 두 번 사용한 것을 볼 때 하나님이 자기 백성들에게 좋은 것을 주시기 위해서 얼마나 안달이 나 계신 모습을 볼 수 있다. 기도하라고 무려 여섯 번 강조한 것을 보면 이런 상상이 든다. '너희들 제발 좀 구해라! 왜 구하지 않느냐?' 하나님이 이렇게 우리에게 호통을 치고 계신 듯한 느낌을 받는다. 지금 답답한 쪽이 누구인지 모르겠다. 구하지 않는 자에게 호통을 치시는 아버지를 우리는 더 이상 답답하게 만들지 말아야 한다.

"남에게 대접을 받기를 원하면 남에게 대접하라"는 말씀은 예수님의 유명한 황금률이다. 남에게 베푼 만큼에 비례해서 본인도 받는다는 말씀이다. 역으로 하면 남에게 받기를 원하면 그만큼 비례해서 남에게 해 주면 된다는 말씀이다. 즉, 자기가 용서 받고 싶으면 그만큼 누군가를 용서해 주면 된다. 자기가 칭찬받고 싶으면 그만큼 누군가를 칭찬해주면 된다. 나의 가치를 인정받고 싶으면 그만큼 누군가의 가치를 인정해주면 된다. 반대로 내가 하기 싫은 것이 있으면 누군가에게 시켜서도 안 된다. 내가 피해를 입기 싫으면 그 어떤 사람에게도 피해를 주어서는 안 된다. 나의 개인적인 프라이버시가 노출되기 싫으면 남의 프라이버시도 보호해주어야 한다. 내가 손해 보기 싫으면 남에게도 손해를 끼쳐서는 안 된다. 그리고 예수님은 "이것이 율법이요 선지자니라"(12절)고 하셨다. 율법이요 선지자라는 말은 구약성경 전체를 가리키는 관용적인 표현이다. 남을 대접하는 것, 즉 사랑이 성서의 핵심 사상이라는 뜻이다. 그렇다. 사랑이 성서의 전부이다. 사랑이 하나님의 전부이다.

넓은 문과 좁은 문
(마 7:13~14, 천국, 소망, 심판 / 찬 479장)

예수님은 생명과 멸망으로 가는 두 문을 제시하시고 제자들에게 어느 한 문을 선택할 것을 교훈하셨다. 여기서 좁은 문은 신앙의 길을 가리키고 넓은 길은 불신앙의 길을 가리킨다. '좁다' 는 말은 불편함, 성가심, 재미없음을 의미한다. '넓다' 는 말은 편함, 자유로움 등을 의미한다. 그런데 예수님은 좁은 문을 생명과 연결시키셨고, 넓은 문을 멸망과 연결시키셨다. 좁은 문은 성가시고 불편해서 소수의 사람만 선호하지만 그 종착점은 천국이다. 넓은 문은 편하고 자유롭기 때문에 많은 사람이 선호하지만, 그 종착점은 멸망이다. 예수님은 좁은 문과 넓은 문 이 둘 중 하나를 선택하라 하신다. 넓은 길은 재미있고, 흥겹고, 짜릿해서 대부분의 사람이 선호하지만, 영리한 사람은 좀 불편해도 이 길을 절대 가지 않는다. 왜냐하면 그 종착점에는 저주와 지옥이 기다리고 있기 때문이다. 영리한 사람은 좁은 문을 선택한다. 왜냐하면 이 길을 가는 동안 좀 손해보고, 불편하고, 따분해도 멸망하는 것보다는 낫기 때문이다. 바보가 아니라면 어떤 길을 선택해야 할지 판단할 수 있다.

봉사자들에게 주는 교훈
(마 7:15~19, 충성, 봉사 / 찬 430장)

예수님은 양의 탈을 쓴 이리, 즉 거짓 선지자들을 조심하라고 하셨다(15절). 여기서 거짓 선지자는 열심당원들을 가리킨다. 그들은 하나님을 모독하거나 국가를 배신한 사람들을 암살하는 단체였다. 그들은 하나님과 국가를 위해서 봉사한다는 동기는 좋았지만 열매가 없었다(16~19절). 그들은 백성들에게 독립과 해방을 고취시키며 선동을 했지만, 로마의 데모 진압대가 오면 항상 먼저 도망가는 사람들이었다. 그러면 나머지 백성들은 잡혀가거나 죽었다. 그러므로 예수님은 저들의 열매를 보고 판단하라고 하셨다(20절). 열심당은 무력을 통해 스스로 열매 맺고자 하였다. 그들은 하나님 나라를 총칼로 스스로 세울 수 있다고 믿었다. 그러나 열매는 하나도 없었다. 성서는 "열매 맺는 일"은 항상 하나님의 몫이라고 한다. 하나님의 이름으로 봉사하는 자들은 이 점을 명심해야 한다. 봉사자들은 스스로 열매 맺는 일에 관해서는 초연해야 한다. 봉사자들이 할 일은 충성뿐이지 스스로 열매 맺게 하는 일은 아니다. 봉사자의 핵심은 열매가 아니라 열심이다. 항상 사람이 심고 항상 하나님이 거두신다.

그날에 밝혀집니다
(마 7:21~23, 종말, 죽음, 거룩 / 찬 480장)

예수님은 "주여 주여 하는 자마다 천국에 들어가는 것이 아니라 하늘의 뜻대로 행하는 자라야 천국에 들어가리라"고 하셨다(21절). 예수님은 행위 구원에 대하여 교훈하셨다. 24절에도 "이 말을 듣고 행하는 자"라고 다시 강조하셨다. 왜 예수님은 구원의 조건을 행위로 말씀하셨을까? 그것은 이미 하나님에 대한 믿음이 있는 유대인들에게 말씀하신 까닭이다. 그렇다. 행위도 중요하다. "그날에"(22절), "그때에"(23절)라는 말은 성도가 최종 하나님 앞에 섰을 때를 의미한다. 그때와 그날은 사람의 모든 것이 다 드러나는 날이다. 사람이 오랫동안 가면을 쓸 수 있지만, 언젠가는 그것이 벗겨질 날이 온다. 사람을 최후까지 속일 수 있다. 그러나 최후까지 하나님은 속일 수 없다. 사람은 멋진 설교로, 훌륭한 강의로, 뛰어난 가창력으로, 은혜로운 율동으로, 열정적인 기도로 사람의 눈과 마음을 끝까지 사로잡을 수 있다. 그러나 그것으로 최후까지 하나님의 마음을 흡족하게 할 수 없다. 하나님을 최후까지 흡족하게 하는 것은 말씀에 대한 실행뿐이다.

교회 다닐 필요 없습니다
(마 7:24~27, 성경, 교회 / 찬 202장)

예수님은 이 세상에서 누가 지혜로운 사람인가를 말씀하셨다(24절). 그는 자신의 말을 듣고 행하는 자는 반석 위에 집을 지은 사람이며, 그리고 그 집은 홍수와 태풍이 불어와도 무너지지 않을 것이라고 하셨다(25절). 예수님은 자신의 말씀을 우선 "들으라"고 하셨고, 그 다음 "행하라"고 하셨다. 여기서 강조하는 것은 행함이다. 성경 시험에 100점을 받았더라도 행하지 않으면 그 삶은 0점이고, 성경 시험에 0점을 받더라도 행하면 그 삶이 100점이다. 성도는 누구인가? 듣고 행하는 자이다. 우리가 성서의 말씀을 듣고 행하지 않으려면 교회 나올 필요가 있을까? 의사의 말을 듣지 않고 무시할 거라면 병원에 갈 필요가 있을까? 전문가의 자문을 듣지 않고 따르지 않을 거라면 전문가를 찾아갈 필요가 있을까? 요리문답과 신조를 실행하지 않을 거라면 그것을 암송할 필요가 있을까? 마찬가지로 예수님의 말씀을 안 듣고 무시할 거라면 교회 다닐 필요가 있을까? 성서를 통해서 전해지는 하나님의 목소리를 안 듣고, 안 믿고, 안 지킬 거라면 교회 다닐 필요가 있을까?

2차보다 1차가 좋아요
(마 7:28~29, 성경, 설교 / 찬 204장)

무리들은 예수님의 설교를 듣고 놀라워했고 그의 가르침이 이전 교사들과 다른 차원이라는 것을 느꼈다 (28~29절). 당시 백성들은 목수 출신으로 전문적인 교육을 받지 못한 그의 가르침을 듣고 그 어떤 교사에게도 들을 수 없었던 충격과 놀라움을 금치 못했다. 그 이유가 무엇일까? 당시 교사들은 탈무드 등을 인용하여 율법을 해석해주는 역할을 했다. 그들은 말씀의 제2차적인 해설자들이었다. 그들은 율법의 어느 부분은 걸러내고, 어느 부분은 첨가해서 입맛에 맞게끔 전했다. 그러니 감동이 덜할 수밖에 없다. 반면에 예수님은 자신이 성서의 주체자이며 계시의 주체자이시다. 거기에는 순수한 하나님의 말씀만 있다. 그러므로 거기에 누가 감동을 받지 않으며, 누가 무릎을 꿇지 않을 수 있겠는가? 오늘날 성도도 1차적인 말씀을 더 중시해야 한다. 성도는 2차적인 목사님의 해설보다 1차적인 예수님의 말씀 읽기에 더 치중해야 한다. 목사님의 설교는 계시의 말씀을 해석한 2차적인 내용이다. 목사님의 설교도 좋지만 가급적이면 복음서에 있는 예수님의 그 직접적인 생생한 육성을 즐겨들어야 한다.

예수님의 직업
(마 8:1~4, 치유, 소망 / 찬 336장)

한 문둥병자가 예수님께 나아와 깨끗함을 받았다(2절). 그리고 예수님은 그에게 깨끗해진 몸을 제사장에게 보이고 모세의 명한 예물을 드러서 사회적 종교적 특권을 회복하라고 하셨다(4절). 예수님은 그의 병 뿐 아니라 종교적 사회적 지위의 회복에 관한 것까지 상담해주셨다. 문둥병은 당시 불치의 병이었고 부정한 병이었다. 그래서 그들은 자주 사람들이 던지는 돌에 맞았다. 그러나 이 문둥병자는 예수님께는 다가갔다. 왜냐하면 그가 자기에게 최소한 돌은 던지지 않을 것이라고 확신했기 때문이다. 다른 사람에게는 쫓겨나도 그만은 기꺼이 자기를 받아 주리라 확신했다. 그는 예수님을 정확하게 이해했다. 예수님의 유일한 의무는 사람을 돕는 일이다. 사람을 돕는 일 외에 아무 다른 의무도 그에게 없었다. 그러므로 우리는 마음 놓고 그 앞에 나가도 된다. 아무리 몹쓸 병이라도 참 의사는 짜증내지 않고 위협을 느끼지 않는다. 예수님은 참 의사이시자 명의사이시다. 그는 아무리 몹쓸 전염병 환자라도 짜증내지 않고 접수해 주신다. 왜냐하면 그의 유일한 직업은 사람을 돕는 일이기 때문이다.

고장난 기계를 사랑한 사람
(마 8:5~13, 리더십, 사랑, 섬김, 봉사 / 찬 214장)

한 백부장이 자기 노예의 병 고침을 위해서 예수님께 나왔다(5절). 백부장은 가버나움에 주둔하고 있던 100명의 보병을 거느리고 있는 로마에서 파견된 중대장이었다. 그런 그가 방랑자 예수님께 나아왔다는 것이 신기하다. 또 그에게 "주여"라고 호칭한 것도 신기하고, 더군다나 노예의 병 고침을 위해서 그 앞에 나왔다는 것도 신기하다. 예수님은 그의 병을 고쳐주었을 뿐 아니라 그러한 백부장을 최고의 신앙인으로 칭찬했다(10절). 당시 노예는 하나의 기계였고 도구였다. 보통 물건에 대해서는 애착 정도는 있을 수 있겠지만, 우정이나 사랑이라는 감정은 가지지 않는다. 당시 노예는 어떤 때는 농업용 도구, 어떤 때는 공업용 도구, 어떤 때는 토목 공사 도구, 어떤 때는 물건을 나르는 리어카였다. 노예는 언어를 가진 기계였다. 이 백부장의 노예는 고장난 기계였다. 고장 나면 버리면 그만일 것을 백부장은 이 고장난 기계와 우정을 나누고 사랑을 나누었다. 백부장은 따뜻한 사람이었다. 그는 따뜻한 신앙인이었다. 차가운 신앙인보다 따뜻한 신앙인에게 더 많은 역사가 일어난다.

봉사는 비타민입니다
(마 8:14~17, 봉사, 섬김 / 찬 314장)

예수님께서 낮에 베드로의 장모의 질병을 치유하시는 등 온갖 사역을 하시느라 피곤하셨는데 마침내 날이 저물었다. 이제 좀 쉬실 시간이 되었다. 그런데 이 순간에 또 사람들이 들이닥쳤다. 그러나 그는 한마디의 불평도 없이 또 일하기 시작하셨다(14~16절). 예수님은 자신의 도움을 필요로 하는 자들이 있는 한 휴식하지 않았다. 그러면 그는 피로를 모르시는 분인가? 예수님은 피로와 피곤 등을 신적인 권능으로 넉넉히 이기셨을까? 초대교회 당시 그렇게 생각하던 영지주의 이단들이 있었다. 이들은 예수님은 겉모습만 사람으로 오셨다는 가현설(假現設)을 주장했다. 그렇지 않다. 예수님은 완전한 인간으로 오셨다. 그는 피로를 느끼시는 분이다. 그러면 무엇이 그를 그토록 일하도록 했을까? 사람들을 돕는 기쁨이 그의 에너지원이었다. 사람들이 치유되고 회복되고 새 삶을 찾는 그 모습이 휴가를 반납하셨던 그의 이유였다. 사람들이 회복되는 그 모습이 그에게는 비타민이었다. 우리도 종종 사람을 위해 봉사하고 땀을 흘릴 때 피곤이 회복되고 심신이 강해지는 경험을 한다. 봉사와 헌신이 참 비타민이다.

제자 중 한 사람이 예수님께 약속하였다. 자신의 부친의 장례를 치른 후에 예수님을 따라가겠다는 것이었다(21절). 그런데 예수님의 반응이 참으로 놀랍다. 그에게 부친의 장례를 치를 필요 없이 즉시 따르라고 명하셨기 때문이다(22절). 자기를 낳아주고 길러준 부모의 장례를 정성껏 치르는 것이 자식 된 도리인데 말이다. 이것은 부모에게 효를 다하라고 가르쳤던 그의 근본정신과 맞지 않는 말이 아닌가?(마19:19) 그러면 이것은 도대체 어떤 의미일까? 예수님의 의도는 도대체 무엇일까? 예수님은 사람이 즉시 결단하여 나서지 않으면 영원히 따라 나서지 못한다는 것을 가르쳐 주셨다. 우리도 이런 경험을 하지 않는가? 예를 들면, 교회에서 주일학교 교사나 구역장이나 성가대에서 봉사하라고 권유가 올 때 바로 결단하지 못하고 내년으로 미룬다든지, 아니면 "형편이 좋아지면"이라는 단서를 붙이는 경우가 있다. 그런 단서를 붙이는 사람치고 약속을 충실히 지키는 사람이 없다는 것이다. 미루면 영원히 그 일을 못하게 되는 수가 있다. 예수님의 의도는 미루면 못한다는 것이다. 미루면 위험하다는 것이다.

갈릴리 바다는 기상변화가 심하고 예기치 못한 광풍이 많으므로 어부들조차도 긴장하는 곳이다. 예수님과 제자들이 배를 타고 가던 중에 이러한 현상이 일어났다(24절). 주무시고 계셨던 예수님을 깨운 덕에 마침내 폭풍은 그의 권능 앞에 잠잠케 되었다(26절). 예수님이 기상학적 현상을 자신의 권능으로 중지시킨 이 사건은 무엇을 의미하는가? 우선 사람은 바람의 방향조차도 알 수 없는 무능한 존재라는 것을 부각한다. 그리고 예수님께 순종하는 대상이 바람과 바다임을 강조하면서 모든 사람에게 신뢰와 도움을 주기에 충분하신 그이심을 보여준다. 예수님은 바다를 명령하심으로 이 세상을 만드신 자와 자신이 동일함을 보여주셨다. 그가 계신 곳에는 인생의 폭풍도 잔잔해진다. 그가 우리와 함께 한다면 인생에서 슬픈 바람이 불어올 때 위로가 있다. 걱정의 열풍이 불어올 때 안심이 있다. 의심의 폭풍이 불어올 때 믿음이 있다. 병마의 바람이 불어올 때 치유가 있다. 우리 가운데 어떠한 인생의 광풍이 불어올 지라도 우리가 궁극적으로 동요하지 않을 것은 거기에 그가 있다는 사실 때문이다.

예수님의 동물 학대
(마 8:28~34, 사탄, 효 / 찬 577장)

가다라 지방 어느 무덤가에 사나운 귀신 들린 두 사람이 있어서 많은 사람이 그 길로 통행하기를 꺼려했다(28절). 귀신 들린 자가 하나님의 아들 예수님을 보자 당황하여 소리쳤다. "하나님의 아들이여 우리를 쫓아내려면 차라리 저 돼지 떼에 들여보내소서"(31절) 예수님은 그들의 말대로 귀신들을 돼지에게로 집어넣었다. 그 돼지 떼들은 바다에서 떼죽음을 당하였다(32절). 그런데 이를 목격한 사람들은 분개하였다. 그들은 예수님께 이 지역을 떠나줄 것을 요구했다(34절). 무엇이 그 목격자들의 마음을 상하게 하였을까? 그들은 귀신 들린 자의 치유 소식이 중요하지 않았다. 단지 돼지가 아까웠던 것이었다. 마을 사람들은 예수가 동물을 학대하였다고 생각했다. 그들은 남의 재산에 손해를 끼쳤다고 생각했다. 그들은 자기들의 손해를 분개하였지, 사람이 치유됨에 대해서는 별 감흥이 없었다. 그들은 돼지가 사람보다 중요했다. 인간 치유보다 돼지 학대가 더 가슴 아팠다. 생각해보면 우리도 집에서 기르는 강아지보다 부모, 형제의 영혼 구원 문제에 덜 관심을 기울이는 경향이 있다.

친구를 들것에 실어야 한다
(마 9:1~8, 우정, 믿음, 전도 / 찬 220장)

몸을 움직일 수 없는 한 중풍병자를 친구들이 들것(침상)에 실어서 예수님 앞에 데리고 나오는데 성공하였다(2절). 그리고 그는 병 고침을 받았다(6~7절). 참 아름다운 장면이다. 이 장면은 성도의 친구관이 어떠해야 하는지를 잘 보여준다. 이 중풍병자의 친구를 통해서 우리는 무엇을 배울 수 있는가? 우리는 친구에게 기독교 진리를 믿도록 할 수는 없지만, 그것을 발견하도록 길은 제시할 수 있다는 것을 배운다. 우리는 친구를 신자로 만들 수는 없지만, 그가 예수님을 영접하도록 가능한 한 모든 노력은 다 할 수는 있다. 예수를 모르는 친구가 있다면 그가 그를 받아드리기까지 가만히 내버려두지 않는 것이 성도의 의무이다. 예수님은 두 가지를 하신다. 인간의 영혼에는 죄사함을 주시고 인간의 몸에는 건강함을 주신다. 나의 친구가 몸과 영혼에 아픔이 있다면 우리도 그를 들것에 실어야 한다. 기도의 들것에 그를 실든지, 자동차에 그를 실든지 둘 중에 하나를 해야 한다. 그가 주일에 딴 곳에 가지 않도록 자동차를 갖다 대 놓고라도 기다리고 있어야 한다.

자만하면 가십니다
(마 9:9~13, 교만, 겸손 / 찬 287장)

세관에 앉아 있다가 예수님의 제자로 발탁된 마태는 예수님을 자기 집 식사에 초대하였다. 이 식사에는 다른 세리들과 유대 사회에서 평판이 좋지 못한 각양각색의 사람들이 참석했었다(9~10절). 이것을 본 바리새인들이 어떻게 선생이라는 자가 저런 죄인들과 사귀는가 하면서 비난하였다. 이에 예수님께서는 자신을 "의사"로 답하셨다(13절). 그것도 일반의사가 아닌 영혼의 치료사. 예수님은 죄인들의 영혼을 치유하러 오신 치료사이므로 죄인들과 함께 있는 것이 당연하였다. 바리새인들이 그것을 알 리가 없었다. 예수님은 스스로 건강하다는 자에게는 찾아가지 않는다. 스스로 선하다고 믿는 자에게, 누구의 도움도 필요 없다고 하는 자에게 이 치료사는 가까이 가지 않는다. 바리새인들은 자기들을 제외한 일반 백성들을 "땅의 백성"이라 불렀고, 자기들 스스로를 "하늘의 백성"으로 불렀다. 그러니 그들은 예수님께 치료받을 길이 없었다. 나의 삶에서 오랫동안 예수님이 나타나지 않았다면 혹시 그분이 내 마음에 자만심을 감지하신 까닭이 아닐까? 감기처럼 찾아오는 자만심, 일이 좀 잘 풀릴 때 어김없이 찾아오는 자만심은 항상 내 영혼의 적이며, 건강의 적이며, 예수님의 적이다.

개혁되고 있습니까?
(마 9:14~17, 개혁, 신년 / 찬 585장)

예수님께서 생베 조각을 낡은 옷에 붙이는 것을 금하셨다(16절). 생베는 물에 빨면 줄어든다. 그러므로 여러 번 세탁해도 줄어들지 않는 옷에 쉽게 줄어드는 생베 조각을 붙이면 옷이 상하게 된다. 또 예수님은 새 포도주를 낡은 부대에 담는 것을 금하셨다(17절). 왜냐하면 발효가 빠른 새 포도주는 신축성이 있는 새 부대에 담아야 보존이 가능하기 때문이다. 이 말씀의 핵심은 낡은 전통을 버리고 새로운 미래를 위해 도전하는 개혁 정신을 가지라는 것이다. 우리는 항상 새로운 사상을 포용하는데 충분한 신축성을 가져야 한다. 그래서 항상 변화하고 개혁되어야 한다. 살아있는 생명체는 항상 성장하고 변화한다. 성장을 멈추면 그것은 죽음을 향하여 출발하는 것이 된다. 우리는 오늘보다 더 나은 내일을 꿈꾸며 전진해야 한다. 올해 나는 직장인으로, 가정주부로서, 학생으로서 전문인으로서, 실력과 능력에 있어서 얼마나 진보하고 발전했는가? 올해 나는 경건생활과 봉사생활에 있어서 얼마나 진보하고 발전했는가? 기독교의 역사는 항상 개혁하고 발전하는 역사였다.

예수님께서 딸이 죽은 한 아버지의 부탁을 듣고 어디론가 가시는 중에 열 두 해를 혈루병을 앓았던 한 여인이 예수님의 뒤에서 그의 옷자락을 만지는 사건이 있었다(18~20절). 이 여인은 예수님의 옷자락에 손을 대면 능력이 나와서 자신의 질병이 고침 받을 수 있다고 믿었다(21절). 마치 성자의 손수건을 만지면 병이 낫는다는 식으로 말이다. 이 여인은 예수님을 바로 알지 못했다. 단지 미신적으로만 그를 알았다. 그러나 결과가 무엇인가? 예수님은 그녀의 병을 고쳐주셨다(22절). 이 여인은 예수님에 대해 정확한 신학적 지식 없이 미신적인 믿음만 가지고 있었지만, 예수님은 그녀에게 긍휼을 베풀어 주셨다. 예수님에 대해서 얼마나 많이 아느냐보다 일단 그분 앞에 머리 숙이는 것이 중요하다. 이 여인은 오늘날 교회의 초신자에 해당된다. 그러나 그에게 예수님은 큰 선물을 허락하셨다. 일단 예수님 앞에 나가는 것이 중요하다. 어떤 방법으로 나가느냐, 얼마나 많이 알고 나가느냐는 문제가 안 된다. 일단 나가기만 하면 절반의 성공은 이미 거둔 것이다.

예수님 앞에 두 소경이 나타나서 "다윗의 자손이여 우리를 불쌍히 여기소서"(27절)라고 외쳤다. "다윗의 자손"이라고 부른 것은 참으로 이례적인 경우였다. 예수님을 이런 용어로 부른 것은 처음 있는 일이었다. 다윗의 자손이라는 용어는 메시야에 대한 호칭이었다. 그러나 그 말속에는 다윗과 같은 정치적, 군사적 메시야라는 의미도 담겨져 있다. 이 소경들은 예수님에 대해서 부분적으로만 알고 있었지만, 그가 구원자라는 사실에 대해서는 조금도 의심하지 않았다(28절). 여기서 예수님의 특이한 행동이 하나 나온다. 그가 그들의 눈을 만져주었다는 대목이다(29절). 눈을 만져주신 것은 예수님이 병 고치는 방법이 아니라 그 같은 신앙을 가진 사람에 대한 예수님의 사랑이 담긴 태도이셨다. 그것은 그들의 신앙을 북돋아 주기 위한 동정어린 행동이었다. 예수님은 늘 자신의 손을 사람에게 대기를 원하신다. 그는 우리를 향하여 그 손을 늘 사랑스럽게 움직이고 계신다. 그는 우리의 육신을 고치시기 전에 우리를 격려하고 위로하고 만져주시는 일을 결코 잊지 않으신다.

매일 기이하십니까?
(마 9:32~33, 기적, 치유 / 찬 403장)

예수께서 귀신 들려서 벙어리 된 사람의 병을 고쳐주셨다(32절). 여기서 "벙어리 된 자"는 "귀 먹고 말 못하는 자"를 모두 나타내는 말이다. 사실 벙어리와 귀머거리는 흔히 한 사람에게서 동시에 나타난다. 예수께서 이 사람의 병을 고치자 무리들은 그것을 보고 벙어리가 말하는 것을 한 번도 본적이 없다며 '기이히' 여겼다(33절). 성경에는 예수님이 가시는 곳에는 항상 기이함이 있었다. 그것은 오늘날 우리들에게도 마찬가지이다. 예수님과 함께 하는 우리의 삶에도 항상 기이함이 넘친다. 이렇게 위험하고 위협적인 세상에서 안전하게 사는 것 자체가 기이한 일이다. 이렇게 자동차가 많고, 정신적 질환과 문제를 안고 사는 사람들이 많음 속에서도 안전하게 사는 것도 기이한 일이다. 반면에 예수님의 완벽하신 보호 속에서도 병들고, 사업에 실패하고, 사고를 당하는 것도 기이한 일이다. 안전하게 사는 것도 기이한 일이고, 하나님의 보호하시는 은혜 속에서도 한 번씩 불행을 겪는 것도 기이한 일이다. 하나님은 어떤 특별한 목적이 있을 때에는 성도를 보호하시는 안전 장치를 가끔 해제하신다.

열등감 많은 사람이 문제이다
(마 9:34, 질투, 교만 / 찬 475장)

바리새인들이 예수님을 하나님의 사람으로 인정하기보다는 귀신의 두목에 사로잡힌 자로 매도하였다. 백성들은 예수님의 능력 있는 말씀과 기적들을 대하고서는 점점 그를 다른 시각으로 보기 시작하였다. 그를 다윗의 자손, 즉 메시야로 보는 사람들까지 생겨나기 시작했다(마 9:27). 그러나 경건하며 신앙이 깊고 성서의 역사적 상황을 누구보다 잘 알고 있다는 바리새인들은 예수님께 악의에 찬 비난을 서슴지 않았다. 이들도 예수님의 능력을 수없이 목격했음에도 불구하고 왜 예수님을 그렇게 인정하지 않았을까? 아마 이들이 보기에는 목수의 아들이었던 예수에게서 엄청난 능력이 나타나는데 자기들에게는 아무런 능력도 없음에 대해 질투심과 열등감을 느꼈지 않았을까? 백성들이 교만한 자기들을 기피하는데 반해, 예수님께는 엄청난 대중 동원력이 있는 것을 보고 질투심과 열등감을 느꼈지 않았을까? 결국 질투심이 그들의 눈을 멀게 하였다. 결국 열등감이 그들의 판단력을 상실하게 만들었다. 질투심과 열등감이 많은 사람이 교회에서 자주 말썽을 일으키는 경우가 많다.

기도만으로 부족합니다
(마 9:35~38, 헌신, 제자 / 찬 431장)

예수님은 모든 성과 촌을 두루 다니시면서 천국 복음을 전파하시며 많은 병자를 치료하여 주신 후(35절) 제자들에게 "추수할 것은 많되 추수할 일꾼이 적다"는 말씀을 남기셨다(37절). 그는 많은 사람과 상대하시면서 일손이 부족하였던지 추수할 일꾼이 더 많이 필요함을 몸소 체험하셨다. 그의 사역의 특징 가운데 하나는 늘 사람을 부르시는 것이다. 예수님은 인간을 필요로 하신다. 예수님이 지상에 계셨을 때 그의 음성은 팔레스틴 지역을 벗어나지 않았다. 그러나 그가 부활하시고 승천하신 후부터는 그의 복음은 세계로 뻗어나가야만 한다. 그래서 예수님은 쓸 만한 일꾼을 부르시는데 몰두 하셨다. 오늘날도 교회 안에서 그는 여전히 일꾼을 찾고 계신다. 우리는 헌금으로 예수님의 일을 도울 수 있다. 기도로도 그것이 가능하다. 그러나 평생 기도만으로, 평생 헌금으로만 봉사하겠다는 것은 부적절하다. 힘 있고, 시간 있고, 건강한데 쉬고 있는 것은 나태에 빠진 것이다. 그런 자가 아무 일도 하지 않는 것은 나태함 그 이상도 이하도 아니다. 예수님의 제자는 실제로 일하는 자여야 한다.

예수님의 열두 제자
(마 10:1~4, 리더십, 기독교교육 / 찬 434장)

마태복음의 저자는 예수님께서 뽑으신 열두 제자들의 명단을 공개하였다. 이 명단을 유심히 들여다 보면 여러 부류의 사람들이 혼합되어 있음을 발견할 수 있다. 마태는 동족의 혈세를 빨아 먹고 사는 세리였다. 세리는 가장 대표적인 매국노였다. 시몬과 가룟 유다는 열심당원이었다. 열심당원은 칼로 매국노들을 살해하는 무장 단체이다. 어떻게 이렇게 엇갈리는 사람들끼리 제자공동체를 형성할 수 있었을까? 이 명단 안에는 어부출신 베드로와 안드레와 야고보와 요한도 들어있다. 모두 다 그 사회에서 탁월하게 주목받는 사람들이 아니었다. 예수님은 현재 그들의 사회적 지위를 고려하지 않고 선택하신 것 같다. 예수님은 비상한 사람을 뽑은 것 아니라 비상한 사람으로 만들 계획을 가지고 그들을 선택하셨다. 예수님은 그가 무슨 일을 하고 있는 사람인가를 보지 않고 어떤 사람으로 만들 것인가를 염두에 두셨다. 그리고 그들은 장차 다 비상한 사람이 되었다. 예수님은 못난 사람을 항상 비상한 사람으로 만드시는 능력이 있다. 그러므로 우리 자녀들도 항상 예수님께 맡기면 된다.

예수님의 집중의 원리
(마 10:5~10, 리더십, 선교 / 찬 511장)

예수님께서 열두 제자를 복음 전도자로 파송하실 때 이방인을 향해 가지 말고, 혈통적으로 혼혈이 되어있는 사마리아 지역으로도 가지 말고(5절), 이스라엘 사람들에게만 복음을 전하라고 하셨다(6절). 예수님께서 왜 이방인과 사마리아인에게는 복음을 전하지 말라고 하셨을까? 이방인들이 천국을 상속받을 자격이 없어서인가? 예수님도 국수주의자이신가? 이것은 그렇게 해석을 해서는 안 된다. 예수님은 이제 금방 제자가 된 자들에게 무리한 일을 시키지 않으셨다. 예수님은 이제 경력이 미천한 제자들에게 이방 지역까지 정복하라고 하지 않았다. 이방 지역은 장차 바울에게 맡기기로 작정하셨다. 그래서 시리아로 가는 바울을 말에서 꼬꾸라뜨린 후 그를 마침내 이방인의 사도로 세우셨다(행 9장). 예수님의 당시 목표는 갈릴리였고 거기에 제자들을 집중적으로 파송하였다. 지혜로운 리더는 오직 한 가지 목표에만 집중하고 힘을 분산시키지 않는다. 우리도 교회 일을 할 때 힘을 분산하면 안 된다. 쓸데없는 일에 힘을 소모하지 말아야 한다. 지금 현재 가장 중요한 일에 올인해야 한다.

복음 전도자의 수칙
(마 10:11~15, 전도 / 찬 510장)

예수님께서 열두 제자를 복음 전도자로 파송하실 때 세 가지 지침을 주셨다. 첫 번째, 예수님은 전도자들에게 아무 성이나 촌으로 들어가되 거기서 오래 머물라고 하셨다(11절). 이집 저집 옮겨 다니지 말고 한 집에 오래 체류하라는 말은 시간 낭비를 최소화하라는 뜻이다. 두 번째, 예수님은 전도대상자 집에 들어가서 평안하기를 빌어주라고 하셨다(12절). 만약에 전도대상자의 집이 복 받기에 합당하면 그렇게 될 것이고 그렇지 않다면 그 빌었던 복은 전도자에게 돌아올 것이라고 하셨다(13절). 복음 전도자는 오늘날 목회자에 해당된다. 목회자가 성도의 가정에서 복을 비는 것이 이처럼 중요하다. 세 번째, 복음을 거절하고 부인하는 자의 가정에서는 더 이상 매달리지 말고 과감히 발의 먼지를 털고 나오라고 하셨다(14절). 발의 먼지를 터는 행동은 복음을 거부하는 유대인들에게 장차 임할 하나님의 심판을 상징하는 것이다. 오늘날 현대 전도자에게는 이 세 번째 지침은 해당되지 않는다. 오늘날 전도자는 상대가 복음을 거절해도 계속 끈질기게 달라붙어야 한다.

말 못한다고 스트레스 받지 마세요
(마 10:16~23, 성령 충만, 전도 / 찬 183장)

예수님께서 제자들을 파송하시면서 양을 이리가운데 보냄과 같다고 말씀하신 것은 그만큼 복음 전도자 앞에 난관이 많을 것을 예고하신 것이다(16절). 복음 전도자는 끌려 다니고, 매 맞고, 때로는 세상 권세자들 앞에서 자기가 믿는 바를 변증해야 할 일도 생긴다(17~18절). 그러나 그러한 일이 생길 때 무슨 말을 해야 할지 걱정하거나 당황하지 않아도 된다. 왜냐하면 그때 상황에 맞는 적절한 지혜로운 말을 성령님께서 주시기 때문이다(19~20절). 어떤 상황 속에서도 효과적인 전도를 위하여 항상 성령님께서 나서신다. 그러므로 우리도 전도할 때, 구역예배를 인도할 때, 교회학교에서 학생들을 가르칠 때 '말' 때문에 염려하지 않아도 된다. 왜냐하면 성령님께서 항상 적절한 말을 우리 입에 넣어주시기 때문이다. 글을 잘 썼으나 언변이 능숙치 못했던 바울이나, 말 잘하는 형을 붙여서 스트레스를 덜어주었던 모세의 예를 통해서도 잘 증명된다. 그러므로 우리도 '말' 때문에 스트레스를 받지 않아도 된다. 우리 주변에도 과거에는 그렇지 못했는데 지금은 탁월하게 설교를 하는 자들을 종종 볼 수 있다.

성도는 망할 자격도 없다
(마 10:24~33, 섭리, 위로, 창조 / 찬 337장)

예수님은 복음 전도자에게 고난이 필히 수반 될 것을 암시하셨다. 제자가 그 스승보다, 종이 그 상전보다 높지 못하다는 말은 예수님을 따르는 사람이 예수님께서 당하셨던 박해 정도는 당한다는 뜻이다(24절). 그러나 하나님은 그러한 복음 전도자들을 결코 내버려 두지 않으신다. 왜냐하면 하나님은 자신의 일을 수행하는 사람들을 참새보다 귀히 여기시기 때문이다(31절). 참새가 땅에 떨어지는 것조차 하나님의 허락이 있어야 한다(29절). 그러므로 참새보다 귀한 성도는 결코 그분의 허락 없이 쓰러지지 않는다. 성도는 "나는 참새보다 귀한 사람이다"라는 정체성을 분명히 가지고 있어야 한다. 만약에 성도가 늘 염려로만 일관된 삶을 산다면 그는 스스로 참새 보다 낮은 자존감을 가지고 있는 것이다. 이런 사람은 항상 그 삶이 불안하다. 그러나 하나님 앞에서 성도로 사는 사람은 항상 당당하다. 나는 참새인가 성도인가? 그것은 인생의 위기 앞에 서 보면 잘알 수 있다. 사람의 머리털까지도 세밀히 세시는 하나님(30절)의 사람들은 쉽게 망할 자격도 없는 사람들이다

네 부모를 거역하라
(마 10:34~39, 종말, 장례 / 찬 486장)

예수님은 자신이 지상에 온 목적이 칼을 주기 위함이라 하셨고(34절), 가족 간 불화를 조장하기 위함이라 하셨다(35~36절). 이 말은 복음이 본질적으로 파괴적 성향을 가졌다는 뜻이 아니라 영적인 것과 세상적인 것들을 분명히 갈라놓는 성격에 관한 말이다. 이것은 가족 관계에 있어서도 예외가 아니다. 성도와 불신자와의 불화는 당연하다. 이것은 성도와 불신자 가족에 있어서도 예외가 아니다. 성도가 신앙보다 돈과 명예를 추구하라는 어머니와 어떻게 화평할 수 있는가? 성도가 제사를 강요하는 아버지와 어떻게 화평할 수 있는가? 성도에게는 부모보다 하나님이 소중하다. 부모는 우리의 몸을 낳아준 분이지만, 하나님은 우리의 몸과 영혼을 존재케 한 근원자이며 창조주이시다. 부모는 우리에게 가끔씩 야단칠 수 있는 분이지만, 하나님은 우리의 몸과 영혼을 지옥에 보내실 수 있는 분이시다(마 10:28). 불신 부모를 거역하면 일시적으로 마음이 아프지만, 하나님을 거역하면 영원히 슬피 울며 이를 갈게 된다. 그래서 예수님은 미리 불신 부모의 불신앙을 불신하라고 가르치셨다.

주의 종들과 잘 사귀세요
(마 10:40~42, 사랑, 헌신, 상급 / 찬 450장)

예수님은 자신의 열두 제자들을 잘 영접하는 자는 예수님을 잘 영접하는 자와 같고(40절), 선지자를 잘 대접하는 자는 상을 받는다고 하셨다(41절). 선지자는 오늘날 목회자를 가리킨다. 즉, 목회자를 잘 대접하는 자에게는 큰 상이 있다는 뜻이기도 하다. 문자 그대로 해석하자면 그렇다. 또 하나님은 소자에게 냉수 한 그릇 대접한 것도 그 상을 잊지 않으신다고 하셨다(42절). "소자"란 문자적으로 나이 어린 사람을 뜻하지만, 본문에서는 예수님의 제자들에게 사용된 친근한 표현이다. 그러므로 복음 사역을 맡은 제자들에게 찬물 한 그릇을 대접하는 것 또한 하나님께서 다 보상해 주신다. 예수님은 여기서 자기 열두 제자들을 잘 대접해야 한다는 다소 독특한 가르침을 주셨다. 우리는 교회에서 수고하시는 목회자들을 찬양까지 할 필요는 없다. 그러나 그들을 소홀히 여기지는 말아야 한다. 더군다나 그들을 무시하거나 업신여겨서는 안 된다. 이유는 예수님께서도 그들을 나름대로 존중하셨기 때문이다. 어쨌든 예수님은 복음 전파자들이 다니면서 당당한 대접을 받기 원하셨다.

때로는 말씀보다 기적이 효과적이다
(마 11:1~6, 기적, 은혜, 위로 / 찬 406장)

감옥에 갇힌 세례 요한이 자기 제자들을 예수님께 보내어서 "장차 오실 그분이 당신이 맞습니까?"(3절)라고 질문하도록 하였다. 이에 예수님께서 대답하시기를 "너희가 가서 듣고 보는 것을 요한에게 고하라"(4절)하시며 그동안의 자신의 행적과 기사들을 들려주셨다. 그동안의 자신의 행위를 잘 기억하고 상기하면 자기가 메시야라는 사실을 분명히 깨닫고 믿게 될 것이라고 하셨다. 우리도 때로는 예수님의 교훈보다 그가 행하신 행적에 더 관심이 쏠린다. 가끔 우리도 신앙이 흔들릴 때 예수께서 나에게 베푸신 그 일을 사색할 필요가 있다. 예수님은 2000년 전 이스라엘 땅에서 행하신 그 일을 지금도 나에게 행하시고 있다. 그때 소경의 눈을 뜨게 한 것처럼 나의 영혼의 눈을 뜨게 하셨고, 귀신을 쫓아 내신 것처럼 나의 옛사람을 쫓아내셨고, 앉은뱅이를 일으킨 것처럼 나를 수렁에서 일으키셨다. 그리고 내가 죽는 순간까지 예수님은 나에게 그렇게 해주실 것이다. 우리가 이것만 묵상할 수 있어도 그를 결코 인간으로는 말하지 않을 것이다. 그의 행적을 보면 그는 분명히 하나님이시다.

우리는 교만해도 됩니다
(마 11:7~11, 성도, 복음 / 찬 86장)

예수님께서는 세례 요한이 단순한 선지자가 아니라 메시야의 길을 예비하는 선구자이며 여자가 낳은 자 중에 역사상 이보다 큰 자가 없지만, 천국에 있는 어떤 사람보다는 낮다고 하셨다(10~11절). 그러니까 천국에 가있는 어떤 사람이라도 지상의 세례 요한보다 위대하다. 예수님께서 어떤 의미를 두고 이런 말씀을 하셨는가? 세례 요한은 위대했지만 그에게 없는 것이 있었다. 그것은 복음이었다. 그것은 십자가였다. 그의 메시지는 본래 심판과 멸망에 관한 것이었다. 그는 당시 종교지도자들에게 욕설에 가까운 독설을 퍼부으면서 회개를 촉구했다. 이런 그의 메시지를 복음이라고는 말할 수 없다. 그의 메시지 안에는 십자가와 은혜가 없다. 그가 결코 알 수 없었던 것은 하나님의 사랑이었다. 이런 면에서 우리가 세례 요한보다 더 크다. 우리는 십자가를 알고 그분의 완전한 사랑을 안다. 우리가 세례 요한보다 위대한 이유는 그가 알지 못했던 십자가와 복음을 알고 있기 때문이다. 그러므로 우리는 위대하다. 이런 면에서 우리는 교만해도 된다.

항상 삐딱한 사람들
(마 11:12~19, 교회, 의, 감사 / 찬 428장)

예수님은 어린아이들을 예로 들면서 유대인의 속성 한 가지에 대해서 가르치셨다(16절). 예수님은 유대인들이란 마치 장터에서 놀고 있는 어린아이와 같다고 하셨다. 예수님에게 아이들의 재미난 모습이 포착되었다. 어느 한쪽의 아이들이 결혼식 놀이를 하자고 제안하면 다른쪽 아이들은 "그럴 기분 아니다"라고 말하고, 혹은 장례식 놀이를 하자고 제안해도 또 "그럴 기분도 아니다"라고 말하였다. 예수님에게 있어서 유대인들은 이런 어린아이들이었다. 유대인들은 항상 무엇이든지 반대로 나가는 사람들이었다. 당시 유대인들은 광야에서 금욕생활을 하는 세례 요한을 보고 귀신 들렸다고 하고(18절) 예수님이 많은 사람과 상종하는 것을 보고 방탕한 사람이라고 하였다(19절). 이들은 무엇이든지 부정적인 생각부터 해놓고 보는 자들이었다. 교회 내에도 항상 반대하는 자들이, 항상 삐딱하게 나가는 자들이 있다. 이런 자들은 어느 공동체이건 기본적으로 몇 퍼센트씩 있다. 이런 자들은 항상 교회에 문제가 있다고 지적한다. 그러나 이런 자들이 사라지면 교회에서 그 문제도 사라지는 경우가 대부분이다.

밖에도 좋은 사람 많습니다
(마 11:20~24, 심판, 겸손 / 찬 180장)

예수님께서는 복음을 받아드리지 않는 고을들에 대해서 저주하셨다. 특히 자신이 권능을 많이 행한 고라신과 벳새다와 가버나움에 대해서 더욱 더 그러하셨다. 예수님은 마지막 날 이방 나라 두로와 시돈이 받을 심판보다 복음을 거부한 고라신과 벳새다가 받을 형벌이 더 크다고 하셨다(22절). 그리고 고대에 소돔이 겪은 형벌보다 복음을 거부하고 교만한 가버나움에 주어질 형벌이 더 크다고 하셨다. 예수님은 하나님께서 가버나움에 복음을 뿌리고 애착을 보이셨던 그 정성과 기회를 소돔에게도 허락했다면 소돔은 회개하며 심판을 면하고 망하지 않았을 것임을 말씀하셨다(23절). 그것은 이방 나라 두로와 시돈에 있어서도 마찬가지였다(22절). 이 말씀은 오늘날 성도에게도 대입할 수 있다. 지금 현재 불신자들 중에는 지금까지 나에게 베푸신 사랑과 은혜의 정도를 그들에게도 허락했다면 나보다 더 열정적으로 더 뜨겁게 하나님을 섬길 자가 많다. 그러므로 믿는 나는 끝까지 겸손해야 하고 끝까지 감사해야 한다. 나를 지금까지 붙들고 계신 것은 그저 하나님의 무한하신 은혜 덕분이다.

마음 약한 자에게 덤비세요
(마 11:25~30, 전도, 어린이 / 찬 499장)

예수님은 하나님께서 복음을 계시하신 대상이 그의 아들과 어린아이라고 말씀하셨다. 하나님은 자신의 외아들에게 복음을 계시하셨다(27절). 그리고 하나님은 어린아이들에게도 복음을 계시하셨다(25절). 하나님은 스스로 지혜롭고 슬기롭다는 자들에게는 복음을 숨기고 어린아이처럼 겸손한 자에게 계시하신다(25~26절). 이 말씀은 스스로 똑똑하다 하고 지혜롭다 하는 자들보다 마음이 가난하고 겸손한 자가 복음을 더 잘 받아드린다는 뜻도 된다. 왜냐하면 복음이라는 것은 사람의 머리로 들어가는 것이 아니라 가슴으로 들어가기 때문이다. 하나님은 머리가 좋은 사람을 싫어하는 것이 아니라 머리가 좋아 교만한 사람을 싫어한다. 복음은 영리한 사람이 받는 것이 아니라 마음이 겸손한 사람들이 받는다. 우리가 전도하다 보면 수술 직전의 사람들, 군인, 실직한 사람들과 같이 뭔가 인생에서 절박함이 있는 자들이 복음을 잘 받아드린다는 것을 체험한다. 여기에 전도의 방법이 있다. 예수님은 오늘날 교회의 전도 전략을 어린아이 같이 낮아진 사람, 마음이 약해진 사람 쪽으로 수정하라고 말씀하셨다.

주일에 돈 쓰지 말라구요?
(마 12:1~8, 교회, 개혁 / 찬 586장)

예수님과 제자들이 밀밭 사이로 지나갈 때 시장한 제자들이 밀 이삭을 잘라먹었다. 그런데 문제는 이날이 안식일이었다. 바리새인들은 밀을 비빈 그 행동을 안식일에 노동을 한 것으로 규정하고 시비를 걸어왔다. 이것은 안식일에 일하지 말라는 규정을 어긴 것이다. 제자들에게 이렇게 시비를 걸어오는 바리새인들에게 예수님은 자신이 안식일의 주인이라고 말하셨다(8절). 자신이 안식일의 주인이므로 안식일은 전적으로 본인의 통제 하에 있다는 것이다. 예수님께서 원하는 것은 율법의 잣대로 사람을 재는 것이 아니라 '자비'를 실행하는 것이었다(8절). 한국교회 안에 지금도 주일에 대중버스를 타는 것, 목욕탕 가는 것, 커피 자판기를 이용하는 것을 법적으로 엄격하게 금하는 교단이 있다. 인간에 대한 이해와 자비한 마음이 부족한 것 같다. 주일은 하나님께 경건히 예배를 드리고 피로한 몸과 마음을 재충전하는 휴식하는 날이다. 주일에 돈을 쓰느냐 안 쓰느냐는 아무런 의미가 없다. 주일에는 예배와 휴식이 필수이지 돈을 쓰느냐 마느냐의 문제는 거기에 댈 수 있는 것이 아니다.

용기 있으신 예수님
(마 12:9~14, 용기. 교회 / 찬 435장)

예수님께서 안식일에 회당에 들어가셨는데 거기에 손 마른 사람이 있었다. 그런데 예수님께서 이 사람의 병을 고치시기도 전에 벌써 바리새인들이 예수님에게 질문 공세를 하였다. "안식일에 병 고치는 것이 옳은 일인가?"(10절) 그들은 예수님께 질문을 던져서 거기에 답하는 것을 근거로 예수를 고소할 계획이었다. 지금 한 불쌍한 사람의 일생이 구제를 받느냐 마느냐의 중요한 순간에 그들은 이것을 자신들의 목적을 성취시킬 기회로 삼고 있다. 그들은 사람의 아픔에는 관심이 없었다. 그들은 남의 자식의 장애에 관심이 없었다. 그들은 자신들이 만든 규례와 조항에만 관심이 있었다. 그들은 안식일에 어떤 사람이 자기 옆에서 피를 흘리며 죽어가고 있어도 규례와 조항을 위해서는 눈도 깜짝하지 않을 사람들이다. 이들이 현대판 사이코패스들이 아닌가? 이에 예수님은 어떤 분인가? 이런 독기어린 시선 속에서도 예수님은 용기 있게 그의 병을 고쳐주셨다(13절). 하나님의 교회는 이렇게 사람을 살리는 일에, 사람을 보호하는 일을 위해서는 제도와 규례를 뛰어넘는 용기를 가진 교회이다.

예수님의 함구령
(마 12:15~21, 말. 정직 / 찬 286장)

예수님은 많은 무리의 병을 일일이 고쳐주신 후 그들에게 이 이야기에 대해서 아무에게도 말하지 말라고 함구령을 내리셨다(15~16절). 이 이야기가 널리 퍼지면 더 많은 사람이 자기를 따를 것이고, 그로 인해 자신의 사역이 더 수월할 수 있을 텐데 말이다. 왜 함구령을 내리셨을까? 자신을 단순히 기적을 행하는 사람으로 알리고 싶지 않으셨기 때문이다. 그리고 당시 사람들이 자신의 메시야 사역을 현실적이고 정치적인 쪽으로 몰고 가는 것을 방지하기 위함이었다. 그리고 예수님의 이와 같은 행위가 당시의 종교 지도자들의 시기로 인해 앞으로 이루어야 할 자신의 사역에 장애가 됨을 방지하기 위함이었다. 그래서 자신이 행한 기적 이야기를 함부로 발설하지 않도록 당부하신 것이다. 예수님은 이처럼 자신의 인생을 깊이 생각하시고 사려 깊게 행동하셨던 분이셨다. 우리는 사실 남들에 비해 조금이라도 잘난 점이 있으면 그것을 발설하고파 안달이 난다. 일반적으로 사람들이 구설수에 오르고, 말썽이 생기고, 품위에 손상이 가는 여러 가지 이유 중 하나는 말에 있어서 사려 깊지 못하기 때문이다.

성령훼방죄란 무엇인가?
(마 12:22~37, 성령훼방, 심판 / 찬 184장)

귀신 들려 눈멀고 벙어리 된 자들이 예수님의 권능으로 치유되는 것을 목격한 바리새인들은 귀신의 두목 바알세불의 권세로 예수가 졸개 귀신들을 물리치는 것이라고 악담하였다(22~24절). 이에 예수님은 저들에게 성령훼방죄를 적용하였으며, 그 죄는 영원히 용서받지 못한다고 하셨다(31~32절). 그러면 성령훼방죄란 무엇인가? 첫 번째, 성령의 은혜로운 역사를 마귀의 일이라고 규정하는 것이다. 두 번째, '집요성'이다. 그들은 예수님의 공생애 초기부터 마지막까지 집요하게 끝까지 비난하고 악담하였다. 대게는 한두 번 하다가 그만두는 것이 상례인데 그들은 그렇지 않았다. 세 번째, '고의성'이다. 그들은 예수님의 기적을 많이 목격하였다. 그래서 백성들은 예수님을 다윗의 자손, 즉 메시야로 보기까지 했다(23절). 바리새인들은 예수가 귀신 두목이 아니라는 것을 잘 알고 있었다. 그럼에도 그들은 고의적으로, 알면서도, 의도적으로, 집요하게, 꾸준하게 그의 거룩한 역사를 마귀의 일로 몰고 갔다. 이 세 요소가 있어야 성령훼방죄에 해당한다. 평범한 사람들이 일반적으로 범하기 쉽지 않은 죄이다.

귀신 퇴치법
(마 12:38~45, 성령, 사탄 / 찬 350장)

예수님은 표적을 구하는 유대교 지도자 앞에서 자신의 신성을 요나의 이야기를 통하여 전달하셨다(38~42절). 그리고 이어서 독특한 귀신론 강의를 하나 하셨다. 더러운 귀신이 방(사람의 마음)에서 잠깐 쫓겨날 수 있지만, 그들은 항상 다시 돌아오려는 습성을 가지고 있고, 더군다나 그 방이 깨끗이 청소되어 있으면 더욱 더 그러하다는 내용이다(44~45절). 예수님의 귀신론 강의의 요지는 현실 세상에서 악과 귀신을 극복할 수는 있지만, 그들이 사라지는 것은 아니라는 말씀이다. 악을 몰아냈다고 기뻐할 수 없다. 악이 물러간 그 자리를 텅 비게 내버려두는 것은 위험하다. 그 텅 빈 집에 귀신을 이길 다른 무엇이 있어야 한다. 그 빈자리에 성령님이 오셔야 하고 악을 이길 선이 들어와야 한다. 술꾼이 술을 끊어서 술집에서 시간을 낭비하지 않게 되었지만, 그 공백이 된 시간에 다른 어떤 성결된 삶이나 일을 하지 않으면 다시 옛 생활로 돌아갈 가능성이 많다. 진짜 귀신을 영구히 추방하려면 그 심령에 악을 제거함과 동시에 선을 기르고 배양해야 한다. 이것이 진짜 귀신 퇴치방법이다.

예수님의 가족관
(마 12:46~50, 섬김, 봉사, 가정 / 찬 322장)

예수님은 자기를 찾아온 동생들과 어머니를 냉정하게 대하셨다. 심지어 예수님은 "누가 나의 모친이며 내 동생들이냐"(48절) 하시며 그들은 자기 가족이 아니라고까지 하셨다. 예수님은 오히려 제자들을 가리키며, 저들이 자기의 형제요 자매요 모친이라고 하셨다(49~50절). 효자로 소문나신 예수님께서 어떤 의미로 이와 같은 말씀을 하셨을까? 예수님은 누구를 자기의 혈육으로 여기는가? 하늘에 계신 아버지의 뜻대로 행하는 자이다(50절). 지금 그는 자기에게 시중을 들고 있는 제자들을 "보라"고 하셨다(49절). 그리고 그들을 가리켜 "아버지의 뜻대로 행하는 자들"이라고 하셨다(50절). 누가 예수님의 진정한 가족인가? 시중드는 자이다. 봉사하는 자이다. 주일예배 한 번만 참석하고 지내는 자가 아니라 교회에서 교사하고, 성가대 하고, 설거지하고, 걸레질하고, 바닥을 쓸고, 음식을 만드는 그들이 진정 예수님의 가족이다. 아무리 예수님이라도 자기 가족에게는 그 애정의 강도와 깊이에 있어서 남다르지 않을까? 가족애에 있어서만큼은 예수님도 어쩔 수 없이 불공평하실 것 같다.

자녀의 마음을 가꾸는 교육
(마 13:1~9, 성경, 기독교교육, 자녀 / 찬 199장)

예수님의 유명한 '씨 뿌리는 비유'에서 씨는 하나님의 말씀을 가리킨다. 그리고 씨가 떨어질 가능성이 있는 곳은 길가(4절), 돌밭(5절), 가시떨기(7절), 좋은 땅(8절) 등이 있다. 이것들은 다 인간의 마음의 상태를 가리킨다. 하나님의 말씀이 좋은 마음에 떨어지면 30배, 60배, 100배의 결실을 거둘 수 있다(8절). 이 숫자들은 사람의 무한한 가능성에 대해서 말하는 것이다. 이 원리는 기독교교육에서 중요하다. 하나님의 말씀은 항상 있다. 어디에 가도 설교를 들을 수 있다. 문제는 마음이다. 기독교교육의 핵심은 얼마나 좋은 땅, 좋은 마음을 조성하는가에 달려있다. 교회교육의 성패는 사람의 마음을 얼마나 기름지고 좋은 토양으로 일구느냐에 달려있다. 말씀의 씨앗은 반드시 긍정적인 마음, 수용적인 마음, 온유한 마음에 떨어져야 한다. 마음에 장애가 있는 사람에게 아무리 많은 말씀의 씨앗이 떨어진들 무슨 소용이 있을까? 그러면 어떻게 하면 좋은 마음 밭을 가꿀 수 있을까? 부모가 먼저 신앙과 삶에 모범을 보여야 한다. 잔소리는 소용없다. 부모가 보여주면 자녀들 마음 밭은 자연스럽게 일구어진다.

마음이 무디어진 성도
(마 13:10~17, 설교, 인격 / 찬 94장)

예수님은 영적으로 완악하여 완전히 마비된 사람에 관해서 말씀하셨다. 여기서 예수님은 "있는 자"와 "없는 자"에 관한 말씀을 하셨는데, "있는 자"는 하나님의 말씀을 진리로 받아 드린 자를 가리키고, "없는 자"는 영적으로 마음이 둔감하여져서 완전히 마비된 사람을 가리킨다. "있는 자"나 "없는 자"가 공통으로 가지고 있는 것은 예수의 가르침에 대해서 들은 것과 예수의 행한 것에 대해서 본 것이다(13절). 그러면 왜 같은 것을 듣고 보고 했으면서도 이러한 차이가 나는 것일까? 마태는 이사야의 예언을 인용하여 이 '없는 자'들의 영적 상태를 설명하고 있다. 비록 그들이 볼 수 있는 능력과 들을 수 있는 능력을 가지고 있을지라도 그들의 본심이 완악하여져서, 그리고 완전히 무디어져서 전혀 보거나 들으려고 하지 않는다는 뜻이다. 무조건 눈과 귀를 닫아버리는 부류의 사람들이다. 이런 자들은 아무리 뛰어난 설교도, 아무리 짜릿한 기적도 소용이 없다(17절). 반면에 말씀을 들으면 마음이 찔리고, 흥분이 되고, 반응이 나오는 많은 사람 중에 나도 거기에 포함된 것이 얼마나 감사한지 모른다.

30배, 60배, 100배의 의미
(마 13:18~23, 성실, 상급, 봉사 / 찬 516장)

예수님께서 씨가 뿌려진 밭의 비유를 말씀하신 후에 거기에 자세한 해석을 덧붙여 주셨다. 즉, 길가, 돌밭, 가시떨기, 좋은 땅 등이 어떤 마음의 상태를 가리키는지 말씀하셨다(19~22절). 그리고 좋은 땅에 뿌려진 씨앗의 수확량에 대해서도 말씀하셨는데, 그것은 심은 것의 30배, 60배, 100배 정도 된다고 하셨다. 왜 생산량의 차이가 이렇게 나는 것일까? 이것은 상식적으로 생각하면 된다. 그것은 각 개인의 성격과 능력의 차이 때문이다. 어떤 사람은 부지런하고 성실한 성품을 가진 자가 있다. 또 어떤 사람은 낙천적이고 느슨한 성격의 소유자가 있다. 이 두 사람에게 동일한 말씀의 능력이 임했을 때 그들의 천성과 능력에 따라 결과가 다르게 나올 수 있다는 것은 당연하다. 우리는 좋은 마음 밭을 가꾸기 위해서 노력해야 하지만, 성실하고 근면하게 사는 성품을 기르는 것도 중요하다. 그리고 주어진 시간 속에서 열심히 실력을 갈고 닦는 것도 중요하다. 하나님은 준비된 사람에게 더 크게 역사한다는 것은 30배, 60배, 100배의 수확량의 차이를 통해서도 설명 가능하다.

가라지 같은 교인
(마 13:24~30, 교회, 종말, 심판 / 찬 491장)

예수님은 밀과 가라지 비유를 통해서 교회 안에도 악이 공존하고 있음을 말씀하셨다. 이 악이 가라지이다. 가라지는 교회를 넘어지게 하는 자들로 사탄이 뿌린 자식들이다(28절). 가라지와 밀은 생김새가 흡사해서 사람들은 가라지를 "거짓말"이라고 불렀다. 본질은 다르면서 생김새가 너무 똑같았으므로 구분도 힘들었고 제거하기도 쉽지 않았다. 교회 안에도 이렇게 삶 자체가 거짓말인 가라지가 있다. 생김새는 성도이나 본질은 완전히 다르다. 가라지는 모든 것이 다 거짓이다. 생긴 것이 똑같아서 안 들킬 뿐이지 그들은 가는 곳마다 밀(교회와 목회자와 성도)을 건드리고 시비를 건다. 그런데 농부이신 하나님은 왜 가라지를 제거하지 않는가? 가라지를 제거하는 과정에서 밀이 상처받고 손해를 입을 수 있기 때문이다(29절). 그러나 마지막 추수 때는 이들은 다 제거된다. 그러므로 추수 전까지 지상의 모든 교회들은 예외 없이 가라지들 때문에 소란을 피할 길이 없다. 교회생활 하면서 마음 안 상해보고 눈물 안 흘려 본 사람 있는가? 그것은 일정한 퍼센트의 가라지들이 교회 안에 있기 때문이다.

작은 것에서부터 시작합니다
(마 13:31~32, 개혁, 하나님 나라 / 찬 585장)

예수님은 겨자씨 비유를 말씀하셨다. 하나님 나라는 겨자씨처럼 작은 것에서부터 시작하여 급속도로 퍼져서 큰 나라를 이룬다는 내용이다. 겨자씨는 모든 씨앗 중 가장 작은 것으로 묘사될 만큼 작다(32절). 겨자씨는 거의 육안으로는 확인이 안 될 만큼 작다. 그러나 그것의 영향력은 대단하다. 겨자씨는 자라서 항상 거대한 나무가 되고 많은 새가 깃드는 울창한 잎을 가진다. 하나님나라운동이 이와 같다. 팔레스틴의 어느 한 마을에서 시작한 예수운동이 2000년이 지난 지금도 죽음과 죄악과 부패를 휩쓸고 지나가는 세계적인 거룩한 운동으로 전개되었다. 약 500년 전 거대한 로마 가톨릭의 부패에 맞서서 시작한 칼빈운동이 지금도 세계 교회에 개혁신앙의 물결로 뒤 덮고 있다. 이것이 기독교 역사요 하나님 나라의 역사이다. 개혁은 언제나 작은 것에서부터 시작한다. 그러므로 개혁은 내 가정에서도, 내 구역에서도, 내 동아리에서도 시작할 수 있다. 하나님 나라는 항상 겨자씨 같은 사람에 의해서 시작되었다. 그렇다면 오늘 내가 그 겨자씨가 한번 되어보는 것도 좋을 것 같다.

누룩처럼 끝까지 해야 합니다
(마 13:33, 하나님 나라, 선교 / 찬 505장)

예수님은 천국은 마치 가루 서 말 속에 갖다 넣어 전부 부풀게 한 누룩과 같다고 하셨다. 여기서 누룩은 두 가지 특징을 가지고 있다. 하나는 누룩은 가루 서 말을 '전부' 다 부풀게 하였다. 서 말은 한 에바와 같은 단위로 큰 질량을 가리킨다. 이 누룩은 큰 질량의 가루 속에 들어가서 '전부' 다 부풀게 하였다. 누룩은 '끝까지' '쉬지 않고' 자신의 운동을 계속하였다. 하나님나라운동도 이와 같아야 한다. 무엇이든지 하다가 중단하면 안 된다. 교회는 전도하는 일, 교육하는 일, 구제하는 일, 장애인을 돕는 일, 문맹자를 교육하는 일, 기독교 문화를 계승 창달하는 일 등을 끝까지 쉼 없이 해야 한다. 또 하나는 누룩의 특징은 큰 질량의 가루의 전 영역에 영향을 미쳤다는 것이다. 누룩은 가루 서 말을 '전부' 부풀게 하였다. 오늘날 교회도 사회 전 영역에 있어서 영향을 끼쳐야 한다. 정치, 경제, 사회, 문화 전 영역에 있어서 교회는 성서의 꿈과 비전을 그곳에 심어야 한다. 하나님의 마음을 그곳에 전달해야 한다. 그래서 전 영역에 있어서 변화가 일어나기를 꿈꾸어야 한다. 이것이 하나님의 현대적 선교이다.

왜 비유 설교를 하셨을까요?
(마 13:34~35, 구원, 지혜, 은혜 / 찬 292장)

예수님께서는 무리에게 가르치실 때 항상 비유로 가르치시고 비유가 아니면 가르치지 않으셨다(34절). 예수님께서 왜 이런 비유 교수법을 택하셨을까? 예수님의 말씀을 듣는 사람들 중에는 여러 부류의 사람들이 있었다. 제자들, 일반인들, 제사장, 랍비, 서기관, 관원들이었다. 그 중에서 제자들과 일반 평민들을 빼면 모두 다 예수를 책잡기 위해서 혈안이 되어있는 사람들이었다. 그들은 날마다 예수님의 뒤를 따르면서 그의 입술에서 나오는 말 중에 문제 삼을 만한 것들을 찾고 있었다. 그래서 예수께서는 그들의 외식과 행위를 비유로서 책망하셨다. 그리고 그들의 신학, 즉 유대교 신학과 상충되는 민감한 문제에 대해서도 항상 비유로 설명하셨다. 만약 예수님께서 이렇게 하지 않았을 경우 유대교 지도자들의 마음이 더욱 완악해져서 그가 십자가를 지기도 전에 그의 사역이 방해받을 수 있었다. 그래서 그는 중요한 대목에서는 항상 비유로 말씀하셨다. 예수님께서 전 인류를 구원하시기 위하여 이처럼 수고하셨다. 그는 나 한사람의 구원을 위해 이렇게 모든 면에 있어서 최선을 다하셨다.

예수님께서 아무리 좋은 말씀의 씨앗을 세상에 뿌려도 세상에는 항상 악한 자의 아들(가라지)이 있을 것임을 말씀하셨다(38절). 이 가라지는 구체적으로 사람을 죄짓도록 넘어지게 하는 자와 불법을 행하는 자들은 가리킨다(41절). 그러나 이들은 세상 끝에는 불에 멸망하게 된다. 예수님은 여기서 '불'이라는 단어를 사용하셨다. '풀무불'이라고 한 것은 지옥의 형용사적 표현이다. 지옥은 그만큼 고통스러운 곳이라는 의미이다. 다른 성경에서는 풀무불 대신 '불 못', '영원한 불' 등으로 표현되나 여전히 '불'이라는 단어는 중복 사용된다. 불은 몸서리치는 고통에 대한 상징적 표현이다. 마지막 날 가라지들은 이 불에 던져져서 거기서 슬피 울며 이를 갈게 된다(42절). '이를 갈다'는 표현은 굶주림에 지친 짐승이 으르렁대는 모습을 연상케 한다. '불' '슬피 울다', '이를 간다'는 말은 상당히 구체적인 표현이다. 어떤 신학자들 중에는 지옥을 부인하는 이들이 있다. 지옥이 없다면 예수님께서 어떻게 이렇게 생생한 표현을 하실 수 있었을까?

예수님은 밭에 감추인 보화의 비유를 말씀하셨다. 이 비유는 사실적이다. 팔레스틴의 집은 전쟁이나 습격, 그리고 강도 맞기에 쉽게 되었기 때문에 주인은 보화를 안전한 땅에 묻어두었다. 그런데 이 사실을 아무에게도 알리지 않고 주인이 죽었다. 어떤 사람이 우연히 이 집의 땅을 파다가 뜻밖에 그 보화를 발견하였다. 그 사람은 이 보화를 합법적으로 자기의 것이 되게 하기 위하여 그 땅을 사야만 했다. 그는 땅을 구입할 돈을 얻기 위하여 자기의 모든 것을 팔았고 그의 전 재산을 포기하였다. 그만큼 보화를 얻는 기쁨이 크기 때문이었다. 이 비유는 '천국'은 이 세상의 다른 어떤 것도 포기할 수 있을 만큼 귀하다는 것을 말해준다. 천국을 이미 확보한 사람은 그 인생에서 그 어떤 다른 결핍에도 궁극적인 위로를 얻을 수 있다. 왜냐하면 천국이 인생에서 '전부 다'이기 때문이다. 그러므로 천국을 얻은 사람은 이것을 잃어버리지 않기 위해서 무엇이든 할 수 있다. 사람은 지옥을 면할 수만 있다면 그 어떤 것도 포기할 수 있다. 바울도 "내가 그를 위하여 모든 것을 배설물로 여기노라"(빌 3:8)고 하였다.

예수님은 좋은 진주를 얻은 장사꾼의 비유를 말씀하셨다. 이 비유의 목적은 두 가지가 있다. 하나는 발견한 자의 기쁨에 있다. 천국을 발견한 사람의 기쁨을 최고의 진주를 얻은 기쁨으로 표현하였다(45절). 지구상에 수십 억의 인구가 살지만 천국을 선물 받은 자는 과연 몇 퍼센트가 될까? 이미 내가 천국을 소유했다면 나는 10억을 땅에서 주은 사람처럼 항상 싱글벙글 살아야 한다. 또 이 비유는 성실한 사람에게 기쁨이 온다는 것을 말한다. 장사꾼은 '자기의 소유를 다 팔아', 즉 모든 것을 총동원해서, 최선을 다해서 최고의 진주를 손에 넣었다. 하나님은 어떤 자에게 기쁨을 주는가? 자기 일에 최선을 다하는 자에게 그것을 주신다. 어떤 자가 천국의 기쁨을 소유하는가? 빈둥빈둥 사는 사람이 아니라 세상에서 책임적 존재로, 성실히 사는 사람이 소유한다. 하나님은 성실한 자를 좋아하신다. 하나님은 열심히 노력해서 실력과 능력과 가능을 연마하고 갈고 닦는 사람을 후원하신다. 하나님은 일확천금을 달라고 놀면서 기도하는 자보다 성실한 자에게 생각지도 못한 일확천금을 주신다.

예수님은 천국을 각종 물고기들이 걸려있는 그물에다 비유하셨다(47절). '각종 물고기'는 이 세상에 있는 각양각색의 사람을 의미한다. 그 안에는 의인과 악인도 함께 뒤섞여 살고 있다. 어부는 각종 물고기가 달려있는 그물을 육지로 올린 후에 그것들을 쓸모 있는 고기와 쓸모없는 고기를 가려내는 작업을 한다(48절). 이것은 세상 끝에도 이러한 일이 있음을 암시하는 말씀이다. 세상 끝에도 의인과 악인을 구분하는 작업이 있다(49절). 이 비유를 통해서 볼 때 현재 교회 안에도 역시 선한 사람, 악한 사람이 혼합되어있다. 그러나 교회 안에 누가 선한지, 누가 악한지, 누가 참된지 누가 거짓된지 그것을 가려내거나 분별할 수 없다. 왜냐하면 선악의 분리는 인간이 할 일이 아니며 하나님의 역사이기 때문이다. 교회는 교회에 오는 모든 사람을 모이게 해야 할 의무만 있지 분리하고 자르고 제거해야 할 의무는 없다. 자르고 제거하는 일은 최후의 심판자의 손에 맡겨야 한다. 세상의 끝에 천사들에게 맡겨진 '사람을 제거하는 의무'를 인간이 해서는 안 된다.

신학교에 가야 합니까?
(마 13:51~52, 소명, 충성 / 찬 218장)

예수님은 제자들에게 여러 가지 비유를 들어서 천국론 강의를 하셨다. 그리고 그들에게 "천국의 제자된 서기관마다 마치 새것과 옛것을 그 창고에서 내어 오는 집주인과 같다"(52절)고 하셨다. 여기서 '서기관'은 학구열이 대단했던 '그 서기관적 열정을 가리키는 단어이다. 그 열정이 옛것(율법)을 잘 깨닫도록 했을 뿐 아니라 새 것(천국론)까지도 잘 이해할 수 있게 했다는 뜻이다. 학문적 열정과 성서에 대한 기본 지식(옛것)을 가진 제자들은 결국 어려운 천국론 강의도 쉽게 이해하였다. 즉, 옛것이 큰 참고 되었다. 하나님은 언제나 우리의 옛것, 즉 옛 지식, 옛 소질, 옛 능력을 버리라 하지 않는다. 오히려 그것을 가지고 새 일, 즉 주의 일에 더 증진하라 하신다. 학자인 대학교수가 예수를 믿었다고 해서 자신의 학문을 포기하고 신학을 해야 하는 것이 아니다. 그 옛것을 가지고 주님을 위해서 더 사용해야 한다. 가수, 화가, 엔지니어, 운동선수 같은 직업인이 은혜 받았다고 다 신학교에 가면 어떻게 되겠는가? 그 옛 소질과 달란트를 가지고 주님을 위해 더 증진하는 것이 옳다.

설교자를 평가하지 마세요
(마 13:53~58, 설교, 예배 / 찬 66장)

예수님이 고향 회당에서 설교하실 때 "이 사람의 지혜와 능력이 어디서 났느뇨?"(54절) 하며 고향 사람들이 처음에는 놀라워했다. 그러나 그들이 예수님의 출신성분을 상기하면서부터 상황은 달라졌다. "이는 그 목수의 아들이 아니냐 그 누이들은 다 우리와 함께 있지 아니하냐"(55~56절) 하며 그들은 예수를 배척하기 시작하였다(57절). 어릴 때 같은 동네에서 뛰어 놀던 아이의 설교를 동네 어르신들이 받아드릴 수가 없었다. 예수님은 유독 자기 고향에서 만큼은 인정받지 못했다. 그의 설교는 가는 곳마다 히트를 쳤지만 자기 고향에서는 먹히지 않았다. 그의 설교는 항상 동일했지만 청중들에 따라 반응이 달라졌다. 그러니까 청중들이 그 설교의 반 이상을 차지한 셈이다. 오늘날 교회도 마찬가지이다. 어떤 분위기는 설교자를 죽쓰게 만들기도 하고, 혹은 신나게 만들기도 한다. 문제는 청중인 '나'이다. 설교에 은혜를 받고 못 받고는 나에게 달려있다. 사람은 자신의 선입견, 기호, 성향이라는 잣대를 통해서 설교를 판단한다. 그뿐 아니라 그것으로 인해 설교의 은혜의 유무도 결정된다.

헤롯은 예수에 관한 이야기를 듣고 세례 요한이 부활하여 예수 속에서 활동하고 있다고 믿었다. "이는 세례 요한이라 저가 죽은 자 가운데서 살아났으니"(2절) 헤롯은 죽은 자의 부활을 믿었다. 죽은 자의 부활 사상은 당시 바리새파들이 가지고 있었다. 반면에 사두개파, 즉 제사장들은 죽은 자의 부활을 믿지 않았다. 그들은 영, 천사, 부활을 믿지 않았다. 아마 헤롯은 바리새파의 영향을 받은 것 같다. 헤롯 같은 살인자요 냉혈한도 부활을 믿었다는 것은 인간의 본성 속에 종교성이라는 것이 얼마나 뿌리 깊게 자리하고 있는가를 보여준다. 인간은 태고 시절부터 눈에도 보이지 않고 귀에도 들리지 않는 신을 찾고 갈구 했다. 이것은 인간 심성 속에 심겨진 종교성 때문이다. 사람은 누구에게나 종교성이 있다. 그래서 늘 신적인 존재, 즉 절대자를 찾는다. 절대자에 대한 경외심 혹은 공포감도 가지고 있다. 그러므로 교회와 성도는 항상 사람들을 향하여 기독교 진리를 소개해야 하며 십자가를 증거해야 한다. 인간의 본성 속에 있는 그 종교심이 예수님과 만날 수 있도록 늘 전도해야 한다.

세례 요한이 헤롯의 부정한 사생활에 대해서 지적했다가 감옥에 갇히게 되었다. 부정한 사생활이란 헤롯이 자기 동생의 아내를 빼앗아 결혼하고 자기 본 부인을 버린 사건을 가리킨다(3절). 헤롯은 새 부인 헤로디아의 간청으로 세례 요한의 목을 베어 죽인다(10~11절). 헤롯은 본래 세례 요한을 무서워해서 죽일 생각이 없었다(5절). 당시 민중들의 제왕으로 불리우는 세례 요한을 죽인다는 것은 큰 소요를 일으킬 수 있기 때문이었다. 그러나 술 취한 헤롯은 여자의 꼬임에 빠져서 자기의 소신을 갑자기 바꾼다. 줏대 없는 남자이다. 그는 자신의 일생을 늘 타인에 따라 너무 쉽게 바꾸는 사람이었다. 그는 이 사람, 저사람, 모든 부류의 사람들과 사귀기 원했고 또 그들의 마음에 들기 원했다. 그래서 헤롯은 인간관계는 좋았는지 모르지만 큰일을 하기에 부족한 사람이었다. 그는 비겁한 평화주의자였다. 큰일을 위해서는 자기 일을 소신껏 밀고 나가야 하고 냉소자와는 단연코 결별해야 한다. 자기 소신이 약하고 귀가 얇은 사람은 성공하기도 힘들지만 남도 위험에 빠지게 한다.

낭비하지 마세요
(마 14:13~21, 근면, 성실, 직분자 / 찬 324장)

예수님께서 자기를 따르던 무리들을 오병이어로 배부르게 하셨다. 한 아이의 도시락에 있던 음식에 예수님의 입술 기운이 들어가니(19절) 남자 장정만 5천 명이 먹고도 남는 기적이 일어났다(21절). 그리고 사람들이 풍성하게 먹고 난 후 남은 음식을 버리지 않고 열두 광주리에 담았다(20절). 왜 남은 음식을 버리지 않고 따로 보관했을까? 예수님의 경제원칙 때문이다. 예수님은 배고픈 사람들에게는 음식을 충분히 주셨다. 그들은 배불리 먹었다(20절). 그러나 음식이 낭비되는 것은 원치 않으셨다. 예수님은 필요한 때는 모든 것을 넉넉히 사용하시지만 쓸데없는 일에 자원이 낭비되는 것을 싫어하셨다. 그는 교회가 재정을 아낌없이 쓰되 헛된 일에 낭비하는 것은 원치 않는다. 나만이 가지고 있는 특이한 달란트가 있다. 그는 이것들이 적절한 곳에 풍성히 사용하기를 원하시지 그것이 사장되는 것을 원치 않으신다. 나에게 주신 재능을 엉뚱한 곳에 써서도 안 되지만 쓰지 않아서 사장되고 낭비되는 것을 막아야 한다. 예수님은 모든 면에 경제적 원칙을 가지고 계신다.

배안에 있지 말고 뛰어 내리세요
(마 14:22~33, 충성, 헌신, 결단 / 찬 325장)

물 위를 걸으시는 예수님을 보고 제자들은 놀라서 유령이라고 소리쳤다(25~26절). 갈릴리 바다에 풍랑이 일 때 종종 유령이 출몰한다는 전설이 내려왔기 때문이다. 예수님께서 즉시 그들을 안심을 시켰다. 그런데 베드로가 자기도 물위를 걸어보겠다고 나섰다(27~28절). 다소 무모하지만 그는 자기의 믿음으로도 예수님처럼 충분히 물 위를 걸을 수 있다고 확신했다. 자기 믿음을 실생활 속에서 실행에 적용해보자고 하는 베드로의 태도는 높이 살만하다. 사실 배는 안정감을 주는 곳이다. 배 안에 있으면 파도도, 바람도 피할 수 있다. 그러나 베드로는 그 안정감을 주는 배에서 지금 나오려고 하고 있다. 배 안에 있기보다는 자기가 가진 믿음이 현실에서 얼마나 실효가 있는지 알고 싶었다. 여기에 좋은 장점이 있다. 어떤 성도는 신앙생활에서 안정감만 찾는다. 일주일에 한번 교회 나가면 되었지 그밖의 다른 교회의 요구에는 신경 쓰지 않는다. 안정된 신앙생활이 좋으니 헌금, 시간, 헌신을 강조하지 말라고 한다. 아니다. 예수님은 안정감만 주는 곳에서 나와서 자기 쪽으로 뛰어들라고 하신다(29절).

예수님은 게네사렛 지방으로 가셨다(34절). 그런데 무리들이 예수님을 금방 알아보고 몰려들었다(35절). 그들은 다만 예수님의 옷자락이라도 만지면 병이 나을 줄 알고 예수님께 간구했다. 그리고 그것이 그대로 되었다(36절). 무리들은 게네사렛에 오신 예수님을 '알아보고'라고 했는데 어떻게 그 인줄 알아보았을까? 그 지역의 어떤 사람들이 예수에 대해서 통지하며 다녔기 때문이다. '통지하다'는 말은 "사자를 보내어 소식을 전하다"라는 말이다. 게네사렛 지역의 어떤 사람들이 예수님이 이 지방에 오셨다는 사실을 알리기 위해서 열렬히 광고하고 다녔다. 그 광고소식을 듣고 그 지역 주민들이 그에 대하여 관심이 고조되었다. 그리고 몰려 나왔다. 여기서 한 가지 알 수 있는 것은 광고도 전도라는 것이다. 교회 광고도 전도의 한 부분이다. 우리는 우리 교회를 얼마나 광고하며 살고 있는가? 우리 교회는 소외되고 가난하고 불행한 자들과 함께 하는 교회라는 광고는 특히 기독교에 대해서 냉소적인 사람들까지도 교회로 올 수 있게 한다. 믿지 않은 자에게 교회 험담을 잘하는 자는 전도의 길을 막고 있는 것이다.

바리새인들과 서기관들은 장로의 유전, 즉 율법은 중시하면서도 자기 부모에게는 자식된 도리를 다하지 못하는 사람들이었다. 그들은 정작 중요한 것은 외면하고 그렇지 않은 것에는 목숨을 걸었다. 예수님은 그것을 두고 그들을 '외식하는 자'라고 하셨다(7절). '외식하다'는 '연기하다'는 뜻이다. 당시 예수님은 유대교 지도자들 중에는 부모에게 바쳐야 할 돈이 아까울 때 그 돈은 하나님께 받쳐야 할 헌금용(5절)이라고 소개한 뒤 유용했던 그들을 가리켜 '연기자'라고 하셨다. 그들은 능수능란한 연기로 율법을 편의대로 조작하며 편리하게 살았다. 그들은 신앙을 구실로 해서 인간적으로 해야 할 도리를 못하는 '종교 배우'들이었다. 교회 안에도 종교 배우들이 많이 있다. 교회 기물을 위해서는 돈을 잘 기부하면서 자기 부모에게는 인색한 사람은 신앙인을 흉내 내는 자이다. 신앙을 이유로 해서 사람의 도리와 본분을 무시하는 자가 있는가? 우리는 영적인 것에 눈이 멀어 인간관계에서 버릇없는 행동을 하는 자가 되지 말아야 한다. 교회 내에서도, 영적인 세계에서도 유교의 삼강오륜이 필요하다.

하나님의 무관심
(마 15:11~14, 심판, 위선, 회개 / 찬 283장)

예수님은 바래새인들의 이중성에 대해서 지적한 뒤 그들을 소경으로 비유하셨다. 그리고 하나님은 그들에게 무관심하다는 사실을 지적하셨다. 예수님은 제자들에게 바리새인들을 '그냥 두어라'고 하셨다. '그냥 두어라'의 문자적 의미는 '관여하지 말라'는 뜻이다. 이 말은 하나님의 무관심에서 오는 '유기', 즉 '버려둠'을 가리키는 말이다. 하나님은 어떤 사람에게 이러한 조치를 내리는가? 외식하는 바리새인과 같은 자들이다. 그들은 형식화된 외적인 율법을 강조하면서도 내면에 변화가 일어나지 않는 사람들이었다. 그러면서도 타인은 불의하고 자신들은 의인이라는 착각에 빠져 있는 사람들이었다. 그들은 계속된 경고에 마음 문을 열지 않았다. 이런 자들에게 내려질 심판은 '그냥 두어라'이다. 성도에게 가장 큰 징벌은 그가 어떤 위험에 처해있던 상관하지 않는 하나님의 무관심이다. 사람은 하나님과의 관계에서 이런 지경까지 가지 말아야 한다. 그러기 위해서는 자신의 내면에 들려오는 하나님의 음성에 계속 귀를 기울이고 자기 것에 고집을 피우지 말아야 한다.

마음의 창문을 하나님께 여세요
(마 15:15~20, 마음, 성령, 사탄 / 찬 398장)

베드로가 예수님께 "입에 들어가는 것이 더러운 것이 아니라 입에서 나오는 것이 더럽다"는 말씀에 대한 해석을 부탁하였다(15절). 예수님께서 이에 답하시기를 사람에게 진짜 더러운 것은 배설물이 아니라 마음에서 나오는 악한 생각, 살인, 간음, 음란, 도적질, 거짓증거, 훼방이라고 하셨다. 배설물이 문제가 아니라 마음이 문제라는 것이다. 그러므로 마음을 잘 간수해야 한다. 그러나 문제는 이것이 쉬운 일이 아니라는 것이다. 실은 자기 마음이 자기 것이지만 자기 마음대로 잘 되지 않는다. 마음이란 자기의 이성과 의지로는 조절이 안 된다. 왜냐하면 마음에 거하는 존재가 '자기'가 아니기 때문이다. 그곳은 '하나님' 아니면 '사탄'이 거하는 곳이다. 마음에 하나님으로 충만할 때는 성령의 열매를 늘 맺을 수 있지만, 마음에 사탄이 자주 들락거리면 금방 악인으로 돌변한다. 그러므로 성도는 자기 마음에 하나님이 늘 상주하시도록 해야 한다. 항상 자기 마음을 하나님이 다스려주시기를 간구해야 한다. 그렇게 하지 않으면 그의 인격은 끝난다. 왜냐하면 하나님이 안 계신 그 마음에 사탄이 자리 잡기 때문이다.

어떤 가나안 여인이 예수님께 나아와서 흉악한 귀신 들린 자신의 딸을 고쳐주기를 원했을 때(22절) 예수님은 "자녀의 떡을 취하여 개들에게 던짐이 마땅치 아니하니라"(26절)며 대꾸하셨다. 예수님은 자기 자신이 가나안 사람(개)을 상대하지 않는다고 하셨다. 어떻게 보면 예수님께서 가나안 여인의 청을 일언지하에 거절하여 버린 것처럼 보인다. 예수님께서 왜 이 여인에게 그와 같은 모멸감을 주었을까? 사실 예수님은 이 여인을 '개'라고 부를 때 그 '개'는 아주 예쁜 애완용 개를 가리키는 것이다. 이것은 모멸적인 언어가 아니라 일종의 친근한 유머였다. 사람의 말이란 말하는 사람의 어조나 표정에 따라서 달라진다. 때로는 욕도 오랜만에 만난 친구사이에는 오히려 친근감의 표현이 된다. "이 개똥아" "이 똥파리야"라는 별명은 미소를 띤 친구에게는 하나도 모멸감을 느끼지 않는다. 예수님은 가나안 여인에게 유머를 사용하셨다. 예수님은 유머가 있으신 분이다. 우리가 아무리 심각한 일을 당해도 그는 유머로 우리를 대해주시고, 그리고 문제를 가볍게 해주신다.

예수님께서 두로와 시돈을 떠나 갈릴리로 가신 후 어느 산으로 올라가셨다(29절). 이때도 큰 무리들이 그를 따라왔다. 예수님이 이 지방에 오셨다는 소식을 듣고 병으로 인해 괴로워하는 모든 사람이 그 앞에 나아왔다(30절). 그들은 예수님께서 모든 것을 능히 치유하시는 분으로 알았다. 그 중에는 자신의 친척들, 친구들, 이웃들을 데리고 와서 예수님의 발 앞에 두는 사람들도 있었다. 여기서 '발 앞에 두매'(30절)라는 말은 "사람이나 물건을 서둘러 내려놓다"라는 의미가 있다. 이것은 방치를 의미하는 것이 아니라 병자들을 예수님의 발 앞에 내려놓는 행위가 계속되었음을 보여주는 말이다. 교회는 무엇을 하는 곳인가? 교회는 사람들을 예수님의 발 앞에 내려놓아야 한다. 교회는 가난한 자, 병든 자, 소외된 자들을 예수님 발 앞에 내려놓아야 한다. 교회는 세상에서 수고하고 무거운 짐 진 자들을 다 불러 모아서 예수님의 발 앞에 놓아야 한다. 이것이 봉사이다. 교회 봉사란 무엇인가? 각종 부류의 사람들이 예수님 앞으로 나올 때 이 사람들을 시중드는 것이 봉사이다.

예수님께서 많은 병자를 고치신 후 그 병 나은 자들과 그 이적을 목격한 무리들이 사흘이 지나도록 그 자리를 떠나지 않고 계속해서 굶주린 상태에 있었다(32절). 사흘 동안 굶은 무리들 앞에서 제자들은 당황하며 "도대체 우리가 어디서 이 사람들을 먹일 떡을 구할 수 있단 말인가?"(33절)라며 난감해했다. 제자들의 이런 푸념은 불신앙에서 나온 것이었다. 제자들은 얼마 전 물고기 두 마리와 보리떡 다섯 개로 오천 명을 먹이신 예수님의 권능을 까마득히 잊고 있었다. 예수님은 곧 떡 일곱 개와 생선 두 마리로 다시 한 번 큰 이적을 베푸셨다(36~37절). 우리도 종종 제자들과 같은 푸념을 한다. "도대체 이일을 어떻게 감당한단 말인가?" "도대체 나보고 어쩌라고 이러한 시험을 주시는 겁니까?" 이것은 과거에 나에게 베풀어주신 하나님의 은혜를 잊어버린 데서 나오는 말이다. 무지하고 허약한 자신을 지금까지 이렇게 정상적인 생활을 할 수 있도록 지탱케 하신 하나님을 기억하는 사람은 결코 이러한 푸념을 하지 않는다. 내일 일에 대한 걱정은 어제 베풀어주신 하나님의 은혜를 망각한 결과이다.

바리새파들과 사두개파들은 예수님께서 지금껏 많은 종류의 기적을 행해 오신 것과는 다른 종류의 표적인 '하늘로서 오는 표적', 즉 만나의 기적, 여호수아 시대 때 해와 달을 멈추게 한 기적과 같은 기적을 구했다(1절). 그러나 예수님은 그러한 그들의 태도를 악하고 음란한 세대의 특징이라 하셨고 그들에게 보여줄 수 있는 것은 요나의 표적밖에 없다고 하셨다(4절). 요나의 표적이란 예수님의 죽음과 부활을 의미한다. 그들은 종교적 허영심을 채워주는 하늘의 표적을 구했지만, 예수님은 자신의 죽음과 부활의 표적보다 더 분명한 표적은 없다고 응답하셨다. 어떤 사람들은 짜릿하고 신기한 기적만을 추구한다. 그러나 믿음을 확증할 가장 분명한 표적은 예수님 자체이시다. 그분 말고 더 이상 무슨 기적이 필요하겠는가? 예수님의 그 호소가 마음에 미치지 못한다면 어떤 기적도 그 마음을 움직일 수가 없다. 우리는 예수님 안에서 이미 하나님을 만났고 진리를 보았다. 이것이 기적이고 이것으로 충분하다. 더 이상의 기적에 대해서 궁금히 여긴다면 그것은 아직 믿음이 없다는 증거이다.

악인을 피해야 악을 피할 수 있다
(마 16:5~12, 절제, 성결 / 찬 40장)

예수님은 바리새인과 사두개인들의 '누룩'을 조심하라 하셨다(6절). 누룩은 원래 빵을 만들 때 밀가루를 발효시키는 효모와 같은 것이다. 제자들은 이 용어 자체를 이해하지 못하고 어리둥절하였다(7절). 여기서 '누룩'이란 바리새인과 사두개인들의 악한 교훈의 침투력을 가리킨다(12절). 본래 악인들의 사고방식은 침투력이 강하다. 그것은 누룩처럼 퍼진다. 그래서 사람들은 선한 사람에게 영향을 받기보다 악한 사람에게 금방 물이 든다. 그러므로 악한 자들과 만나지 않는 것이 예방책이 된다. 시편 1편에서 악한 자들과 같은 자리에 앉지 않는 것 자체가 복이라 했다. 악한 자들과 친구를 해도 그 악을 무찌를 수 있다는 생각은 교만이다. 상책은 피하는 것이다. 악인의 이야기는 흥미는 있지만 독이 있다. 그 독은 삽시간에 퍼지고 마음을 점령하는 힘이 있다. 그래서 나쁜 친구와 멀리하는 것만으로도 악의 절반은 방어한 것이다. 악인과 절교하는 것만으로도 인생의 반은 성공한 것이다. 나쁜 친구와 사귀지 않는 것만으로도 하늘의 상급이 있다. 악한 자와의 교제는 나의 행복에 치명적인 지장을 준다.

당신은 예수를 누구라 하십니까?
(마 16:13~20, 체험, 확신 / 찬 463장)

예수님은 "사람들이 인자를 누구라 하느냐?"(13절)라며 제자들에게 질문하셨다. 당시 사람들은 그를 세례 요한, 엘리야, 예레미야, 선지자 중 하나로 여겼다(14절). 예수님은 여기에 만족치 않으시고 제자들에게도 동일한 질문을 던지셨다. 이때 베드로가 "주는 그리스도시요 살아계신 하나님의 아들입니다"(16절)라는 명답을 제시했다. 흐뭇하셨던 예수님은 이 반석 같은 믿음 위에 장차 교회를 세우겠다고 하셨다(18절). 그의 이 질문은 모든 시대의 사람들에게도 동일하게 하신다. "당신은 나를 누구라 생각하느냐?" 설교를 통해서 들은 것 말고, 책에서 본 것 말고, 남이 전해준 것 말고, 당신이 개인적으로 만난 예수가 누구인지 알기 원한다. 사람들은 예수를 세계 4대성자 중 한 사람이라 하지만, 내가 개인적으로 만난 예수는 누구인가? 어떤 이는 그를 친구로, 남편으로, 아빠로 기타 등등으로 정의한다. 기독교 역사 2000년 동안 예수를 만난 사람들은 이 부분에 대해서는 무궁무진한 말과 용어로 자신과 그분과의 관계를 정의하여 왔다. 그분을 정의하는 그 단어가 곧 그의 삶과 신앙의 성적표이다.

예수님은 베드로의 신앙고백을 들으신 후 자신이 장차 수난을 당하고 죽을 것을 공개적으로 나타내셨다(21절). 이때 베드로는 "간하여 가로되 주여 그리 마옵소서"(22절)하며 예수님을 붙들고 적극 만류하였다. 화가 나신 예수님은 베드로에게 "너는 나를 넘어지게 하는 자로다"(23절), 직역하면 '너는 나의 거침거리이다'라고 하셨다. 조금 전에는 반석 같은 믿음의 소유자로 칭찬받았던 베드로는 졸지에 예수님의 거침거리로 전락하고 말았다. 여기서 '간하여'라는 말은 '호통치다'라는 뜻이다. 예수님은 십자가에서 죽으시기 위해서 오셨는데 베드로는 그것을 나약한 소리로 보고 호통을 쳤다. 베드로는 예수님을 민족 해방가로 보고 있었다. 말하자면 예수관이 잘못되어 있다. 이것은 오늘날도 마찬가지이다. 예수관이 잘못되어 있으면 사람들은 늘 예수님께 화를 낸다. "주님 왜 빨리 안 도와줍니까?" "주님 왜 일을 이렇게 처리하셨습니까?"라고 말이다. 예수님은 인류의 구원을 위해서 십자가에서 죽으신 분이라는 사실을 잊어버리면 그에게 화를 낼 수밖에 없다. 그는 우리의 수호신이 아닌데 말이다.

예수님께서 세 제자를 데리고 산에 오르셨을 때 갑자기 그의 얼굴이 해같이 빛나더니 그 옷까지 희게 되었다(1~2절). 예수님의 몸속에서 발하였던 광채는 그가 입고 있는 옷까지 투과하여 그 옷까지도 눈부신 상태가 되었다. 그리고 모세와 엘리야가 나타나더니 예수님과 대화하는 모습도 잡혔다(3절). 이 광경을 세 제자가 본 것이다. 이 모습에 취한 베드로는 너무 황홀하여서 예수님께 그냥 여기서 집을 짓고 살면 어떻겠냐고 제안하였다(4절). 참으로 베드로다운 발상이다. 그는 이 엄청난 광경을 목격하고 너무나 황홀해서 이것을 조금이라도 연장하고 싶었다. 어쩌면 일상의 평범한 현실로 돌아가고 싶지 않았는지 모르겠다. 우리도 종종 이런 느낌을 만날 수 있다. 뜨거운 기도와 찬양 속에서 하나님과 일체감을 가질 때, 강력한 성령의 임재를 경험할 때 우리도 베드로와 같은 느낌을 만날 때가 있다. 은혜의 폭포수가 내려오는 순간이다. 이런 경험은 가끔씩 필요하다. 무미건조하고 냉랭한 일상의 삶이 연속될 때 가끔씩 이 같은 황홀한 경험은 우리의 신앙생활에 활력을 줄 수 있다.

예수님을 쉽게 정의하지 마세요
(마 17:9~13, 예수님, 진리 / 찬 93장)

예수님은 변화산 경험을 하고 내려온 제자들에게 조금 전 광경에 대해서 아무 말도 하지 말라고 하셨다(9절). 왜 그러셨을까? 예수님은 얼마 전 순교한 세례 요한이 말라기에서 예언된 엘리야의 재현이라는 사실을 설명하시고는 유대인들은 그 사실을 알지 못하고 세례 요한을 임의대로 해석하여 그를 죽였다고 설명하셨다. 예수님은 자신도 이와 같은 일을 당할지 모른다고 생각하셨다. 산에서 변화하신 예수님의 모습이 유대 사회에 유포되면 예수의 이미지는 왜곡될 가능성이 컸고 그러면 위험에 빠질 가능성도 그만큼 컸다. 메시야가 누구이며, 그가 앞으로 무슨 일을 할지 알지 못하는 사람에게 그의 변모하신 모습을 이야기하는 것은 너무 위험했다. 정확히 모르는 사람에게 단서 없이 말하는 것은 위험하다. 오늘날도 저마다 예수에 대해서 많은 말을 한다. 이런 이유 때문에 수많은 예수상이 있다. 지금도 수많은 예수상이 인간의 경험과 상상 속에서 만들어지고 있다. 우리는 성서 속에서만 예수를 찾아야 한다. 성서가 말하는 예수만 생각해야 한다. 그리고 쉽게 예수를 말하는 습관을 고쳐야 한다.

얼마나 함께 해야 믿겠느냐?
(마 17:14~21, 믿음. 불신앙 / 찬 311장)

예수님의 제자들은 간질병으로 고생하는 아이에게 아무런 도움을 주지 못했다. 그러나 아이의 아버지가 예수님께 나아왔을 때 비로소 해결을 받았다. 예수님은 간질병 걸린 아이에게 아무런 능력을 행사하지 못한 제자들에게 "믿음이 없고 패역한 세대"라고 책망하셨다(15~18절). 여기서 믿음이 없다는 말은 믿음이 적음을 뜻하지 않고 불신앙을 의미하는 말이다. 그들은 겨자씨만큼의 믿음도 없었다(20절). 그들이 믿음이 적어서 그 일을 이루지 못한 것이 아니고 믿음이 없어서 그 일을 이루지 못했다. 그러므로 능력이 나타나지 않았다. 여기서 주목을 끄는 말은 "내가 얼마나 너희와 함께 있으며…"라는 대목이다. 분명히 제자들은 예수님과 함께 있으면서 많은 병자가 치유되는 것을 보았다. 그런데도 그들은 믿음을 가지지 못했다. 우리도 얼마나 많은 하나님의 역사를 자신과 이웃의 삶 속에서 목격하였는가? 그럼에도 불구하고 여전히 조그만 사태 앞에서도 위축되고 벌벌 떠는 모습이 우리에게 있다면 "내가 얼마나 너희와 함께 있어야 너희가 나를 믿겠느냐"는 책망을 우리도 듣지 않겠는가?

교회는 100% 정직을 목표로 삼아야 한다
(마 17:24~27, 국가. 정의 / 찬 580장)

성전세를 수금하는 자들이 "왜 예수님은 성전 세를 내지 않느냐?"고 베드로에게 물었다 (24절). 이에 베드로는 예수님께 물어보지도 않은 채 우리 예수님은 세금을 낸다고 대답을 해버린 것은 평소 예수님께서 성전세를 내셨던 것을 보았기 때문이다(25절). 예수님께서 납세의 의무에 대해서 분명히 천명하셨다. 예수님은 자신이 하나님의 아들이기 때문에 당연히 성전세가 면제되어야 하지만, 사람들을 실족시키지 않기 위해서는 자신은 납세의 의무를 이행하셨다. 이 문제는 성도에게도 예외가 될 수 없다. 하나님은 성도가 국민으로서 지켜야 할 의무를 면제해주지 않는다. 탈세해서 부자 되는 것, 불법으로 돈을 버는 것, 커닝해서 시험에 합격하는 것은 하나님의 뜻도 아니고 축복도 아니다. 교회와 성도는 국가의 법을 더 잘 지켜야 한다. 요즘 세상 매스컴이 교회가 잘하는 것은 빼고 실수하고 못하는 것만 고발하는 경향이 짙은 것은 교회가 100% 정직해야 한다고 보기 때문이다. 이것이 세상이 교회에 대한 기대이다. 그들이 교회를 우러러보게 하기 위해서는 교회가 100% 정직을 목표로 삼는 길밖에 없다.

어린이에게는 신성(神性)이 있다
(마 18:1~14, 어린이, 천사 / 찬 563장)

제자들 사이에 "누가 크냐"에 대한 논쟁이 있을 때 예수님은 어린아이 하나를 그들 가운데 세우셨다(1~2절). 그리고 어린이를 모델로 해서 천국에 들어갈 수 있는 사람의 기준을 설명하셨다(3절). 예수님은 어린이를 영접하는 것을 예수 자신을 영접하는 것과 동일한 것이라고 하셨다(5절). 그는 어린이와 자신을 동급으로 보았으며 어린이를 실족케 하는 자는 반드시 심판 받을 것이며(6절), 또 어린이에게 동행하고 있는 천사들이 매일 그에게 관해서 하나님께 보고 드리고 있다고까지 말씀하셨다 (10절). 즉, 이 말은 우리 가정의 어린이들을 하나님께서 매일 체크하고 있다는 말이다. 예수님의 어린이에 대한 말씀은 어린이에게는 신성이 있는 것처럼 느껴진다. 아직 서툴고 실수가 많고 연약하다고 해서 부모들이 자기 아이들을 함부로 대해서는 안 된다. 왜냐하면 우리 가정과 교회에서 뛰노는 아이들을 하나님이 저렇게 떠받들고 계시기 때문이다. 그러므로 교회는 주일학교의 어린이 교육에 더 투자해야 한다(12~14절). 힘없는 아이들이라고, 혹은 내 자식이라고 함부로 취급했다가는 큰 코 다친다.

교회는 강하게 나가야 합니다 '
(마 18:15~19, 교회, 정의, 질서 / 찬 208장)

예수님은 피해자가 가해자에게 어떻게 처신해야 할지를 가르쳐주셨다. 첫째, 피해자는 가해자와 개인적인 면담을 해서 권고해야 한다(15절). 둘째, 한두 사람의 증인을 동반해서 가해자에게 자신의 잘못을 시인하도록 권면을 해야 한다(16절). 셋째, 이 조치가 실패했을 경우 교회는 범죄한 그에게 권징을 내려야 한다(17절). 범법자가 교회의 권면을 받아들이지 않을 경우에는 이방인과 세리가 유대인 신앙공동체에 들어올 수 없었던 것처럼 해야 한다. 교회의 권징을 받아드리지 않고 계속 자기 합리화에만 몰두하는 범죄자에 한해서는 추방이 불가피하다. 이 교회의 결정은 하나님께서도 인정하시는 것이다(18절). 단 이 결정은 신중히 기도한 후에 결정해야 한다(19절). 교회의 권징에 관한 말씀은 범죄자를 버리라는 뜻이 아니다. 그의 구원에 관해서는 하나님께서 다른 조치를 취하실 것이다. 이것은 구원문제가 아니라 교회정화의 문제이다. 교회는 교인 한 사람이 떨어져 나가는 것에 가슴 아파하지 말고 때로는 교회 정화를 위해서는 출석률에 신경 쓰지 말고 강하게 나가야 한다. 이것은 예수님의 권면이다.

가정예배와 주일예배는 동격
(마 18:20, 가정, 예배 / 찬 559장)

두세 사람이 예수의 이름으로 모인 곳에는 예수님도 거기에 계신다(20절). 이 구절은 본래 교회 권징과 관계된 말씀이다. 교회가 범법자에게 권징을 행하기 전 반드시 합심기도를 선행해야 한다는 것이다. 그러나 이 구절에서 얻을 수 있는 또 다른 통찰 하나는 예수님은 숫자를 중요하게 생각지 않는다는 것이다. 예수님은 많은 군중들만 선호하는 것이 아니라 두세 사람 속에서도 활동하셨다. 예수님은 만 명 교회에만 계신 것이 아니라 두세 사람이 모이는 개척 교회에도 계신다. 예수님은 우리 가족이 드리는 예배도 기쁘게 받으시고 수많은 성도가 드리는 주일낮예배도 기쁘게 받으신다. 사람은 숫자에 영향을 받는다. 사람은 교인 숫자가 적으면 실망하지만 예수님은 그러시지 않는다. 그는 본래부터 숫자에 제한 받지 않으셨다. 왜냐하면 그는 한 사람 한 사람에게 자신의 전부를 주시기 때문이다. 이런 면에서 가정에서 드리는 예배나 교회에서 드리는 주일낮예배는 동격이다. 매일 가정예배를 드리는 자는 매일 주일낮예배를 드리고 있는 것이다. 하나님은 예배를 드리는 가정에 늘 상주해 계신다.

용서 안하면 손해 봅니다
(마 18:21~35, 이웃, 용서 / 찬 475장)

베드로는 용서의 한계인 세 번을 뛰어넘는 일곱 번의 용서를 제시했지만, 예수님은 일흔 번씩 일곱 번을 용서하라 하셨다(22절). 일흔 번씩 일곱 번은 무한한 용서를 의미한다. 무한한 용서를 설명하기 위해 예수님은 일만 달란트 빚진 자에 대한 비유를 설명하셨다(23~34절). 우리가 본래 하나님께로부터 탕감 받은 빚은 일만 달란트(약 3조 원)이다. 그런데 우리가 이웃에게 탕감해주어야 할 돈은 겨우 한 데나리온(5만 원) 정도이다. 3조 원의 빚을 탕감 받은 사람은 너무나 그 은혜가 벅차고 감격스러워서 자기에게 진 그 정도의 빚에 대해서는 무한히 너그러워야 된다는 것이다. 우리가 무한한 용서를 남에게 베풀면 우리도 무한한 용서를 받는다(35절). 즉, 우리가 남을 용서 안 해주면 하나님도 우리를 용서 안 해주신다. 우리는 이 말씀 앞에 빨리 두뇌를 회전시키며 영리하게 살아야 한다. 내가 용서 안 해주면 나도 용서 못 받는다. 내가 용서 안 해주면 나에게 손해가 돌아온다. 내가 그를 용서 안 해주면 나도 죽는다. 이렇게 손해 볼 짓하지 말고 부지런히 남을 용서하여 복 받는 인생이 되어야 한다.

사람만 돌보시는 예수님
(마 19:1~2, 열정, 구원 / 찬 333장)

예수님은 대부분의 공생애 기간을 갈릴리에서 보내셨다. 예수님의 입장에서 볼 때 갈릴리는 자신이 자란 동네이자 3년간 정든 사역지로써 각별한 애정이 있는 곳이었다. 그런데 이제는 자신의 지상의 사역을 예루살렘에서 마감하기 위해 갈릴리를 떠나야 하는 시점에 이르렀다. 지금 예수님의 입장에서 갈릴리를 떠나 예루살렘으로 가는 것은 지상에서의 사역을 마감하기 위한 이별의 전주곡과 같은 순간이었다. 이러한 심정을 가지고 예수님이 유대지경에 이르시자 많은 사람이 쏟아져 나왔다(1~2절). 그가 도착하자마자 사람들이 이렇게 몰려나온 것은 이곳에서의 그의 사역도 얼마나 바쁠 것인가를 예상할 수 있다. 사람들은 예수님의 마음 상태에는 아랑곳하지 않고 오로지 자신의 도움만 생각하고 몰려나왔다. 그리고 너도 나도 도움을 받고 돌아갔다. 예수님은 이렇게 항상 자신을 내어주시는 분이셨다. 그는 자신을 돌보지 않고 항상 사람을 먼저 생각하시는 분이셨고, 자신의 컨디션과는 상관없이 사람을 돌보시는 분이셨다. 그것이 지금 시대라고 예외일 수가 있을까?

바리새인들은 세례 요한이 헤롯의 부정한 결혼에 대해 지적을 했다가 참수형을 당하였는데, 예수님께도 그러한 일이 일어나기를 바랐다. 그들은 "아무 이유 없이 아내를 내어 버리는 것이 옳으니이까"(3절)라고 소위 이혼법에 관해서 예수님께 질문하였다. 만약 예수님이 이혼을 금한다면 이를 정치적인 쟁점으로 삼으려는 의도였다. 이에 대해 예수님은 결혼은 하나님이 남자와 여자를 창조하신 후 직접 제정하신 신성한 것이므로(4~6절) 음행한 연고 이외에는 절대로 이혼해서는 안 된다고 못 박으셨다(9절). 이혼을 허용하는 유일한, 피치 못할 사정은 "간음"밖에 없다. 간음이 얼마나 위험하고 사악한 범죄인가를 잘 드러내주는 말씀이다. 세상에 나가면 자기 부인, 자기 남편보다 훨씬 매력적인 사람이 많다. 게다가 자기 결혼생활이 평탄치 못할 때 남의 떡은 더 크게 보인다. 또한 시대적인 분위기도 남의 떡을 탐내고 취하는 것을 '로맨틱'이라고 은근히 장려한다. 이럴 때 '간음'에 대한 유혹은 커진다. 간음에 대한 유혹을 이길 수 있는 방법은 자기에게 있지 않고 오직 하나님을 붙드는 방법밖에 없다.

지성보다 감성이 중요합니다
(마 19:13~15, 어린이, 순전함 / 찬 564장)

사람들이 어린이들을 데리고 예수님께 나왔을 때 제자들은 그들 모두를 꾸짖었다(13절). 이것은 당시 유대사회에서 어린이에 대한 일반적인 태도를 반영한 것이었다. 유대인들은 어린이를 벙어리, 노예, 장님 등과 같은 부류에 포함시켜서 차별하였다. 왜냐하면 그들을 지적 능력이 현저히 결여된 자들로 보았기 때문이다. 그러나 예수님은 어린이가 자기에게 오는 것을 금하지 말라고 하셨고, 심지어는 천국이 어린이와 같은 자들의 소유가 될 것이라고 천명하셨다(14절). 그리고 안수기도를 해주심으로 자신의 선포를 확증하셨다(15절). 유대사회는 어린이를 인지능력이 미흡한 자로 인구 계수에도 포함시키지 않았다. 유대사회는 지식과 지성을 중시했다. 그러나 예수님은 어린이와 같은 심령, 즉 인격과 마음과 정서를 중시하셨다. 천국 백성의 조건은 얼마나 많이 아느냐가 아니라 얼마나 겸손하고 순전하느냐에 달려있다. 하나님은 똑똑한 사람보다 겸손하고 순전한 자를 선호하신다. 그러므로 오늘 우리는 얼마나 많은 지식을 습득했느냐 보다 얼마나 낮아지고 겸손했느냐에 목숨을 걸어야 한다.

돈 맛 본 자의 고민
(마 19:16~22, 영생, 구원, 돈 / 찬 239장)

한 부자 청년이 예수님께 찾아와서 어떻게 해야 영생을 소유할 수 있는지에 대해서 질문하였다(16절). 그동안 십계명을 잘 지켰다는 이 청년의 말을 미루어 볼 때 그는 분명히 훌륭한 가문에서 태어나 일찍부터 좋은 교육을 받았던 엘리트 청년이었을 것이다(18~20절). 그러자 예수님은 그에게 재산을 모두 팔아서 가난한 자에게 분배하라고 하셨다(21절). 그때 그는 근심하며 예수님을 떠나갔다(22절). 예수님은 정곡을 찌르셨다. 청년은 자기만족의 수준에서 계명을 준수한 것뿐이고 실상은 이웃에게 아무런 실질적인 사랑을 베푼 적이 없었다. 그것은 '돈 문제' 앞에 섰을 때 분명해졌다. 돈이 그에게 가장 큰 걸림돌이었다. 이것은 모든 사람에게도 적용이 된다. 돈으로 무엇이든지 다 해결할 수 있다고 믿는 사람은 신앙을 갖기 힘들다. 기도보다 돈의 위력만 맛 본 사람은 더욱더 그렇다. 기도보다 돈으로 당장 슬픈 일을 물리쳐 본 사람은 기도를 의지할 수 없다. 나는 그동안 돈맛을 많이 보았는가? 기도 맛을 더 많이 보았는가를 관찰해보면 나의 신앙의 점수를 매길 수 있다.

함부로 서열을 매기지 마세요
(마 19:23~30, 하나님 나라, 봉사 / 찬 210장)

부자가 천국에 들어가기 힘들다는 예수님의 표현에 베드로가 우쭐대며 자기도 모든 것을 버리고 주를 좇았다며 말했다(23~27절). 이에 예수님은 주를 위해 모든 것을 포기한 자가 천국 점령에 유리한 고지를 점한 것이 사실이지만, 그것 또한 하나님의 주권에 속한다고 하셨다(29~30절). 누가 나중이 되고 누가 먼저 되는 것은 하나님의 주권에 속한다. 하나님 나라는 그 입문에서부터 서열까지 철저히 하나님의 은혜에 달려있다. 인간의 봉사나 공로가 구원문제뿐 아니라 그 서열까지도 결정할 수 없다. 봉사와 헌신은 은혜에 대한 감사의 반응일 뿐 그에 대한 대가는 사람이 연연하지 말아야 한다. 봉사자에 대한 대가는 분명히 성서에 말씀하고 있지만, 사람이 그것을 계산하는 것은 옳지 못하다. 구원과 서열의 문제는 인간이 판단할 수도 예측할 수도 없다. 교회에서 봉사 경력을 가지고 서열을 정하려는 사람이 있다. 그러나 천국 백성이 되는 것, 천국 상급이 매겨지는 것, 서열이 정해지는 것은 사람의 마음이 아니라 하나님의 마음에 달려있다. 즉, 하나님의 마음에 합한 자만이 먼저 된 자가 될 수 있다.

모두 다 귀하신 분들입니다
(마 20:1~16, 하나님의 주권, 구원 / 찬 588장)

어떤 주인이 장터에 나가서 품꾼 하나를 오전 아홉 시부터 데려와서 일을 시켰다(3절). 그리고 그 주인은 정오 열두 시에, 그리고 오후 세 시에 나가서 품꾼 한 명씩을 데리고 왔다(4절). 그리고 오후 다섯 시에 나가서 또 한 명의 품꾼을 데리고 와서 일을 시켰다(5절). 그리고 모든 노동이 끝났을 때 그들에게 똑같이 한 데나리온의 임금을 지불하였다. 가장 먼저 나와서 일한 품꾼은 주인의 처사에 불만을 폭발하였다(12절). 주인은 애당초 노동 품삯의 계약 조건이 한 데나리온이었음을 상기시켜주고 그의 항의를 일축했다(13절). 예수님은 이 비유를 통해서 먼저 믿었느냐 나중에 믿었느냐가 중요치 않다는 교훈을 가르쳐주셨다. 예수 믿은 기간이 중요한 것이 아니라 모든 믿는 자들은 다 그분의 귀한 사람들이다. 장수하면서 부와 명예를 얻고 살다가 일생을 마치는 성도도 있고, 젊어서 무엇을 해볼 기회도 없이 살다가 일생을 마치는 성도도 있지만, 하나님은 이 모든 사람을 한 가지로 따뜻하게 영접하신다. 그러므로 이 땅에서도 누가 먼저 교회 들어왔느냐, 얼마나 오래 믿었느냐를 따지지 말아야 한다.

우리도 다시 일어서리라
(마 20:17~19, 배신, 승리 / 찬 333장)

예수님은 예루살렘에서 자신이 고난을 당하고, 죽임을 당하게 될 것을 제자들에게 알리셨다(17절). 그는 마치 어떤 화면을 보듯이 생생하게 설명하셨다. 그는 누군가가 자기를 죽일 것을 결의하는 모습을 보셨다(18절). 그 다음 자기를 누군가에게 넘겨주고, 자기를 능욕하고, 채찍질 당하고, 자기가 십자가에서 못 박히는 모습을 보셨다(19절). 그는 순서와 절차 하나 하나까지를 꿰고 계셨다. 그 순서 하나 하나마다 고통이 도사리고 있었다. 가룟 유다의 배신은 예수님께 더 큰 정신적인 고통이었다. 채찍질을 당하고 못과 창에 찔리는 것은 육체적인 고통이었다. 인류의 모든 죄를 자기 영혼 속에 담는 십자가를 지는 고통은 앞의 그것들과는 비교도 되지 않았다. 그는 인간이 당할 수 있는 모든 종류의 고통은 다 당하셨다. 그러나 그러한 시점에 있어서도 그는 부활의 승리를 잊지 않으셨다(19절). 예수께서 당하셨다면 우리도 당해야 하지만 예수께서 이기셨으면 우리도 이길 수 있고, 예수께서 부활하셨다면 우리도 그 영광을 맛볼 수 있다.

한자리 부탁하겠습니다
(마 20:20~28, 신념, 확신 / 찬 94장)

어떤 어머니가 예수님께 나아와 하나님 나라가 임할 때 하늘 보좌 좌우편에 자기 아들들을 앉게 해 달라고 청탁했다(21절). 그녀는 예수님의 예루살렘 입성을 정치적인 왕의 취임식으로 생각하였다. 예수님은 사람이 그런 영광의 보좌에 앉는 것은 하나님의 정하신 것이므로 자신에게 부탁하지 말라고 말씀하신 뒤에 자신도 섬기러 왔으니 서로 서로 섬기는 자가 되라고 충고하셨다(23~28절). 이 어머니는 자기 아들들을 서열 1,2위 자리에 앉게 해달라고 한 것은 뻔뻔한 간청이었다. 그러나 그녀에게 전혀 배울 점이 없는 것은 아니었다. 한 가지 잘한 점은 있다. 예수님께서 이전까지 자기가 십자가에서 장차 죽을 것이라는 말을 자주하셨다. 그러나 그녀는 "당신은 죽지 않고 당신의 나라는 곧 올 것입니다"라는 확신이 있었다. 이 세상에 곧 죽을 사람에게 청탁하는 법은 없기 때문이다. 그녀는 자꾸 죽는다는 예수님의 말씀 앞에서도 그가 결코 죽지 않을 것이라는 한 가지 신념은 분명하였다. 어떤 경우에도 하나님은 우리를 실패하도록 버려두지 않는다는 한 가지 확신만이라도 우리에게 있는가?

예수님의 눈을 닮아야 합니다
(마 20:29~34, 인간, 기도 / 찬 91장)

예수님께서 여리고에서 떠나갈 때에 소경 둘이 나타나 자신들을 불쌍히 여겨 달라고 소리쳤다(29~30절). 그들은 예수님이 다른 소경들도 치유하셨다는 정보를 듣고 이번 기회를 놓친다면 평생 소경으로 살아가야 하며 멸시와 천대를 극복할 길이 없음을 알고 필사적으로 부르짖었다. 그런데 무리들은 소경들을 꾸짖었다(31절). 무리들은 예수님의 영광스러운 왕의 취임식이 초라한 소경에 의해 방해받고 있다고 생각했다. 그러나 예수님은 그들 앞에 머물러 서셨다. 그리고 자상한 관심을 보이신 후 그들에게 자비를 베푸실 것을 계획하셨다(32~34절). 예수님은 소경에게 관심을 보인 반면 무리들은 소경을 천대하였다. 여기에 소경을 바라보는 두 가지 눈이 있다. 하나는 자비의 눈, 또 하나는 멸시의 눈이었다. 우리도 사람을 볼 때 두 가지 눈으로 볼 수 있다. 멸시의 눈, 혹은 자비의 눈. 성도는 예수님의 눈을 닮아야 한다. 아무리 하찮은 사람이라도 그에게는 하나님의 형상이 있다. 아무리 보잘 것 없는 사람이라도 그에게는 신성이 있다. 그렇다면 성도는 어떤 눈으로 사람을 대해야 할지 답이 분명해진다.

마음을 다스리시는 주님
(마 21:1~11, 하나님의 주권, 섭리 / 찬 96장)

예수님은 자신의 공생애의 마지막 불꽃을 장식하기 위해 예루살렘에 나귀를 타고 올라가실 작정을 하셨다. 이를 준비시키기 위해 두 제자를 마을로 보내서 맞은 편 마을에 매여 있는 나귀 새끼를 보면 즉시 끌고 오라고 하셨고, 만약 그 나귀의 주인이 무슨 말을 하면 "주가 쓰시겠다"(1~3절)라고 대답하라 하셨다. 예수님은 이 나귀를 타시고 예루살렘으로 올라가셨다(7~10절). 여기서 주목할 것은 예수님은 자기 자신에 대한 호칭을 '주(主)'로 쓰셨다는 것이다. '주'라는 호칭은 예수님께서 자기 자신에게 처음 사용하신 말이다. '주가 쓰시겠다'라고 말하면 나귀 주인이 '보내리라'는 말은 그와 예수님 사이에 어떤 밀약이 오고 갔다고 보면 안 된다. 예수님은 만물의 주인이시며 인간의 주인이시다. 그는 만물을 주관하는 자로써 피조물에 불과한 주인의 마음을 하나님의 섭리에 순응하여 나귀를 내어 놓도록 하신 것이다. 그는 과연 인간의 주인이시며 인간 마음의 조정자이시다. 그는 지금도 사람의 마음을 인도하고 다스린다. 그래서 골치 아픈 저 사람의 마음을 내가 고치려 하지 말고 예수님께 부탁하면 된다.

예배를 방해하는 신앙인들
(마 21:12~13, 예배 / 찬 27장)

예수님께서 예루살렘 성전 안으로 들어가셨을 때 그곳은 예배드리고 기도하는 분위기가 아니었다. 그곳은 인간들의 욕심을 채우는 장소로 전락되어 있었다. 분노하신 예수님은 그곳에서 장사하는 자, 돈 바꾸는 자들을 다 내어 쫓으시며 모든 기물을 둘러 엎으셨다(12절). 그리고 성전은 예배하고 기도하는 처소라고 선언하셨다(13절). 그 장사꾼들은 예배와는 상관없는 자들이었다. 그들은 기도하는 자들의 방해꾼들이었다. 구매를 독려하는 소리, 물건을 흥정하는 소리, 동전을 교환하는 소리 등은 정상적인 기도와 예배를 불가능하게 했다. 그는 예배와 기도 방해꾼들에게 분노하셨다. 이것은 오늘날에도 마찬가지이다. 자기감정에 도취되어 독특하게 반복하는 특이한 소리, 전혀 분위기에 어울리지 않는 자기 혼자만의 박수소리, 방언소리 등이 주변 사람들의 눈살을 찌푸리게 한다면 그것은 예배와 기도를 방해하는 것들이다. 당장 그만 두어야 한다. 공감대가 형성되지 않는 자기만의 소리로 주변의 타인들의 기도를 방해한다면 그것은 예수님의 분노를 사고도 남을 일이다.

교회 냄새 나는 교회
(마 21:14~17, 어린이, 교회 / 찬 565장)

예수님은 성전 출입이 금지된 신체 장애자들을 성전으로 불러들여 거기서 그들을 고치셨다(14절). 이것은 예수님이 성전보다 더 큰 분이심을 보여주는 것이다. 예수님이 계신 성전은(교회는) 이렇게 장애자들이 치유 받고 활기를 얻는 곳이었다. 유대교 지도자들은 예수님이 행한 여러 기적들과 성전 뜰에서 예수님께 "호산나! 다윗의 자손!"이라고 찬양하는 어린이들을 보고 화가 치밀어서 예수님께 물었다. "이 아이들이 하는 말이 들리느냐?" 예수님은 그들에게 "들린다. 주께서 어린이들과 젖먹이들의 입으로 하나님을 찬양하게 하시리라 하신 말씀을 읽어본 일이 없느냐?" 하고 오히려 되물으셨다(16절). 당시 성전은 장애인과 어린이를 차별했다. 그러나 성전보다 크신 분이신 예수님은 당시 그런 자들을 귀하게 보셨다. 오늘날 교회도 약한 자와 어린이들이 판을 치는 곳이 되어야 한다. 장애인이 많은 교회, 어린이의 소음으로 시끌벅적한 교회가 교회 냄새 나는 교회이다. 장애인과 그 가족들이 편하게 느끼는 교회, 어린이들이 마음껏 뒹굴 수 있게 장식하고 꾸며 놓은 교회가 교회 냄새 나는 교회이다.

빈말 자꾸하다 죽습니다
(마 21:18~22, 서원 / 찬 323장)

예수님께서 이른 아침식사를 거르셨는지 시장하셨다(18절). 그래서 길가에 잎이 무성하여 열매가 많아 보이는 무화과나무 쪽으로 다가가셨다. 그러나 예수님은 그 나무에 열매가 맺혀있지 않은 것을 확인하시고 분노하셨다. 그리고 "너는 영원히 열매 맺지 말라"며 저주하시고는 이내 나무를 말라버리게 하셨다(19절). 왜 예수님이 이렇게 과격한 행동을 하셨을까? 이것은 예수님의 행위 비유에 속하는 이야기이다. 그는 이 행위 비유를 통해서 무엇을 말씀하려 했던 것일까? 무화과나무에 잎사귀가 많았다는 것은 열매가 많이 맺혀있다는 조건이었다. 그런데 이 나무에는 열매가 없었다. 이 나무의 주장은 거짓된 것이었다. 무성한 잎사귀들은 빈말에 불과하였다. 그것은 텅 빈 고백이요 거짓 약속이었다. 그것은 지키지도 못할 약속과 서원이었다. 우리도 지키지도 못할 약속과 서원을 얼마나 많이 남발하고 사는가? 그것도 하나님 앞에서 말이다. 하나님께 텅 빈 약속과 실효성 없는 서원을 반복하는 것은 신성모독이다. 그런 사람은 머지않아 하나님께도 신용을 잃을 것이다.

대제사장들과 장로들이 성전에 들어가시는 예수님을 막고 무슨 권세로 이런 일들을 하고 다니는지 물었다(23절). 이때 예수님께서 도리어 그들의 흉악한 의도를 알고 역질문을 하였다. "요한의 세례가 하늘로서 왔느냐? 사람에게서 왔느냐?"(25절) 만약 요한이 베푸는 세례의 권위가 하나님께로부터 온 것이라고 대답한다면 요한은 하나님의 참 종이 되는 셈이다. 그렇다면 이 하나님의 참 종이 증거하는 예수를 받아드리지 않는다는 것은 말도 안 되는 이야기였다. 반대로 그가 베푸는 세례가 인간적인 속셈과 수단으로 행해진 것이라고 말한다면 세례 요한을 위대한 하나님의 선지자로 믿고 있는 군중들에게 맞아 죽게 된다(26절). 그래서 그들은 대답을 회피하였다. 그들은 군중에게 맞아죽지 않기 위해서 부정하고 싶은 예수를 부정하지 못했다. 그들은 자기들의 안전을 위해서 자기들의 소신을 접어야 했다. 이것이 악인의 특징이다. 악인은 항상 하나님의 눈치를 안 보고 사람의 눈치를 본다. 그들은 그릇이 적은 소인배들이었다. 하나님의 사람은 항상 하나님의 눈치만 신경 쓰면 된다.

예수님께서 두 아들의 비유를 말씀하셨다. 어떤 아버지가 두 아들에게 포도원에 가서 일하라고 명령을 내렸다(28절). 이때 맏아들은 처음에는 대답은 잘 했다. 그러나 결국에는 순종하지 않았다(29절). 반대로 둘째 아들은 처음에는 아버지에게 무례하고 경솔했지만 곧 뉘우치고 결국 아버지의 말씀을 따라 포도원으로 가서 일을 하였다(30절). 이 비유에서 맏아들은 말은 잘하나 실행이 없는 유대교 지도자를 가리키고 둘째아들은 처음에는 아버지 애를 먹었지만 훗날에는 그 뜻을 따랐던 유대 사회에 보잘 것 없는 부류의 사람들을 가리킨다(31절). 이 비유에는 자녀교육에 관한 교훈도 들어있다. 우리 가정의 자녀들이 부모에게 항상 듣기 좋은 말만 잘 한다고 해서 그가 장차 부모의 기쁨이 된다는 보장이 없다. 반면에 어릴 때 속만 썩이던 자녀 중에 "뉘우치고"(30절) 장차 부모의 큰 자랑 거리가 되는 사람도 많다. 그러므로 부모는 이 부분에 대해서 장담도, 포기도 하면 안 된다. 예수님이 말씀하신 둘째아들의 모델이 오늘날 성도의 가정에서 무수히 나타나고 있기 때문이다.

하나님에 대한 오해
(마 21:33~46, 하나님의 오래 참으심 / 찬 379장)

포도원 주인이 추수 때 종들을 보내어 소작료를 받아오게 하였다. 그런데 농부들이 세를 받으러 온 종들을 학대하고 죽였다(35절). 몇 번 이런 일이 있은 후 주인이 자기 아들을 보냈다. 그런데 농부들은 그 아들마저 죽여 버렸다(39절). 이와 같이 이스라엘의 역사 속에서 종교 지도자들은 항상 하나님의 선지자들을 죽였고 이제는 하나님의 아들인 예수마저 죽이려한다는 것을 비유적으로 나타내셨다. 이것은 예수의 배척과 죽음을 암시하고 있다. 이 비유의 핵심은 하나님의 "오래 참으심"에 있다. 주인은 자신의 종들이 학대를 받았다고 해서 당장 복수하지 않고 몇 번의 기회를 주었다. 하나님은 오래 참으시는 분이다. 그분은 내가 어제 죄를 지었다고 해서 오늘 나에게 교통사고를 당하게하시는 분이 아니다. 내가 조금 전 머리를 책상에 쿵하고 부딪힌 것이 조금 전 자신이 악한 생각을 해서가 아니다. 하나님을 이런 식으로 생각하는 것은 우스운 일이다. 하나님은 마지막까지 스스로 회개하고 돌아오기를 기다리시는 분이지 그때 그때마다 우리를 징계하고 파괴하는 분이 아니다.

교회에 옷 좀 잘 입고 옵시다
(마 22:1~14, 예배 / 찬 64장)

예수님께서 혼인잔치의 비유를 말씀하셨다. 어떤 임금이 잔치에 귀빈들을 초청하였지만 모두가 거절하였다(3~5절). 자신의 초청이 거절되자 임금은 다른 종들을 보내어 또 한 번 초청에 응해 줄 것을 간청했지만 사람들은 이런 저런 핑계를 대면서 거절하였다. 이번에는 왕의 명령을 받은 종들이 많은 사람이 붐비는 길거리로 나가더니 드디어 사람들을 불러 올 수 있었다(9~10절). 그런데 그 잔치에 초청받은 사람 중에 유독 혼인집에서 제공한 예복을 입지 않은 손님이 있었다. 그는 즉시 쫓겨났다. 이 비유의 핵심 중 하나는 예복을 입지 않은 자는 잔치에 합당하지 않다는 것이다. 성도들도 매 주일 예배를 통해서 잔치에 참여한다. 예배는 잔치이다. 예배는 축제이다. 이 잔치에도 예복을 입어야 한다. 이 예복은 옷이 아니라 예배자의 "마음가짐"이다. 예배자는 신령과 진정을 가지고 예배에 나와야 한다. 예배자는 감사의 마음, 회개하는 마음, 겸손한 마음을 가지고 나와야 한다. 이 마음이 예복이다. 이 예복을 입지 않은 자는 예배에 합당치 않다. 항상 옷을 잘 입고 예배에 나오는 습관을 가져야 한다.

한국 시민과 천국 시민
(마 22:15~22, 국가 / 찬 583장)

헤롯당원은 친로마 계열이고 바리새인들은 신앙과 애국을 이유로 반로마 노선의 사람들이다. 평상시에 적대관계에 있던 두 종파는 예수님을 음해하기 위해서는 연합전선을 폈다(15절). 그들은 예수님께 "로마에 세를 바치는 것이 옳은가?"(17절)라고 물었다. 만약 그가 로마에 세를 바치라 하면 바리새인들이 나서서 예수를 반민족주의자로 매도할 작정이었고, 반대로 세를 받치지 말라고 하면 헤롯당원들이 예수를 고발하려고 했다. 그들의 사악한 의도를 간파하신 예수님은 "가이사의 것은 가이사에게 하나님의 것은 하나님에게 바치라"(18~21절)고 하셨다. 그는 세상 나라에 대한 의무도 소홀히 하지 말라고 하셨다. 성도는 이중 시민권을 소유하고 있다. 하나님 나라의 시민권과 세상 나라의 시민권을 가지고 있다. 우리는 한국의 시민이자 천국의 시민이다. 우리는 한국에 살면서 한국에 은혜를 입고 있다. 한국 정부는 여러 가지 면에서 우리를 보호해주고 있다. 그래서 우리는 거기에 대한 정당한 세금을 내야 한다. 성도는 한국의 좋은 시민과 하나님 나라의 좋은 시민 둘 다를 목표로 하는 사람이다.

부활 후에도 결혼하나요?
(마 22:23~33, 부활, 종말 / 찬 160장)

예수님을 음해하려는 시도가 수포로 돌아가자 이번에는 사두개인들의 공격이 시작되었다. 그들은 부활과 사후의 세계를 믿지 않았다. 그들에게 예수의 천국 복음은 비합리적이었고 가소로웠다. 그들은 어떤 질문을 통해 예수님의 비합리성을 깰 수 있다고 믿었다. 그들은 일곱 남편을 두었던 한 여자가 장차 일곱 남편들과 함께 부활하였을 때 누구의 아내가 될 것인가에 관한 질문을 하였다(28절). 그들은 착각하였다. 예수님의 대답은 부활 한 인간은 천사 같은 존재가 된다는 것이었다(30절). 그렇다. 부활한 성도는 천사로 변하는 것이 아니라 삶의 양식이 천사처럼 된다. 그 삶의 양식은 천사처럼 하늘의 새 법의 지배를 받게 된다는 말이다. 장차 부활체들을 통치할 새 법이란 무엇일까? 알 길은 없지만 한 가지 분명한 것은 결혼을 통해서 얻는 기쁨과는 비교도 되지 않을 행복한 법이다. 천사는 영이지만 부활한 성도는 영과 육을 동시에 가진다(고전 15장). 부활한 성도가 어떤 삶을 사는지 궁금해서라도 끝까지 믿음의 경주를 다해 봐야 한다.

교회 오기 전에 한 가지 해야 할 것
(마 22:34~40, 사랑, 이웃 / 찬 294장)

바리새인들은 사두개파의 부활 질문에 예수님이 당하지 않았다는 말을 들었다(34절). 이번에는 예수님을 분쇄하기 위해 바리새파가 나섰다. 그들 중 한 율법사가 이 세상에서 가장 크고 중요한 계명이 무엇이냐고 질문하였다(35~36절). 예수님의 대답은 하나님 사랑(37절)과 인간 사랑이었다(39절). 이 두 계명이 구약 전체의 기둥이요 핵심이었다(40절). 그런데 이 하나님 사랑은 애매모호한 감상주의가 아니라 구체적이고 현실적인 것이다. 하나님 사랑은 자신의 형상대로 만드신 인간을 사랑하는 태도로 나타난다. 하나님을 사랑하는 자는 옆 사람을 사랑한다. 이웃을 사랑하고 있으면 그는 하나님을 사랑하고 있는 것이다. 우리가 하나님 사랑을 입증할 수 있는 유일한 길은 옆 사람을 사랑하는 데서 나타난다. 죽어가는 옆 사람의 고통이 내 코에 콧물보다 덜 심각하면 그는 하나님을 사랑하는 사람이 아니다. 부모님을 내 집에 기르는 강아지보다 덜 찾고 덜 돌본다면 그는 하나님을 사랑하는 사람이 아니다. 그러므로 예배드리러, 봉사하러 교회 오기 전에 이 부분에 대해서 반드시 점검해야 한다.

메시야는 다윗의 자손이 아니다
(마 22:41~46, 기독론 / 찬 85장)

예수님은 유대교 지도자들에게 "다윗이 나를 주라 칭하였은즉 어찌하여 내가 그의 자손이 되겠느냐"(45절)라고 질문하셨다. 이는 예수님 자신의 신성을 드러내는 질문이었다. "다윗이 예수님을 하나님으로 불러야 할 처지인데 하나님인 내가 어떻게 다윗의 후손이 되겠느냐?"는 것이었다. 즉, 메시야인 자기를 다윗의 자손이라 부르지 말라는 뜻이다. 메시야의 일반적인 명칭은 다윗의 자손이었다. 다윗의 자손이라는 용어 속에는 다윗의 혈통에서 한 위대한 왕이 나와서 그가 세계를 정복하고 통치하게 될 것이라는 대망이 들어있다. 예수님은 자신을 그와 같은 인간적인 수준에서 부르는 것을 싫어하셨다. 예수님은 성부 하나님과 동등하신 하나님이시다. 일반적인 성도들은 예수님을 하나님이라고 믿고 있지만, 성부 하나님보다 조금 밑의 신으로 취급하는 경향이 있다. 초대교회 당시 이런 종속설을 주장한 이단들이 있었다. 아니다. 그는 태초부터 계셨던 하나님이시다. 그는 창조부터 종말까지를 주관하시는 전능하신 하나님이시다. 바른 신관을 가지는 것이 중요하다.

무거운 짐을 지우는 종교인
(마 23:1~12, 종교, 해방 / 찬 90장)

서기관들과 바리새인들은 지도자 자리에 앉아 있었지만 항상 언행이 불일치하였고, 남에게 '무거운 짐'을 지우는 자들이었다(2~4절). 그들은 사람들에게 보이고자 팔이나 이마에 말씀이 담긴 조그만 상자(경문)를 달고 다니면서 대단한 말씀의 신봉자인 것처럼 행동하였다(5절). 그들의 특징은 항상 남에게 무거운 짐을 지우는 것이었다. 그들은 사람의 상황과 처지를 무시하고 무조건 종교적인 의무에 충실하도록 강요하였다. 사람이 종교로 말미암아 생이 즐거워지는가, 아니면 무거워지는가의 문제는 중요하다. 어떤 종교든 그것이 사람을 무겁게 하면 그것을 중단시켜야 한다. 예수님은 세상에 오셔서 사람을 해방시키셨다. 죄의 짐에서, 수고하고 무거운 짐에서, 부패한 인간성에서 구해 내셨다. 그런데 예수님께서 해방시킨 사람들에게 오늘날 종교 지도자들이 얼마나 다시 '무거운 짐'을 지우고 있는지 모른다. 그런 그들은 결코 아비도 지도자도 아니다(9~10절). 그들은 현대판 바리새인들이다. 그런데 문제는 그들이 성도의 신앙 양성이라는 이름으로 그것을 더욱더 합리화하고 있다는 것이다.

진리 주위를 서성이는 사이비 지도자
(마 23:13~14, 이단, 기독론 / 찬 350장)

예수님께서 "화 있을진저 외식하는 서기관과 바리새인들이여"(13절) 하시며 분노하신 이유는 지옥자식들을 양산해내는 그들의 처사 때문이었다. 그들에게 임할 화는 공의의 하나님으로부터 받을 당연한 심판이 아닐 수 없다. 그들은 엉터리 구원관을 가지고 사람들을 번민케 하였다. 그들은 행위 구원관 혹은 공로 구원관을 가지고 사람들에게 부담과 불안을 주었다. 그들은 성서를 인위적으로, 자의적으로 해석하여 이상한 구원관을 제창하였다. 그들은 예수님 당시부터 지금까지 존재하는 사이비들을 가리킨다. 역사상 항상 사이비 지도자가 출현했고 그들을 따르는 추종자들이 있었다. 그래서 어느 시대건 사이비들이 항상 진리 주변을 서성거렸다. 사이비들과 예수님 당시 유대교 지도자들의 공통점은 사람들에게 천국 문을 닫고 본인도 못 들어가는 것이다(13절). 오늘날 성도는 예수님 당시부터 항상 기독교 역사상 존재해왔던 뱀들과 독사의 새끼들, 즉 사이비들에게 잡혀먹지 않기 위해서는 더욱더 정확하게 하나님 말씀에 군게 서야 한다.

자기 교회만 채우는 지도자
(마 23:15, 지도자, 심판 / 찬 240장)

예수님께서 "화 있을진저 외식하는 서기관과 바리새인들이여"(15절) 하시며 분노하신 이유는 그들의 악행 때문이었다. 그들은 바다와 육지를 두루 다니다가 교인 하나를 얻으면 그를 결국 지옥으로 밀어 넣는 역할을 하였다. 여기서 교인이란 이방인이면서도 유대교로 개종한 사람들을 가리킨다. 당시 유대교 지도자들인 서기관과 바리새인들은 개종자들에게 자신들만의 독특한 교리를 강조해서 자신들의 기반을 넓혀 나갔다. 그들은 유대교 개종자들에게 자기 교파의 파당적 이념과 과도한 형식주의를 강조해서 자기들 체제만을 세우려 하였다. 서기관과 바리새인들은 자기 바리새파의 체제 유지가 중요했지 "하나님 나라와 그 의"에는 관심이 없었다. 그래서 그들에게 낚인 개종자들은 결국 진리를 알지 못하여 방황하다가 결국 지옥 자식으로 전락되었다. 오늘날 어떤 교회 지도자는 하나님 나라의 공동의 목적을 위하여 일하지 않고 자기 교회 인원동원에만 치중한다. 남의 교회 사정 생각은 하지 않고 인원 쟁탈전을 벌인다. 현대판 바리새인이다. 아마 장차 큰 화를 면치 못할 것이다.

교회를 기업화하는 지도자
(마 23:16~22, 지도자 / 찬 191장)

예수님께서 "화 있을진저 외식하는 서기관과 바리새인들이여"(16절) 하시며 분노하신 이유는 그들의 맹세법 때문이었다. 그들은 백성들에게 성전의 이름을 걸고 맹세하면 그것을 지키지 않아도 아무 상관이 없다고 가르쳤다. 그러나 성전 안에 간직하고 있는 금으로 맹세하면 반드시 지킬 것을 주장하였다(16절). 그들은 성전의 제단으로 맹세하면 그것을 실행치 못하더라도 상관이 없지만 제단 안에 있는 예물로 맹세하면 반드시 지킬 것을 강요했다(18절). 이 맹세법은 더 많은 헌금을 거두어 드리기 위한 방편으로 사용하였다. 어떻게 성전보다 성전 안의 금이나 예물이 더 클 수 있다는 말인가(17, 19절). 이것은 당시 성전이 얼마나 상업화되고 사업화되었는가를 잘 보여준다. 예수님은 성전을 통해 부를 축적하려는 지도자들이 장차 큰 화를 당할 것을 경고하였다. 이들은 신흥성전 귀족들이었다. 오늘날 교회들도 이 예수님의 준엄한 경고를 들어야 한다. 예수님은 교회가 사업화되고 기업화되고 상업화되는 것에 대해서 이토록 싫어하셨다.

사람보다 사소한 것에 치중하는 지도자
(마 23:23~24, 지도자, 인애 / 찬 311장)

예수님께서 "화 있을진저 외식하는 서기관과 바리새인들이여" (23절) 하시며 분노하신 이유는 가치의 경중을 잘못 이행하고 있는 그들의 정결법 때문이었다. 그들은 하루살이와 같은 곤충들이 포도주에 함께 섞여 있을 경우를 대비해서 포도주를 마실 때 미리 망으로 걸러내었다. 그런데 이들은 스스로 정결키 위해 포도주를 마실 때 하루살이를 걸러낼 줄 알면서 더 큰 동물인 낙타를 삼켰다(24절). 바리새인들은 사소한 정결법을 지키려고 애쓰면서도 더 중요한 계명들을 어겨버리는 처사를 예수님께서 꼬집으셨다. 그들은 십일조를 낼 때 엄격하게 세분화하였다. 그들은 심지어 박하와 회향과 근채의 소득까지 구분하여 십일조를 냈다. 박하는 양념 종류이며 회향과 근채는 향료였다. 그들은 이런 것들까지 세분화하여 십일조를 바쳤지만 정작 중요한 의(공평함)와 인(자비심)과 신(신실성)은 저버렸다(23절). 그들은 사소한 것에는 목숨을 걸었고 정작 중요한 것은 내팽개쳤다. 우리는 우리 교회의 지도자가 사람에게 공평하고 자비를 베풀고 신실할 것을 위해 늘 기도해야 한다.

종교 의식을 강조하는 지도자
(마 23:25~26, 종교 / 찬 210장)

예수님께서 "화 있을진저 외식하는 서기관과 바리새인들이여"(25절) 하시며 강하게 분노하신 이유는 종교를 의식화했던 그들의 모습 때문이었다. 서기관과 바리새인들은 겉만 깨끗이 하였고 안은 탐욕과 방탕으로 가득하였다(25절). 겉을 깨끗하게 하였다는 말은 종교의 의식화를 의미한다. 그들은 항상 예전, 의식, 예배, 기도, 십일조 등과 같은 의식 자체를 강조했다. 그러나 예수님은 '먼저' 내면을 청결하라고 하셨다(26절). 여기서 '내면의 청결'을 '먼저' 해야 할 일로 강조하셨다. 내면이 가장 기본이며 가장 중요하다. 사람이 종교의 의식적인 측면에 더 많은 투자를 하면 할수록 그는 자신이 더 경건해지고 더 심오해지고, 더 죄의식이 사라지고 더 많은 의가 자기에게 쌓이는 것처럼 생각이 든다. 이것이 종교의 의식화가 주는 보상심리이다. 예배를 하루에 세 번 드리고, 기도를 하루에 10시간씩 하고, 일주일에 절반은 금식하고, 십의 삼조를 헌금하는 것은 열정적인 종교 의식 생활이다. 그러나 그것보다 내면의 청결이 우선이다. 이것을 모르는 자는 '소경'이라고 하였다(26절). 즉, 바보라는 말이다.

예수님께서 "화 있을진저 외식하는 서기관과 바리새인들이여"(27절) 하시며 강하게 분노하신 이유는 그들의 위선 때문이었다. 유대인들은 무덤에 접촉하면 부정하다고 취급하였다. 그들은 순례자들이 성전으로 올라갈 때 무덤에 회칠을 하여 눈에 쉽게 띄게 하여 접촉하는 것을 방지하려 하였다. 회칠한 무덤은 때때로 아름답게 보이기조차 하였다. 그런데 예수님은 유대교 지도자들 자신이 회칠한 무덤이라고 하셨다(27절). 그들 자체가 사람들이 접촉을 삼가야 하는 부정한 것이었다. 그들은 얼핏 보면 회칠한 무덤처럼 아름답게 보였다. 그러나 속에는 송장 썩는 냄새가 났다. 그들은 위선자들이었다(28절). 모든 악 중에 위선자의 악보다 더 비열한 것은 없다. 위선자는 위선적인 바로 그 순간에도 고결한 체 한다. 위선이란 모든 사람에게 가면을 쓰는 것이며 심지어 하나님 앞에서도 가면을 쓰는 것이다. 그들은 그들의 위선적인 고결함에 하나님도 속아 넘어가고 있다고 믿었다. 위선이 도가 지나치면 하나님마저 속이려 하고 구제불능의 인간이 된다.

하나님의 종을 핍박하는 지도자
(마 23:29~36, 교회 핍박자 / 찬 352장)

예수님께서 "화 있을진저 외식하는 서기관과 바리새인들이여"(29절) 하시며 강하게 분노하신 이유는 선지자들을 핍박한 그들의 죄악상 때문이었다. 바리새인들의 조상은 옛부터 선지자들을 죽여서 무덤에 묻는데 선수였다(29절). 바리새인들은 자기 조상들과 자기들은 다르다고 차별화하였지만(30절), 그들도 최후의 선지자 세례 요한을 죽였고 이제는 하나님의 아들마저 죽이려고 한다. 그래서 예수님은 "너희 조상의 양을 채우라"(32절), 즉 조상들이 시작한 그 일을 마무리 하라고 하셨다. 바리새인들은 곧 많은 주의 종을 죽이고 십자가에 못 박고 채찍질 할 것이다(34절). 예수님, 스데반, 야고보가 여기에 희생이 된다. 예수님은 주의 종을 핍박하고 죽이는 것을 가장 큰 죄로 여기셨다. 예수님은 '선지자'의 반열에서 박해 받는 것을 최대의 복(마 5:12)으로 여기셨던 반면, '선지자'를 핍박하는 것을 최대의 저주로 여기셨다. 그래서 앞의 바리새인들을 향한 예수님의 여섯 가지 저주는 이 마지막 저주에서 종합이 된다. 여기서 오늘날 우리가 어떻게 교회생활을 하고, 어떻게 목회자를 대해야 할지 답이 나온다.

예수님을 인정하지 않는 죄
(마 23:37~39, 전도, 긴급성 / 찬 503장)

예수님께서 "예루살렘아 예루살렘아" 하고 두 번 부르신 것은 예루살렘에 대한 그의 애절하고 격한 감정이 반영되어 있다. 예루살렘은 과거에 하나님이 보내신 선지자들을 무수히 죽이고 돌로 쳤다(37절). 그리고 이번에는 그들의 후손들이 하나님의 아들을 박해하고 끝내는 십자가에 못 박아 죽여 버렸다. 그들은 자기 조상들이 채우기 시작한 죄의 잔을 다 채운 뒤 AD 70년에 가서 비로소 그들의 거주지가 대대적으로 황폐화되어 완전히 버린바 될 운명에 처하게 된다(38절). 이것은 큰 징벌이다. 그러나 벌은 여기서 끝나지 아니한다. 그들이 죽인 하나님의 아들이 장차 심판주로 재림하실 때 그들은 그를 보지 못하게 된다(39절). 이것은 더 큰 징벌이다. 이유는 그들이 고의적으로 하나님이신 예수님을 인정하지 않았기 때문이다. '보지 못한다' 는 말은 시각적인 말이 아니라 긍휼과 자비를 받지 못한다는 말이다. 하나님의 아들을 고의적으로 인정하지 아니하는 자는 그날에 예수님을 볼 수 없다. 우리 가족 중에, 친구 중에, 이웃 중에 아직도 예수님을 인정하지 않는 자가 있는가? 전도가 시급한 사람들이다.

정치인에게 주는 경고
(마 24:1~2, 지도자, 심판 / 찬 356장)

예수님의 제자들은 예루살렘 성전의 웅장함과 아름다움에 관심을 가지면서 "이 건물이 어떠합니까?"라고 물었다(1절). 왜냐하면 조금 전 예수님께서 "보라 너희 집이 황폐하려 버려진 되리라"고 말씀하셨기 때문이다(마 23:38). 이 훌륭한 건물이 완전히 파멸되는 것이 제자들은 믿기지 않았다. 예수님은 이 건물이 황폐케 될 뿐 아니라 완전하게 파괴될 것을 말씀하셨다. 장차 이 건물이 파괴될 때 돌 하나도 돌 위에 있지 않을 만큼 가루가 된다. 예수님은 하나님보다 힘을 의지하는 예루살렘 성전의 지도자들의 정치적인 최후를 지적하셨다. 예루살렘 성전의 지도자들은 제사장 그룹인 사두개파를 가리킨다. 그들은 로마와 헤롯의 세력을 등에 업고 정치적인 일에만 몰두하였다. 한 국가나 한 개인이라도 하나님의 이상을 거절하고 인간적인 정치로 자신의 꿈을 이루려한다면 그 꿈은 산산조각 나고 말 것을 교훈하고 있다. 우리가 하나님의 법보다 인간적인 정치와 수단과 인맥을 앞세운다면 우리의 꿈도 이룰 수 없다. 이것은 정치 활동하는 위정자 크리스천들이 명심해야 할 대목이다.

이 세상은 곧 장망성이 된다
(마 24:3~14, 종말 / 찬 180장)

제자들은 예수님께 어느 때에 예루살렘 성전이 파괴될 것인가를 물었다(3절). 예수님은 그때에 관한 징조를 말씀하셨다. 거짓 선지자들의 출현(5절), 난리와 소문(6절), 전쟁(7절), 기근과 지진(7절), 교회에 대한 세상의 핍박(9절), 성도들의 배교와 분열(10절), 신앙의 이름으로 자행되는 불법(12절), 신앙의 식어짐(12절) 등이다. 유대인들에게 예루살렘 성전이 파괴되는 것은 꿈에도 생각할 수 없었다. 왜냐하면 그곳은 하나님께서 임재하는 곳이기 때문이다. 그러므로 성전의 파괴는 유대인들에게는 세상 종말과 마찬가지였다(3절). 물론 예수님은 이러한 징조들을 예루살렘 성전의 파괴 직전의 상황에 대해서 말씀하셨지만, 그러한 징조들은 종말을 살아가는 이 시대에도 분명히 나타나는 현상이다. 지금 이 시대에도 예수님께서 이르신 종말의 징조가 분명히 나타나고 있다. 그러므로 머지않아 사람도 사라지고, 건물도 사라지고, 길거리도 사라질 것이다. 돌 하나도 돌 위에 남아 있지 않을 시대를 보게 될 것이다. 이 세상은 곧 장망성이 된다. 장차 망할 성! 이것을 인식해야 이 세상보다 하나님을 더 지향하는 삶을 살게 된다.

이미 카운트다운에 들어갔어요
(마 24:15~28, 종말 / 찬 175장)

예수님은 계속해서 종말의 징조에 관하여 설명하신다. 멸망의 가증한 것이 교회 위에 서는 것(15절), 지금까지 없었던 대 환난(21절), 거짓 그리스도와 거짓 선지자들의 표적과 기사(24~26절), 예수님의 재림(27절), 주검이 있는 곳에 독수리들이 모이는 현상(28절) 등이 종말의 징조에 해당된다. '주검'이란 '시체'를 가리킨다. 시체가 있는 곳에는 독수리들이 모인다. 독수리들은 항상 시체 위를 덮친다. 세상이 도덕적으로 그리고 영적으로 썩은 시체를 닮았다고 할 정도로 타락되었을 때를 가리킨다. 다른 말로 말하면, 하나님께서 세상의 불법이 가득하여 완전히 썩었다고 판단하실 때 예수님은 세상을 정죄하러 오시고 그 이후에 세상종말이 온다. 그때가 되기 전에는 예수님이 오시지 않을 것이다. 세상의 타락이 농익게 될 때 그는 심판주로 세상에 다시 등장하신다. 지금 세상의 도덕적 타락과 교회의 영적 타락은 위험 수위를 지나가고 있다. 요즘은 이상하게 세상이 교회를 향하여 손가락질을 더더욱 많이 한다. 이미 종말에 대한 카운트다운에 들어갔다는 뜻이다.

통곡소리와 나팔소리
(마 24:29~31, 재림 / 찬 494장)

예수님은 장차 자신이 심판주로 이 세상에 다시 재림할 때 나타날 현상에 대해서 생생하게 묘사하셨다. 그때는 해가 어두워지고 달도 그 빛을 내지 않는 천재지변(29절), 복음을 거부했던 자들의 통곡소리(30절), 천사들의 출현과 나팔소리(31절), 세계 각국의 택함 받은 자들이 한곳으로 모이는 현상(31절) 등이 나타난다. 여기서 세계 각국의 믿는 자들이 한곳에 집결한다는 뜻은 예수님의 재림이 공간적인 제약을 받지 않는다는 뜻이다. 또한 예수님께서 자신의 택한 자들을 모으는 일에 한 사람도 소외시키지 않을 것이라는 뜻이다. 그의 재림 때에 우리와 우리의 자녀들을 원거리, 근거리에 상관없이 한순간에 불러서 집합시킨다. 여기서 복음을 거부했던 자들의 통곡(30절)과 나팔소리(31절)는 대조를 이룬다. '통곡'은 불신자들의 돌이킬 수 없는 후회를 가리키고, '나팔소리'는 성도의 엄청난 기쁨과 감격을 상징한다. 재림 때에 우리 가정에서 '통곡소리'와 '나팔소리'가 동시에 울리지 않아야 한다. 만약에 이 소리가 동시에 우리 가정에서 들린다면 우리는 전도에 실패한 것이다.

서두르셔야 합니다
(마 24:32~44, 가족, 전도 / 찬 500장)

예수님은 계속해서 종말에 관한 정보를 주셨다. "이 세대가 지나가기 전에 이 일이 이루리라"(34절)는 말씀은 종말의 시급함을 강조하신 것이다. 그러나 종말의 때를 정하시는 분은 오직 하나님 한분이시며, 예기치 못한 시기에 그날이 닥칠 것을 지적하셨다(36~39절). 그리고 종말 때 준비된 자와 준비되지 못한 자의 운명에 대해서도 말씀하셨다. 두 사람이 밭에서 일을 하고 있었는데 한 사람은 데려가고 한 사람은 버려졌다(40절). 두 여자가 마주 앉아서 맷돌을 갈고 있었는데 한 사람은 데려가고 한 사람은 버려졌다(41절). 이것은 휴거에 관한 내용이 아니다. 두 사람이 한 공간 안에서 동일한 일에 종사하지만 두 사람의 영적인 상태는 정반대였고, 그로 인해 두 사람의 운명이 갈라진다. 그날에 준비된 자와 그렇지 못한 자의 운명은 극명하다. 나는 준비된 자인가? 준비되지 못한 자인가? 오늘부터 당장 준비에 들어가야 한다(44절). 지금 우리 가족 중에 서둘러야 할 자가 있는가? 그때 나는 데려감을 당하고 자식이 버려지는 일은 없어야 한다. 때문에 가족 전도가 가장 최우선이 되어야 한다.

악인의 속성
(마 24:45~51, 악인 / 찬 290장)

어떤 주인이 한 종에게 다른 종들을 감독하며 그들에게 제때에 양식을 공급할 직무를 맡기고 떠났다면, 어떻게 해야 그 종이 과연 충성스러운 종일까?(45절) 주인이 돌아올 때 자기책임을 다하고 있는 종이다. 그 주인은 그에게 모든 재산을 맡길 것이다(46~47절). 그럴 경우에 악한 종은 어떤 사람일까? 예수님은 악한 종의 세 가지 특징을 말씀하셨다. 첫째는 '부주의' 이다. 그는 혼자 생각으로 주인이 늦게 올 것이라고 혼자 중얼거렸다. 혼자 중얼거리는 말이 가장 진심이 담긴 말이다. 둘째는 '잔인성' 이다. 그는 가학적인 사람으로 폭력을 일삼았다. 셋째는 '술 마시고 떠듦' 이다(48~49절). 이 악한 종은 주인의 귀국과 동시에 쫓겨났다(51절). 악한 종의 특징은 주인이 늦게 올 것이라고 믿고 사람에게 잔인하게 그리고 방탕한 삶을 살았다. 악한 자들은 예수님의 지상 귀환을 믿지 않는다. 그리고 모든 사람에게 잔인하게 굴며 해를 끼친다. 주먹이든, 말이든, 권세로든 사람에게 해를 끼친다. 그리고 방탕한 삶을 보낸다. 이 중에 혹시 나에게 해당되는 요소가 있는가?

믿음을 빌려줄 수 없습니다
(마 25:1~13, 믿음, 준비 / 찬 545장)

열 처녀에게는 공통점이 있었다. 그것은 신랑을 맞아 결혼 축연이 벌어질 장소로 와야 한다는 것과 모두 등을 가지고 있다는 것이다. 모두 날이 새기 전에 신랑이 오기를 기대하고 있었으나 언제 신랑이 올지 아무도 몰랐다. 그들은 표면적으로 공통점이 있었지만 이제 곧 희비가 엇갈리게 된다. 그 중 슬기로운 다섯 처녀는 기름이 떨어지지 않도록 준비하여 밤에 찾아온 남편을 기쁘게 맞이한다(4~7절). 그러나 미련한 다섯 처녀는 게으르게 있다가 기름은 떨어지고 기름을 빌리는 것도 실패하였다. 그래서 밤에 찾아온 신랑을 놓치고 만다(8~10절). 이 비유는 사람에게 빌릴 수 없는 것이 있음을 말하고 있다. 그것은 기름이었다. 여기서 기름은 믿음을 가리킨다. 믿음은 빌릴 수 없다. 이 세상에 무엇보다도 사람이 스스로 획득해야만 하는 것이 있다면 그것은 믿음이다. 믿음이 없으면 마지막 때 신랑(예수님)은 그를 못 본채 지나친다. 믿음을 빌릴 생각이나 빌려줄 생각은 하지 말아야 한다. 이것은 스스로 책임져야 한다. 믿음만은 아무리 자식이라도, 아무리 부모라도 빌려줄 수 없다.

하나님의 독특한 보상법
(마 25:14~30, 충성, 상급 / 찬 323장)

한 주인이 타국에 가면서 각 종들에게 자금을 주고 자기의 사업을 계속 연장해주기를 바랐다(14절). 그래서 주인은 어떤 종에게는 다섯 달란트, 어떤 종에게는 두 달란트, 어떤 종에게는 한 달란트의 사업 자금을 주었다(15절). 다섯 달란트와 두 달란트를 받은 종은 '바로 가서' 열심히 일을 해서 많은 이윤을 남겼다(16~17절). 그러나 한 달란트 받은 자는 땅을 파고 구덩이에다 한 달란트를 묻어두었다(18절). 주인이 돌아왔을 때 그는 심한 책망을 받았다(24~26절). 그런데 일을 성공적으로 완수한 두 사람에게는 주인이 상을 주지 않고 더 많은 일을 맡겼다(21, 23절). 주인은 책임을 훌륭하게 완수한 종에게 누워서 쉬라고 하지 않았다. 그들의 일의 보상은 휴식이 아니라 더 많은 일이었다. 오늘날 나에게 많은 일이 주어지는 것은 그동안의 나의 충성 때문이었다. 나에게 갑자기 많은 일이 맡겨지면 그것은 하나님이 나를 인정하신 결과이다. 그러므로 많은 일이 나에게 쏟아질 때 그것을 감사히 받아야 한다. 우리의 충성에 대한 최종 상금 계산은 반드시 훗날에 주인이 매겨주신다.

평범해야 삽니다
(마 25:31~36, 종말, 선행 / 찬 180장)

예수님은 장차 자신이 인류 전체에 대한 심판주로 올 것을 선언하셨다. 그때는 양과 염소를 가를 것이며, 그때 사람들은 자기가 구원받은 자인지 정죄받은 자인지 알게 된다(31~33절). 그런데 예수님은 그때 양에게 보상을 내릴 때 그 판정을 이웃의 요구에 대한 반응을 기준으로 삼으신다. 장차 우리가 전 인생의 삶의 무게를 저울에 올려놓을 때 하나님은 무엇을 기준으로 판정하시는가? 이웃에게 베푼 평범한 선행이다. 이 선행은 배고픈 자에게 음식 주는 일, 목마른 자에게 물을 주는 것, 나그네를 영접하는 일, 병자를 위로하는 일이다(35~36절). 이런 일들은 누구나 할 수 있다. 교회에 몇 천만 원을 헌금하는 일은 아무나 할 수 없다. 그러나 이웃을 향한 평범한 선행은 누구나 할 수 있다. 평소에 우리가 만나는 사람들에게 평범한 도움을 베푸는 것이 장차 저 나라에서 보상 받는 비결이다. 주차문제로 늘 이웃과 다투는 자, 남을 위해서 지금까지 단돈 만 원도 써 본적이 없는 자, 강자에게 약하고 약자에게 늘 강했던 자… 그들은 그날에 속이 많이 쓰리게 될 것이다.

기억하지 못하는 자들의 복
(마 25:37~46, 의인, 보상 / 찬 460장)

예수님이 일상에서 사람에게 베푼 평범한 선행을 하나님에게 베푼 선행으로 간주하시겠다는 말씀 앞에 사람들은 "우리가 어느 때에 주님께 그러한 일을 행하였습니까? 우리는 기억이 없습니다"라고 물었다(37절). 이 사람들은 이전에 행했던 그 어떤 선행도 철저하게 기억하고 있지 않았다. 그런데 이것이야 말로 그들의 행위들을 더 귀하고 선하게 만드는 요소이다. 이 사람들은 그토록 보잘 것 없는 일을 행한 것을 전혀 기억하지 못했고 또 그것으로 최후의 영광을 얻고 또 왕이신 예수님께 칭찬을 듣는 것을 이상히 여겼다. 이 사람들이야 말로 진정한 사랑의 실천자들이다. 이들이 '의인'이다(37절). 의인은 누구인가? 자기가 베푼 일상의 평범한 선행을 기억하지 못하는 자들이다. 이들은 일상의 선행이 생활화되어 있는 자들이다. 그들은 선행의 횟수가 너무 많아 일일이 기억하지 못한다. 반대로 일상에서 이웃의 고통을 외면하며 살았던 자는 하나님께 매정하였던 자이며 그들의 장래의 처지는 영원한 형벌이다(45~46절). 자신의 선행이 너무 많아 기억도 못하는 사람은 그날에 반드시 큰 보상을 받는다.

예수님은 우리의 기대를 저버리시는 분
(마 26:1~5, 사람의 기대, 하나님의 기대 / 찬 95장)

예수님은 유월절 명절 때 자기가 십자가에서 죽기 위해서 팔리게 될 것이라고 예고하셨다(2절). 유월절은 이스라엘이 애굽의 압제로부터 해방되었던 기념비적인 날이었다. 군중들은 유월절에 예수님에게 큰 기대를 걸고 있었다. 그래서 그가 예루살렘으로 올라올 때 큰 환호와 지지를 보냈다. 군중들은 이 유월절 명절 때 이스라엘을 로마로부터 해방시킬 제2의 출애굽을 기대하였다. 그러나 유월절에 예수님은 죽으셨고 자기를 따랐던 제자들은 큰 위험에 빠졌고 군중들의 기대는 물거품이 되었다. 군중들은 유월절 명절 때 국가적인 큰 이득을 보는 날로 기대했지만, 예수님은 그날을 죽는 날로 정하셨다. 우리도 당시 군중들처럼 예수님을 통해서 세상적인 이득을 보려는 마음이 있는가? 물론 그런 경우도 있지만, 그는 자주 우리의 그러한 기대를 저버리신다. 예수님은 제사 때문에 우리를 집안에서 쫓겨나게 만들고, 악을 함께 공모하지 않는다고 버림받게 만들고, 함께 어울려 놀지 않는다고 외톨이로 만든다. 그는 생명을 주는 대신 우리를 버림받게 만든다. 예수님은 우리의 기대와 희망을 자주 저버리신다.

현대적 선교
(마 26:6~13, 선교, 선행 / 찬 497장)

예수님께서 시몬의 집에서 식사하실 때 한 여인이 나타나서 값비싼 향유를 그의 머리에 부었다(6~7절). 제자들은 값비싼 향유를 허비한다고 불평했지만(8~9절) 예수님은 이러한 제자들의 태도를 여인을 괴롭게 하는 것이라고 규정하신 뒤(10절) 이 여인의 행위는 천하에 전파되어야 할 아름다운 일이라 하셨다(13절). 아무도 예수님의 죽음을 생각하고 있지 않는 때에 이 여인은 평상시 예수님의 설교를 귀담아 듣고 그의 죽음을 기리는 위대한 일을 홀로 묵묵히 감당했다. 그녀의 행위는 예수님의 죽음을 애도하는 행위였다(12절). 아름다운 일은 그것을 하는 사람의 수가 적기 때문에 그만큼 빛이 난다. 예수님의 지상의 생애가 끝날 무렵 모함과 반역과 배신이 판을 치고 있었기 때문에 이 여인의 이야기는 그만큼 더 빛났다. 우리가 살아가고 있는 이 시대는 추악하고 더러운 일로 세상이 도배되어지고 있다. 이러한 시기에 우리의 아름다운 행위를 세상에 남기는 것이 중요하다. 추한 일의 숫자가 가득한 이 시대에 우리의 아름다운 향기는 사람들과 하나님을 감동시킨다. 이것이 곧 현대적 선교이다.

가룟 유다의 속셈
(마 26:14~16, 인간의 수단 / 찬 216장)

가룟 유다가 대제사장들을 찾아가 자기 스승의 몸값을 흥정한 뒤 마침내 은 삼십을 받았다(14~15절). 그리고 마침내 그는 야비한 짓을 실행에 옮길 기회를 엿보기 시작하였다(16절). 그는 스승이 하나님이 보내신 메시야임을 알았다. 스승의 수많은 기적을 3년 동안 지켜본 그는 예수에게 신성이 있음을 알고 있었다. 그런데 그는 왜 자기 스승을 위험에 빠뜨리려 하는가? 이것은 스승의 정치적 행동을 재촉하는 행동이다. 그는 혁명이 너무 느리게 진행되고 있다고 생각했다. 그래서 그는 자기 스승을 궁지로 몰아넣어서 빨리 혁명을 재촉하려고 하였다. 코너로 몰아넣으면 그는 메시야적인 본성을 발휘해서 이스라엘에게 해방을 가져다 줄 것이라고 믿었다. 그는 인간적인 방법을 써서 일을 저지르고 하나님이 그것을 승인해주기를 바랐다. 그의 비극은 인간적인 수단을 동원해서 하나님의 아들을 변화시키려하였다는 것이다. 인간은 단순히 하나님의 목적에 쓰여지기 위해 복종만 해야 할 뿐인데 말이다. 하나님을 재촉하게 하는 행동, 하나님보다 앞서는 행동이 나에게는 없는지 늘 조심해야 한다.

불의한 재물은 영원하지 못하다
(마 26:17~29, 불의, 심판 / 찬 255장)

예수님은 유월절을 지낼 장소를 예비하신 후에 제자들과 함께 식사하실 때 제자들 중 한 사람이 자기를 팔아넘기게 될 것을 예고하셨다(17~21절). 제자들이 이 이야기를 듣고 근심할 때에 예수님은 자기를 팔자에게 미치게 될 화에 대하여 설명하신 뒤 가룟 유다를 지목하셨다(25절). 이것은 그에게 기회를 주시는 스승으로서의 마지막 배려였다. 그러나 결국 그는 돌이키지 않고 배신자의 길을 걸어갔으며, 양심에 가책을 받고 스승을 팔고 받은 돈은 삼십을 내팽개치고 만다. 여기서 얻을 수 있는 중요한 교훈 하나는 사람이 죄를 지어서 획득한 것은 곧 잃고 만다는 것이다. 죄를 지어서 얻은 이익은 곧 자기 품을 떠나게 된다. 대개의 사람들은 죄를 짓고 소유한 것을 나중에는 싫증을 내고 보기 싫어한다. 그리고 마침내 그것을 스스로 부셔버리고 만다. 그것이 돈이든, 명예든, 이성이든 마찬가지이다. 정당하게 취하여진 것이 아니면 곧 싫증이 난다. 그는 왜 돈을 내팽개쳐 버렸을까? 그 돈이 미워졌다. 그 돈에 분노가 치밀어 올랐다. 불의한 재물은 이처럼 빨리 주인의 손을 떠나는 습성이 있다.

미래에서 기다리시는 예수님
(마 26:30~35, 무한한 은혜, 회복 / 찬 300장)

예수님은 제자들이 오늘밤에 자기를 버리고 뿔뿔이 흩어지게 될 것을 예고하셨다(31절). 그리고 베드로가 오늘밤 닭 울기 전 자기를 세 번 부인하게 될 것도 말씀하셨다(34절). 그 '오늘밤'은 예수님께서 잡히시게 되는 밤을 가리킨다. 그리고 그는 여기에 한 가지를 더 첨부하셨다. 그것은 자기가 살아난 후 갈릴리에서 그러한 제자들을 기다리겠다는 것이었다(32절). 예수님은 제자들이 곧 엄청난 실수와 실패를 경험하게 될 것을 미리 보셨다. 그러나 그는 그것을 이해해 주셨다. 부활 후 갈릴리에서 기다리겠다고 한 것은 실패한 제자들을 새롭게 맞이하겠다는 뜻이었다. 질책하지 않고 다시 새롭게 시작하시겠다는 약속이었다. 바로 이분이 우리의 예수님이시다. 그는 우리가 연약하여 죄에 빠질 것도 알고 계신다. 우리가 충성되지 못할 것도 알고 계신다. 그러나 그는 우리에 대한 사랑을 한 번도 증오로 바꾸시지 않는다. 그는 항상 우리를 기다려 주신다. 거기서 우리를 용서하고 다시 일으켜 주시려고 기다리고 계신다. 우리가 일흔 번씩 일곱 번 넘어져도 그는 미래의 길목에서 항상 우리를 기다려주신다.

하나님보다 더 잘 생긴 사람들
(마 26:36~46, 인간, 교만 / 찬 301장)

예수님은 곧 다가올 자신의 죽음을 준비하기 위해서 겟세마네 동산에서 얼굴을 땅에 대시고 엎드려 기도하셨다(39절). 얼굴을 땅에 대고 기도하는 것은 인간이 취할 수 있는 가장 겸손한 기도의 자세이다. "내 아버지여 이 잔을 내게서 지나가게 하옵소서 그러나 나의 원대로 마옵시고 아버지의 원대로 하옵소서" 그는 이 기도를 두 번이나 반복하셨다(39, 42절). 이 기도 속에는 그의 고뇌와 겸손이 묻어있다. 그러나 제자들은 그 폭풍 전야의 순간에 잠만 자고 있었다(40절). 전능하신 하나님의 아들은 가장 겸손한 자세로 엎드려졌는데 그들은 가장 교만한 자세를 취하고 있다. 우리는 여기서 하나님의 겸손과 인간의 교만을 함께 본다. 하나님은 인간보다 겸손한 분이시다. 하나님은 인간보다 더 깨어 기도하고, 인간보다 더 인간을 사랑하고, 인간보다 더 인간을 용서하신다. 인간은 항상 하나님보다 교만하다. 하나님보다 더 말씀을 거부하고, 하나님보다 더 잠을 자고, 하나님보다 더 자비를 베풀지 않는다. 하나님보다 더 겸손해야 할 인간이 주객이 전도되어 하나님보다 더 잘난 체하며 산다.

둥지를 치지 마세요
(마 26:47~56, 죄, 인간 / 찬 268장)

가룟 유다는 대제사장들과 장로들이 보낸 무리들과 함께 예수님을 잡으러 왔다. 그리고 경악할 만한 짓을 하였다. 그는 예수님을 껴안으며 입을 맞추었다(49절). 아마 그 짓을 몇 번을 반복했는지도 모른다. 입을 맞춘 것은 예수님이 누구인지 가르쳐주고자 함이 아니고(48절) 예수님을 잡기에 편리한 기회를 주는 것이었다. 3년 동안 매일 회당에서 가르치며 기적을 행하셨던 예수님의 얼굴을 그들이 몰랐을 리가 없다. 이 순간에 난동을 부린 한 제자가 있었지만, 그것은 가룟 유다의 질주를 막기에는 역부족이었다(51절). 그는 마지막 순간까지 양심의 가책도 없이 아주 뻔뻔스럽게 자신의 일을 잘 수행해 내었다. 예수님을 죽이고자 하는 계략이 그 머리에 둥지를 트자 몇 번의 돌이킬 기회가 있었지만 그는 끝까지 가버렸다. 그는 예수를 잡을 편리한 시점까지를 제공해주는 무감각한 모습을 보였다. 그는 너무나 태연했다. 죄는 일단 마음에 떠오르면 이렇게 끝까지 가는 속성이 있다. 우리는 우리의 마음에 죄가 둥지를 트는 것부터 막아야 한다. 초창기에 둥지만 완전히 제거할 수 있다면 90% 이상은 성공한 것이다.

참 든든하신 우리의 예수님
(마 26:57~68, 예수, 위로 / 찬 86장)

대적자들은 산헤드린공회 앞에 서신 예수를 죽일 죄 못 찾기에 혈안이 되어 있었다. 심문이 계속 이어졌고 심지어는 수많은 거짓 증인들까지 동원되었지만 예수님은 계속 묵비권을 행사하셨다(59~63절). 그러나 많은 거짓 증언과 심문 중에서 유독 예수님을 자극시킨 대목이 있었다. 그것은 "네가 하나님의 아들 그리스도인가?"(63절)라는 질문이었다. 이에 예수님은 자기가 하나님의 아들이라고 분명히 말씀하셨다(64절). 그리고 자신이 머지않아 심판자로 오게 될 것을 만인이 보게 될 것이라고 말씀하셨다(64절). 예수님은 자신을 모함하는 모든 거짓 증거에 대해서는 침묵했지만, 자신의 신성을 드러내는 중대 사안에 대해서는 생명을 건 답변을 하셨다. 그는 체포되고, 매 맞고, 조롱당하고, 침 뱉음을 당해도 참으셨지만, 자신의 정체성에 관해서는 결코 포기하지 않으셨다. 자신이 참 신이시고 참 통치자라는 사실은 양보할 수 없으셨다. 우리는 이렇게 든든하고 믿음직스러운 통치자를 모시고 살고 있다.

자기를 믿지 마세요
(마 26:69~75, 겸손, 성령 충만 / 찬 212장)

베드로가 바깥뜰에 앉아있을 때 여자 문지기가 다가와 "너도 저 예수의 제자가 맞지?"라고 물었을 때 그는 "네가 무슨 소리하는지 모르겠다"고 부인했다(69~70절). 이어서 또 다른 여자 문지기가 다가와서 추궁하자, 이번에는 '맹세하며' 더 적극적으로 예수를 부인했다(71~72절). 또 그의 주변에 있던 사람들이 베드로의 사투리 발음을 근거로 해서 그를 갈릴리 예수당이라고 몰아붙이자, 이번에는 "저주하며 맹세하여"(74절) 예수를 부인하였다. 그리고 닭 울음소리가 들리자 그는 "닭 울기 전 세 번 나를 부인하리라"고 하신 스승의 말씀이 생각나서 그는 밖으로 뛰쳐나가 통곡하였다(75절). 그는 자기의 의지가 얼마나 믿을 수 없고 어리석은 것인지 깨달았다. 그는 죄의 강도를 스스로 더해가는 자신의 모습을 보면서 얼마나 자기의 결단이 신뢰할 수 없는 것인가를 깨달았다. 베드로도 사람이었다. 사람은 자신을 신뢰하지 않아야 한다. 특히 죄의 문제에 있어서는 더욱 그렇다. 죄를 이길 힘은 인간 속에 내주하시는 하나님께만 달려있지 인간의 의지에 달려있지 않다. 인간은 이 문제 앞에 항상 겸손해야 한다.

새벽부터 모든 대제사장들과 백성의 장로들이 예수님을 사형시키기 위해 함께 의논하였다(1절). 그들은 예수님께 사형에 해당하는 죄 몫이 있다는데 대해 이미 일치하였기에 사형 판결을 내리는 일에 있어서는 그리 어려움이 없었다. 그리고 그들은 예수님을 결박하여 총독 빌라도 앞으로 끌고 갔다(2절). 빌라도 앞으로 끌고 간 것은 산헤드린공회가 로마의 승인 없이는 그 결정을 이행할 권한이 없었기 때문이다. 그들은 서둘러 예수님에 대해 사형선고를 내리고 사형집행을 끝내고 싶었던 것이다. 그들은 '새벽부터' 모였다(1절). 그들은 새벽부터 분주히 움직였다. 왜 새벽부터인가? 새벽기도하고, 말씀공부하고, 봉사하기 위해서 그들은 결코 새벽에 일어나지 않았다. 오직 악을 도모하기 위해서만 그들은 새벽에 만났다. 성도는 왜 새벽에 일어나는가? 기도하고 예배에 참석하기 위해서이다. 성도는 항상 선하고 옳은 일을 위해서만 새벽에 일어나야 한다. 누군가와 작당을 하기 위해서라든지, 아니면 친목동호회나 오락을 위해서만 새벽을 사용하는 것은 좋은 생활습관이 못된다.

가룟 유다는 예수님의 사형 판결을 안 후에 즉시 뉘우쳤다는 인상을 준다(3절). 그는 아마 예수님께서 관정으로 끌려가던 바로 그 순간에 대제사장들과 장로들에게 달려갔을 것이다. 그리고 그는 예수님을 판 가격 은 삼십을 성소에 던지고 자살했다(5절). 대제사장은 그 돈으로 밭을 사서 그 밭의 이름을 '피밭'이라 불렀다(8절). 이런 최후를 맞을 그의 운명을 아신 예수님은 차라리 태어나지 말았어야 될 사람이라고 말하기도 하셨다(26:24). 가룟 유다도 태어났을 때는 그 부모에게 얼마나 기쁨을 주었을까? 그래서 그 부모는 그의 이름을 '하나님을 찬양함'이라는 뜻을 가진 '유다'라고 지었다. 그의 비극은 무엇일까? 예수님을 배반한 것도 비극이지만, 더 큰 비극은 회개하지 않은 것이었다. 그는 후회하고 번민은 했으나, 그러나 예수님은 부르지 않았다. 과거의 결탁자들을 찾아가서 돈은 던졌지만, 죄는 돌이키지 않았다. 우리도 앞으로 살아가면서 가룟 유다만한 죄에 빠질 수 있다. 그러나 아무리 늦었다고 생각해도 돌아와야 한다. 돌이키기만 한다면 결코 늦지 않는다.

자기 양심을 믿지 마세요
(마 27:11~26, 양심, 성령 충만 / 찬 191장)

빌라도는 예수님께서 사형에 해당하는 혐의가 없다는 사실을 알았다. 예수님은 빌라도가 "네가 유대인의 왕이냐"(11절)라는 질문에만 짤막하게 대답하시고 시종일관 침묵으로 일관하셨다. 이 모습이 빌라도에게는 놀라왔고 그에 대한 뭔가의 비범함을 발견하였다(12~14절). 빌라도는 예수님께서 혐의가 없다는 사실을 알았다. 그래서 그는 이스라엘 명절 때 죄수 하나를 풀어주는 관행에서 예수님이 놓여나기를 바랐다(17절). 이것이 실패로 돌아가자 그는 "예수가 잘못이 없는 것 같다"고 양심적으로 말하기도 하였다(23절). 그러나 계속되는 백성들의 원성 앞에 빌라도는 결국 예수님을 내어주고 만다. 빌라도는 처음에는 혐의가 없는 예수님 앞에서 양심에 갈등을 겪었다. 그러나 계속되는 백성들의 원성에 "민란이 날까 두려워 하면서"(24절) 그의 양심은 점점 힘을 잃어갔다. 그리고 결국 그는 포기하고 말았다. 자기 스스로의 양심에 의해서 자기를 통제하려는 사람은 결국 자기를 망치기 쉽다. 자기 양심은 믿을 수 없다. 오직 믿을 수 있는 것은 사람 속에 내주하고 계시는 성령 하나님밖에 없다.

십자가보다 더한 수치
(마 27:27~31, 인간의 악, 십자가 / 찬 150장)

군병들이 예수님을 관정으로 데리고 간 뒤 그의 옷을 벗기고 빨간 천을 입혔다(28절). 그리고 가시면류관을 그의 머리에 씌웠다. 그리고 그의 손에 억센 갈대를 쥐어주었다. 억센 갈대를 쥐어 준 것은 왕의 홀(지팡이)로 쥐어준 것이었다. 왕은 반드시 홀이 있어야 하기 때문이다. 그리고 그들은 조롱하며 경배하였다. 이것은 잔인한 희롱이었다. 군병 하나가 예수 앞에 무릎을 꿇고 "유대인의 왕이여 평안할지어다"(29절)라며 조롱하였다. 예수님은 이 순간 짐승보다 더 낮은 수준으로 떨어지셨다. 이 세상에 이보다 더 큰 수치가 있을까? 그리고 가장 큰 수치가 하나 남아있다. 희롱자들은 그의 손에 있던 갈대를 빼앗아 그것으로 그의 머리를 때렸다(30절). 이것은 가장 큰 희롱이요 수치이다. 갈대로 머리를 때린 희롱자의 마음에는 분명히 이런 것이 들어 있었을 것이다. "자기 홀로 제 머리를 맞는 작자야 네가 무슨 놈의 왕이냐" 이것은 십자가에 달리는 고통보다 더 큰 수치였다. 하나님의 아들의 명예가 이렇게 실추된 것은 오직 나의 명예를 세워주시기 위함이었다.

너무나 아프셨던 예수의 아버지
(마 27:32~44, 하나님의 마음, 예수의 수난 / 찬 147장)

예수님은 십자가를 지셨다. 그는 순전히 육체적 탈진 때문에 멀리까지 십자가를 지고 가는 것이 불가능했다. 그때 구레네 시몬이라는 사람을 시켜 강제로 십자가를 지고 가게 했다(32절). 고통이 극에 달한 것을 안 군병들이 예수님께 마취제 성분의 쓸개 탄 포도주를 주었지만 예수님은 그것을 마다하셨다(34절). 그리고 그는 못 박히시고 십자가에 매달리신다(34절). 옷은 노략질 당하고(35절) 모두가 그를 조롱하였다. 대제사장과 서기관들과 장로들(41절), 지나가는 자들(39절), 예수님 곁의 몹쓸 강도 하나까지(44절) 남김없이 하나님의 아들을 조롱한다. 자신의 외아들이 이렇게 수난을 당하고 있는데도 그의 아버지는 침묵한다. 아들이 이렇게 조롱당하는데도 아버지는 간섭하지 않는다. 이 아버지의 놀라우신 침묵 앞에 우리는 놀랄 수밖에 없다. 생각건대 자신의 마음이 너무 아파서 아무 말도 못하고 계시지 않았을까? 너무나 기가 막혀서 침묵 외에는 아무것도 하실 수가 없지 않았을까? 세상에 부모가 된 사람은 이 아버지의 침묵과 아픈 마음을 공감할 수 있다.

예수님은 버림받았다
(마 27:45~56, 십자가 / 찬 149장)

예수님은 십자가에 달리신 후 오후 세 시쯤이 되어서 "엘리 엘리 라마 사박다니"(46절)라고 소리쳤다. 그것은 "나의 하나님 어찌하여 나를 버리십니까?"라는 뜻이다. 어떤 사람은 '엘리'라는 그의 발음을 잘못 듣고 그가 엘리야에게 도움을 청하고 있다고 생각했다(47~49절). 예수님이 십자가에서 운명하시기 직전 부르짖었던 "왜 나를 버리십니까?"라는 말을 주목할 필요가 있다. 정말로 그는 아버지께로부터 버림을 받았는가? 그렇다. 그는 인류의 죄 용서를 위해 아버지께 버림을 받았다. 그에게 있어서 가장 큰 고통은 죽음이 아니었다. 그에게 있어서 가장 큰 고통은 전 인류의 모든 죄의 뭉치들을 흠 없는 자신의 영혼 속에 담는 것이었다. 십자가에 달리는 순간 자신의 '의'는 인류에게 넘어가고 인류의 모든 '죄 뭉치'는 자기에게 넘어왔다. 인류의 모든 죄의 짐을 자기 안으로 쓸어 담기 위해 그는 하나님으로부터 버림받았다. 그는 죽음도 수난도 두려워하지 않았지만, 인류의 죄를 자기 속에 쓸어 담는 그것을 두려워하였다. 그러나 그는 끝까지 그 길을 가기 위하여 아버지께 버림받는 길을 택하였다.

마지막에 웃은 자 아리마대 요셉
(마 27:57~61, 충성, 헌신, 용기 / 찬 314장)

예수님께서 운명하시자 아리마대 요셉이라는 자가 빌라도에게 예수님의 시체를 달라고 요구하였다(57절). 왜냐하면 시체를 나무 위에 밤새도록 두는 것은 율법에 어긋나기 때문이다. 그리고 이날은 안식일이었기 때문에 시체를 나무에 걸어둔다면 그것은 비난을 살 일이었다. 결국 이 일을 아리마대 요셉이 하였다. 그는 산헤드린회원이었지만 비밀리에 예수님의 제자가 된 사람이다(눅 23:51). 그는 예수님의 사형판결에 충분히 관여할 수 있는 사람이었지만, 그때는 나서지 못했다. 그러나 그는 마지막에 용기를 발휘했다. 그는 마지막에는 십자가에 못 박힌 죄수의 편에 섰다. 그는 빌라도의 분노의 가능성도 무릅 쓰고 또한 예수를 배신한 유대인들의 증오와 멸시를 각오하고 빌라도를 찾아갔다. 그는 비록 약간은 늦은 감은 있지만 마지막에는 진리의 길에 섰다. 우리도 종종 실패하지만 그러나 마지막에는 역전승을 할 수 있다. 한번 실패로 낙심할 수 있지만 마지막에 용기를 내어 하나님께 충성하면 그것으로 승자가 될 수 있다. 마지막에 웃는 자가 진정한 승자이다.

유대교 지도자들도 예수 믿는 사람이었다
(마 27:62~66, 부활, 인간의 이권 / 찬 170장)

예수님이 운명하신 그 다음 날 대제사장들과 바리새인들이 빌라도를 찾아가서 예수님의 무덤을 잘 지켜주기를 요구하였다(62~64절). 왜냐하면 그들은 3일 만에 다시 부활할 것이라고 예언한 예수님의 말에 신경이 거슬렸기 때문이다. 그들은 예수님의 제자들이 혹시 그의 시체를 훔쳐간 후 그가 부활했다고 거짓 소문을 낼지 모른다고 우려하였다(64절). 여기에 참으로 무서운 아이러니가 있다. 유대교 지도자들은 예수님의 부활 예고를 100%는 아닐지 모르지만 어느 정도 가능성 있는 일로 믿었다. 그들은 예수의 기적을 목격하고 그가 대단한 사람이었음을 믿었다. 그러나 그들은 유대교 체제와 맞지 않는 예수님을 죽여 버렸다. 그들은 예수님을 어느 정도 인정했지만 자기들과는 어울릴 수 없는 사람이란 것을 알았다. 예수님이 자기 체제에 걸림돌이 될 사람이라고 확신하고 그를 제거하였다. 죄인들은 이렇게 진리보다 이권대로 움직인다. 사람의 특징은 설사 그가 대단한 진리를 발견했다 해도 그것이 자기에게 단돈 만 원의 손해를 끼칠 수 있다면 그것을 부정해버리는 경향이 있다.

갈릴리에서 만날까요?
(마 28:1~10, 첫사랑, 회복 / 찬 387장)

예수님께서 죽으신 후 여자들이 예수님의 무덤을 찾아갔을 때 무덤을 막았던 돌은 굴러가고 그 위에 한 천사가 앉아 있는 모습만 보였다(1~2절). 천사는 여자들에게 예수님의 부활 소식을 전하였고, 그분은 갈릴리로 먼저 가셨다고 일러주었다(7절). 그리고 다음은 예수님께서 여자들 앞에 나타나셨다. 그리고 그 역시도 갈릴리로 가라 하셨다(8~10절). 부활하신 예수님은 갈릴리에서 제자들을 만나기를 원하셨다. 그는 구체적인 장소는 말하지 않으셨다. 그냥 갈릴리라고만 했다. 갈릴리는 넓은 지역이다. 구체적인 장소를 말하지 않은 까닭은 제자들이 평상시에 잘 알고 있는 장소였기 때문이다. 늘 그분의 설교를 듣던 곳, 늘 그분과 사랑의 교제를 나누던 곳, 그분과의 많은 추억이 있는 그곳에서 예수님은 제자들과 만나기를 원하셨다. 왜일까? 실패한 제자들을 다시 불러서 그 첫 사랑의 감격을 회복시키려 하신 것이다. 우리도 지금 실패한 자리에 있는가? 그러면 우리도 갈릴리로 가야 한다. 그 옛날 그분과 만났던 첫 사랑의 자리로 돌아가야 한다. 그곳에게 가면 눈물과 환희와 감격을 회복할 수 있다.

내가 진리 위에 선다면…
(마 28:11~15, 최후 승리 / 찬 342장)

예수님이 부활하면서 대제사장들이 우려했던 사태가 현실로 나타나자 그들은 자신들의 잘못을 뉘우치기는커녕 장로들과 다시 모의하기 시작하였다(11~12절). 그리고 그들은 군병들에게 돈을 주며 예수의 제자들이 시체를 훔쳐갔다고 거짓 소문을 퍼뜨렸다(12~13절). 대제사장들과 종교지도자들은 마지막까지 예수와 적대관계를 유지한다. 그들이 그동안 예수님을 제거하기 위해 얼마나 필사적인 노력을 하였는가? 그들은 처음에는 배신자 가룟 유다를 이용했다. 그리고 예수님을 로마 총독 빌라도에 끌고 가기 위해 많은 노력을 했고, 심지어는 허위증인들까지 세웠다. 예수님께 혐의점을 찾지 못한 빌라도에게는 협박까지 하였고 지금에 와서는 뇌물을 사용하고 있다. 그런데도 그들의 노력은 실패로 돌아가고 만다. 부활하신 예수님의 모습을 여기저기서 목격한 증인들이 나타났기 때문이다. 이것은 모든 악한 인간들의 책략이 진리를 끝까지 이길 수 없음을 가르쳐준다. 진리는 항상 모략을 이긴다. 만약에 내가 진실하다면 그 어떠한 악한 사람들의 책략도, 나쁜 소문도, 방해공작도 나를 이기지 못할 것이다.

아직도 믿지 못하는 사람들
(마 28:16~17, 의심 / 찬 545장)

가룟 유다가 빠진 열한 명의 제자들은 예수님이 명하신 산에서 그에게 경배했다(17절). 여기서 '경배하다'라는 말은 그 용법상 "왕으로 경배하였다"는 뜻이다. 이때부터는 제자들은 예수님을 단순한 스승이 아닌 하나님의 차원으로 대하였다. 그런데 그 제자 중에는 의심하는 자도 있었다(17절). 이미 부활하신 예수님을 여러 번 보았음에도 제자들 중에 의심하는 자가 있었다는 것은 이상한 일이다. 이 말의 의미는 그들 중 일부는 예수님의 부활 자체를 의심한 것이 아니라 부활 후에 너무나 성스럽게 변해버린 그 모습을 보면서 현재 만나고 있는 분이 예수님이신가 의심했다는 뜻이다. 부활하신 예수님을 동일하게 목격하였지만 그들 중에는 믿지 않는 자도 있었다. 우리는 누가 그러한 의심을 하였는지 알 수는 없다. 이 현상은 오늘날 교회 안에서도 흔히 발견된다. 동일한 성경을 읽고 동일한 설교를 들어도 계속 가라지로 존재하는 자들이 있다. 지금은 누가 그 가라지인지 알 수는 없으나 마지막 때는 그것이 확연히 드러난다. 그 날에 내가 가라지로 서지 않게 늘 자신의 믿음을 확인해야 한다.

갈릴리에서의 고별 설교
(마 28:18~20, 동행, 사명 / 찬 341장)

예수님께서 승천하시기 전 제자들에게 마지막 고별설교를 하셨다. "너희는 가서 모든 족속으로 제자를 삼고 … 세례를 주고 내가 너희에게 분부한 모든 것을 가르쳐 지키게 하라"(19~20절)고 하셨다. 그러므로 모든 교회와 성도들은 성서의 계시를 가르치고 전하고 실천할 수 있도록 기독교교육에 힘써야 한다. 그리고 예수님은 "내가 세상 끝 날까지 성도와 항상 함께 있겠다"고 하셨다(20절). 여기서 우리는 '항상'이라는 말속에서 희망을 발견할 수 있다. 그는 비가 오나 눈이 오나, 맑으나 흐리나. 건강할 때나 약할 때나, 변함없이 우리와 함께 하신다. 이 약속은 가까이는 마가의 다락방에 임하신 성령강림사건으로 지켜졌고, 2000년 교회사 속에서, 그리고 오늘날 우리들 삶 속에서도 실제로 지켜지고 있다. 기독교 2000년 역사 속에서 지상의 모든 교회는 수많은 세례자를 배출하였고, 성서를 각국 언어로 번역하여 보급하였고, 또 후세대들에게 이 신앙의 유산을 물려주기 위하여 기독교교육 사업에 헌신하고 있다. 그러면 이 예수님의 고별설교가 나의 삶 속에서는 얼마나 효력을 발생하고 있는가?

마태복음 INDEX

사복음서 단락별 설교 핸드북

마가복음

Mark

희망을 주는 기쁜소식
(막 1:1, 복음, 예수 / 찬 89장)

마가는 "하나님의 아들 예수 그리스도의 복음의 시작이라"고 자신의 복음서 서두를 연다. 예수님은 하나님의 아들이고 그리스도이시다. '그리스도' 라는 말은 '기름 붓다' 라는 뜻이다. 원래 기름 부음을 받은 자는 왕이나 제사장이나 선지자였다. 그런데 후대에 가서 '그리스도' 라는 용어는 하나님께서 택하신 왕으로 이스라엘이 대망하던 메시야를 지칭하는데 사용되었다. 따라서 초대교회에서 메시야라는 용어는 '희망' 그 자체를 의미했다. 마가가 자신의 복음서 첫머리에 예수를 그리스도라고 지칭한 것은 예수를 이스라엘의 희망이요 위로가 되는 분으로 나타내고자 하는 의도였다. 더군다나 예수님은 '복음' 을 가지고 있다. '복음' 이라는 말은 '유앙겔리온', 즉 '기쁜소식' 을 의미한다. 본래 이방 세계에서 '기쁜소식' 이라는 용어는 전쟁에서의 승리, 황제의 생일이나 황제의 집권을 축하할 때 사용하였다. 마가가 이런 의미를 가진 '기쁜소식' 이라는 용어를 예수님과 연관시킨 것은 그는 희망과 승리를 주시는 분으로 묘사하려는 의도였다. 그렇다. 예수를 믿고 따르는 자의 삶은 분명히 희망과 승리가 넘치게 된다.

세례 요한의 신발끈 설교
(막 1:2~8, 섬김 / 찬 213장)

이사야의 글에 메시야가 오기 전 그 길을 예비할 사자가 출현할 것이라 하였는데 그가 바로 세례 요한이다(2~4절). 그는 온 유대지방과 예루살렘을 돌며 갈급하고 처참한 사람들에게 세례를 베풀며 오실 메시야의 길을 예비하였다. 그는 메시야가 얼마나 위대한 분인지를 설명하면서 자기는 그분의 신발 끈을 풀어드릴 자격도 없는 사람이라고 표현하였다(7절). 신발 끈을 푸는 일은 노예들이 외출하고 돌아온 주인이나, 혹은 귀한 손님이 왔을 때 발을 씻겨주기 위해서 그 신을 벗길 때 하는 매우 천한 일이다. 이 일은 그 집에서 가장 낮은 종의 직무였다. 그는 '신발끈' 예화를 통해 자기는 그를 섬기는 자 중에서도 가장 말단에 해당되는 자라고 하였다. 당시 가장 인기 있고 명망 있는 선지자의 입에서 나온 이 말은 충격적이었다. 우리도 교회에서 이 정도로 자신을 낮추어 본적 있는가? 우리는 예수님을 섬긴다 하면서도 얼마나 그와 함께 높은 곳에 서려하는지 모른다. 신발 끈은 다른 사람이 풀고 나는 그와 함께 먹고 마시는 상에, 그와 함께 사진 찍는 자리에 앉으려고만 한다.

하나님이 인간에게 세례를 받으시다
(막 1:9~11, 삼위일체, 구원 / 찬 77장)

예수님께서 세례 요한에게 물로 죄용서의 세례를 받으신 것은 역설적이고 놀라운 사건이었다(9절). 그가 세례를 받고 물에서 올라오실 때 하늘이 열리더니 성령 하나님이 그 위에 임재하셨다(10절). 성령 하나님께서 오신 것은 공식적인 공생애를 시작하시는 성자 예수님의 사역에 권위와 능력을 더하시기 위함이었다. 그리고 "너는 내 사랑하는 아들이라"(11절)는 공식적인 성부 하나님의 선언서가 하늘로부터 낭독되었다. 예수님이 하나님의 아들이라는 사실을 공식적으로 인준하는 소리였다. 그리고 성부 하나님은 아들을 기뻐하셨다(11절). '기뻐하다'는 말은 '인정하다'는 뜻이다. 예수님은 태초부터 하나님으로 인정받으신 분이다. 요단강에서 물로 인간에게 세례를 받으신 분은 죄가 없으신 하나님이셨다. 그는 물로 인간에게 세례를 받을 필요가 없었다. 그런데 그가 왜 그런 일을 하였는가? 죄인이 되기 위해서이다. 죄인이 되어서 죽기 위해서이다. 그가 타락한 인간에게 물세례를 받으신 것은 자신을 죄인과 동일시하기 위한 것이었다. 그의 임무는 죄인인 나를 대신해서 죄인처럼 죽는 것이었기 때문이다.

마귀는 언제 달려들까요?
(막 1:12~13, 마귀, 시험 / 찬 350장)

예수님께서 세례 받으신 뒤 성령 하나님이 그를 광야로 몰아내셨다(12절). 예수님은 광야에서 사십일을 금식하며 기도하셨다(마 4:1~11, 눅 4:1~13). 그리고 마귀에게 시험받으셨다(13절). 예수님이 요단강에서 세례를 받고 '하나님의 아들'이라는 위대한 공식 칭호를 받으신 뒤 사탄에게 시험 당하셨다. 두 장면이 참 대조적이다. 마귀는 언제 오는가? 사람이 가장 영광스러운 자리에 앉을 때이다. 가장 큰 찬양과 찬사를 받을 때이다. 그리고 육체적으로 매우 피곤할 때이다. 예수님이 계신 광야는 들짐승이 있었던 곳일 만큼 인적이 없고 황량한 곳이었다(13절). 그는 여기서 40일을 금식하셨다. 그는 성령 충만하셨지만 육체는 몹시 고통을 느끼셨다. 마귀는 이때를 노린다. 교만이 극치에 있을 때 그리고 육체적으로 정신적으로 탈진해 있을 때이다. 기도는 많이 하지만 자기 의에 빠져있으면서 육체적으로 피로하면 마귀가 틈타기 쉽다. 그러므로 전인적인 건강, 육을 이루는 것이 예수를 잘 믿는 길이다.

성도는 하나님 나라의 일꾼입니다
(막 1:14~15, 하나님 나라, 성도 / 찬 210장)

마가는 예수님께서 세례 요한의 투옥 후부터 공적 사역을 시작했다고 간략하게 소개했다(14절). 예수님의 초기 복음 대상지역은 갈릴리였다. 갈릴리에서 선포하신 예수님의 첫 번째 말씀은 "하나님 나라가 가까웠으니 회개하고 복음을 믿으라"(15절)는 것이었다. 하나님 나라는 회개하고 복음을 믿는 사람들의 차지가 된다는 뜻이다. 하나님 나라의 정확한 의미는 하나님의 통치, 하나님의 주권이다. 즉, 하나님의 통치가 이루어지는 곳, 하나님의 주권이 미치는 곳이 하나님 나라이다. 하나님의 아들이 오심으로 이미 이 땅에서 하나님 나라가 시작되었다. 그러나 아직 완성된 것은 아니다. 그래서 하나님 나라는 '이미'와 '아직'이라는 긴장관계에 놓여있다. 완성된 하나님 나라의 이미지는 요한계시록에 소개되어 있는 새 하늘과 새 땅이다(계 21:1). 회개하고 복음을 믿은 사람은 이미 하나님 나라의 일원이 되었다(15절). 이 일원이 된 사람은 아직 이루어지지 않은 하나님 나라를 위해서 땀 흘리라고 부름을 받았다. 성도가 교회에서 하는 모든 종류의 봉사가 곧 하나님 나라의 완성을 촉진하는 촉매제가 된다.

베드로보다 야고보가 한수 위였다
(막 1:16~20, 제자 / 찬 456장)

예수님께서 갈릴리 해변을 지나가시다가 제자를 부르셨다(16절). 예수님께서 베드로 형제를 불렀을 때 그들은 그물을 버려두고 쫓았다(18절). 그리고 세배대의 아들 야고보와 요한을 불렀을 때 그들은 삯군을 버려두고 쫓았다(20절). 삯군은 직원을 가리킨다. 야고보와 요한은 직원까지 두고 있을 정도의 큰 규모의 어장을 하고 있었다. 그들은 부잣집 아들들이었다. 특히 야고보와 요한의 아버지 이름을 세베대라고 소개하였는데, 부모 이름을 기록했다는 것은 당시 모든 사람에게 이미 알려진 '유력자'라는 뜻이다. 야고보와 요한은 베드로 형제들과는 달리 아버지에게 물려받을 것이 많은 사람이었다. 그들은 큰 사업체와 직원들을 포기하고 예수님을 따라갔다. 버린 것으로 따지자면 베드로 형제보다 야고보 형제들이 더 많이 버렸다. 야고보와 요한은 그들 삶에 아깝지 않은 것이 없는 사람들이었다. 그러나 예수를 위해 모든 것을 버렸다. 우리는 예수님을 위해서 무엇을 버렸는가? 버린 것은 하나도 없으면서 계속 무엇을 달라고만 보채고 있지 않은가?

귀신에게 배울 점이 있다
(막 1:21~28, 마귀, 봉사 / 찬 351장)

예수님께서 가버나움의 한 회당에서 가르치실 때 그의 교훈을 들은 청중들의 반응은 커다란 충격과 놀라움으로 가득 찼다(21~22절). 회당 안에는 어떤 사람 속에 들어가 있는 귀신도 있었는데 그 귀신도 예외가 아니었다. 귀신은 미리 겁을 먹고 예수님을 향하여 외쳤다. "예수여 우리가 당신과 무슨 상관이 있나이까 우리를 멸하러 왔나이까"(24절) 귀신은 예수님이 귀신의 왕국을 멸하러 왔다는 사실을 이미 숙지하고 있었다. 여기서 귀신은 '우리'라고 하였다. '우리'라는 말은 자기 동료 귀신들 모두를 가리킨다. 그 귀신은 자기 뿐 아니라 자신의 모든 동료 귀신도 예수에 의하여 박멸 당하게 될 것을 확신하였다. 참으로 똑똑한 귀신이다. 이 귀신에게 배울 점은 우리도 귀신들처럼 확신에 서있어야 한다. 오늘 내가 예수님의 이름으로 하는 모든 봉사, 헌신, 전도, 사랑, 구제를 통해서 모든 귀신들이 경련을 일으키며(26절) 떠나게 될 것을 말이다. 오늘 예수님의 이름으로 하는 나의 작은 봉사를 통해 귀신들이 물러가고, 그 자리에 하나님 나라가 들어서게 될 것을 귀신처럼 확신해야 한다.

100% 해결하시는 예수님
(막 1:29~31, 치유 / 찬 354장)

시몬(베드로)의 장모가 열병으로 누웠을 때 예수님께서 그녀의 병을 고쳐 주셨다(30~31절). 장모가 있었던 걸로 봐서 베드로가 유부남이었다는 것을 알 수 있다. 그가 결혼했다는 것은 부인과 함께 전도 여행을 했다는 성경의 암시에서도 잘 나타난다(고전 9:5). 예수님께서 그의 장모의 열병을 고쳐주시자 병에서 놓임 받은 그녀는 즉시 일어나서 예수님께 수종들었다(31절). '수종들었다'는 것은 음식을 장만해서 대접하였다는 뜻이다. 요리를 할 수 있었던 것으로 봐서 그녀의 몸이 정상적으로 완전히 회복되었음을 말해준다. 또 '즉시 일어나서'라는 말에서도 느낄 수 있는 것은 열이 내린 정도가 아니고 완벽한 치유였음을 알 수 있다. 아직 통증이 남아 있다든지 차후에 계속 치료를 더 받아야 되는 정도가 아니었다. '수종드니라'란 표현은 '섬기다'라는 뜻으로 미완료형시제가 사용되었다. 일회적으로 한번 시중 든 것이 아니라 계속 들락날락 하면서 섬겼다는 뜻이다. 그녀는 100% 완치되었다. 예수님의 구원은 항상 100%이다. 그가 사람의 영혼의 문제, 육의 문제를 해결할 때는 항상 100%이다.

귀신의 마음을 통제하신 예수님
(막 1:32~34, 마귀, 능력 / 찬 348장)

해질 때에 사람들이 각색 병자와 귀신 들린 자들을 예수님께 데리고 나왔다(32절). 거기에는 '일반 병자'와 '귀신 들린 자' 두 종류의 환자가 있었다. 거기에는 귀신은 들리지 않았으나 육체적으로 병든 자가 있었다. 여기서 모든 병의 근원은 귀신이라는 김기동의 베뢰아 아카데미는 설 자리가 없어진다. 예수님께서 귀신들을 내어 쫓으시고 귀신들이 자기를 알자 그 말하는 것을 허락지 않으셨다(34절). 예수님은 귀신 들린 사람의 입을 통해서 자기가 메시야라는 말이 발설되지 못하게 조치를 취하셨다. 왜 그랬을까? 만약에 그것이 발설되면 메시야의 활동 기간이 단축될 수 있고 혹은 훨씬 빨리 죽을 수 있기 때문이다. 예수님은 사탄의 마음을 훤히 꿰뚫고 계셨다. 그래서 그것을 경고하심으로 모든 일어날 사고를 미리 방지하셨다. 우리에게도 이 같은 능력이 있다면 얼마나 좋을까? 우리가 예수님과 합일하는 삶을 산다면, 예수님과 일체가 되어 살아간다면 그분께서 우리에게도 이런 능력을 조금은 나누어주시지 않겠는가? 이 말은 이론적인 말이 아니라 다소 감정적인 측면이 가미된 말이다.

기도의 사람, 예수님
(막 1:35~39, 기도, 교만 / 찬 368장)

예수님께서 날이 막 밝아지려고 할 때쯤 한적한 곳에 올라가서 기도하셨다(35절). 오랫동안 기도를 하셨는지 제자들이 예수님을 찾으러 왔다(36절). 그리고 예수님은 그들에게 다른 마을로 사역지를 옮기실 뜻을 비춰셨다. 아마 이것을 결정하시기 위해 성부 하나님과 교통의 시간을 가졌던 것 같다. 그리고 나서 그는 그곳으로 가서 열심히 사역하셨다. 예수님은 항상 중요한 일을 앞에 두고 기도하셨다. 이번에도 마찬가지로 그는 새벽에 한적한 곳을 찾으셨다. 그는 기도 없이 살 수 없으신 분이다. 그는 사람을 만나서 사역을 하시기 전에 항상 기도하셨다. 그는 사람을 만나려면 먼저 하나님과의 만남이 있지 않으면 안 되었다. 그리고 그는 모든 대인관계에서 좋은 결과를 맺으셨다. 만일 기도가 하나님의 아들 전능자에게도 이렇게 필요한 것이라면 우리에게는 얼마나 더 필요한 것이겠는가? 만일 우리가 기도 없이 어떤 일을 계획하고 추진한다면 하나님보다 더 잘나고 교만한 사람이 되는 셈이다.

그분 앞에 서면 다 양입니다
(막 1:40~45, 긍휼, 회복 / 찬 343장)

한 문둥병자가 예수님께 나아와 자기를 깨끗하게 해 달라고 부탁하였다. 그는 꿇어 엎드리어 당신이 마음만 먹는다면 자기를 깨끗하게 할 수 있다고 고백했다(40절). 능력이 있다는 것을 이미 알고 왔으니 마음만 그렇게 잡수시라는 것이다. 그는 용기 있는 사람이었다. 이때 예수님은 손을 내밀어 그를 만졌다. 그리고 그는 깨끗해졌다(41~42절). 그는 너무 더러운 사람이었다. 손은 문드러졌고 고름까지 나왔을 것이다. 그의 부모 형제도 심지어 제사장들도 버린 사람이었다. 그러나 예수님은 그에게 손을 내미시고 만져주셨다. 예수님께는 그는 더러운 사람이 아니라 절망에 빠진 한 마리 양이었을 뿐이었다. 더군다나 이 문둥병자는 율법을 어긴 사람이었다. 율법에 의하면 문둥병자는 사람들 앞에 나타나서는 안 되며 말을 걸어서도 안 된다. 그러나 예수님은 이 율법을 어긴 자를 몰아 내지 않았다. 예수님 앞에 있는 그는 율법을 어긴 죄인이 아니라 절망에 빠진 한 마리 양이었다. 설사 내가 사람들이 기피하는 아무리 몹쓸 전과자라도 그분 앞에만 서면 양일뿐이다. 그리고 그분의 보살핌만을 받을 뿐이다.

예수님은 항상 "괜찮다"고 하신다
(막 2:1~12, 회복, 치유 / 찬 429)

예수님께서 가버나움의 어떤 집에 계시다는 소문을 듣고 한 중풍병자를 네 사람이 들 것에 들고 지붕을 뚫어 예수님 앞에 내려놓았다. 그는 전신마비증세가 있어서 사람들이 운집해 있는 방으로 걸어 들어가기 힘들었으므로 그 방법을 쓸 수밖에 없었다(1~4절). 예수님은 그 희생적인 봉사를 한 사람들의 믿음을 보시고 "소자야 네 죄사함을 받았다"(5절)고 말씀하셨다. 직역하면 "소자야 하나님은 너에게 분노하고 있는 것이 아니니 괜찮다"하는 말이다. 죄사함에 대해서 말하는 것을 들은 서기관들은 예수님에 대해 트집 잡을 구실을 만들었다(7~8절). 그 말씀은 마치 어둠 속에서 공포에 떨고 있는 아이에게 말하는 듯하였다. 예수님은 공포심을 가지고 나아온 모든 사람에게 "하나님은 당신에게 분노를 가지지 않는다"라고 먼저 선언하신다. 그렇다. 사람이 아무리 더러운 죄를 가지고 있어도 그분 앞에서는 공포와 수치를 느낄 필요가 없다. 사람이 아무리 내 세울 것이 없어도 그분 앞에 서면 열등감을 느낄 필요가 없다. 그는 항상 "그것은 괜찮다"고 하시는 분이다. 그리고 걸어가도록 해주신다(12절).

자신의 직무에 충실하신 예수님
(막 2:13~14, 충성, 성도의 삶 / 찬 311장)

예수님께서 바닷가에서 무리들에게 말씀을 가르치신 후 그곳을 지나가시다가 한 제자를 선택하셨는데 그는 알패오의 아들 레위라는 사람이었다(13~14절). 그는 세관에 앉아있을 때 예수님의 주목을 받았다. 이 사람은 세금을 거두는 세리였다. 레위는 마태복음에서는 마태로 기록하고 있다(마 9:9). 예수님이 그를 부르신 그 시기가 독특하다. 예수님은 '지나가시다가' 그를 불렀다. 설교를 마치시고 바닷가를 지나가시는 중에 세관에 앉아있는 레위를 부르셨다. 예수님께서 레위를 부른 것은 호숫가를 따라 걷고 있을 때 일이었다. 예수님은 어떤 분이신가? 항상 자신의 직무에 충실하셨다. 그는 길을 걸어가고 있을 때라도 정신을 딴 곳에 두지 않고 하나님의 일을 위한 기회를 얻으려하셨다. 그는 자신의 직무에 조금이라도 벗어난 순간이 없으셨다. 우리는 교회에 와서만 주의 일에 관심을 두는가? 아니면 일상의 삶 속에서도 주의 일을 염두에 두고 사는가? 우리는 우리가 하는 세상의 직무 속에서도 항상 주의 영광이 무엇인지 염두에 두고 살아야 한다.

즐거운 식사가 하나님의 뜻이다
(막 2:15~17, 천국, 식사 / 찬 244장)

예수님께서 레위집에서 식사하실 때 많은 세리와 죄인들이 초청되었다(15절). 이에 바리새파에 속하는 서기관들이 죄인들과 함께 식사하는 예수님께 노골적인 적대감을 드러냈다(16절). 그들은 죄사함을 갈구하는 죄인들을 돌보시려 오신 영혼의 치료사인 예수님을 알 리가 없었다(17절). 예수님은 죄인들을 사랑하셨다. 그는 죄인들에게 하나님의 가족이 되는 길을 열어주셨다. 그는 장차 하나님의 가족들만이 누리게 될 기쁨과 행복을 가르쳐주셨다. 그런데 그는 그것을 약속만 하지 않으시고 이 땅에서 미리 맛볼 수 있게 해주셨다. 그는 장차 천국에서 맛볼 수 있는 맛을 이 땅에서도 맛볼 수 있게 하셨다. 그는 천국에서 장차 가족들끼리 맛볼 기쁨과 환희와 행복을 이 땅에서 미리 맛보게 해주셨다. 그래서 예수님은 사람들을 늘 잔칫집에 데리고 다니셨다. 잔치에는 기쁨과 환희와 행복이 있다. 식탁에서의 '먹고 마심'은 천국 맛을 보는 연습시간이다. 우리가 가정에서, 교회에서 가지는 식사 타임은 미래의 천국에서 맛볼 기쁨과 환희와 행복의 리허설이다. 즐거운 식사는 하나님의 뜻이다.

즐거운 신앙생활이 하나님의 뜻이다
(막 2:18~22, 신앙생활, 성도의 삶 / 찬 455장)

바리새인들이 예수님께 당신의 제자들은 왜 금식하지 않느냐고 물었을 때 예수님은 지금은 혼인잔치에 참여하고 있기 때문이라고 하셨다(19절). 혼인잔치에 참석한 손님은 즐겨야 한다. 굶는 것은 이치에 맞지 않다. 반드시 금식을 해야 할 때는 오직 신랑을 빼앗길 때뿐이다(20절). '신랑의 빼앗김'은 예수님의 고난과 죽음을 의미한다. 지금은 혼인잔치의 기쁨을 누리는 기간이지만 곧 원수들에게 예수를 빼앗기게 되면 자연히 금식을 하게 된다. 위기 때 금식하지만 그밖의 신앙생활은 즐거워야 한다. 반면에 바리새인들은 종교적 계율로 사람들의 숨을 조였다. 구원을 얻으려면 자기들이 만든 계율을 지켜야 한다고 강요했다. 그들은 신앙생활의 기쁨을 빼앗았다. 그들은 거짓의 사람들이다. 주안에서 사는 생활은 근본적으로 '혼인잔치'이다. 예수님은 숨을 죄이는 그 종교에서 사람들을 해방시키셨다. 요즘 신앙을 강요당하고 억압받는 느낌이 있는가? 아니면 자발적이고 즐거운가? 불편을 느끼고 부담을 느낀다면 혹시 예수님이 해방시킨 굴레를 강요하는 거짓의 사람에게 속해있지 않은가?

성스러운 물건이 존재하는가?
(막 2:23~28, 성스러움, 교회 / 찬 286장)

바리새인들이 예수님의 제자들이 안식일에 밀 이삭을 잘라먹은 것을 비난하였을 때 예수님은 구약의 이야기 하나를 들려주셨다. 과거에 다윗이 배가 고플 때 대제사장에게 먹을 것을 달라고 부탁하였다. 그러자 대제사장은 제사장들만 먹도록 되어있는 성물인 떡을 그에게 주어서 먹게 하였다. 그리고 성경의 어디에도 그들의 행위를 정죄하지 않았다(25~26절). 요지는 종교적인 규례보다 인간 자체가 소중하다는 것이다. 사람보다 떡, 즉 '성물'이 중요하지 않다. 사람보다 종교적 규례가 중요하지 않다. 사람이 가장 중요하다. 그리고 떡이면 떡이고, 잔이면 잔이지 성스러운 떡, 성스러운 잔이란 없다. 교회 물건에 거룩할 '성'자를 붙이는 것은 옳지 않다. '성스러운'이라는 형용사를 물건 앞에 붙이는 것은 이교적인 풍토에서 나온 것이다. '성스러운'이라는 형용사는 오직 하나님께만 붙일 수 있다. 그러므로 교회에서 소위 '성물'이라는 것 때문에 사람 잡는 일은 하지 말아야 한다. 설교 강단을 소위 성스러운 곳이므로 어린이들이 거기서 뛰어놀면 큰일 난다는 것은 우스운 이야기이다.

예수님께서 안식일에 '다시' 회당에 들어가셨다. 마가는 여기서 '다시'라는 말을 넣음으로 무엇인가를 강조하려하였다. 그가 회당에 들어가 보니 거기에는 손이 불구인 사람이 있었고 바리새인들은 예수님이 또 무슨 일을 하나 꼬투리를 잡기 위해서 엿보고 있다(2절). 그들은 그가 또다시 안식일 규정을 파기하는지 확인하기 위해서 엿보고 있다. 그러나 그런 상황 가운데도 예수님은 '다시' 회당에 들어가시고 그를 치료하여 주셨다(5절). 그는 말씀 한마디로 생명력을 상실한 마른 손에 생기를 주어 완전 회복시키셨다. 바리새인들은 또 다시 좋은 기회를 잡았다. 안식일의 회당은 예수님을 책잡기 위해서는 아주 안성맞춤인 장소였다. 모든 눈이 예수를 주시하고 있을 때 그는 자신의 소임을 다하기 위해서 회당에 '다시' 들어가셨다. 그는 자신의 입장이 분명하였다. 그는 자신이 생각하기에 옳은 일은 '다시' '매번' '변함없이' '꼭 같이' 반복하시는 분이셨다. 특히 사람에게 사랑과 자비를 베푸는 일에 있어서는 남의 눈치를 살피지 않으셨다. 예수님의 제자 된 우리도 이런 모습을 닮아야 한다.

예수님이 가는 곳마다 사람들로 인산인해를 이루었다(7절). 갈릴리, 유대, 예루살렘, 이두매, 요단강, 두로와 시돈 등 예수님께서 어디로 가든지 많은 무리가 모여들었다. 이것은 그의 명성이 팔레스틴 전역에 널리 퍼져 있었기 때문이다. 그는 이곳에서도 사람들을 따뜻하게 맞아 주시며 병을 고쳐주셨다. 그에 대한 소문은 더 광범위하게 퍼져나갔다(8절). 많은 병자가 필사적으로 예수님을 만지기 위해 몰려나왔다(10절). '만지기 위해서'라는 말을 통해서 볼 때 그를 단순히 만지는 것을 통해서도 병이 나을 수 있다는 생각을 했다. 여기서 '몰려 나왔다'라는 말은 '덮쳤다'라는 뜻도 있다. 그들은 그를 만지기 위해, 자기를 못 지나치도록 하기 위해 덮쳐버렸다. 벼랑 끝에 선 사람들은 이렇게 각오 자체가 전투적이었다. 우리도 예수님을 덮쳐야 한다. "예수님! 나는 당신이 나에게서 못 빠져 나가게 당신을 덮치겠습니다. 이 문제를 해결해 주시지 않으시면 나에게서 빠져 나갈 수 없습니다"라고 말이다. 그를 덮쳐 본 적이 없는 사람은 아직 벼랑 끝에 서 있지 않기 때문이다.

제자를 부르신 이유
(막 3:13~19, 제자, 하나님 나라 / 찬 458장)

예수님께서 열두 제자들을 부르셨다. 그 열두 제자의 명단을 마가는 자세히 기록하였다(16~19절). 그들을 부르신 첫째 목적은 자신과 함께 있게 하기 위함이었다(14절). 두 번째 목적은 그들을 파송하기 위함이었다(14절). 세 번째 목적은 귀신을 쫓아내는 권세를 주시기 위함이었다(15절). 예수님께서 제자를 부르신 것은 어디 그때뿐이겠는가? 그는 오늘날도 우리를 제자로 부르신다. 제자로 부르시는 목적은 2천 년 전이나 지금이나 같다. 예수님은 지금도 제자로 부른 우리를 홀로 내버려두시지 않고 함께 동행하여 주신다. 졸거나 주무실 겨를도 없이 우리와 늘 함께 다니신다. 그리고 그는 우리를 세상으로 파송하신다. 세상으로 나가서 빛처럼, 소금처럼, 살라고 우리를 보내신다. 그리고 그는 마귀의 권세와 마귀의 나라를 축소시키고 그 자리에 하나님의 나라를 세우라고 우리를 보내신다. 그리고 보내실 때는 우리에게 힘과 능력도 함께 보내신다. 그래서 우리가 사람을 변화시키는 적절한 말을 구사하고, 반드시 가야 할 장소를 찾아가고, 땀 흘리고 수고하는 그 현장에서 귀신이 물러나는 역사를 경험한다.

집을 나오세요
(막 3:20~21, 헌신 / 찬 213장)

예수님은 사역을 위해 가족을 떠나 있었기 때문에 지금 계신 이 집은 베드로의 집이거나, 아니면 누군가가 제공한 집일 것이다. 예수님께서 이 집에 계실 때 그의 친족들이 찾아왔다(21절). 갑자기 집을 떠나 열두 명의 사람과 떠돌이 생활을 하는 그를 친족들은 미친 사람으로 보았다(21절). 예수님이 집을 뛰쳐나와 사역의 길을 걸어간 것은 '안전과 안락'을 버린 것이다. 예수님께서 그 가족과 친지들 속에 있으면 우선 '미쳤다'는 기분 나쁜 소리를 들을 필요가 없다. 유대교 지도자들의 표적이 될 필요도 없다. 여우도 굴이 있는데 자신은 잠 잘 곳이 마땅치 않다고 말씀하실 필요도 없었다. 그러나 예수님은 집을 나와야만했다. 그는 집을 나와야만 되는 분이셨다. 그는 집을 나와야만 큰일을 할 수 있었다. 우리도 집을 나와야 한다. 우리가 하나님과 함께 일하기 위해 집을 나와야 한다. 우리가 집안에 있으면 세상꼴은 엉망이 된다. 우리가 안전만 바라고 집안에서 나오지 않으면 하나님 나라는 어떻게 되고 하나님이 누구와 일하실 수 있을까? 내가 집안에만 있으면 하나님은 당황해하신다.

끝까지 부정적인 사람은 가짜이다
(막 3:22~30, 성령훼방죄 / 찬 191장)

예수님이 귀신 들린 사람들을 치료하는 것을 보고 서기관들은 그가 귀신의 두목을 힘입어서 저런 능력을 행한다고 하였다(22절). 예수님은 그들에게 성령훼방죄를 적용하며 영원히 용서받지 못할 멸망을 선고하셨다(28~29절). 예수님이 정말 귀신의 두목인가? 그는 가난한 자들의 따뜻한 친구였고, 병든 자들을 무료로 고쳐주셨고, 그의 설교에는 은혜와 진리와 감격이 있었다. 이런 그의 사역 현장을 계속 탐문한 그들은 예수님을 귀신의 두목이라고 결론을 내렸다. 자기들이 틀린 줄 알면서도 그들은 계속 밀어 붙였다. 그들은 예수님을 끊임없이 부정하였다. 예수님을 싫어하니까 그의 기적, 설교, 인격 모든 것을 부정하였다. 부정을 향한 놀라운 집념이었다. 이렇게 '끝까지 부정적인 사람' '끝까지 물고 늘어지는 사람' '끝까지 심각한 사람'은 가짜이다. '끝까지' '일관되게' 부정적인 사람은 그 심리와 정신에 장애가 있는 사람이다. 긍정과 부정이 함께 있어야 정상이다. 당시 종교지도자들은 예수님에 대해서 단 한 번의 긍정도 주지 않았다. 교회 내에서도 시종일관 부정만 하는 사람의 의견은 들을 필요가 없다.

예수님의 참된 가족
(막 3:31~35, 하나님 나라, 구성원 / 찬 244장)

나사렛으로부터 예수님의 어머니와 동생들이 사역 중이신 예수님을 찾아왔다(31절). 이 사실을 아신 예수님은 "누가 내 모친이며 동생이냐?"(35절)하시며 화를 내셨다. 효자로 소문나신 그의 행동은 의외였다. 그러나 그의 태도는 세상의 가족관계와 그 의무를 부정한 것이 아니었다. 이것은 믿음으로 맺어지는 참된 가족관계를 가르치기 위하여 문제 제기를 한 것뿐이었다. 예수님은 누가 자기의 참된 가족이라고 하셨는가? 그는 둘러앉은 자들을 보시며 하나님의 뜻대로 행하는 이들이 자신의 참된 가족이라고 하셨다(34~35절). 그의 참된 가족이 되는 조건은 '하나님의 뜻대로 행하는 것'이었다. 하나님과 뜻을 같이 하고 그 뜻을 행동으로 옮기는 자이다. 하나님의 뜻은 하나님의 나라의 완성이다. 예수님의 참된 가족은 어떠한 형태로든 하나님 나라를 위하여 사는 자이다. 교회에서 하는 모든 봉사는 다 하나님 나라와 관계가 있다. 이 수고를 하지 않는 성도는 법적으로는 예수님의 가족이 되었는지 모르지만, 실질적인 면에서 그의 참된 가족이라고 볼 수 없다. 우리는 이 두 개를 다 소유해야 한다.

착한 성도가 되어야 합니다
(막 4:1~20, 성도의 인격, 교회 / 찬 447장)

예수님의 씨 뿌리는 비유에서 씨가 떨어질 수 있는 여러 종류의 땅들이 나온다. 예를 들면, 길가(4절), 흙이 얕은 돌밭(5절), 가시떨기(7절), 좋은 땅(8절) 등이 있다. 여기서 여러 종류의 땅은 사람의 인격의 상태를 가리킨다. 성의 없이 말씀을 듣는 사람의 마음은 길가이다. 받은 말씀을 되새기지 않아서 그것을 상실하는 사람의 마음은 돌밭이다. 마음 상태가 복잡하여 말씀이 심어지지도 않는 사람의 마음은 가시밭이다. 그리고 말씀을 깊이 온전히 받아드리는 사람의 마음은 좋은 땅이다. 지금까지 2천 년 교회 역사 가운데 마음 밭이 좋은 사람들이 항상 창조적인 대 역사를 이루었다. 여기서 삼십 배, 육십 배, 백배는 창조적 역사를 가리킨다(8절). 말씀을 받는 인격이 양호하면 위대한 일이 이루어진다. 그러나 길가나 돌밭이나 가시떨기 같은 인격은 하나님 나라에 있으나 마나 하거나 해가 될 가능성이 있다. 인격과 신앙은 관계가 깊다. 하나님의 교회 부흥과 그의 나라의 확장은 항상 착한 성도를 통해서 이루신다. 교회의 분란과 말썽은 예수님은 믿지만 착하지 못한 성도에 의해서 항상 야기된다.

잘 심어야 합니다
(막 4:21~25, 결실, 열매 / 찬 301장)

예수님은 남을 헤아리면 그 자신도 헤아림을 받게 된다고 말씀하셨다(24절). 남을 비판하면 그 자신도 비판을 받는다. 사람은 무엇이든지 심은 대로 거두어 드리게 된다. 내가 사랑받고자 한다면 내가 먼저 사랑해주어야 한다. 내가 친구를 사귀기를 원하면 내가 먼저 험한 얼굴을 펴고 친근한 사람이 되어야 한다. 남이 나를 믿어주기 원한다면 내가 먼저 남을 믿어주어야 한다. 예수님은 사람들을 믿어주셨다. 그렇기 때문에 사람들도 그를 믿어주었다. 사람들이 나를 항상 오해하는 것은 내가 과거에 남을 그렇게 오해한 까닭이다. 내가 조금만 잘못해도 사람들이 벌 떼처럼 나를 공격하는 것은 과거에 내가 그렇게 남을 쉽게 공격했기 때문이다. 지금 내가 고통당하고 있는 문제가 있다면 과거에 내가 그 같은 고통을 남에게 준 일이 있는가를 곰곰이 기억해야 한다. 상대방은 내가 하기에 달려있다. 내가 상대방에게 심는 씨앗을 따라 자신에게도 돌아오는 열매도 달라진다. 그러므로 내가 상대 때문에 늘 불쾌하였다면 그것은 그 전에 내가 무엇을 심었는지 생각해보아야 한다.

매일 진보하는 사람
(막 4:26~29, 성장, 성도의 삶 / 찬 574장)

예수님께서 식물의 씨앗을 예로 들어 하나님 나라를 설명하셨다. 농부가 땅 속에 씨앗을 심지만 그 씨앗이 자라는 과정은 볼 수 없다(27절). 하지만 농부는 어느 정도 시간이 지나면 그 씨앗이 맺은 충실한 이삭은 자동적으로 볼 수 있다(28절). 예수님은 식물의 성장 과정을 통해서 하나님 나라가 성장하는 특성을 설명하셨다. 식물이 한 단계에서 다음 단계로 성장하는 것은 매우 점진적이어서 알아차리기가 불가능하다. 그러나 분명히 자라고는 있는 것이다. 하나님의 나라의 성장도 식물의 성장과 마찬가지로 날마다 보아서는 알 수가 없을 만큼 점진적이다. 그러나 매일매일 성장은 하고 있다. 매일의 교회의 성장은 볼 수 없지만 일 년 뒤의 통계를 보면 놀랄 만한 일들이 많다. 사람도 항상 성장하고 발전해야 한다. 식물의 씨앗 안에 내재해 있는 신비한 능력이 풍부한 열매를 맺게 한다. 성도도 신비한 능력을 지니고 있다. 그것은 특별히 하나님의 자녀에게만 부여된 것이다. 그러므로 성도는 무엇이든지 좋은 쪽으로 변화되어야 한다. 신앙이든, 인격이든, 실력이든, 체력이든 항상 발전해야 한다.

새가 깃드는 교회
(막 4:30~32, 하나님 나라, 교회 / 찬 240장)

예수님께서 하나님 나라를 겨자씨에 비유하셨다. 겨자씨는 매우 작지만 생장력이 대단하여 4m까지 자라는 나무가 된다고 한다. 그러면 그늘의 혜택을 입기 위하여 새들이 깃들이게 된다(31~32절). 하나님 나라는 처음에는 미미하고 보잘 것 없이 시작하지만 계속 성장하여 장차 영광스럽고 위대한 모습으로 출현하게 된다. 교회는 처음에는 소수의 사람에 의해서 시작되지만 점차로 부흥하여 점점 그 성도와 일꾼의 수효가 늘어나게 되어 있다. 그렇게 되면 많은 사람이 도움과 안식을 얻기 위하여 교회로 몰려든다. 이것이 하나님 나라와 교회의 순리이며 절차이다. 하나님 나라와 교회의 속성은 무엇인가? 점점 커지는 것, 그리고 사람들에게 도움과 안식을 주는 것, 이 두 가지이다. 요즘 한국교회 통계에 의하면 교인 수가 줄어들고 있다. 심지어 문을 닫는 교회도 있다. 교회에 대해 부정적인 모습이 세상 매스컴에 너무 자주 등장한다. 한국교회가 성장도 하지도 못하고, 새도 깃들지 못하는 교회가 되어 가고 있지 않은가? 이는 예수님의 겨자씨 법칙에 역행되는 것이다. 더 기도하고 분발해야 한다.

설교를 듣는 자의 자세
(막 4:33~34, 설교, 기독교 교육 / 찬 204장)

예수님은 제자들에게 항상 비유로 '알기 쉽게' 가르쳐 주셨다(33절). 그리고 한적한 곳에서는 따로 제자들에게 말씀에 대한 자세한 '해석'을 해주셨다(34절). 그는 가능한 한 쉽게 가르쳤지만 상태에 따라 확실히 그 말씀을 깨닫는 제자도 있고 그렇지 못한 제자도 있었을 것이다. 이때는 제자들에게 자세히 풀어서 더 쉽게 설명하여주셨다. 그는 산상수훈에서는 직설적으로 가르쳤다. 그러나 그는 때로는 비유로 가르치기도 하셨다. 이렇게 다양한 교수법을 사용하신 예수님의 교육방법은 제자들에게 잊을 수 없는 탁월한 강의가 되었다. 현명한 학생은 선생의 강의를 잊지 않는다. 목자가 먹인 풀을 양이 날마다 토해버리면 그것은 병든 양이 분명하다. 양은 목자를 통해서 얻은 풀을 먹고 그것을 소화해서 털과 젖을 만들어내야 한다. 성도는 매 주마다 목사님의 설교를 듣는다. 그런데 가장 중요한 것은 들은 바를 잊지 않는 것이다. 방금들은 목사님의 설교 제목과 내용이 생각나지 않는다면 병든 양이다. 내가 병들지 않았다면 목사님의 설교를 가슴에 새겨야 한다. 그리고 젖과 털을 생산해야 한다.

신기하게 생각하지 마세요
(막 4:35~41, 불신앙 / 찬 322장)

예수님과 배를 타고 가던 제자들이 큰 광풍을 만났다. 그리고 물결이 계속 배에 넘쳐서 배가 침몰 직전의 위태로운 상황까지 처하게 되었다. 사태가 이쯤 되자 제자들은 심히 두려워하였다(40절). 잠에서 깨신 예수님이 광풍을 향해 "잠잠하라 고요하라"고 하시니 아주 잔잔해졌다(39절). 이를 본 제자들은 "저가 뉘기에 바람과 바다가 순종하는고"(41절)라며 의아해했다. 그토록 많은 예수님의 이적을 본 제자들이 또 한 번 그를 신기하게 생각했다. 전형적인 불신앙적 요소이다(40절). 광풍 앞에서 너무 떨었던 제자들은 잔잔해진 바다 앞에서 너무 신기해했다. 너무 떠는 것과 너무 신기해하는 것은 둘 다 믿음 없음의 증거이다. 우리가 인생의 풍랑 앞에서 너무 걱정하는 것도 믿음이 부족하다는 증거이다. 풍랑을 잔잔케 하신 하나님의 솜씨 앞에서 소스라치며 신기하게 여기는 것도 믿음이 없다는 증거이다. 믿음이 있는 자는 그것을 신기하게 여기지 않고 당연하게 여긴다. 믿음이 있는 자는 인생의 풍랑 앞에서도 담담하고, 풍랑이 잠잠해지면 하나님이 자기에게 주시는 당연한 선물인 줄 안다.

정신을 돌아오게 하시는 하나님
(막 5:1~20, 예수, 회복 / 찬 96장)

예수님께서 귀신 들린 자를 고쳐주셨다. 귀신 들린 자는 무덤 사이에 살았고 아무도 그를 결박할 수 없는 무법자였다(3~4절). 고통으로 밤낮 울부짖으며 자기 몸을 자해하였다(5절). 그런데 그가 멀리서 예수님을 보고 다가와서 경배하였다(6절). 그리고 "지극히 높으신 하나님의 아들 예수여"(7절)라고 소리쳤다. 예수님은 그에게 이름을 물었다. 예수님은 그에게 인간적인 감각을 찾아주려 하였다. "내 이름은 군대니"(9절)라고 정확하게 말한 것으로 봐서 어느 정도 제정신으로 돌아왔음을 알 수 있다. 그리고 예수님은 그 귀신들을 나오게 해서 돼지 떼에게 옮겨 버리셨다(13절). 그리고 그는 정신이 돌아왔다(15절). 그는 예수님을 대접하려 하였고 예수님을 전파하며 다녔다(18~20절). 예수님은 어떤 분인가? 사람의 정신을 돌아오게 하는 분이다. 우리 주변에도 교회에서는 하나님을 경배하지만, 교회 밖에서는 무법자들이 있다. 함께 예배는 드리지만 나쁜 친구와 습관에 중독된 자식도 있다. 누구에게 맡겨야 하는가? 사람의 정신을 돌아오게 하시는 오직 한분 예수님께 맡겨야 한다.

부모가 엎어져야 자식이 돌아옵니다
(막 5:21~24, 자식, 방향전환 / 찬 559장)

회당장 야이로의 딸이 사경을 헤매고 있다. 야이로는 거의 죽게 된 딸을 위해 예수님 앞에 '엎어져서' 간절히 간구하였다(22~23절). 회당장은 유대인 사회에서 가장 존경받는 자 중 하나였다. 회당은 과거에 유대인들이 나라 없이 돌아다닐 때 유대인들의 정신적, 신앙적 구심적 역할을 하였다. 그들은 회당을 통해서 그들의 언어, 신앙, 문화, 사상을 계승하여 나갔다. 회당은 예수님 당시에도 유대교 신앙의 구심점이었다. 이러한 회당의 총책임자는 상당한 직책이 있는 사람이었다. 회당장 야이로는 유대교 신앙의 스승이었다. 그런 그가 예수 앞에 살려달라고 엎어졌다. 예수님은 정통 유대교 교리와 신앙을 뿌리 채 뒤 흔드는 이단자였다. 회당장은 그 이단자 앞에 '엎어졌다.' 자식 앞에서 체면과 명성과 자존심이 아무 소용없었다. 자식의 생사의 갈림길 앞에서 오직 '능력자' 예수밖에 보이지 않았다. 자식을 살리는 길은 무엇인가? 자식을 돌아오게 하는 방법은 무엇인가? 야이로처럼 체면, 명예, 자존심 다 버리고 엎어져야 한다. 예수님 앞에 엎어진다는 것은 모든 것을 전폭적으로 그분께 맡긴다는 뜻이다.

약한 사람이 마음 문을 잘 엽니다
(막 5:25~34, 전도, 전략 / 찬 506장)

12년 동안 혈루병을 앓은 여인이 예수님께 나아와 그 옷자락을 만지고서 치료를 받았다(27~29절). 이 병은 부인과 질환으로 만성적인 하혈병이다. 이 여인은 12년 동안 '많은 의원'을 찾아다녔고 '많은 괴로움'을 받았다(26절). 이 병을 고치기 위해 많은 의사에게 진료를 받았고, 많은 돈을 허비하였고, 그렇다고 나아진 것은 전혀 없고 더 악화만 되었다. 이 여인은 해볼 것은 다 해보았다. 이제 이 여인에게는 예수님이 최후의 수단이었다. 세상에서 할 수 있는 모든 치료를 다한 후에 최후로 그 앞에 왔다. 대다수 사람도 막다른 골목까지 다다랐을 때 비로소 그에게 도움의 손길을 청한다. 사람은 더 이상 싸울 수 없을 때까지 싸우다가 마지막에 "주여 저를 구해주세요 멸망하게 되었습니다"라고 말한다. 이것이 잘못되었다고는 할 수 없다. 원래 인간이란 그런 것이다. 여기서 병원전도의 중요성을 찾을 수 있다. 중환자, 위급한 환자, 장기환자들은 항상 전도의 효과가 크다. 이 여인이 마지막에 마음의 문을 연 것처럼 인생의 막다른 길에 선 사람들도 마음의 문을 잘 열어준다.

믿는 자는 냉정하고 침착하다
(막 5:35~43, 신앙, 치유 / 찬 342장)

예수님께서 혈루병 앓은 여인에게 말씀하시는 도중에 사람들이 왔다. 그들은 회당장에게 당신의 딸이 이미 죽었기에 예수를 데리고 시신이 있는 집까지 갈 필요가 있겠냐고 제안했다(35절). 그러나 예수님은 "두려워 말고 믿기만 하라"(36절)며 그들에게 용기를 주셨다. 이제 예수님은 그 집으로 가셨다. 사람들이 발작에 가까운 통곡을 하였다(38절). 예수님은 다시 "이 아이가 죽은 것이 아니라 잔다"(39절)라며 희망의 암시를 주셨지만 사람들은 비웃고 통곡하였다. 그는 통곡하는 사람들을 내보내신 후 죽은 아이 쪽으로 다가가서 "아이야 일어나라" 하고 잡아 일으켰더니 아이가 다시 살아났다. 그 한마디 명령 앞에 아이가 일어나 걸었다(40~42절). 참으로 놀라운 일이 펼쳐졌다. 이 혼란스러운 상황 가운데서도 예수님은 차분하셨다. 그는 항상 어떤 큰 일 앞에서도 냉정과 침착을 잃지 않으셨다. 침착과 냉정이 믿음이다. 위기가 생기면 믿음 없는 자는 우왕좌왕하고 시끄럽다. 그러나 믿음과 확신이 있는 자는 항상 냉정하며 침착하다. 위기 앞에서 통곡하는가, 아니면 침착하느냐가 믿음의 척도이다.

예수님께서 고향의 어느 한 회당에서 가르칠 때 많은 사람은 그의 가르침에 놀랐다(1~2절). 그리고 그들은 그의 어머니와 그의 형제의 이름을 거론하며 배척하기 시작했다. 그들은 "저 사람이 아무개 아무개의 형이 아니냐, 어릴 때 같이 우리와 지낸 그 녀석 아니냐?"(3절)라고 말했다. 이 말 속에는 무례함과 시기심이 있다. 자기들과 같은 성장 배경을 가진 예수였다는 것이다. 그들은 자기와 같은 출신 배경을 가진 그의 강연을 인정할 수 없었다. 예수님을 배척한 이유는 과거에 그와 내가 같은 부류였다는 것이다. 과거에 자기와 친했다는 것이다. 친했다는 이유로 상대의 발전과 지위를 인정하지 않았다. 그는 나와 친했기 때문에 항상 나와 같은 부류로 남아 있어야 했다. 나와 친했기 때문에 나 정도의 수준에 머물러 있어야 했다. 친했다면 그것이 증대되어서 신뢰와 존경을 낳아야 하는데 그것이 시기와 무례를 낳았다. 참된 사람은 아무리 상대가 자기와 친했어도 그의 가치와 지위를 객관적으로 인정한다. 자신이 부족하고 열등할수록 상대를 인정하지 않는다. 친할수록 더 예의를 갖추어야 한다.

예수님께서 전도를 위해 제자들을 파송하셨다. 그리고 더러운 귀신을 쫓아내는 권세도 주셨다(7절). 전도하러 갈 때 지팡이와 신발만 가지고 가고 가급적이면 전도 대상자 집에 오래 머물라는 등 더불어 몇 가지 지침까지 전하셨다(8~10절). 그리고 전도대상자에게 말씀을 먹일 때 제일 먼저 '회개'를 촉구하라고 가르치셨다(12절). 예수님께서 '회개'를 설교의 선두에 놓으셨다. 사람들은 회개하라는 설교를 하기도 싫어하고 듣기도 싫어한다. 왜냐하면 회개란 근본적으로 상처를 받고 시작하기 때문이다. 사람이 자기가 지금까지 걸어온 길이 잘못되었다는 것을 통렬하게 인식하는 것은 참 아프다. 회개는 항상 방향을 수정하라 명한다. 그렇게 살지 말고 다르게 살아야 한다고 명한다. 사람이 지금까지 살았던 방식과 다르게 산다는 것은 쉬운 일이 아니다. 그러나 예수님은 제자들이 해야 할 설교의 선두에 '회개'를 놓으셨다. 예수님은 입맛에 맞는 음식만 차리지 말고 쓰지만 몸에 좋은 '회개'라는 음식을 가장 먼저 놓으라 하셨다. 또한 먹는 자도 맛은 쓰지만 몸에 이로운 이 음식을 달게 먹어야 한다.

헤롯! 그 기묘한 인간
(막 6:14~29, 인격, 이중성 / 찬 85장)

헤롯은 예수님의 활약 소식을 듣고 자기가 죽인 세례 요한의 영이 예수님 속에서 활동하고 있다고 믿었다(14절). 헤롯은 세례 요한을 죽이기 전까지는 그를 두려워하면서도 동시에 존경하였다(20절). 그는 세례 요한을 의롭고 거룩한 사람으로 보고 그의 말에 영향을 받았지만 또한 자기의 사생활을 간섭한다는 이유로 그를 잔인하게 참수형을 시켰다(21~28절). 헤롯은 일관성이 없고 우발적 행동을 잘하는 혼합된 인간이었다. 그런데 헤롯에게 있는 이러한 성향들이 모든 사람 가운데도 조금씩은 다 들어있다. 모든 인간은 이중성이 있다. 인간은 기묘하게 혼합되어 있다. 선을 행하고자 하는 희망이 있으나 자기도 모르게 악으로 치닫는다. 이성적으로 이래서 안 된다는 것을 알면서도 맹수 같은 본능에 순간적으로 자기를 맡겨버린다. 예수를 믿어도 컨디션에 따라, 자기의 이익에 따라, 상황과 기분에 따라 행동이 바뀐다. 우리도 우리 안에 헤롯이 있음을 본다. 그러므로 우리가 너무 남의 결점 앞에서 흥분할 필요가 없다. 그리고 우리는 이 부분에서 있어서 포장하지 말고 항상 솔직하고 겸손해야 한다.

제자들보다 더 일하시는 예수님
(막 6:30~34, 리더십 / 찬 383장)

예수님은 열심히 전도사역을 감당하고 돌아온 제자들에게 "너희는 따로 한 적한 곳에 와서 잠깐 쉬어라"(31절)고 말씀하셨다. 그래서 그들은 한적한 곳을 찾았는데, 거기에도 군중들이 와서 진을 치고 있었다. 예수님은 그 군중들을 보자마자 목자없는 양 같아서 불쌍한 마음이 들었고 그들에게 천국복음을 가르치셨다. 가르칠 뿐 아니라 병도 고쳐주셨다(마 14:14). 그는 쉬지 않으셨다. 제자들을 파송하였던 그 정신이 그의 마음속에도 불타고 있었다. 그는 항상 군중들에게 자기 자신을 아낌없이 주셨다. 그는 자신의 사명을 끝내시기까지는 절대로 쉬지 않으시는 분이셨다. 제자들은 조용히 쉬게 해놓고 그는 군중들에게 생명의 양식을 나누어주었다. 예수님은 제자들에게 일만 시키고 자신은 휴식을 취하는 분이 아니었다. 그는 제자들을 파송하고 자신은 뒷짐만 지고 계신분이 아니었다. 그는 자신의 제자들보다 더 열정적으로 일하는 모범을 보여주었다. 오늘날 나는 내게 주어진 일은 하지 않고 다른 사람에게 일을 시키는 구역장, 지역장, 장로, 목사가 아닌가?

예수님은 나보고 하라 하십니다
(막 6:35~44, 교회, 사명 / 찬 398장)

날이 저물어갈 때 제자들은 설교에 열중하고 있는 군중들을 돌려보내서 빨리 저녁을 먹게 해야 한다고 요청했다(36절). 굶주리고 있는 군중들을 해산시켜서 집으로 돌려보내든지, 아니면 누군가의 도움을 받게 해야 한다고 말했다. 그러나 예수님은 "너희들이 먹을 것을 주라"(37절)고 하셨다. 그러자 제자들은 "우리가 가서 이백 데나리온의 떡을 사다 먹이리까?"(37절)라고 하였다. 그것은 약간 반항식의 물음이었다. '도대체 이 들판에서 이 많은 사람을 먹일 음식을 어디서 구한단 말인가? 그리고 이백 데나리온이란 돈도 없지 않은가?' 그들은 생각했다. 그러나 예수님은 이것을 모를 리가 없다. 그럼에도 "너희들이 먹을 것을 주라"고 하셨다. 예수님은 불쌍한 사람들을 도와야 할 사람은 타인이 아니라 바로 '너'라고 하신다. 그 일을 국가나 시가 하는 것이 아니라 교회보고 하라고 하신다. 교회는 백성들을 선동하는 존재가 아니라 스스로 몸을 던지는 존재이다. 성도는 가난하고 불우한 이웃에 대해서 사회와 국가에 책임을 돌리는 존재가 아니라 자신이 직접 도와주어야 하는 존재이다.

기도할 때와 행동할 때
(막 6:45~52, 기도, 행함 / 찬 425장)

오병이어 기적을 본 군중들이 예수님을 왕으로 삼으려 하였던 것일까? 예수님께서 제자들을 재촉하여 군중들을 피해서 황급히 배를 타고 건너편 지역으로 가게하고 본인은 기도하기 위해서 산으로 가셨다(45~46절). 기도하러 가시던 중에 제자들이 타고 가던 배가 풍랑을 맞은 것을 보셨다(48절). 그는 제자들이 곤경에 빠지자 산으로 가는 길에서 돌이켜 제자들이 있는 배쪽으로 물위를 걸어서 가셨다(49절). 그리고 그는 큰 권능으로 그 풍랑을 잠재우셨다(51절). 그가 기도의 시간을 잠시 유보하고 재빨리 행동을 취한 것이 주요하였다. 그는 기도할 때와 행동할 때를 아셨다. 그는 기도의 시간과 행동의 시간을 잘 구분하셨다. 어떤 사람은 일할 때 기도하고 기도할 때 행동한다. 이 둘 사이에 조화가 있어야 한다. 그리고 일반적으로 기도가 강한 사람이 행동이 약하고 행동이 앞서는 사람이 기도에 약점이 있다. 성도는 항상 이 둘 사이에 조화를 잘 맞추어야 한다.

예수님을 찾는 사람들
(막 6:53~56, 예수님, 감사 / 찬 592장)

예수님께서 게네사렛 땅에 이르시자마자 군중들은 또 몰려들었다(54절). 이때는 예수님의 갈릴리 사역의 절정기로서 많은 병자의 치유사역들로 인해 그의 명성과 소문이 사람들 사이에 퍼져 있었다. 그래서 그가 어디를 가든지 사람들이 몰려왔다. 그가 어디 계시다는 소문만 났다 하면 병자를 침상 채로 메고 나왔다(55절). 심지어는 그의 옷에 손 한번 대보기를 간구하는 사람도 있었다(56절). 그들이 이토록 예수님의 소문에 민감한 까닭은 무엇을 얻기 위해서였다. 그에게 나온 수많은 사람 중에 무엇을 얻기 위해서 나오지 않은 사람은 한 사람도 없었다. 만일 군중들 중에 무엇을 얻기 위해서가 아니라 예수님께 감사하기 위해서 나왔다면 예수님은 아마 그에게 더 큰 선물을 내렸을 것이다. 우리 중에는 오직 예수님께 요청만 하는 사람이 있다. 항상 그에게 명령만 하는 사람이 있다. 사람은 기본적으로 그에게 감사하기 위해서 나가야 한다. 그에게 보답하기 위해서 나가야 한다. 이것이 기본이고 우선이다. 감사와 보답이 상식이다. 우리가 모든 예배에 참여할 때 이 기본을 지켜야 한다.

상대적 의는 의가 아니다
(막 7:1~7, 의 / 찬 501장)

바리새인들과 서기관들의 예수님을 책잡기 위한 모함은 제자들이 씻지 않은 손으로 먹는 행위에서도 표면화되었다(2절). 그들은 오랫동안 구두로 전승되어 온 관례법에 따라 음식을 먹기 전에 손을 반드시 씻었다(3절). 그들은 하층민들에 의해서 만들어진 잔과 주발과 놋그릇을 부정하다고 하여 항상 깨끗이 씻은 뒤에 음식을 담았다(4절). 그들은 제자들을 잘못 교육한 예수님께 항의했다. "어찌하여 당신의 제자들은 … 부정한 손으로 먹나이까"(5절) 여기서 그들은 '당신의 제자들'은 이라며 특별히 강조했다. 이것은 자신들의 의를 상대적으로 부각하는 말이었다. 이 의도를 간파하신 예수님은 그것을 의로 여기지 않고 '헛된 경배'로 간주하셨다(7절). 상대적으로 부각되는 '의'는 예수님 앞에서는 항상 '헛된 것'이 된다. 아무리 착하고 의로운 행동을 했다 해도 그것으로 남을 누르거나 남의 실책을 조금이라도 부각하는 방편으로 사용되었다면, 그것은 '헛된 일'로 탈바꿈 된다. 착한 일을 해놓고 그것이 헛것으로 둔갑한다면 얼마나 억울한가? 사람은 착한 일을 해놓고 나서 그 다음을 더 조심해야 한다.

예수님은 바리새인들을 향하여 '유전'이 하나님의 말씀을 폐하게 만든다고 하였다(8~9절). 유전은 성서의 본문을 설명한 일종의 해석집이다. 그런데 바리새인들은 자신들이 입맛대로 성서를 해석한 유전을 가지고 사람들을 가르쳤다. 그들은 자기들의 체제 유지를 위해서 성서를 해석하였다. 예들 들면, 부모 공경에 들어가는 돈이 아까울 때 이 돈은 성전에, 하나님을 위해서 성전에 받쳤다고 선언하면 부모를 물질적으로 부양할 책임을 지지 않아도 되었다(10~12절). '유전'이 이런 일을 하였다. 예수님은 이를 강하게 비판하셨다. 어떤 한 경우를 위하여 만들어진 신조가 화석화되어 사람들을 지배하게 된다면 그것은 저주이다. 어떤 한 상황 속에서 만들어진 조직이나 가르침이 사람들을 지배하는 형태가 된다면 그것은 악이다. 유전의 지배를 받을 때 종교는 파괴된다. 어떤 목적을 수행하기 위하여 성서를 자기 입맛대로 해석하여 강요하는 목회자도 사라져야 한다. 오늘날 무지하고 사악한 목회자들이 자기 목적 달성을 위해 성서본문과 전혀 상관없는 현대판 '유전'을 얼마나 많이 만드는지 모른다.

예수님은 음식은 위와 창자를 통해서 배설되기 때문에 사람을 더럽게 하지 못한다고 하였다(18~19절). 그러나 그는 진짜 더러운 것은 사람의 마음에서 나오는 악한 생각이라고 하셨다(20~23절). 예를 들면 음행, 도둑질, 살인, 간음, 탐욕, 악의, 사기, 방탕, 시기, 중상, 교만, 어리석음과 같은 것들이다(21~22절). 사람의 마음에서 나오는 이러한 것들이 진짜 더러운 것이다. 왜냐하면 이런 것들이 마음에 일단 떠올랐다 하면 반드시 실행에 옮기기 때문이다. 이런 것들이 마음을 일단 충동질하고 나면 끝까지 가고 마는 실행력 때문이다. 그래서 결국 그런 것들이 사람에게 피해와 상처를 준다. 예수님의 가치 판단의 기준은 물질, 형식, 외모가 아니라 마음이었다. 그러므로 우리는 외모를 치장하는 것보다 마음을 치장해야 한다. 우리는 피부관리, 모발관리, 몸매관리에는 많이 투자를 하지만 마음 관리에는 인색하다. 우리는 머리카락이 빠지고, 기미가 끼고, 옷의 색깔이 바래지면 재빨리 서두르지만, 마음에 이상 기류가 생기는 것에 대해서는 덜 서두른다. 그러나 예수님은 마음 관리에 힘쓰라 하신다.

예수님은 신실하십니다
(막 7:24~30, 믿음, 신뢰 / 찬 545장)

수로보니게 여인이 귀신 들린 딸의 병 고침을 위해서 예수님 앞에 엎드렸다(25절). 그녀는 예수님께 강아지가 먹는 빵 부스러기 정도의 은혜라도 베풀어 달라고 간청하였다(28절). 이 말은 예수님이 가진 능력의 백분의 일 정도라도 사용하시면 딸이 나을 수 있다고 믿었다. 예수님은 "돌아가라 귀신이 네 딸에서 나갔느니라"(29절)고 말씀하셨다. 그녀는 즉시 집으로 돌아갔다. 그녀가 예수님께서 거짓말을 하실 분이 아니라는 것을 믿고 집으로 돌아갔다. 그리고 귀신에서 해방된 딸이 침상에 누워있는 모습을 발견하였다(30절). 그녀는 예수님께 "병이 나은 것이 확실합니까?"라고 질문하지 않았다. '내가 이방인이라고 저분이 나를 회피하는 것이 아닐까?' 의심하지도 않았다. 그녀는 보지 않고 믿었다. 보지 않고 믿는 자는 복이 있다. 그녀는 그의 능력을 처음부터 믿었다. 그리고 그의 신실하심까지 믿었다. 우리의 믿음은 그의 능력과 그의 신실하심까지 믿는 것이다. 예수님의 말은 세상이 두 쪽이 나도 반드시 이루어진다. 그는 항상 신실하시다.

민간치료법을 쓰신 예수님
(막 7:31~37, 치유 / 찬 343장)

예수님은 이방지역을 돌며 치유사역을 하셨다가 이제 갈릴리로 들어오셨다(31절). 여기서도 귀먹고 어눌한 환자의 병을 고쳐주셨다. 예수님은 그 환자를 따로 데리고 가신 후 손가락을 양 귀에 넣고, 침을 뱉어 그의 혀에 손을 대셨다. 그리고 '열리라' 하고 명하셨다. 그는 곧 듣고 말하게 되었다(33~35절). 침을 사용하여 환자의 환부에 바르는 치료법은 당시 알려진 민간요법이었다. 그는 전에도 실로암 못가의 소경에게 침을 뱉어 진흙을 눈에 발라서 치료하신 일이 있었다(요 9:6). 예수님께서 말씀 한마디로도 능히 병자를 치료할 수 있는데, 왜 민간요법이란 방법을 사용하셨을까? 그 이유는 알 수 없다. 그러나 분명한 것은 하나님의 치유 방법이 다양하다는 것이다. 어떤 때는 그 자리에서 말씀 한마디로 낫게 하시기도 하고, 어떤 때는 강물에게 가서 씻으라고 하시기도 하고, 어떤 때는 민간요법을 쓰시기도 하신다. 오늘날 환자들을 대하시는 것도 마찬가지시다. 그래서 어떤 환자는 수술로, 어떤 환자는 기적으로 치유를 경험한다. 그러므로 예수님의 치유 방법을 환자가 선택해서는 안 된다.

예수님의 새신자 관리법
(막 8:1~10, 목회자, 새신자 / 찬 403장)

예수님은 자신과 함께 3일을 지낸 군중들이 배고파하는 것을 아셨다. 예수님은 "만일 내가 저희를 굶겨 집으로 보내면 길에서 기진하리라"(3절)고 말씀하셨다. 군중들은 주로 두로나 시돈 등 먼 지역에서 온 사람들이었다. 이제 예수님은 떡 일곱 개와 생선 두 마리로 식사기도를 하셨다. 그리고 '떼어 주었다'(6절) '떼어주다'는 말은 떡을 나누어주는 일을 계속했다는 뜻이다. 배불리 먹은 군중들의 숫자가 사천 명이었다(7~8절). 예수님은 '멀리서 온 사람들'(3절) 때문에 더욱더 그의 신적인 권능을 행하시지 않을 수 없었다. 군중들이 집 근처의 사람들이라면 그들을 돌려보내서 집에서 식사를 해결하게 할 수도 있었다. 그러나 '멀리서' 온 이들이 마음에 걸렸다. 예수님은 군중들의 다양한 상태에 항상 민감하셨다. 그리고 상황에 맞는 적절한 조치와 은혜를 베푸셨다. 교회는 이 정신을 가져야 한다. 교회는 새신자들의 필요와 상태에 민감해야 한다. 새신자 정착율을 높이는 비결은 예수님의 정신을 닮는 것이다. 교회가 돌보지 않으면 그들 중에는 가다가 기진하여 쓰러질 사람들이 많다.

기적으로 가득찬 우리 세상
(막 8:11~13, 기적 / 찬 438장)

바리새인들은 예수님께 기적을 한번 연출해보라고 하였다. 자기들이 예수를 도무지 거부할 수 없을 정도로 강력한 능력을 행사해보라고 하였다(11절). 그러나 예수님은 "이 세대에게 표적을 주지 아니하리라"(12절)고 하셨다. 이 말씀의 정확한 뜻은 "이런 부류의 사람들에게 표적을 행한다면 나에게 저주가 있으리라"는 뜻이다. 이 말을 현대적 속어로 표현한다면 "너희들에게 표적을 보여준다면 내가 성을 간다 갈아!"라는 의미이다. 바리새인들은 표적을 보고 하나님 존재를 느끼려 했다. 우리에게도 종종 이런 습성이 있다. 우리도 "하나님 뭔가 기적을 보여주세요"라고 말한다. 그러나 참 신앙인은 하나님을 발견하기 위해서 기적을 쫓는 것이 아니라 모든 것에서 하나님의 기적을 발견한다. 주변을 둘러보면 기적이 가득하다. 지구가 매일 한 바퀴씩 도는 것, 갓 태어난 아기가 엄마 젖을 빠는 것, 우리 신체가 컴퓨터보다 더 정교하게 자동 조절되는 것, 살인자가 회개하고 새사람이 되는 것 등이 다 기적이다. 참 신앙인은 초자연적인 기적보다 삶 주변에서 일어나는 무수한 기적들을 감상하고 산다. 그리고 그곳에서 창조주 하나님을 본다.

사천 명이 먹고 남은 떡들을 가져와야 하는데 제자들이 그것을 깜박 잊었다(14절). 그 떡은 예수님과 제자들이 먹어야 할 식사대용이었다. 그들은 당황하며 어찌할꼬 의논하였다(16절). 이때 예수님께서 얼마 전 보리떡과 생선으로 몇 천 명을 먹이신 사실을 상기시키셨다(19~21절). 너희가 나와 함께 있을 동안 한 번이라도 굶어본 적이 있었느냐는 것이다. 예수님은 과거의 경험을 상기시켜주었다. 그 경험이 떠오르는 순간 제자들은 안심하게 되었다. 그리고 믿게 되었다. 지금 당장 떡이 없어도 굶지 않을 것을 믿었다. 이렇게 믿음은 경험에서 유래한다. 슬픔이 왔었지만 하나님의 도움으로 극복한 경험, 유혹이 왔었지만 하나님의 은혜로 이긴 경험, 길을 잃었지만 하나님의 은혜로 앞으로 나간 경험, 이런 경험이 믿음을 가지게 한다. 과거에 하나님 때문에 생긴 경험이 없으면 미래의 불안 앞에서 믿음을 가질 수 없다. 신앙인과 비신앙인과의 차이는 이 경험에 있다. 사람이 체험이 없으면 신앙에 오래 머물지 않는다. 우리는 항상 은혜로운 경험을 많이 쌓아두어야 한다.

예수님께서 벳세다 어느 마을에 이르렀을 때 사람들이 한 소경을 데리고 그 앞에 나왔다(22절). 예수님이 그 소경을 데리고 마을 밖으로 나가신 후 눈에 침을 바르고 안수하신 후 무엇이 보이느냐고 물었다(23절). 성경에 나타난 그의 여러 치유 사역 중 이런 광경은 처음이다. 그는 '밝히' 보았다. 그는 굉장한 시력을 가지게 되었다(25절). 이 소경을 치유하시는 그의 모습에는 색다른 점이 또 하나 있다. 예수님은 왜 소경을 데리고 마을 밖으로 나갔을까? 이것은 예수님의 세심한 배려였다. 만약에 군중들 속에서 이 소경이 갑자기 보게 된다면 혼란에 빠질 수 있었다. 수백 명의 사람들, 다양한 사물들, 수많은 눈부신 색체가 갑자기 눈에 들어오면 그는 완전히 혼란에 빠지게 된다. 그래서 예수님은 그 소경이 보는 기쁨이 천천히 임할 수 있는 장소로 그를 데리고 갔다. 훌륭한 의사는 육신의 병만 고치시는 것이 아니라 환자의 마음의 상태를 잘 이해하고 배려하는 의사이다. 오늘도 나에 대한 예수님의 배려도 이렇게 깊고 섬세하고 세심하다.

너희는 나를 누구라 하느냐?
(막 8:27~30, 기독론 / 찬 254)

예수님은 세상 사람들이 자신에 대해서 어떻게 생각하고 있는지 제자들에게 물었다(27절). 제자들은 예수님에 대해서 세례 요한, 혹은 엘리야, 혹은 선지자 중 하나라는 다양한 의견이 있다고 하였다(28절). 그리고 그는 범위를 좁혀서 물으셨다. 제자들의 의견이 듣고 싶었다. "너희는 나를 누구라 하더냐"(29절) 이때 베드로는 "주는 그리스도십니다(29절)"하고 답했다. 예수님은 본래부터 오해하도록 되어있는 세상 사람들의 자기에 대한 평가에 대해서는 비중을 두지 않았다. 어차피 예수님은 그들의 오해로 십자가에서 죽기로 작정이 되어있었기 때문이다. 그런데 지금 집중적으로 하나님 나라의 일꾼으로 양성중인 제자들의 의견이 듣고 싶었다. 지금 나의 사람들은 어떠한 기독론을 가지고 있는지 궁금하셨다. 현대 많은 사람이 예수님에 대해서 다양하게 평가한다. 세상은 그를 성자, 혁명가, 기독교 창설자, 혹은 과대망상가라 하기도 한다. 어차피 항상 예수님은 이렇게 오해를 받도록 되어있다. 단 중요한 것은 우리의 예수관, 우리의 기독론이 무엇인지가 그에게는 관건이다.

예수님께 협박하는 사람
(막 8:31~38, 불신앙 / 찬 310장)

예수님께서 장차 자기가 고난받고 죽게 될 것을 공식적으로 제자들 앞에서 발표하셨다(31절). 이때 베드로의 반응이 의외로 놀라웠다. 그는 예수님을 '붙들었다'(32절) 이것은 '당기다'는 뜻이다. 옷자락을 자기 쪽으로 끌어당겼다. 그리고 '항변하매'라고 했다(32절). 이것은 분노를 폭발했다는 뜻이다. 베드로는 예수님의 옷자락을 당기며 노골적으로 화를 냈다. 이에 예수님은 그에게 "사탄아 물러가라"(33절)고 하셨다. 베드로는 왜 그토록 무례한 행동을 하였을까? 그것은 예수님이 자기의 마음에 들지 않았기 때문이다. 예수님은 곧 혁명을 일으킬 분이었다. 그는 고난당할 분이 아니었다. 사람들에게 버림당할 분이 아니었다. 사람들에게 살해당할 분은 더욱 아니었다. 그런데 그는 장차 자기 인생이 그렇게 풀릴 것이라 예고했다. 베드로는 이 예수님이 마음에 들지 않았다. 그래서 협박하였다. 옷을 잡아당기면서 분노를 터뜨렸다. 우리 중에도 자기 마음에 들지 않는다고 하늘에 대고 삿대질하는 사람이 있는가? 왜 나와 뜻이 다르냐고? 왜 내 뜻대로 안 움직여주느냐고? 그러면 우리도 한순간에 사탄이 되는 것이다.

변화산의 의미
(막 9:1~13, 하나님의 격려 / 찬 310장)

예수님은 십자가에서 죽으시기 위해 예루살렘으로 가기 전 높은 산에 올라가셨다(2절). 인류 구원의 위대한 사명을 완수하기 위해 예루살렘으로 올라가시기 전 그는 세 제자를 데리고 산에 기도하러 가셨던 것 같다. 그런데 여기서 예수님의 모습이 신비롭게 변형되는 사건이 일어났다(3절). 그의 몸은 광채로 뒤덮여 있었다(2~3절). 옷뿐 아니라 모든 육체가 신성하게 변했던 것이다. 그리고 변형되신 예수님의 옆에 모세와 엘리야도 나타났다(4절). 모세는 하나님께 율법을 받은 최초의 역사적 인물이었다. 또 엘리야는 죽음을 보지 않고 하나님께로 직행하였던 역사상 가장 위대한 예언자였다. 하나님은 왜 두 사람의 역사적인 인물을 이 중요한 순간에 변화산에 세우셨을까? 이스라엘 역사상 가장 뛰어난 두 지도자를 왜 예수님의 가시는 마지막 길 앞에 세워두었을까? 그 이유는 격려와 응원이었다. "예수님, 이제 가십시오. 인류를 구하러 가는 그 길이 참 옳습니다. 당신의 길을 가소서. 박수 쳐 드리겠습니다"라는 의미이다. 우리도 교회에서 사역을 시작할 때 늘 하나님의 응원과 박수소리가 있다.

기도의 힘
(막 9:14~29, 기도, 능력 / 찬 366장)

귀신들려 심하게 경련을 일으키고 발작하는 아이를 제자들이 고치지 못하자 사람들이 예수님께 그 아이를 데리고 나왔다(17~18절). 예수님은 당장 그 아이에게서 귀신을 쫓아 내셨다(25절). 제자들은 왜 자기들은 그러한 능력을 발휘할 수 없는지에 대해서 물었다(28절). 자기들의 실패의 원인이 궁금했다. 예수님이 제자들에게 이미 병 고치는 은사와 귀신을 쫓아낼 수 있는 능력을 주셨다(막 3:14~15절). 그런데 그들은 왜 실패했는가? 예수님의 대답은 간단했다. 그것은 기도의 부족 때문이었다(29절). 제자들은 이미 병 고칠 힘을 갖추었었다. 그러나 그 힘을 보존하고 유지하기 위해서는 기도가 필요했다. 하나님은 우리에게도 많은 은사와 선물을 주셨다. 그러나 우리의 기도가 줄어든다면 그 은사와 선물은 곧 말라 없어질 것이다. 기도가 없다면 설교자는 말쟁이가 될 것이고, 기도가 없다면 성가대 지휘자는 단순한 전문가가 될 것이고, 기도가 없다면 주일학교 교사는 일요일마다 아이들과 만나는 사람만 될 것이다. 기도만이 우리가 가지고 있는 힘과 능력을 100% 활용하게 만든다.

예수님은 자신이 곧 사람들의 손에 넘겨져서 고난과 죽임을 당하지만 부활할 것이라고 예고하셨다(31절). 그러나 제자들은 그의 고난과 죽음과 부활 이야기가 자기와 어떤 연관이 있는지 몰랐다. 그리고 더 이상 그 비극적인 사실을 알기를 두려워하여 아무 말도 하지 않았다(32절). 왜 그랬을까? 제자들은 이미 그의 말 속에서 불길한 기운을 예지하였지만 더 이상의 비극적 상황을 바라지 않았기 때문이다. 그들은 비극적인 말을 듣기 원하지 않았다. 그들은 듣고 싶은 말만 들으려 하였다. 마치 의사로부터 자신이 좋지 않은 상태라는 것을 전해들은 환자가 너무 두려워서 더 이상 깊게 질문하지 않는 것과 같다. 사람들은 이와 같이 자신이 좋아하는 메시지만 받아드린다. 자신의 죄를 지적하거나 충고하는 메시지는 거부한다. 교인들은 목사님의 설교를 기호식품으로 여긴다. 좋은 것은 취하고 싫은 것은 버리듯이. 또 어떤 교인은 자신이 좋아하는 목사를 두기도 하고 또 배척하는 목사를 두기도 한다. 자신의 알량한 경험과 지식으로 목사와 설교를 심판하는 어처구니없는 교인들도 간혹 있다.

예수님께서 없는 동안 제자들 사이에 누가 더 크냐 논쟁이 벌어졌다(34절). 제자들은 예수님께서 예루살렘으로 향하심을 보고 드디어 정치적 측면에서 왕국을 건설할 때가 임박했다고 생각하였다. 그래서 그들은 미리부터 서열을 정하고 있었다. 이제 예수님이 돌아오셨다. 그리고 조금 전 제자들 사이에 있었던 논쟁의 주제가 무엇이냐고 물었다(33절). 모두가 침묵했다(34절). 조금 전까지 활발히 논쟁을 벌였다가 예수님께서 오셨을 때 그들은 왜 잠잠했을까? 그것은 조금 전 자기들의 행동이 옳지 못하다는 것을 알고 부끄러웠기 때문이다. 우리도 마찬가지이다. 만일 우리가 행동했던 모든 일에 대해서 만일 예수님이 그동안 다 보고 계셨다는 사실을 안다면 지금 우리가 이 짓을 계속 할 수 있을까? 만일 그가 지금 내가 말하는 것을 듣고 있다면 내가 이 같은 말을 계속할 수 있을까? 만약 우리가 늘 그렇게 자신에게 물어볼 수 있다면 그런 짓을 하지 않고, 그런 말을 하지 않고 지내는 일이 지금보다 훨씬 많았을 것이다. 우리는 늘 자신에게 이 질문을 던져야 한다.

다 예수님 편입니다
(막 9:38~40, 화목, 일치 / 찬 435장)

예수공동체에 속하지 않은 어떤 한 사람이 귀신을 쫓아내는 것을 보고 예수님의 제자들이 그에게 그러한 일을 그만 두도록 했다는 것을 요한이 자랑삼아 이야기했다(38절). 그러나 예수님은 제자들을 향하여 그들의 생각이 독선임을 말씀하셨다(39절). 예수님은 그가 '내 이름을 의탁하여' 일하는 자라고 하셨다. 그가 비록 예수공동체에 소속되지 않은 사람이지만 예수님의 이름으로 능력을 행하였고 그 이름을 위하여 일하고 있었다. 예수님의 중요한 사상 중 하나는 예수를 반대하는 자가 아니면 예수의 편이라는 것이다(40절). 제자들은 단지 자기들에게 소속되지 않았다는 이유로 그를 배척하였다. 예수님은 제자들의 독선주의, 배타주의, 우월의식, 특권의식을 금했다. 나는 내 교회에 대한 지나친 자부심으로 타 교회를 무시하지 않는가? 나는 내 교회가 속한 교단에 대한 지나친 자부심으로 타 교단에 대해서 비판의식을 가지고 있지 않는가? 장로교나, 감리교나, 성결교나, 침례교나 다 예수님을 위하여 일하고 있으므로 우리와 그들은 다 예수님의 편일 뿐 그 이상도 그 이하도 아니다.

피투성이를 좋아하시는 하나님
(막 9:41~50, 경건, 윤리 / 찬 469장)

예수님은 영원한 생명을 얻는 것에 방해되는 어떤 요소도 제거해야 된다고 하셨다. 심지어 그것이 손(43절), 발(45절), 눈(47절)일지라도 그렇게 하라고 하셨다. 인간의 신체라는 것은 항상 죄를 섬기는데 봉사하고자 한다. 그런데 이것들이 방해가 된다면 찍어버리고 빼어버리라고 하셨다. 이 말은 문자 그대로의 실천이 아니라 그만큼 죄에 대하여 단호하라는 뜻이다. 왜냐하면 그러한 손과 발과 눈을 가지고 지옥 가느니보다 그것들 없이 천국 가는 것이 낫기 때문이다. 그러면 지금 손과 발과 눈이 성한 사람은 다 예수님을 거역하고 있는 사람인가? 아니다. 이 말씀의 요지는 이 세상에서 살면서 피 흘리기까지 죄와 싸우라는 것이다. 그러므로 우리는 항상 죄와 맞서 싸운 흔적을 가지고 주일에 교회 나와야 한다. 죄와 타협한 손에서 피가 흐르고 있고, 봐서 안 될 것을 즐기고 나온 눈알이 하나 뽑혀있고, 가지 말아야 할 곳에 다녀온 다리 하나가 잘려 나가서 절룩거리는 모습으로 교회 나와야 한다. 예수님은 우리 몸이 온통 피투성이가 되어서 비틀거리면서 주일에 교회 나오는 모습을 원하신다.

예수님의 결혼관
(막 10:1~12, 결혼 / 찬 604장)

모세 당시 남편들은 아내를 학대하다가 내버리는 일이 많았다. 그래서 모세는 이혼 시에는 반드시 여자에게 '이혼증서'를 써주도록 하였다. 그것은 여자가 다시 합법적으로 재혼할 수 있도록 길을 열어 준 것이었다. 그런데 바리새인들은 이 모세의 율법을 문자적으로 악용하여 다른 여자를 취하기 위하여 자기 아내를 물건처럼 내버렸다. 예수님은 하나님이 짝 지워주신 것을 사람이 나누지 못할 뿐 아니라 이유 없이 배우자를 버리고 결혼하는 자체를 간음이라고 하셨다(9~12절). 예수님은 결혼이란 남자와 여자가 그 부모에게서 독립하여 그 둘이 정신과 육체가 하나 되는 것이라고 하셨다(7~8절). 여기서 "그 부모를 떠나서"(7절)의 의미를 오용하지 말아야 한다. 부모들은 결혼한 자식들의 모든 의사결정에 주도권을 쥐려고 해서도 안 된다. 자식들을 완전히 독립시켜야 한다. 또한 결혼한 자식들은 '독립'을 부모에게 더 이상 효도하지 않아도 된다는 것으로 오역하지 말아야 한다.

어린이를 칭찬하신 까닭
(막 10:13~16, 어린이 / 찬 570장)

예수님께서 손을 얹고 축복해주시기를 바라며 어른들이 자기 아이들을 데리고 나왔다. 제자들은 아이들이 스승의 휴식을 방해한다고 생각했는지 모르지만, 그러나 예수님은 제자들에게 도리어 분개하셨다(13절). 그리고 곧 바로 '어린이 예찬론'을 펼치셨다. 아이들이 자기에게 오는 것을 금하지 말며 심지어는 아이를 받들지 않는 자는 천국에 들어가지 못한다고 하셨다(14~15절). 왜 예수님께서 갑자기 어린이 예찬론자가 되었을까? 아이의 순수성 때문이다. 아이는 자기가 속한 공동체의 권위를 무조건 받아드린다. 그래서 기독교 집안에서 태어나면 자연스럽게 기독교인이 되고, 불교 집안에 태어나면 무비판적으로 부처를 받아드린다. 아이는 자기 부모를 전능자로 받아드린다. 아이의 눈에 자기 부모는 세상의 전부이다. 아이는 자기 부모를 비판할 줄 모른다. 예수님께서 아이들을 부르시며 이렇게 예찬한 것은 "바리새인인 너희들도 아이들처럼 되라"는 메시지가 담겨져 있다. 예수님께서 최고로 보시는 자는 자기 말을 가감 없이 순수하게 받아드리는 사람이다.

흥분하지 말고 바로 깨달으세요 (1)
(막 10:17~27, 신학, 지성 / 찬 464장)

한 청년이 예수님께 나아와서 "선한 선생이여, 어떻게 하면 영생을 얻을 수 있습니까" 물었다(17절). 이에 예수님은 "어찌하여 나보고 선하다 하느냐 하나님 한분 외에는 선한 자가 없느니라"(18절)고 말씀하셨다. 예수님은 영생의 질문에 대답하시기 전에 먼저 청년의 입부터 급히 막으셨다. "어떻게 네가 나를 그렇게 알고 나왔느냐 하나님보다 나를 선하다 하지 말라" 예수님은 자신에 대해서 잘 알지도 못한 채 흥분하지 말라고 하셨다. 여기서 우리가 오해하지 말아야 할 것은 예수님은 자신의 선을 부정하신 것은 아니다. 예수님은 이 청년이 자기에 대하여 잘 알지도 못하면서 '선하다'는 말을 피상적으로 사용하였기 때문에 이를 시정하시려 하였던 것이다. 예수님은 자신에 대해서 지적인 '앎' 없이 감정만 고조되어 있는 것을 금하셨다. 그래서 예수님은 이 청년의 정열에 냉수를 부어주셨다. 그는 '흥분'보다 자신에 대한 '정확한 지식'을 좋아하신다. 그는 자신에 대한 감상적인 정열을 가지기보다 정확한 신학을 가지기를 원한다.

체면유지 정도의 선으론 안 돼요 (2)
(막 10:17~27, 이웃, 선행 / 찬 488장)

한 청년이 예수님께 찾아와서 어떻게 하면 영생을 얻을 수 있는가를 물었다(17절). 이 청년은 자기 삶에 자신이 있는 사람이었다. 그는 어렸을 때부터 십계명에서 '하지 말라는 것'은 잘 지킨 사람이었다(19~20절). 그는 괜찮은 사람이었다. 그는 도둑질도, 남에게 사기 친 일도, 남을 해하지도 않았다. 그래서 주변으로부터 '바른 청년'으로 인정받았다. 그러나 예수님은 그 정도의 선은 간신히 체면을 유지하는 정도라고 말씀하셨다. 예수님이 청년을 '보시고'라는 말은 다소 애정어린 눈으로 보셨다는 말이다. 율법준수에 대한 청년의 노력을 치하하는 의미를 갖는 동시에 부족한 것의 준수를 강조하는 의미를 지니고 있는 말이다. 예수님은 청년에게 재산을 팔아서 가난한 사람에게 주라 명하셨다(21절).

예수님께 있어서 선이란 적극적인 선행이었다. 그의 선은 소극적으로 무엇을 하지 않는 것이 아니라 적극적으로 이웃에게 관용을 베풀고, 그들을 도와주는 것이었다. 그는 선을 행하지 않고 가만히 있는 것을 악으로 보셨다.

예수와 복음을 위해 수고하는 자가 받을 보상
(막 10:28~31, 복음, 보상 / 찬 560장)

베드로는 예수님과 부자 청년과의 대화를 듣고 예수를 위하여 모든 것을 포기한 자신들이 받을 보상이 무엇인지 궁금하였다(28절). 이에 예수님이 답하시기를 예수와 복음을 위해서 희생하는 자는 현실적인 풍요를 받되 백배나 받는다고 하셨다. 그리고 현실뿐 아니라 내세에 있어서도 영생의 복을 반드시 받는다고 하셨다(30절). 이 예수님의 약속은 문자적으로 받아드려야 한다. 복음을 위하여 가족과 재산을 버린 사람은 백배나 받는다. 매우 반갑고 힘이 나는 약속이다. 예수와 복음 때문에 모든 비신앙적인 인간관계를 청산하고, 자기의 쾌락과 야망까지도 포기한 사람들을 주변에서 간혹 발견할 수 있다. 그리고 그들의 삶이 어떠한지 우리는 눈으로 확인할 수 있다. 예수님께서 장려하신 헌신적인 삶에 우리는 눈을 떠야 한다. 복은 공짜로 받는 것이 아니고 이 정도의 희생과 헌신이 있어야 한다. 희생하고 헌신할수록 자기와 가족들에게 돌아오는 복이 상대적으로 커진다면 오늘 우리는 예수와 복음을 위해서 고생을 사서라도 해야 한다. 영리한 사람은 헛된 것에 투자하지 않고 여기에 투자한다.

홀로 고독하신 예수님
(막 10:32~34, 결단 / 찬 424장)

예수님의 여행 목적지는 예루살렘이었다. 그를 따라가던 제자들은 놀라고 두려워했다. 왜 두려워하고 놀라워했는지는 알 수 없으나 아마 예수께서 받으실 수난에 대한 이야기를 들어서일 것이다. 이 길은 돌이킬 수 없는 길이요, 최후의 길이었다. 그는 길을 걸어가면서 제자들에게 이 길이 왜 돌이킬 수 없는 길인지 말씀하셨다. 자신이 곧 잡혀서, 사형선고를 받고, 능욕과 침 뱉음과 채찍질을 당하고 결국 죽게 되지만 3일 만에 부활할 것을 말씀하셨다(33~34절). 제자들은 이를 얼마나 이해하고 공감했을까? 그는 "제자들 앞에 서서"(32절) 가셨다. 그는 선두에 서셨다. 홀로 앞서 걸어가고 계신 그의 모습에서 고독을 느낄 수 있다. 3년간 함께 지냈음에도 아무것도 모르는 그들 사이에서 예수님은 분명 혼자이셨다. 그렇다. 이 일은 어차피 홀로 이루실 일이다. 우리도 종종 홀로 하지 않으면 안 될 일이 있다. 아내와 남편과 아이들과 의논하지 않고 해야 할 일이 있다. 그들과 의논한다면 방해만 받을 것이다. 어떤 경우는 의논 없이 홀로 결정하고 단행해야 위대한 일을 이룰 수 있는 일이 있다.

하나님 나라의 엘리트는 오직 섬기는 사람
(막 10:35~45, 겸손, 섬김 / 찬 422장)

야고보와 요한이 예수님께 나아가서 한 가지 청원을 하였다. "무엇이든지 우리의 구하는 바를 우리에게 하여 주시기를 원합니다"(35절)라고 요구한 것은 상당히 자신감이 넘쳐 보인다. 그것은 하나님의 나라가 임할 때 자기들을 최고의 자리에 앉게 해달라는 것이었다(37절). 이들이 왜 이렇게 당돌한 요구를 하였을까? 그들은 본래 재력 있는 아버지를 둔 사람들이었다. 또 예수님은 그들을 항상 예수 공동체에서 베드로와 더불어 엘리트 그룹에 두었다. 이러한 사회적 우월성이 자신들에게 특급의 지위를 보장해 줄 것이라 믿었을까? 세상에서 지위를 가진 사람들 중에는 교회 안에서도 그런 대접을 받고자 하는 사람들이 있다. 어떤 이는 사회 엘리트이면 교회 엘리트도 될 수 있다고 꿈꾼다. 그러나 예수님은 교회와 세상의 구조는 다르다고 하셨다. 교회 안에서는 오직 섬기는 자만이 하나님께 최고의 특급 대우를 받는다(43절). 이 이치에 순종하는 세상 엘리트들 중에는 교회 안에서 더 섬기는 종으로 살아가야 할 사람들이 있다. 이 것은 세상에서는 잘 볼 수 없는 교회 안에만 있는 특수한 현상이다.

열정이 신학을 이긴다
(막 10:46~52, 신학, 신앙 / 찬 96장)

예수님께서 여리고에 이르렀을 때 소경 바디매오가 예수가 지금 이곳을 지나간다는 말을 듣고 "다윗의 자손 예수여 나를 불쌍히 여기소서"(47절)라며 소리쳤다. 사람들이 조용히 하라고 꾸짖자 그는 굴하지 않고 더욱 심하게 소리를 지르며 자신을 불쌍히 여겨달라고 애원하였다(48절). 이에 예수님은 소경의 믿음을 보시고 그를 보게 하여 주셨다(52절). 소경은 예수님을 '다윗의 자손'이라 불렀다. 다윗의 자손이라는 용어는 당시 메시야와 동의어였다. 소경은 예수님을 메시야로 보았다. 이스라엘이 기다리던 메시야는 장차 전 세계를 정치적으로, 군사적으로 통치할 지배자였다. '다윗의 자손'이라는 명칭은 예수님을 잘못 이해한 명칭이었다. 그것은 철저히 유대교 신학에 근거한 명칭이었다. 소경은 신학적으로 바르지 못했다. 그러나 결국 그를 살린 것은 신학이 아니라 신앙이었다. 그의 신앙은 그의 신학적 부족을 뛰어 넘는 것이었다. 예수님은 신학보다 열정을 우수하게 보신다. 성경 지식이 부족해도 열정이 그것을 보완한다. 예수님은 이론이나 교리보다 신앙과 열정을 더 귀하게 보신다.

어린 나귀를 선호하신 이유
(막 11:1~10, 순결 / 찬 289장)

예수님은 "아무도 타보지 않은 나귀 새끼"(2절)를 타고 예루살렘으로 올라가셨다(7절). 많은 사람이 예수를 환호하였다. 사람들은 길거리에 자기 겉옷과 나뭇가지를 깔며 찬송하며 어린 나귀를 타고 가시는 그를 뒤 따라갔다(8~10절). 그런데 예수님은 왜 아무도 타보지 않은 어린 나귀 새끼를 선택하셨을까? 사람이 많이 타 본 어른 나귀를 타면 훨씬 편리하셨을 텐데 말이다. 예수님은 자신의 목적을 이루시기 위해 단 한 번도 다른 목적을 위해서 사용된 적이 없는 흠 없는 것을 선택하셨다. '사람이 한 번도 타 보지 못한 나귀 새끼'는 예수님께는 불편한 것이었다. 그러나 그는 불편보다 인류에게 전달될 메시지에 더 깊은 관심을 가지셨다. '아무도 타지 않은 어린 나귀 새끼를' 통해서 전달하실 그의 메시지는 '순결'이었다. 그는 어린 나귀를 새끼를 통해서 "나는 나의 목적을 위해서 항상 순결한 것만 사용한다"고 말씀하셨다. 예수님은 때 묻지 않은 영혼을 좋아하신다. 오늘 내가 하나님의 훌륭한 도구가 되기 위해서 갖추어야 할 첫째 조건은 때 묻지 않은 '순결'이다.

성실과 기도의 사람, 예수
(막 11:11, 기도, 준비 / 찬 366장)

예수님께서 예루살렘 성전에 들어가서 '모든 것'을 둘러보셨다. 날이 저물 때까지 한참을 둘러보신 후 베다니로 가셨다. 왜 성전을 둘러 보셨을까? 왜 베다니로 가셨을까? 이날은 예수님의 성전 청결 사건이 있기 하루 전이었다. 그렇기 때문에 이것은 다음날 있어질 사건을 위해 성전을 미리 답사하셨다는 의미로 해석할 수 있다. 아직도 성전이 그 모양 그 꼴로 돌아가는지 직접 눈으로 확인하셨다. 눈으로 확인하신 후 성전 청결에 대한 계획을 세우셨다. 그리고 그는 그날 저녁을 지내기 위해서 베다니로 가셨다. 자기를 환호하는 광적인 사람들과 자기에 대해 격분하는 유대교 지도자들 때문에 예루살렘에 머물 수가 없었다. 그리고 성전 청결이라는 중요한 과제를 앞두고 기도로 준비해야 했을 것이다. 그는 분명히 그날 저녁 아버지 하나님과 깊은 대화의 시간을 가졌을 것이다. 예수님은 일하실 때 두 가지를 다하셨다. 그것은 성실과 기도였다. 그는 사전답사도 하시고 기도도 하셨다. 인간적으로 해야 할 일에도 충실하셨고 기도도 하셨다. 이것은 우리에게 시사하는 바가 너무나 크다.

열매가 말해준다
(막 11:12~14, 열매, 불신앙 / 찬 423장)

시장하신 예수님께서 열매를 좀 얻을까 싶어 잎이 무성한 무화과나무 앞에 다가갔으나 아무것도 얻지 못했다. 화가 나신 예수님은 잎만 무성하고 열매 없는 이 나무를 영원토록 열매 맺지 못하도록 저주하셨다(12~14절). 너무 시장하셔서 화가 나신 것인가? 이 사건은 메시지를 남기실 목적으로 행하셨던 예수님의 행위 비유이다. 이 사건은 몸으로 말씀하신 그의 설교였다. 이 비유는 '실행되지 않은 공언'에 대한 비난이었다. 무성한 잎은 건강하다는 증거였고 많은 열매를 가지고 있다는 것은 '공언'이었다. 그러나 그 공언은 공수표였다. 나무는 겉으로는 화려하였다. 겉으로는 큰소리를 쳤다. 그러나 열매 없는 빈 강정이었다. 예수님도 그의 열매로 사람을 알 수 있다고 하셨다(마7:20) 예수님은 실행 없는 말, 행위 없는 미사어구, 실천 없는 현학적인 신학을 싫어하신다. 항상 열매가 말해준다. 열매 맺는 평신도가 실천이 빠진 신학자보다 낫다. 열매 맺는 평신도가 지시만 내리는 열매 없는 지도자보다 낫다. 겉으로 신앙고백 하기 전에 열매가 있는지 살펴보아야 한다.

나는 교회의 메이커(MAKER)
(막 11:15~18, 성도 / 찬 463장)

예수님께서 예루살렘 성전에서 장사하는 자들의 상을 둘러엎으시고 제사 용도로 쓰이는 기물의 출입을 봉쇄하시며 "내 집은 기도하는 집인데 너희들이 강도의 소굴로 만들었다"며 크게 언성을 높이셨다(15~17절). 영문을 모르는 사람들의 눈에는 거의 난동 수준이었다. 여기서 유심히 살펴볼 것은 예수님께서 "너희는 … 만들었도다"(17절). 하신 그 말이다. 성전이 어떻게 만들어질 수 있단 말인가? 본래 성전은 하나님께 예배드리고 기도하는 곳인데 누군가가 성전을 다른 용도로 만들어버린 것이다. 교회도 마찬가지이다. 구성원이 누구냐에 따라 교회도 이렇게도 만들어질 수 있고, 저렇게도 만들어질 수 있다. 교회는 하나님께 예배드리고 기도하는 곳이지만 구성원들에 의해서 전쟁터가 되기도 하고, 시장터가 되기도 하고, 낙원이 되기도 하고, 잔치 자리도 될 수 있다. 오늘 나는 우리 교회를 어떻게 만들어가고 있는가? 나 한사람에 의해서 우리 교회가 기도하는 교회가 될 수 있고, 아니면 사교장 같은 교회도 될 수 있다. 나는 나의 교회를 만들어내는 메이커(maker)이다.

숨으셨던 예수님
(막 11:19, 때 / 찬 325장)

저녁때가 되자 예수님은 예루살렘 밖으로 나가셨다. 이날은 월요일이었다. 그는 어제 일요일에도 예루살렘에 계시다가 저녁때가 되자 베다니로 가셨다(막 11:11). 그는 자신의 지상에서의 마지막 공생애를 보내는 마지막 주간의 숙소를 예루살렘이 아니라 베다니로 정하셨다. 그런데 그는 왜 불편하게 숙소를 그렇게 먼 곳에다 정하셨을까? 그 이유를 정확하게 알 수는 없다. 이것은 상식적으로 대답할 수밖에 없다. 예수를 죽이려고 혈안이 되어있는 유대교 지도자들은 사람들이 그를 목격하지 않을 때를 택하여 그를 잡으려고 기회를 노리고 있었다. 이것을 아시는 예수님은 굳이 사람들이 빠져 나간 밤에 그런 위험에 노출될 필요가 없으셨던 것이다. 그래서 예수님은 저녁에는 예루살렘에서 빠져나와 베다니로 몸을 숨기셨다. 그도 숨으시기도 하셨다. 그도 은둔하시기도 하셨다. 그도 피하시기도 하셨다. 무조건 정면 돌파만이 최선이 아니다. 무조건 돌진하는 것만 능사가 아니다. 때를 보고 쉴 때는 쉬고 피할 때는 피해야 한다. 박력만 찾다가는 망하기 쉽다. 때를 잘 포착하는 지혜를 구해야 한다.

이런 기도가 응답이 됩니다
(막 11:20~26, 응답의 비결 / 찬 393장)

예수님의 저주대로 뿌리 채 말라버린 무화과나무를 발견하고 놀라워하는 제자들을 향하여 예수님은 무엇이든지 믿음으로 구하면 응답받지 못할 일이 없음을 말씀하셨다(20~23절). 멀쩡했던 무화과나무가 말라버린 이 엄청난 일은 기도의 능력으로 생긴 일이었다. 기도란 산을 들어 바다에 던질 수 있을 만큼 위력이 세다. 물론 필요하시다면 예수님은 산을 들어 바다에 던질 수도 있겠지만 이 말씀은 기도의 위력을 비유로 설명하신 것이다. 예수님은 기도응답의 필수 요건으로 '믿음'을 강조하셨다. 무엇이든지 믿고 구하는 기도는 반드시 응답이 있다(24절). 환자가 의사에게서 처방받은 약을 신뢰하지 않는다면 어떻게 될까? 의사를 불신하는 환자는 의사를 신뢰하는 환자보다는 회복될 가능성이 적다. 기도에는 불타는 기대가 있어야 한다. 또 한 가지 기도응답의 필수 요건은 '사랑'이다. 기도가 사랑의 기도일 때 응답이 잘 된다(25절). 격분하는 마음을 가진 기도, 용서의 정신이 없는 기도는 소용이 없다. 용서하면서 하는 기도가 얼마나 큰 위력이 있는지 체험해 본 사람은 다 안다.

진리 위에 섭시다
(막 11:27~33, 진리, 승리 / 찬 379장)

예수님의 권위를 부정하려는 유대교 지도자들에게 예수님께서 도리어 질문을 던지셨다(29절). "세례 요한의 권위가 하늘로부터 왔느냐 사람으로부터 왔느냐?"(30절) 그들이 세례 요한의 권위가 하늘로부터 왔다고 답하면 그를 불신하고 죽여 버렸던 자신들이 비난 받을 것이고, 세례 요한의 권위가 사람으로부터 왔다고 답하면 그를 아직까지 추종하며 따르는 사람들에게 봉변을 당할 것이기에 그들은 당황하며 모르겠다고 답했다(31~32절). 궁색한 답변이었다. 무지가 드러나는 순간이었다. 이것은 완패였다. 내용 면에서도 패하고 대화를 이끌어내는 테크니컬한 면에서도 패하였다. 그들은 진리를 가려보려고 애를 많이 썼다. 그러나 '바로 그 진리'가 그들을 무너뜨렸다. 진리를 가리려고 몸부림을 쳐도 뜻을 이룰 수 없는 것은 결정적인 순간에 하나님의 개입하심 때문이다. 진리 위에 선 사람들이 위험에 처할 수는 있다. 그러나 최후는 항상 승리자가 되는 것은 결정적일 때 하나님께서 내려오시기 때문이다. 하나님의 이러한 개입이 없다면 세상에서 요령껏, 꾀돌이로 사는 것이 제일이다.

하나님을 깔보는 사람들
(막 12:1~12, 오래 참음, 인간의 악행 / 찬 423장)

포도원 주인이 수확물을 거두기 위해서 종을 보냈는데 농부들은 주인이 파송한 종들을 때리고 죽여 버렸다. 세 번이나 같은 짓을 반복했다(2~5절). 마지막에는 주인의 아들까지 죽여 버렸다(8절). 농부들은 주인의 아들을 제거하면 포도원이 자기들 것이 될 수 있다는 생각을 하였다. 그러나 주인은 그들을 진멸하고 포도원을 다른 사람에게 주었다(7~9절). 이는 하나님의 아들 예수님이 유대인들에 의해 죽게 될 것과 그로 인한 유대인들의 운명에 대해 예고하신 비유였다. 이 비유 안에서 하나님의 인내심이 있다. 주인은 네 번이나 그들에게 기회를 주었다. 그러나 그들은 그 기회를 저버렸다. 그들은 뻔뻔한 사람들이었다. 그들은 주인을 깔보았다. 그 이유는 주인이 곧 바로 어떤 조치를 취하지 않았기 때문이다. 한두 번의 악행에도 주인의 반응이 없자 그들은 마음 놓고 일을 저질렀다. 우리에게도 종종 하나님의 오래 참으심을 악용하는 뻔뻔함이 있다. 불안한 마음으로 한두 번 악을 행하다 아무런 조치가 없자 나중에는 하나님을 깔보는 지경까지 간다. 그러나 곧 그것이 오산이었음을 깨닫게 된다.

대통령에 대한 예수님의 생각
(막 12:13~17, 국가, 성도의 의무 / 찬 580장)

유대교 지도자들이 예수님께 와서 로마의 가이사 황제에게 세금을 바치는 것이 정당한가를 물었다(14절). 만일 예수님이 가이사에게 세금을 바치는 것이 정당하다고 한다면 군중들은 그를 비겁자로 규탄할 것이다. 그러나 그에게 세금을 바치는 것이 율법에 어긋나는 일이라 한다면 그들은 예수를 체제 전복자로 고소할 속셈이었다. 그러나 예수님은 로마 황제의 얼굴이 새겨진 은전 하나를 보이시며 "가이사의 것은 가이사에게 바치라"(17절)고 하셨다. 예수님은 가이사를 향하여 반정부 투쟁을 하라고 하지 않으셨다. 예수님은 최소한 그의 존재를 인정하라고 하셨다. 우리도 한 나라의 통치자를 인정해야 한다. 그 통치자가 아무리 부족하다 해도, 아무리 떳떳하지 못한 사람이라도 일단 현재는 그의 통치권을 인정해야 한다. 왜냐하면 하나님께서 그를 세웠기 때문이다. 그러므로 반정부 투쟁은 예수님의 정신에 어긋난다. 국민의 한 사람으로 통치자가 바른 국정 업무를 감당할 수 있도록 합법적인 방법으로 의사를 표현해야 한다. "물러가라. 퇴진하라. 하야 하라"는 구호는 성도가 사용해서는 안 된다.

천국을 함부로 말하지 마세요
(막 12:18~27, 부활, 천국 / 찬 161장)

부활을 믿지 않는 사두개인들이 예수님께 "일곱 남편을 두었던 여자가 부활 후에 누구의 남편이 되겠는가?"(19~23절)라고 질문하였다. 그러나 예수님은 부활한 사람들은 다시 결혼을 하거나 결혼을 하고 싶다는 육체적 욕망이 없다고 하셨다(24절). 예수님은 내세가 분명히 있음을 전제한 후 현세와 내세의 명백한 차이를 말씀하셨다. 그러나 사두개파들은 내세와 현세를 혼동했다. 그들은 하나님 나라의 모습을 이 세상의 관점과 언어로 생각했다. 그들은 세상의 가치관과 언어를 통해서 자기들이 그리고 싶은 대로 천국을 그렸다. 그래서 천국에서도 부부가 있다고 믿었던 것 같다. 우리도 흔히 이런 실수를 한다. 꽃을 좋아하는 사람은 천국에도 꽃이 만발하여 있을 것이라 생각한다. 모성애가 강한 어머니는 천국에서도 자식과 함께 살기 바란다. 가난했던 사람은 천국은 항상 배부르게 먹는 곳이라 생각한다. 사람들은 항상 자기에게 알맞은 천국을 만들어 낸다. 그러나 성서는 천국에 대해서 구체적으로 말하지 않았다. 그러므로 그 궁금한 천국에 갈 때까지 성도는 신나게 믿고 신나게 봉사만 하면 된다.

정확한 지식이 구원을 이룹니다
(막 12:28~34, 성서, 지식, 신학 / 찬 202장)

예수님이 유대교 지도자들의 교묘한 질문을 물리치자 이번에는 한 서기관과 예수님과의 대화가 시작되었다. 그는 예수님께 가장 큰 계명이 무엇인지 물었고 예수님은 거기에 충실히 답해 주셨다(28~31절). 이어서 서기관의 신앙고백이 이어졌다. 하나님은 유일하신 분이시며, 그분에게 드리는 진정한 참 제사와 참 제물은 하나님과 이웃을 진정으로 사랑하는 것이라고 말했다(32~33절). 서기관은 예배의 형식 준수보다 사랑이 신앙의 본질이라고 정확하게 진술했다. 그는 바로 알고 있었다. 이에 예수님은 그에게 "하나님 나라가 멀지 않도다"(34절) 하시며 칭찬하셨다. 이 말은 그가 하나님 나라를 이미 소유했다는 뜻이 아니다. 하나님 나라를 소유할 가능성이 매우 높다는 뜻이었다. 서기관은 정확한 성경 지식과 정확한 신관을 가지고 있었다. 올바른 성경 지식이 이처럼 중요하다. 구원은 정확한 성경 지식에서 출발한다. 그릇되고 왜곡되게 배운 자는 하나님 나라에서 거리가 멀다. 이런 점에서 성도는 학문과 경건을 갖춘 건전한 교역자 만나기를 기도해야 하며 노력해야 한다.

때로는 신학 강의도 들어야 합니다
(막 12:35~37, 기독론, 신학 / 찬 204장)

서기관들이 예수님을 향하여 "당신이 어떻게 다윗의 주가 될 수 있느냐?" 물었을 때 예수님은 자기가 다윗의 주이신 동시에 다윗의 자손이 되는 이유를 강의하셨다(35~37절). 예수님은 육신으로는 다윗의 가문에서 출생하셨기 때문에 다윗의 자손이 된다. 동시에 예수님은 하나님이시므로 다윗의 주님이 되는 것이다. 평상시 예수님은 비유나 이야기 설교에 비해 상당히 어려운 논제를 지금 다루고 계신다. 소위 '기독론' 강의를 하신 것이다. 그러나 군중들은 그 기독론 강의를 "즐겁게 들었다"(37절). 군중들은 주로 사물과 자연을 예화를 들어서 하는 그의 쉽고 재미있는 설교를 듣기 위해서 나왔다. 그러나 그 군중들이 예수님의 기독론 신학 강의도 즐겁게 들었다. 때로는 성도들도 성서의 체계와 원리를 설명하는 신학강의에 귀기울일 필요가 있다. 너무 듣기 편안한 설교, 너무 정서적으로만 접근하는 설교, 너무 울리고 웃기는 설교도 도움이 되지만 때로는 딱딱한 신학강의도 즐길 줄 알아야 한다. 그것은 어렵지만 소화만 하고 나면 그의 인생을 정확하고 바르게 인도하는 지표가 된다.

과도한 행동은 수상합니다
(막 12:38~40, 외식, 과도함 / 찬 90장)

서기관들은 사람의 시선을 끄는 독특한 긴 옷을 착용했다(38절). 긴 옷은 경건을 의미한다. 그들은 시장에서 문안 받는 것을 좋아했다(38절). 많은 대중에게 자신들의 지위를 확인하는 것을 좋아했다. 그들은 회당에서 항상 상좌에 앉기를 좋아했다(39절). 상좌는 기도 인도자나 성경 낭독자들이 앉는 자리로서 늘 시선을 받는 장소였다. 그들은 신앙을 좋게 보이게 하기 위해서 길게 기도하였다. 그러나 그들은 힘없는 과부들을 착취하는 자들이었다(40절). 특히 과부들의 가산을 많이 노렸다. 서기관들은 한마디로 자기들의 이러한 본질이 들통 나지 않기 위해서 '반동형성'과 같은 방어기재를 사용하였다. 그래서 긴 옷과 회당의 상석과 긴 기도로 자신들을 감추었다. 심리적으로 복잡한 사람들이다. 그들의 과도함 속에 뭔가 수상한 점이 있었다. 나도 어떤 경우에, 어떤 사람에게 이상하리만큼 과도한 행동이 나오지 않는가? 과도한 친절, 과도한 감사, 과도한 불평, 과도한 비판이 있지 않은가? 그러한 것들이 무의식적으로 나에게 표출되면 나에게도 혹시 뭔가 수상한 점이 없는지 살펴보아야 한다.

일억이 천 원보다 항상 나은 것이 아니다
(막 12:41~44, 헌금 / 찬 327장)

예수님은 과부의 두 렙돈 헌금을 부자들의 큰 헌금보다 더 가치있게 보셨다(43절). 렙돈은 당시 통용되던 화폐의 단위에서 가장 작은 단위였다. 헌금의 총액에서는 이 과부의 헌금과 부자의 헌금은 비교도 되지 않았다. 그러나 과부는 자신이 가지고 있는 전 재산을 드렸다는 점을 예수님께서 인정하신 것이다(44절). 예수님은 헌금에 실린 삶의 무게를 보셨다. 부자는 여유가 있는 중에 일부만을 바쳤다. 반면 여인은 생활비 전부를 바쳤다. 여기서 생활비는 하루 먹고 살기 위해 필요한 최저 생계비를 말한다. 액수는 분명히 부자의 헌금이 많았지만 예수님이 생각하는 헌금의 무게감은 과부 쪽에 있었다. 오늘날 교회에서 일억 원을 헌금하는 사람도 있고 천 원 헌금하는 사람도 있다. 예수님의 말씀을 토대로 볼 때 1000원이 1억 원보다 가치가 있다 할 이유도 없고, 1억 원이 1000원보다 존경 받아야 할 이유도 없다. 둘 다 헌금 내는 사람의 마음과 삶의 무게가 중요하다. 하나님은 전인격적인 감사가 담긴 헌금과 최선을 다하여 바치는 헌금을 기뻐하신다.

젊음도, 미(美)도 곧 갑니다
(막 13:1~2, 시간, 인생의 허무 / 찬 379장)

예수님의 제자 중 하나가 예루살렘 성전의 돌들과 웅장함에 대한 소감이 어떠한지 예수님께 물었다(1절). 이에 예수님은 네가 "이 큰 건물을 보느냐"(2절)고 반응하셨다. 이 말씀은 이 성전이 지닌 객관적인 화려함과 웅장함에 대해서는 우선 인정하시는 말씀이셨다. 그런데 이어서 그는 이 건물에 대한 불길한 말씀을 하셨다. 훗날에 이 성전은 돌 하나도 돌 위에 남지 않고 다 파괴될 것이라고 하셨다(2절). 지금만 화려하고 웅장할 뿐이라는 뜻이다. 이 성전의 웅장함과 화려함도 훗날 어느 시점에 초라하게 되어 그 위에 먼지만 자욱하게 된다. 어디 이 건물만 그러겠는가? 시간이라는 파도 속에서 견디어 낼 수 있는 이 세상의 강건함과 아름다움이라는 것은 하나도 없다. 젊음도, 미도, 건강도. 재물도 언젠가는 다 사라진다. 시간은 모든 것을 항상 무로 돌려놓는다. 그러므로 우리도 곧 시들게 될 얼굴, 몸매에 너무 많은 에너지를 소모하지 말아야 한다. 이런 일은 보통 정도만 해도 족하고 오히려 영원히 우리와 함께할 하나님 나라를 위해서 더 많은 에너지를 소모해야 한다.

종말론 (1) – 기도에 관해서
(막 13:3~8, 종말, 징조 / 찬 174장)

제자들은 예수님께 예루살렘 성전이 파괴될 것이라는 말씀을 듣고 그때가 세상 종말의 시기로 받아드렸다. 왜냐하면 예루살렘 성전은 하나님이 임재하여 계신 곳이고, 그러한 곳이 파괴된다는 것은 세상 끝에나 있을 일이라고 생각했다. 예수님께서는 그때가 되면 거짓 선지자들, 국제적인 분쟁, 전쟁, 기근, 지진이 더 빈발하게 나타나게 된다고 하셨다(5~8절). 이러한 현상들이 그때가 되면 훨씬 심화될 것이다. 여기서 짚고 넘어가야 할 것은 "이러한 일들이 있어야 하되"(7절)라고 하신 대목이다. 종말의 징조로 열거한 일들이 반드시 나타나야 한다는 것이다. 그러므로 종말 직전 거짓선지자들의 출현과 국제적인 분쟁과 전쟁과 기근과 지진은 필수적인 것이다. 그러므로 우리는 종말의 징조들이 지구상에서 사라지게 해달라고 기도해서는 안 된다. 왜냐하면 그러한 현상들은 종말에 반드시 있어야 할 필수적인 것들이기 때문이다. 그런 기도는 응답되지 않는다. 대신에 우리는 이 종말에 하나님의 명령에 내가 얼마나 겸손히 정직하게 응답하며 살 것인가에 대해서 고민하고 기도해야 한다.

종말론 (2) - 가정생활에 관하여
(막 13:9~13, 종말, 가정 / 찬 180장)

예수님은 종말의 징조로 성도들의 핍박 받음, 복음의 세계화, 가정의 파탄을 말씀하셨다(9~13절). 특히 '가정'에 대한 예언은 상당히 충격적이다. "형제가 형제를, 아비가 자식을, 자식이 부모를 죽인다"는 내용은 너무나 섬뜩하다. 여기서 제시된 형제 살해죄, 자식 살해죄, 부모 살해죄에 대해 다양한 사례들을 요즘 한국 사회에서도 찾아볼 수 있다. 이런 사례들이 예수님 당시에도 있었겠지만 요즘에는 훨씬 많다. 유산 상속 때문에, 과거사에 대한 복수심 때문에 쉽게 혈육을 죽이는 일이 빈번하다. 이때를 생각하면 종말이 코앞에 와 있다는 느낌을 받는다. 우리 가정은 평화가 넘치는가? 살벌한가? 우리 가정은 종말의 징후가 뚜렷한 콩가루 가정인가? 사랑이 넘치는 가정인가? "나중까지 인내하라"(13절)는 말씀을 가정에 적용해 보면 마지막까지 사랑과 평화를 유지하라는 말로도 해석이 가능하다. 가정이 존속하는 한 사랑과 평화가 항상 흘러넘칠 수 있도록 가정의 각 구성원들은 노력해야 한다. 이것은 노력하지 않고는 될 수 없다. 우리 가정에서는 정말로 종말의 징후가 나타나서는 안 된다.

종말론 (3) - 재림 지연에 관하여
(막 13:14~23, 종말, 징조 / 찬 488장)

예수님은 종말의 징조로 멸망의 가증한 것들의 출현에 관해서 말씀하셨다(14절). 멸망의 가증한 것들이란 하나님을 모독하는 자를 가리킨다. 그리고 대 환난 날에 대해서도 말씀하셨다. 그날에는 지붕 위에 있는 자가 생필품을 가지러 집안으로 들어갈 필요도 없고 밭에서 일하던 사람이 외투를 가지러 밭에서 나올 필요도 없다. 그날에는 뒤돌아보지 말고 산을 향하여 무조건 달려가야 하기 때문이다. 그날은 임신한 자나 젖 먹이는 엄마에게 조차도 동정이 베풀어지지 않는 무시 무시한 날이다(15~17절). 그래서 하나님은 그날을 한 사람이라도 더 당하지 않게 하려고 그날을 유보하고 계신다. 하나님은 모든 사람이 구원을 받을 때까지 그날을 연기하고 계신다(20절). 우리는 하나님 이름이 더 많이 모독당하는 시대에 살고 있다. 이 시대는 성서의 권위가 무너지고, 신성한 교회가 권모술수와 투쟁 장소로 변질되고 주의 거룩한 직분을 맡은 자들이 세상에 수치를 드러내는 시대이다. 멸망의 가증한 것들이 더 기승을 부리는 이때를 보면서 이제는 종말을 생각하며 살아야 한다.

종말론 (4) – 재림 장면에 관하여
(막 13:24~27, 종말, 재림 / 찬 175장)

예수님은 대 환난 '후'에, 즉 땅이 사람들의 피로 물들고 있을 때 갑자기 태양과 달이 빛을 발하지 않고 별들은 원래의 궤도와 진행에서 벗어나는 일이 생긴다고 하셨다(24~25절). 보이지 않는 자연 질서에 큰 이상이 생긴다. 그리고 그때 예수님은 지상에 재림하신다. 예수님이 구름을 타고 큰 권능과 영광으로 올 때 '사람들'이 다 그를 보게 된다(26절). 여기서 '사람들'은 전 인류를 가리킨다. 장차 전 인류가 예수님의 장엄한 '재림'을 보게 된다. 그리고 택함 받은 모든 백성은 하나님이 지정하신 한 곳으로 집결하게 된다. 택함 받은 백성을 모으라는 하나님의 지시를 받은 천사들이 이 일을 담당하게 된다(27절). 이 얼마나 놀랍고 장엄한 광경인가? 구름을 타고 천군천사와 더불어 지상으로 재림하시는 예수님! 그리고 전 세계 모든 택함 받은 백성들이 일제히 그리고 동시에 한 장소로 집결하는 그 엄청난 대장관! 오늘 이 땅에서 신앙생활을 하는 성도의 미래에는 이런 일들이 전제되어 있다. 모든 성도의 미래는 이처럼 신비스럽고 황홀하고 장엄하고 감격스러울 것이다.

종말론 (5) – 그 시와 때에 관하여
(막 13:28~37, 재림, 시기 / 찬 607장)

무화과나무는 가장 계절에 민감한 나무이기 때문에 이스라엘 사람들은 이 나무의 상태를 통해서 계절의 변화를 직감하곤 하였다(28절). 이렇게 나무를 보고 계절의 변화를 직감하듯이 곧 있을 자신의 재림에도 민감하라고 예수님이 촉구하셨다(29절). 그러나 그 재림의 날과 시간은 안 가르쳐 주셨다. 왜냐하면 본인도 모르기 때문이다. 그것은 하나님만 아신다(32절). 예수님은 자신이 해야 할 일과 하나님이 하실 일을 분명히 구분하셨다. 하나님께서 날을 정하시면 그는 재림만 하면 된다. 재림의 시기를 알기 위해서 노력하는 사람에게 이 이상의 좋은 경고는 없다. 우리가 분명히 깨달아야 할 것은 하나님의 아들도 모르고 있는 사항을 캐내려 하거나, 하나님의 아들도 모르는 일을 안다고 주장한다면 그것은 하나님을 모독하는 대죄이다. 오늘날도 예수 재림의 날과 시간을 꼭 집어서 말하는 사람들이 많다. 이단들이다. 성도는 그런 것에 신경 쓰지 말아야 한다. 재림을 기다리는 가장 좋은 방법은 "주의하고 깨어있는 것" 외에는 달리 없다(35~37절).

사탄을 불평하게 만듭시다
(막 14:1~2, 사탄, 교회 / 찬 352장)

이틀이 지나면 유월절과 무교절이었다. 이미 대제사장들과 서기관들이 예수님을 잡아 죽일 계획을 세웠다(1절). 그러나 그들은 명절 때는 민요가 날까 두려워해서 그것을 실행하지 말자고 뜻을 모았다(2절). 대제사장들과 서기관들은 군중들 중에 예수님의 추종자들이 많다는 사실에 민감하였다. 특히 과격하기로 소문난 갈릴리인들도 명절 축제에 참석하기 위해 모여 있었다. 예수의 대적자들이 예수를 대적하는 어떤 행위에도 소동을 일으킬 것이라고 생각했다. 예수의 대적자들은 씁쓸하게 불평을 했다. "보라 많은 군중들이 저 예수를 쫓아가는 구나" 그들은 인정은 하기 싫었지만 많은 예수의 추종자들이 있다는 사실을 인정하지 않을 수 없었다. 이것은 참으로 좋은 모델감이다. 오늘날 예수의 대적인 사탄들도 오늘날 교회를 보면서 이렇게 씁쓸하게 불평해야 한다. "보라 온 세상이 예수를 쫓아가는구나." 그들이 이렇게 씁쓸히 불평하는 횟수가 많아져야 한다. 오늘날 교회는 사탄을 불평자로 만들어야 한다. 만약에 사탄이 "보라 온 세상이 교회를 비난하고 무시하는구나"하며 즐거워하게 만들어서는 안 된다.

감사도 기회가 있어야 한다
(막 14:3~9, 감사, 기회 / 찬 587장)

예수님께서 베다니 문둥이 시몬의 집에서 식사하실 때 한 여인이 삼백 데나리온짜리 향유를 예수님의 머리에 부었다(3절). 삼백 데나리온은 천문학적인 금액이다. 그래서 어떤 제자는 그것을 낭비라 생각하였다(4~5절). 그러나 예수님은 이 여인이 행한 일은 독특한 발상이며 선한 일이며 천하에 기념할 만한 일이라고 하셨다. 이 여인의 행위는 임박한 자신의 죽음과 장사를 위해서 한 행동이며, 자신에게 경의와 감사를 표하는 행동이라고 하셨다(6~8절). 여인의 행동은 역사상 단 한 번 있을 예수님의 죽음에 대해 경의를 표하는 것이었다. 그녀는 이 시기를 놓치지 않았다. 그녀는 가장 적절한 순간에 자신의 감사를 예수님께 무한히 표하였다. 우리도 누군가에게 감사해야 될 때가 있다. 우리가 어떤 사람에게 고마운 일을 당했으면 그것을 표하려는 충동이 생긴다. 그러나 이 충동은 대부분 여러 이유로 무산되는 경우가 많다. 그러나 이 여인은 감사의 충동이 일어났을 때 그 기회를 놓치지 않았다. 감사의 충동이 일어날 때 즉시 하지 않으면 그 기회가 지나가게 된다. 감사도 기회가 있어야 한다.

열둘 중 하나인 가룻 유다
(막 14:10~11, 방심, 경건 / 찬 377장)

가룻 유다는 예수님을 은 삼십을 받고서 넘기겠다고 결정을 하고 대제사장을 찾아갔다(10절). 그리고 돈을 받은 그는 이제 어쩔 수 없이 예수님을 어떻게 넘겨줄까 기회를 엿본다(11절). 이런 가룻 유다 앞에 항상 '열 둘 중에 하나인' 이라는 수식어가 붙어있다. '열 둘' 이라는 숫자는 3년간 예수님과 동거 동락했던 제자들을 나타내는 숫자이다. '열 둘' 을 강조하는 이유는 이렇다. 가룻 유다도 삼년간 예수님의 수많은 기적을 보았던 제자들 중 하나라는 말이다. 가룻 유다도 예수님과 함께 3년간 식사하고 잠을 자고 동거했던 그 제자들 중 하나라는 말이다. 그도 삼년간 예수님의 설교와 교훈을 들었던 제자들 중 하나라는 말이다. 오늘날 언어로 한다면 함께 성경 공부하고, 봉사하고, 예배드렸던 그 사람들 중 하나라는 말이다. 그렇게 늘 함께 했던 사람 중에도 배신자가 나올 수 있다. 오늘날 뭇 사람들과 함께 성경공부도 하고, 봉사도 하고, 예배도 드렸던 사람 중에도 가룻 유다가 나올 수 있다. 예수님께 그토록 열심이었던 사람들 중에 '나' 도 가룻 유다가 될 수 있다.

미리 준비하시는 예수님
(막 14:12~16, 준비성, 섭리 / 찬 588장)

유월절 명절을 보낼 방을 찾고 있는 제자들에게 예수님께서 방법을 제시하셨다. 예수님은 제자 중에 두 사람을 성내로 보내서 물동이를 지고 가는 사람을 보면 따라가서 그의 주인에게 "유월절 음식을 먹을 객실이 어디 있느냐"라고 말하면 방을 줄 것이라고 하셨다(13~14절). 제자들은 예수께서 시키신 대로 했더니 방을 얻을 수 있었다(16절). 물동이를 지고 가는 '사람' 은 남자를 가리킨다. 물동이는 통상적으로 여자가 지는 것인데 남자가 물동이를 지고 간다면 쉽게 눈에 띌 수 있다. 예수님은 심부름을 수행하는데 어려움이 없도록 하셨다. 그는 미리 미리 준비해 두셨다. 또 당시 위험인물로 간주된 예수님께 방을 쉽게 내주기는 쉬운 일은 아니다. 그러나 "유월절 음식을 먹을 객실이 어디 있느뇨"라고 말만 꺼내면 무조건 방을 내 줄 사람이 있다고 하셨다. 예수님은 자신과 친분이 있는 누군가를 미리 배치해 두셨다. 예수님은 두 사람과 방 하나, 그리고 방법까지 준비를 해 두셨다. 예수님은 우리를 위해서도 미리 미리 모든 것을 준비해 두고 계신다.

식어가다가 마비됩니다
(막 14:17~21, 사랑, 경고 / 찬 300장)

예수님께서 식사하는 제자들을 향하여 "너희 중에 한 사람이 나를 팔리라" (18절)고 하셨다. 이 말은 가룟 유다에게 주는 일종의 경고였지만, 그 말 한마디에 제자들의 마음은 걱정이 태산 같았다(19절). 예수님은 조금 더 구체적인 암시를 주었다. "지금 그릇에 손을 넣는 그자니라"(20절) 이것도 그에게 핀잔을 주려는 것이 아니라 일종의 경고였으며 그에게 다시 회개할 기회를 주는 것이었다. 하지만 그는 끝까지 배신자의 길을 가고 말았다. 그는 우발적인 범죄를 저지른 것이 아니라 사전에 치밀한 계획을 세웠다. 그의 양심은 점점 굳어갔고 마비되어 갔다. 처음에 그는 예수님의 돈궤(공금)를 맡을 정도로 양심적인 사람이었다. 그는 처음에는 좋은 재목감으로 출발하였다. 그러나 그 좋은 자질과 열정은 차츰 식어갔다. 예수님의 계속되는 경고에도 불구하고 그는 더욱 양심의 가책을 느끼지 못했다. 이것은 일종의 마비되어 가는 증상이다. 우리는 처음 예수 믿었을 때의 열정을 잘 간직하고 있는가, 아니면 식어가고 있는가? 식어갈 때 주의해야 한다. 왜냐하면 식어가다가 갑자기 마비되어 버리기 때문이다.

예수님 한 잔 하실까요?
(막 14:22~26, 천국 / 찬 235장)

예수님께서 떡을 들고 축복하신 후 제자들에게 나누어주시며 이 떡이 자신의 몸이라 하셨다(22절). 또 잔을 들고서 이 포도주는 많은 사람을 위하여 흘리는 나의 피라고 하셨다(24절). 이것은 곧 십자가에서 찢기고 흘리실 자신의 육체와 피에 관한 말씀이셨다. 이어서 그는 자신이 하나님 나라에서 새 포도주를 마시기 전까지는 이 땅에서 다시는 포도주를 마실 일이 없을 것이라고 하셨다. 이 말은 곧 자신이 죽고 없어질 것을 염두에 두고 하신 말씀이다(25절). 예수님의 포도주 식사는 십자가를 지기 전까지였다. 그러나 그것으로 우리와의 즐거운 포도주 식사는 끝난 것은 아니다. 우리는 그날에 그곳에서 그와 다시 질적으로 전혀 다른 새 포도주 식사로 즐거운 만찬을 가질 것이다. 예수님은 우리와 장차 그 나라에서 새 포도주로 건배하자고 말씀하셨다. 그가 제정하신 성만찬을 이 땅에서 믿음으로 먹고 마셨던 모든 사람은 장차 그 나라에서 새 포도주로 예수님과 건배하게 된다. 지상에서 열심히 예수님을 따르고 그의 가르침을 준행하며 살았던 자는 자신 있게 말해도 된다. "예수님 나중에 한 잔 합시다."

예수님은 베드로의 미래를 영상으로 보셨다
(막 14:27~31, 예지 / 찬 453장)

예수님께서 제자들에게 "너희가 다 나를 버리리라"(27절) 하였을 때 유독 큰 소리 친 사람은 베드로였다(29절). 그래서 그런지 몰라도 예수님은 베드로가 자신을 부인할 사실에 대해서 특별 예고를 주셨다. 예수님은 이런 베드로를 향해서 "오늘 이 밤 닭이 두 번 울기 전 네가 세 번 나를 부인하리라"(30절)고 말씀하셨다. '오늘 이 밤'이라는 표현과 '닭소리 두 번'이라는 표현과 '세 번'이라는 표현은 너무나 세밀한 표현이셨다. 이것은 마치 보고난 후 하는 말처럼 들린다. 그렇다 예수님께서 베드로의 미래를 보시고 말씀하셨다. 그의 눈앞에 오늘밤 베드로가 벌릴 일이 영상처럼 스치고 지났다. 그는 보고 말씀하시는 분이다. 예수님은 인간의 미래를 보신다. 그래서 세밀히 아신다. 그는 우리의 미래를 연도, 날짜, 시간, 분, 초 별로 알고 계신다. 이 예수님이 우리의 구주이시며 안내자라고 하는데 얼마나 마음 든든한가? 미래에 대해서 불안을 느낄 필요가 없다. 한 번도 안 가본 미래이지만 이 안내자가 우리를 돕기로 작정만 하신다면 두려워해야 할이 일이 생기지 않을 것이다.

기도하려면 몸이 건강해야 한다
(막 14:32~42, 건강, 기도 / 찬 452장)

예수님은 십자가 죽음을 앞두고 겟세마네 동산에서 기도하셨지만(35~36절) 제자들은 잠들어 있었다(37, 40절). 예수님은 계속 깨어 있어라 하셨지만(37~38절) 그들은 계속 잠에 빠져 있었다. 최근 예수님의 설교의 내용이 심상찮았음을 감안한다면 그들은 위기를 대비해서 열심히 기도해야만 했다. 사태의 심각성을 충분히 감지할 수 있는 상황인데도 왜 그들은 잠만 자고 있었을까? 우선 제자들은 마음은 간절했지만 육신이 약했다(38절). 제자들은 예수님과 함께 죽는 것도 두렵지 않다고 큰소리 쳤으나 그들은 육적으로 약하고 피로하고 피곤했다(40절). 즉, 건강 상태가 좋지 못했다. 그래서 예수님은 그런 제자들에게 그냥 "이제는 자고 쉬라"(41절)고 하셨다. 그 상태로는 더 안 되겠다는 뜻이었다. 위기를 대비해서 늘 깨어 기도해야 하는데 그들은 육신이 강하지 못했다. 육신이 피곤하면 기도가 안 된다. 기도가 안 되면 시험도 이길 수 없다. 건강한 기도생활을 위해서는 몸을 피곤하게 만들지 말아야 한다. 유혹과 시험을 이기기 위해서는 건강을 잘 관리해야 한다. 몸이 건강해야 기도도 잘 할 수 있다.

평화로운 주동자
(막 14:43~50, 하나님의 주권 / 찬 425장)

예수님을 체포하기 위해 가룻 유다와 종교지도자들과 무장한 군인들이 왔다(43절). 어두컴컴한 시간에 예수님을 식별하기 어려웠고 무리들 중에는 예수님의 얼굴을 모르는 자도 있었으므로 가룻 유다가 스승의 입에 입을 맞추는 것으로 모든 것을 시작하였다(44~45절). 입을 맞추자 결박이 시작되었고 누군가가 칼을 휘두르며 난투극이 벌어졌다(46~47절). 그러나 예수님은 주변을 진정시켰다. 칼과 몽둥이로 무장한 군인들에게 자기를 잡기 위해서는 그런 무장이 필요 없다고 하셨다. 그리고 성경의 예언을 이루시기 위해서 순순히 잡히셨다(48~49절). 우리가 놀라는 것은 이 혼란스러운 상황 속에서도 누가 이 사건을 진정으로 주도하고 있는가? 예수님이시다. 예수의 체포와 결박을 주도하고 있는 것은 누구인가? 가룻 유다도, 종교지도자들도, 군인들도 아닌 예수님 자신이셨다. 그는 평화로이, 담담히, 조용히 자신의 체포와 결박을 주도해 나가셨다. 방해가 난무하고 소용돌이 쳐도 하나님의 뜻을 행하는 성도는 항상, 평화로이 자신의 일을 주도해 나간다. 평화로운 주동자 예수님이 그러하셨듯이 말이다.

어릴 때 경험이 중요합니다
(막 14:51~52, 신앙, 체험, 간증 / 찬 288장)

어떤 청년이 맨몸에 홑이불을 걸친 채 예수님을 따라가다가 무리들이 그를 잡으려 하자 이불을 벗어 던진 채 벌거벗고 도망쳤다(51~52절). 이 청년이 누구일까? 대부분 주석가들은 이 청년을 마가복음의 저자 '마가'라고 추정한다. 그러니까 예수님의 일생을 기록하던 중에 자기가 어렸을 때 경험한 대목이 나왔을 때 자기 이름을 적기보다 그냥 '한 청년'이라고 표기한 것 같다. 사도 요한도 자신을 가리킬 때 이름을 말하지 않고 또 다른 제자라고만 표기하였다(요 18:15). 마가는 예수님이 잡혀가는 그 고통의 밤에 자기가 직접 체험한 것을 간단하게 언급하였다. 왜 마가가 벗은 몸에 배 홑이불만 걸치고 예수님을 따라가다가 벌거벗은 몸으로 도망갔는지 그 이유는 알 수 없지만, 어떤 급박한 일이 생긴 것만은 분명하다. 그는 "나도 어릴 때 예수님이 잡혀가는 상황 속에 있었다"는 것을 말하고 싶었다. 그가 가졌던 청년 때의 경험이 일평생 그의 머리에서 떠나지 않았다. 어릴 때 가졌던 신앙적 경험은 잘 잊어지지도 않을 뿐 아니라 그것이 그 당사자에게 큰 자산과 힘이 된다.

붙어 다녀야 삽니다
(막 14:53~65, 소극적 신앙 / 찬 358장)

군인들이 예수님을 대제사장에게 끌고 가니 다른 대제사장들과 장로들과 서기관들이 모여 예수를 죽일 증거를 찾는데 혈안이 되었다(53~59절). 이때 베드로는 '멀찍이' 서서 예수님과의 거리를 유지하며 모든 상황을 지켜보고 있었다(54절). 다른 모든 제자는 도망갔지만 그는 자신이 한 맹세 때문에 도망가지 않았다. 그러나 사태가 어떻게 전개되나 지켜보기 위해서 다만 '멀찍이' 거리를 유지하며 따라갔다. 그리고 지금도 거리를 유지하며 이 모든 상황을 지켜보고 있다. 그는 언제든지 도망갈 거리를 확보해 두었다. 위축된 그의 마음을 잘 알 수 있다. 예수님을 '멀찍이 따라가다'는 의미는 뭔가 떳떳치 못한 일을 하였기 때문에 혹은 다른 것에 너무 몰두해 있어서 심리적으로 부담을 안고 있다는 것이다. 그런 자는 언젠가는 그에게서 도망가게 되어있다. 우리는 예수님께 바짝 붙어있어야 한다. 모든 예배와 모임과 행사에 적극적으로 참여해야 한다. 적극적으로 달라 붙어있지 않으면 언젠가는 콩 밭으로 도망가게 되어있다.

닭소리를 들어 보세요
(막 14:66~72, 첫사랑, 눈물 / 찬 23장)

베드로가 결국 예수님을 세 번이나 부인하는 사건이 터졌다(66~71절). 이때 어디선가 닭 울음소리가 들렸다. 그 닭은 두 번 울었다(72절). 이때 베드로는 예수님께서 "닭이 두 번 울기 전 네가 나를 세 번 부인하리라"고 하신 말씀이 생각나서 통곡하였다(72절). 당시 닭 우는 소리에 소스라치게 놀란 사람은 베드로 외에는 아무도 없었을 것이다. 그 닭소리는 베드로의 잘못을 기억나게 했다. 그 닭소리는 그에게 회개의 촉매제였다. 전설에 의하면 베드로가 어디를 가든 닭소리를 들으면 그 자리서 무릎을 꿇고 지난날의 잘못을 회상하며 눈물을 흘렸다고 한다. 닭소리는 그를 항상 과거의 회상에 젖게 하고 그를 각성시켰다. 사람은 누구에게나 이러한 소리 하나를 가지고 있어야 한다. 나를 정신 차리게 하는 소리, 나의 눈물을 쏟아지게 만드는 소리, 나의 영혼과 육신과 마음에 힘을 주는 소리가 필요하다. 그것이 목사님의 설교이든, 어떤 성서 구절이든, 어떤 찬송가이든, 아니면 아버지 어머니의 교훈이든… 우리는 자주 이 소리를 회상해야 한다. 이 소리는 우리를 일깨우는 하나님이 보내시는 닭소리이다.

때로는 침묵이 최고이다
(막 15:1~5, 침묵, 말 / 찬 133장)

대제사장들과 장로들과 서기관들, 이 세 무리들이 새벽에 산헤드린 공회를 열어서 예수님을 사형에 처하기로 결의하고 빌라도 앞에 끌고 와서 고소하였다(1절). 빌라도가 "네가 유대인의 왕이냐?"고 물은 것은 그들의 고소를 믿어서가 아니라 자기 방어를 위해서였다. 이에 예수님은 "네가 말한 그대로다"라고 응수하셨다(2절). 억지 고소와 빌라도의 심문은 계속되었다(3절). 이때부터 예수님은 갑자기 침묵으로 일관하셨다(5절). 침묵한다는 것은 더 이상 할 말이 없다는 뜻이다. 예수님은 저들의 거짓과 억지 주장에 대답할 가치를 못 느끼셨다. 빌라도의 자기 방어적인 놀음에도 환멸을 느끼셨다. 저들의 비열함과 완고함은 마치 거대한 바위 같았고, 예수님 자신의 호소는 마치 계란과도 같았다. 아무리 진리를 말해도 그들의 방향은 이미 정해져 있었다. 어떤 진리 말해도 그들은 그것을 부정할 만반의 준비를 하였다. 그런 자들에게는 침묵이 안성맞춤이다. 자기 말만 늘어놓는 사람, 상대방 말을 전혀 이해하려 들지 않는 사람, 무지하면서 소신만 가득찬 웅변가들과는 싸울 필요가 없고 침묵이 최고이다.

'꽝' 신앙을 가진 신앙인들
(막 15:6~15, 비겁, 배신 / 찬 328장)

명절 때 죄수 하나를 풀어주는 관례가 있었다(6절). 빌라도는 예수에 대한 처형 결정을 피하기 위해서 이 기회를 노렸다. 이 사건에서 손 뗄 수 있는 기회라 생각한 그는 예수를 놓아주자고 제안하였다(9절). 그러나 대제사장들이 무리들을 충동질하여 결국 예수 대신 바라바가 풀려나고 예수님은 채찍질 당하는 장소로 이동하게 되었다(11~15절). 바라바는 단순한 도둑이 아니라 범죄 단체를 이끄는 두목이었다. 군중들 중에는 이 바라바의 부하들도 있었을 것이다. 대제사장들이 고용한 바람잡이들도 있었을 것이다. 예수님의 지지자들도 있었을 것이다. 그러나 그들 간에 마찰은 없었다. 소수의 예수님의 지지자들은 그때 침묵하였다. 그들은 죽은 사람을 살리고, 수천 명을 먹이고, 파도를 잠잠케 하셨던 예수님을 믿고 따르던 자들이었다. 그러나 그들은 비겁했다. 그들의 신앙과 양심은 현실의 거대한 벽 앞에서 너무 초라한 것이었다. 그들의 신앙과 양심은 현실 속에서는 무용지물, 즉 꽝이었다. 우리도 혹시 교회 안에서는 투철한 신앙인이지만 교회 밖에서는 '꽝' 신앙인이 아닌지 돌아보아야 한다.

하나님의 아들을 조롱하는 어리석은 인간들
(막 15:16~20, 모순, 인간 / 찬 405장)

군인들은 예수님을 브라이도리온이라는 뜰로 끌고 가서 자색 옷을 입혔다. 자색 옷은 왕족의 옷이다. 그리고 가시면류관을 씌웠다(16~17절). 면류관은 황제의 화관이다. 그들은 유대인의 왕이라는 예수를 조롱하기 위해서 그를 아주 희극적으로 만들었다. 하나님의 아들을 이렇게 분장시킨 뒤 가시면류관을 쓴 그 머리에 그들은 다시 타격을 가하고 침을 뱉었다. 군병 중 하나는 갈대로 그의 머리를 장난스럽게 내리쳤다(19절). 아무리 잠깐의 장난이라지만 그들은 인류 역사상 가장 큰 죄를 저지르고 있다. 그리고 사형 집행을 위해서 그를 성 밖으로 끌고 나갔다(20절). 성 밖으로 끌고 간 것은 율법상 예루살렘 성전 안은 거룩한 곳이기 사형을 집행할 수 없기 때문이었다. 얼마나 엄청난 모순인가? 그들은 엄청난 대죄를 저지르고 있는 중에도 그 법 하나를 지키기 위해 애를 쓰고 있다. 하나님의 아들을 죽이고 있는 중에도 율법 하나의 조항에 자기들의 행동이 저촉되지 않나 주의를 기울이고 있다. 큰 것은 저지르고 작은 것에 목숨 거는 이상한 자들을 위해 그분은 십자가를 지셨다.

십자가에서 내려오면 믿겠다고요?
(막 15:21~32, 무한한 사랑 / 찬 304장)

군인들은 골고다에서 제삼시에 예수님을 십자가에 못 박았다(25절). 십자가 꼭대기에 '유대인의 왕'이라는 죄 패가 붙어져 있었다(26절). 그곳을 지나가는 사람들은 "십자가에서 내려와 봐라"(30절)고 조롱했다. 대제사장들과 서기관들도 역시 "저가 남은 구원하였으되 자기는 구원할 수 없도다 네가 십자가에서 내려오면 믿어주겠다"(31~32절)라며 조롱하였다. 그들은 십자가에서 내려오면 믿어주겠다 하였다. 그러나 그것이 과연 그럴까? 우리는 예수님이 십자가에서 내려오지 않았기 때문에 그를 더 믿을 수 있다. 만일 십자가에서 내려왔다면 그것은 하나님의 사랑에 한계가 있다는 뜻이다. 아들이 조롱당하고, 피 흘리는 것을 보고 참지 못하고 그 아버지가 아들을 구했다면 그것은 인간에 대한 아버지의 사랑이 변덕스러운 것이 된다. 그러나 아버지는 아들에게 끝까지 그 길을 가게 하셨다. 그것은 인간에 대한 하나님의 사랑이 무한하다는 뜻이다. 십자가에서 내려오면 믿겠다는 그들의 말은 들을 가치가 없다. 오늘 나의 목숨과 독생자의 목숨을 맞바꾼 그 아버지의 인간사랑은 도무지 측량할 수 없다.

예수님의 큰 소리
(막 15:33~41, 정복, 구원 / 찬 360장)

예수님께서 큰 소리를 지르시고 운명하셨다(37절). 그가 운명하시자 율법주의 세력의 상징인 성소휘장이 찢어졌고, 로마 세력의 상징인 백부장은 십자가의 예수님을 하나님의 아들로 고백하였다(38~39절). 십자가 앞에서 그를 죽인 가장 악한 두 세력이 굴복하였다. 예수님께서 마지막 지르신 큰 소리는 '꾸짖다'라는 뜻이다. 그는 공생애 기간 동안에도 자주 꾸짖으셨는데 마지막 십자가에서 한 번 더 꾸짖으셨다. 마가복음에는 예수님이 꾸짖으니 귀신이 떠나고, 바다가 잠잠하고, 병이 떠나고, 바리새인들이 잠잠하게 되었다는 표현이 나온다. 그리고 꾸짖음은 십자가 위에서 절정을 이루었다. 이 꾸짖음은 누구를 향한 꾸짖음인가? 사탄이다. 사탄은 사망의 통로에 앉아서 사망의 권세를 잡고 있다. 그는 이 사탄을 잡기 위해 사탄의 처소인 사망으로 들어가셨다. 호랑이를 잡기 위해 호랑이굴로 들어가는 것처럼. 그는 죽으심으로 사망의 통로로 들어가셔서 그 통로에 앉아있던 사망의 왕 사탄을 마침내 굴복시켰다. 그 결과 이 예수님을 믿는 사람에게는 죽음을 맛보지 않고 영원히 살 수 있는 길을 열어주셨다.

미안한 마음은 가지고 있습니까?
(막 15:42~47, 가난한 마음 / 찬 408장)

아리마대 요셉은 예수의 시신을 달라고 빌라도에게 부탁하였다(43절). 시신을 넘겨받은 그는 세마포로 잘 싸서 돌무덤에 두었다(46절). 그는 산헤드린회원이었지만 예수님을 믿고 하나님 나라를 소망하는 자였다(43절). 그는 왜 예수님의 시신을 자기 집에 안치하기를 원했을까? 그것은 일종의 '미안함' 때문이었을 것이다. 그는 예수님이 산헤드린 앞에서 심문 당할 때 적극적으로 예수님을 변호하지 못했다. 예수님을 자신의 구주로 믿었던 아리마대 요셉은 이것이 마음에 걸렸다. 그는 예수님에 대해서 죄송스러운 마음, 송구스러운 마음을 가지고 있었다. 그래서 그는 오해받을 각오를 하고 그의 시신을 자기 집에 안치하기로 마음먹었다. 사람에게 이런 정신이 필요하다. 사는 것이 너무 바빠서 열심히 주의 일을 감당하지 못했더라도 하나님께 이런 미안함이나 송구스러움 정도는 가지고 있어야 한다. 제자로서의 삶을 충실히 살지 못하면서도 마음에 아무런 송구함도 없이 무감각하다면 영적 건강에 문제가 생긴 것이다. 이렇게 늘 하나님께 미안한 마음을 가지고 있는 자는 언젠가 다시 신앙에 불이 붙는다.

베드로를 향한 특별한 배려
(막 16:1~8, 용서, 회복 / 찬 343장)

여자들이 이른 아침 예수님의 시신에 기름을 바르기 위해 무덤에 도착했을 때 이미 무덤을 막았던 돌은 굴려져 있었다(1~4절). 여자들이 무덤 안으로 들어가 보니 흰 옷을 입은 한 청년이 십자가에 못 박히신 예수의 부활 메시지를 전하였다. 그는 천사였다. 천사는 여자들에게 제자들과 베드로에게 빨리 이 소식을 알리라고 당부하였다(5~6절). 특이한 것은 천사가 특별히 '베드로' 라는 이름을 언급했다는 사실이다. 베드로는 말도 많고 탈도 많았던 사람이다. 누구보다 베드로는 예수님의 부활의 소식을 기뻐해야 할 사람이었다. 그는 자신의 불충성과 비굴함에 대한 기억이 있었다. 그는 스승에 대해 나쁜 추억이 있다. 그것 때문에 그는 마음에 늘 고민이 있었다. 그래서 예수님은 이러한 베드로에게 특별한 배려를 하셨다. 그는 기가 죽어 있을 베드로가 늘 마음에 걸렸다. 그는 베드로를 전혀 나쁘게 생각하지 않았다. 그리고 베드로를 복구시킬 만반의 준비를 하셨다. 예수님은 죄인을 벌하는 것보다 그를 용서하고 용기를 주시는데 특심이 있으신 분이다.

매 주일이 부활절입니다
(막 16:9~13, 부활, 주일 / 찬 170장)

예수님은 '안식 후 첫날' 에 살아나셨다(9절). 안식 후 첫날은 안식일 다음날이다. 안식일은 토요일이고 그 다음날은 일요일이다. 예수님은 일요일에 살아나셨다. 일요일을 주일(主日)이라고 부르는 이유는 일요일에 주님이 부활하셨기 때문이다. 그의 부활을 목격하고 그 의미를 소중히 간직하게 된 초대교회는 점차로 안식일에 의미를 두지 않고 주일(일요일)을 중요하게 생각하였다. 부활을 경험한 초대교회가 계속해서 안식일을 주장한다면, 그것은 유대교 안에 갇혀 있게 되는 꼴이었다. 예수께서 부활하신 일요일은 기독교와 유대교가 결별하는 날이 되었다. 일요일은 예수님의 부활과 관계가 있다. 그럼에도 많은 사람은 이 일요일에 날아온 낭보, 그의 부활소식을 듣고도 믿지 않았다(10~11절). 심지어 어떤 제자들에게는 그가 직접 나타셨음에도 말이다(12~13절). 우리는 일요일마다 예수님의 부활하심을 믿고 그것을 기념하기 위해서 교회에 나온다. 주일의 중심은 부활이다. 부활 때문에 주일이 있고, 부활 때문에 예배가 있다. 부활은 부활절에만 생각하는 것이 아니라 매 주일마다 생각해야 한다.

유대교와 결별하는 예수님
(막 16:14~18, 유대교, 전도 / 찬 496장)

예수님의 부활소식을 전해들은 제자들의 최초의 반응은 지극히 불신적이었다. 예수님은 이런 자들을 만나서 자신의 부활체의 모습을 직접 눈으로 보게 하시고는 그들의 완악함과 믿음 없음을 꾸짖으셨다(14절). 그리고 그들에게 지상 대명령을 허락하셨다. 그것은 '온 천하'로 가서 '만민'에게 복음을 전하라는 것이었다(15절). 그렇게 전한 복음을 받아드린 사람들에게는 예외 없이 구원이라는 선물이 주어지며 능력과 표적까지 받게 된다(16절). 이 지상 대명령이 내려지는 순간은 '유대주의'라는 틀이 깨어지는 순간이었다. '온 천하' '만민'이라는 단어는 유대인 제자들에게는 충격이었다. 하나님의 은혜와 긍휼이 이방인에게까지 흘러가다니 유대인들에게는 정서적으로 받아드리기 힘든 말씀이었다. 그로부터 2000년이 지난 지금도 팔레스틴 땅에 살고 있는 이스라엘인들은 아직도 그 예수의 지상 대명령을 수긍하고 있지 않다. 예수님의 '온 천하' 그리고 '만민에게'라는 지상 대명령이 없었다면, 오늘 나는 어떤 운명 속에서 살아가고 있을까? 지옥 자식으로, 영원히 멸망할 사람으로 살아가고 있지 않을까?

기적의 목적
(막 16:19~20, 표적, 선교 / 찬 506장)

예수님께서 승천하시고 마침내 하나님 우편에 앉으셨다(19절). 그리고 스승을 떠나보낸 제자들은 그의 지상 대명령을 수행하기 시작한다(20절). 드디어 세계 선교가 시작된 것이다. 사도행전에는 이들의 열정적인 선교가 크게 성공을 거두었다고 보고한다. 이것은 그들의 탁월함 때문이 아니라 "주께서 함께 역사하사"(20절) 때문이었다. 예수님은 하나님 우편에 앉으시고 거기서 자기 교회를 부드럽게 바라보시며 힘을 주시고 인도하셨다. 특히 표적과 기사가 따른 것은 복음 전파자들의 사역에 엄청난 힘을 보탰다. 지치고 힘들 때 손을 얹은즉, 환자들이 벌떡 일어나는 광경은 복음 전파자들에게 청량음료와 같은 시원함과 원기를 주었을 것이다. 그런 표적과 기사는 복음을 듣는 자들에게도 큰 확신을 주었다. 세계선교 역사를 보면 항상 선교하는 지역에 믿기기 않는 표적과 기사가 많이 나타났다. 하나님께서는 표적과 기사를 항상 선교의 수단으로 허락하셨다. 오늘날 교회 안에 기적 자체에 목표를 두는 신비주의자들이 있다. 잘못된 사람들이다. 현대에도 일어나는 기적 또한 반드시 선교와 관계가 있다.

마가복음 INDEX

사복음서 단락별 설교 핸드북

누가복음

Luke

누가복음을 읽고 공부한다면
(눅 1:1~4, 기독교교육 / 찬 198장)

예수님께서 승천하신 후 그에 관한 내용을 후대 사람들에게 알리기 위해 붓을 든 사람이 많았다. 그들은 예수님의 여러 목격자들의 진술을 토대로 그의 생애를 기록하였다(2절). 누가도 자기 경험과 상상이 아닌 살아생전에 예수님을 경험한 목격자들의 자료를 토대로 그의 생애를 기록하였다는 것을 암시하였다. 그리고 누가는 자신의 복음서의 기록 목적을 데오빌로의 신앙교육을 위해서였다고 밝혔다(3절). 여기서 데오빌로가 실제 인물인지 아닌지는 알 수는 없지만 이것은 중요한 일이 아니다. 누가는 기독교 진리에 대해서 배운 적이 있는 사람들에게 그 배운 바를 더 확실하게 전하기 위하여 복음서를 기록했다(4절). 여기서 '배운 바'라는 말은 오늘날 교리문답의 근원어이다. 나는 기독교 진리에 대해서 얼마나 많이 알고 있는가? 내가 가진 예수님에 관한 지식은 과연 완전할까? 내가 더 깊은 기독교 진리를 터득하고 더 깊은 신앙을 가지기를 원한다면 누가의 기록 의도대로 누가복음을 공부해야 한다. 그런 사람은 다른 복음서도 좋지만 누가복음의 기록의도를 볼 때 반드시 이 복음서를 읽어야 한다.

스트레스 집에서 풀지 마세요
(눅 1:5~7, 가정, 부부 / 찬 555장)

사가랴는 제사장이었다. 그 부인 엘리사벳도 아론의 자손으로 제사장 가문의 딸이었다(5절). 이 부부는 하나님 앞에서 의인이었고 흠이 없었다(6절). 신앙적으로 윤리적으로 그 부부는 완벽했다. 그러나 그들에게도 약점이 있었는데, 자식이 없었다(7절). 유대인들은 자녀를 하나님의 복으로 여겼고 다산을 가문의 자랑으로 여겼다(시 127편). 여자가 아이를 못 낳으면 하나님의 은총을 받지 못한 죄인으로 취급되어 합법적인 이혼 사유가 되었다. 사가랴는 제사장으로서 그동안 얼마나 많은 아기를 안고 축복기도 해주었을까? 그때마다 자기의 무자함에 대해 얼마나 많은 스트레스를 받았을까? 축복의 모델이 되어야 할 제사장으로서 받는 스트레스가 자칫 가정을 위험에 빠뜨리게 할 수도 있었다. 그가 아내를 힘들게 할 수도 있었다. 그러나 그 부부는 흠이 없었다. 나는 혹시 밖에서 받은 스트레스를 아내에게, 남편에게, 자식에게 화풀이 하면서 살고 있지 않은가? 스트레스를 집안에서 풀면 풀수록 그 가정과 그 자녀는 그만큼 위태로워진다.

사가랴는 제사장 평생에 한 번이라도 해 볼까 말까하는 주의 성소에서 분향하는 일을 하고 있을 때에 주의 사자를 통해서 곧 자식을 가지게 된다는 소식을 들었다(8~13절). 장차 태어날 그 아이는 '큰 자'가 될 사람이며(15절), 많은 사람을 하나님께로 이끌 사람이었다(16절). 이 메시지를 받은 사가랴는 얼마나 가슴이 뛰었을까? 이 위대한 아이는 모태에서부터 성령의 충만함을 입고 태어난다(15절). 시작부터 다른 아이였다. 아버지 사가랴와 어머니의 엘리사벳의 간절한 기도로 그 아이는 모태에서부터 강력한 성령님의 임재를 경험하였다. 우리는 자식을 위해서 언제부터 기도하는 것이 좋을까? 모태에 있을 때부터이다. 아이의 태교를 위하여 영화를 보고 독서를 하고 음악과 영어 테이프를 듣는 것도 좋지만 가장 중요한 것은 임산부가 아이를 위해 간절히 기도하고 성경을 묵상하는 것이다. 모태에서부터 어머니와 아버지의 기도소리, 찬송소리, 성경통독소리를 듣는다면 그 아이는 모태에서부터 하나님을 만나고 은총을 입게 된다. 그 아이는 장차 큰 자가 될 것이다.

남편 사가랴가 천사로부터 수태고지를 받은 이후로 엘리사벳은 곧 바로 수태되었고 다섯 달 동안 숨어 지냈다(24절). 왜 그녀는 임신 초기 5개월 동안 숨어 있었을까? 늙은 나이에 임신한 사실이 부끄러워서 숨은 것일까? 자식이 하나님의 축복으로 여겨지고, 무자함이 하나님의 저주로 인식되던 유대적 상황 속에서 자신의 잉태함을 부끄러워할 이유가 없다. 오히려 자랑해야 마땅하였다. 그럼에도 불구하고 엘리사벳이 이처럼 숨어 지낸 이유가 무엇일까? 출산 때까지 두렵고 떨리는 마음으로 아이를 위해 경건으로 준비하였을 것이다. 태교는 아이 엄마의 마음과 정서를 중시하는 것이다. 임신 중 아이 엄마가 말씀을 깊이 묵상하고 정성껏 기도한다면 그녀의 마음과 정서는 하나님의 은총으로 가득차게 된다. 아이 엄마의 마음과 정서가 하나님의 거룩한 영으로 가득 채워진다면 이것이 곧 최고의 태교이지 않을까? 임신한 여자가 하나님을 만나는 경건에 더욱 힘쓰는 것은 모태의 아이에게 해줄 수 있는 어머니로써의 최상의 선물이다.

당신의 뜻이 이루어지소서
(눅 1:26~38, 기도의 모범 / 찬 362장)

엘리사벳이 임신한지 6개월 후에 천사 가브리엘이 동정녀 마리아에게도 나타나서 "보라 네가 수태하여 아들을 낳으리니 그 이름을 예수라 하라"(31절)고 하였다. 한 번도 남자와 자본 적 없으며(34절) 약혼한 남자까지 있는 마리아에게는 청천벽력 같은 소리였다. 유대법에 의하면 약혼 중에라도 남자가 죽으면 그 처녀는 과부로 간주되었다. 그런 처녀에게 곧 임신하게 될 것이라는 소리는 인간을 가지고 노는 괴팍한 신의 심술궂은 장난처럼 보인다. 그러나 마리아는 이를 믿음으로 받아드렸다. 자신이 비록 동정녀였지만 하나님은 그의 권능으로 자신을 임신시킬 줄 믿었다(37절). 그녀는 오직 "하나님의 뜻이 이루어지소서"(38절)라며 응답했다. 놀라운 기도였다. 그녀는 사람들에게 맞아죽을 각오를 하고 하나님의 뜻이 자신에게 이루어지기를 원했다. 우리의 기도 중 가장 인기 있는 기도는 "당신의 뜻이 나의 뜻대로 바꾸어지기를 원합니다."이지 않은가? 마리아의 이 놀라운 기도는 오늘 현대 성도들에게 '당신들의 기도는 틀렸습니다' 라고 가르쳐주고 있다.

마리아의 찬가에 담긴 예언
(눅 1:39~56, 교회 / 찬 208장)

천사의 수태고지를 들은 마리아가 이 사실을 엘리사벳에 알리자 그녀는 성령이 충만하여 마리아를 위한 찬가를 부른다(39~42절). 이 노래는 마리아는 하나님의 어머니요(43절), 비천한 여인이지만 만인 중 가장 큰 복을 받은 자이며(48절), 이 이후로는 교만한 자, 권세있는 자들이 비천하게 되며 주린 자들이 배불리 먹고 부자들이 빈손으로 돌려 보내지게 된다는 노래이다(51~53절). 일종의 사회 혁명적인 색깔을 띤 노래였다. 예수님이 꿈꾸는 나라와 세상은 어떤 곳인가? 세상의 지위가 없어지고, 비천한 자가 리더가 되는, 사회의 신분과 계급이 타파되는, 서로가 서로에 대해 존중과 사랑만 있는 평화로운 곳이다. 비천한 여인 마리아가 가장 높으신 분의 은총과 택함을 받은 이 사건은 장차 세상 강자들의 힘의 논리가 무너지고 비천한 자들이 높임을 받는 시대를 여는 신호탄이 되었다. 이것이 하나님께서 꿈꾸는 공동체이다. 이런 면에서 교회도 약자들이 존중 받고 강자들이 그들을 섬기는 곳이 되어야 한다. 강한 자가 약한 자를 섬기는 연습을 할 수 있는 지상의 유일한 공동체가 교회이다.

자식의 이름을 부를 때마다
(눅 1:57~66, 이름 / 찬 34장)

엘리사벳이 아들을 낳고 이름을 요한이라고 지었다(63절). 이름의 뜻은 '하나님의 선물' 이다. 임신이 불가능했던 상황에서 하나님께서 은혜로 주셨기에 '하나님의 선물' 이라고 지었다. 그 이름은 그 부모의 신앙고백이었다. 구약의 위인 사무엘도 마찬가지이다. 불임 상태였던 그의 어머니 한나가 하나님께 열심히 간구한 덕에 낳았다고 해서 '하나님께 간구한 자' 라고 지었다. 크리스천 부모들도 자식의 이름을 자신들의 신앙고백으로 짓는 경우가 많다. 자식이 착하고 의롭고 위대하고 유능하게 되기를 바라면서 이름을 짓는다. 특히 예수님을 닮고 하나님의 은총을 많이 받기 바라면서 예수님 '예' 자와 하나님 '하' 자를 그 이름에 넣는 경우가 많다. 어떤 경우는 성서의 위인의 이름을 자식의 이름에 그대로 사용하기도 한다. 그런데 부모가 그 이름만 열심히 부른다고 자식이 그런 위대한 사람이 될 수 있을까? 중요한 것은 부모가 자식의 이름을 부를 때마다 그 이름에 담긴 뜻과 의도를 자기 자신에게도 끊임없이 설교하고 가르쳐야 한다. 그렇게 해서 부모가 변화되면 자식도 그렇게 따라간다.

당신의 자녀를 이렇게 키우세요
(눅 1:67~80, 자녀, 교육 / 찬 569장)

본문은 사갸라의 찬가이다. 이 찬가의 구성은 메시야를 보내주신 하나님께 대한 감사(68~71절)와 구원의 언약에 대한 감사(72~75절)와 세례 요한의 사명(76~77절)으로 나눌 수 있다. 이 찬가에서 느낄 수 있듯이 그의 탄생은 이스라엘에 한줄기 큰 빛이 내린 사건이었다. 구약의 말라기와 예수님 탄생 사이의 약 4백 년이라는 영적인 암흑기에 그는 하나님이 보낸 빛이었다. 그는 어릴 때부터 강하게 훈련받았다. 빈들에서 자랄 만큼 육체적으로 강했고, 그리고 심(心), 즉 마음과 의지도 깨끗하고 강했고, 영적인 사람이었다(80절). 여기에 크게 쓰임 받는 사람의 세 요소가 있다. 육체와 마음과 영혼의 강건함이다. 우리도 우리 자녀가 위대한 인물이 되기를 바란다면 세례 요한처럼 키워야 한다. 육체가 강건하고 마음이 깨끗하고 정서가 안정되어 있고 영혼이 하나님을 향하여 있는 사람이 되도록 길러야 한다. IQ 높고, 학교 성적이 우수하다고 훌륭한 인물이 되는 것 아니다. 세례 요한처럼 깨끗한 마음과 영성을 소유하고 자기 신체를 악의 도구로 사용하지 않는 자가 결국 세상을 지배한다.

입구를 찾으시는 예수님
(눅 2:1~7, 성탄, 예수님 / 찬 108장)

예수님을 임신한 마리아와 남편 요셉은 로마황제 가이사 아구스도의 명을 따라 호적 신고를 위해 고향 베들레헴으로 갔다(1~5절). 그때 마리아가 해산하게 되었다(6절). 양수가 터지고 진통이 찾아오기 시작하였을 때 요셉과 마리아는 아이를 해산할 방을 찾아 이리저리 돌아다녔다. 그러나 모든 방들이 다 만원이었으므로 거절당했다. 그들은 사관(여관)조차도 구할 수 없었다. 어쩔 수 없이 마리아는 여관에 딸린 외양간에서 예수를 낳게 되었다(7절). 해산할 방이 없어서 외양간에서 태어나신 아기 예수! 이 세상에 오실 때부터 방을 찾으셨으나 거절당하신 예수! 2000년전 이 세상에 오신 첫날부터 방 입구에서 서성거리셨던 그분은 이제 사람의 마음 입구에서 서성이고 계신다. 일생을 입구에 서 계셔야 할 운명을 가지신 예수님! 그는 시작부터도 그랬고 지금도 앞으로도 입구에서 사람의 마음을 차지하기 위해서 서 계신다. 이천년 동안 인류 한 사람 한 사람의 마음의 입구에서 서성이시는 예수님은 언제쯤 편히 쉬실 수 있을까? 오늘도 우리는 이일을 위해서 전진해야 한다.

밤 당번 목자들
(눅 2:8~20, 은혜, 사랑 / 찬 295장)

아기 예수의 탄생 소식을 최초로 들은 사람들은 목자들이었다(8~12절). 말구유에 있는 아기 예수의 모습을 본 최초의 사람도 목자들이었다(16~17절). 그리고 그 사실의 최초의 증언자도 목자들이었다(17~18절). 이 목자들은 밤에만 일하는(8절) 파트타임 목자들이었다. 이들은 자기 양을 치는 사람들이 아니라 제사장들이 제사 용도로 사용할 목적으로 방목하고 있는 양을 돌보는 목자들이었다. 영하로 떨어지는 팔레스타인의 밤 날씨 속에서 양들의 체온에 의지해서 가까스로 잠을 청할 수밖에 없는 고달픈 밤 당번 목자들! 하나님께서 세상 죄를 지고 가는 어린양의 탄생 소식을 이 밤 당번 목자들에게 알리셨다. 왜일까? 이들은 자기들이 너무 보잘 것 없어서 오직 하나님만 바라 볼 수밖에 없는 자들이었다. 하나님은 이런 자들의 하나님이라는 메시지가 그 속에 있다. 하나님은 세상에서 잘난 것 많아서 하나님 없이도 살 수 있는 교만한 자의 하나님이 아니다. 하나님은 "오직 당신 외에는 내 인생을 지탱할 수 있는 것이 아무것도 없습니다"라고 고백하는 사람들에게 찾아오신다.

곧 죽을 아기
(눅 2:21~39, 성탄, 하나님의 계획 / 찬 114장)

요셉과 마리아는 아기가 태어난 지 팔일 째 되는 날에 할례를 행하고 그 이름을 천사가 일러준 대로 예수라 지었다(21절). 그리고 산모의 정결의식을 위해 아기 예수와 함께 예루살렘에 올라갔다(22절). 예루살렘에 올라갔을 때 오래 전부터 메시야를 대망하며 아기 예수를 기다려 온 시므온(25절)이라는 자가 아기 예수께 경배와 찬양을 돌린 후(29~32절) 그 모친 마리아에게 아이에 관한 비밀 하나를 들려준다. 이 아이는 장차 많은 사람에게 비방을 받고 죽게 될 것이라는 것이다(34~35절). "칼이 네 마음을 찌르듯 하리라"(35절)는 말은 자식의 죽음으로 장차 어머니가 겪게 될 고통을 암시해주고 있다. 이 이야기를 들은 마리아는 아마 가슴이 철렁 내려앉았을 것이다. 아기가 태어났을 때 마리아는 얼마나 기뻤을까? 그러나 곧 그 아이는 사람들의 손에 넘겨져 잔인하게 죽을 아이라고 한다. 이 비밀을 전해 들은 어머니 마리아는 칼끝으로 그 마음을 도려내는 아픔을 겪었을 것이다. 하나님은 세상 구원을 위해 머지않아 아기 손에는 못을 박으시고, 그 어머니 가슴에는 대못을 박으실 계획을 가지고 계셨다.

어린이 예수
(눅 2:40, 가정, 기독교 교육 / 찬 202장)

유년기의 예수님은 육체적으로, 지적으로, 영적으로 완벽한 조화를 이루며 성장하였다. '자라며'라는 말은 예수가 한 살씩 두 살씩 나이가 들어감에 따라 육체적으로 강해졌다는 말이다. 어린 예수는 건강한 아이였다. 또 그는 육체적 성장과 보조를 맞추어서 지혜도 발달하였다. 그리고 깊은 영성도 갖추었다. "하나님의 은혜가 그 위에 있더라"는 말은 어린이 예수는 육체적으로, 지적으로, 영적으로 완전한 조화를 이루며 균형 있게 성장해나갔다는 뜻이다. 여기에 위인들이 갖추어야할 세 요소가 있다. 육체적 건강함, 탁월한 지적인 능력, 그리고 영성이다. 오늘날 부모들은 자녀들의 육체적인 면, 지적인 면에 대해서는 많은 투자를 한다. 자기 자녀들을 얼마나 잘 먹이고 잘 입히는지 모른다. 더군다나 한국 엄마들의 교육열은 세계최고이다. 여기에 한 가지만 더 보텐다면 금상첨화이다. 그것은 자기 자녀들이 하나님을 만나고 그 안에서 꿈을 키울 수 있도록 해주는 것이다. 이것만 된다면 그 아이는 위대한 인물이 될 것이다.

인간적이신 예수님
(눅 2:41~52, 효, 인간예수 / 찬 579장)

소년 예수가 열두 살 때 유월절 절기 행사에 참석하기 위해 예루살렘 성전에 갔다가 돌아오는 길에 그 부모와 길이 엇갈렸다. 가까스로 아들을 찾은 마리아가 "네 아버지가 얼마나 너를 찾았는지 아느냐"(48절)고 다그치자 소년 예수는 "나는 내 아버지 집인 성전에 있었다"(49절)고 말했다. 이 말은 소년 예수가 자신의 정체성을 분명히 천명한 말이었다. '어찌 날 더러 아들이라 하십니까? 나는 그동안 나의 아버지인 하나님의 집에 있었는데요. 나의 출생의 배경을 잊으셨습니까?' 하는 말이었다. 그러나 소년 예수는 자신이 비록 하나님의 아들임을 천명하였지만 다시 일상으로 돌아가서는 부모를 잘 받드는 삶을 살았다(51절). 예수님은 인간적 삶에 충실하였다. 그는 키도 자랐고, 인격도 자랐다(52절). 예수님은 참으로 인간적인 분이셨다. 그는 인간의 수준을 과소평가하지 않으셨다. 우리도 인간적이어야 한다. 어떤 사람 중에는 자기가 마치 하나님과 친구쯤 되는 사람으로 여기는 사람이 있다. 인간은 인간다워야 한다.

골방을 하나 만듭시다
(눅 3:1~2, 경건의 시간 / 찬 440장)

세례 요한은 자신이 활동을 시작하기 전 하나님의 말씀이 임하기까지 들에 앉아서 기다렸다(2절). 들에서 보낸 이 시간은 세례 요한에게 많은 것을 제공했다. 이 들에서 그는 하나님과 대면하고 그분의 음성을 들었다. 들은 고독한 장소였지만 하나님을 만나는 장소였다. 우리는 들에서 하나님을 만나고 그의 음성을 기다려 본 적이 있는가? 사실 일상에 바쁜 우리가 들로 갈 수는 없다. 그러나 우리는 우리의 가정을 하나님을 만나는 들로 만들 수 있다. 우리 가정의 한 귀퉁이를 하나님과 만나는 골방으로 만들면 된다. 모든 일과를 마친 뒤 TV를 끄고, 세상 안팎에서 들려오는 소리를 잠시 닫고, 잠자리에 들기 전 단 5분이라도 이 골방으로 들어 가보는 것이다. 그리고 매일 매일 여기서 하나님을 생각하고 나를 돌아보는 것이다. 그러면 우리는 여기서 무한한 자원을 얻을 수 있다. 이 골방에 들어가기만 하면 하나님은 여기서 우리를 만나주시고, 무한한 지혜와 평강과 능력을 주신다. 이 골방에 출입하는 순간부터 우리의 능력은 극대화된다. 골방은 우리에게 무한한 자원을 준다.

매일 자복하세요
(눅 3:3~6, 회개 / 찬 284장)

세례 요한은 요단강 부근에서 죄사함 얻게 하는 회개의 세례를 전파하였다. 그는 메시야의 길을 예비하면서(4절) 유독 회개를 많이 강조하였다. "죄사함을 얻게 하는 회개의 세례를 전파하니"(3절)라는 말에서 볼 수 있는 것과 같이 '회개'는 '죄사함'과 연결되어 있다. 예수님 앞에 진심으로 죄를 고백하면 죄사함을 얻는다. 세례 요한은 자기 죄를 자복하고 나아오는 자에게 세례를 베풀었고, 그에게 메시야를 영접할 깨끗한 마음을 준비시켰다. 왜냐하면 예수님을 영접하기 위해서는 마음이 깨끗해야 하고 마음이 깨끗해지기 위해서는 회개가 필수적이기 때문이다. 회개는 모든 죄악을 없앤다. 이 세상에 단 한사람도 회개 없이 깨끗해질 자가 없다(6절). 우리는 매일 많은 죄의 먼지를 뒤집어쓰고 산다. 우리 마음의 창문은 먼지로 인해서 항상 더럽혀진다. 이 더러운 마음의 창문을 통해서 어떻게 우리가 하나님을 바라보겠는가? 매일 죄를 자복해야 한다. 구원파라는 이단은 처음 믿을 때 한 번의 회개로 평생을 깨끗하게 산다고 주장하지만 인간이라는 존재를 탐구해 볼 때 도무지 그럴 것 같지 않다.

됨됨이도 중요합니다
(눅 3:7~14, 성도의 삶, 선행 / 찬 446장)

세례 요한의 설교는 "독사의 자식들아"(7절), "장차 진노를 받을 자들아"(7절), "회개에 합당한 열매를 맺어라"(8절), "이미 도끼가 나무뿌리에 놓여있다"(9절)는 등 독설에 가까웠다. 그는 왜 이런 설교를 했을까? 유대인들은 자기 혈통에 대한 교만함 때문에 심판 받지 않는 백성이라 믿었다. 하나님이 자신들을 절대로 버리지 않을 것이라 믿었다. 이런 자들에게 그는 설교를 했다. 그는 복잡한 신학적인 설교보다는 심판과 회개를 촉구하는 단순한 행동을 위한 설교를 했다. 한 사람의 가치에 대한 보편적인 척도는 사상이나 신념이 아니라 행함이다. 얼마나 고상한 신념과 사상을 가졌는지가 사람을 훌륭하게 만드는 것이 아니라 그 사람의 인격과 됨됨이가 그것을 좌우한다. 우리는 믿음으로 구원받는다는 기독교 복음의 진리를 오용하여 행위를 무시하는 성도가 되어서는 안 된다. 왜냐하면 행위에 대한 심판이 분명히 있기 때문이다(계 20:12). 우리는 할 수 있는 모든 방법을 동원해서, 할 수 있는 모든 사람에게, 할 수 있는 모든 장소에서, 할 수 있는 모든 열심을 다 해서 선을 행해야 한다.

제 사진은 찍지 마세요
(눅 3:15~17, 목회자, 인기 / 찬 449장)

사람들은 혹시 세례 요한이 메시야가 아닌지 의견이 분분했다(15절). 유대 사회에서 메시야 도래에 대한 기대가 가장 커졌을 때 하나님 나라의 임박성을 강력히 선포하는 세례 요한을 그렇게 본 것은 있을 수 있는 일이었다. 그러나 그는 자신은 조연에 불과하고 진짜 주연은 곧 등장할 것이라고 말하였다. 세례 요한 자신은 곧 나타나실 그분의 신발 끈을 매어주는 하인에 불과하다고 하였다(16절). 자신은 고작 물로 세례를 베풀지만 그분은 성령과 불로 세례를 베푸실 것이며(16절), 그분은 장차 알곡은 곡간에, 쭉정이는 불에 태우실 심판주라고 소개하였다(17절). 세례 요한은 당시 사회 분위기에 편승해서 자기도 이름을 내고 명성을 챙길 수 있는 위치에 있었지만 그는 겸손히 예수님께 모든 길을 내어 드렸다. 어떤 사람은 예수님을 팔아서 혹은 교회에서 자신의 유용성을 부각하여 인기를 모으려는 사람이 있다. 자신도 예수님 옆에서 영광의 포즈를 취하며 명성과 인기와 부를 누리려고 한다. 예수님 곁에서 자기도 멋있는 포즈를 취하고 사람들이 사진을 찍어주기를 바라는 유혹에서 벗어나야 한다.

회개하시기 바랍니다
(눅 3:18~20, 설교자, 회개 / 찬 265장)

세례 요한은 백성들에게는 은혜의 복음을 가르쳤고(8절) 폭군 헤롯에게는 회개를 촉구하였다(19절). 그는 십자가의 양면인 하나님의 은혜에 대한 설교와 하나님의 심판에 대한 설교를 동시에 하였다. 사실 동방에서 군주를 비난하는 것은 곧 목숨을 거는 행위였다. 그러나 그가 그렇게 담대할 수 있었던 것은 자기의 말이 인간의 말이 아닌 하나님의 말이라는 사실을 확신했기 때문이다. 그는 두려움 없이 상대를 불문하고 회개의 메시지를 전했다. 그는 왕에게 미움을 받아 옥살이를 하게 되었다(20절). 오늘날 세례 요한처럼 이 세상을 향하여 회개를 이처럼 강력하게 촉구하는 설교자가 있는가? 대부분 사람들은 "당신이 그곳에서 돌이키지 않으면 망합니다"라는 메시지를 싫어한다. 대다수 성도들은 '그렇지 않아도 떳떳하지 못한 삶 때문에 송구스러운데 교회에 나와서까지 그런 소리를 들어야 하는가' 반문한다. 그런 설교를 듣지 않으려는 속성 때문에 그런 설교자도 사라진다. 목회자들은 사람 눈치 보지 말고 회개를 촉구하는 강력한 메시지를 전하도록 용기를 내야 한다.

세 분의 하나님이 한 곳에 서셨다
(눅 3:21~22, 삼위일체 하나님 / 찬 79장)

삼위일체 하나님 중 한분이신 성자 하나님 예수께서 인간에게 세례를 받으셨다(21절). 이 세례를 기점으로 세례 요한은 역사의 뒷면으로 사라지고 예수님의 공적인 사역이 시작된다. 예수님이 세례를 받으실 때 하늘이 열리고 성령 하나님이 비둘기 같은 모습으로 그곳에 임재하셨다(22절). 성령 하나님은 성자 하나님의 공적 사역의 시작을 축하하시기 위해 강림하셨다. 그리고 동시에 하늘에서는 성부 하나님께서 성자 하나님 예수의 사역에 대한 격려와 사랑의 메시지를 보내셨다. "너는 내 사랑하는 아들이라 내가 너를 기뻐하노라"(22절) 세례 요한이 세례를 베푸는 그 장소에 성삼위 하나님께서 각각의 실체로 서 계셨다. 이 얼마나 영광스러운 장면인가? 각각 세분의 하나님이 마치 한 몸이 되신 것처럼 사역하고 계신다. 우리는 장차 하늘나라에 가면 몇 분의 하나님을 만날 수 있을까? 세 분이시다. 한국교회 성도들은 이것을 너무나 많이 오해하고 있다. 기독교는 일신교가 아닌 유일신 하나님을 믿는다. 이 세상에서 '유일한' 신은 성부 하나님과 성자 하나님과 성령 하나님 이 세 분뿐이시다.

예수님은 가정생활에 충실하셨다
(눅 3:23~38, 가정, 기독교 교육 / 찬 555장)

예수님은 나이 30세에 비로소 메시야로서 공적인 사역을 시작하셨다. 사람들은 그 이전에 예수님을 단지 요셉의 아들로만 알았다(30절). 공생애를 시작하시기 전 예수님은 오직 인간적인 삶에만 충실하였다. 부모와 형제 및 모든 사람 앞에서도 전혀 신적인 티를 내지 않았다. 세계선교를 담당해야 할 그도 때가 되기 전까지는 가정을 충실히 돌보았다. 다윗은 뛰어난 리더십을 가졌고, 악기를 훌륭히 연주할 수 있는 자질과 아름다운 시와 아름다운 곡을 만들 수 있는 뛰어난 달란트를 가졌을 뿐 아니라 하나님의 마음에 합한 사람이었다. 그러나 그 가정에서는 '빵점짜리' 가장이었다. 가정을 등한시하였을 뿐 아니라 자식들을 편애함으로 그 가정은 콩가루가 되었다. 부모는 개인의 영적인 생활에 충실할 뿐 아니라 가족 간의 정서적인 밀착에도 헌신해야 한다. 부모의 사랑과 칭찬과 격려의 메시지가 차단된 가정은 항상 문제의 소지가 있다. 부모의 신앙이 자식에게 자동적으로 흘러가는 것이 아니다. 자식의 신앙의 성패는 부모의 자발적이고 의도적인 노력과 헌신을 통해서 이루어진다.

가짜 행복론
(눅 4:1~13, 행복, 복음 / 찬 309장)

마귀는 예수님께 세 가지 시험을 했다. 주린 배를 채우라는 것(3절), 권세를 취하라는 것(6절) 부를 취하라는 것(7절)이다. 이 시험의 핵심은 육신의 요구에 충실하라는 것이다. 마귀는 예수님께 인생에서 육욕을 추구하는 것은 인생의 기본이며 행복의 조건이라고 주문하였다. "남들이 가지고 있는 저것을 너도 취하라! 그래야 행복해질 수 있다"는 것이었다. 과거에 하나님의 아들을 유혹했던 그 마귀의 본질은 지금도 변하지 않았다. 마귀는 지금도 동일하게 현 세상을 자극한다. 남들이 가지고 있는 것을 못가지면 열등한 사람이라고 끊임없이 거짓행복을 주장하고 있다. 여기에 물든 사람들은 욕망이 올라오는 대로 충족하지 못하면 자기는 열등하거나 불행하다고 생각한다. 최신 핸드폰, 메이커 명품들, 좋은 차를 못타면 자기는 사회적으로 열등하다고 생각한다. 그러나 예수님은 "세상에 볼 품 없는 자들, 거지들, 창기들에게 '다 내게로 오라 너희가 무엇을 가져야 행복해지는 것이 아니라 내 안에 있으면 행복해 질 수 있다"고 하셨다. 복음은 행복을 헐값에 파는 바겐세일을 몰아낸다.

당신도 흔들려 보지 않겠습니까?
(눅 4:14~15, 예수, 세계사 / 찬 89장)

예수님은 광야에서 마귀에게 시험받으신 후 갈릴리로 가셨다(14절). 갈릴리 회당에서 예수님이 공식적인 활동을 시작하시자마자 그는 모든 사람에게 칭송을 받았다(15절). 당시 사람들은 생명의 말씀에 굶주려 있었다. 그래서 확고하고 분명한 메시지를 전하는 예수님께 많은 사람이 흔들리기 시작했다. 자신이 생명이며 진리이며 길이라고 선포하는 그에게 사람들은 호기심과 기대감, 그리고 침범할 수 없는 권위를 느꼈다. 이 세상에 예수만큼 이렇게 강한 어조로, 확신 있게, 당당하게 자기 자신에 대해서 주장했던 자가 있었는가? 예수만큼 세계사에 이렇게 빛과 파장을 던져 준 이가 있었는가? 그는 갈릴리의 봄기운을 타고 바람처럼 나타나셨고 사람들의 마음은 갈릴리 봄바람과 함께 흔들리기 시작했다. 가장 분명하고 가장 확신 있게 말씀하시는 그의 음성에 당신도 흔들려 보지 않겠는가? 그분에게 마음이 흔들리기 시작할 때부터 그 인생은 다른 국면으로 접어들게 된다. 삶의 목적, 인생관, 죽음과 돈을 대하는 태도가 바꾸어진다. 게다가 그때부터 그는 하나님의 자녀가 된다.

우리와 예수님은 형제입니다
(눅 4:16~21, 하나님의 가족 / 찬 438장)

예수님은 고향 나사렛의 어느 회당에서 자신의 메시야 사역에 관한 강령을 이사야의 글을 통해서 공포하셨다 (17절). 자기는 가난한 자에게 복음을 주며, 포로된 자에게 자유를, 눈먼 자에게 다시 보게 함을, 눌린 자에게 자유를(18절) 줄 것이며 '주의 은혜의 해', 즉 '희년'을 선포하러 온 자임을 나타내셨다(19절). 구약에서 희년을 알리는 나팔소리가 울려 퍼지면 전국 거민에게 자유가 공포되었다(레 25:8~10). 즉, 모든 피고는 무죄선언을 받으며 노예도 자유인이 되었다. 그러나 아무리 희년의 은혜가 크다 해도 무죄선언을 받은 자유인이 남의 집에 양자로 들어가는 법은 없었다. 그러나 예수님은 십자가의 보혈로 우리를 죄와 심판과 형벌로부터 자유케 하셨고 또 하나님의 아들과 딸로 삼아주셨다. 우리가 하나님의 자녀이면 예수님과의 관계는 어떠한가? 예수님과는 형제관계가 된다. 예수님은 우리를 자유자로 만들어주셨을 뿐 아니라 예수님 자신과 형제관계로 우리의 지위를 상승시켜주셨다. 우리는 하나님 자녀일 뿐 아니라 예수 그리스도와는 피를 함께 나눈 형제자매들이다.

설교에 편견을 버리세요
(눅 4:22~30, 설교, 편견 / 찬 445장)

예수님은 고향 나사렛에서 메시야 사역을 시작하셨지만 배척을 받으셨다. 동네사람들은 "저 사람이 요셉의 아들 아니냐?"(22절)며 그를 깎아 내렸다. 예수님도 선지자가 고향에서 환영받는 일이 없음을 알고 계셨다(24절). 나사렛 사람 중에서는 예수를 낭떠러지로 끌고 가서 밀어뜨리려 하기까지 하였다(29절). '어릴 때 동네에서 코 흘리며 자란 저 녀석이…' 라는 생각이 하나님의 아들을 못 알아보게 하였다. 즉 편견이 그를 평가절하하게 만들었다. 편견은 항상 이와 같은 일을 한다. 오늘날 목회자에 대해서도 편견이 많다. 특히 설교에 그렇다. 사람은 자기가 교육받은 대로 사물과 사건을 판단한다. 성도는 자기가 가진 선(先) 이해로 설교를 판단하고 훌륭한 설교와 그렇지 못한 설교를 구분한다. 설교자의 학력, 억양, 외모, 나이, 성향, 과거에 자신과의 관계 및 경험 등을 설교와 결부시키는 경향이 있다. 편견을 버리고 설교를 들어야 한다. 예수님은 자기를 그렇게 거절했던 고향 사람들에게 결코 돌아오지 않았다(30절). 편견 없이 설교를 듣고 은혜 받는 자에게 예수님은 그냥 지나치는 법이 없으시다.

신학자 귀신
(눅 4:31~37, 사탄, 능력 / 찬 351장)

예수님께서 회당에서 한 귀신들린 사람과 마주쳤는데 그 귀신은 예수에 대해서 많은 정보를 가지고 있었다. 그 귀신은 예수님의 고향 지명을 언급하며 '나사렛 예수'라 불렀다. 또 귀신은 예수님이 귀신을 멸하기 위해서 왔음도 알고 있었다(34절). 또 귀신은 예수님을 '하나님의 거룩한 자'라 불렀다. 예수님이 본래부터 존재하셨던 하나님이라는 사실까지 알고 있었다. 귀신은 조금의 오차도 없이 정통적으로, 신학적으로 예수에 관해 알고 있었다는 사실이다. 그들은 굉장히 신학적이다. 그래서 그들은 신학적으로 사람에게 접근한다. 예를 들면 '꼭 교회 다녀야 되는 것이 아니라 마음으로 믿어도 된다' '모든 종교는 다 하나님께로 가는 통로가 된다' 등 비교 종교학적으로 혹은 종교 다원주의적으로 접근한다. 그들은 똑똑하고 예리하다. 이 귀신이 성도의 적이며 교회가 싸워야 할 대상이다. 귀신은 우리가 누구인지, 어떤 부분을 건드리면 망하게 되는지 귀신같이 안다. 이 귀신에 다윗도, 사울도, 삼손도, 베드로도 한 때 당했다. 멍청하게 있으면 잡아먹힌다. 시험에 들지 않게 경계하고 기도해야 한다.

가톨릭은 오류를 범하고 있다
(눅 4:38~39, 가톨릭의 오류 / 찬 288장)

예수님께서 베드로의 장모의 열병을 고쳐주셨다(39절). 열병은 고대 팔레스틴에서 자주 발생했던 풍토병으로 고열과 탈수현상을 동반하는 말라리아를 가리킨다. "붙들린지라"는 말은 의학 용어로 만성 열병으로 오랫동안 고생했음을 시사한다. 예수님이 곧 바로 병을 꾸짖자 말라리아가 도망가 버렸다. 베드로에게 장모가 있었다는 사실은 아주 중요한 진술이다. 베드로는 기혼자였다. 이 기혼자가 3년이나 예수님을 따라다녔다는 것에서 예수님께 대한 그의 충성과 열의를 얼마나 대단했는가를 엿볼 수 있다. 베드로는 사도가 되어 전도여행을 다닐 때 그의 부인을 함께 데리고 다녔다(고전 9:5). 로마 가톨릭에서 그들의 첫 교황으로 생각하는 베드로가 결혼했다는 사실을 알고 있는지 모르겠다. 로마 가톨릭은 사제들에게 독신을 요구한다. 독신해야 할 이유가 없는데도 그들은 자기들의 전통에 입각해서 그것을 철저히 주장한다. 성경해석은 가톨릭의 전통이 내리는 것이 아니라 오직 성경 본문의 정확한 해석에 의지해야 한다. 그런 의미에서 볼 때 가톨릭이 주장하는 사제의 독신제도는 비성경적제도이다.

부드럽고 친절하신 예수님
(눅 4:40~41, 예수, 자비 / 찬 304장)

해질 무렵에 각색 병든 자들이 예수님께 또 쏟아져 나왔다(40절). "해질 무렵에"라는 말은 하루가 마감되고 휴식에 들어가야 될 시간을 가리킨다. 예수님은 이제 쉬셔야 하고 동산에 올라가 하나님 아버지와 대면하여 영적 재충전의 시간을 가져야 할 때이다. 그러나 예수님은 자신에게 찾아오는 각색 병든 자들에게 또 "일일이 그 위에 손을 얹으사 그들의 병을 고쳐주셨다"(40절). 이 피곤한 시간에 여전히 자신을 찾아 쏟아져 나온 사람들을 한 사람 한 사람을 친절히 대해주시면서 상담해주시고 병도 고쳐주셨다(41절). 예수님은 항상 친절하시고 자상하셨다. "이 사람들아! 지금 나는 쉬어야 한다. 지금 나는 하나님과 대면해야 할 시간이다. 나는 영적인 재충전이 필요하니 상담은 내일로 미루자" 그렇게 말씀하실 수도 있다. 그러나 그는 일일이 손을 얹으시고 안수하시며 상담하셨다. 이것이 예수님의 마음이다. 당신은 인생의 상담자이신 예수님께 나아와 본적 있는가? 예수님은 원조를 구하는 자를 결코 외면하지 않으시고 한 번도 놓치는 법이 없으시다. 그는 너무나 부드럽고 친절하신 상담자이시다.

쇼를 그칩시다
(눅 4:42~44, 분쟁, 잘못된 충성 / 찬 222장)

예수님은 자신들과 함께 더 있기를 요구하는 군중들의 요구를 뿌리치고 다른 동네로 가셨다(43절). 그들을 뿌리치신 것은 그들을 외면하신 것이 아니라 '다른 동네', 즉 다른 사역지를 찾아 가신 것이다. 군중들은 예수를 머물게 하고자 하였다(42절). "머물게 하다"의 원뜻은 '방해하다'이다. 예수님의 계획은 '다른 동네'와 '갈릴리의 여러 회당'(44절)을 방문하여 전도하는 일이었는데 군중들은 그 예수님의 계획을 방해했다. 군중들은 예수님을 너무나 사랑해서 늘 함께 있기만을 소망했지만 그것은 결국 그를 피곤케 하는 빗나간 충성이었다. 그들은 결국 예수님의 방해꾼들이었다. 교회에서 분쟁을 일으키는 사람들은 대부분 '사랑'을 위해 싸운다고 한다. '정의'의 편에 섰다고 한다. 교회를 사랑하기 때문에 누군가가 해야 할 일을 자기가 하고 있다고 말한다. 교회가 시끄러워도 이것은 필요한 일이며 교회를 바로잡는 일이라 한다. 그러나 이것은 쇼(show)이다. 우리의 빗나간 충성, 빗나간 교회관 때문에 오히려 하나님이 방해 받을 수 있다. 우리는 교회에서 이런 쇼를 하지 않아야 한다.

남다른 눈을 주소서
(눅 5:1~6, 하나님의 안목, 성공 / 찬 289장)

예수님이 시몬의 배에 오르신 후 깊은 데로 가서 그물을 던지라 명하셨다 (3.4절). 순종하였더니 밤새토록 허탕을 쳤던 그들은 그물이 찢어질 만큼 고기를 잡았다(5, 6절). 왜 이런 일이 생겼는가? 예수님께서 고기떼들을 갑자기 창조하셨는가? 아니다. 예수님은 물 밑의 고기떼의 이동을 아시고 명하신 것이었다. 그는 사물을 보는 '눈'이 남다르셨다. 우리도 이런 그의 눈을 가질 수 없을까? 사람 중에는 특별히 사물을 '보는 눈'이 남 다른 사람이 있다. 많은 사람이 주전자 뚜껑이 들썩이는 것을 보았지만 오직 제임스 왓드 만이 그것을 보고 증기기관을 생각해 냈다. 떨어지는 사과를 많은 사람이 보았지만 오직 뉴턴만이 그것을 보고 만유인력을 생각해냈다. 우리도 이러한 눈을 가진다면 기적을 만들어 낼 수 있다. 역사상 하나님을 경외하고 하나님의 마음에 합한 자에게 하나님께서 이런 눈을 허락하셨다. 그리고 그러한 자들이 결국 세상을 변화시키고 기적을 이루어낸다. 하나님께서 나와 내 자식들에게도 이런 눈을 허락하시기를 늘 간구해야 한다. 이런 눈은 하나님만이 허락하실 수 있다(약 1:5).

우리도 버린 것이 있습니까?
(눅 5:7~11, 제자, 자기 포기 / 찬 461장)

베드로와 그의 동업자인 야고보와 요한은 그물과 배를 버려두고 예수님의 제자가 되었다(10, 11절). 야고보와 요한은 대단한 결심을 하였다. 그들의 아버지의 이름을 '세베대'라고 성서가 기록한 것은 당시 누구나 그 이름만 들어도 알 수 있는 유명한 사람이었다는 뜻이다. 아마 유명한 사업가였을 가능성이 있다. 그들은 아버지의 사업을 물려받으면 한평생 잘 살 수 있었다. 그러나 그들은 예수님을 따르기 위해 모든 것을 버렸다. 버린 것으로 따지면 그들은 베드로보다 더 많이 버렸다. 베드로가 버렸다면 그물과 배 정도를 버렸겠지만 그들은 거의 모든 것을 버렸다 해도 과언이 아니다. 예수님을 따르는 사람은 항상 버리는 사람이다. 그를 따르기 위해서는 최소한 버리는 것이 있어야 한다. 나의 시간, 나의 물질, 나의 기호, 나의 사정 등 최소한은 포기해야 한다. 그러나 우리는 그를 위해서는 조금도 버리려 하지 않으면서 오히려 그에게 계속 무엇을 달라고만 요청한다. 그리고 그가 무언가를 내 손에 당장 놓아주지 않으면 분노까지 한다.

예수님의 손
(눅 5:12~16, 치유, 가능성 / 찬 471장)

예수님께서 어느 동네에서 한 문둥병자를 만났다(12절). 문둥병은 살이 썩어 들어가는 무서운 병이다. 예수님은 냄새나고 썩어 들어가는 그 몸에 손을 대셨다(13절). 당시 사람들은 문둥병자와 대화하면 신앙을 어긴 것으로 간주하였고 거기에 손을 대면 부정 타는 것으로 간주 하였다 그러나 예수님은 그런 그에게 손을 대셨다. 여기서 기적은 일어났다. 손은 항상 마음을 대행한다. 인체의 수많은 부위 가운데 가장 예민하게 마음을 전달하는 기관이 손이다. 예수님의 그 따뜻한 손! 대기만 해도 기적을 만드는 그 손! 실의와 좌절을 희망으로 만드는 그 손! 그는 그 손을 항상 사람에게 대시기를 원하신다. 지금도 그는 나에게 손을 내미신다. 그는 손 댈 수 없는 나에게 손을 대시고, 사랑할 수 없는 나를 사랑하며, 용서할 수 없는 나를 용서하신다. 다른 사람들은 나를 손댈 수 없는 자라 부를지 모른다. 나도 나를 손댈 수 없는 자라 여길지 모른다. 그러나 그는 아직도 그 손을 나에게 대고 계신다. 그 손이 있는 한 나는 항상 기적을 만날 수 있다. 과거에도 그랬고 지금도 그렇고 미래에도 그럴 것이다.

착한 사람이 되지 마세요
(눅 5:17, 위선, 의 / 찬 287장)

예수님께서 하루는 사람들을 가르치실 때 갈릴리, 유대, 예루살렘에서 바리새인들과 서기관들이 그곳에 나왔다. 그들이 왜 나타났을까? 흠을 잡기 위해서이다. 바리새인들은 교만하지만 율법은 잘 준수하는 의로운 사람이라고 인정받는 사람들이었다. 그러나 그들이 결국 나중에 예수님을 죽인다. 의롭고 바르고 착하다는 그들은 예수의 행위를 용납할 수 없었다. 그들의 엄격한 도덕적 잣대가 항상 예수를 정죄하였다. 이것이 의로움이 몸에 배어있는 착한 사람들의 특징이 되기 쉽다. 사람은 자기 삶에 자신이 있을수록 냉혹해진다. 자기 의가 몸에 배어 있는 사람일수록 진리와 비진리를 가리기를 좋아한다. 그리고 그것이 비 진리이라고 판단되면 사탄이라 규정하고 목숨 걸고 싸운다. 대충 사는 사람들은 남의 죄에 대하여 가혹하지 않다. 성경은 착하게 살면서 남을 죽이라고 말하지 않는다. 착하게 살면서 과격해지라고 말하지 않는다. 성경은 그것보다 좀 못하게 살아도 "애통하라" 한다. 당신은 착한 사람이 되지 말라! 그것 가지고 허세를 부리는 것보다, 가난한 마음으로 사는 것이 낫다.

해독제이신 예수님
(눅 5:18~26, 구원 / 찬 95장)

사람들이 지붕에 올라가서 구멍을 내고 중풍병자를 예수님이 계신 곳까지 달아 내렸다(19절). 예수님은 그들의 믿음을 보시고 그 문둥병자를 고쳐주셨다. 그런데 예수님은 그 중풍병자 앞에서 "네가 나음을 입었다"라는 말 대신에 "네 죄사함을 받아라"(23절)고 하셨다. 왜 그렇게 하셨을까? 인간의 모든 문제의 근원은 죄 때문이라는 것이다. 즉, 죄가 그 사람의 영혼과 정신뿐 아니라 몸까지 갉아 먹었다는 것이다. 죄는 모든 인간을 파괴한다. 죄는 사람의 영혼과 마음 뿐 아니라 육체를 지저분하게 하고 썩게 하는 구더기 떼와 같다. 이 구더기 떼를 치워야 한다. 그래서 예수님은 그 사람에게 "건강하여 져라"는 말 대신에 먼저 구더기 떼를 청소해주셨다. 요즘 우리 몸에 이상이 있는가? 요즘 우리 마음이 우울하지 않은가? 요즘 무엇인가에 쫓기는 기분이 들고 초조하거나 불안해하지 않은가? 혹시 구더기 떼 때문인지 모른다. 거기에 해독제 되시는 예수님을 던져야 한다. 그분을 믿고 따르고 그분의 이름으로만 이 구더기 떼를 없이 할 수 있다. 예수님만이 우리의 전 인격을 구원하실 수 있다.

범죄자와 환자
(눅 5:27~32, 악인의 출발, 가정, 상처 / 찬 475장)

"나를 좇으라"하는 예수님의 명령에 한 세리는 모든 것을 버리고 그를 쫓아갔다(27~28절). 그 세리는 예수님의 제자가 된 것이 너무 기뻐서 큰잔치를 열고 예수님을 초대하였다(29절). 그러나 바리새인들은 "어찌하여 저 예수가 세리 같은 죄인과 함께 먹고 마시는가?"(30절)하며 의아해했다. 당시 세리는 강도와 살인자와 같은 범죄자로 간주되었다. 그러나 예수님은 자신을 의사로 선언하시며 자신의 행동의 정당성을 설명하셨다. "건강한 자에게는 의사가 필요 없지만 병든 자에게 의사가 필요 있다"(31절)고 하셨다. 그는 세리를 범죄자가 아니라 사랑과 조력이 필요한 환자로 보셨다. 그것은 올바른 통찰이었다. 끔찍한 범죄를 저지른 대부분의 사람들은 성장과정에서 소외되고 버림받은 상처가 많은 애정결핍환자였다. 예수님은 인간의 범죄를 인간의 악한 본성에서 기인한 것으로 보지 않고 소외되고 억압받고 버림받은 상처에 의한 것으로 보셨다. 교회가 사회의 어두운 사람들, 소외된 사람들, 상처받은 사람들에게 무심하면 무심할수록 더 많은 범죄자들을 이 땅에서 양산될 것이다.

신앙생활은 잔치입니다
(눅 5:33~35, 신앙생활, 축제 / 찬 478장)

바리새인들이 예수님의 제자들에게 왜 금식하지 않고 날마다 먹고 마시느냐며 비난하였다(33절). 바리새인들은 월요일과 목요일을 공식 금식일로 지정해서 모든 사람에게 엄격하게 강요했다. 많은 사람은 싫어도 억지로 참여해야만 했다. 그러나 신앙생활은 자유롭고 흥겨운 혼인집(34절)과 같은 것이라고 예수님께서 말씀하셨다. 상당히 의미있는 말씀이다. 혼인집은 흥겹고 즐거운 잔칫집이다. 잔치는 즐거운 것이다. 신앙생활은 잔칫집처럼 떠들썩하고 즐거워야 한다. 어떤 사람은 신앙생활이란 "괴로워야 하는 것", "고통 받으며 하는 것", "참으면서 하는 것"이라고 생각한다. 무엇인가에 얽매이고, 무엇인가에 속박당하는 것을 신앙훈련이라 한다. 많은 사람이 기독교는 사람이 하고 싶지 않은 일들을 억지로 시키고, 또 사람이 하고 싶은 일들을 무조건 억제하는 곳이라는 편견을 가지고 있다. 이것은 교회의 담을 더 높게 만든다. 교회는 잔칫집과 같아야 한다. 신앙생활은 잔치하는 삶이어야 한다. 예배는 마지 못해하는 지루한 예식이 아니라 그야말로 축제이며 파티여야 한다.

지루하게 사는 것은 죄이다
(눅 5:36~39, 기독교, 전진 / 찬 585장)

예수님은 새 포도주는 새 가죽 부대에 담아야 된다고 말씀하셨다(38절). 새 포도주는 발효가 잘 되기 때문에 가스가 잘 발산된다. 그렇게 발산된 가스에 의해 가죽부대는 쉽게 팽창하게 되고 그러다가 낡은 가죽부대는 곧 터져버리기 십상이기 때문이다. 그러므로 예수님은 새 포도주를 담을 경우에는 낡은 것보다 새롭고 튼튼한 것이 필요하다고 주장하셨다. 이것은 바리새인들의 폐쇄적인 정신에 대한 책망이었다. 바리새인들은 예수님의 새 교훈을 마음에 담으려 하지 않았다. 그들은 보수주의자였다. 보수주의는 자기 것 외에는 아무것도 안 보려는 특징이 있다. 보수주의는 새로운 것에 대한 두려움이 있다. 그러나 새로운 것에 겁을 먹으면 노쇠했다는 증거이다. 앞으로 나가지 않는 것은 기독교 정신에 맞지 않다. 교회만큼 보수를 좋아하고 변화하기를 싫어하는 곳은 없다. 우리는 우리 교회와 우리 가정과 우리 자신이 항상 새로워지기 위해서 헌신하고 싸워야 한다. 변화하지 않고 계속 지루하게 해왔던 일을 반복하는 것은 기독교 정신에 맞지 않다. 어쩌면 그것은 악인지도 모른다.

열린 마음으로 성서 읽기
(눅 6:1~5, 성경묵상 / 찬 109장)

안식일에 밀 밭 사이로 지나가던 제자들이 밀 이삭을 잘라 먹는 것을 보고 바리새인들이 비난했다(1~2절). 그들에게 안식일에 밀을 깐 행동은 큰 죄였다. 이때 예수님은 구약성경을 인용해서 그들을 반박하였다. 예수님은 그 옛날 다윗이 너무나 시장해서 하나님의 제사장 외에 손댈 수 없었던 떡을 먹었던 사실을 상기시켰다(3~4절). 예수님의 취지는 종교적 관례보다 고통에 빠진 한 인간을 구원하는 것이 중요하다는 것이었다. 예수님은 그들에게 "구약성경을 읽지 못 하였느냐?"(3절)라고 물었다. 성경에 정통한 바리새인들이 이 이야기를 모를 리가 없었다. 그들은 성경을 읽었고 이 내용을 잘 알고 있었다. 그럼에도 불구하고 그들은 왜 의미를 깨닫지 못했을까? 그들은 마음 문을 열고 성서에 접근하지 않았기 때문이다. 그들은 진리를 찾으려는 마음보다는 그들의 전통 속에서만 성서를 국한시켰다. 그러면 성서의 깊은 샘으로 들어갈 수 없다. 성서는 항상 열린 마음으로 읽어야 한다. 그래서 우리가 성서 속에서 항상 깊은 샘을 발견할 수만 있다면 우리는 늘 기적적인 삶을 체험하게 된다.

사랑이냐? 행정이냐?
(눅 6:6~11, 교회의 본질, 제도, 인간 / 찬 207장)

바리새인들은 예수님이 안식일에 또 병을 고치는지 염탐하러 와 있었다(7절). 그러나 예수님은 주저 없이 그날에도 손 마른자의 병을 고쳤다(8절). 그리고 예수님은 반대자를 향해서 날카롭게 질문을 던졌다. "안식일에 생명 구하는 것과 멸하는 것 둘 중에 어느 것이 옳으냐?"(9절) 이것은 본질이냐? 형식이냐의 문제였다. 이것은 실리이냐? 명분이냐의 문제였다. 그들은 질문에 답하지 못하고 노기만 가득하였다(11절). 오늘날 교회에서도 자주 이러한 주제들이 거론된다. 논쟁의 원인은 본질적인 신앙의 문제보다는 행정이나 형식이나 명분에 얽힌 문제들이 더 빈번하다. 교회행정과 형식도 중요하다. 그러나 그것은 항상 융통성을 발휘할 수 있다. 그러나 항상 양보하지 말아야 것은 본질적인 문제이다. 본질이란 신앙과 사랑과 화평의 문제이다. 하나님에 대한 충성보다는 제도에 대한 충성을 더 높이는 위험은 예수 시대나 지금이나 항상 있어왔다. 우리는 회의 시간에 논제를 다룰 때마다 지금 이 일이 하나님을 자랑하고 높이는 일이냐, 아니면 제도를 더 높이는 일인가를 매 순간 고려해야 한다.

하나님은 항상 목마르시다
(눅 6:12~16, 사람을 찾으시는 하나님 / 찬 324장)

예수님은 밤새도록 기도하신 후 열두 제자를 선택하셨다(12~13절). 그는 사람을 신중하게 선택하셨다. 그 열두 사람은 3년간 함께 동고동락하면서 그분의 제자이자 친구가 될 사람이다. 복음서를 보면 예수님은 이 열두 사람뿐 아니라 항상 친구를 찾으시는 이야기가 나온다. 삭개오, 우물가의 여인처럼 말이다. 하나님께서 이처럼 인간의 우애를 찾으시고 필요로 했다는 것은 참으로 놀라운 일이다. 하나님은 사람 없이는 행복할 수 없으신가? 성경은 하나님을 항상 아버지로 묘사하고 있다. 아버지는 항상 자식을 기다린다. 한 자식도 남김없이 집으로 돌아올 때까지는 아버지의 마음에는 공백이 크다. 하나님은 옛날이나 지금이나 사람의 우애를 갈구하신다. 하나님은 우리가 아버지의 집으로 돌아올 때까지 행복하실 수 없다. 하나님은 우리의 사람의 사랑에 목 말라하신다. 우리가 아버지의 집으로 돌아올 때 그제서야 우리의 아버지는 눈물을 거두시고 웃으실 수 있다. 우리는 매 주일마다 항상 기쁜 마음으로 아버지 집으로 돌아가는 자식이 되자.

당신은 새로워질 수 있습니다
(눅 6:17~19, 신앙. 치유, 새 삶 / 찬 550)

전국에서 많은 병자들이 예수님께 와서 각종 병을 고침받았다(17~18절). 심지어 예수님을 만지기만 해도 병이 떠났다(19절). 예수님은 이처럼 만나는 모든 사람에게 새로운 삶을 찾아주셨다. 이것이 기독교의 가장 큰 메시지이다. 성서의 가장 첫 번째 메시지는 "당신도 새로워 질 수 있습니다.""당신도 예수님과 함께 새 삶을 시작할 수 있습니다.""당신도 다시 일어설 수 있습니다"이다. 우리는 무엇을 그리 염려하고 불안해하는가? 염려는 우리의 살과 뼈를 파먹어 들어가는 유충과 같다. 염려와 근심은 우리의 심장과 간과 위와 신경 계통의 순환에 악 영향을 미친다. 과로로 인해서 죽는 사람보다 염려와 근심으로 죽은 사람이 더 많다. 그러나 예수님 때문에 내가 다시 일어설 수 있다고 확신하는 순간부터 우리는 다시 피어난다. 우리가 이 믿음을 가지기 시작하는 순간부터 오장육부와 전체 신경계는 다시 가동된다. 우리가 이 믿음을 가지기 시작하는 순간부터 건강을 회복하게 된다. 그리고 꼬였던 일들도 실제로 풀려나가기 시작한다. 이것이 예수를 진정으로 만난 사람들의 간증이다.

진짜 복
(눅 6:20~26, 진정한 복 / 찬 551장)

예수님은 가난하고 주린 자가 복이 있고(20절) 우는 자가 복이 있다 하셨다(21절). '가난한 자'는 아무것도 가진 것이 없어서 오직 하나님만 바라 볼 수밖에 없는 자이다. '우는 자'는 하나님의 의의 기준에 도달하지 못하는 자신의 인격과 삶을 보면서 가슴 아파하는 자이다. 이런 자가 복이 있다. 우리는 어떤 사람을 복 받은 사람이라 하는가? 우리는 무엇을 이루어낸 사람을 복 받는 자라 한다. 부자가 되고 국회의원이 되고 사장이 되고 장수하는 자를 복 받은 사람이라 한다. "돈 많은 자가 복이 있나니 저는 무엇이든 할 수 있을 것이요 권력 있는 자는 복이 있나니 저는 무엇을 해도 괜찮을 것이요 능력 있는 남편을 만나면 복이 있나니 저의 일생이 행복할 것이요"가 요즘 사람들이 부르는 노래가 아닌가? 그러나 예수님은 "무엇이 되느냐"가 아니라 "어떻게 사느냐?"가 복의 기준이라 하셨다. 인격에 따라, 사람 됨됨이에 따라, 사람을 대하는 태도에 따라, 돈을 쓰는 방법에 따라 복의 기준이 달라진다고 하셨다. "어떻게 사느냐"에 따라서 성공하는 사람에게는 오히려 웃는 삶이 찾아온다고 역설하셨다(21절).

원수를 사랑할 수 있는 유일한 방법
(눅 6:27~36, 원수, 사랑. 성령 충만 / 찬 259장)

예수님은 원수를 사랑하고(27절) 자기를 모욕하는 자를 위해서 기도하고(28절), 누가 자기 뺨을 치면 다른 뺨도 돌려대고(29절), 누가 자기 물건을 훔쳐가거든 돌려 달라 하지 말라고 하셨다(30절). 우리가 어떻게 이런 명령을 따를 수 있는가? 혹시 예수님이 인간의 삶을 너무 모르시거나, 아니면 인간사를 너무 과소평가해서 이 말씀을 인간들에게 낙관적으로 적용하라 하시는가? 우리는 어디서 이 해답을 찾을 수 있을까? 그 해답은 '성령의 능력'에 있다. 성령의 능력에 사로잡히지 않고는 인간은 절대로 이 명령을 수행할 수 없다. 자기 두 아들을 죽인 사람을 양아들로 삼은 손양원목사도, 빈민가에서 일생동안 사랑을 실천한 테레사 수녀도 성령 충만한 사람이었다. 그들이 베푼 사랑은 그들이 한 것이 아니라 그 속에 있는 성령이 하셨다. 성령은 불가능을 가능케 한다. "성령은 불가능한 가능성이다"(Impossible possibility). 내가 할 때는 불가능하지만 성령이 할 때는 가능하다. 이 원수사랑 실천은 인간의 영역에 속해있지 않다. 이것은 오직 하나님이 인간 속에 들어오셔야만 성공할 수 있다.

비판만하는 사람은 문제 있습니다
(눅 6:37~42, 비판, 정신 분석 / 찬 257장)

예수님은 타인의 눈 속에 있는 티끌을 보지 말고 자기의 눈 속에 있는 들보를 보라고 하셨다(41절). 어떤 부류의 사람은 자기는 항상 옳고 남은 항상 부정하다고 비판한다. 시종일관, 매사에, 누구에게든지 늘 그렇다면 그는 정신분석적으로 보면 나르시스틱한 장애자이거나, 아니면 '투사' 라는 방어기재를 사용하는 것이다. 자기에게 결점이 많은 사람일수록 타인의 모순과 결점을 잘 보는 경향이 있다. 유달리 어떤 특징한 모순과 결점이 잘 보인다는 것은 실은 그것들이 자기의 것이기 때문에 잘 보이는 것이다. 그리고 이런 사람들은 자기의 안에 있는 모순과 단점과 그것으로 인한 열등감과 상처와 아픔을 감추기 위해 상대에게 먼저 선제공격을 한다. 이렇게 어떤 누군가를 무자비하게 다루므로 자신은 만족과 위로와 안심을 얻는다. 우리는 혹시 매사에 비판만 일삼는가? 항상 그런가? 그렇다면 그것은 일종의 정신적 장애이다. 고쳐야 한다. 자기 자신에게는 고양이처럼 날카로운 눈을 가지고 타인에게는 너그러운 양의 눈을 가져야 한다. 항상, 매사에 비판한다면 그 사람에게 문제가 있는 것이다.

내 마음 나도 어쩔 수 없어요
(눅 6:43~45, 경건, 영성, 인격 / 찬 449장)

예수님은 열매를 보아서 그 나무의 상태를 알 수 있다고 하셨다(43~44절). 그는 선한 마음도 선한 사람에게서만 나올 수 있다고 하셨다. 당연한 말씀이다. 마음에 있는 것이 말과 행동으로 나온다(45절). 그러므로 마음이 중요하다. 마음은 어디에 있는가? 뇌 쪽에 있는가? 가슴 쪽에 있는가? 마음은 육체적 기관이 아니다 그러므로 마음이 어디 있는지 알 수 없다. 마음은 영혼이 거하는 장소이다. 인간의 마음은 두 존재만이 지배할 수 있다. 그것은 하나님 아니면 사탄이다. 마음은 자기의 것이지만 자기가 제어할 수 있는 영역이 아니다. 마음을 항상 하나님이 손대시는 사람은 그 속에서 거룩과 성결이 나온다. 그러나 마음을 항상 사탄이 손대는 사람은 그 속에서 범죄와 악독이 나온다. 그래서 우리는 매일 매일 이 마음의 창문을 하나님께 열어놓고 "이 마음을 당신이 손 대 주십시요"라며 간구해야 한다. 자기의 마음의 창문을 하나님께 열어놓고 매일 매일 간구하지 않으면 그 사람의 인격은 끝났다고 봐야 한다. 왜냐하면 그 마음에 하나님이 없으면 자동적으로 사탄이 점령하기 때문이다.

말씀을 듣고 행하는 자는 반석 위에 지은 사람처럼 늘 그의 삶이 견고하지만(47~48절) 말씀을 듣고도 행치 않는 자는 언제 무너질지 모르는 기초가 없는 사람이다(49절). 말씀을 듣고도 행함 없이 귀와 머리만 즐기는데 익숙한 사람이 있다. 이런 자는 모래 위에 집을 짓고 사는 자이다. 그러나 말씀을 듣고 실천하는 것은 결심과 노력과 땀이 따라야 한다. 이렇게 사는 자는 바위 위에 집을 짓고 사는 자이다. 모래 위에 집을 짓는 것은 수월하다. 그러나 이 터는 장차 파도가 오면 곧바로 무너진다. 쉬운 신앙생활을 선호하는 자는 짧은 안목의 소유자이다. 그러나 땀과 정성을 투자하여 말씀을 실천하는 자는 장래를 잘 대비하는 긴 안목의 소유자이다. 예수님께서 걸어가신 그 어려운 길을 걷는 것은 다소 어렵지만 현재나 내세에 있어서 가장 확실한 투자를 해 놓는 길이다. 주식에 투자하고 펀드에 투자하는 것은 위험이 따르고 안전과 안정을 보장받지 못한다. 그러나 말씀에 순종하는 삶을 산다면 그는 세상에서 가장 확실한 투자를 하고 사는 셈이다. 우리가 투자하는 종목 자체를 바꾸어야 한다.

로마의 백부장이 자기 하인의 병을 고치기 위해서 예수님께 사람들을 보냈다(2~3절).백부장은 자기 집으로 오시는 예수님을 만류하며 하인들을 통해 자신의 신앙고백을 예수님께 전달했다. "내 집에 오심을 나는 감당치 못하겠습니다. 말씀만 하시면 내 하인이 나을 수 있습니다"(7절) 이 백부장의 고백에 예수님은 "이스라엘 중에 이만한 믿음을 만나보지 못했다"(9절)며 감탄하셨다. 백부장은 로마 사람이었다. 그는 이스라엘의 전통 신앙과는 거리가 먼 사람이었다. 그는 율법이, 선민이, 메시야가 무엇인지 전혀 모르는 사람이었다. 그런데 예수님은 그를 이스라엘의 모든 신앙의 위인들보다 더 큰 믿음을 가진 자로 보셨다. 예수님의 안목으로는 이 백부장은 아브라함보다, 모세보다, 다윗보다, 엘리야보다 한수 위의 믿음을 가진 자였다. 우리가 여기서 한 가지 알 수 있는 것은 신앙이라고 하는 것은 가문이나 집안 내력보다 당사자와 하나님과의 일대일의 관계가 더 큰 비중을 차지한다는 것이다. 내 아버지가 목사라는 사실보다 현재 내가 하나님과의 어떤 관계를 가지느냐가 중요하다.

나의 믿음은 자라고 있습니까? (2)
(눅 7:1~10, 겸손 / 찬 212장)

백부장은 자기 하인의 병 고침을 위해서 예수님을 찾았다. 지금부터 200년 전 미국 장로교에서 "노예도 영혼이 있는가?"라고 토론한 적이 있다고 한다. 200년 전에도 그랬다면 2000년 전에 노예들의 인권은 어땠을까? 노예는 당시 죽여도 무방했다. 그런데 백부장은 그 하인을 무척 사랑하였다(2절). 그는 인간적으로 너무 따뜻한 사람이었다. 그는 사랑의 사람이었다. 이 사랑 가운데 그의 믿음이 자랐다. 또 대 저택에 살고 있을 로마의 백부장은 "주께서 내 집에 오심을 나는 감당치 못하겠나이다"(6절)라고 고백했고 자기 식민지 청년 예수에게 '주님'이라고 불렀다(6절). 이 말은 "나는 당신 앞에서 한없이 부끄러운 존재입니다. 나는 죄인입니다"라는 뜻이다. 그는 예수님이 누구인지 그리고 자신이 누구인지 알았다. 이것이 겸손이다. 그는 겸손의 사람이었다. 이 겸손 가운데 그의 믿음이 자랐다. 혹시 나의 믿음이 자라지 않고 있지 않은가? 혹시 나의 신앙이 퇴보하고 있지 않은가? 그렇다면 나에게 사랑이 있는지, 겸손이 있는지 물어야 한다. 이 백부장은 그 사랑과 그 겸손 가운데 그의 믿음이 자랐다.

터치(TOUCH)해야 합니다
(눅 7:11~17, 교회, 성도의 삶 / 찬 445장)

예수님께서 한 과부의 죽은 아들을 불쌍히 여기시고 그 관에 손을 터치(touch)하시며 일어나라고 명하시자 죽었던 딸이 살아났다(13절~15절). 이 사건은 예수님이 나인성 문에 가까이 가셨을 때 일어났다. 그가 나인성 안으로 들어가시려고 할 때 그 장례 행렬과 마주쳤다(12절). 참으로 기이한 만남이다. 이 교차지점은 생명과 죽음이 만나는 지점이었다. 세상에 생명을 주시러 오신 예수님과 아담의 타락으로 세상에 들어온 죽음의 세력이 마주치는 역사적인 순간이었다. 성도가 세상에 나갈 때 그 지점 또한 생명과 죽음이 만나는 지점이 된다. 예수님의 생명을 공급 받은 성도는 겉은 화려하지만 속은 썩어 들어가는 시체와 같은 세상과 날마다 교차하며 산다. 이때 성도는 성령의 능력으로 날마다 그들에게 손을 대야 한다(14절). 이 터치는 썩은 세상을 하나님 나라로 변화시키는 가장 강력한 하나님의 도구이다. 성도는 이 세상 속에서 말씀과 믿음과 행함과 본으로 그들을 만나서 터치해야 한다. 교회가 날마다 터치해 나가는 이 영역이 넓어질수록 세상의 시체들이 더 많이 살아날 것이다.

기적의 유익
(눅 7:18~23, 기적의 유익 / 찬 438장)

세례 요한은 자신의 제자를 통해서 예수님께 질문을 하였다. "오실 메시야가 당신입니까?"(19절) 세례 요한은 예수가 메시야인 것은 알았지만 무저항주의와 자비와 용서를 가르치는 모습이 이스라엘의 전통적인 메시야관과 달랐기 때문에 의아했다. 이때 예수님은 '너희가 보고 들은 것' 그동안 자기가 행한 수많은 표적을 열거하심으로 자신의 메시야 됨을 증거하였다(22절). 예수님은 기적이 사람에게 믿음과 신앙을 불러 일으키는 힘이 있는 것으로 믿으셨다. 하나님은 종종 우리에게 기적을 보여주신다. 대부분 인간 문제의 95%는 말씀으로 해결이 되지만 나머지 5%는 하나님께서 인간의 피부에 와 닿을 수 있는, 촉감 있는 사랑의 언어로 위로를 주신다. 그것이 곧 기적이다. 그래서 성도는 정기적으로 하나님의 기적을 경험해야 한다. 기적은 믿음에 기초가 없는 사람들에게는 하나님의 살아계심에 대한 확신을 주고, 냉랭한 성도들에게는 그 가슴에 불을 다시 지피는 동기를 만들어준다. 그래서 우리는 '기적구함'을 너무 이상스럽게 생각할 필요도 없고 거절할 필요도 없다.

교회오신 것은 너무 훌륭한 일입니다
(눅 7:24~28, 설교, 교회 / 찬 200장)

예수님이 무리들에게 질문을 던지셨다. "너희가 무엇을 보려고 들판에 나갔느냐? 바람에 흔들리는 갈대냐?"(24절) 지금 이 들판은 풀한 포기, 나무 한 그릇도 없는 광야지역이었다. 그러므로 예수님은 무리들이 갈대를 보기 위해서 여기 나온 것이 아니라는 사실을 알고 계셨다. "그러면 너희들이 옷 잘 입은 사람을 보려고 여기 나왔느냐? 그런 옷은 입은 사람은 왕궁에 있느니라"(25절)고 하셨다. 예수님은 무리들이 그런 목적으로도 광야에 나오지 않았다는 사실도 아셨다. 예수님은 그들이 세례 요한의 설교를 듣기 위해서 광야에 나왔다는 사실을 알고 "참 잘하였도다. 옳다"(26절) 하시며 칭찬하셨다. 무리들이 육적인, 영적인 갈급함이 생겼을 때 그것을 해결하기 위해 다른 곳으로 가지 않고 말씀을 듣기 위해서 세례 요한을 찾았다는 사실을 높이 평가하였다. 오늘날 인생에서 풀어야 할 숙제가 생겼을 때 매 새벽마다, 매 주일마다 설교를 듣기 위해서 나오는 우리를 보고 "너희들이 말씀을 들으려 교회 나온 것은 참 잘한 것이다. 여기에 정답이 있다" 하시며 예수님께서 그렇게 우리를 칭찬하실 것이다.

설교에 편식하는 자
(눅 7:29~35, 설교, 편식 / 찬 204장)

장터에 모인 아이들 중에는 상대편 친구들이 결혼식 놀이를 제안하며 악기를 연주해도 흥겨워하지 않으며 전혀 반응하지 않고 반대로 장례식 놀이를 제안하면서 애곡을 하여도 전혀 반응하지 않으며 놀이 자체를 반대하는 아이들이 있었다(32절). 예수님은 율법사와 바리새인들을 이런 아이로 비유하였다. 그들은 공의와 심판을 외치며 금욕생활하는 세례 요한을 귀신들렸다 하고(33절) 사랑과 용서의 복음을 전하시는 예수님을 '먹기를 탐하는 죄인의 친구'(34절)라고 비난하였다. 그들은 장터의 아이들처럼 자기들의 구미에 맞지 않는 것은 전부 부정해버렸다. 그들은 죄인을 용납하는 예수님의 설교도, 회개를 촉구하는 세례 요한의 강한 메시지도 입맛에 맞지 않았다. 그들은 바리새파 체제를 유지시켜주고 자기들을 띄어주는 설교만을 좋아하였다. 사실 우리도 좋아하는 기호의 설교가 있다. 그러나 설교는 골고루 섭취해야 한다. 성경 안에는 수천 가지의 하나님의 목소리와 생각이 있다. 자기가 좋아하는 성향의 설교만 들으면 영양실조에 걸리기 쉽다. 설교자도 골고루 먹여주어야 할 의무가 있다.

죄용서는 완료 시제입니다
(눅 7:36~50, 죄, 용서 / 찬 280장)

예수님께서 한 바리새인의 집에 머무실 때 그 동네에 죄 많은 여인으로 알려진 한 여인이 나와서. 그의 발에 입을 맞추며 향유를 예수님의 발에 발랐다(36~38절). 죄인이라는 말은 창녀에 대한 통속적인 표현이었다. 많은 사람은 그 창녀의 행동을 이해할 수 없었다. 그러나 예수님은 탕감 받은 두 빚진 자의 비유를 말씀하시며(41~43절) 그녀의 행동을 해석해주셨다. "사함 받은 일이 많은 자는 많은 사랑을 하고 사함 받은 일이 적은 자는 적은 사랑을 한다"(47절)는 것이다. 그녀가 예수님을 극진히 사랑한 것은 그녀가 다른 사람들보다 더 많은 죄를 탕감 받았기 때문이었다. 예수님은 이 여인에게 "네 많은 죄가 사하여 졌도다"(47절)는 말로 다시 위로하셨다. 이 말은 완료 시제로써 이미 과거에 죄사함이 완료되었다는 뜻이다. 사람이 태어나서 자기가 살아온 세월만큼 쌓아온, 즉 오십년, 육십년, 칠십년 묵은 죄의 뭉치들이라 할지라도 예수님 앞에서는 먼지처럼 날아가 버린다. 그 앞에서 무시무시한 죄의 빌딩들은 와르르 무너진다. 그 앞에서는 상황종료, 상황완료가 된다. 참 감격스러운 말씀이다.

알려지지 않은 여인 요안나
(눅 8:1~3, 섬김, 헌신 / 찬 216장)

예수님의 사람들 중에 요안나는 헤롯의 청지기 구사의 아내였다(3절). 청지기의 아내는 재정부장관의 아내라는 말이다. 그런데 왜 그런 그녀가 예수님의 무리에 끼어있을까? 그 무리는 귀신과 병에서 치유 받은 하류층 여자들이 많았다(2절). 이 장관 부인이 왜 이 무리 속에 있는가? 이 여인은 헤롯 왕궁의 삶에 염증을 느낀 여인이었다. 남편을 포함한 정치인들의 권모술수, 부정부패, 살인, 사치, 방탕, 음란한 그 사회 밑바닥을 훤히 아는 여인이었다. 그녀는 그러한 왕궁의 삶에 염증을 느끼던 중 예수님을 알게 되었고 그를 영접하게 되었다. 그리고 그곳을 뛰쳐나왔다. 부와 명예와 사치를 누리며 개 같은 삶을 살기보다는 가난해도 그분과 함께하는 삶을 선택했다. 그녀는 예수님을 따르는 사람 중에 가장 많이 버린 사람이다. 귀신들려 가족까지 외면했던 막달라 마리아(2절)보다 요안나가 훨씬 많은 것을 버렸다. 성서는 막달라 마리아의 이름을 요안나 앞에 두었지만 하나님은 요안나를 막달라 마리아보다 더 높은 가치로 여기지 않았을까? 많이 손해 본 자가 적게 손해 본 자보다 더 훌륭하다.

찬양은 독가스를 뽑아냅니다
(눅 8:4~15, 인격, 찬양, 능력 / 찬 64장)

예수님의 씨 뿌리는 자 비유에서 씨는 하나님의 말씀(11절)이며, 밭은 사람의 마음을 가리킨다. 밭도 여러 종류가 있듯이 마음도 마찬가지이다. 길가, 바위 위, 가시떨기, 좋은 밭 등 네 가지 마음이 있다(5~8절). 하나님의 말씀이 불량한 마음에 떨어지면 효용 가치가 없지만 좋은 마음 밭에 떨어지면 엄청난 결실을 이룬다(15절). 하나님의 말씀을 받는데 마음의 상태가 중요하다. 우리 마음에 세상의 독가스, 즉 염려, 걱정, 죄악, 상처, 원한, 우울로 가득차 있으면 하나님의 말씀은 싹도 피지 못한다. 사람의 마음은 자주 바뀐다. 순식간에 좋은 밭에서 가시떨기로 바뀐다. 우리는 항상 좋은 마음 밭을 가꾸어야 한다. 어떻게 하면 독가스를 치우고 좋은 마음 밭을 유지할 수 있을까? 쉽게 실천할 수 있는 방법 중 하나는 찬양이다. 말씀을 받기 전 뜨겁게, 열정적으로, 온 힘을 다해 찬양하는 것이 좋다. 열정적인 찬양은 마음에 카타르시스가 된다. 찬양에 심취하는 동안 독가스는 서서히 빠진다. 뜨거운 찬양 후에 받는 말씀은 그대로 마음에 꽂히게 된다.

하늘의 렌즈
(눅 8:16~18, 경건, 영성 / 찬 453장)

등경은 등불을 올려놓거나 걸어놓을 수 있는 틀을 가리키는데 보통은 집 안의 구석구석을 밝힐 수 있는 곳에 둔다. 등불은 항상 등경위에 있어야 사물을 환히 드러낸다(16절). 예수님은 이 비유를 말씀하시면서 숨은 것과 감춰진 것은 언젠가는 환히 드러난다는 교훈을 주셨다(17절). 정말 그런 것 같다. 이 세상에 비밀이란 것은 없다. 그러므로 비밀을 간직하고 사는 사람은 불행하다. 왜냐하면 언젠가 그것이 드러나면 수치를 감수해야 하기 때문이다. 어떤 사람은 하나님 앞에서도 무엇을 숨기려 한다. 하나님께 비밀이 있는 사람은 더 불행한 사람이다. 왜냐하면 마지막 때 그것이 드러나면 심판을 감수해야 하기 때문이다. 행복한 사람은 아무것도 숨길 것이 없는 사람이다. "하나님 당신은 끊임없이 나를 감찰하시나이다. 그 하늘의 렌즈 아래서 나는 아무것도 숨길 것이 없습니다"라고 고백할 수 있는 사람이 되어야 한다. 그 하늘의 렌즈는 우리가 의식하든, 의식하지 못하든 지금도 우리의 일거수일투족을 찍고 있고 그 필름을 끊임없이 하나님께로 전송하고 있다.

진정한 이웃
(눅 8:19~21, 성도, 영적 가족 / 찬 222장)

예수님의 어머니 마리아와 형제 야고보, 요셉, 유다 시몬(마 13:55)이 한참 사역 중인 예수님을 보려고 문 밖에서 기다리고 있었다(19, 20절). 효자로 소문난 예수가 가족들을 잘 부양하던 30세에 갑자기 집을 나가서 자신이 '하나님의 아들'이라며 돌아다녔다. 그래서 사람들은 예수가 귀신들린 줄 알았고(막 3:21) 가족들은 그를 집으로 데려가기 위해서 지금 와 있다. 이때 예수님은 자기 사역을 중단시키려는 가족들을 향하여 "누가 나의 부모며 형제냐?"(21절)라고 말씀하셨다. 그를 가장 이해 못했던 사람들은 가족들이었다. 그들은 하나님의 사역을 중단시키려 나왔다. 그 순간 그들은 남보다 못한 가족이 되었다. 우리에게도 가족이 있지만 때로는 남보다 못한 가족이 있다. 예수님께서도 이를 느끼시고 "나의 진정한 혈육은 말씀을 행하는 자이다"(21) 외치셨다. 혹시 우리가 가족에게 버림받은 경험이 있는가? 그러나 교회 안에는 혈육보다 더 나은 참 가족들이 많다. 어떤 자는 교회 안에서 훌륭한 신앙의 동지를 만나면서부터 인생의 꽃이 핀 사람도 있다. 교회 안에서 좋은 친구 만나기를 기도해야 한다.

꾸짖으시는 예수님
(눅 8:22~25, 정복, 능력 / 찬 358장)

예수님께서 큰 풍랑을 잔잔케 하시는 기적을 일으키셨다. 그는 갑자기 불어 닥친 광풍을 잔잔케 하실 때 독특한 표현법을 쓰셨다. "바람과 물결을 꾸짖으시니"(24절)였다. 이 "꾸짖다"라는 표현은 복음서에 자주 나오는 말이다. 예수님이 귀신을 꾸짖으시니 귀신이 물러가고, 바리새인들을 꾸짖으시니 그들이 물러가고, 병을 꾸짖으시니 병이 물러가고 성난 파도를 꾸짖으니 파도가 물러가고 마지막으로 십자가에서 큰 소리를 지르시니(막15:37), 즉 죽음의 세력이 물러갔다. 예수님은 항상 꾸짖으시는 분이다. 이 '꾸짖음'은 적에 대한 승리의 선언이다. '물러감'은 패배 당한 적의 모습이다. 예수님은 오늘도 자기 백성을 괴롭히는 사탄의 세력을 꾸짖으시는 분이다. 그는 우리에게 다가오는 병마를 꾸짖고, 환난을 꾸짖고, 원수를 꾸짖어서 물러가게 하시는 분이다. 그의 능력은 추상적이지 않다. 그는 실질적이시다. "예수 예수 믿은 것은 받은 증거 많도다"라는 찬송은 이 실질적인 예수의 능력을 체험한 사람들의 고백이다. 사탄을 꾸짖고 호통 치는 대장이 옆에 있으니 우리는 너무 안심이 된다.

귀신의 전략
(눅 8:26~39, 세상, 문화, 교회 / 찬 496장)

예수님이 거라사 지방에서 귀신 들린 한 사람을 만났는데 그 귀신은 '군대 귀신'이었다(27~30절). 예수님은 그 군대 귀신을 그 사람에게서 나오라 명하셔서 돼지 떼에게로 옮기셨고, 이 소문은 파다하게 퍼졌다(32~33절). 군대 귀신은 그 사람 속에 들어가서 그 사람의 인격과 정신과 육신을 파괴하였다(27절). 예수님 당시만 해도 이런 귀신의 역사가 허다했다. 성경을 읽어보면 귀신은 사람 속에 들어가서 직접적으로 사람의 개성과 인격을 파괴하는 존재이다. 그런데 귀신의 전략이 바뀌었다. 귀신은 현시대의 세상의 문화적 메커니즘을 통해서 자신의 세력을 펼쳐나간다. 그들은 문화를 선택하였다. 그들은 인간의 문화와 가치관을 혼동 시키려 한다. "즐길 수 있는 대로 최대한 즐겨라. 가질 수 있으면 최대한 가져라. 그것이 행복이다"라고 가르친다. 그들은 욕심과 욕정과 욕망이 올라오는 대로 속 시원히 처리하며 사는 것이 인간다운 삶이라고 가르친다. 온통 매스컴과 잡지는 식욕, 성욕, 출세욕을 자극한다. 사탄의 전략이 바뀌었다. 그래서 교회는 세상 문화를 선택한 귀신을 때려잡는 기동타격대가 되어야 한다.

하나님이 인생을 다루시는 법
(눅 8:40~42, 인생, 겸손, 자식 / 찬 288장)

야이로라 하는 회당장의 외동딸이 죽어가고 있었다. 그래서 그 회당장은 예수님의 발아래에 엎드려 자기 집에 오시기를 간청하였다(41절). 회당장의 직책상 유대종교인들이 배척했던 예수 앞에 무릎을 꿇는 행위는 논란이 될 만한 행동이었다. 그러나 자식이 죽어가는 마당에 그것이 무슨 소용인가? 당시 회당장은 존경받는 지도자요 권력가였다. 회당장은 요즘말로 하면 그 지역을 대표하는 교회의 담임 목사에 해당되는 사람이다. 그는 인생에서 성공할 만큼 성공한 사람이었다. 인생은 그에게 최고의 것을 아낌없이 주었다. 그러나 이제는 그에게 가장 귀중한 것을 앗아 가려한다. 인생이란 본래 그런 것이다. 우리가 많이 가졌다고 기뻐할 수도, 적게 가졌다고 슬퍼할 수도 없다. 복이 나에게 굴러 들어온 것 같은데 어느 날 보면 사라지고, 또 사라진 줄 알고 실망하여 앉아있으면 어느새 내 옆에 다가와 있다. 하나님이 인생을 이렇게 다루시는 이유는 우리가 너무 가졌다고 교만해서 하나님을 잊어버리지 않게 하기 위함이요, 또 너무 궁핍해서 도둑질하지 않게 하기 위해서이다.

일대 일로 만납시다
(눅 8:43~48, 경건, 영성 / 찬 445장)

혈루병을 앓고 있던 한 여인이 있었다. 이 여인은 엉터리 시술을 12년 동안 받고도 치료받지 못하고 몸과 마음을 탕진한 여인이었다(43절). 이 여인은 예수님이 온다는 소식을 듣고 군중 속을 헤집고 들어가서 마침내 그의 옷자락을 만졌다(44절). 그 순간 치유의 능력이 그녀의 몸에 전달되었다. 이를 아신 예수님은 그 불쌍한 여인을 자기 앞으로 돌려 세웠다. 이 여인은 예수님과 마주섰다(47절). 그리고 "딸아 네 믿음이 너를 구원하였다"는 놀라우신 예수님의 선포를 들었다. 여기서 "구원 받았다"는 것은 전인적인 구원, 즉 육체, 마음, 영혼이 다 구원받았다는 뜻이다. 그녀는 군중 속에서 그의 옷을 만짐으로 이미 몸은 나았지만 예수님과 일대일로 서면서 그녀는 전인적인 치유 즉 몸과 마음과 영혼의 병까지 치유 받았다. 사람은 누구든지 항상 예수님 앞에 1대1로 서야 한다. '나와 당신'이라는 관계로 매일 마주 서야 한다. 이때 비로소 우리에게도 전인적인 치유와 회복이 일어난다. 매 주일 예배드리는 군중 속에서만 만나는 그와 나와의 관계는 자칫 추상화 될 수 있다.

사람의 위로와 예수님의 위로
(눅 8:49~56, 사람의 위로, 하나님의 위로 / 찬 393장)

회당장의 외동딸이 예수께서 도착하기 전에 이미 죽어버렸다. 사람들은 이미 상황이 종료된 것으로 보고 더 이상 예수를 귀찮게 하지 말라고 했고(49절), 대부분 사람은 통곡하였다(52절). 이때 예수님은 "울지 말라. 죽은 것이 아니고 잔다"(52절)라고 말씀하셨다. 사람들은 비웃었다(53절). 그러나 예수님은 그들이 보는 앞에서 그 아이를 단숨에 일으켜 세우셨다(54절). 그가 울지 말라고 했던 것은 단순한 위로가 아니라 약속이었다. 이것이 예수님의 위로이다. 우리도 장례식에서 슬픔 당한 유족들에게 울지 말라고 위로한다. 이 위로 안에는 어떤 의미가 내포되어 있나? '그렇게 운다고 죽은 사람이 다시 살아오느냐 마음을 정리하세요. 이제는 산자는 살아야 되지 않습니까' 라는 의미가 있다. 사람은 체념하고 위로한다. 하지만 예수님의 위로는 더 이상 위로 받을 일이 없도록 해주겠다는 약속이 내포된 위로이다. 그는 오늘도 우리를 위로하신다. "내가 더 이상 슬퍼할 필요가 없게 해주겠다. 더 이상 자살할 필요가 없게 해주겠다. 더 이상 은둔할 필요가 없게 해주겠다" 라고 말씀하신다.

목회자와 성도 간에 예의를 잘 갖춥시다
(눅 9:1~6, 목회자, 성도 / 찬 493장)

예수님께서 열두 제자들을 전도자로 파송하시면서 몇 가지 준칙을 주셨다. 지팡이, 주머니, 양식, 돈, 두벌 옷 등과 같은 것을 소유하지 말라는 것과(3절) 어느 집에 머물든지 가능한 거기서 오래 머물라는 것과(4절) 자신들을 영접치 않는 가정에게서 과감하게 떠나라는 것이었다(5절). 그런데 여기서 좀 특이한 것은 전도자는 왜 한 집에 오래 머물러 있어야 하는 가이다. 이 집은 하나님께서 전도자들의 의식주를 해결하기 위해 예비한 처소를 가리킨다. 예수님 당시에도 전도자들을 영접하며 대접하는 것은 성도들의 의무였다. 그런데 전도자에게 있어서도 하나의 철칙이 있었다. 그것은 가능한 그 집에 오래 머물러 있어야 한다는 것이었다. 왜냐하면 잡음을 방지하기 위해서였다. 전도자들이 거처를 이곳 저곳 쉽게 옮겨 다님으로 거처를 제공했던 집 주인으로 하여금 자기 집을 전도자들이 불편해 했다는 오해를 당하지 않도록 하기 위함이었다. 예수님은 일반 성도와 전도자 간에 있어서 상호존중과 서로의 예의와 배려를 강조하셨다. 오늘날 목회자와 성도 간에도 이 섬김과 배려가 있어야 한다.

두발 뻗고 잡시다
(눅 9:7~9, 죄인의 마음, 불안, 정신 장애 / 찬 423장)

예수님의 활약상을 보고 헤롯은 매우 당황하였다. 왜냐하면 자기가 죽인 세례 요한이 예수로 환생했다는 소문 때문이었다(7절). 그래서 헤롯은 예수를 주시하지 않을 수 없었다(9절). 헤롯은 자기 이복동생의 부인이었던 헤로디아와 불륜관계를 맺어 본처는 버리고 그녀와 결혼하였다. 헤롯은 이 일을 비난한 세례 요한을 참수형에 처했다. 이것이 그의 마음에 늘 걸렸던 것일까? 당시 사람들 가운데 세례 요한과 예수의 사역의 유사성 때문에 예수님을 세례 요한의 환생이라고 보는 자들이 있었다(7절). 이러한 소문이 계속 확산되자 헤롯은 당황하였다. '심히 당황하여' 라는 말은 불안 상태가 완료되지 못하고 계속 진행되는 것을 가리킨다. 악인은 쫓아오는 자가 없어도 도망한다(잠 28:1)고 했는데 헤롯이 바로 그 꼴이었다. 숨길 것이 많은 자는 항상 불안하다. 불안은 점점 커지다가 정신적인 장애까지 입게 된다. 노이로제가 바로 그것이다. 우리에게 혹시 뭔가 남에게 숨길만 한 것이 있는가? 있다면 오늘부터 이 자리에서 과감히 손을 씻어야 한다. 그러면 오늘밤부터 두 발 뻗고 잘 수 있다.

기적은 감사에서 시작됩니다
(눅 9:10~17, 감사, 기적 / 찬 429장)

예수님이 설교하시는 중 날은 저물어 가고 있었고 무리들은 시장하였다. 그러나 거기는 음식을 사올 수 없는 빈들이었다(12절). 이때 예수님은 무리들 속에서 구해 온 떡 다섯 개와 물고기 두 마리로 큰 기적을 일으켜서 그들을 배불리 먹이셨다(13~17절). 먼저 예수님은 5병2어를 들고 하늘을 우러러 축사하셨다(16절). 여기서 '축사' 는 유대인들의 식전 기도를 말하는데 이는 당시 유대인 가장이면 누구나 하는 일반 식사기도였다. 따라서 그의 축사는 기적을 바라는 기도가 아니었고 식사 감사 기도였다. 예수님은 이 감사 기도를 끝내시고 떡을 떼어 주셨다(16절). 여기서 '떼어' 라는 동사는 일회적인 행동을 가리키고 '주어' 라는 동사는 계속 반복된 행위를 가리킨다. 예수님께서 떡을 떼어 내실 때마다 떡 조각들이 계속 생성되었다는 말이다. 기적 중에 기적이 일어났다. 이렇게 해서 먹은 사람들이 남자만 5000명이었다. 기적을 이룬 기도는 감사기도였다. 달라고 보채는 기도보다 감사하고 찬미하는 곳에 기적이 일어났다. 이것은 우리에게도 많은 의미를 준다.

너희는 나를 누구라 하느냐?
(눅 9:18~27, 신앙고백 / 찬 315장)

예수님께서 사람들이 자기를 누구라 하는지 제자들에게 물으시더니(18절) 갑자기 제자들에게도 "너희는 개인적으로 나를 누구라 하느냐?"(20절)라고 질문하셨다. 예수님은 다른 사람이 자신에 대하여 말한 것을 알고 있는 정도로는 충분하지 않았다. 예수님은 사람들이 자기를 엘리야로 혹은 세례 요한으로 여기던 말든 그것은 중요하지 않았다(19절). 단지 그는 제자들 각각이 자신을 어떻게 여기고 있는지 알고 싶으셨다. 그는 제자들이 자기에 관하여 객관적인 시험을 치른다면 합격할 수 있을지 모르지만 그것보다 개인적으로 자기를 어떻게 생각하고 있는지를 물으셨다. 예수님은 오늘날 우리들에게도 물으신다. "너희가 서적을 통해서 나를 독파했을지라도 그것 가지고는 충분하지 않다. 나에 대한 객관적인 지식 말고 너 개인은 나를 누구라 생각하느냐?"라고 질문하신다. 예수님은 자신에 대한 우리의 개인적인 느낌, 생각, 신앙고백을 중시하신다. 그래서 우리는 그분을 항상 개인적인 발견을 해야 한다. 기독교는 어떤 신조를 받아드리는 것이 아니라 그를 누구로 받아드리느냐에 달려있다.

은혜 받을수록 신중해야 합니다
(눅 9:28~36, 과도함, 교회 / 찬 515장)

예수님께서 산에서 기도하실 때 그 용모가 영광스럽게 변하면서(29절) 구약의 두 위대한 인물 모세와 엘리야와 대화하시는 놀라운 광경이 펼쳐졌다. 대화의 내용은 십자가와 죽음에 관한 것이었다(31절). 이때 제자들이 깊은 잠에 빠져 있다가 깨어버렸다(32절). 그들의 대화소리와 예수님 몸에서 발산되는 광채 때문에 잠에서 깨어 버렸다. 그리고 구름이 와서 저희들을 덮었고(34절) 하늘에서는 하나님의 음성이 들렸다(35절). 참으로 황홀한 광경이었다. 이때 베드로는 너무나 황홀하여서 느닷없이 세 개의 초막을 짓자고 제안하였다. 성경은 베드로의 이 말을 생각 없이 내뱉은 말로 못 박았다(33절). 황홀에 취해서 흥분하여 내 뱉은 쓸데없는 말이었다. 교회 안에도 은혜에 도취되어서 정황에 대한 고려 없이 무조건 내 뱉는 무익한 주장들이 많다. 은혜에 너무나 취해서 상황에 대한 판단 없이 주장하는 무리한 소리들이 많다. 은혜 받았다고. 열정이 넘친다고 무조건 치고 나가는 경향의 사람들이 있다. 은혜와 열정이 넘칠수록 목회자와 대화하고 교회의 정서를 깊이 생각하는 신중함이 필요하다.

십자가만 아시는 예수님
(눅 9:37~45, 십자가, 교회 / 찬 259장)

귀신들려 발작하는 아이의 아버지가 예수님께 나왔다(38절). 예수님께서 그 귀신들을 꾸짖자 단숨에 그것들은 아이에서 떠났다(42절). 이를 본 많은 사람이 환호하며 기이히 여겼다. 무리들이 예수를 칭송하고 환호하는 그 순간에(43절) 예수님은 독특한 한 설교로 그 상황을 정리하셨다. 그 설교는 장차 자기가 사람들 손에 넘겨져서 죽게 된다는 것이었다(44절). 그는 왜 이 상황 가운데서 십자가 이야기를 하셨을까? 그는 최고의 인기와 명성을 누리려는 그 순간에도 오직 십자가만 생각하셨다. 그는 십자가밖에 모르는 분이셨다. 그는 모든 일을 십자가와 연관시키셨다. 교회도 이 예수님의 정신을 닮아야 한다. 교회의 모든 일은 십자가를 위한 일이어야 한다. 예배도, 봉사도, 구제도, 교육도, 선교도, 친교도 다 십자가를 드러내는 일이어야 한다. 교회가 목사의 이름을 알리는데 정열을 쏟는다든지, 교회를 홍보하기 위한 수단으로 구제와 봉사를 강행한다든지, 십자가가 빠진 교양강좌로 인기를 누리려 한다면 그것은 예수님의 정신과 위배된다. 오늘 내가 하는 모든 봉사도 십자가를 위한 일이어야 한다.

연약해야 삽니다
(눅 9:46~48, 어린이 / 찬 565장)

제자 중에서 누가 크냐 하는 논쟁이 일어날 때(46절) 예수님은 어린이 하나를 자기 옆에 세우셨다(47절). 어린이는 유대 사회에서 인구 계수에 들지 못하는 부류였다. 예수님께서 어린이를 곁에 가까이 하신 일 그 자체는 예수님의 좌. 우편을 먼저 차지하려는 제자들의 논쟁에 찬물을 끼얹는 것과 다름이 없었다. 더군다나 이것은 서열이나 계급을 따지는 사람들이 아닌 이런 어린이와 같은 사람이 장차 자기 좌. 우편에 서리라는 것을 암시하는 행위였다. 예수님은 어린이를 영접하는 행위를 하나님을 영접하는 행위와 동급으로 보셨다(48절). 왜 그는 어린이를 이처럼 귀히 보시는 걸까? 그들의 순진성 때문인가? 아이들도 과자 하나 놓치지 않으려고 서로 할퀴고 싸우는 이기심이 있지 않은가? 예수님께서 귀하게 본 것은 그들의 연약성 때문이다. 어린이는 본질상 연약하다. 누군가에게 의지하는 것이 그들의 본성이다. 하나님은 이처럼 의지하는 자를 찾으신다. 하나님은 연약한 자를 찾으신다. 우리가 이 세상에서 생존할 수 있는 유일한 방법은 연약해지는 것이다.

장로교도 감리교도 다 예수님 편입니다
(눅 9:49~50, 교파, 편협 / 찬 446장)

예수님의 제자 공동체에 속하지 않으면서도 '주의 이름으로' 능력을 행하는 사람들이 있었다. 그들은 주의 이름으로 귀신을 축출하는 능력을 보였다. 요한은 그들이 못마땅했다. 요한은 그들이 '우리와 함께 따르지 아니하므로', 즉 우리 공동체에 들어오지 않으므로 그들이 하는 일을 금지시켜야 한다고 제안하였다(49절). 그러나 예수님은 "그들을 금하지 말라 너희를 반대하지 않는 너희를 위하는 자니라"고 답하셨다(50절). 이 부류들이 누군지 자세한 언급은 없지만 예수님께서는 그들도 제자로 용납하셨다. 제자가 되는 것은 어떤 특권이 아닐진대, 이미 제자들 사이에 집단 이기주의가 도사리고 있었다. 예수님의 제자가 반드시 열둘 만 있는 것이 아니라 더 광범위한 영역에서 제자들이 있었다. 하나님께 나아가는 길은 많다. 우리 교회만, 우리 교단만 하나님께서 귀히 보시는 것이 아니다. 예수님을 반대만 하지 않는다면, 즉 이단만 아니면 다 예수님 편이다. 통합이든 합동이든 고신이든 다 예수님의 편이다.

신학적 논쟁은 피하십시오
(눅 9:51~56, 다툼, 논쟁 / 찬 407장)

예수님과 일행들이 사마리아를 통과하려 할 때(52절) 사마리아인들은 민족적, 종교적 반감을 가지고 그들을 배척하였다(53절). 사마리아와 유대인 사이에는 신앙적 신학적 견해 차이로 약 1세기 동안 다툼이 있었다. 자신들의 출입을 방해하는 사마리아인들에 대하여 화가 난 야고보와 요한은 천벌을 내려 그 마을 소멸시키자 하였다(54절). 그러나 예수님은 다른 길로 우회하셨다(56절). 예수님은 그 마을에 천벌을 내리거나, 사마리아인들과의 논쟁을 피하시고 우회하셨다. 우리도 우리와 신학적 신앙적 견해가 조금씩 다른 사람들과 종종 만난다. 그때는 논쟁을 피하고 우회하는 것이 좋다. 종교개혁자 존 칼빈, 마틴 루터, 쯔빙글리는 성만찬 교리 때문에 의견 충돌이 일어났을 때 그들은 극한 대립과 논쟁을 피하고 각자의 노선을 걸어갔고 거기서 위대한 복음의 역사를 꽃 피웠다. 이단이든, 삐뚤어진 신앙을 가진 자든 그들과 논쟁할 필요는 없다. 논쟁으로 그들을 변화시킬 수가 없다. 그냥 우회하는 것이 상책이다. 단 그들을 긍휼히 여기고 그들의 구원을 위해 간구하는 것은 잊지 말아야 한다.

미지근한 태도는 안 됩니다
(눅 9:57~62, 우유부단, 미지근함 / 찬 347장)

예수님의 말씀을 경청하고 있던 한 사람이 자기 부친의 장례식을 마친 뒤 나중에 예수님을 따르겠다고 하자(59절) 예수님은 장례는 불신자 가족에게 맡기고 속히 하나님의 일을 하라 하셨다 (60절). 너무 매정한 말씀이 아닌가? 사실 그 부친이 진짜 죽었다면 그가 예수님께 나와 한가하게 말씀을 듣고 있을 수 없다. 또 무더운 이 지역에서 사람이 죽으면 부패 방지를 위해서 즉시 장례하는 것이 상례인데 나중에 장례를 치르고 난 후에 따르겠다는 말은 거짓이다. 이 사람은 예수님을 따르는 일에 주저하며 핑계를 댄 것이다. 그는 우유부단한 사람이었다. 어떤 순간에는 감정이 일어났다가 어떤 순간에는 가라앉는 사람이었다. 이럴까 저럴까 늘 갈등하는 사람이다. 마음이 뜨거워졌을 때 바로 행동해야 한다. 즉시 행동하지 않으면 생각만 많아지고 행동하기 힘들어진다. 하나님 나라의 표어는 후퇴가 아니라 전진이다. 예수님께서는 부친 장례는 다른 가족에게 맡기라는 말은 우유부단하고 미지근한 태도에서 나온 그의 거짓말을 지적한 것이지 부모에 대한 예의를 저버리라는 말씀이 아니다.

말씀을 거절하면 어떻게 되는지 아세요?
(눅 10:1~16, 복음, 심판 / 찬 96장)

예수님은 설교 하는 자와 설교 듣는 청중의 자세에 관하여 말씀하셨다. 설교자가 "전대와 주머니와 신을 가지지 말라"(4절)는 말은 모든 의식주를 하나님께 맡기라는 뜻이다. 설교자는 심방하는 집에 항상 복을 빌어주고(5절) 비싼 요리보다 자기 앞에 놓인 대로 먹어야 하며(7~8절) 나은 숙소를 구하려고 이집 저집 돌아다니지 말라하셨다(7절). 또 설교자는 자신을 영접치 않는 가정이 있으면 신발의 먼지를 떨어버리고 그 가정을 저주하며 나와야 한다(10~12절). 이 부분은 다소 의외의 말씀이다. 한두 번 복음을 거절했다고 해서 그 가정을 포기해서는 안 되는 것이 설교자의 원칙이다. 그러면 이것은 무슨 뜻인가? 이 말씀은 오히려 청중들에게 주신 말씀이다. 하나님의 말씀을 거절하면 장차 임할 심판의 책임은 그들 스스로가 전적으로 져야 한다는 것을 나타내는 표현이다. 복음을 거절하는 자에게는 그 설교자의 신발의 먼지가 저주가 되어 훗날 유죄 선고의 자료로 그에게 되돌아온다는 것이다. 이런 자에게 내릴 심판의 강도는 소돔과 고모라 때와는 비교할 수 없다고 한다(12절).

초인종을 누르면 사탄은 신음합니다
(눅 10:17~20, 전도, 사탄 / 찬 499장)

예수님의 70인 전도대가 성공적인 전도 임무를 마치고 돌아왔다. 그들이 전도할 때 귀신의 세력들이 물러가는 역사가 있었고(17절) 그들이 전도임무를 수행할 때 어둠과 악의 세력들이 땅으로 떨어지는 광경을 예수님께서도 보셨다(18절). 여기서 귀신의 세력을 이 땅에서 멸하는 중요한 방법 하나를 깨닫게 된다. 그것은 전도이다. 전도는 사탄의 힘과 기세를 떨어뜨린다. 전도는 사탄이 항복을 결심하게끔 만든다(20절). 우리가 전도할 때 사탄은 치명상을 입는다. 사탄이 제일 두려워하는 것은 불신자 한 사람이 전도되어 생명책에 그 이름이 기록되는 것이다(20절). 전도는 사탄의 숨통을 틀어막는 가장 강력한 무기이다. 하나님은 전도자에게 뱀과 전갈을 밟으며 원수의 모든 능력을 제어할 수 있는 권세를 주셨다(19절). 전도하는 자를 귀히 여기시는 하나님의 모습과 전도하는 자를 보고 겁먹고 치명상을 입는 사탄의 모습이 대조적이다. 오늘 우리가 아파트 초인종을 누르고 전도지를 돌리고 누군가에 예수님을 소개하고 있는 그 순간에 사탄은 괴로워하고 신음하고 항복을 생각하다 땅에 떨어진다.

순전한 마음이 위대하다
(눅 10:21~24, 말씀, 순전함 / 찬 200장)

하나님 나라의 계시는 교만한 자에게는 숨기시고 어린이와 예수님께만 드러난다(21~22절). 반면에 하나님 나라의 계시는 완악한 이스라엘의 조상들에게는 철저히 숨겨졌다(24절). 하나님은 어린아이와 같은 순전한 마음을 학식 있는 자의 마음보다 더 귀하게 보신다. 하나님은 인간의 순전한 마음속에 자기 자신을 계시하신다. 사람은 영리해지는 것을 장려하지만 하나님은 순전해지는 것을 장려한다. 머리로만 신앙생활하는 사람은 설교를 들어도 그 설교가 그 영혼에 닿지 않고 이성의 통로로만 직행한다. 어떻게 인간 이성이 하나님의 계시의 말씀을 이해하고 접수할 수 있을까? 어린아이와 같은 순전한 마음에 말씀이 떨어지면 그 말씀은 이성의 통로로 향하는 것이 아니라 영혼 통로로 들어간다. 그래서 그 맑고 티 없는 마음에 하나님의 계시는 머문다. 기적은 여기서 일어난다. 성경에 나오는 '옥토'란 어린아이와 같은 순전한 마음을 가리킨다. 여기에 말씀의 씨가 떨어지면 30배 60배 100배의 결실을 거둔다. 어린아이처럼 순전한 마음으로 계시를 받는 자에게만 능력이 나타난다.

선한 사마리아인의 비유
(눅 10:25~37, 영성, 경건, 자비 / 찬 218장)

예수님께서 길 가다가 강도 만난 사람의 이야기를 하셨다. 일명 선한 사마리아인의 비유이다. 어떤 사람이 강도를 만나서 돈을 뺏기고 피를 흘리며 쓰러져 있다. 그 사람 곁에 한 제사장이 다가왔으나 그는 그 죽어가는 자를 피해 버렸다(31절). 죽어가는 사람을 만지는 것은 율법상 부정하다 해서 그냥 피했을까? 레위인도 그 죽어가는 자를 발견하였다. 그러나 그도 역시 피해버렸다(32절). 레위인은 안전제일이라는 표어를 가지고 사는 사람이었을까? 이번에는 사마리아 사람이 등장하였다. 청중들은 사마리아 사람이라고 하자 분명히 악당이 등장하는구나 생각했을 것이다. 그러나 그는 실지로 도움을 베풀었다. 그는 자비로운 사람이었다. 그는 여관주인에게 그 강도 만난 사람을 맡길 수 있었을 만큼 신용도 있는 자였다(33~35절). 사마리아 사람은 신학적으로 유대인과 다른 노선을 걷고 있는 사람이었다. 그러나 그는 신학적으로는 온전치 못했으나 자비롭고 정직하고 신용 있는 사람이었다. 얼마나 성경을 많이 아느냐가 중요하지 않다. 자비와 정직과 신용이 없는 봉사와 성경지식은 예수님께 인정받지 못한다.

행동파와 사색파
(눅 10:38~42, 교회, 구성원 / 찬 440장)

예수님께서 마르다와 마리아의 영접을 받아서 그들의 집에 유하시게 되었다(38절). 마리아는 예수님의 발아래 앉아 말씀을 경청했고(39절) 마르다는 예수님의 일행들을 대접하기 위해서 매우 분주하였다(40절). 마르다는 마리아의 이런 태도에 분노하였다. "어째서 너는 일하지 않고 앉아 있느냐?"(40절) 이것은 두 기질, 즉 행동파와 사색파의 충돌이었다. 본래적으로 기질이 활동적인 사람도 있고 조용한 사람도 있다. 행동파는 사색하는 사람을 문제 해결에 도움이 안 되는 사람이라고 경멸한다. 반대로 사색파는 깊은 분석 없이 몸부터 움직이는 행동파를 경멸한다. 교회 안에는 이렇게 다양한 기질의 사람들이 공존한다. 그런데 우리가 이 '다양성'의 문제를 옳고 그름의 문제로 볼 수 있을까? 마리아와 마르다는 기질의 차이는 있었지만 둘 다 예수님을 사랑하고 있었고 극진히 섬기고 있었다. 사실 이것이 중요한 것 아닌가? 하나님은 모든 인간을 똑같이 만들지는 않았다. 하나님은 마리아도 필요하고 마르다도 필요하다. 하나님은 자신의 필요에 따라, 다양한 인격체들을 교회 공동체 가운데 두셨다.

하루의 밥을 주세요
(눅 11:1~4, 일용할 양식 / 찬 290장)

예수님께서 기도를 가르쳐주셨다. 우리가 기도할 때 반드시 그 기도에 들어가야 할 기도제목 중에 하나님이 거룩히 여김을 받는 것(2절), 하나님 나라가 이 땅에 이루어지는 것(2절), 일용할 양식(하루의 밥)을 먹는 것(3절), 자신과 이웃의 죄가 용서되는 것(4절) 등이다. 여기서 특이한 것은 '하루' 의 밥을 먹게 해달라는 기도이다. 왜 하루인가? 이 하루라는 말은 모세의 만나와 메추라기 이야기를 생각나게 한다. 이스라엘 백성들은 광야에서 그날에 필요한 하루의 식량만 모으면 족했다. 왜냐하면 하루 이상의 식량을 거두었을 때 그것들은 그 다음날 썩어 있었기 때문이다. 이 이야기는 오늘 하루도 하나님만 의지하며 살고, 내일 하루도 그렇게 살아야 한다는 교훈을 준다. '하루' 의 밥을 구하라는 것은 미래를 염려하지 말고 단지 오늘 하루하루를 하나님의 절대적인 도움을 구하며 살아야 한다는 의미이다. 내일 일은 내일 염려하고 오늘 하루의 삶에 우리는 자족하며 감사해야 한다. 이렇게 매일을 하나님을 의지하고 자족하며 살다보면 어느새 칠십년 팔십년 하나님과 동행하는 삶이 될 것이다.

파렴치하게 기도하세요
(눅 11:5~13, 기도, 인내 / 찬 362장)

예수님께서 기도에 관한 교훈을 가르쳐주셨다. 어느 여행자가 밤늦게 친구 집에 도착했는데(6절) 그 집에 먹을 것이 없자 친구는 이웃에게 빵을 빌리러 갔다(5절). 그런데 문이 닫혀 있었다. 문이 닫힌 것은 사생활을 간섭하지 말라는 뜻이었지만(7절), 친구는 음식을 구하기 위해 강청하였다(8절). "강청하였다"는 말은 "부끄러움 없이 필사적으로 파렴치하게 두드렸다"는 것을 의미한다. 파렴치하게 구하는 것이 중요하다. 필요한 것이 있으면 사람 눈치 볼 것 없이, 하나님 눈치 볼 것 없이 무조건 구하라는 것이다. 부끄러워하지 말고 파렴치하게 계속해서 끈질기게 구하고, 두드리고, 찾으라는 것이다. 파렴치한 기도, 사람 눈치 보지 않고 하는 끈질긴 기도에 결국 하나님은 자비를 베풀어 주신다(9절). 우리는 쉬지 말고 기도해야 한다. 어느 상황에서나 운전할 때나, 설거지할 때나 상관없이 끈질기게 기도해야 한다. 예수님은 우리가 기도할 때만은 파렴치한 사람이 되라 하신다. 왜냐하면 하나님은 우리의 아버지이기 때문이다(13절). 아버지는 우리의 모든 것을 다 이해하시고 용납하여주신다.

중상모략
(눅 11:14~26, 중상모략 / 찬 290장)

예수님께서 한 벙어리 귀신들린 자를 고치는 것을 보고(14절) 유대교 지도자들은 예수님이 바알세불(귀신의 두목)을 힘입어 귀신을 내쫓은 것이라 하였다(18절). 예수가 왕초 귀신의 힘을 빌려서 졸개 귀신을 내쫓았다는 말이다. 예수님은 이들의 말을 받아서 "어떻게 귀신이 귀신을 내쫓을 수 있느냐? 그러면 어떻게 귀신의 나라가 온전해 질 수 있겠느냐?"(18절)라고 말씀하셨다. 이것은 악인들의 상투적인 수단이다. 예수님의 기적을 무수히 보았고 그의 설교를 많이 엿들은 유대인들은 예수에 대해서 부정할 수 없는 무엇인가가 있다는 사실을 알았다. 그럼에도 그들은 이제는 예수님이 귀신이 들렸다고 뒤집어씌우고 있다. 사람들은 올바른 것을 더 이상 꺾을 수 없을 때 중상모략에 호소하는 습성이 있다. 어떤 목사가 창녀에게 전도하고 있었는데 그의 대적들은 그가 음탕한 다른 이유 때문에 전도하는 것이라 했다고 한다. 우리는 우리의 깊은 열등감 때문에 옳은 사람들을 얼마나 도살하고 있는지 모른다. 잘난 사람에게 이유 없이 중상 모략하는 이런 성향에 깊은 자성이 필요하다.

투자를 바꾸면 성공합니다
(눅 11:27~28, 충성, 헌신 / 찬 327장)

예수님께서 유대교 지도자들과 바알세불에 관해 논쟁 중일 때 한 여자가 소리를 쳤다. "당신을 밴 태와 당신을 먹인 젖이 복이 있도소이다"(27절) 아기 예수를 수태하였던 마리아에 대한 찬양이었다. 그러나 예수님은 진정한 복이란 하나님의 말씀을 듣고 지키는 것이라고 하셨다(28절). 이 세상에서 가장 복 있는 자는 성서의 말씀이 믿어지고 또 그것이 가르친 데로 사는 자라고 하셨다. 예수님은 성서에 대한 인간의 태도에 민감하셨다. 그는 심지어 자기의 참 모친과 동생은 하나님의 말씀을 듣고 준행하는 자라고까지 하셨다(눅 8:21). 하나님은 자신의 계시의 말씀을 사람들이 믿어주고 알아주는 것에 엄청난 희열을 느끼신다. 하나님은 성서를 믿을 뿐 아니라 그것을 생의 좌표로 따르는 자를 절대로 가만히 놔두시지 못하신다. 이런 자에게 하나님은 복을 안 주려야 안 줄 수가 없고, 자기의 진정한 가족으로 안 받아 드리려야 안 받아드릴 수 없다. 살기 힘든 이 시대에 우리의 생존을 여기에 걸어야 한다. 일, 능력, 업적. 성과보다 성서에 투자하는 쪽이 훨씬 성공에 가깝다.

말씀은 비타민입니다
(눅 11:29~32, 경건, 영성, 성서 / 찬 199장)

사람들은 예수님이 귀신을 쫓아내신 표적에 만족하지 못하고 더 큰 표적을 요구하였다(29절). 그러나 그의 수많은 표적을 보아왔으면서도 믿지 않는 사람들을 빗대어 예수님은 말씀(전도)으로 안 되면 표적으로도 안 된다고 하셨다. 요나의 표적밖에 보여줄 것이 없다는 것은(29절) 니느웨 백성들이 요나의 전도만 듣고도 회개하고 하나님께로 돌이킨 사건을 가리킨다. 기적 혹은 표적을 통해서 예수님을 믿는 것보다 말씀을 들음으로 믿는 것이 훨씬 가치 있다. 일상에서 기적, 신비, 환상을 구하기보다 항상 말씀(성경)을 통해서 힘을 얻어야 한다. 물론 표적이 우리에게 큰 에너지를 주는 것이 사실이지만 더 중요한 것은 말씀이다. 성서는 누구도 마음만 먹으면 손에 넣을 수가 있다. 그러나 누구도 읽기 싫어하는 책 중에 하나가 성서이다. 왜냐하면 어렵고 딱딱하기 때문이다. 그러나 예수님은 말씀을 읽고 겸손하게 응답하는 삶이 복된 삶이라 하셨다. 우리가 매일 섭취하는 하루의 말씀이 우리 영혼의 보약이요 비타민이다. 갑작스럽고 흥분된 엑스타시보다 하루하루 말씀을 복용하는 삶이 바른 삶이다.

인격은 후천적입니다
(눅 11:33~36, 경건, 마음 / 찬 444장)

눈이 건강하면 몸은 필요한 모든 빛을 받아드리게 되고 눈이 병들면 그 빛도 어두워지게 된다(34절). 여기서 눈은 마음을 가리킨다. 마음의 건강 유무에 따라서 인격이 결정된다. 그래서 예수님도 "네 속에 있는 빛이 어둡지 아니한가 보라"(35절), 즉 우리의 마음이 깨끗한지 늘 점검하라고 하셨다(35절). 마음은 항상 굳어지는 속성이 있다. 그래서 마음은 습관과 인격을 결정짓는다. 우리가 처음으로 나쁜 짓을 하면 떨리지만 그것을 계속 반복함에 따라 우리는 거리낌 없이 그것을 할 수 있게 되고 그것이 나쁜 습관과 인격을 만든다. 우리가 처음 선한 일을 할 때는 익숙지 않지만 그것을 계속 반복함에 따라 그것은 선한 습관이 되고 선한 인격이 된다. 그래서 사람은 의식적으로 선을 연습할 필요가 있다. 의식적으로 선을 연습하다 보면 어느새 그 틀과 인격은 그쪽으로 바뀌어져 있다. 하루를 시작할 때 내가 오늘 무슨 선한 일을 해야 할지 그 목록을 잘 정리해보자. 그렇게 매일 의식적으로 선을 훈련하고 연습하다보면 인격은 바뀐다. 인격은 연습과 훈련을 통해서 온다. 인격은 후천적이다.

버리고 나와야 변화합니다
(눅 11:37~41, 새 시대, 개혁 / 찬 586장)

한 바리새인이 예수님을 식사에 초대하였다(37절). 이는 바리새인과 예수님의 대립양상을 볼 때 파격적인 일이었다. 그러나 이 바리새인은 예수님께서 잡수시기 전에 손을 씻지 않는 것을 보고 마음이 금방 불쾌해졌다. "이상히 여겼다"(38절)는 것은 구약의 율법적 기준으로 볼 때 그러했다는 뜻이다. 이 사실을 안 예수님은 따끔한 충고를 하셨다. 즉 외적으로는 경건하지만 속에 탐욕과 불결이 가득한 바리새인들의 내면을 꼬집으셨다(39절). 중요한 것은 겉이 아니라 내면이라는 뜻이셨다. '내면'이 중요하다는 말은 그야말로 예수님의 새 시대의 언어였다. 그 바리새인은 유대교적 고정관념을 버리지 않고서는 예수님과 가까워지기란 불가능하였다. 새 역사, 새 시대를 맞이하기 위해서는 과거의 선입관, 고정관념을 버려야 한다. 자기만의 독특한 과거를 버리지 못하고 아무리 열심히 말씀을 듣는다 한들 참 변화를 기대할 수 없다. 예수님 없는 선(先)지식, 조상 때부터 내려온 비기독교적 가치관, 과거에 책임감 없는 지도자에게 주입받았던 신학 등을 버려야 한다. 버려야 새 시대로 들어갈 수 있다.

형식도 중요합니다
(눅 11:42~44, 제도, 행정, 질서 / 찬 455장)

바리새인들은 박하와 운향과 채소의 소득이 생길 때도 그것의 십일조를 따로 바쳤다. 이 하찮은 식물에 있어서도 엄격하게 십일조를 따지는 그들의 형식주의는 참으로 대단하다. 그러나 그들은 율법의 근본정신인 공의와 사랑은 망각하였다(42절). 예수님은 "이것도 행하고 저것도 버리지 말라"(42절)고 하셨다. 이것은 율법의 근본정신인 공의와 사랑을 가리키며 저것은 박하와 운향과 채소로 대변되는 형식주의를 가리킨다. 예수님은 공의와 사랑도 중요하지만 신앙생활에서의 형식과 제도도 중요하다고 가르쳤다. 교단과 교회가 정한 법을 잘 지키는 것, 그 교회의 독특한 문화와 전통을 존중하는 것, 예배를 순서나 형식에 맞추어서 잘 드리는 것, 교회서 정한 제도와 질서에 순응하는 것, 중대 사안을 합법한 절차나 회의에 따라 처리하는 것 등은 중요하다. 예수님은 실리만 따지고 형식을 무시하는 자유주의자가 되라고 명하지 않으셨다. 법과 절차를 무시하고 자유만 부르짖는다면 그것은 무교회주의로 가야 한다. 예수님은 '실리'와 함께 '형식'도 강조하셨다. 교회 안에서 예절, 예법, 절차도 중요하다.

신령하다는 성경해석자를 조심하세요
(눅 11:45~54, 성서해석, 목회자 / 찬 595장)

바리새인에 대한 예수님의 책망은 율법사들에게도 이어졌다(45절). 율법사들은 성경 해석자 및 교사였다. 예수님은 율법사들을 어려운 짐을 남에게 지우는 자로 규정하셨다(46절). 어려운 짐이란 율법사들이 성경을 자의적으로 해석하여 만든 각종 까다로운 규범을 가리킨다. 그들은 성경 해석을 통해서 장난을 쳤다. 그것은 그들의 선배 율법사들도 마찬가지였다. 그들도 성서를 멋대로 해석하여 당대의 선지자들을 많이 죽였다(47~48절). 그들은 지식의 열쇠를 가졌지만(52절) 그것을 악용했다. 그들은 사람을 통제하는 수단으로 여러 조문을 만들었다. 성경을 해석하는 자들은 이 장난에 빠지지 않도록 항상 자기를 성찰해야 한다. 요즘 정규교육을 받지 않고 신학과 원어를 전혀 모르는 목회자들의 무지한 성경 해석에 신령하다고 따라가는 성도들이 많다. 성도는 목회자가 성경을 건전하게 해석할 수 있는 학문적 토양이 있는지 없는지를 검토해야 한다. 왜냐하면 성경해석은 신령함으로 하는 것이 아니라 성경이 기록된 그 시대의 언어와 그 언어의 문맥과 그 문맥의 배경을 알아야 가능하기 때문이다.

끝까지 은혜로…
(눅 12:1~3, 은혜, 공로, 외식 / 찬 305장)

예수님은 바리새인들의 누룩, 즉 그들의 외식을 조심하라고 하시면서(1절) 그들의 외식은 스스로 숨기려 해도 언젠가는 다 드러나게 되어있다고 하셨다(2절). 바리새인들은 겉으로는 겸손한 척 하지만 속으로는 종교적인 교만과 자만심으로 가득차 있었다. 그들은 스스로를 하늘의 백성이라 여겼고 그 외 사람들은 '암 아레찌'(땅의 백성)로 불렀다. 그들은 은혜라는 말을 도무지 모르는 사람들이다. 그러나 이 바리새적인 기질은 우리에게도 있다. 우리도 처음 예수 믿었을 때는 "웬 말인가? 웬 은혜인가?" 하면서 은혜로 시작한다. 그러나 신앙생활을 오래하면서부터 그 은혜는 사라지고 자기가 점점 그 무엇을 이루려고 한다. 자기가 새벽기도하고, 자기가 금식하고, 자기가 교회 사업을 하고, 자기가 전도했다고 한다. 그러면서 서서히 이 바리새적인 자만심이 쌓인다. 믿음으로 시작해서 율법으로 가는 사람이다. 신앙의 연조가 쌓이고, 자신의 의와 공로가 쌓이고 거기에 흐뭇해하면 할수록 그는 바리새적인 자리로 떨어진다. 처음 믿을 때 가졌던 "웬 말인가 웬 은혜인가?" 이것을 가지고 끝까지 가야 한다.

현미경이신 하나님
(눅 12:4~12, 하나님의 눈, 경건 / 찬 438장)

참새 다섯 마리가 앗사리온에 팔릴 정도라면 너무나 보잘 것 없는 가격이다(6절). 이 보잘 것 없는 참새의 생명까지도 하나님께 망각되는 일이 없다. 그렇다면 하나님께서 직접 부르신 우리가 어떻게 하나님에게서 망각될 수 있겠는가? 그가 얼마나 우리를 세밀히 보살피는가? 우리의 머리털 개수까지도 기억하고 계신다(7절). 심지어 우리가 사람 앞에서 하나님의 영광을 드러내는 삶을 사는 성도라면 그 하나님의 보호하심은 어느 정도 이겠는가?(8절) 10만 개가 넘는 머리털을 세신다는 말씀은 우리에 대한 하나님의 관심이 얼마나 정밀한가를 보여준다. 10만 개의 머리털 중에 몇 가닥의 머리털이 빠졌는지, 혹은 몇 가닥의 머리털이 새로 생성되었는지를 세고 계신다면 오늘 나에 대한 하나님의 관심은 현미경 수준이라고 보아야 한다. 나의 일거수일투족을 현미경 위에 올려놓고 관찰하고 주시하시는 하나님이 계신데 내가 무엇을 두려워할 수 있겠는가? 오직 내가 이 세상에서 두려워해야 할 유일한 것이 있다면 그것은 내가 행여나 하나님을 두려워하지 않고 내 마음대로 사는 그것이지 않겠는가?(4~5절)

믿음으로 한 것 있습니까?
(눅 12:13~21, 믿음, 자기중심 / 찬 377장)

예수님께서 어리석은 부자의 비유를 가르쳐주셨다. 이 부자는 평생 하나님을 위해서 아무것도 한 것 없이 재물만 쌓다가 죽어버린 어리석은 사람이었다(20절). 이 어리석은 자의 말을 보면 '내가'(17절), '내 곡식'(18절), '내 곡간'(18절), '내 물건'(18절), '내 영혼'(19절) 등 항상 자기중심적인 말로 가득 차 있다. 자기중심적인 사람이다. 이 부자는 지금까지 하나님을 위해서, 혹은 믿음을 위해서 한 것이 아무것도 없었다. 그러면 우리는 지금까지 믿음으로 살았는가? 자식 교육도 믿음으로 하고, 결혼도 믿음으로 하고, 사업도 믿음으로 하고, 공부도 믿음으로 하고, 돈도 믿음으로 사용하고, 시간도 믿음으로 사용했는가? 만약에 우리도 믿음으로 한 것이 없다면 우리도 '나' 중심으로 산 것이다. 우리도 '내 자식', '내 재산', '내 인생' '내 시간', '내 건강' 하며 산 것이다. 그렇다면 우리도 이 어리석은 부자였던 것이다. 지금까지 믿음으로 한 것이 아무것도 없다면 혹시 우리도 그 부자처럼 천국 앞에서 문전박대를 당할지도 모른다. 왜냐하면 믿음으로 한 것이 없다면 실상 믿음이 없는 것이기 때문이다.

염려하지 않아도 되는 이유
(눅 12:22~34, 염려, 복, 충성 / 찬 341장)

예수님은 사람이 무엇을 먹을지 무엇을 입을지(22, 29절)를 염려하지 않아도 되는 비결 두 가지를 가르쳐 주셨다. 하나는 사람이 '그 나라와 그 의'를 위해 열심히 일하는 것이다(31절). 하나님의 뜻을 이루기 위해서 열심히 충성하면 그 뒷일은 그가 맡아서 처리해 주신다. 까마귀(24절), 백합화(27절), 들풀(28절)도 하나님께서 버리시지 않는다면 자기에게 충성하는 사람들에게는 말이 필요 없다. 또 한 가지는 '주머니'를 차는 것이다(33절). 이 주머니는 장차 이 세상을 떠날 때 들고 갈 수 있는 것인데 이것은 "소유를 팔아 구제하여"(33절), 즉 이웃 사랑을 실천함으로 자동적으로 차게 되는 주머니이다. 사람은 하나님께 충성하고 이웃을 열심히 사랑하면 된다. 그러면 그 나머지는 하나님께 맡기고 편히 쉬면 된다. 이 말은 사람이 교회 일만 하고 게으르게 지내도 된다는 말이 아니다. 그 나라와 그 의를 위하여 충성하고 이웃에게 자비를 베풀면서 성실하게 사는 자에게 하나님은 상상할 수도 없는 복을 주시고 그의 인생의 근원적인 문제를 해결하여 그가 어떠한 염려도 할 필요가 없도록 해주신다는 뜻이다.

성도는 긴장하는 사람입니다
(눅 12:35~40, 성도, 재림 / 찬 180장)

종(성도)은 주인(예수님)이 언제 돌아와서 문을 두드릴지 모르기 때문에 문을 열 태세를 취하고 있어야 한다(36절). 이 말씀은 언제 예수님이 재림하실지 알지 못하기 때문에 성도는 항상 깨어 있어야 한다는 뜻이다(40절). 본래 팔레스틴에서 결혼식은 밤에 거행되었다. 따라서 주인은 혼인예식에 참석했다가 밤에 집으로 돌아올 가능성이 크다. 그러므로 종은 항상 긴장해야 한다. 중동 지역의 의복은 길고 통이 넓어서 일할 때는 항상 옷을 허리까지 걷어 올리고 띠를 띠어야 한다(35절). 종이 띠를 풀고 긴 옷을 질질 끌고 있다는 것은 눕거나 앉아서 쉬고 있다는 뜻이다. 일하지 않고 옷을 늘어뜨리고 있는 종은 태연히 쉬다가 주인의 초인종 소리를 놓칠 가능성이 크다. 종은 띠를 띠고 초인종을 기다리는 사람이다. 성도도 주인의 초인종 소리를 기다리는 사람이다. 성도는 언제 주인의 재림 나팔 소리가 울릴지 긴장하며 띠를 띠고 등불을 들고 서 있는 사람이어야 한다(35절). 앉아 있는 종은 게으른 종이다. 주인의 재림에 긴장하지 않는 성도는 항상 쉬는 데만, 눕는 데만 관심이 있다.

우리 서로 분쟁합시다
(눅 12:49~53, 전투신앙 / 찬 348장)

예수님은 화평을 주러 세상에 온 것이 아니라 불을 주러 오셨고(49절), 분쟁을 주러 세상에 왔다고 하셨다(51절). 그래서 이 후부터 가정의 식구들끼리, 아버지와 아들과 어머니와 딸과 시어머니와 며느리 사이에 불화가 생기게 된다(53절). 물론 예수님은 평화의 왕으로 오셨지만 그 평화는 선과 악이 분리된 뒤에 오는 평화이다. 그 평화는 진리와 비진리를 분리한 후에 오는 평화이다. 선이냐 악이냐, 진리냐 비진리냐를 분리하기 전에는 지구상에 있는 각 공동체와 각 가정에서는 예수님 때문에 한바탕 전쟁을 겪게 되어있다. 그래서 예수님은 오늘도 세상에서 선과 악의 투쟁을 선포하시고 진리와 비진리의 전쟁을 지휘하신다. 이 전투에 승리한 사람만이 평화를 맛볼 수 있다. 악과의 치열한 전투를 끝내기 전에 평화는 오지 않는다. 제사를 지내느냐 마느냐의 문제, 십일조를 하느냐 마느냐의 문제, 하나님이냐 알라신이냐의 문제가 그렇다. 이런 악과의 치열한 전투에서 승리한 사람만이 진정 평화를 누릴 수 있다. 이 전쟁을 포기하고 쉬는 평안은 평안이 아니고 직무유기이다.

역사와 사건을 통한 계시
(눅 12:54~59, 안목, 분별 / 찬 196장)

예수님은 '시대의 분별'에 관한 말씀을 일기(기상)를 예로 들어 설명하셨다. 유대인은 서쪽 지중해에서 구름이 뭉쳐있으면 곧 비를 예감하였다(54절). 또 사막에서 남풍이 불면 장마와 더위를 예감하였다(55절). 그러나 하늘의 기상은 그처럼 잘 분별하였던 그들은 시대의 징조는 분별하지 못했다(56절). 그래서 메시야를 기다리던 그들은 메시야를 죽이는 착각을 범했다. 시대의 징조를 분별해야 하는 의무는 현대 성도에게도 해당된다. 왜냐하면 하나님은 시대의 징조를 통해서 그 시대에 메시지를 주시기 때문이다. 하나님은 '역사적 사건'을 통해서 자신의 뜻을 계시하신다. 이것을 '역사로서의 계시'라 부른다. 이 역사적 사건을 통해서 말씀하시는 하나님의 음성은 귀 있는 자만이 분별할 수 있다. 지진이 더 잦고, 사람들이 더 굶주리고, 자연계의 법칙은 더 깨어지고, 민족 간의 전쟁은 더 끊이지 않고, 사람들은 더 악하고, 더 흉포하고 더 무정하고 더 부모를 거역하는 시대에 들을 귀 있는 자와 볼 눈이 있는 자는 이것이 무엇을 의미하는지 알아차려야 한다. 이제는 종말이며 자다가 깰 때이다.

로마에 항거하던 어떤 갈릴리인들이 병사들에게 살해되어 그 피가 성전의 제물과 섞여버린 사건이었다(1~2절). 또 실로암 망대 공사를 하던 18명의 인부가 망대가 무너져 죽는 사건도 있었다(4절). 당시에 이 사건들은 신학적인 화제 거리였다. 유대인들은 죽은 저들이 자신들의 중한 죄로 죽었을 것이라 하였다(4절). 유대인들은 모든 재난을 죄의 결과로 인한 형벌로 보았다. 이들은 남의 불행을 신학적인 논쟁거리로만 즐기는 사람들이었다. 타인의 어려움을 즐기고, 비꼬며, 화제 거리로 만드는 사람들이 많다. 남의 불행을 자기 엉덩이에 난 종기보다 덜 심각하게 여기는 무정한 사람들이다. 그러나 모든 사람에게는 이런 습성이 조금씩은 있다. 그러나 예수님은 우리의 사건을 화제 거리로 보는 분이 아니다. 그분은 사건이 발생하자마자 해결자로 나서시는 분이다. 우리가 모든 사건을 예수님께만 들고 나가야 할 이유가 여기에 있다. 우리의 진정한 이웃은 사람이 아니라 예수님이다. 이 진정한 이웃은 사건이 생기자마자 나의 과거와 현재와 미래를 분주히 뛰어다니며 그 문제를 해결하려 하신다.

예수님은 열매 맺지 못하는 무화과나무 비유를 통해서 하나님의 무조건적인 용납과 자비하심을 설명하셨다. 무화과나무는 보통 3년이 지나면 성숙기에 이르는데 그때까지 열매를 맺지 못하면 그것은 영원히 열매 맺지 못하는 나무로 간주하여 버린다(7절). 그러나 어떤 과원지기는 그 주인에게 열매 맺지 못하는 이 나무에게 한 번의 기회를 더 달라하였다(8절). 3년을 더 두고 보자는 것이다. 이 비유는 우리에게 재차 주어지는 하나님의 기회가 얼마나 복된 것인가를 가르쳐 준다. 야곱도, 다윗도, 요나도, 베드로도, 마가도, 바울도, 그 모두가 이 재차 주어졌던 하나님의 기회를 경험한 사람들이다. 인간에 대한 하나님의 관대하심은 무한하다. 예수님께서 인간에게 주시는 가장 큰 메시지는 "당신은 다시 일어설 수 있습니다" "당신은 새로 시작할 수 있습니다"이다. 그가 주시는 기회는 고작 서너 번 정도가 아니라 최소한 499번(7×70)이다. 그가 주시는 이 기회 때문에 우리의 삶은 지금도 지탱되고 있다. 이 무한한 용납하심이 없었다면 우리는 이미 멸망하여 지상에서 사라졌을 것이다.

생명보다 조직을 우선시하는 종교
(눅 13:10~17, 인애, 교회 / 찬 292장)

예수님께서 한 귀신들린 여인을 치료하셨는데(11~13절) 회당장은 안식일에 그런 행위를 한 예수님께 반발하였다(14절). 예수님은 이렇게 법을 꼬치꼬치 따지는 자들에게 "너희도 안식일에 가축들을 끌고 가서 물을 먹이지 않느냐?"(15절)며 그들의 이중인격을 꼬집으셨다. 이들은 인간에게 냉혹한 자들이었다. 그들에게 인간은 하나의 소모품이었다. 그들은 인간보다 제도와 조직을 우선시하였다. 기독교는 인간이 최우선이다. 예수님은 항상 인간의 가치를 옹호하셨다. 제도와 조직의 절대화를 인간의 인격보다 앞세우는 것은 기독교의 정신에 위배된다. 그동안 직장에서, 교회에서, 부서에서의 다툼과 분쟁이 혹시 제도상의 문제나 절차상의 사소한 문제 때문에 많이 일어났다면 우리가 예수님의 정신과 반대로 산 것이다. 조직폭력배들은 조직을 이탈하는 조직원의 생명을 가차 없이 빼앗는다. 교회가 조직을 우선시하고 천하보다 귀한 생명을 경시 한다면 그것은 조직폭력배의 세계와 다름이 없다. 교회도 하나의 사회이며 하나의 조직체이다. 때문에 교회도 조직폭력배의 사상에 빠질 위험이 항상 있다.

겨자씨 비유
(눅 13:18~19, 하나님 나라, 우주적 구원 / 찬 207장)

예수님은 하나님 나라를 겨자씨와 같다고 하셨다(19절). 겨자씨는 본래 정원에서 자라는 나무가 아니라 야생식물이다. 그래서 자라면 엄청나게 큰 나무가 된다. 겨자씨는 모든 씨앗보다 가장 작은 것으로 묘사될 만큼 작지만 그러나 나중에는 3m까지 자라게 된다. 그래서 이 나무에 온갖 새들이 깃들어 집을 짓고 산다. 예수님께서 하나님 나라를 겨자씨로 비유한 것은 하나님 나라는 미미하게 시작하지만 점차 급속도로 확장되어서 광대한 제국이 될 것을 가르치기 위함이었다. 2000년 전 이스라엘의 한 조그만 동네에서 시작한 하나님 나라 운동이 지금도 전 세계적인 운동으로 뻗어가고 있다. 예루살렘의 다락방에서 시작한 교회가 지금도 전 세계 5대양 6대주로 뻗어 가고 있다. 예수님의 겨자씨 비유는 매일 매일 증명되어 가고 있다. 하나님 나라는 이렇게 뻗어가다가 종말 때 거대한 제국으로 마무리 될 것이다. 예수님은 이 광대한 제국에 전 인류를 초청하셨다. 그래서 장차 우리는 이 제국 안에서는 흑인 형님, 백인 남동생, 빨강머리 누나, 초록 눈동자 여동생을 가족으로 가지게 된다.

누룩의 야심을 가져야 합니다
(눅 13:20~21, 성도, 본분, 교회 / 찬 208장)

예수님은 하나님 나라를 누룩과 같다고 하셨다(20절). 누룩은 발효된 작은 밀가루 덩어리이다. 이 누룩을 빵을 만들 때마다 조금씩 넣어두면 그것이 발효를 일으켜서 맛있는 빵을 만든다. 우리는 나의 가정과 직장과 교회가 즐겁고 유쾌하고 맛있는 곳이 되기를 원한다. 어떻게 하면 그렇게 될 수 있을까? 누룩이 들어와야 한다. 누룩은 대단히 작다. 그러나 그것은 시간이 지남에 따라 반죽의 성질 전체를 변화시켜버린다. 우리는 한 사람의 영향력이 어느 정도의 위력을 가지고 있는지 않다. 한 사람의 말썽이 공동체 전체를 파괴하는 경우도 있고 한 사람의 작은 희생과 봉사가 쓰러져 가는 공동체를 다시 일으켜 세우게 하기도 한다. 우리는 가정이든, 직장이든, 친목단체든 우리가 속한 공동체에서 어쩌면 유일한 성도인지 모른다. 하나님께서는 이런 장소에서 우리를 누룩으로 부르셨다. 우리는 가정과 직장과 모임에서 누룩이 되어야 한다. 우리는 공동체에 속해서 아무 생각도 없이 멍청히 살면 안 되고 항상 누룩의 야심을 가져야 한다. "내가 언젠가는 이 공동체를 즐겁고 유쾌하고 맛있게 만들리라"

구원은 투쟁으로 얻습니다
(눅 13:22~30, 거룩한 투쟁 / 찬 351장)

예수님은 구원받을 자가 얼마 안 되기 때문에 좁은 문으로 들어가기를 힘쓰라 하셨다. "힘써라"는 말은 "싸우라"는 뜻이다. 믿음이 아니라 행위가 즉 싸우는 것이 구원의 조건이라는 뜻이다. 어떻게 이런 말이 다 있는가? 오해하지 말 것은 이 예수님의 말씀은 이미 하나님을 믿고 있는 유대인들에게 하신 말씀임을 잊지 말아야 한다. 즉 믿음으로 구원받는다는 교리 이전의 말씀이다. 예수님은 믿음의 전투를 하지 않는 봉사자(26절)나 행악자(27절)는 그 나라에서 제외된다 하셨다. 하나님 나라에 들어감은 결코 자동적으로 되는 것이 아니라 투쟁의 결과이며 보답이다. 사람들은 예수 믿는 신앙고백만 하면 천국 목적지에 도달한 줄 안다. 그러나 예수님은 싸우는 자에게 구원이 있음을 말씀하셨다. 나는 혹시 예수 믿고 너무 오래 나태하지 않았는가? 어제는 예수님을 구주로 고백했지만 지금은 그 이름을 잊어버리지 않았는가? 혹시 내가 먼저 된 자에서 나중 된 자로 밀려나지 않았는가?(30절) 하는 문제들을 그동안에 나의 삶 속에서 투쟁이 없었다면 신중히 고려해보아야 한다.

하나님의 일정표대로 갑니다
(눅 13:31~33, 하나님의 주권 / 찬 384장)

한 바리새인이 예수님께 "떠나소서 헤롯이 당신을 죽이고자 합니다"라고 정보를 주었다(31절). 그러나 예수님은 도망갈 뜻이 없으며 자신의 십자가 길을 끝까지 가겠다 하셨다(33절). "선지자가 예루살렘 밖에서 죽는 법이 없느니라"(33절)는 말 속에는 예루살렘 밖(헤롯의 영토)이 아닌 예루살렘 안에서 죽을 것을 말씀하셨다. 헤롯의 방해공작에도 불구하고 자신은 자신의 일정대로 가겠다는 것이다. '내일'은 죽기 위해서 예루살렘에 올라가게 되는 날이고 '제3일'은 십자가에서 죽고 사역을 완성할 때까지의 기간을 의미한다(33절). 예수님의 일정은 이렇게 헤롯이 아닌 하나님의 일정대로 착착 진행된다. 우리도 마찬가지이다. 우리를 향하신 하나님의 소중한 뜻이 있다면 그것은 어떠한 방해공작에도 불구하고 그대로 진행되게 되어있다. 예를 들면 직장 문제. 진로 문제, 결혼의 문제 등과 같이 인생에서 기도하며 하나님의 간곡한 처분을 바라는 문제들은 혹 난관에 부딪힐 수는 있겠지만 하나님의 일정표대로 차질 없이 가게 하신다. 그러므로 염려는 하지 않아도 된다.

예수님의 짝사랑
(눅 13:34~35, 하나님의 분노, 심판 / 찬 488장)

암탉이 자기 새끼를 자기 날개 아래로 모으려 했던 것처럼 예수님도 예루살렘을 그렇게 모으려 하셨다. 그러나 그때마다 예루살렘은 그의 품을 뛰쳐나갔다(34절). 그는 예루살렘을 사랑하셨다. 아니 짝 사랑하셨다. 그러나 끝까지 짝사랑만 할 수 없는 노릇이었다. 마지막 순간까지 외면당한 그의 사랑은 이제 분노로 변한다. "너희가 황폐하여 버린바 되리라 … 너희가 주의 이름으로 오시는 자를 찬송하리로다 할지라도 나를 보지 못하리라"(35절) 앞으로 예루살렘이 자기를 찾고 애원하여도 자기는 결코 그 앞에 나타나지 않으리라는 무서운 심판의 말씀이다. 자기 마음을 끊임없이 상대에게 주고도 끊임없이 거절당했다면 그것은 참으로 비극이다. 바로 이런 일이 예루살렘을 향한 예수님의 마음속에서 일어났다. 끊임없이 사랑을 거절당했을 때 그 사랑은 마침내 분노로 돌변한다. 자신의 독생자를 희생시키기까지 인간을 아끼셨던 그 하나님의 사랑의 뒷면에는 분노가 있다. 우리를 향하신 그 하나님 아버지의 사랑은 무한하시지만 반드시 한계도 있다. 그 한계 뒤에는 무서운 심판이 도사리고 있다.

남의 집 아이 말을 함부로 하지 마세요
(눅 14:1~6, 인간, 이중성, 자녀 / 찬 378장)

한 바리새인이 안식일에 예수님을 식사에 초대하였다(1절). 그리고 예수님께 올무를 씌우려고 환자 한 사람도 데려다 놓았다(2절). 예수가 이 병을 고친다면 대단히 기쁜 일이었다. 예수를 비난할 거리가 생겼으니 말이다. 이를 아신 예수님께서 먼저 선수를 치셨다. "안식일에 너희 아들이 우물에 빠졌다면 어떻게 하겠느냐?(5절) 갑자기 침묵이 흘렀다(6절). 바리새인들은 자기들이 만든 규례들이 진리인 줄 믿었다. 그들은 그것을 지키는 일이 하나님께 영광이 되며, 인간의 마땅한 도리인줄 알았다. 그러나 자기들의 신념이 깨어지게 된 계기는 자기들에게 그 규례를 적용할 기회를 가졌을 때였다. "안식일에 당신 자식이 피를 철철 흘리고 있다면 당신은 어떻게 할 건가?" 이 질문 앞에 그들은 자기 자신 안에 있는 이 율배반적인 모습을 본 것이다. 사람은 남에 대해서, 남의 자식에 대해서 함부로 말해서는 안 된다. 인간사에서 일어나는 모든 일은 다 비슷하다. 그 집 일이 우리 집 일이 될 수 있고 그 아이 일이 우리 아이 일이 될 수 있다. 우리가 사람에 대해서 함부로 장담하거나 비난해서는 안 된다.

멋진 신사 숙녀 여러분!
(눅 14:7~11, 허세, 천국백성 / 찬 326장)

예수님은 잔칫집에서 높은 상석에 앉지 말고 낮은 자리에 앉으라 하셨다(8~11절). 스스로 높은 자리에 앉아 있으면 끌어내리는 자가 있고, 스스로 낮은 자리에 앉아 있으면 반드시 세워주는 자가 있기 때문이다. 하나님 나라는 교만과 허세를 부리며 이 세상에서 '멋진 신사숙녀' 로 살아가는 자는 들어갈 수 없다. 하나님 나라는 너무 가진 것이 없어서 예수만이 유일하게 자신의 삶을 지탱할 수 있다고 고백하는 사람만이 들어가는 곳이다. 하나님의 말씀이 요구하는 '의' 의 수준에 도달하지 못하는 자기 자신을 보면서 늘 절망하고 고통 받는 자에게 천국이 주어진다. 천국은 예수님의 '의' 의 수준까지 도달하지 못하는 자기를 보면서 절망을 맛보고 고통 받는 자의 것이다. 이 절망과 좌절을 미화하고 꾸미는 신사숙녀에게는 천국은 없다. 학식과 교양과 허세로 교묘히 자신을 위장하여 만인들 앞에서 항상 '멋진 신사숙녀 여러분' 으로 사는 자들에게는 천국이 주어지지 않는다. 이 세상에는 멋진 신사숙녀는 없다. 왜냐하면 모두 다 아담의 후손이기 때문이다. 오직 있다면 말씀 앞에서 절망하는 자만이 있다.

예수님은 잔치에 부자 이웃을 청하지 말고 가난한 자들을 청하라고 하셨다(12~13절). 왜 그런가? 가난한 자들은 자기를 부른 주인에게 감사하는 마음은 있지만 마땅히 보상할 능력이 없다. 그러므로 가난한 자들을 잔치에 청해놓고도 주인이 감사의 답례를 전혀 받지 못하면 하늘나라에서 받을 보상이 상대적으로 크기 때문이다(14절). 그러므로 우리는 교회에서 봉사할 때 내가 칭찬들을 만한 장소가 보이면 피해가야 한다. 나를 칭찬할 만한 사람을 만나도 빨리 그 사람을 피해야 된다. 왜냐하면 여기서 많이 받으면 그날에 저곳에서 받을 것이 적어지기 때문이다. 우리는 늘 남모르게 남의 불행과 가난에 뛰어 들어야 한다. 우리는 늘 남모르게 남의 외로움에 뛰어 들어야 한다. 남모르게 뛰어들어서 조용히 이룬 나의 선행은 하늘의 은행에 차곡차곡 예금되어간다. 그런데 우리는 남모르게는커녕 오히려 남이 알도록, 남이 눈치 채도록 일한다. 그리고 나에게 돌아올 찬사와 칭찬을 계산하고 있다. 이런 자는 너무 억울한 자이다. 왜냐하면 실컷 일해 놓고도 그날에 받을 상급이 전혀 없기 때문이다.

왕이 사람들을 잔치에 초청하였다. 그런데 밭을 산 사람(18절), 소를 사서 일을 시켜야 할 사람(19절), 결혼해서 아내에게 봉사해야 할 사람(20절)은 초청 잔치에 응하지 않았다. 저마다 반드시 해야 될 일이 있고, 바쁜 사람들이었다. 그래서 이번에는 왕이 길거리의 걸인들과 장애자들을 초청하였다(21절). 그랬더니 그들이 그 잔치의 주인이 되었다. 처음 잔치에 초청받은 사람들은 유대인을 가리키고 두 번째 초청받은 사람들은 이방인을 가리킨다. 이 비유는 장차 복음이 이방인에게 전파될 것을 암시하고 있다. 그러면 왜 유대인들은 그 잔치의 초청을 거절하였는가? 이유는 메뉴가 마음에 들지 않았기 때문이다. 하늘 잔치의 메뉴는 용서와 사랑과 희생이라는 메뉴였다. 유대인은 그런 메뉴를 좋아하지 않는다. 그들은 축복, 독립, 정복, 힘(파워)이라는 메뉴를 좋아한다. 이것은 현대 교인들에게도 마찬가지이다. 본래 성서가 말하는 메뉴는 사랑, 용서, 희생, 겸손, 양보이다. 그러나 사업 잘되고, 돈 많이 벌고, 복 받기만을 위하는 사람은 성서가 말하는 진짜 메뉴를 준비하고 있는 교회에 등을 돌린다.

자아를 늘 죽입니까?
(눅 14:25~35, 자아, 절제, 포기 / 찬 150장)

예수님의 참된 제자는 자기 가족이나 자기 생명을 미워해야 하며(26절) 자기 자신의 십자가를 지고 예수를 따라야 하며(27절), 자기 소유를 버릴 수 있는 자여야 한다(33절). 여기서 자기 자신의 십자가는 주님을 위해서 받는 고난을 가리킨다. 우리는 자기 죄 때문에 받는 고통이나 손해를 고난이라 하지 않는다. 고난은 자기의 잘못과 상관없이 예수님 때문에 받는 손해이다. 성도는 누구인가? 예수님 때문에 고난 받는 자이다. 내가 지금까지 예수님 때문에 손해 본적 있는가? 예수님 때문에 손해 본 것은 없고 이익 본 것만 있다면 나는 그동안 예수님의 참 제자가 아니었다. 예수님 때문에 십자가를 짊어지는 것은 성도의 특권이다. 그 십자가 중에서 가장 큰 십자가는 '자기 자신'이지 않을까? '죽기 싫어하는 '나', '지기 싫어하는 나', '양보하기 싫어하는 나', '자존심 강한 나', 이 '나'가 나의 가장 큰 십자가이다. 그 나라와 그 의를 이루는데 가장 거추장스러운 존재는 바로 '나'이다. 이것을 날마다 죽여야 한다. '나'라는 자아가 올라 올 때마다 매순간 그 목을 잘 자르는 자가 참 제자이다.

성도는 조미료입니다
(눅 14:34~35, 세상속의 성도 / 찬 289장)

어떤 물건이 그 지음 받은 본질적인 의무를 수행하지 못하면 그것은 무용지물이 된다(35절). 예수님은 성도의 삶의 본질이 소금이라고 하셨다(34절). 소금은 여러 용도가 있지만 특히 조미료로 사용된다. 소금이 들어가지 않으면 비위에 거슬릴 정도로 느끼해지는 음식이 있다. 조미료는 이런 음식에 효과가 있다. 성도는 항상 조미료와 같은 사람이 되어야 한다. 성도는 자신의 용모와 인격과 신앙을 통해 항상 타인의 입맛을 북돋게 하는 자가 되어야 한다. 성도는 자신의 말과 행동을 통해서 타인에게 이런 매력적인 맛이 있음을 알게 해야 한다. 성도는 솔직하고 담백하고 정직한 성품과 분명하고 확신에 찬 신앙으로 세상에 색다른 맛이 있음을 알게 해야 한다. 성도는 타인의 비위를 상하게 하지 말아야 한다. 현실과 동떨어진 과잉적인 신앙행동, 너무 과하게 자기 신앙을 강요하는 것, 타 종교를 무시하는 태도, 오만하고 도도한 말투 등은 항상 타인을 구역질나게 만든다. 성도의 말투와 얼굴 표정과 인격과 신앙은 조미료의 역할을 해야 한다. 성도는 세상을 즐겁게 해주는 맛깔 나는 조미료이다.

추격자 예수
(눅 15:1~7, 잃은 양, 전도 / 찬 497장)

목자는 백 마리의 양 중에서 한 마리를 잃어버려도 그 아흔 아홉 마리를 들에 남겨두고 그 잃은 양 한 마리를 찾아 돌아다닌다(4절). 이 잃은 양 비유는 죄인 하나가 회개하여 돌아오기를 간절히 바라시는 목자 예수님의 심정을 말해주고 있다(7절). 본래 이스라엘에서 양은 개인 소유가 아니라 마을 전체의 공동재산이었다. 어떤 목자가 양 떼를 이끌고 집으로 돌아와야 할 시간에 돌아오지 않고 잃은 양 한 마리 때문에 아직도 산 어딘가에 머물러 있다는 소식이 마을 전체에 전해지면 온 마을은 긴장한다. 그러다가 멀리서 잃어버린 양을 어깨에 메고 돌아오는 그 목자를 보면 온 마을은 기쁨의 도가니에 빠진다(6절). 이분이 바로 우리의 목자 예수님이시다. 그는 추격자이시다. 그는 잃어버린 양의 발자국을 추격하는데 명수이시다. 그러므로 혹시 길 잃고 방황하는 사람이 있다면 빨리 추격자 예수님께 신고해야 한다. 그러면 그 잃은 양의 전 일생을 추격해서 그 양을 어깨에 메고 돌아온다. 내 가족 혹은 내 동료 중에 혹시 길 잃고 방황하는 자가 있으면 즉시 예수님께 연락바랍니다.

나는 예수님과 결혼하였는가
(눅 15:8~10, 잃은 양, 성도 / 찬 496장)

열 드라크마의 동전을 가진 여인이 동전 하나를 잃어 버렸지만 그것을 찾기 위해서 애 쓰고 있다(8절). 왜 이렇게 애를 쓸까? 이스라엘에서 결혼한 여자라는 표시는 은사슬에 열 개의 은전을 뗀 머리장식이었다. 이 열 개의 은전은 자기가 유부녀라는 정체를 알려주는 표시였다. 그러므로 열 개의 은전 중 한 개를 잃어버려도 그것은 결혼한 여인으로서 대단히 수치였다. 그러므로 결혼한 여자는 그것을 찾기 위해 필사적으로 노력한다. 이 비유는 죄인 하나라도 돌아오기를 애타게 찾으시는 하나님의 마음을 나타내고 있다(10절). 성도는 누구인가? 성도는 죄인 하나를 찾기 위해서 필사적으로 노력하는 자이다. 만약에 내 곁에 잃은 양이 있는데도 그를 찾아 나서지 않는다면 그것은 수치이다. 그것은 예수님과 결혼한 신부로서 자격미달이다. 나는 예수님과 결혼하였는가? 그렇다면 내가 찾아야 할 잃은 양이 없는지 살펴야 한다. 내가 예수님과 결혼한 신부라는 표시는 늘 잃은 양을 찾아다니는 모습으로 증명된다. 은전 하나를 잃으면 부인자격이 없듯이 잃은 양을 방치하면 예수의 신부의 자격이 없다.

발목 잡혀 사는 것이 은혜입니다
(눅 15:11~19, 결핍의 축복 / 찬 257장)

어떤 아들이 자기 재산의 상속분을 미리 아버지에게 요구하였다(12절). 그는 아마 돈이 쓰고 싶어 안달이 났던 모양이다. 그는 아버지가 죽고 상속받을 때까지는 도저히 돈이 쓰고 싶어 기다릴 수 없었다. 드디어 그는 돈을 챙기고 집을 나가서 허랑방탕하게 살았다(13절). 허랑 방탕은 죄악의 한계선을 넘었다는 뜻이다. 타락해도 보통 타락했다는 뜻이 아니다. 그는 아버지 집에서 살 때는 돈은 마음대로 쓰지 못했지만 방탕하지 않았다. 그러나 아버지께 다 받아 챙겨 나간 뒤에는 죄의 시궁창 밑바닥까지 내려갔다. 어쩌면 이것이 인간 본성이지 않겠는가? 인간에게 너무 풍족하면 항상 문제가 생긴다. 다 받으면 인간은 항상 한계선을 넘어간다. 다 받으면 인간은 항상 품행이 불량해진다. 다 받으면 인간은 항상 실수한다. 그래서 우리의 아버지는 항상 다 안 주신다. 다 안주는 것이 사랑이고 다 안주는 것이 은혜이다. 하나님은 항상 40%를 빼고 주신다. 이 부족한 40% 때문에 성도는 항상 겸손해진다. 이 40% 때문에 성도는 항상 하나님께 발목 잡혀 산다. 이렇게 발목 잡혀 사는 것이 은혜이다.

탕자의 형님의 비유
(눅 15:20~32, 인간, 잔인함 / 찬 259장)

허랑방탕하게 살다가 집으로 돌아온 동생을 형은 못 마땅히 여겼다. 특히 형은 돌아온 동생에 대한 아버지의 환대에 더 큰 불만을 가졌다. 동생이 창녀와 생활하였다는 증거가 없음에도 동생을 '창녀와 함께 뒹굴다가 온 사람'(30절)으로 규정하였다. 동생에 대한 증오가 극에 달했다. 형은 자기가 단 한 번도 아버지 속을 썩인 적이 없었던 자라고 자기 의를 내세워 동생의 방탕함을 상대적으로 부각시켰다(29절). 형은 자신의 의로움에 도취되어서 이미 구렁텅이에 빠져 있는 사람을 더 깊은 곳으로 차 넣기를 좋아하는 인간의 속성을 보여 준다. 인간의 속성 중 하나는 인간이 인간에 대해서 이렇게 늑대가 되는 속성이다. 이 비유는 인간이 인간에 대해서 얼마나 냉정하고 무정하고 잔인한 속성을 가지고 있는지를 보여준다. 그래서 이러한 인간들 속에 사는 인간들은 늘 상처받고 배신당한다. 이것이 당연한 것이다. 이것이 인간사의 법칙이다. 그래서 우리는 내일도 모레도 항상 상처받을 각오를 하고 살아야 한다. 만약 그런 것이 없는 하루를 산다면 참 이상한 일인 것이다.

사기치고 칭찬 받은 사람
(눅 16:1~13, 종말, 미래 / 찬 235)

어떤 청지기가 주인의 재산을 잘못 관리해서 그 직무를 박탈당했다(2절). 먹고 살기 힘들어진 그는 불의한 일에 손대기 시작한다. 그 불의한 청지기는 자기 주인에게 빚을 지고 있는 사람들과 공모해서 그 주인의 빚 장부를 조작하였다. 그런데 이상한 것은 이 주인이 청지기가 한 일을 칭찬하였다(8절). 도대체 그에게 무슨 칭찬 받을 만한 요소가 있는가? 불의한 청지기는 무슨 수를 써서든지 자기의 미래를 준비했다는데 그 칭찬의 이유가 있었다. 이 비유의 핵심은 도덕성이 아니라 미래를 대비하는 준비성에 있다. 예수님은 이 불의한 청지기가 행한 일이 범죄에 해당되지만 그가 자신의 미래를 열심히 대비하였다는 점에 있어서 그를 높이 사셨다. 이것이 인간을 향한 예수님의 본심이다. 예수님은 인간에게 항상 다가올 미래를 대비하며 살기를 원하신다. 특히 개인에게 닥칠 종말을 준비하라고 하신다. 이 세상에 태어난 사람은 누구든지 영원히 사는 존재가 된다. 그러므로 사람은 그의 영원을 어디서 보낼 것인가를 항상 대비해야 한다. 천국에서 영원을 보낼 것인가 지옥에서 영원을 보낼 것인가를….

머리가 좋아야 잘 살 수 있습니다
(눅 16:14~18, 부부, 이혼 / 찬 558장)

당시 유대사회에서 음식 접시를 깨뜨리면 이혼 사유가 되었다. 만약 자기 아내가 길에서 누군가와 오래 이야기했다든지. 외간 남자와 말을 해도 이혼 사유가 되었다. 심지어 자기 아내보다 예쁜 여자를 발견하게 되면 그것만으로도 이혼할 수 있는 사회였다. 그래서 많은 가정이 파괴되었다. 그러나 예수님은 결혼의 신성성을 강조했다(18절). 예수님은 절대로 가정을 파과하거나 해체하는 일은 하지 말라고 하셨다. 오늘날에도 너무나 많은 부부들이 이혼하고 너무나 많은 가정이 해체되고 있다. 집은 돈으로 살 수 있지만 가정은 돈으로 살 수 없다. 가정을 세우는 재료는 돈이나 벽돌이 아니라 가족 간의 사랑과 신뢰와 용납과 이해이다. 부부는 항상 상대를 이해하는 센스(sense)가 있어야 한다. 부부는 상대의 입장을 공감하는 지적 능력이 있어야 한다. 무지하면 상대를 읽지 못한다. 상대를 이해하기 위해서 상대에 대한 공부와 연구가 필요하다. 이혼하는 많은 부부들 중에는 이러한 공부에 게으른 사람들이 많다. 즉, 이 IQ가 높은 사람이 잘 살 수 있다. 무지하면 이혼에 이를 가능성이 많다.

지옥은 현실입니다
(눅 16:19~31, 지옥 / 찬 610장)

매일 잔치하며 생을 즐기며 살았던 부자가 죽었다. 그리고 부자의 상에서 떨어지는 부스러기를 먹고 살았던 거지 나사로도 죽었다. 죽음은 이처럼 누구에게나 공평하다. 부자는 죽어서 지옥으로 떨어졌고 거지 나사로는 죽어서 아브라함의 품(천국)에 안겼다(23절). 이 비유는 오직 한 가지 사실, 사람이 죽은 후에 또 다른 세상이 있음을 가르친다. 특히 예수님은 지옥에 대해 자세한 묘사를 하셨다. 지옥은 어떤 곳인가? '고통' (23절), '불 가운데 놓임'(24절), '갈증'(24절), '큰 구렁'(완전한 단절, 26절), '과거에 대한 후회'(27절), '가족애에 대한 또렷한 의식'(28절) 등이 있는 곳이다. 지옥은 영혼들이 연기처럼 훨훨 날아다니는 곳이 아니라 고통에 대한 뚜렷한 의식이 있는 곳이다. 지옥에 처한 사람은 자신의 현실에 대한 정확한 이해와 인식을 가지고 있다. 그래서 부자는 자기의 지난 삶을 후회하였고 자기 가족들만큼은 여기 오지 말아야 된다고 생각했다. 지옥은 현실이며 실제이다. 지옥은 구체적인 곳이다. 지옥은 곧 믿지 않는 사람들 앞에 펼쳐질 분명한 현실이며 실체이며 그리고 절망이다.

성령에 취한 사람이 술 취한 사람보다 나아야 한다
(눅 17:1~4, 의, 성령 충만 / 찬 286장)

예수님은 하루에 일곱 번씩이나 죄를 지은 자가 회개하면 일곱 번 다 용서하라 하셨다(4절). 일반적으로 사람이 죄지은 사람을 세 번까지 용서할 수 있다 해도 그것은 대단한 것인데 예수님의 일곱 번의 용서는 일반인들의 기준에 곱을 하고도 한번을 더한 것이다. 그러나 예수님의 일곱 번의 용서는 숫자적으로 계산될 문제가 아니라. 용서에 대한 성도의 표준이 이 세상의 최고 수준보다 높아야 한다는 것을 의미한다. 세상 사람들은 막걸리 한 잔하며 그동안 맺혔던 앙금과 감정을 푼다고 한다. 그러면 성령에 취한 성도는 막걸리 먹은 사람보다 더 높은 의의 수준을 가져야 되지 않을까? 성령에 취한 성도는 막걸리에 취한 사람보다 더 용서를 잘해야 한다. 용서는 힘든 것이다. 그러나 우리의 성령님은 막걸리보다 위대하기에 성령님을 모신 우리는 그 힘든 용서를 잘 해야 한다. 남을 용서하지 않으면 자기도 용서받지 못한다는 주기도문의 가르침에서 볼 때 용서를 못하는 사람은 자기가 천국 갈 때 건너가야 할 다리를 깨부수는 사람과 같다. 성령에 취한 사람이 술 취한 사람보다 반드시 나아야 한다.

믿음 앞에서 약해지시는 하나님
(눅 17:5~6, 믿음, 능력 / 찬 352장)

예수님은 믿음이 한 겨자씨만큼만 있어도 뽕나무 뿌리가 뽑혀서 바다로 던져지라 명해도 그대로 된다고 하셨다(6절). 이 비유의 핵심은 문자적으로 나무의 뿌리가 통째로 뽑히는 것을 말하는 것이 아니다. 이 비유의 밑바탕에는 당시 유대인들의 언어습관이 깔려있다. 그들은 항상 과장된 표현을 쓰는 습관이 있었다. 예수님도 이 표현법을 즐겨 사용하셨다. 예를 들면 예수님은 자기를 범죄케 한 눈과 손은 제거하라고 하셨다(마 5:29~30). 만약 이 명령을 문자적으로 실천한다면 모든 성도는 다 불구자가 되어야 한다. 예수님은 어떤 강조를 하실 때 과장법적인 표현을 자주 사용하셨다. 이 말씀은 죄에 대하여 그만큼 단호하라는 말씀이지 실지로 눈과 손을 제거하라는 뜻이 아니다. 이 겨자씨의 비유도 같은 맥락이다. 뽕나무 뿌리가 통째로 뽑히라고 명하면 그것이 문자적으로 이루어진다는 뜻이 아니다. 이것은 어떠한 상황 속에서도 겨자씨만한 믿음이라도 소유하면 하나님을 움직이게 할 수 있다는 뜻이다. 믿음이 아무리 작아도 그것이 있기만 하면 하나님은 그 앞에 한없이 자비로워지심을 말하는 것이다.

봉사자의 수칙
(눅 17:7~10, 봉사 / 찬 214장)

좋은 주인의 식사를 위해 시중을 들어야 하고 주인의 식사가 끝나야 식사할 수 있다(8절). 그리고 주인은 종이 식사시중을 충실히 들었다고 해서 그에게 상을 주지는 않는다(9절). 좋은 주인의 명령이 마땅히 자기의 의무라 생각하고 일한다(10절). 이것은 교회에서 일하는 일꾼들에게도 해당된다. 교회 일은 하나님께 어떤 이익을 바라고 하는 것이 아니라 자발적인 감사에 의한 것이어야 한다. 일꾼은 은혜를 조건으로 봉사해서는 안 된다. 일꾼은 하나님에 대해서 어떤 요구도 내세울 수 없다. 그는 교회에서 아무리 최선을 다한다 해도 그것은 그가 해야 할 의무일 뿐이다. 물론 장차 일한 대가는 주어지지만 일꾼은 그것을 생각하지 말고 봉사해야 한다. 사실 온 우주가 우리 것이 된다 해도 우리는 그것을 하나님께 드릴 수 없다. 왜냐하면 본래 그것은 하나님의 것이기 때문이다. 하나님은 그러한 우주를 몇 천개, 몇 만개씩 소유하고 계신다. 그러므로 우리는 하나님을 물질과 돈으로 기쁘시게 할 수 없다. 우리가 하나님께 기쁨을 드릴 수 있는 것들은 오직 우리의 정성과 땀과 감사와 봉사뿐이다.

지역감정을 극복하는 법
(눅 17:11~19, 교회일치/ 찬 219장)

예수님께서 갈릴리와 사마리아 사이의 한 마을에 계셨고(11절) 그곳에 열 명의 문둥병자가 있었다(12절). 본래 유대와 사마리아는 서로에 대해서 굉장한 지역감정이 있는 곳이었다. 그런데 이 문둥병자들 중에는 이 두 지역 출신이 섞여 있었다(17~18절). 그런데 그들은 서로 싸우거나 지역감정 같은 것이 없었다. 이유는 그들에게 공통의 목표가 있었기 때문이다(13절). 그들은 문둥병이라는 공통의 비극 속에서 서로를 의지할 뿐 싸우지 않았다. 사람을 하나로 묶는 힘은 공통의 목적을 가지고 있을 때이다. 교회 안에는 배운 자, 못 배운 자, 가진 자, 못 가진 자 등 다양한 부류와 계층의 사람들이 있다. 이런 점 때문에 교회는 다양한 목소리와 주장들이 제기되어 항상 시끄러울 가능성이 많다. 교회란 곳은 바깥 사회 어떤 집단보다 더 분열할 가능성이 많다. 그러나 교회에 공통의 목표가 생겨서 다 같이 하나님을 필요로 한다면 평화를 유지할 수 있다. 교회가 계속 시끄럽고 계속 분열한다면 그것은 공통의 목표가 없는 까닭이다. 공동의 목표는 항상 교회의 지도자가 만들어주어야 한다.

하나님 나라가 어디인가?
(눅 17:20~21, 하나님 나라, 충성 / 찬 333장)

바리새인들이 예수님께 하나님의 나라가 언제 임하느냐고 물었을 때(20절) 예수님은 하나님의 나라가 '사람들 안'에 이미 있다고 하셨다(21절). 이 말씀은 하나님 나라가 사람의 마음 안에 있다는 것이 아니고 사람들 사이에 이미 시작되었다는 뜻이다. 하나님 나라의 일차적인 뜻은 공간적인 개념인 천국을 말하는 것이 아니라 사람들 사이에 있는 하나님의 통치를 의미한다. 예수님이 이 땅에 오심으로 이미 하나님의 통치가 시작되었다. 즉 하나님의 통치를 받기 시작한 모든 곳은 하나님 나라이다. 그러므로 하나님 나라는 그의 통치를 받는 가정에서, 직장에서, 학교에서, 공장에서 이미 시작되었다. 그러므로 하나님 나라는 어디인가? 우리가 살고 있는 삶의 현장이다. 그러므로 성도는 자신의 삶의 현장을 하나님 나라로 만들어야 한다. 성도는 자신이 속한 공동체가 하나님의 통치를 받도록 만들어야 한다. 우리가 복음을 전하고, 구제하고, 봉사하고, 교육하는 일은 하나님의 통치를 그곳에 내려오도록 하는 행위이다. '하나님 나라 확장'이라는 말은 피안적인 개념이 아니라 실제적이며 현실적인 개념이다.

역사의 마지막 때 임할 인자의 날
(눅 17:22~24, 인자(人子), 재림 / 찬 175장)

예수님께서 말씀하신 '인자의 날 하루'는 자신이 재림하는 날을 가리킨다. 그는 이 재림하는 날을 현재의 사람들이 볼 수 없을 것임을 말씀하셨다(22절). 재림은 먼 훗날에 있을 일이니 예수 당대의 사람이 당연히 볼 수 없다. 그러면 '인자'는 무엇을 가리키는가? 인자를 사람 인(人)자에 아들 자(子) 자로 표기한다고 해서 '사람의 아들'이라 해석하면 안 된다. 여기서 인자는 구약의 다니엘서를 배경으로 두고 있다. 다니엘서에는 이 세상 종말 때 지상으로 내려오는 심판주를 인자로 묘사하였다(단 7:13). 예수님은 종말 때 심판주로 올 다니엘서의 '인자'가 바로 자기 자신임을 암시하셨다. 번개가 하늘 아래 이쪽에서 번쩍, 저쪽에서 번쩍 거리듯이 인자가 임한다(24절)는 표현은 예수님의 재림의 양상을 보여주는 말이다. 종말 때 '하늘 아래'라는 말은 모든 사람이 재림주를 볼 수 있을 것임을 암시하고 '이쪽에서 번쩍, 저쪽에서 번쩍' 한다는 말은 매우 급작스럽고 순식간에 재림이 이루어질 것을 암시하는 말이다. 재림은 모든 사람이 볼 수 있게 그리고 갑자기 임한다.

우리 집은 미리 미리 준비합시다
(눅 17:25~37, 가족, 전도, 종말 / 찬 502장)

역사의 마지막 날에 불현듯이 임할 종말 시간 직전까지도 사람들은 그날을 전혀 의식하지 못하고 일상생활에 젖어 먹고 마시며 시집가고 장가간다(27절). 그 종말직전까지도 사람들은 일하기 위해서 집안에 있는 장비(세간)를 챙기며, 농사꾼은 여전히 밭을 간다(31절). 그러나 그 인자의 날이 불현듯이 임하면 비극은 시작된다. 그때가 되면 이 세상은 오직 두 종류의 사람만 존재하게 된다. 그날이 되면 같은 곳에서 잠을 자던 두 사람 중에 '데려감'을 당하는 사람과 '버려둠'을 당하는 사람이 생긴다(34절). 그날이 되면 동시에 같은 곳에서 매를 갈고 있던 두 여자 중 하나는 '버려둠'을 당하고 또 하나는 '데려감'을 당하는 사건이 생긴다(35절). 여기서 버려둠은 '포기하다'는 뜻이다. 그때가 되면 하나님은 어떤 아버지의 아들을, 어떤 남편의 아내를, 어떤 엄마와 딸을 포기하여 멸망의 자리에 배치해 두는 사건이 생긴다. 그래서 그날에는 통곡의 소리가 땅에서 끊어지지 않을 것이다. 우리 집에서는, 우리 가문에서는 그런 일이 절대로 일어나지 않도록 지금부터 준비해야 한다.

하나님을 피곤케 하는 기도
(눅 18:1~8, 기도, 집념 / 찬 364장)

어느 도시에 과부의 청원에는 귀를 기울이지 않는 불의한 재판관이 있었다(2절). 그는 하나님을 두려워하지 않고 사람을 무시하는데 익숙한 사람이었다. 그는 가난한 과부에게 어떤 물질적 대가도 받을 수 없기 때문에 과부의 청원에는 귀를 기울이지 않았다(3절). 그러나 과부는 포기하지 않고 집요하게 재판관을 번거롭게 하기 시작하였다. 재판관은 그녀의 행동에 몹시 괴로움을 당했다(5절). 여기서 "괴로움을 당하다"는 말은 "눈 아랫부분을 계속 맞다"의 의미이다. 재판관은 자신의 안락한 생활이 방해받을 만큼 집요하게 공격당했고 마침내 그 과부의 청원을 들어주지 않을 수 없었다. 이것은 기도의 집념에 관한 교훈이다. 불의한 재판관은 과부의 청원을 "얼마동안 듣지 않았다"(4절) 우리가 기도할 때도 얼마동안 변화가 일어나지 않는다. 변화의 조짐이 보이기까지 반드시 '얼마'의 시간을 지나야 한다. 그러나 이 과부처럼 집념 있게 기도해야 한다. 집념의 기도는 하나님을 번거롭게 한다. 집념의 기도는 하나님을 고민하게 만든다. 이 집념 앞에 하나님은 무릎 꿇으시기를 즐거워하신다.

도토리 키재기
(눅 18:9~14, 하나님의 기준, 의인과 악인 / 찬 597장)

바리새인과 세리의 상반된 기도가 나온다. 바리새인은 기도할 때 자기가 얼마나 선한 일을 많이 했는가를 알렸다(11~12절). 반면에 세리는 하나님을 우러러 보지도 못하면서 "나는 죄인이로소이다"라고 고백했다(13절). 세리는 자기가 바로 '그' 죄인이라 했다. 남들이 지탄하고 손가락질 하는 '그' 죄인이 바로 '자기'라는 것이다. 바리새인과 세리의 삶은 대조적이다. 바리새인은 종교생활은 물론이고 윤리적으로도 정도를 걷는 사람이었다. 그러나 세리는 악질부류에 속하는 사람이었다. 그러나 하나님은 이 세리를 칭찬하셨다(14절). 도대체 하나님의 기준은 무엇인가? 하나님의 기준은 사람이 얼마나 착하냐 착하지 않느냐의 문제가 아니다. 이것은 교만과 겸손의 문제이다. 하나님은 착하지만 교만한 사람을 싫어하신다. 그러나 하나님은 허물이 많아도 애통하는 사람을 사랑하신다. 왜냐하면 인간의 윤리는 하나님 편에서 볼 때 도토리 키재기이기 때문이다. 어떤 도토리가 다른 도토리보다 키 크다고 으스대는 꼴을 하나님은 못 보신다. 하나님 편에서 볼 때 전부다 부패한 인간들 뿐이다.

예수님 내 아이를 만져주세요
(눅 18:15~17, 자녀, 기독교 교육 / 찬 559장)

사람들이 자기 아이들을 예수님께 많이 데리고 나왔다(15절). 거기에는 유아들도 있었다. 부모들은 자기 아이가 예수님께 한 번이라도 안수기도를 받으면 이것보다 귀한 복이 없다고 생각하였을 것이다. 예수님은 이런 아이들을 반갑게 맞이하시며 함께 시간을 보냈다. 심지어 예수님은 이 아이들을 모델로 해서 천국 백성의 자격을 설명까지 하셨다(16~17절). 지금 그는 죽으시기 위해 예루살렘으로 가는 무거운 순간이었다. 그래서 제자들은 사람들에게 예수님을 귀찮게 하지 말라고 했다(15절). 흔히 가정에서 엄마가 아이들에게 오늘 아빠가 피곤하니 그쪽으로 가지마라고 하는 것과 같다. 그러나 예수님은 죽으러 가시는 중에도 어린아이들과 함께 시간을 보냈다. 참 아름다운 이야기이다. 사람들은 예수님의 '만져 주심'(15절)을 바라고 아이를 데리고 왔다. 우리도 우리의 아이들을 예수님께 데리고 나가야 한다. "예수님, 오늘도 내 아이를 당신께 보냅니다. 이 아이를 만져주세요"라고 해야 한다. 매일매일 '만져주심'을 바라고 아이들을 예수님께 데리고 나가는 부모는 장차 크게 복을 받을 부모들이다.

믿음인가? 행위인가?
(눅 18:18~30, 행함, 믿음 / 찬 284장)

예수님께 어떻게 하면 영생을 얻을 수 있는지를 묻는 한 관원에게 자신의 재산을 다 팔아서 가난한 자에게 나누어주라고 하셨다(22절). 참 이해되지 않는 말씀이다. 구원은 행위가 아니라 믿음으로 얻는데 왜 예수님은 믿음 이야기를 안 하셨을까? 왜 예수님은 영생의 조건에 행위를 강조하셨을까? 그 문제는 이렇게 생각하면 쉽다. 지금 현재 예수께서 복음을 전하고 있는 대상들은 이미 하나님을 믿고 있는 유대인들이라는 사실이다. 그러므로 이미 믿고 있는 자들에게 예수님은 '믿음'을 강조하실 필요가 없었다. 또 한 가지는 예수님은 아직 복음의 내용을 완전히 이루시지 않은 상태에 계셨다는 것에 주목해야 한다. 즉 예수님은 십자가에서 죽으시고 부활하시고 승천하시기 이전의 단계에 계셨다. 그는 아직 십자가 근처에도 가시지 않았다. 그러므로 그는 복음을 '믿음'으로 영생을 소유한다는 말씀을 하실 수 없었다. 어떤 이는 이 본문을 근거로 기독교의 '이신칭의' 교리가 예수님이 아닌 바울의 것이라고 주장하기도 한다. 이 본문의 시대적 상황을 알면 혼란에 빠질 일이 없다. 구원은 오직 믿음으로만 얻는다.

결핍의 축복
(눅 18:31~34, 축복 / 찬 545장)

예수님은 자신이 예루살렘을 올라가면 자기 앞에 능욕과 침 뱉음과 고난이 기다리고 있다는 사실을 알고 계셨다(32절). 더군다나 십자가의 죽음이 자신을 기다리고 있다는 사실도 아셨다(33절). 그러나 동시에 자기 앞에 영광도 놓여 있음을 아셨다. 그 영광은 죽은 자 가운데서 다시 부활하는 것이었다(33절). 예수님은 인간들의 악독함이 자기에게 어떤 짓을 할 것인지를 알고 계셨지만 동시에 하나님의 능력이 자기에게 어떤 일을 행하실지도 알고 계셨다. 그는 하나님의 능력이 임하기전 인간의 죄가 먼저 있을 것임을 말씀하셨다. 예수님은 부활이 오기 전에 십자가의 단계를 반드시 거친다고 말씀하셨다. 면류관을 받기 전에는 반드시 십자가를 지나야 한다. 복을 받기 전에는 반드시 결핍이 있어야 한다. 예수님 때문에 우리에게 어떤 결핍이나 손해가 왔다면 이것은 매우 반가운 일이다. 왜냐하면 그것은 하나님이 우리와 함께 하시기 전 반드시 밟아야 할 통과의례이기 때문이다. 결핍 없이 은혜가 오지 않는다. 이것을 우리는 결핍의 축복이라 한다. 이것이 맞는지 틀린지 실험해 봐도 좋다.

말인가? 행동인가?
(눅 18:35~43, 말, 행동 / 찬 497장)

예수님이 군중들 사이를 지나가실 때 한 소경이 "다윗의 자손 예수여 나를 불쌍히 여기소서"하고 외쳤다. 예수님은 이 소리에 발걸음을 멈추셨다(40절). 예수님은 자신의 걷는 행동을 중단하셨다. 예수님은 설교보다 행동을 더 소중히 여기셨다. 그에게 말은 언제나 행동하는 것에 비해 2차적인 위치였다. 곤경에 빠져 있는 한 인간에게 제자들은 신경질만 던지고 있지만(39절), 예수님은 가시던 발걸음을 멈추고 그 사람을 구하는 길로 뛰어 들어갔다. "네게 무엇을 해주기를 원하느냐?"(41절) 그리고 예수님은 그를 구원해주셨다(42절). 사람들은 말하는 사람보다 행동하는 사람을 좋아한다. 사람들은 웅변가를 존경하지만 실제로 자기에게 도움의 손길을 베푸는 사람에게 더 애정을 느낀다. 사람들은 훌륭한 두뇌를 가진 사람을 칭찬하지만 자기를 너그럽게 대하는 사람에게 애정을 느낀다. 사람들은 문필가를 부러워하지만 자기에게 냉수 한 그릇 주는 자에게 더 애정을 느낀다. 우리는 어떠한 사람인가? 말로 인기를 누리는 사람인가, 행동으로 호응을 불러일으키는 사람인가?

세리장 삭개오는 키가 작은 열등감, 직업에 대한 죄책감, 타인의 싸늘한 시선, 고독감 등으로 건전한 정신 건강을 유지하기 힘들었다. 그런 삭개오가 예수님이 자기 동네를 지나간다는 소문을 듣고 얼른 군중 속으로 들어갔다. 하지만 군중들은 이 삭개오를 팔꿈치로 찌르고 발로 밟고 고통을 주었다. 이 키 작은 사람이 군중들에게 실컷 당하고 나무로 올라갔다(4절). 이때 예수님은 그를 만나주셨다(5절). 그리고 그는 새 삶을 찾았다. 그는 너무 기뻐서 자기 재산의 절반을 기부할 것이며 자기에게 피해 입은 자에게 네 배를 보상하겠다고 약속했다(8절). 율법에는 강도에 의한 손해 배상은 네 배를 갚아야 한다고 되어있다. 그는 자기가 그동안 강도짓을 했다는 것을 시인했다. 그는 예수님을 만나고 난 후 더 이상 자기를 포장하거나 감추지 않았다. 이 말은 삭개오가 정신적으로 많이 건강해졌다는 뜻이다. 포장을 많이 하면 할수록 감출 것이 많다는 증거이며 정신적으로 건강하지 못하다는 증거이다. 성도는 자기를 포장하거나 자기를 감추는 습성을 벗고 심리적으로 정신적으로 안정되게 사는 사람이다.

예수님께서 열 므나의 비유를 말씀하셨다. 어떤 귀인이 먼 나라로 갈 때에 자기의 열 명의 종들을 불러 각각 한 므나씩의 돈을 맡기며 이윤을 남기라고 하였다(12~13절). 그리고 이 귀인이 다시 돌아와서 열배의 이익을 남긴 종에게는 열개의 마을을, 다섯 배의 이익을 남긴 종에게 다섯 개의 마을을 통치할 수 있는 상을 내렸다(16~19절). 그러나 이윤을 남기지 못한 종은 그의 한 므나의 돈 마저도 빼앗겨버렸다(24절). 이 비유는 열심히 일하는 종에게는 더 많은 일을 맡기고 게으른 종에게는 그의 일마저도 빼앗긴다는 교훈을 준다. 하나님께서 우리에게 주시는 최고의 상은 더 큰 중책을 맡기는 것이다. 우리가 항상 게으른 일상으로 나날을 보낸다면 우리가 가지고 있던 구원과 은혜가 정지하든지, 아니면 조금씩 사라지게 된다. 그러므로 성도는 더 많은 것을 얻든지, 아니면 더 많은 것을 잃든지 둘 중에 하나를 하고 있다. 성도는 더 높은 곳을 향해 전진하든지, 아니면 매일 뒤로 퇴보하든지 둘 중에 하나를 하고 있다. 그러므로 나에게 더 많은 일이 주어진다면 내가 그 만큼 하나님께 인정받은 까닭이다.

군중들은 왜 옷을 길에 폈을까?
(눅 19:28~40, 예수관 / 찬 96장)

예수님이 예루살렘으로 입성하셨다 (28절). 그는 아무도 탄 적이 없는 나귀를 타고 가셨다(30절). 이때 무리들은 그의 앞길에 옷을 깔고(36절) "주의 이름으로 오시는 왕이여"라며 대대적으로 환영하였다(38절). 왜 그들은 예수님을 그렇게 찬양하고 또 옷을 길에 깔았던 것일까? 이 행동은 구약에 전통을 두고 있다. 북이스라엘의 예후 장군이 선지자 엘리사로부터 장차 이스라엘의 새 왕이 될 것을 통지받았다. 그리고 엘리사가 예후에게 미리 기름을 부었다. 그의 부하들이 옷을 땅 바닥에 폈다(왕하 9:13). "하나님이 당신을 이스라엘의 새 왕으로 선택하였으니 우리에게 명령만 내리소서 혁명에 가담하겠습니다"라는 뜻이었다. 옷을 길에 펴는 행동은 혁명가를 모시는 이스라엘의 오랜 전통이었다. 예루살렘으로 올라가시는 그의 앞길에 옷을 펴는 행동은 "명령만 내리시면 우리도 유대 독립을 위해 혁명에 가담하겠습니다"라는 뜻이었다. 이들은 예수님을 잘못 이해하였다. 오늘날에도 예수님을 이렇게 이해하는 사람들이 있다. 그를 교훈가로, 의사로, 복을 주시는 분으로 이해하는 사람들이 있다.

예수님의 울음을 멈추게 합시다
(눅 19:41~44, 심판, 분투 / 찬 358장)

예수님은 예루살렘에 가까이 오시자 이 도시의 장래를 보시고 우셨다(41절). 그는 장래의 예루살렘이 적들에게 포위당하여 잿더미가 되고 또 많은 자식들이 부모들이 보는 앞에서 비참하게 살육 당하게 되는 장면을 미리 보셨다(43~44절). 이러한 일은 AD 70년에 그대로 이루어졌다. 한 역사가에 의하면 예루살렘은 황폐화되어서 그 도심 한가운데를 소가 쟁기를 끌고 지나갔다고 한다. 본래 예루살렘은 평화의 도시였다. 그러나 그곳 백성들은 하나님의 말씀을 떠남으로 평화를 포기하고 말았다 (42절). 그들은 자기들의 정치적, 종교적 고집 때문에 하나님의 아들을 죽임으로 그 평화를 포기하고 말았다. 만약 이스라엘이 자기들의 권세를 포기하고 예수님의 길을 따랐다면 그러한 일은 일어나지 않았을 것이다. 예루살렘의 멸망은 자기들의 죄로 인해서 얻은 고난이었다. 그 고난은 당해도 싼 고난이었다. 그 멸망은 자업자득으로 얻은 것이었다. 예수님은 지금도 죄악의 길에서 돌이키지 아니하는 우리들의 미래를 보시면서 오늘도 눈물을 흘리고 계신다. 그의 눈물을 그치게 하는 것이 우리가 살길이다.

티를 냅시다
(눅 19:45~48, 신념, 용기 / 찬 499장)

목에 현상금이 걸려있는 예수님이 로마와 정부의 보호를 받고 있는 예루살렘 성전 안에서 채찍을 휘두르셨다 (45~46절). 예루살렘 성전에서 제사를 집례하는 사두개파들은 헤롯 대왕의 정치적 파트너였다. 그들은 성전세를 거두고 제사 용품인 양들을 관장하는 세력들이었는데 철저히 로마와 헤롯의 보호를 받고 있었다. 예수님은 여기서 채찍을 휘두르셨다. 예수님은 용기의 사람이었다. 또한 예수님은 사두개파의 본거지인 예루살렘 성전 뜰에서 날마다 유유히 말씀을 가르치셨다(47절). 그의 행위 속에는 항상 대담함이 있었다. 그는 자기의 신념을 조금도 감추지 않았다. 그는 자기가 누구에게 소속되어 있는지를 항상 행동으로 보여주었다. 예수님을 따르는 우리도 그의 용기를 닮아야 한다. 비겁한 것은 그의 뜻이 아니다. 우리는 세상 사람들에게 자기가 누구를 섬기고 있는 지를 담대히 보여주어야 한다. 비겁하게 숨기지 말고 이 '티'를 내야 한다. 비겁하게 숨지 말고 믿는 자의 신념을 보여주어야 한다. 이 '티'를 내는 사람이 진정 용감한 사람이다. 그것은 자기 말과 행동에 자신이 있다는 뜻이기도 하다.

종교적인 신흥성전 귀족들
(눅 20:1~8, 교회 안의 비기독교인 / 찬 600장)

유대교의 최고 기관인 산헤드린에서 파견된 대표들이 예수님께 무슨 권세로 성전에서 가르치는지를 질문하였다 (2절). 그들은 당시 기득권 세력들이었다. 그들은 성전의 다양한 제사를 이용해서 많은 부를 축적했던 당시 신흥성전귀족들이었다. 예수님은 그들의 질문에 대답할 가치가 없다고 판단하고 도리어 질문을 던졌다. "세례 요한의 권위가 하늘로부터냐 사람으로부터냐?"(4절) 만약에 그들이 세례 요한의 권위가 하늘로부터 온 것이라 하면 세례 요한이 예수님을 메시야로 증거했던 것이 참이 된다. 반면에 그들이 세례 요한의 권위가 인간에게서 온 것이라 하면 세례 요한의 추종자들에게 큰 봉변을 당할 수 있다(5~6절). 이 질문 앞에서 그들은 아무 말도 하지 못했다(7절). 그들은 단지 자기들의 기득권을 유지하기 위해 성스러운 성전에서 살았을 뿐 진리에 대해서는 아무것도 모르는 자들이었다. 어느 시대 건 종교적 성소(교회, 사찰)를 중심으로 권력과 명예를 장악한 세력들이 있다. 그들은 탐욕을 위해 종교에 기생한다. 교회 안에도 간혹 이런 종교적 신흥성전 세력들이 나타나곤 한다.

나와 바꾼 이스라엘
(눅 20:9~18, 복음, 이방인, 구원 / 찬 496장)

포도원 주인이 농부들에게 포도원을 맡긴 뒤 타국으로 떠났다. 때가 되어서 주인은 소출을 거두기 위해서 종을 보내었는데 농부들은 소출을 바치기는커녕 종을 심히 폭행하고 돌려보냈다. 이런 짓을 세 번이나 반복하였다(9~12절). 그러나 주인은 이제 자기 아들을 보냈다. 그런데 농부들이 그 아들마저 죽이고 말았다(13~15절). 이에 분개한 주인은 그들을 진멸하고 그 포도원을 빼앗아 다른 농부들에게 맡겼다(16절). 이것은 이스라엘 사람(농부)들이 하나님(주인)의 아들 예수를 죽임으로 복음을 거절할 것과 또 복음이 이방인(다른 사람)에게로 넘어갈 것을 예표하는 비유였다. 이스라엘은 2000년 전 하나님의 아들을 죽임으로 복음을 거절한 결과 하나님은 그 복음을 이방인에게로 넘겼다. 즉, 그들이 거절한 복음을 한국에 사는 '나' 에게 맡겼다. 그들이 복음을 거절한 결과 내가 그 복음을 받았다. 그들이 복음을 거절한 것은 '나' 를 향한 하나님의 섭리였다. 그들은 나를 위한 희생양이었다. 하나님은 나를 구원하기 위해 이스라엘을 버리셨다. 나는 누구인가? 나는 이스라엘과 맞바꾼 자이다.

원칙이 항상 승리합니다
(눅 20:19~26, 국가, 진리, 승리 / 찬 580장)

서기관과 대제사장이 예수님께 선민 이스라엘이 로마에 세를 바치는 것이 옳은 것인가를 물었다(22절). 예수님은 그들의 간계를 아시고 "가이사의 것은 가이사에게 바치고 하나님의 것은 하나님께 바치라"고 하셨다(25절). 즉, 국가에 대한 의무를 충실히 하는 것이 하나님께 대한 의무임을 말씀하셨다. 이에 그들은 그 자리를 떠났다(26절). 그들은 온갖 가식과 달콤한 말로 예수님을 추켜세운 뒤(21절) 예수님을 올무에 빠뜨리려 하였다. 그러나 예수님은 일시적인 궤변만 늘어놓는 그들 앞에서 시종일관된 근본적인 하나님의 원리를 가르침으로 그들을 물리쳤다. 일관된 자세만이 항상 승리한다. 임기응변에 능한 사람이나 변칙을 잘 구사하는 사람이나 상황 윤리에 익숙한 사람은 언젠가는 자기 함정에 빠진다. 복음서에서 예수님은 항상 일관된 자세로 논쟁을 유도하는 자들을 이기셨다. 성서를 상황에 맞게 요리조리 해석하고 적용하는 자는 언젠가는 들통 나게 되어있다. 교회사 속에서 신앙의 위인들은 항상 원칙적인 사람들이었다. 원칙이 항상 힘이 있고 안전하다.

천국에 대해서 함부로 말하지 마세요
(눅 20:27~40, 천국, 사이비 / 찬 235장)

부활을 믿지 않는 사두개파들이 예수님을 또 궁지에 몰아넣으려고 질문을 하였다. 남편이 계속 죽은 까닭에 어쩔 수 없이 일곱 번 결혼한 여인이 부활 후에는 누구의 아내가 되는가에 대한 질문이었다(28~33절). 이에 예수님은 저 세상에서는 결혼하는 일이 없다고 대답하셨다(35절). 이 대답의 핵심은 저 세상에 대해서 이 세상의 관념이나 언어로 규정짓지 말라는 것이었다. 우리는 천국을 함부로 상상하거나 인간의 말로 규정해서는 안 된다. 우리는 천국을 보고 왔다 하며 간증하는 사람들을 종종 볼 수 있다. 예를 들면 천국에 아파트가 있다거나, 천국에도 사람의 등급이 나누어진다든가, 천국에 개털 모자를 쓴 사람이 있다든가 하는 간증을 종종 듣는다. 우리는 이것을 신뢰할 수 없다. 천국의 모습은 본래 인간의 언어로 이야기 되지 않도록 하나님이 규정하셨다. 바울이 천국을 보고도 그의 설교나 서신 가운데 그것을 함구한 이유도 여기에 있다. 우리는 천국이 어떤 곳인가 하는 쓸데없는 논쟁을 하지 말아야 한다. 우리는 우리의 모든 장래의 일을 하나님의 사랑에 맡기기만 하면 된다.

내 도화지 속의 하나님
(눅 20:41~44, 이기적 신앙 / 찬 546장)

이스라엘 사람들은 오실 메시야를 '다윗의 자손'으로 공식 지칭하였다(41절). 그런데 다윗은 자신의 시편에서 오실 메시야를 주로 불렀다(42절). 이에 예수님이 질문하시기를 앞으로 오실 메시야가 다윗의 후손이라면 왜 다윗은 자기의 후손 격인 메시야에게 주님이라고 불렀냐는 것이다(44절). 다윗이 누렸던 세계제패의 꿈을 오실 메시야에게도 기대하는 이스라엘의 잘못된 메시야관을 꼬집는 질문이었다. 이스라엘은 오실 메시야 상(像)을 자기들의 입맛대로 그렸다. 그들은 오실 메시야가 고작 세상의 권력을 쥐고 있는 왕 정도로 알았다. 그들은 오실 메시야가 이스라엘의 독립을 쟁취해 줄 수 있는 장군 정도로 알았다. 사람들은 하나님을 항상 자기 멋대로의 이미지로 만들어서 받아드린다. 현실에서 복이나 구하면 복이나 주는 존재로 상상한다. 때문에 차고 넘치는 놀라우신 하나님의 전능을 놓치며 산다. 하나님은 자기를 그린 이미지만큼만 역사하신다. 작게 그리면 작게, 크게 그리면 크게 역사하신다. 각자의 사람들은 자신의 도화지 속에 각자의 하나님을 그려두고 다닌다.

있는 그대로 삽시다
(눅 20:45~47, 외식, 진실 / 찬 446장)

서기관들은 항상 길다란 예복을 걸치고 다니며 상석에 앉기를 좋아했다 (46절). 서기관들은 과부들의 가산을 등쳐먹으면서도 기도만은 남에게 보이려고 길게 하였다(47절). 예수님은 이런 자들을 조심하라 하셨다(46절). 서기관들이 걸치고 다니는 긴 예복은 거룩함의 상징이었다. 그것은 일종의 자기 포장지였다. 그들은 남을 등쳐먹는 자기들의 죄악을 감추기 위해서 늘 거룩이라는 포장지를 두르고 다녔다. 그 포장지는 그들의 의복과 긴 기도였다. 기도를 길게 하면 남들이 자기들을 경건하고 신앙심이 깊은 사람으로 봐 줄지 안다. 뭔가 숨길 것이 많은 불경건한 종교인 중에는 간혹 긴 기도를 통해서 자기를 포장하기도 한다. 우리도 혹시 타인 앞에만 서면 "아멘!" "주여!" "아버지!"를 연발하지 않는가? 또 기도가 길어지지 않은가? 또 목소리가 홀리보이스로 변질되지 않는가? 별로 이럴 필요까지야 있겠는가 싶다. 거룩은 삶으로 드러나는 법인데 말이다. 있는 그대로의 모습으로 가식 없이 행동하는 사람은 자기 삶에 자신 있다는 뜻이기도 하고 자기에게 뭔가 숨길 것이 없다는 뜻이기도 하다.

헌금에 관심 많으신 예수님
(눅 21:1~4, 헌금 / 찬 463장)

예수께서 '눈을 들어' 사람들이 헌금하는 광경을 보셨다(1절). '눈을 들어'라는 표현은 예수님의 헌금에 관한 관심이 매우 각별했다는 뜻이다. 예수님은 부자의 많은 헌금보다 가난한 과부의 동전 두 개를 가장 많은 헌금이라 하셨다(3절). 당시 사회 여건 속에서 '가난한 과부'는 가장 비참하게 사는 자였다. 여기서 동전 두개는 법적으로 헌금할 수 있는 가장 작은 단위였지만 그녀에게는 최선을 다한 헌금이었다. 예수님은 헌금의 정신을 강조하셨다. 교회를 운영하는 입장에서 교회도 헌금에 관심을 가지지 않을 수 없다. 그러나 교회가 예수님의 정신을 고수하기란 여간 힘든 일이 아니다. 어떤 교회는 헌금의 정신이 중요하다고 가르치지만 실상은 가난한 성도가 드린 1000원의 헌금은 현실적으로 달가워하지 않는다. 그러나 헌금하는 자는 적은 액수를 부끄러워하지 말고 감사의 마음을 담아서 최선을 다하여 드리면 된다. 그러나 헌금하는 자도 액수보다 정성이라는 사실을 악용하여 무조건 적게 바치려는 유혹에서도 벗어나야 한다. 예수님은 항상 '눈을 들어' 헌금하는 자의 진심과 진실을 가늠하신다.

교회 안에 있으면 안전해요
(눅 21:5~9, 사이비, 신앙 / 찬 461장)

예수님은 종말이 임박하면 난리와 소란의 소문(9절)이 잦아지며 또 "내 이름으로 와서 이르는 사람" 즉 이단들의 출현이 잦아질 것이라고 하셨다(8절). 그러나 예수님은 이러한 요소들이 종말이 임박했음을 알려주는 징조는 될 수 있지만 종말이 즉시 이루어지는 것은 아니라는 사실을 '끝은 곧 되지 아니하리라'(9절)는 말씀을 통해 밝히셨다. "많은 사람이 내 이름으로 와서"라고 하신 말씀처럼 예수님의 이름을 가장한 이단들은 교회사 속에서 항상 있어왔다. 교회사 속에서 대부분의 이단들은 항상 교회 안 성도들을 미혹하여 끌고 다녔다. 여기에 종말을 대비하는 방법 중 하나가 있다. 그것은 무조건 교회 안에서 머무르는 것이다. 물론 교회 안이 답답할 수 있고 교회 안의 목회자에게 식상할 때가 있다. 그러나 그렇다고 교회 밖으로 나가서는 안 된다. 교회 밖 성경공부에 매력을 느끼고, 교회 밖 지도자를 흠모하는 것은 좋지 못하다. 조금 답답하고 식상해도 무조건 교회 안에 머물러 있는 것이 종말을 대비하는 가장 좋은 방법 중 하나가 될 수 있다. 교회 밖에는 지금도 매력적인 사냥꾼들이 많이 있다.

무시무시한 재앙의 날
(눅 21:10~19, 재앙, 종말 / 찬 492장)

구약부터 내려오는 중요한 사상 중 하나는 '주의 날'에 대한 사상이다. 이 날은 현 시대와 종말 시대의 중간의 날로써 우주적인 대변동과 파멸을 수반하는 공포의 날이다. 그러나 그날에 세상 종말이 곧 바로 이루어지는 것은 아니고 그것을 알리는 신호의 성격뿐이다. 예수님은 주의 날에 처처에 전쟁과 기근과 지진과 온역과 살육(10~16절)이 있을 것을 말하고 있다. 우리는 그날이 언제인지는 모르지만 그날은 하루하루 우리 앞에 다가오고 있고 그날은 세계적인 대재앙의 날이 된다. 역사는 이날을 향해서 지금도 직선으로 질주하고 있다. 그런데 예수님은 이 무시무시한 날에 살아남을 자도 있다고 하신다. 그 살아남는 자들은 미움과 증오를 받으나 머리털 하나도 상치 않는다(18절). 그들은 누구인가? 인내한 성도들이다(19절). 예수의 이름이 그 영혼 속에 새겨져 있는 성도라는 이름을 가진 자들이다. 우리가 예수님 때문에 세상으로부터 미움 당하나 결정적인 순간에는 안전히 주의 나라에 모셔지게 된다. 예수 믿음이 이 정도로 복되고 유익한지 그 누가 상상이나 할 수 있었겠는가?

1900년 동안 지연된 종말
(눅 21:20~28, 종말, 인애 / 찬 494장)

이스라엘 사람들은 하나님의 거주하시는 예루살렘의 멸망을 항상 세상 종말과 연결시켰다. 예수님은 이런 그들에게 예루살렘에 있는 군대가 포위당하여 함락될 때가 세상 종말의 때가 될 것이라고 예언하셨다(20절). 그런데 이 예언은 AD 70년에 이루어졌다. 예루살렘은 맛사다 전투에서 로마군에 의해 완전히 포위당하여 함락 당했다. 이 전쟁에서 패한 이스라엘의 예루살렘은 문자 그대로 돌 하나도 돌 위에 남아있지 않을 만큼 철저히 파괴되었다. 그 전쟁에서 110만 명이 죽었고 심지어는 뱃속에 있는 유아까지 살육 당했다(23절). 이 예수님의 예언이 이루어진지 1900년이라는 세월이 지나갔지만 아직 세상 종말은 오지 않았다. 세상 종말 때 있을 천체와 자연계의 이상 현상(25절)과 우주의 총체적 대이변(26절)과 예수님의 재림(27절)은 아직 문자 그대로는 이루어지지 않았다. 세상 종말의 징조는 이미 1900년 전에 이루어졌으나 아직 세상 종말은 오지 않았다. 세상의 종말이 1900년 동안 지연된 이유는 한 사람이라도 더 구원받기를 원하시는 하나님의 자비하심 때문일 것이라 생각이 든다.

무(無)를 향해 달리는 역사
(눅 21:29~33, 기독교역사관 / 찬 601장)

예수님은 자연현상을 보고 계절을 감지할 수 있듯이 시대의 징조를 보고 '마지막 때'를 분별하라 하셨다(31절). 성서는 인류에게 마지막 때가 있음을 말한다. 이 종말 때 현상 중 하나는 '천지가 다 없어지는 현상'이다(33절). 종말 때 지금 우리가 보고 있는 천지는 사라진다. 그러므로 시간은 천지가 다 없어지는 순간을 향해서 달려가고 있는 것이다. 시간은 무를 향해서 달려가고 있다. 불교의 역사관은 시간은 돌고 돈다는 윤회사관이다. 그러나 기독교의 역사관은 처음에서 시작하여 마지막 종착점까지 가는 직선 코스이다. 이 코스는 맹목적인 것이 아니라 목적을 가지고 있다. 그 목적은 모든 것을 무로 만드는 코스이다. 천지가 무로 돌아갈 때 비로소 새 세상(계 21장)이 온다. 이 새 세상이 본래 우리가 가야할 고향집이다(고후 5:1). 오늘 지금 내가 무심코 보내는 시간도 천지가 없어지는 그 순간을 향해서 맹렬히 달려가고 있는 순간이다. 그러므로 언젠가 무로 돌아갈 이 세상에서 내가 무엇을 위해 살아야 할지, 또 어떻게 살아야 할지 매 순간 순간마다 잘 선택해야 한다.

깨어 있어라
(눅 21:34~36, 술취함, 경건, 종말 / 찬 444장)

예수님은 종말에 대비해서 성도들에게 '스스로 조심하라'(34절)고 하셨다. 이 말씀은 자신의 영혼을 잘 간수하라는 뜻으로 불신자가 아닌 믿는 성도에게 해당되는 말씀이다. 성도는 언제 임할지 모르는 지구의 대환난 날에 대비하여 항상 깨어 있어야 한다(35~36절). 그런데 재미있는 것은 34절에 '스스로 조심하라 그렇지 않으면 방탕함과 술취함으로 마음이 둔하여진다'는 말씀이다. 깨어서 자신의 영혼을 관리해야 하는데 그렇지 않으면 그 다음 단계는 '방탕함'이 따라 온다는 것이다. 자신의 영혼 관리에 나태하지 않아야 하는데 그렇지 않으면 다음 단계는 술취함이라는 것이다. 이러한 단계의 전환은 자연스러운 것이라 한다. 술취함은 괴로움과 고통을 덜어주는 효력있는 방법이다. 술은 단 시간에 그리고 가장 확실하게 사람을 고통으로부터 탈피시켜준다. 그러나 믿는 성도는 이런 단계까지 가지 않아야 한다. 왜냐하면 그것을 통해서 마음에 위로를 얻을 수 있을지는 모르지만 몸과 영혼이 파멸되기 때문이다. 방탕함과 술취함의 단계까지 가지 않기 위해서는 항상 기도하고 깨어 있어야 한다.

낮과 밤이 다르신 예수님
(눅 21:37~38, 영성수련 / 찬 422장)

예수님은 낮에는 성전에서 말씀을 전하시고 밤에는 감람산에서 쉬셨다(37절). '쉬시니'라는 말은 '오래 유하시니'라는 말이다. 예수님은 산에 장시간 계셨다. 왜 장시간일까? 그는 낮에는 복음을 전하시고 밤에는 산에 올라가서 장시간 기도하셔야지만 늘 성령 충만하실 수 있었다. 그리고 그 다음날 성전에 나가서 가르치시면 어김없이 이른 아침부터 많은 사람이 모여 들었다(38절). 예수님은 왜 항상 이러한 대중동원력을 가지고 있었을까? 그것은 매일 밤 산에서 쌓으셨던 영성수련의 결과였다. 예수님은 낮에는 성전에 모인 군중들과 함께 보내셨고 밤에는 산에서 하나님과 함께 보내셨다. 그는 이같이 자기 혼자 있는 조용한 시간을 통하여 힘과 능력을 공급받았다. 그리고 모여드는 군중에게 그와 같은 힘을 발휘하실 수 있었다. 그는 밤에는 항상 하나님과 깊이 만난 후에 낮에 사람들을 만나셨다. 우리도 낮에는 사람들과 함께 밤에는 하나님과 함께 지낼 수 있다면 얼마나 능력있는 삶을 살 수 있을까? 우리의 낮과 밤도 달라야 한다. 우리도 밤에 깊이 하나님을 만난 후에 그 다음날 사람들을 만나보자.

안쪽에서만 열리는 문
(눅 22:1~6, 마귀 / 찬 348장)

가룟 유다 속에 귀신이 들어간 후 그는 그때부터 본격적으로 예수를 팔 모의를 하였다(3~4절). 그러면 귀신이 무교절날(1절) 어느 한순간에 그의 마음에 들어가서 그가 스승을 배신하도록 만들었을까? 가룟 유다가 어느 날 갑자기 귀신에 홀려서 자기의 의지와 상관없이 마치 몽유병 환자처럼 돌아다니며 악을 모의하였을까? 아니다. 그것은 귀신의 일방적인 역사가 아니라 그 귀신이 활동하도록 먼저 자기 마음 문을 연 그에게 책임이 있다. 귀신은 그를 자신의 도구로 사용하기 위해 그의 마음의 상태를 항상 살피고 있었다. 그리고 결정적인 순간에 그에게 들어가 그를 자신의 수하로 만들었다. 그가 먼저 자기 마음 문을 안쪽에서 열지 않았다면 귀신은 그 문을 도무지 열 수 없었다. 책임은 가룟 유다에게 있다. 이렇게 자기의 마음을 귀신에게 선점당한 그는 더 이상 귀신으로부터 벗어날 수 없었다. 사람의 마음 문은 항상 안에서만 열게 되어있다. 귀신이 그 문을 바깥쪽에서는 절대로 열 수 없었다. 그러므로 성도는 자기의 과오를 항상 귀신 탓으로 돌리지 말고 귀신에게 마음을 내준 자기를 탓해야 한다.

이미 대안을 가지고 계신 예수님
(눅 22:7~13, 예수님의 준비. 섭리 / 찬 310장)

유월절 양을 잡을 무교절이 돌아오자(7절) 베드로와 요한은 유월절 만찬을 어디서 해야 할지를 예수님께 물었다(9절). 이 문제에 대해서 예수님은 제자들에게 구체적인 지시 사항을 내렸다. 그는 제자들이 성내로 들어가서 물동이를 가지고 가는 사람을 만나게 되면 그 사람이 가는 집으로 따라 들어가라 하셨다(10절). 그리고 집 주인에게 예수님이 유월절 만찬을 할 방을 찾는다고 말하라고 하셨다(11절). 지시대로 행한 제자들은 곧 방을 얻을 수 있었다(12절). 예수님은 이 문제에 있어서 어떻게 이런 구체적인 지시를 내릴 수 있었을까? 그는 제자들이 성으로 들어가면 물동이를 가진 남자를 만나게 되고 그 남자를 따라가면 그 집 주인이 방을 내줄 것이라는 사실을 알고 계셨다. 예수님은 제자들의 질문 앞에서 이런 구체적인 대안을 마련해 놓으셨다. 예수님은 사람이 찾아오기 전에 항상 답을 가지고 계신다. 우리가 그에게 무엇인가를 간절히 부탁할 때 그는 이미 구체적이고 세부적인 대안을 가지고 계신다. 우리 성공의 지름길은 우리의 문제를 얼마나 많이 그분에게 질문하느냐에 달려있다.

잔인한 음식 떡과 잔 (1)
(눅 22:14~23, 십자가, 보혈 / 찬 151장)

예수님은 자신이 십자가에 달리시기 하루 전에 제자들과 함께 성만찬인 떡과 잔을 나누셨다. 그는 떡을 제자들에게 떼어 주시면서 이 떡은 자신의 몸이라 하셨고(19절), 포도주를 자신의 피라고 하셨다(20절). 예수님은 자기의 고난과 죽음의 성격을 떡과 포도주로 설명하고 싶으셨다. 떡과 포도주는 음식이다. 음식은 생명을 주는 것이다. 즉, 자신의 몸과 피는 사람들에게 생명을 주기 위한 재료임을 상징적으로 나타내셨다. 밀을 빻아서 만든 떡을 찢어서 제자들에게 나누어주는 것은 자신의 살이 찢겨져 나갈 것을 의미한다. 그 포도 알갱이를 짓이겨서 만든 검붉은 포도주는 자신이 십자가에서 흘릴 피를 의미한다. 떡이 찢겨지고 포도주가 부어지는 것은 자신이 얼마나 비참하게 살해될지를 예고하는 것이다. 예수님은 내일 이처럼 잔인하게 살해된다. 이 잔임함을 통해서 세상에 생명을 주려는 것이었다. 하나님의 아들이 잔인하게 살해되는 방식을 통해서 하나님은 인류에게 생명을 주는 방식을 택하셨다. 이 떡과 잔은 예수님의 잔인한 죽음을 상징한다. 이 음식들은 잔인한 음식들이다.

매 식사 때마다 감격하세요 (2)
(눅 22:14~23, 성만찬 / 찬 227장)

예수님과 제자들이 성만찬 때 나누어 먹었던 떡은 특별한 것이 아니라 이스라엘 사람들의 주식이었다. 포도주 또한 특별한 것이 아닌 일반 이스라엘 식탁에서 볼 수 있는 평범한 음료였다. 예수님은 평범한 두 재료를 사용해서 자신의 죽음에 대한 교훈을 남기셨다. "너희는 떡과 포도주를 먹고 마실 때마다 나를 기념하라"(19절)가 바로 그것이다. 이것이 무슨 말씀인가? 사람들이 매 식사 때마다 인류를 구원하신 예수를 생각하라는 뜻이다. 예수님 자신이 이루어 놓은 인류 구원의 업적을 매 식사 때마다 성도들이 감사하라는 말씀이다. 성도는 매 식사 때마다 자기가 받은 구원에 대해서 감격해야 한다. 성도는 일상에서 자기가 예수 믿고 천국 백성이 되었다는 그 구원의 감격에 항상 빠져 있어야 한다. 성도는 교회의 절기 때 행하는 성만찬 때만 예수님을 기념해서는 안 된다. 고난주간이나 특별한 절기 때만 예수님을 생각해서 안 된다. 밥 먹을 때마다, 간식을 먹을 때마다 예수님의 죽음과 그 의미를 생각하며 감격에 빠져야 한다. 자다가 일어나도 예수님을 생각하며 감격에 빠질 수 있어야 한다.

빛을 갚으시는 하나님
(눅 22:24~30, 섬김, 봉사 / 찬 314장)

예수님께서 자신이 제자들에 의해 배반당할 것을 말씀하시자 제자들 사이에는 또 다시 누가 크냐? 논쟁이 발생했다(24절). 아마도 이 논쟁은 제자들이 예수님께 자기들의 충성심을 과시함으로써 자신은 결코 배신자가 아님을 강조하기 위한데서 시작된 듯하다. 이때 예수님은 그들에게 섬김의 도에 관해서 가르쳐주셨다. 그는 제일 높은 사람은 제일 낮은 사람처럼 처신해야 된다 하셨고(26절), 예수님 자신도 식탁에서 주인을 섬기는 하인으로 여기에 와있다고 하셨다(27절) 그리고 자신과 함께 온갖 시련을 겪고도 인내했던 자들은 장차 왕권을 물려받고 하나님 나라를 통치하게 될 것이라 하셨다(30절). 하나님은 자신을 묵묵히 섬기며 인내한 자에게 반드시 그 빚을 갚아주신다. 교회 안에는 두 종류의 사람이 있다. 묵묵히 섬기며 인내함으로 하나님께 빚을 지우는 자들이 있고, 또 자기를 과시하며 요란하게 봉사하다가 본전마저도 못 찾을 사람들이 있다. 지금도 교회에서 말없이 봉사하는 자들은 하나님께 빚을 지우는 자들이다. 하나님은 성도에게 진 빚을 절대로 잊으시는 분이 아니다.

나의 큰소리가 나의 약점입니다
(눅 22:31~34, 성도의 인격 / 찬 449장)

베드로는 예수님이 가시는 곳은 그 어디까지나 함께 따르겠다고 호언장담하였다(33절). 그러나 예수님은 오늘 닭 울기 전에 베드로가 자기를 세 번 부인할 것이라며 그의 말을 일축하셨다(34절). 베드로는 항상 큰소리를 내는 사람이었다. 그는 항상 남들보다 강조점이 많은 사람이었다. 심리적인 측면에서 대개 큰소리 치는 사람이 요란한 빈 수레일 가능성이 많다. 사람은 평상시 그가 가장 많이 강조하고 가장 많이 주장하는 부분이 그 사람의 약점일 가능성이 많다. 왜냐하면 사람은 자신의 약점이나 부족을 은연중에라도 감추려는 본성이 있기 때문이다. 자신의 약점이나 부족을 감추기 위해서 늘 그 반대의 주장을 하는 경향이 있다. 유달리 타인의 과오를 큰소리로 많이 지적하는 사람이나 유달리 자신의 신앙이나 도덕성을 호언장담하는 사람은 위험하다. 타인의 죄에 자꾸 큰소리 치고 싶다면 내 속에 그것이 있다는 증거이다. 내가 어떤 종류의 큰소리를 자주 치는지 면밀히 살펴볼 필요가 있다. 그러면 나의 됨됨이를 내가 볼 수 있다. 나의 큰소리가 곧 나의 약점이다.

'내가복음'을 버리세요
(눅 22:35~38, 성경 / 찬 202장)

예수님은 "겉옷을 팔아서 칼을 사라"고 명하셨다(36절). 혁명을 원하는 베드로는 예수님이 드디어 로마와 전쟁을 시작하려나보다 생각하고 쌍칼을 꺼내들고 기뻐하였다(38절). 그러나 이것은 먼 길을 떠날 채비를 갖추라는 것이었다. 전대와 주머니와 칼은 고대 여행자들의 필수품이었다. 치안 유지가 힘들었던 시대에 여행자들에게는 스스로를 호신할 수 있는 칼은 필수품이었다. 예수님께서 이적과 기사를 행할 때 제자들도 더불어 사람들에게 환영을 받았지만 이제 곧 예수님은 십자가를 지신다. 그러므로 제자들은 뿔뿔이 흩어져야 하고 먼 길을 떠나야 할지도 모른다. 예수님은 이 준비를 그들에게 시킨 것이다. 그러나 베드로는 그것을 무장명령으로 알았고 전쟁 선포로 이해하였다. 베드로는 3년간 예수님과 함께 성경공부를 하였지만 끝까지 '자기 식'으로 예수님을 이해하였다. 우리는 성경 앞에서 '자기 식' 태도를 버려야 한다. '자신의 개인적인 체험' 혹은 '어디서 들은 풍월을 가지고 성경 앞에 서는 안 된다. 성도는 저마다 '내가복음'을 가지고 있다. 성경 앞에서 일단 그것을 내려놓아야 한다.

당신의 감람산으로 가세요
(눅 22:39~46, 기도, 평화 / 찬 364장)

예수님은 자기에게 점점 다가오는 죽음의 그림자를 느끼셨다. 그리고 그 고독과 싸우기 위해 간 곳이 감람산이었다(39절). 그는 그곳에서 피와 땀을 쏟으시며 기도한 후에 "이 잔이 내게서 옮겨지기를 바라나 아버지 원대로 되기를 원하나이다"(42절)라는 결론을 가지고 내려오셨다. 하늘에 계신 그의 아버지는 너무 흡족하셔서 그에게 더 큰 힘을 주셨다(43절). 예수님은 불과 33세의 나이였다. 이 세상에 33세에 죽기를 원하는 사람은 없다. 그래서 그는 고뇌했지만 기도로 그것을 당당히 이기셨다. 그는 어두울 때 감람산으로 들어가셨지만 빛 가운데로 나오셨다. 그는 고뇌에 빠져 감람산으로 들어갔지만 평화를 가지고 나왔다. 왜냐하면 그는 아버지와 대화를 끝냈기 때문이다. 우리도 우리 인생의 짐에 눌려있는가? 장래에 대한 염려, 애먹이는 자식, 점점 쇠약해가는 육신, 사랑하는 사람에 대한 그리움에 짓눌려 있는가? 그렇다면 이때는 감람산으로 가서 하나님과 대화할 때이다. 대화가 끝나면 우리는 곧 평화를 가지고 내려오게 된다. 대화가 끝나면 우리는 힘차게 그곳을 내려오게 될 것이다.

공포 앞에 서야 나의 점수를 알 수 있습니다
(눅 22:47~53, 공포심, 비겁 / 찬 365장)

예수님을 체포할 군인들을 데리고 온 가룟 유다는 자기 스승에게 입을 맞추었다(48절). 가룟 유다가 배신의 신호로 사용한 것은 사랑하는 스승에 대한 입맞춤이었다. 그러나 "그 중에 한 사람"(50절)은 칼을 휘두르며 예수님의 체포를 저지하려고 저항하였다. 다른 복음서에서는 그가 베드로였다고 한다. 그러나 스승이 잡혀가는 현장에 있던 다른 제자들은 침묵하였다. 그냥 보고만 있었다. 왜 다른 제자들은 그토록 비겁했을까? 그것은 공포심 때문이었다. 공포가 그들을 얼어붙게 만들었다. 공포가 그들을 자멸하게 만들었다. 이것이 공포를 만난 사람의 현상이다. 공포는 사람을 와해하고 소멸한다. 오래된 성도라도 뜻하지 않는 공포를 만나면 신앙이 오그라든다. 평상시에 늘 입에 달고 살았던 아멘! 아멘! 주여! 주여! 했던 그 화려한 신앙 수식어는 완전히 공포심 앞에서 완전히 소멸되어 버린다. 공포심 앞에서 성도의 신앙은 종종 공수표가 된다. 우리는 극도의 공포심 앞에 서 봐야 내 신앙이 몇 점인지 알 수 있다. 평상시 큰 소리는 나의 진정한 점수가 아니다. 순교자들은 이 공포심을 이긴 자들이다.

거룩한 닭소리
(눅 22:54~62, 무감각, 회개 / 찬 300장)

예수님께서 대제사장의 집으로 끌려갈 때 베드로는 사태의 결말이 어떻게 될지 몰라 멀찍이 뒤쫓아갔다(54절). 그런데 그는 그 길에서 스승을 모른다고 세 번이나 부인하는 실수를 범했다. 그리고 그는 닭 울기 전에 자신이 세 번 예수를 부인할 것을 예언하신 스승의 말씀이 생각나서 한없이 울었다(61~62절). 비겁한 베드로의 모습이다. 그러나 우리는 여기서 베드로를 비난할 필요가 없다. 왜냐하면 그와 나는 같은 처지의 사람이기 때문이다. 우리도 매일 매일 얼마나 많이 예수를 부인하며 사는가? 어쩌면 우리는 베드로보다 더 못한 무신론자인지 모른다. 모든 상황에서 우리는 하나님 없이 판단하고, 하나님 없이 거래하고, 하나님 없이 자식을 기르고 있지 않은가? 그러나 우리가 베드로보다 더 나쁜 것은 닭소리를 듣고도 울지 않는 다는 것이다. 우리는 설교에서, QT에서, 구역예배에서 늘 닭소리를 듣는다. 나의 죄를 생각나게 하는 닭소리들! 우리는 최근 닭소리에 울어 본적이 있는가? 슬픈 영화를 보고 흘리는 눈물 말고 이 거룩한 눈물을 흘린 적이 있는가?

아버지의 아픈 사랑
(눅 22:63~71, 하나님의 사랑 / 찬 299장)

예수님이 산헤드린 법정으로 끌려가서 밤새도록 시달리고 매를 맞고 조롱당하셨다(63~65절). 그럼에도 불구하고 예수님은 당당하셨다. 그들의 어리석고 얄팍한 질문에 대꾸하지 않으셨고 (67절) 이 후로는 자신이 하나님의 보좌 우편에 앉아 있게 될 것을 당당히 주장하셨다(69절). 밤새도록 조롱과 멸시와 협박을 당하고 그렇게 매를 맞은 사람으로서 어떻게 이렇게 당당할 수 있는가? 그는 '나' 한사람을 구하기 위해서 그는 그날 밤 그렇게 고초를 당하셨다. 그는 자신을 향한 폭행과 고문이 하나님의 목적을 좌절시킬 수 없다는 것을 확신했다. 재판도 하지 않은 상태에서 어떻게 사람을 저토록 밤새도록 때리기만 할 수 있을까? 아들이 밤새도록 맞는 모습을 하늘에서 아버지는 다 지켜보셨다. 하나님은 자신의 외아들을 버리고 '나'를 선택한 그 사랑은 결국은 '아픈 사랑'이었다. 아픔이 크면 클수록 사랑은 더 깊어가는 법! 2000년 전 하나님의 깊은 사랑의 상처가 결국 나를 살렸고 나를 사람 되게 만들었다. 우리는 이 사랑을 받을 줄만 알고 보답할 줄 모르는 사람은 되지 말아야 한다.

십자가의 은혜
(눅 23:1~5, 십자가, 이기심 / 찬 149장)

산헤드린공의회 전체가 합심하여 예수님을 빌라도에게 고소한 죄 몫은 백성 선동죄, 로마에 대한 조세저항운동, 자칭 유대인의 왕이라 주장, 이 세 가지였다(2절). 그들은 예수님을 이미 신성모독죄로 정죄한바가 있었다(눅 22:70~71). 그럼에도 그들은 예수님을 정치범으로 몰고가려고 하였다. 왜냐하면 정치범은 합법적으로 십자가에서 처형시킬 수 있기 때문이었다. 그래서 그들은 예수님께 정치적 죄 몫을 부가하였다. 그들이 그를 죽이려했던 이유는 체제 유지를 위해서였다. 예수님은 예루살렘에서는 사두개파와 충돌하고 지방 회당에서는 바리새파들의 교리와 체제를 뒤집었다. 사람의 악함 중의 하나는 사람을 평가할 때 그 사람 자체보다 자기들과의 이해관계에서 사람을 판단한다는 것이다. 그들은 예수가 정치적 목적을 띤 사람이 아니란 것을 알았다. 그러나 그들은 반드시 예수를 죽여야 했다. 종종 권력의 맛을 본 사람들이 자기 체제 유지를 위해서 권모술수로 옳은 사람을 억울하게 내모는 경우가 있다. 어떤 집단이든 자기의 이익을 위해서도 나쁜 사람들과 우호관계를 형성하는 사람들이 있다.

예수님께 아무런 정치적 혐의점을 찾지 못한 빌라도가 그를 헤롯에게로 보냈다(6절). 그때 헤롯은 예수님을 보고 심히 기뻐하였다(8절). 이유는 예수의 신비한 능력에 대해서 들었기 때문에 그에게 관심이 많았다. 그러나 예수님이 그의 호기심을 충족시켜주지 못하자(9절) 헤롯은 예수님을 업신여겼다. 헤롯은 분명히 예수님께 관심이 있었지만 의미있는 존재는 아니었다. 헤롯은 그에게 흥미를 가지고 있었지만 그에게 붙들리지는 않았다. 헤롯은 그에게 관심 있었지만 그가 없이도 충분히 편안이 혼자 살 수 있는 사람이었다. 우리도 예수님께 많은 관심을 가지고 있고 그를 좋아한다. 그러나 우리가 얼마나 그에게 의미를 두고 있는가? 우리도 그를 좋아하지만, 그러나 그가 없이도 든든한 직장이 있고 튼튼한 육체가 있고 자금만 있으면 잘살 수 있다고 믿지 않는가? 우리가 예수님을 좋아하지만 진정 그를 사랑하는가? 헤롯도 예수님을 좋아했지만 그를 사랑하지 않았다. 좋아하는 것과 사랑하는 것은 다르다. 사랑은 사랑하는 대상에게 의미를 두는 것이다. 사랑은 사랑하는 대상에게 붙잡히는 것이다.

빌라도는 예수님을 죽일 마음이 없었다. 그래서 그는 두 번이나 예수님을 놓아주자고 제안하였다(14, 20절). 그런데 빌라도는 유대 지도자들 앞에서 결국에 자기의 뜻을 철회하고 만다. 로마법에 의하면 로마의 행정관이 실책을 범하면 그 행정관을 로마에 보고할 권리가 있었다. 유대사에서 보면 빌라도는 유대정책에 있어서 큰 실수를 두 번 한 것으로 되어있다. 그는 유대정책에 있어서 두 가지 약점 때문에 끝까지 용기를 내지 못했다. 그는 그의 약점 때문에 끝까지 자기주장을 펼치지 못했다. 그래서 예수님을 사형에 넘겨주고 말았다. 큰 소리 칠 수 있는 사람은 과거가 깨끗해야 한다. 만일 과거에 범죄한 사실이 있게 되면 그는 더 이상 무엇을 주장할 수 없게 된다. 누가 그 사람의 과거의 추잡한 행동을 폭로하겠다고 하면 그 사람은 곧 자신감을 상실하게 된다. 우리는 마땅히 말해야 할 것을 말할 수 있기 위해서는 추호도 오해 받을 짓을 하지 않아야 한다. 그렇지 않으면 우리도 빌라도처럼 항상 결정적인 순간에 뒤로 물러서게 된다. 약점이 있으면 약해지기 마련이다.

십자가가 너무 무거워서 예수님께서 더 이상 지고 가기가 불가능하였다. 그때 백부장은 주위를 둘러보다가 구레네 시몬을 발견하고 그에게 십자가를 지게 하였다(26절). 십자가를 놓으신 예수님께서는 여유가 있으셨든지 자기 뒤를 울며 따르는 여자들에게 예루살렘의 멸망에 대해 예고를 하시기도 하셨다(27~31절). 구레네 시몬이 예수님 대신 십자가를 졌을 때 그의 기분이 어땠을까? 재수 없이 자기가 걸렸다고 생각하지 않았을까? 구레네 시몬은 로마교회에 중추적인 역할을 감당했던 루포의 아버지였다(롬 16:13). 아마 구레네 시몬이 예수님 대신 무거운 십자가를 지고 갔던 그 헌신이 혹시 하나님의 마음을 감동시켰을까? 그래서 하나님은 그와 그의 가문에 큰 복을 내리셨을 것이라고 추측할 수 있다. 예수님을 위해서 우연히 한번 수고한 대가가 이 정도라면 마음을 작정하고 일평생 하나님을 위해 헌신하는 성도에게 베푸시는 하나님의 은혜는 어느 정도이겠는가? 더군다나 예수님 때문에 당했던 치욕과 손해를 즐거워하고 헌신하는 성도에게 베푸시는 하나님의 은혜는 어느 정도이겠는가?

십자가에 매달리신 예수님은 그 극심한 고통의 순간에도 인간에 대한 자신의 사랑을 중단하지 않았다. 그는 죽어가면서 자기를 못 박고 조롱하는 자들의 죄사함을 위해 노력하셨다(34절). 일반적으로 십자가 사형을 받는 사람들의 경우 고통이 극에 달하면 미쳐서 마침내 헛소리를 하면서 죽는다고 한다. 손과 발이 찢어지는 고통! 정오의 태양과 밤의 추위! 허기지고 목마른 고통! 이것이 너무 극심해서 죽기 직전 정신이 나가버리고 헛소리를 하면서 죽는 죽음이 십자가의 죽음이다. 그러나 예수님의 죽음은 인간의 그것과 달랐다 그는 죽어가는 순간까지도 분명한 어조로 "아버지여 저들을 사하여 주옵소서"라고 기도하셨다. 그는 마지막 순간까지 마취제인 신포도도 먹지 않고(36절) 흐리지 않는 정신과 맑은 감각을 가지고 자기의 본분을 지켜나가셨다. 인간은 고통 받으면 받을수록 정신을 잃지만 예수님은 고통이 깊으면 깊을수록 더 맑은 정신을 소유하셨다. 우리도 인생의 위기를 당할 때 정신 나간 소리, 헛소리를 그만두고 예수님이 가지셨던 인격과 정신을 배우기를 소망해야 할 것이다.

끝까지 인간을 구원하시는 하나님
(눅 23:39~43, 전도, 구원, 내세 / 찬 506장)

십자가에 달리신 예수님 옆에 있던 한 강도가 예수님에 대해서 자기의 신앙고백을 하였다. 그것은 그동안 당신이 행한 모든 일은 옳은 일이었고 당신의 나라가 올 때 꼭 자기를 기억해주기를 바란다는 내용이었다(41~42절). 이에 예수님은 "네가 오늘 나와 함께 낙원에 있으리라"(43절)고 대답했다. 낙원에 있게 된다는 말은 하늘나라 정원의 길동무로 거닐게 해주겠다는 의미이다. 죽기 직전에 그는 너무나 극적으로 구원을 받았다. 이 이야기는 너무 때가 늦어서 예수님께 돌아갈 수 없다고 하는 일은 이 세상에서 결코 없을 것임을 보여주는 좋은 실례이다. 우리는 다른 일에 대해서는 때가 늦었다고 말할 수 있다. 그러나 예수님께 돌아가는 일에 대해서는 결코 그런 것이 없다. 인간의 심장이 고동치는 한 예수님의 초대는 계속되고 있다. 생명이 있는 한 희망이 있다. 우리는 믿지 않는 부모, 형제, 자녀를 위해 마지막 일분까지도 희망을 버리지 않고 기도해야 한다. 그렇게 하면 예수님은 마지막 일분 전이라도 하늘나라의 길동무로 그를 데려오신다. 그는 생명에 관해서는 절대 포기하는 법이 없다.

예수님처럼 죽읍시다
(눅 23:44~49, 장례, 죽음 / 찬 608장)

예수님께서 십자가에 달리신 후 오후 3시에 이르렀을 때 갑자기 성소에 있던 휘장 한가운데가 찢겨져 나갔고 (44~45절), 이때 예수님은 운명하셨다. 그는 "아버지여 내 영혼을 아버지 손에 부탁하나이다"(46절)라는 마지막 기도를 하시고 돌아가셨다. 자기 영혼을 하나님의 손에 부탁한다는 말은 모든 유대인 어머니가 자기 아이에게 가르치는 첫 번째 기도문이었다. 무서운 어두움이 덮이기 전에 이 밤도 나를 편하게 잠들게 하기를 바란다는 기도를 모든 유대인 어머니가 잠자리에 드는 아이에게 가르쳤다. 그런데 예수께서 마지막 숨을 거두실 때 어릴 때부터 해왔던 그 기도문을 외우셨다. 예수님은 자신의 죽음이 사랑하는 부모의 품에서 잠시 자는 잠으로 해석하셨다. 그는 엄마 품에서 잠든 아기같이 잠시 주무실 예정이었다. 우리도 이렇게 죽을 수 있을까? 장차 "내가 당신의 부름을 받아 이 세상을 떠날 때 엄마 품에 잠든 아기같이 편안히 잠들기를 원합니다"라고 기도해야 한다. 예수님과 일평생 동행하는 삶을 산 자에게는 하나님께서 이렇게 복된 죽음을 그에게 줄 것이다.

살아있을 때 잘 하세요
(눅 23:50~56, 헌신, 충성 / 찬 327장)

산헤드린 공회의 회원인 아리마대 요셉은 하나님 나라를 기다리는 예수님의 제자 중 한 명이었다(51절). 본래 십자가에서 사형당한 사람의 시체는 독수리의 밥이 되었다. 이것을 잘 알고 있는 아리마대 요셉은 자기 스승을 그런 모욕에서 구하기 위하여 자기의 개인 묘에 그의 시신을 안장하였다(53절). 그는 예수님이 죽은 후에도 그의 충실한 제자였다. 그는 물론 예수님을 죽이기로 결의한 산헤드린 공회의 판결에 동의하지 않았지만(51절), 그는 판결이 내려지기 전에 더 적극적으로 예수님을 변호하지는 못했다. 그는 재판에 분명이 관여할 수 있는 인물이었지만 재판 당시 침묵하였다. 그는 예수님께서 살아계셨을 때 더 적극적으로 유리한 발언을 하지 못했다. 그러나 그것이 후회스러웠을까? 예수님이 죽은 후에 비로소 그의 사랑을 보여주었다. 우리도 종종 살아있는 사람보다 죽은 사람에게 호의를 베푼다. 우리는 살아있을 때 보내야 할 꽃을 죽은 후에야 보낸다. 살아있는 자에게 주는 따뜻한 말 한마디가 죽은 자에게 보내는 꽃다발보다 훨씬 가치가 있다. 살아있을 때 잘하는 것이 더 중요하다.

청소하시고 무덤을 떠나신 예수님
(눅 24:1~12, 부활 / 찬 167장)

안식 후 첫날 예수님의 무덤을 찾아간 여자들이(1절) 예수님의 시신에 향유를 바르기 위해서 무덤 안으로 들어가자 찬란한 옷을 입은 두 사람을 통해 예수님의 부활소식을 들었다(4~6절). 그리고 이 충격적인 소식을 제자들에게 전했다(9절). 이 소식을 들은 베드로는 무덤으로 달려가서 무덤 안을 들여다보니 세마포만 보였다(12절). 요한복음은 베드로가 무덤 안에 들어갔을 때 모든 것이 잘 정돈되어 있었다고 증언한다(요 20:7). 예수님은 부활하신 후 자신의 몸을 감쌌던 붕대와 세마포를 어느 한 곳에 가지런히 잘 개어 놓으신 후 그 무덤을 떠나신 것이다. 이러한 사실은 그의 부활을 확증하는 주요한 요소이다. 비록 그의 시신이 그곳에 있지 않았지만 이 사실은 어떤 제자도 그곳에 와서 시신을 옮긴 일이 없었으며 그 어떤 사람도 그의 시신을 강탈해가지 않았음을 말해준다. 도둑질해 가는 사람이 어떻게 그 현장을 차분히 정돈할 수 있겠는가? 도둑이 예수님의 시신을 훔쳐갔다면 분명히 통째로 들고 갔을 것이다. 잘 개어진 붕대와 세마포만큼 예수님의 부활을 확정해 주는 사실은 없다.

지는 해 쪽에 서신 예수님 (1)
(눅 24:13~35, 부활, 성도의 자세 / 찬 170장)

어떤 두 사람이 예수님께서 잡히시고 죽으시고 그리고 여인들로부터 다시 그가 살아났다고 들은 '이 모든 일'을 이야기하며 엠마오로 가고 있었다(13~14절). 그런데 부활하신 예수님께서 그들과 동행하셨다(15절). 그러나 그들은 그를 알아보지 못했다(16절). 왜 그랬을까? 예수님이 변장을 하였을까? 엠마오는 예루살렘 서쪽에 있다. 그리고 때는 해가 지고 있는 때였다(29절). 예수님은 지는 해 편에 서 계셨다. 지는 해가 너무 눈부셔서 이들은 그의 얼굴을 정확히 보지 못하였고 윤곽으로만 보았을 것이다. 그는 서쪽으로 지고 있는 해 쪽에 서 계셨기 때문에 그들은 그를 정확히 보지 못했다. 여기서 알레고리한 해석을 하나 내려 보려 한다. 우리는 지는 해를 바라보면서 걸어가는 존재가 되어서는 안 된다. 우리는 어두워지는 밤을 향해서 나가는 것이 아니라 동터 오는 새벽을 향해 나가는 사람이다. 이 위치에 서야 예수님을 정확히 볼 수 있다. 사람은 실의와 좌절 속에서 예수님을 바라보지 말고 희망과 긍정 속에서 그를 바라볼 수 있어야 한다. 그래야 예수님을 정확히 볼 수 있다.

먼저 대화해야 합니다 (2)
(눅 24:13~35, 기도, 대화. 회복 / 찬 365장)

엠마오로 내려가는 두 사람이 "우리는 이 사람이 이스라엘을 구속할 자라고 바랐노라"(21절)고 했던 그 말 속에서 그들의 삶이 예수의 죽음으로 얼마나 무의미해졌는가를 알 수 있다. 그런 그들에게 예수님은 오셔서 대화를 주선해주셨다. 그리고 많은 대화가 오고 갔다. 그리고 마침내 그들은 예수님을 알아보았다(31절). 그때부터 곧 그들의 삶의 의미가 다시 되살아났다. 그리고 그들은 예루살렘으로 돌아가서 그 흥분된 이야기를 다른 사람들에게 전했다(33~35절). 그들은 절망 속에 있었지만 그분과의 대화를 통해서 비로소 생의 의미와 소망을 가지게 되었다. 우리도 종종 우리 삶의 근거가 완전히 매장되고 말살되었다고 생각될 때가 있다. 그때 우리는 곧 바로 예수님과 대화를 시작해야 한다. 일단 대화를 가져야 한다. 대화가 끊기면 안 된다. 그래서 그분과 많은 대화를 가질 수 있다면 우리는 그를 다시 알아보게 될 것이며 생의 의미도 다시 일어나게 될 것이다. 그리고 머지않아 그 흥분된 이야기를 사람들에게 증거할 기회를 가지게 될 것이다. 대화 속에는 이미 회복의 씨앗이 들어 있다.

일상에서 만나는 예수님 (3)
(눅 24:13~35, 하나님을 만나는 때, 장소 / 찬 284장)

예수님은 엠마오로 내려가는 제자들과 대화를 나누시던 중에 날이 저물었다. 그리고 잠시 어느 촌에 들러서 식사를 하시던 중 그들은 부활하신 예수님을 알아보게 되었다 (28~31절) 얼마나 감격스러웠을까? 평범한 식사시간이었다. 이 평범한 시간에 그들은 부활하신 예수님을 만났다. 반드시 특정 장소, 특정 시간에만 예수님을 만날 수 있는 것은 아니다. 예수님을 만날 수 있는 곳이 반드시 교회 뿐인 것만은 아니다. 예수님을 체험할 수 있는 곳이 반드시 성만찬 장소인 것만은 아니다. 예수님을 볼 수 있는 곳이 반드시 복음을 전하는 선교의 현장인 것만은 아니다. 우리는 평범한 장소, 평범한 일상 속에서 그분을 만날 수 있다. 우리는 식탁에서도, 잠깐 쉬는 커피 타임에서도, 일상의 독서 중에서도, 지하철 안에서도 그를 만날 수 있다. 왜냐하면 그는 무소부재하시기 때문이다. 그는 우리의 모든 삶의 현장의 주인이시기도 하지만 손님이시기도 한다. 우리는 너무 극적인 장소에서 너무 극적으로만 그를 만나려고 한다. 그러나 모든 우리의 평범한 곳에서 평범한 일상 속에서 그를 만날 수 있다.

공동의 기억 (4)
(눅 24:13~35, 체험적 신앙, 성도 / 찬 289장)

예수님을 만난 엠마오의 두 제자는 황홀한 마음으로 예루살렘으로 내려갔다. 예루살렘에서는 부활하신 예수님에 관한 소식을 이미 다른 제자들도 알고 있었다(33절). 그 중 베드로는 부활하신 그를 만나기까지 하였다(34절). 엠마오의 두 제자와 다른 제자들은 자신들의 그 동일한 체험을 서로 서로 나누었다(35절). 예수 부활에 대한 공동의 경험을 가진 사람들의 이야기가 아마 밤새도록 이어졌을 것이다. 성도는 누구인가? 예수님에 대해서 공동의 체험과 기억을 가지고 있는 사람이다. 낙심했을 때 예수님께서 보내셨던 격려와 위로에 대한 기억, 기도응답에 대한 체험, 찬송 속에서 그를 만났던 기억, 말씀으로 문제가 해결되었던 체험, 하나님 나라를 위해서 함께 땀 흘렸던 추억을 공동으로 가지고 있는 사람들이 성도이다. 성도는 공동의 체험을 함께 나누어 가질 수밖에 없는 존재이다. 왜냐하면 성도는 한 하나님을 아버지로 모시고 있고, 그 한 아버지로부터 통치를 받고 있기 때문이다. 다른 성도들과 공동으로 나눌 신앙의 체험과 기억이 나에게 없다면 나의 아버지가 누구인지 의심해봐야 한다.

엠마오로 가던 두 사람과 예수님의 제자들이 만나서 부활에 관한 이야기를 나눌 때 "평강이 있을지어다"(36절)라는 인사를 건네시며 예수님이 그곳에 나타나셨다. 시공을 초월하여 나타나셨기 때문에 제자들은 그를 영으로 알아보았다(37절). 그들은 그가 실제가 아니라 영이라 생각하였다. 그들은 이미 예수님의 부활소식을 여인들과 베드로와 요한으로부터 들은 바가 있다. 그러나 그들은 반신반의하였다. 그들은 들었으나 믿지 못했다. 그래서 예수님은 이제 보여주는 방법을 쓰셨다. 못 자국 난 손과 발을 보여주시고(39절) 구운 생선 한 토막을 먹는 것까지 보여주셨다(42~43절). 듣는 것으로 부족하였다. 듣고도 믿지 않는 제자들의 의심에 특단의 조치를 취했다. 그래서 볼 수 있게끔, 그리고 만져서 그 감각을 느낄 수 있게끔 해주셨다. 그들은 믿음이 없는 사람들이었지만 예수님이 믿음을 억지로 넣어주셨다. 이런 제자들을 볼 때 오늘날 단지 말씀을 듣고 믿은 우리들은 참으로 대단하다. 듣고 믿은 우리는 당시 예수님의 제자들보다 믿음에 있어서만큼은 더 훌륭하다고 자부해도 될 것 같다.

예수님은 구약의 메시야 예언이 자기를 가리키는 것이며 복음이 만국에 전파될 것이며, 제자들이 복음의 증인들이 될 것이라고 하셨다(44~48절). 그리고 제자들에게 약속하신 성령님이 올 때까지 기다리라고 하셨다(49절). 그래서 제자들은 기다려야만 했다. 그들은 위로부터 능력이 임할 때까지 기다리지 않으면 안 되었다. 그 기다림은 무의미한 시간이 아니었다. 이 기다림이 끝난 뒤에 그들은 전혀 다른 사람이 된다. 그리고 세계선교가 시작된다. 우리에게도 기다려야만 하는 시간이 있다. 때로는 그 시간이 낭비되는 것이 아닌가 생각이 들 때가 있다. 그러나 그 시기를 인내하는 자세로 기다려야만 한다. 하나님을 기다리는 조용한 시간은 결코 낭비하는 시간이 아니다. 이 시간은 도약을 위한 준비기간이다. 이 시간이 끝나면 다시 힘을 얻고 독수리처럼 날아오르게 된다. 우리의 손과 발이 갑자기 한가해질 때, 우리 눈에 갑자기 아무것도 보이지 않을 때, 하나님의 음성이 갑자기 멈출 때 이것은 조용히 하나님을 기다리라는 신호이다. 이 기다리는 시간이 끝나면 다시 우리의 세상이 오게 된다.

영원한 존재로 돌아가신 예수님
(눅 24:50~53, 장례, 영생 / 찬 607장)

예수님이 제자들에게 축도하신 후 하늘로 올라가셨다(50~51절). 그곳에 서있던 사람의 눈에 하늘로 올라가시는 그의 모습이 점점 작아지더니 마침내 그 시야에서 사라졌을 것이다. 이것은 어떤 의미가 있는 것일까? 예수님이 그의 거처를 옮기셨다는 말인가? 예수님이 땅에서 사시다가 저 하늘 구름 너머 어딘가에서 생활하게 되었다는 말일까? 아니다. 이것은 단지 시각적으로 그렇게 처리되었을 뿐 실제로 그가 하늘 어딘가로 올라가서 살게 되었다는 뜻은 아니다. 이 말은 장소의 이동을 뜻하는 것이 아니라 그가 하나님 본연의 자리로 되돌아가셨다는 의미이다. 그는 이제 한 인간이 아닌 영원한 존재로 되돌아가셨다. 그는 태초부터 선재하셨던 영원하신 하나님 위치로 되돌아가셨다. 그리고 그는 그 영원한 세계에서 이제 우리를 맞이할 준비를 하고 계신다. 그는 우리와 영원한 시간을 보내기 위해서 거기서 우리를 기다리신다. 지상의 시간에 사는 우리가 저 영원한 나라를 소망하는 이유가 여기에 있다. 언젠가 이 땅에서 우리의 숨이 멈출 때 우리는 그와 함께 영원한 시간 속으로 들어가게 된다.

사복음서 단락별 설교 핸드북

요한복음

John

하나님 사랑은 육체적이다
(요 1:1~18, 성육신, 하나님의 사랑 / 찬 216장)

태초부터 하나님과 함께 있었던 '말씀'이 있었다(1~2절). 이 말씀은 세상을 창조하신 하나님 자신의 말씀이었다(3절). 이 말씀은 세상을 향한 하나님의 사랑의 말씀이셨다. 그런데 세상을 향한 하나님의 사랑은 말로만 끝난 사랑이 아니었다. 그 사랑은 상당히 구체적이었다. "하나님이 세상을 이처럼 사랑하사 독생자를 주셨으니…"(요 3:16) 즉, 하나님은 사랑의 구체적인 증거를 취했는데 그것이 바로 예수 그리스도이셨다. 즉, 말씀이 육신을 입으신 것이었다(14절). 육체로 오신 예수님은 세상을 향하신 하나님의 구체적인 사랑의 표현이셨다. 하나님의 사랑은 이렇게 육체적이었다. 하나님의 사랑은 이렇게 물질적이었다. 하나님은 말로만, 마음으로만 사랑하지 않으셨다. 마음으로만, 말로만 하는 사랑은 참 사랑이 아니다. 사랑은 실제적이어야 한다. 표현하지 않는 사랑은 참 사랑이 아니다. 하나님은 세상을 향한 자신의 사랑을 물질로, 육체적으로 나타내셨다. 우리도 하나님을 말로만 사랑하고 있지 않은가? 물질로, 몸으로, 구체적인 것으로 표현해야 참 사랑이다.

매일 청소합시다
(요 1:19~28, 세례, 성결 / 찬 224장)

유대교 지도자들이 세례 요한의 정체가 무엇인지 궁금했다(19절). 그가 혹시 구약의 엘리야나 선지자 중 한 사람이 아닌가 생각했다(21절). 그러나 세례 요한은 자신을 메시야의 길을 알리는 광야에서 외치는 '소리'라 하였다. 그는 곧 오실 메시야를 알리는 '스피커'(speaker)일 뿐이라 하였다. 세례 요한은 메시야가 오시는 그 길을 곧게 준비하는 사람이었다(23절). 여기서 그 길을 곧게 준비한다는 것이 무엇을 말하는가? 그것은 세례를 의미한다(28절). 세례 요한은 요단강에서 세례를 베풀었다. 본래 세례는 유대교로 개종하는 이방인들을 정결케하는 것으로 행하여졌다. 그는 그런 세례를 유대인들에게 베풀었다. 그것은 메시야를 맞이할 수 있는 새 마음으로, 깨끗한 마음으로 유대인들을 준비시키는 행위였다. 마치 신랑을 맞이하는 신부처럼 몸과 마음을 정결케 하는 작업이었다. 왜냐하면 예수님은 깨끗하고 정결한 마음속에만 들어가실 수 있기 때문이다. 예수님은 깨끗한 마음에만 사신다. 우리가 죄를 자복하고 회개하여 우리의 마음과 영혼을 매일 청소해야 하는 이유가 여기에 있다.

비둘기처럼 임하시는 성령님
(요 1:29~34, 성령, 사이비 / 찬 185장)

세례 요한이 예수님을 처음 보았을 때 그는 그를 세상을 구원할 하나님의 어린양인 줄 알아보았다(29절). 그리고 성령님이 비둘기처럼 내려와 그 위에 머무는 것을 보았다(32절). 여기서 성령님이 비둘기라는 뜻은 아니라 그분이 임재하시는 특성을 표현한 것이다. 성령님을 '불' 혹은 '바람' 처럼 묘사할 때도 그분이 '불' 이나 '바람' 이라는 뜻이 아니라 그분이 임재하시는 특성을 표현한 것이다. 그래서 "불 받아라"고 떠들 필요도 없고 마이크로 '쏴~' 하며 바람소리를 낼 필요가 없다. 그런 소리로 사람을 현혹시키는 자는 무지하거나, 아니면 사람을 속이는 짓이다. 성령님의 임재의 형태는 다양하다. 성격이 정열적이고 적극적인 사람에게는 뜨겁게 불 같이 임하신다. 성격이 차분하고 조용한 사람에게는 비둘기처럼 임하신다. 그래서 우리는 교회에서 열광적인 사람을 비판해서도 안 되고 너무 조용하고 말이 없는 사람을 비판해서도 안 된다. 이것은 성령님의 자유를 제한하는 것이다. 미국의 대통령이 예수 믿는 스타일과 자갈치 시장의 아주머니가 예수 믿는 스타일이 다를 수밖에 없다.

가족 구원이 우선
(요 1:35~42, 가족, 전도 / 찬 506장)

세례 요한은 자기의 두 제자에게 예수님을 '하나님의 어린 양' 으로 소개하고 그 예수를 따르도록 하였다(36~37절). 예수님과 하루를 지낸 그 두 사람 중 하나인 안드레(40절)는 예수님을 믿고 그 기쁜 소식을 자기의 친형 베드로에게 전하고 그를 예수님께 데리고 나와서 제자가 되게 하였다(41절). 안드레는 가족에게 먼저 복음을 전했다. 안드레는 이 기쁜 소식을 들었을 때 제일 먼저 가족이 생각났다. 모든 참된 증거는 이렇게 가장 가까이에 있는 사람부터 시작되어야 한다. 하나님께서는 자신을 먼 지역으로 보내실 것이라고 생각하면 안 된다. 대부분 신자들은 가족의 전도를 통해서 믿음을 가지게 된다는 사실에 주목해야 한다. 아브라함의 하나님은 그의 아내인 사라의 하나님, 그의 아들인 이삭의 하나님, 그의 손자인 야곱의 하나님이 되었다. 하나님은 개인보다 한 가정의 하나님이 되기를 더 원하신다. 그러므로 우리도 가족 구원에 주력해야 한다. 우리가 가족 구원을 등한시하거나, 가족 구원에 자신이 없다면 혹시 우리가 가정 안에서 변화되어야 할 요소가 없는지도 생각해 보아야 한다.

사람의 과거를 아시는 예수님
(요 1:43~51, 예지, 통찰 / 찬 98장)

예수님의 제자가 된 빌립(43절)은 친구인 나다나엘에게 자신이 메시야를 만났다고 알렸고, 그를 예수님께로 이끌었다(45~46절). 나다나엘과 마주친 예수님은 놀라운 말씀을 하셨다. 예수님은 나다나엘을 가리켜 간사함이 없는 자라 하셨다(47절). 예수님은 이미 나다나엘의 인격과 삶을 알고 계셨다. 또 예수님은 빌립이 나다나엘을 전도하기 이전부터 이미 나다나엘을 알고 있었다고 하셨다(48절). 예수님은 빌립이 나다나엘을 데리고 오기 전부터 이미 그의 신분과 인격을 통찰하고 계셨다. 예수님은 이미 인간 나다나엘의 과거부터 지금까지를 통찰하고 계셨다. 그렇다. 예수님은 이처럼 사람의 과거를 왕래하시는 분이다. 나는 내 과거로 돌아갈 수 없지만 그분은 나의 과거로 돌아가실 수 있다. 나의결점, 상처, 업적, 경험, 친구, 부모, 학교생활, 가정생활 등 그 모든 것을 이미 다 알고 계신다. 그분은 나의 과거를 이미 아시고 오늘 나를 만나주신다. 그분은 나의 과거를 이미 아시고 오늘 나를 지도 해주신다. 그렇다면 그분이 나를 얼마나 정확하게, 확실하게 지도해 주실지 확신이 간다.

물로 된 포도주
(요 2:1~12, 하나님의 때 / 찬 293장)

결혼식장에서 포도주가 떨어져서 주인이 난처하게 되었다(3절). 하인들은 예수님의 명령대로 빈 항아리를 물로 채웠다. 그리고 그 연회장 주인은 '물로 된 포도주를 맛보고'(9절) 깜짝 놀랐다. 더 정확한 표현은 '방금 물이었던 포도주를 맛보고…'이다. 하인들이 항아리를 연회장까지 들고 갈 때도 그것은 물이었다. 주인 앞에 그 항아리를 놓을 때까지도 그것은 물이었다. 그런데 주인이 그것을 마시려는 순간에 물이 포도주로 눈 깜짝할 사이에 변해버렸다. 오늘 우리도 인생의 난처함을 짊어지고 간다. 그것을 짊어지고 가는 그 순간까지 변하지 않을 때가 있다. 기도하고 그 자리에게 가보면 여전히 그 문제가 남아 있을 때도 있다. 또한 골치 아픈 사람이 여전히 변하지 않고 그 자리에 앉아 있을 때가 있다. 그러나 '때'가 되면 눈 깜짝할 사이에 그것이 변하여져 있게 된다. 그리고 그것이 기가 막힌 맛과 향기로 우리 삶을 행복하게 할 것이다.

교회는 상쾌해야 한다
(요 2:13~22, 예배, 새신자 / 찬 285장)

예수님께서 채찍을 휘두르시며 성전에 있는 동물들과 상인들을 내쫓으셨다(13~16절). 예수님께서 왜 이런 행동을 하셨을까? 성전 당국자들은 성전을 예배와 기도할 수 없는 소란한 장소로 만들었기 때문이다. 소와 양과 비둘기의 울음소리, 상인들이 물건을 사라고 외치는 소리, 흥정하는 소리, 동전 소리 등은 성전에서 아무도 예배드릴 수 없고 기도할 수 없는 곳으로 만들었다. 예수님은 이것에 분노하셨다. 오늘날 우리 교회 속에서도 예배를 방해하고 기도를 방해하고 새신자들의 출입을 방해하는 요소는 없는가? 기존 신자들의 배타성, 냉담함, 불친절, 무당 푸닥거리 하는 모습, 교회 시설 사용의 불편함, 예배나 의식들의 지루함, 교인간의 다툼 등은 교회에 대한 이질감을 증폭시키는 요소이다. 예수님은 사람들이 하나님께 나아가는 것을 어렵게 만드는 자들을 향하여 진노하셨다. 기존 성도들은 사람들이 교회를 상쾌하게 드나들 수 있도록 만들어야 한다. 이것이 전도 전략이고, 새신자 정착률을 높이는 비결이며 교회 성장의 중요한 요인이 된다.

인간을 안 믿으시는 예수님
(요 2:23~25, 인간의 변덕 / 찬 80장)

예수님께서 많은 표적을 일으키시자 무리들이 그를 환호하고 환영하였다(23절). 그러나 예수님은 그 몸을 저희들에게 의탁치 않으셨다(24절). "의탁치 않았다"는 말은 군중들을 믿지 않았다는 말이다. 예수님은 자기 자신을 향한 무리들의 찬송 소리를 믿지 않았다. 왜냐하면 예수님은 변덕스러운 인간의 본성을 아셨기 때문이다(25절). 그는 한 순간의 기분에 의하여 휩쓸리는 인간의 본성을 아셨다. 그래서 예수님은 무리들의 환호성에 신경 쓰지 않으셨다. 현대적인 용어로 하면 예수님은 자신의 인기에 연연하지 않으셨다. 무리들은 자신들이 병 고침을 받고 혜택을 입었기에 예수님을 환호하였을 뿐이지 그들은 자신들의 이해관계에서 조금이라도 손해를 보면 금방 변심할 사람들이었다. 우리는 무엇 때문에 교회를 다니는가? 우리는 교회에서 어떤 일로 섭섭함을 느끼는가? 구원에 대한 감격이 많이 떨어지면 약간의 싫은 소리에도 크게 상심한다. 천국의 소망이 약해지면 인간에 따라 자꾸 교회를 옮긴다. 본질적인 것을 추구하지 않고 교회 다니는 사람들에게 예수님은 자기 몸을 의탁치 않으신다.

성령과 바람
(요 3:1~15, 성령의 능력 / 찬 190장)

예수님은 거듭나야 하나님 나라에 들어갈 수 있다고 니고데모에게 가르치셨다(3절). 그리고 그 거듭남은 인간의 능력이 아닌 성령의 능력으로만 가능하고(5절), 그 성령의 능력은 마치 바람과 같다고 말씀하셨다(8절). 바람이라는 말이 중요하다. 사람은 바람소리를 들을 수 있고 바람을 느낄 수 있다. 그러나 바람이 어디서 와서 어디로 가는지는 모른다. 사람은 바람이 어떻게 불며 왜 부는지 모른다. 그러나 바람이 만들어내는 그 일은 알 수 있다. 사람이 바람을 맞을 때 그 시원함을 느낄 수 있고 광풍이 할퀴고 간 흔적도 볼 수 있다. 성령의 역사도 이와 같다. 성령이 어떻게 역사하는지 모른다. 그러나 성령이 행하시는 일은 볼 수 있다. 성령은 살인자를 전도자로, 낙심자를 불굴의 투사로, 죄인을 의인으로 바꾼다. 성령은 바람처럼 언제 어떻게 사람에게 임할지 모른다. 때문에 우리는 어떤 사람에게도 실망하고 절망해서는 안 된다. 성령은 조용한 산들바람처럼 다가와 사람의 마음을 움직이게 하기도 하고 때로는 광풍처럼 사람을 덮쳐서 삽시간에 변하게 만들기도 한다.

공짜로 얻은 은혜
(요 3:16~21, 구원, 믿음 / 찬 153장)

하나님은 자신의 독생자 예수를 믿는 자에게 영생을 주시겠다는 놀라운 약속을 하셨다(16절). 이 놀라운 메시지 앞에 인간은 어떻게 반응해야 하는가? 그 예수님을 믿어야 한다. 그러나 예수를 믿는 것은 인간의 소간(所幹)이 아니다. 왜냐하면 믿음은 하나님의 선물이기 때문이다(엡 2:8). 하나님께서 사람에게 예수를 믿는 믿음을 주셔야 믿을 수 있다. 또 하나님께서 이렇게 믿게 하신 후 영생도 허락하신다. 구원이란 이렇게 하나님의 전적인 주권적인 섭리에 따라 이루어지는 것일 뿐 인간편에서는 아무 것도 할 일이 없다. 하나님은 사람에게 자신의 독생자를 주셨다. 그리고 이 독생자를 믿는 믿음을 주셨다. 그리고 독생자를 믿게 하신 후 영생까지 주셨다. 이러므로 '독생자'를 '믿고' '영생'을 받은 사람은 전적으로 하나님께만 세세무궁토록 영광을 돌려야 한다. 구원은 처음부터 마지막까지 전부다 하나님의 일이다. 구원은 그야말로 공짜로 받은 것이다. 어떤 사람들은 공짜라 하니까 오히려 믿지 않으려 한다. 그럴 리가 있겠냐며 도무지 하나님의 구원이야기를 신뢰하지 않으려 한다.

세례 요한보다 예수님께 세례를 받는 자의 숫자가 훨씬 많아지고(26절) 예수님의 인기가 더 올라가는 것을 본 세례 요한의 제자들은 기분이 상했다. 그의 제자들은 자기의 스승이 뒷자리로 물러가서 차석에 앉는 것에 대해 기분이 좋지 않았다. 그러나 세례 요한은 이러한 현상을 하나님께서 주관하시는 당연한 일로 해석하였다(27절). 새로 등장한 예수가 자기보다 더 많은 제자와 추종자들을 얻고 있다면 그것은 예수가 사람들을 빼앗아 갔기 때문이 아니라 하나님께서 그에게 사람들을 주셨기 때문이라고 생각하였다. 세례 요한은 하나님께서 하시는 일에 대하여 질투하지 않았다. 만일 우리가 어떤 사람의 성공이 하나님께서 주신 것이라고 생각한다면 우리는 질투심이라는 것에서 해방될 수 있다. 저 사람의 성공이 하나님의 판결과 선택이었다고 받아드릴 수만 있다면 내 마음이 상하는 것을 이겨낼 수 있다. 질투심은 하나님의 주권적인 섭리와 인도하심을 받아드리지 않는 자에게 일어난다. 질투심이 유난히 많은 사람은 상대적으로 하나님을 신뢰하는 신앙이 적다.

요한복음은 예수님의 신성을 계속 강조한다. 예수님은 위로부터 오셨고 (31~32절), 하나님의 아들이 되시고 (35절), 그를 믿는 자에게는 영생이 있고(36절), 그는 하나님께 보고 들은 것만 전하신다(32절). 여기서 예수님이 '보고 들은 것'만 전하는 자라는 대목이 우리의 관심을 끈다. 만약 어떤 가정에 관한 정보를 얻고자 한다면 그 가정의 가족을 만나야 한다. 만약 어떤 마을에 관한 정보를 얻고자 한다면 그 마을에서 온 사람을 만나야 한다. 만약 하늘나라에 관한 정보를 얻으려 한다면 하늘에서 온 자를 만나야 한다. 만일 하나님에 관한 지식을 얻고자 한다면 하나님이 보낸 자를 만나야 한다. 예수님은 바로 하나님이 보낸 자이다. 우리는 하나님 나라에 관한 일차적인 정보를 가지고 있다. 왜냐하면 복음서 안에 하나님 나라에 관한 일차적인 정보를 들고 서신 예수님을 만날 수 있기 때문이다. 예수님의 설교는 하나님에 관한 가장 소중한 일차적인 정보이다. 하나님에 관해서 많이 알고 싶으면 다른 성경보다 복음서를 많이 읽어야 하고 그 중에서도 특히 예수님의 직접적인 설교를 많이 들어야 한다.

예수님 앞에 잘 서셨어요 (1)
(요 4:1~26, 인생, 고뇌, 생명수 / 찬 445장)

예수님께서 사마리아의 우물가에 물 길으러 나온 한 여인에게 물 한 잔을 청하셨다(7절). 이때 예수님은 피곤하며 목마른 모습을 하고 계셨다(6절). 이 예수님 앞에 영혼에 목마름이 있는 한 여인이 서 있다. 사별을 했는지 이혼을 했는지는 알 수 없지만 그동안 다섯 남편과 살았고 지금 남편과도 정상적인 결혼을 통해서 맺어진 부부사이가 아닌 듯 보이는 여인이었다(18절). 그동안 남편 다섯을 둔 여자! 사연 많고 기구한 운명을 가진 이 여인을 누가 감히 치유할 수 있을까? 이 여인에게 영혼의 참 생수를 줄 수 있는 자격을 가진 존재가 이 세상 어디에 있을까? 깨끗하고 흠 없는 도덕가이겠는가? 종교인이겠는가? 정치인이겠는가? 참 인간으로 오셔서 인간의 모든 고뇌를 같이 경험하고 느끼면서 지상의 삶을 걸어가셨던 예수님 외에는 그런 자격을 가진 자가 있겠는가? 그러므로 여인은 제대로 된 임자를 만난 것이다. 여기 서 있는 이 여인의 모습 속에 사연 많고 문제 많은 이 시대를 살아가는 나 자신의 모습도 있다. 이 여인과 나는 참으로 예수님 앞에 잘 선 것이다.

생수 앞에서 맹물을 찾는 여인 (2)
(요 4:1~26, 인생, 고뇌, 예수 / 찬 450장)

예수님께서 우물가에 선 이 여인에게 "내가 누구인지 알았다면 너는 나에게 생수를 청하였을 것이고 나는 너에게 생수를 주었을 것이다"(10절)라고 말씀하셨다. 이에 응수하여 이 여인은 그릇도 없고 샘도 깊은데 어떻게 당신이 물을 줄 수 있단 말인가 반문했다(11절). 이 여인은 '물'을 문자적으로 생각했다. 예수님은 또 다시 영원히 목마르지 않는 생수를 설명했지만(13~14절), 여자는 여전히 그것을 문자적인 맹물로 생각했다(15절). 여인은 생수이신 예수님 앞에서 맹물만 찾고 있다. 여인은 궁극적인 갈증을 가지고 있으면서도 그것이 무엇인지, 그리고 무엇이 정답인지 전혀 모르고 있다. 모든 사람 속에도 궁극적인 것에 관한 갈증이 있다. 원인 모를 불만, 알 수 없는 불안과 고독이 있다. 이를 극복하기 위해서 사람들은 종교에, 자식에, 학문에 몰두한다. 그러나 그것은 생수가 아닌 맹물만 찾는 격이다. 사람들은 생수가 앞에 있어도 맹물만 들이킨다. 생수이신 예수님이 있는데도 다른 것을 찾는다. 인생의 방황에 종지부를 찍으려면 생수를 마셔야 한다. 즉, 예수님을 마셔야 한다.

예수님은 우물가의 이 여인에게 남편을 데려오라고 하셨다(16절). 남편을 데려오라는 것은 그녀의 죄성을 들추어내기 위함이다. 독특하게 접근하셨다. 기독교는 이렇게 사람에게 죄에 대한 의식을 가지게 하고 나서 시작한다. 기독교는 당신의 인생이 실패라고 선포하고 시작한다. 왜냐하면 죄에 대한 자각이 있어야 비로소 자기 자신의 절망을 느끼고 그 다음 하나님을 요청하기 때문이다. 이 여인도 자신의 부도덕함에 늘 절망하고 있었다. "나는 하나님 앞에서 죄인이다. 나는 하나님께 나의 죄를 씻기 위해서 제물을 드려야 하는데 어디로 가야 하는가?" 늘 궁금했다. 그래서 질문을 하였다. "이 산에서 예배해야 됩니까? 예루살렘에서 예배해야 됩니까?"(20절) 예수님께서 대답하시기를 하나님을 만나기 위해서 특정한 장소를 찾을 필요가 없고 어느 곳에서든지 진정한 예배를 드리면 그분을 만날 수 있다고 하셨다(21~24절). 우리는 어떤 교회에서 예배드리는 것이 옳은가 늘 고민한다. 그러나 교회보다 더 중요한 것은 우리가 얼마나 신령과 진정을 소유하고 예배에 나서느냐는 것이다(24절).

메시야를 만난 사마리아 여인은 물동이를 버려두고(28절) 동네로 들어가서 "내가 그리스도를 만났다. 와보라"(29절)고 소리쳤다. 메시야를 만난 그녀는 물동이를 내팽개쳤다. 인생의 궁극적인 목표를 찾은 이 여인에게 물동이는 더 이상 중요하지 않았다. 당장 시급한 것은 메시야를 전하는 일이었다. 그녀는 동네로 들어가서 사람의 시선을 두려워하지 않고 메시야를 선포했다. 소명을 발견하기 전까지 이 여인의 현실적인 필요가 물이었다. 하나님 앞에서 자신의 소명을 발견하지 못한 사람은 '물'을 찾는다. 이것은 욕망과 욕구의 물이다. 그러나 이 물은 마시면 마실수록 인생의 갈증만 더해진다. 그러나 하나님 앞에서 자신의 소명을 발견한 자에게는 목마름이 없다. 그는 항상 시원하다. "내가 이 부름 때문에 이런 인생과정을 거치게 되었구나"라는 것을 발견하고 나면 그동안 막혔던 자기 인생의 비밀이 풀린다. 그동안 자기 삶의 궁금증과 비밀이 모두 이해된다. 소명을 발견하면 그때부터 상쾌한 숨을 쉴 수 있다. 반대로 소명을 찾지 못하고 사는 인생은 항상 답답하고 무겁다.

나는 예수님의 식사입니다
(요 4:30~34, 봉사 / 찬 213장)

사마리아 여인의 전도를 받고 마을 사람들이 예수님께 나왔다(30절). 아마 예수님은 그들에게 하나님 나라의 복음을 전했을 것이다. '그 사이에' 제자들이 음식을 가지고 와서 예수님께 잡수시기를 권했다(31절). 이 틈에 예수님은 제자들에게 '참 식사'에 관한 교훈을 말씀하셨다. 예수님은 "나는 참 양식을 먹기 원하는데 그 참 양식이란 하나님의 뜻을 행하는 것이다"(34절)라고 말씀하셨다. 이 말씀은 사마리아 여인의 행위를 두고 하시는 말이다. 예수님께는 전도 사역에 충실하고 있는 그 여인의 행위가 자신의 '참 양식'이었다. 그 여인을 보면 예수님은 안 먹어도 배가 부르셨다. 제자들이 피로하고 지친 예수님이 시장하시리라 생각하고 음식을 준비해 왔지만 그는 음식을 거절하셨다. 왜냐하면 그 여인의 봉사가 예수님을 배부르게 하였기 때문이다. 예수님은 무엇을 잡수시는가? 성도의 봉사를 잡수신다. 눈치보고 요령 피우는 사람은 항상 먹는 타령, 쉴 타령을 한다. 하나님 일에 대한 나의 충성과 봉사는 예수님이 즐기시는 '참 식사'이다. 우리는 항상 예수님께 즐거운 식사를 올리는 자가 되자.

뿌리고 거두는 자
(요 4:35~38, 충성, 상급, 보상 / 찬 211장)

예수님은 사마리아 여인의 전도를 받고 마을 사람들이 나오는 장면을 보시고 이제 시작되는 영적 추수에 관한 말씀을 하셨다. 물질적 추수는 넉 달 뒤이지만 영적 추수는 이미 시작되었다고 하셨다(35절). "눈을 들어 밭을 보라 희어져 추수할 때가 되었다"는 말씀은 사마리아 여인의 전도를 받고 예수님께 몰려나온 마을 사람들을 가리킨다. 이제 추수할 곡식들(예수님께 나온 자들)을 거두어 드려야 하는데 누가 그 일을 해야 하는가? 예수님의 제자들이 해야 한다는 것이다. '뿌리는 자'는 사마리아 여인이었지만 그것을 '거두는 자'(36절)는 제자들이다. 예수님은 '뿌리는 자'와 '거두는 자'에게는 상급과 영생과 즐거움을 보상받는다고 하셨다(36절). 사실 '거두는 자'(제자들)는 '뿌린 자'(사마리아 여인)에 비해서 덜 고생하는 것이 되겠지만(38절), 그들에게 엄청난 상급과 보상이 주어진다. 오늘날 성도들은 '뿌리는 일'과 '거두는 일'을 동시에 한다. 복음의 씨도 뿌리고 또 그 씨가 잘 자라게 기도와 물질과 시간을 투자한다. 이렇게 '뿌리고' 또 '거두는' 사람이 어떻게 현세와 내세에서 복을 안 받을 수가 있으랴?

예수님을 전해야 예수님은 믿는다
(요 4:39~42, 새신자, 복음, 교회 / 찬 406장)

사마리아 여인은 마을로 들어가서 자기의 과거를 꿰뚫고 계셨던 메시야를 만났다고 전했을 때 많은 사람이 그녀의 말을 신뢰하고 예수님을 믿기 시작하였다(39절). 그리고 그들 중 많은 사람이 이틀 동안 예수님의 직접적인 가르침을 배우고 나서 그를 온전히 구세주로 고백하게 되었다(40~42절). 그들은 예수님의 말씀을 들은 후에 비로소 참 신앙의 단계에 들어섰다. 사마리아 여인은 그들을 예수님께 인도하는 역할만 하였다. 그리고 인도된 그들은 예수님과의 직접적인 접촉을 통해서 신앙이 완전해졌다. 우리가 사람을 예수님께 데리고 갈 수는 있지만, 그러나 우리가 그들에게 예수님을 체험하게 만들 수 없다. 그것은 그 새신자들이 직접 예수님과 부딪쳐서 해결해야 하는 부분이다. 예수님을 구세주로 믿게 하기 위해서는 예수님에 관해서 직접적인 가르침을 많이 주어야 한다. 교회는 언제 도착할지 모르는 새신자를 위해서 항상 주변 것보다 복음을 가르쳐야 한다. 주일낮예배는 어떤 새신자가 앉아 있을지 모르기 때문에 초점을 항상 복음, 즉 예수님의 십자가와 부활에 맞추어야 한다.

전도자는 잘 살아야 합니다
(요 4:43~45, 체험신앙, 전도 / 찬 430장)

예수님께서 고향 갈릴리로 들어가셨다(43절). 다른 복음서에서는 예수님께서 고향 갈릴리에서 환영을 받지 못하였다고 증언했지만, 요한복음에서는 갈릴리인 모두가 예수님을 배척한 것은 아니라고 증언한다. 갈릴리인 중에 예수님을 믿은 사람이 있었는데, 이들은 그가 예루살렘에서 행한 일을 보았던 사람들이다(45절). 효과적인 전도는 예수님에 대한 지식적인 설명도 중요하지만 그가 행하셨던 일들을 보여주는 것에서 더 가능해진다. '아는 것'도 중요하지만 '보는 것'이 더 중요하다. 어릴 때 소년 예수의 코 흘리던 모습을 보아왔던 고향사람들도 그가 예루살렘에서 행했던 그 능력과 기사를 보고는 그를 메시야로 믿지 않을 수가 없었다. 이것은 전도인의 삶에도 적용할 수 있다. 전도자는 전도대상자에게 "예수님께서 나를 이렇게 변화시켜 주셨습니다. 보세요"라고 말할 수 있어야 한다. 전도가 효과적이 되기 위해서는 먼저 전도자가 잘 사는 모습을 보여주어야 한다. 만일 전도자의 삶이 짜증과 좌절과 패배로만 가득차 있다면 그들에게 예수 믿는 삶은 기쁨이요 평강이라고 주장할 수 있겠는가?

한 단계 성숙해야 합니다
(요 4:46~51, 기적신앙, 말씀신앙 / 찬 203장)

예수님께서 갈릴리 가나에 도착했을 때 한 왕의 신하가 나아와서 병든 아들을 고쳐 달라고 간청하였다(47절). 그는 예수님을 재촉해서 죽어가는 아들에게 가기를 원했다. "주여 내 아이가 죽기 전에 오소서"(49절) 죽기 전에 와 달라는 말에는 예수님이 병은 고칠 수 있지만 죽은 사람을 살릴 수 없다는 뜻이 내포되어 있다. 아직은 불완전 믿음이다. 하지만 예수님은 그것을 나무라지 않으셨다. 예수님은 그에게 "가라 네 아들이 살아있다"고 하셨고, 그는 말씀을 믿고 아들에게로 갔다(50절). 이 대목은 그의 신앙이 한 단계 올라갔음을 보여준다. 그는 이전에는 '기적'에 근거한 신앙만 가지고 있었지만 이제는 '말씀'을 믿는 신앙으로 발전했다. 그는 예수님이 행하시는 기적은 보지 못했다. 그러나 그의 말씀을 받아드렸다. 그의 말이 즉각적인 효과가 있음을 믿었다. 어떤 성도들은 기적, 표적, 병 고침, 환상, 방언, 은사. 같은 것만을 추구할 뿐 '말씀'에 대한 순종과 결단이 없는 사람들이 있다. 하나님의 말씀보다 기적을 중시하는 사람의 신앙은 발전을 기대하기 힘들다.

예배를 즐기시는 하나님
(요 5:1, 예배 / 찬 28장)

유대인들의 3대 절기는 유월절, 오순절, 장막절이다. 예루살렘과 예루살렘 주변의 인근 도시에 사는 모든 성인 남자들은 이 절기에 참석하는 것이 유대인으로서의 기본 의무였다. 예수님께서도 유대인의 절기가 되어서 예루살렘에 올라가셨다. 성경은 항상 예수님도 유대인의 절기를 잘 지켰다는 것을 말한다. 그는 그곳에서 유대인들과 함께 그들의 전통에 따라 예배를 드렸다. 예수님은 자기 백성들과 함께 예배드리는 것이 큰 기쁨이었다. 예수님은 유대인들에게 부과된 유대교의 예배 제도를 무시하지 않았다. 하나님 자신이었던 예수님은 사람들과 함께 어울려 찬양하고 기도하고 예물 드리는 것을 기뻐하셨다. 하나님도 예배를 소중하게 생각하셨다. 오늘 우리는 예배를 소중히 여기고 있는가? 신앙의 연조가 쌓여가고 교회에서 영적 위상이 상승하면 할수록 은근히 예배를 소홀히 한다. 초신자 때는 상상도 할 수 없었던 설교시간 중에 다리 꼬기, 회중 기도 시 눈뜨고 딴 짓 하기, 예배시간에 예사로 지각하기 등등. 하나님도 예배를 소중히 여기시고 정성껏 참여했다는 사실을 잊으면 안 된다.

38년 된 침상을 들고 가는 사람
(요 5:2~9, 역전승, 절망 / 찬 471장)

예루살렘에 신비한 연못이 있었다. 그 연못에 항상 각종 병자들이 몰려 있었던 이유는 천사가 가끔씩 그곳에 내려와서 그 연못의 물을 출렁이게 할 때 가장 먼저 연못에 뛰어드는 자가 병고침을 받는다는 미신 때문이었다(2~4절). 그곳에서 38년 동안 그 기회를 얻지 못하고 살아가는 한 사람이 있었다(5절). 38년의 세월이었다. 그는 38년간 절망한, 그야말로 절망이 몸에 밴 사람이었다. 절망이 고통스럽지 않고 그 절망이 덤덤한 사람이었다. 미신에 자기 몸을 맡기고 그날도 덤덤한 절망 속에 있던 그 사람이 예수님을 만나고 기적을 체험한다. "일어나 네 자리를 들고 가라"(8절)는 선포가 떨어지자마자 그는 침상을 간단히 들고 갔다(9절). 그 침상은 38년 동안이나 자기를 들고 다녔던 것이었다. 그러나 이제는 그가 그것을 들고 간다. 절망이 너무 오래되어서 절망 자체가 덤덤해진 그가 예수님 앞에 섰을 때 그는 그동안 자기를 지배한 절망을 제압하여 버렸다. 오늘 우리도 덤덤한 절망 속에 있지 않은가? 그것은 예수님 앞에 못 서 봐서 제대로 그의 음성을 들어보지 못한 까닭이지 않은가?

일하시는 하나님
(요 5:10~18, 일, 근면 / 찬 197장)

예수님께서 38년 된 병자를 고쳐주신 날이 안식일이었다(10절). 유대교에 따르면 안식일에 병을 고친 행위와 안식일에 침상을 들고 간 것 또한 안식일 법을 위반한 것이었다. 안식일을 위반한 범죄자로 몰릴 위기에 놓인 병 낫은 사람은 자기를 고친 사람이 예수라고 고발할 수밖에 없었다(15절). 그의 고발로 인해서 다시 위기에 빠지신 예수님은 유대교 지도자들에게 자신의 존재를 분명히 밝히셨다. 예수님은 자기의 친 아버지는 하나님이시며 자기도 아버지와 함께 항상 일하는 자라고 하셨다(17~18절). 그것은 안식일에도 예외가 아니라는 것이다. 유대교 지도자들을 어리둥절하게 만든 것은 이 부분이었다. 예수님과 하나님의 특징은 쉬지 않고 일하심에 있다. 그분들은 지금도 우주를 운행하는 일을 계속하고 계신다. 그분들은 지금도 세상에서 악인들을 심판하는 일을 계속하고 계신다. 그분들은 지금도 자기 사람들을 원조하는 일을 계속하고 계신다. 그분들은 지금도 근심하는 인간에게 평안을 보내는 일을 계속하고 계신다. 그분들은 지금도 나의 작은 신음 소리를 들으시고 일하고 계신다.

오늘이 그날을 결정합니다
(요 5:19~29, 종말, 부활 / 찬 401장)

예수님은 유대교 지도자들에게 거듭해서 자신의 신성을 강조하고 있다. 예수님은 자신과 하나님이 동일하다고 주장하셨고 자신을 믿는 유무에 따라 영생과 심판이 결정된다고 하셨다(19~24절). "무덤 속에 있는 자가 다 그의 음성을 들을 때가 오나니"(28절)라는 말씀을 통해 장차 죽은 자의 부활이 있음을 예고하셨다. 특히 예수님 자신을 믿고 그에 합당한 삶을 산자는 생명의 부활로, 그렇지 못한 자는 심판의 부활로 나오게 된다(29절). 사람의 행적에 따라 부활의 내용이 달라진다는 내용은 오늘 우리의 삶을 다시 되돌아보게 만든다. 오늘 나의 현재의 삶이 중요하다. 왜냐하면 오늘의 나의 삶이 영원을 결정하기 때문이다. 오늘 나의 삶은 장차 임할 그 나라의 삶에 합당하든지 불합당하든지 둘 중의 하나가 된다는 뜻이다. 우리는 오늘 나의 삶을 장차 임할 새 하늘과 새 땅에서의 삶에 합당하게 만들 수도 있고 불합당하게 만들 수도 있다. 나는 오늘 그 둘 중에 하나의 삶을 살고 있다. 오늘 나의 삶의 질이 나의 운명의 성패를 가름하고 면류관의 유무를 결정하는 중요한 순간이다.

사람의 판결과 예수님의 판결
(요 5:30, 심판, 공의 / 찬 516장)

"내 심판은 의로우니라"(30절)는 예수님의 말씀은 자신이 내리는 판단의 공정성과 정확성을 주장하신 말이다. 사람의 판정은 그 자체가 불안하지만 예수님의 심판은 공정하고 정확하다. 사람의 판정은 매우 불안하다. 만약에 자존심에 크게 손상이 간 사람이 뭔가를 판결한다면 그는 보복성 있는 판결을 내릴 것이다. 또 사람은 오래전부터 경험하고 주입 받은 고정관념이라는 것을 가지고 있기 때문에 아무래도 사람은 무슨 판결을 내릴 때 거기에 영향을 받지 않을 수 없다. 만약에 질투심을 가진 사람이 뭔가를 판결한다면 그의 분노가 그 판결에 개입될 것이 뻔하다. 더군다나 자기와 이해관계가 있는 사람에 대한 판결은 그가 누구의 손을 들어줄지는 뻔하다. 이렇듯 사람의 판결은 불완전하다. 사람은 맹목적이고, 무감각하고, 고의적이고, 무지하다. 그러나 예수님의 판결은 분명하다. 지금 나의 영적, 정신적, 육체적 상태에 대한 그의 판결과 체크는 분명하다. 그러므로 나보다 더 나를 잘 알고 계신 그의 판결이 언젠가 내 앞에 내려질 때도 나는 그 선고 앞에 아무 말도 할 수 없게 될 것이다.

기적이 예수님을 정당화 시킵니다
(요 5:31~38, 기적 / 찬 288장)

예수님의 대적자들이 예수의 주장이 참되다는 것을 어떻게 증명할 수 있는가에 대한 궁금증이 있었다. 예수님은 그들의 심중을 아시고 그들이 이해할 수 있는 방법으로 논증하셨다. 예수님은 자신의 정당성을 입증해 줄 수 있는 분으로 하나님을 내세웠다(32, 37절). 그리고 예수님은 여러 번 예수님을 메시야로 증거하였던 세례 요한을 상기시켰다(33절). 그리고 예수님은 자신이 행한 '역사'(36절)를 그 증거로 내세우셨다. '역사'라는 말은 기적을 의미한다. 구약의 선지자 전통에 의하면 장차 오는 메시야는 기적을 행하시는 분이라는 사상이 있었다. 예수님은 이 사상에 정통한 유대인들의 기억을 상기시키셨다. 그들은 예수님의 수많은 기적을 보고 알고 있었다. 예수님은 죽은 사람을 살리시고, 바다 위를 걸으시고, 풍랑을 잠잠케 하셨다. 예수님이 행한 기적은 그의 주장이 정당하다는 사실을 입증하는 것이었다. 우리가 오늘날 예수님이 우리의 참 구원자라는 사실을 어떻게 믿을 수 있는가? 그것은 지금도 예수의 이름으로 일어나고 있는 수많은 기적을 통해서이다. 기적이 예수님을 정당화시킨다.

교회 중직자의 득과 실
(요 5: 39~47, 목회자, 특권의식, 심판 / 찬 570장)

유대교 지도자들은 성경(모세오경)이 예수님을 나타내는 말씀인 것은 깨닫지 못했다. 그래서 예수님은 "만일 너희가 이 책들을 올바르게 읽었다면 너희는 그 책이 나를 지적하고 있음을 알았을 것이다"(39절)라고 하셨다. 그들이 모세오경 안에서 예수를 발견하지 못한 것은 영생을 포기하는 것과 같았다(40절). 유대인은 큰 특권을 받았다. 세계 어느 민족이 하나님으로부터 책을 수여받은 민족이 있는가? 그들의 특권은 모세를 통해서 성경을 받았다. 그러나 유대인들은 그 성경의 주인공인 예수를 거절하였다. 그러므로 유대인들은 모세에게 고발당하게 됨을 면치 못하게 된다(45절). 유대인들은 모세라는 큰 특권을 받았지만 그것이 그들에게 가장 큰 범죄의 빌미가 되었다. 특권이 크면 클수록 책임도 크며 정죄도 크다. 목회자를 비롯해서 교회 중직자들에게 많은 특권이 주어졌다. 그 특권을 잘 사용하면 더 큰 복을 누리지만 그것을 잘 사용하지 못하면 그만큼 더 큰 정죄를 받는다. 하나님은 많이 준 자에게 많은 것을 요구하신다. 여기에 교회 중직자의 득과 실이 있다.

목회자를 위한 광주리
(요 6:1~15, 목회자, 성도 / 찬 309장)

예수님은 오병이어 기적을 행하신 후 제자들에게 "남은 조각을 거두고 버리는 것이 없게 하라"(12절)고 부탁하셨다. 예수님의 분부대로 남은 조각을 모았더니 정확하게 열두 광주리에 찼다(13절). 왜 예수님은 이 음식을 남겨두라 하셨을까? 유대인들의 풍습 가운데 잔치 때 음식을 나르고 봉사한 사람들을 위해서 얼마의 음식을 남겨두는 것이 관례였다. 예수님이 남겨두신 음식은 제자들의 몫이었다. 제자들은 예수님께서 기적을 베푸는 동안 계속 시중을 들었다. 그들은 봉사하는 동안에는 먹을 겨를이 없었다. 열두 제자들이 분명히 한 광주리씩 가지고 갔을 것이다. 이것은 오늘날 목회자들에게도 정확하게 적용된다. 하나님의 생각은 2000년 전이나 지금이나 변함이 없다. 하나님은 교회 성도들을 기도와 말씀으로 섬기고 봉사하는 종들을 위해 따로 광주리를 준비하라 명하신다. 목회자는 교회와 성도들을 섬기는 동안 다른 직종에 종사할 수 없다. 그래서 하나님은 목회자 몫의 광주리를 교회에게 준비하라 하신다. 광주리는 교인들이 베푸는 호의가 아니라 하나님이 제정하신 법칙이다.

예수님이 왜 물위를 걸었을까?
(요 6:16~21, 예수, 왕 / 찬 96장)

예수님께서 오병이어의 기적을 행하시자 이를 본 많은 무리가 그를 왕으로 삼기 위해서 몰려들었다(15절). 예수님은 복잡해진 상황을 아시고 제자들을 미리 배에 태워 빠져 나가게 하셨다(16~17절). 그리고 그 다음 예수님은 물위를 걸으셔서 제자들의 배를 뒤 따라가셨다(19절). 왜 그러셨을까? 예수님께서 처음부터 제자들과 함께 배를 타고 가셨으면 안 되었을까? 예수님의 제자들도 그가 왕이 되기를 바라고 있었다. 그런데 왕이 되기를 스스로 거절하고 군중들 사이에서 급히 빠져나가는 예수님의 모습에 제자들은 다소 실망하였을 것이다. 예수님은 제자들의 실망과 당황스러움이 얼마나 큰 것인가를 아셨다. 제자들은 그가 왕으로서의 권능과 권세를 정말로 가지고 있는지 의구심이 생겼다. 그래서 예수님은 그들에게 물위를 걷는 자신의 모습을 보여주심으로 자신이 왕이심을 보여주셨다. "나는 모든 영역에서 왕이다. 자연의 영역에서도 왕이다." 바다 위를 걸어서 제자들을 따라가신 것은 실망한 제자들을 위한 예수님의 배려 차원이었다. 예수님은 이렇게 자상하시며 세심하신 분이시다.

예수님은 생명의 밥
(요 6:22~40, 부활, 영생, 봉사 / 찬 160장)

예수님은 오병이어의 기적을 통해서 떡 맛을 보았던 군중들이 계속 자신을 따라오자(26절) 그들에게 참 떡에 관한 말씀을 주셨다. 참 떡은 영원한 생명을 주는 떡인데, 그 떡이 예수 자신이라고 말씀하셨다(35절). 과거에 모세가 준 떡(만나)은 참 생명의 떡의 예표에 불과하였다. 여기서 생명이란 부활(39절)과 영생(40절)을 가리킨다. 예수님을 먹는 자(믿는 자)는 부활과 영생을 보장받는다. 예수님께서 가장 바라는 것은 사람들이 예수님 자신을 생명의 떡으로 먹는 것이다. 그리고 예수님은 자신을 먹는 것(믿는 것)을 가장 참된 하나님의 일, 가장 참된 봉사라고 말씀하셨다(28~29절). 예수님은 자신을 매일 매일 먹으라고 하신다. 우리는 매일 세 끼의 식사를 하듯이, 최소한 하루 세 번 이상은 "주 예수님 당신은 나에게 생명을 주시는 밥입니다"라고 믿고 고백해야 한다. 하루 세 끼 밥을 먹는 만큼 생명의 양식이 되시는 예수를 먹어야 한다. 이렇게 매일매일 그를 먹는 것이 가장 위대한 봉사이다. 식당 봉사, 여전도회 봉사보다 더 큰 봉사는 매일매일 그를 믿고 그의 말씀에 순종하는 것, 즉 그를 믿으며 사는 것이다.

믿음을 주셔야 믿을 수 있습니다
(요 6:41~51, 중보기도, 구원 / 찬 364장)

예수님이 자기가 하늘에서 내려온 떡이라 할 때 유대인들은 그것을 믿지 못해 수군거렸다(41절). 그들은 예수님을 요셉의 아들로만 생각했다(42절). 그들에게 예수님은 한 인간일 뿐이었다. 어쩌면 유대인들이 그렇게 생각하는 것은 당연하였다. 누구나 그 상황이라면 그렇게 생각했을 것이다. 그래서 예수님은 자기를 요셉과 마리아의 아들이라고 믿는 그들의 생각을 정정해주지 않았다. 오히려 예수님은 유대인들이 자기를 믿지 못하는 까닭을 다른 방편으로 설명하셨다. "나를 보내신 아버지께서 이끌지 아니하면 아무라도 내게 올 수 없다"(44절) 예수님은 유대인들이 자기를 믿지 못하는 것은 하나님께서 이끌지 아니한 결과라고 하셨다. 믿음은 하나님의 선물이다. 지금 내가 예수님을 믿고 있는 까닭은 하나님께서 이끄셨기 때문이다. 아직 예수님을 믿지 않은 사람이 있다면 그것은 하나님께서 이끄시지 않았기 때문이다. 중보기도의 이유가 여기에 있다. 우리가 누군가를 위해 기도하면 하나님은 그 영혼 속에 자기 아들을 믿는 믿음을 심어 놓으신다. 하나님이 이끄셔야, 즉 믿음을 주셔야 예수를 믿을 수 있다.

예수님은 참된 밥이며 음료이시다
(요 6:52~59, 성만찬 / 찬 228장)

예수님 자신이 생명의 떡이라는 주장에 유대인들은 사람이 어떻게 사람의 살을 먹을 수 있는지 의문을 가졌다 (52절). 그러나 예수님은 더 나아가 자신의 살을 먹고 자신의 피를 마시는 자는 생명(53절)과 영생과 부활(54절)을 얻을 수 있다고 하셨다. 그는 자신의 살은 참된 양식이며 자신의 피는 참된 음료라고 하셨다(56절). 이것이 어떤 의미인가? 예수님께서 자기의 살과 피를 먹고 마시라는 것은 사람의 마음과 영혼과 정신에 예수님으로 가득 채우라는 뜻이다. 즉, 예수님의 살이 내 살이 되게 하고 예수님의 피가 내 피가 되게 하라는 것이다. 이것은 나의 삶과 인격을 예수님으로 도배하라는 뜻이다. 그를 성경에서 나타내는 한 위대한 분으로 생각하거나, 혹은 신학적 논쟁의 주제로 삼거나 하지 말고 자기의 혈맥 속에 예수님을 수혈해서 자기의 전 인격을 예수님화하라는 뜻이다. 자기의 마음과 정신을 예수님의 말씀과 정신으로 배부르게 하라는 뜻이다. 예수님을 믿고 구주로 받아드릴 뿐만 아니라 자신의 인격과 정신과 말씀을 매끼 식사와 음료수처럼 받아드리라는 말씀이다.

예수님의 승천의 의미
(요 6:60~62, 예수의 승천, 약속, 보증 / 찬 493장)

자신의 살이 참된 양식이요 자신의 피가 참된 음료라는 예수님의 설교가 끝났을 때 제자들은 난해한 반응을 보였다(61절). 물론 예수님도 자신의 설교 내용을 제자들이 믿기 어려웠다는 사실을 이해하셨다. 이때 예수님은 중요한 말씀을 하나 하신다. "인자가 이전에 있던 곳으로 올라가는 것을 본다면…"(62절) 이 말은 예수님의 승천에 대한 예언이다. 예수님 승천의 광경을 목격하는 순간 모든 사람들이 자신의 설교를 이해하고 믿게 될 것임을 말씀하고 있다. 예수님께서 승천하는 광경을 제자들이 보게 되면 어려움이 없이 예수님의 주장이 진리라는 것을 그들이 믿게 될 것이라는 의미이다. 예수님은 머지않아 십자가에서 죽으시고 부활하신 후 승천하게 되신다. 제자들은 이때 비로소 지난 3년간의 예수님의 말씀과 약속들이 참이라는 사실을 믿게 된다. 오늘 우리는 성경에 기록된 수많은 약속이 하나라도 공수표가 안 되리라는 사실을 어떻게 확신할 수 있을까? 부활과 승천을 믿는 믿음을 통해서 보증된다. 예수님의 부활과 승천은 성경의 그밖의 모든 약속과 내용들이 참임을 보증하는 증표이다.

엉터리 교사를 조심하세요
(요 6:63~65, 성만찬, 사이비, 성경해석 / 찬 227장)

예수님께서 "살리는 것은 영이니 육은 무익하니라 내가 너희에게 이른 말은 영이요 생명이라" (63절)고 하셨다. 예수님은 문자 그대로 살을 먹고 피를 마시라 한 것이 아니었다. 우리가 만약 그의 살을 먹고 그의 피를 마신다면 배탈만 날 것이다. 예수님은 자신의 살과 피를 문자적으로 듣지 말고 영적인 의미로 들으라는 것이다. 그는 눈에 보이는 살과 피를 통해서 영적인 세계를 설명하신 것이다. 그러나 제자들은 그것을 문자적으로 해석하였다. 그런데 예수님은 여전히 자신의 말씀을 이해하지 못하고 곡해하는 사람들이 있을 것임을 암시하셨다(64절). 그때나 지금이나 여전히 엉터리 성경 해석자들이 많이 있다. 우리는 성서의 문자적인 의미를 비유로 해석해서도 안 되고, 성서의 상징과 비유를 문자적으로 해석해서도 안 된다. 교회주변에는 정규교육을 받지 않고 성서를 신령하게 푼다는 사람들이 많이 있다. 우리는 이런 자들에게 넘어가지 않기 위해서 뱀처럼 지혜로워야 한다. 왜냐하면 성서 해석은 삶과 죽음을 가르는 문제이기 때문이다. 엉터리 해석자들을 따라가면 파멸에 이르게 된다.

예수님이 매력적일 때만 따르는 자들
(요 6:66~71, 이기적 신앙, 십자가 / 찬 218장)

열렬히 예수님을 추종하였던 무리들이 어느 순간부터 그를 떠나가기 시작했다(66절). 이에 예수님께서 열두 제자에게 "너희들도 나를 떠나겠느냐?"(67절)고 묻자, 베드로는 예수님의 영생의 말씀이 있기에 절대로 그럴 수 없다고 대답했다(68절). 베드로는 예수님의 말씀을 조금은 이해하였던 같다. 그러나 예수님이 베푼 떡 맛을 본 자들은 예수님 자신이 '참 생명의 떡'이라는 말씀을 이해하지 못했다. 그리고 그들은 예수님께 더 이상 얻을 것이 없음을 직감하였다. 그들은 만사가 잘 되어 갈 때는 예수님의 추종자들이었다. 그들은 예수님이 기적을 베풀고 빵을 줄때만 충성하였다. 그들은 예수님이 매력적일 때만 따르려 하였다. 사실 예수님만큼 우리에게 많은 것을 줄 수 있는 분이 없다. 그러나 예수님만큼 우리에게 많은 것을 요구하는 분 또한 없다. 서로 사랑하고, 서로 용납하고, 하나님 나라를 위해 매일 충성하라고 요구하신다. 예수님을 따르고자 하는 사람은 언제나 자기가 짊어져야 할 십자가가 있다는 사실을 상기해야 한다. 이 십자가를 어려워하는 자들은 예수님 곁에 남아 있을 수 없다.

하나님의 때
(요 7:1~9, 하나님의 때, 신앙 / 찬 79장)

예수님의 형제들이 예수님께 예루살렘으로 올라가서 기적을 행하여 대중의 인기를 누리라고 제안하였다(4~5절). 그러나 예수님은 아직 '때'가 오지 않았음으로 계속 갈릴리에 머무셨다(8~9절). 그는 항상 때를 따라 움직이셨다. 그의 탄생, 죽음, 부활, 승천 이 모든 것이 예수님 독단으로 하신 것이 아니라 하나님의 '때'를 따라 행동하셨다. 심지어 어느 날, 어느 시기에, 어디를 가야하는지도 하나님의 때에 따라 결정되었다. 마찬가지로 하나님은 오늘날 나에게 일어나는 모든 일에도 '때'를 지정하셨다. 그런데 문제는 내가 그때를 모른다는 것이다. 하나님께서 하시는 일이 너무 느리게 보이거나 너무 빨라 보여서 그때를 이해할 수 없는 경우가 많다. 그러나 그것을 모른다고 좌절할 필요는 없다. 중요한 것은 내가 그 하나님의 때를 얼마나 진정으로 신뢰하는가에 있다. 이 하나님의 때를 진정으로 신뢰하는 사람은 일의 경과에 크게 신경 쓰지 않는다. 느리면 느린 대로 빠르면 빠른 대로 현재 나의 상황이 항상 하나님의 최상의 선물임을 믿는다. 그래서 믿는 자의 마음은 항상 안심과 평안이 있다.

예수님은 착한 분이 아닙니다
(요 7:10~13, 예수, 신성, 역설 / 찬 89장)

예수님께서 명절에 예루살렘에 올라가셨을 때(10절) 무리들이 그에 대해서 의견이 분분하였다. 어떤 사람은 예수님을 착한 사람으로, 혹은 미혹자로 보기도 하였다(12절). 그들의 말대로 예수님은 정말 착한 분이셨을까? 아니다. 예수님은 항상 자기중심적인 말을 했다. 자신이 세상의 빛이며 생명이며 진리라고 하였다. 그는 구약성경이 자기 자신에 관하여 기록하였다고 말했다(요 5:4). 심지어 어떤 병자에게는 네 죄사함을 받았다며 하나님만이 할 수 있는 고유의 영역까지 침범하였다. 당시 유대교인들이 볼 때 그는 해괴망측한 주장만 하고 다녔던 망상가였다. 그래서 바리새인들이 예수님을 귀신의 두목 바알세불에 감염된 사람으로 보았다. 예수님의 주장은 독선적이고 자기중심적이고 신성모독적이었다. 예수님의 가르침 속에는 온유와 겸손이 없었다. 예수님은 당시 오만한 사람이었지 착한 사람이 아니었다. 그러나 그가 당시 유대교인들과 잘 지냈던 착하고 우유부단한 사람이었다면 우리는 그를 믿을 필요가 없다. 오히려 예수님의 그 자기중심적 주장이 있었기에 우리는 그를 주님으로 고백할 수밖에 없다.

투사하는 사람들
(요 7:14~24, 자가당착 / 찬 296장)

유대교인들은 자기들도 안식일에 할례를 행하였지만(22절) 안식일에 병고치는 예수님을 비난하였다. 그래서 예수님은 그들을 규탄하였다. 할례는 사람의 신체의 일부에 대한 일종의 의료적 행위라고 볼 수 있다. 할례는 신체의 일부를 절단함으로 신앙적인 의미 뿐 아니라 의학적으로, 위생적으로 유익하다. 그런데 예수님은 안식일에 사람의 신체의 일부가 아닌 전 신체를 치료하는 자신을 왜 비난하는 지 물었다(23절). 안식일에 사람의 신체의 일부를 절단하는 것은 인정하면서 사람의 몸 전체를 치료하는 것을 왜 비난하느냐고 반문했다. 그들은 스스로 모순을 가지고 있었지만 그것을 보지 못했다. 그들은 자기 자신 안에 있는 큰 모순은 보지 못하고 남의 속에 있는 부분적인 모순은 잘 보는 경향이 있었다. 이런 사람들이 주로 자기모순을 감추기 위해 타인의 모순을 찾는데 열정을 낸다. 이것을 투사라고 한다. 자신의 결점이 많으면 많을수록 타인의 결점을 빨리 찾아낸다. 자신에게 뭔가 구린 것이 있는 사람이 항상 남의 결점에 밝다. 당시 유대교인들은 항상 예수님께 투사하는 사람들이었다.

망하는데도 '때'가 있다
(요 7:25~36, 하나님의 때 / 찬 354장)

산헤드린이 자기들이 죽이고자 하는 예수가 나타났는데도 그를 체포하지 않았다(25~26절). 왜 체포하지 않았을까? 여기서 산헤드린이 재미있는 주장 하나를 한다. 랍비전통에 의하면 앞으로 오실 메시야는 어디서 오는지 그 출처를 모른다고 했는데 이미 출처(요셉의 아들)를 알고 있는 그 예수가 메시야 일리가 없다는 것이다(27절). 그러나 예수님은 자신의 출처를 '나 보내신 이' 즉 하나님이라고 밝혔다(28~29절). 이때 예수님의 대적들은 얼마나 그를 황당하게 생각했을까? 정말 그래서 예수님을 잡지 않았을까? 아니다. 그들이 예수님을 잡지 못한 것은 하나님의 '때'가 되지 않아서이다(30절). 예수님은 구체적으로 '때'에 관해서 설명하셨다. 자신이 며칠 후에야 비로소 죽게 될 것이고, 그때 자신은 하나님께로 돌아가게 되고 사람들은 자기를 볼 수 없게 된다고 하셨다(33~34절). 산헤드린이 그에게 손을 못 댄 이유는 아직 '때'가 안 되었기 때문이다. 하나님은 항상 '때'를 따라 움직이신다. 나에게도 종종 혼돈과 붕괴가 찾아온다. 그러나 하나님이 '때'를 허락지 않으시면 나는 끝까지 안전하다.

어떤 갈증이든 상관없어요
(요 7:37~44, 고난, 생수, 예수 / 찬 342장)

예수님께서 서서 외쳤다(37절). '서서' 외쳤다는 말은 강한 감정을 넣어서 말씀하셨다는 뜻이다. "누구든지 목마르거든 내게로 와서 마셔라"(37절) 이 '목마름'이 어떤 종류의 것인지는 구체적으로 소개하지 않은 것으로 봐서 종류와는 상관없다. 그것이 영적인 것이든, 육적인 것이든 예수님은 목말라 외치는 사람들의 울부짖음에 응답하겠다는 말이다. '누구든지'라고 했는데 이들은 누구인가? 예수님의 초대를 받고 그를 믿고 따르는 자들이다. 노인이든, 아이이든, 대통령이든, 거지이든 그의 초대를 받아드린 자들 중에서 자기 갈증을 가지고 목마름을 해결 받으려 하는 모든 자들을 가리킨다. 이런 자들에게 예수님은 그들의 배에서 생명수가 흐를 만큼 그 갈증을 해소시켜주신다. 배에서조차 물이 흘러넘친다면 그 목의 갈증은 이미 넉넉히 해결되고 난 상태이다. 이 확신에 찬 설교를 경청한 군중들 중에는 그를 메시야로 확신한 사람도 있었다(41절). 내가 인생에서 어떤 갈증을 가지고 있든지 이미 그의 초대에 응하였다면 나의 갈증은 조만간 해소된다. 이래서 예수님은 참 생수이시다.

교회는 사람들을 체포하는 곳
(요 7:45~53, 교회, 설교, 선교 / 찬 208장)

산헤드린의 명령을 받은 관원들이 예수님을 잡지 못하고 돌아갔다. 산헤드린은 예수를 잡지 못한 이유를 묻자(45절), 관원들은 '그런 식으로 말하는 사람을 보지 못했다'(46절)라고 대답하였다. 관원들은 예수님의 말씀에 압도되어 그를 잡을 엄두를 못 내었다고 대답했다. 분노한 산헤드린은 "너희도 미혹되었느냐?"(47절)라며 비웃었다. 관원들은 예수님을 체포하러 왔지만 오히려 예수님이 그들을 체포하였다. 그 엄청난 말씀의 위력이 오히려 체포조들의 마음과 영혼을 어루만졌다. 왜 이토록 그의 말씀에 권능이 있는 것일까? 예수님의 말씀은 사람의 말이 아닌 하나님의 자신의 말씀이기 때문이다(요7:16). 하나님의 말씀을 진심으로 읽고 진심으로 듣는 자는 누구든지 그 말씀에 포로가 된다. 교회는 생활과 삶에 유익한 정보나 교훈을 전하는 곳이 아니라 성경을 바르게 해석하여 세상에 전하는 곳이다. 세상을 향하여 교회가 하나님의 말씀을 제대로 전하기만 하면 교회는 사람들을 모두 포로로 잡아올 수 있다. 교회가 사람이 좋아하는, 사람의 기호에 맞는 말만 한다고 해서 사람이 체포되는 것이 아니다.

인생은 미완성이다
(요 8:1~11, 기회, 인간의 선택 / 찬 469장)

유대교 지도자들이 간음한 여인을 현장에서 붙잡아 예수님 앞에 데리고 나와서 이 여인을 율법대로 돌로 쳐 죽일지에 대하여 질문하였다(2~5절). 만약 예수님이 여인을 놓아주라 하면 율법을 무시하는 자로 몰리게 될 것이고, 돌로 치라하면 사형 권한을 가진 로마당국에 걸리게 된다. 이때 예수님은 '죄 없는 자가 돌로 먼저 치라'(7절)고 하자 늙은 사람부터 시작하여 모든 사람들이 현장을 떠났다(9절). 예수님은 홀로 남은 그 여인에게 '나도 너를 정죄하지 않겠으니 이후로는 다시는 죄를 범하지 말라'(11절)고 하셨다. 이 말은 죄 용서를 선포한 것은 아니었다. "지금은 내가 최종적인 심판을 선고하지는 않겠다. 그러나 너는 앞으로 착하게 살 수 있다는 것을 입증해야 한다"는 말씀이셨다. 예수님은 이 여인에게 기회를 주었다. 그녀는 큰 실수를 저질렀지만 아직 인생이 끝난 것이 아니었다. 예수님은 사람의 과거가 어떠했는가 하는 것보다 앞으로 어떠할 것인가 하는 것에 깊은 관심을 가지셨다. 이제 이 여인은 전에 자기가 걷던 과거의 길로 되돌아갈 수도 있고, 아니면 예수님과 더불어 새로운 길로 나아갈 수도 있다. 이 이야기는 미완성으로 끝났다. 우리의 인생도 이와 다를 바가 없다.

지도를 가지고 다닙시다
(요 8:12~20, 동행 / 찬 448장)

예수님은 자신을 세상의 빛이라 하셨다(12절). 바리새인들은 이 주장에 대해서 신빙성 없는 하나의 궤변으로 몰아세웠다. 왜냐하면 그것은 다른 증인이 없이 예수님 스스로 혼자 하는 증언이기 때문이었다(13절). 당시 유대 사회에서는 어떤 진술이 진실로 입증되기 위해서는 반드시 두 사람 이상의 증인이 있어야만 했다(17절). 그러나 예수님은 인간 증인이 아닌 하나님이 자신의 증인이라 하셨다(16~18절). 예수님은 오직 하나님이 증언하시는 세상의 빛이라 하셨고 그리고 자기를 '따르라'고 하셨다(12절). '따르라'는 말은 '함께 걷자'라는 뜻이다. 우리가 홀로 걷게 되면 아무래도 그릇된 방향으로 가기가 쉽다. 왜냐하면 우리는 믿을 만한 지도를 가지고 있지 못하기 때문이다. 길을 걷는데는 정확한 지도가 필요하다. 정확한 지도를 가진 자만이 반드시 안정되게 목적지에 도착할 수 있다. 예수님은 우리가 함께 지니고 다녀야 할 지도이시다. 그를 따른다고 하는 것은 예수님이라는 지도를 가지고 걷는 것이다. 가장 정확하고 오차 없는 그 지도를 가지고 있다면 우리는 인생에서 항상 안정된 길을 걸을 수 있다.

예수님은 자신의 신성을 나타내셨다. 자신은 이 세상에 속하지 않은 존재(23절), 세상 만물을 판단할 수 있는 존재(26절), 또 자신의 말은 곧 하나님의 말임(26절)을 강조하셨다. 그는 자신의 하나님 됨을 강조하신 후 자신이 어떻게 생을 마감하게 될 지를 암시하셨다. "너희는 인자를 든 후에 내가 그 인줄 알리라"(28절) 예수님은 자신이 머지않아 높이 들려지게 되고, 십자가에 못 박히게 될 것이고, 그리고 난 후 많은 사람이 자신의 존재에 대해서 눈을 뜨게 될 것이라고 하셨다. 예수님은 하나님이셨지만 십자가에서 죽기 위해 세상에 오셨다. 그는 속죄하는 구세주가 되기 위해서 십자가에서 죽으셨다. 이 세상에 어디에 이런 분이 있는가? 이슬람교는 종교적 천재 마호멧을 제공하지만 그 안에는 속죄하는 주님이 없다. 불교가 놀라운 교사 부처를 내세우지만 그 안에도 속죄하는 주님이 없다. 유교도 인생의 바른 도리를 가르친 선생 공자를 앞세우지만 그 안에는 죄를 사하시는 구주가 없다. 오직 속죄는 예수님 안에만 있다. 그래서 그분은 바로 나와 여기서 직접적으로 관련이 있다.

예수님께서 유대인들에게 '진리를 알게 되면 진리가 너희를 자유케 할 것이라' (31절)고 하자 그들은 과거에 자신들이 한 번도 종이 된 적이 없는데 어떻게 자유의 몸이 되라 하느냐며 반문했다(33절). 예수님의 요지는 사람이 죄를 수용할 시에 '죄의 종'이 된다는 것이었다(34절). 이 점에서 유대인들은 '종'이었다. 왜냐하면 그들은 하나님의 아들을 배척했기 때문이다. 그러나 유대인들은 자신들은 절대로 버림받지 않는다고 스스로 믿었다. 이 특권의식이 그들을 무감각하게 만들었고 예수님까지 배척하게 만들었다. 그들은 '종'이었다. 즉, 죄의 종이었다. 종은 주인집에서 추방당할 수 있다. 아들은 안전해도 종은 항상 불안하다(35절). 교회에서 특권을 가진 사람들, 즉 목사나 장로나 권사 같은 지도자 그룹은 항상 안전할까? 특권층은 자신들이 항상 하나님의 은총을 받기에 늘 안전할 것이라 믿는다. 이 특권의식이 항상 사람을 둔감하게 만든다. 죄의 버릇을 자신에게 너무 많이 허용하면 아무리 특권층이라도 죄의 종이 된다. 종은 항상 추방을 각오해야 한다. 특권층일수록 죄에 대해 더 예민해야 한다.

가문과 전통이 때로는 해가 됩니다
(요 8:37~44, 영성, 경건 / 찬 436장)

아브라함은 하나님이 보낸 사자들을 정성껏 환대하였지만 아브라함의 후손으로 자처하는 유대인들은 하나님이 보낸 예수를 죽이려 모의 하였다. 예수님은 그들이 행한 일을 아브라함이 행한 것과는 전혀 반대되는 것이라고 꼬집었다(39~40절). 더 나아가 예수님은 그들이 하고 있는 일이 그들의 아비의 행위, 즉 마귀의 행위라고 지적하셨다(41~44절). 이 말씀은 유대인들을 분쇄해버리는 충격적인 발언이었다. 유대인들은 아브라함을 자신들의 아버지로 여기며 굉장한 자부심을 가지고 있었지만, 예수님은 그들의 자부심을 부셔 버리셨다. 과거는 중요하지 않다. 어떤 성도는 자신의 과거의 역사와 전통을 마치 현재의 자기로 믿는 사람이 있다. 한때 전도를 많이 했다는 과거의 영적 업적이 종종 현재 자신의 부당성을 못 보게 한다. 과거에 이룬 영적 자산이 종종 현재 마귀에게 수종드는 자신을 못 보게 한다. 과거 자신의 가문에 대한 자랑이 현재 자신이 새로워져야한다는 사실을 잊어버리게 하는 경우도 있다. 우리는 항상 과거의 자랑보다 오늘 현재 나의 영적 상태를 분석하는 습관을 길러야 한다.

예수님은 이단자였다
(요 8:45~50, 성도의 정체성 / 찬 452장)

어떤 유대인들은 예수님을 사마리아인 혹은 귀신들린 자라며 독설을 퍼부었다(48절). 사마리아인이라는 말은 예수님이 율법을 지키지 않는 돌연변이 혹은 이단자라는 말과 동의어였다. 이에 예수님은 자신이 귀신 들리지 않았다고 적극적으로 해명을 하면서도 자신을 사마리아인이라고 한 것에 대해서는 해명하지 않았다(49절). 어쩌면 그들이 그를 이단자, 돌연변이라 한 것은 옳은 말이었다. 왜냐하면 그는 그 시대에 어울리지 않는 메시지를 가지고 있었기 때문이다. 그는 자신의 영광에는 관심이 없었고 오로지 하나님만 드러냈다(50절). 신앙을 이용해서 누구나 자신들의 이익과 명예만을 구하는 그 시대의 종교인들 속에서 예수님은 그 시대의 순수한 이단자이셨다. 그는 누구나 구하는 명예와 영광에는 관심이 없었다. 예수님을 따르는 우리들도 이 시대의 돌연변이가 되어야 한다. 사람들이 나를 향하여 시대와 어울리지 않는 이단자라고 독설을 퍼부어야지만 내가 예수님을 지금 제대로 믿고 있는 것이다. 누군가가 우리를 향하여 시대에 어울리는 사람이라 한다면 우리는 뭔가 잘못되어 가고 있다.

예수님은 나이보다 늙어 보이셨다
(요 8:51~59, 봉사, 성흔(聖痕) / 찬 212장)

예수님은 자신의 말을 잘 지키는 사람은 죽음을 맛보지 않을 것이라고 말씀하시자(51절) 유대인들은 아브라함도 죽었는데 어떻게 사람이 죽지 않을 수 있는지 물었다(52~53절). 예수님은 아브라함을 운운하는 유대인들에게 아브라함보다 자신이 더 크며 더 선재(先在)한 존재라는 사실을 주장하셨다(56절). 이때 유대인들은 "네가 아직 오십도 못되었는데 아브라함을 보았느냐"(57절)하며 조롱하였다. 이때 예수님은 겨우 33세였지만 그들은 예수님을 50세가 다 된 것으로 보았다. 그들은 분명 예수님을 실제 나이보다 많이 보았다. 아마 슬픔과 고난으로 가득찬 세월이 그의 얼굴에 많은 영향을 미쳤던 것 같다. 우리도 교회 일을 하면서 때로는 땀도 흘리고, 눈물도 흘리고, 전투도 하고, 고심도 한다. 때문에 우리의 얼굴에 주름이 잡히고, 피부도 거칠어졌다면 그것은 우리가 예수님이 걸어가신 그 십자가의 길을 충실히 따라 갔다는 증거이다. 우리가 예수님 때문에 육체적 녹초를 경험하고, 감기 몸살도 나고, 머리숱도 빠지는 경험을 했다면 그것이야말로 세상에서 가장 값진 성스러운 훈장인 것이다.

전생(前生)은 없습니다
(요 9:1~12, 사이비, 장애인 / 찬 267장)

예수님께서 길 가실 때 날 때부터 소경된 자를 보았다(1절). 이 사람을 두고 제자들은 그가 소경이 된 것은 출생 이전의 전생 때 그가 행한 죄로 인해 빚어진 일인지, 아니면 그 부모의 죄의 결과인지를 예수님께 물었다(2절). 이때 예수님은 이 사람이 소경된 것이 전생의 죄도, 그 부모의 죄도 아니라고 일축했다(3절) 오히려 예수님은 땅에 침을 뱉어 진흙을 이겨 그의 눈에 바르고 실로암 못에 가서 씻기를 명했고 순종한 그는 곧 보게 되었다(6~7절). 제자들의 철학은 모든 장애인은 전생의 죄의 결과 혹은 그 부모의 죄의 결과라는 것이었다. 그러나 예수님은 그것이 분명히 아니라고 일축하셨다. 예수님은 단지 현재의 우리의 악과 불행을 고치시는 일에 최선을 다하셨다. 오늘날 우리도 이런 어리석은 사상에 빠지지 말아야 한다. 불행의 원인을 죄로 돌리는 인과응보 사상이나 전생에서 지은 죄의 결과로 보는 비기독교적 사상에 빠져서는 안 된다. 나는 혹시 세상의 어리석은 풍조와 예수님을 동시에 섬기고 있지 않은가? 우리는 타인의 불행을 앞에 두고 '회개하라'는 망언을 하지 말아야 한다.

있는 그대로 말하세요
(요 9:13~34, 간증, 전도 / 찬 497장)

예수님이 소경의 눈을 뜨게 해 준 날은 안식일이었다(14절). 안식일에 진흙을 이겨 무엇을 만든 것은 죄가 됨으로 바리새인들은 예수님을 죽일 증거를 잡았다. 그리고 눈뜬 자에게 물었다. "너는 그가 어떤 자라고 생각하느냐"라고 하자, 그는 예수님을 선지자라고 하였다(17절). 당황한 바리새인들은 두 번째 그를 소환해서 물었다. '너는 하나님께 영광을 돌리라 예수는 죄인임으로 이런 권능을 행할 수 없다'(24절)고 하자, 그는 "그가 죄인인지 아닌지 모르겠지만 한 가지 분명한 것은 내가 과거에는 소경이었지만 지금은 본다는 사실입니다"(25절)라고 대답하였다. 그는 재차 심문하는 그들에게 신경질적으로 '내가 이미 말했는데 왜 자꾸 묻는가? 당신들도 그의 제자가 되고 싶은가?'(27절)라고 말했다. 눈뜬 자는 예수님을 논리적으로 설명하지는 못했지만 자기가 겪은 일을 솔직하게 표현하였다. 우리도 예수님을 신학적 용어로 설명할 필요는 없다. 단 예수님이 나의 영혼을 위해서 해 주신 일을 솔직하게 진술할 수는 있다. '그가 나를 이렇게 변화시켰습니다.' 이 간증을 통해서도 사람의 마음을 움직일 수 있다.

열심 때문에 질투 받은 적 있습니까?
(요 9:35~41, 위로, 보상 / 찬 318장)

예수님이 눈을 뜨게 해준 그 사람이 계속 예수님을 간증하고 다녔기 때문에 유대교 지도자들은 그를 추방시켰다. 이 소문을 들은 예수님은 일부러 그를 찾으러 가셨다(35절). 그리고 자신이 이스라엘이 오랫동안 기다리던 그 '인자'(36~37절)와 '심판주'(39절)임을 밝히 드러내주셨다. 그야말로 이 사람은 복을 다발로 받았다. 이 사람은 육신의 눈을 뜬 것뿐 아니라 영혼의 눈까지 뜨게 되었다. 어떤 사람이 하나님에 대한 충성으로 말미암아 사람들로부터 추방을 당한다면 예수님은 이전보다 더 그를 자기에게 가까이 이끌어주시게 된다. 어떤 사람이 교회에 충성하다가 질투를 받아 인간의 손에 핍박을 받고 내 몰린다면 그는 이전보다 더 참다운 보수를 예수님께 받게 된다. 어떤 사람이 너무 성실하게 교회를 사랑하다가 사람들에게 시기를 받고 욕을 먹는다면 예수님은 이전보다 그에게 자기 자신을 더 계시하여 주신다. 그러므로 내가 열심히 주의 일을 하다가 시기와 질투와 오해를 받는다면 오히려 더 즐거워해야 한다. 왜냐하면 예수님이 그 순간 나를 더 가까이 찾아와주시기 때문이다.

참 목자와 병든 양
(요 10:1~6, 목자. 사이비 / 찬 570장)

예수님은 양을 책임 있게 돌보는 참 목자가 있는 반면에 양을 약탈하는 강도도 있다고 하셨다(1절). 예수님은 자신이 참 목자이며 유대교 지도자들은 양을 약탈하는 강도라는 것을 우회적으로 표현하셨다. 참 목자는 양들의 이름을 모두 알고 있을 만큼 그들에 대해서 세밀하다(3절). 예수님은 전 세계에 흩어져 있는 수억 명의 자기 사람들의 형편을 개별적으로 세밀히 알고 계신다. 그래서 예수님은 참 목자이시다. 그러나 그 목자 아래에는 병든 양들도 있다. 정상적인 양은 외인이 목자의 음성을 흉내 낸다 해도 그를 따라가지 않지만 병든 양은 판단기능이 저하되어 목자와 외인의 음성을 구분 못한다. 병든 성도는 목자를 가장한 강도가 그럴듯하게 성경을 풀이하고 해석하면 금방 그를 따라간다. 교회 밖의 모호한 목사들의 이상한 성경 해석과 풀이에 항상 매력을 느끼는 사람이 있다. 병들어가는 증거이다. 그러한 습성이 있는 자는 언젠가는 목자를 가장한 그 강도를 쫓아갈 확률이 높다. 교회를 잘 다니다가 신천지, 통일교, 여호와의 증인 같은 이단에 넘어가는 자들은 계속 병을 앓아오던 양들이었다.

'선함'은 '죽는 것'입니다
(요 10:7~18, 목자, 생명, 교회 / 찬 569장)

삯군은 늑대가 오면 양을 버리지만(12~13절) 예수님은 선한 목자이시다(11절). 예수님은 그 선함이 무엇인지 해석해 주셨다. 선한 목자는 양들을 위하여 목숨을 버린다. (11절,15절) 그러므로 선함은 목숨을 버리는 것이다. 이 말은 양들이 생명을 나눠가질 수 있도록 자기 자신을 버린다는 뜻이다. 예수님은 늑대들과 싸우다 죽으셨다. 그리고 그는 죽음을 통해서 자기 생명을 양들이 나눠가질 수 있도록 하셨다. 그리고 그는 그것을 통해서 또 하나의 큰 비전을 세우셨다. 비전은 "저희가 내 음성을 듣고 한 무리가 되어…"이다(16절). 선한 목자는 이런 양들을 불러 모아서 '한 무리' 즉 자기 왕국을 만들 비전을 세우셨다. 그는 죽으시고 그 생명을 양들에게 주셨다. 늑대들은 예수님의 육체를 상하게 하는 것이 고작이었지만 그 내면의 생명은 건드리지 못했다. 그래서 예수님은 그 생명을 자기 양들에게 나누어주셨다. 믿는 우리는 이 생명을 가졌다. 그러므로 우리는 곧 통일된 한 무리가 될 것이다. 이 통일을 위해서 수고하는 것이 예배이며, 헌신이며, 전도이며, 교육이며, 교제이다.

예수님은 과대망상가였던가?
(요 10:19~21, 인격, 봉사 / 찬 551장)

예수님에 대해서 유대인들 사이에 분쟁이 일어났다(19절). 어떤 이는 예수를 미친 사람으로 보기도 하였다(20절). 현대적인 용어로 하자면 과대망상가로 보았다는 뜻이다. 자기가 '하나님이 보낸 자'라 하고 자기와 하나님을 '동일본질'(30절)이라고 주장하는 예수를 과대망상가라고 보는 것은 있을 수 있는 일이었다. 예수님은 정말 과대망상가였던가? 아니다. 예수님의 행위를 보면 판단할 수 있다. 예수님의 행위는 미친 사람의 행위가 아니었다. 예수님은 병든 자를 고치셨고, 굶주린 자를 먹이셨고, 슬픈 자를 위로하셨다. 과대망상가들은 항상 자기 자신을 대단한 위인으로 해석한다. 그들은 항상 자기 위주로 생각하는 이기주의자들이다. 그들은 자기 자신의 영예와 명성 이외의 것은 거들떠보지도 않는다. 그러나 예수님의 생애는 항상 봉사의 삶이었다. 유대인들 자신이 말했듯이 예수님이 미친 사람이었다면 소경의 눈을 뜨게 해주지 않았을 것이다(21절). 신학자든, 평신도든 예수님을 과대망상가로 주장하는 사람이 있다면 우리는 예수님의 봉사의 삶을 말하면 그런 사람들을 간단히 제압할 수 있다.

사람도 신(神)이 될 수 있습니다
(요 10:22~39, 교회교사, 구역장 / 찬 214장)

예수님은 자신이 영생을 줄 수 있는 존재이며 하나님과 하나임을 다시 강조하셨다(28~30절). 이에 유대인들은 돌을 들어 그를 치려고 하였다(31절). 예수님은 "구약에서 하나님의 말씀을 받은 종들을 신이라고 하였는데, 너희들은 이 용어 사용에 대해서는 한 번도 항의한 적이 없었다. 그런데 기사와 표적을 행하는 내가 나를 가리켜 신이라 하는데 그것이 어찌 잘못되었느냐"(35~37절)고 하셨다. 그러나 유대인들은 이에 아랑곳하지 않고 급기야는 그를 체포하려고 까지 하였다(39절). 예수님은 하나님의 말씀을 받아서 전하는 자를 신이라고 하셨다. 이 말씀을 오늘날 우리들에게도 대입해 볼 수 있다. 하나님의 말씀을 받아서 주일학교 학생들을 가르치는 교사나 구역식구들에게 말씀을 가르치는 구역장은 다 신적인 존재들이다. 참 놀라운 말씀이다. 교회에는 많은 사역이 있지만 특히 성경을 가르치거나 전하는 사역자를 하나님은 자신과 동격으로 대우하신다는 말씀이다. 우리가 교회에서 봉사를 할 때 이왕이면 성경을 전하는 봉사를 하면 좋겠다. 성경을 들고 봉사하는 자는 다 신적인 자들이다.

출발점으로 돌아가 봅시다
(요 10:40~42, 경건 훈련, 재충전 / 찬 430장)

예수님은 유대인들과의 격렬한 논쟁을 끝낸 후 세례 요한에게 세례 받으셨던 곳으로 가서 쉬셨다(40절). 왜 하필 세례 받았던 장소로 가셨을까? 그곳은 매우 중요한 뜻을 지니고 있다. 그곳은 예수님께서 세례를 받고 나오실 때 성부 하나님의 목소리가 임하였던 곳이었고 또 성령 하나님께서 비둘기 같은 형체로 임하셨던 곳이었다. 그곳은 성부와 성령 하나님의 박수갈채를 받고 등단하셨던 예수님 공생애의 첫 출발점이었다. 그는 곧 있을 최후의 싸움을 대비하기 위해서 그 출발점으로 돌아가셨다. 거기서 힘과 용기를 재충전하셨다. 그는 자신의 때를 알고 계셨다. 계속 더 격렬해지는 유대인들과의 논쟁, 더 집요해지는 모함과 모략, 급기야는 돌을 들어 자신을 치려하였던 성난 군중들을 보면서 예수님은 때가 박두하고 있음을 아셨다. 그래서 최후의 결전을 앞에 두고 그는 자기 인생에 더할 나위 없는 경험을 한곳으로 가셨다. 만약에 우리들에게도 이런 경험을 한 장소가 있다면, 그래서 그곳으로 돌아가서 용기와 기백을 충전할 수만 있다면, 그것보다 더 좋은 인생의 유비무환은 없을 것이다.

미루는 것을 질색하시는 예수님
(요 11:1~16, 성실, 근면 / 찬 455장)

베다니의 나사로가 병들었다는 소식을 듣고 예수님은 유대 땅을 통과해서 베다니로 가시고자 했다(6~7절). 이때 제자들이 과거 유대 땅에서 돌에 맞을 뻔했던 사실을 상기하며 가기를 주저하였다(8절) 이때 예수님은 제자들에게 "낮 열두 시 정오 때는 빛이 훤하므로 사람이 실족하지 않지만 밤에는 빛이 없는 고로 어두워서 실족하게 된다"(9~10절)는 말씀을 주셨다. 이 말씀은 사람이 태양이 비치고 있는 동안에는 실수가 아니면 길을 잃어버리는 경우가 드물지만 어둡게 되면 길을 잃는 일은 다반사라는 뜻이다. 즉, 해야 할 일은 낮 사이에 반드시 끝내야 실족하는 일이 없을 것이라는 뜻이다. 나사로에게 가는 일은 지연되어서는 안 되었다. 우리도 하루 안에 반드시 끝내야 할 일이 있다면 그것을 미루지 말아야 한다. '너무 바쁘다'는 말은 벌써 끝냈어야 할 일들을 못 끝내고 계속 끌려 다닌다는 말이다. 업무를 방만히 다루지 말고 반드시 해야 할 본질적인 일에 집중한다면 우리는 바쁘다는 말은 하지 않아도 될 것이다. 그날 하루 본질적인 일에만 충실해도 여유로운 저녁 타임을 가질 수 있다.

100% 안 믿는 믿음
(요 11:17~32, 믿음, 불신앙 / 찬 336장)

나사로가 무덤에 있은 지 나흘이나 되었다(17절). 그러나 예수님은 이 죽은 자 앞에서 '부활'을 강조하셨다 (23, 25절). 자신이 생명의 창시자임을 표명하셨다. 그러나 마리아는 예수님이 일찍 오셨다면 오라비가 죽지 않았을 것이라고 비난 섞인 어투로 말했다(32절). 마리아는 예수님의 능력이 공간에 따라 제한을 받는다고 생각했던 것 같다. "주께서 여기 계셨다면 죽지 아니하였겠나이다"라는 말 속에는 예수님께 대한 믿음이 분명히 있음을 볼 수 있지만 예수님이 여기에 안 계셨기 때문에 오라비가 죽었다고 생각했다. 그녀는 예수님의 능력이 공간에 따라 제한을 받는다고 생각했다. 그녀는 100% 믿지는 않았다. 우리도 예수님을 믿지만, 그러나 100% 신뢰하지 않는다. 우리는 종종 하나님께 기도하는 그 순간에도 응답 안 될 것을 미리 가정하여 대책 마련을 하는 모습을 가지고 있지 않은가? 한쪽에서는 기도하고 또 한쪽에서는 대책을 강구한다. 우리 안에도 마리아의 요소가 있다. 그러나 중요한 것은 이런 못난이에게도 하나님은 변함없이 신실하게 긍휼을 베풀어 주신다는 사실이다.

인간에게 정보를 구하시는 전능자
(요 11:33~44, 하나님의 동역자 / 찬 448장)

나사로의 시체 앞에서 많은 사람은 애곡하며(33절) 과연 예수님이 죽은 자를 살릴 수 있을 것인지에 초점이 모였다(37절). 베다니에 도착한 예수님은 "그를 어디 두었느냐?"(34절) 물으셨다. 예수님께서 누군가에게 어떤 정보를 물으신 것이다. 우리는 예수님이 정보가 필요하다고 상상도 해보지 않았다. 그리고 무덤 앞에 서신 예수님은 누군가에게 무덤 앞의 돌을 옮길 것을 명하셨다(39절). 예수님이 나사로의 무덤을 몰라서 물었을까? 그는 왜 스스로 돌을 치우지 않고 사람에게 심부름을 시키셨을까? 그는 전지하시고 전능하신 분인데 말이다. 그는 왜 인간에게 정보를 찾고 인간에게 심부름을 시키는가? 이유는 그는 인간과 더불어서 일하기를 좋아하시기 때문이다. 그는 인간의 수고와 헌신과 함께 수고하시기를 원하신다. 그는 인간의 눈물과 땀과 기도와 더불어 일하시기를 원하신다. 그는 인간의 정성과 헌금을 통해서 기적을 베푸시기를 원하신다. 예수님은 인간이라는 레일(철로)위로만 다니시는 기차이시다. 예수님은 홀로 세상을 통치하는 것이 아니라 항상 나와 함께 그것을 하시기를 원하신다.

회의할 때 주의해야 할 한 가지
(요 11:45~53, 간사함, 술수, 모략 / 찬 369장)

예수님께서 나사로를 살리신 일로 많은 사람이 그를 믿게 되었고(45절), 이에 위기를 느낀 종교지도자들은 공회를 소집하였다(47절). 공회의 여론은 예수를 가만히 놔두면 그를 따르는 자가 많아 질 것이고, 그렇게 되면 로마가 이것을 정치적으로 오해하여 이스라엘을 무력으로 진압하게 될 것이라는 것이었다(48절). 대제사장 가야바는 "한 사람이 백성을 위하여 죽어서 온 민족이 망하지 않게 되는 것이 유익하니라"(50절)는 말로 공회원들의 마음을 사로잡아 나갔다. 그는 "예수를 죽이자"라고 말하는 것보다 민족의 평화와 안녕을 근거로 해서, 인간적인 차원에서 먹혀들어가는 말을 했다. 이것이 큰 공감을 얻어서 그들은 예수님을 구체적으로 잡아 죽일 모의를 하게 된다(53절). 가야바는 악을 행하기 위해 국가의 안녕이라는 명분을 내세웠다. 우리에게도 혹시 이런 모습이 없는가? 오늘날 많은 악행들이 '대의' 혹은 '편의'라는 이름으로 얼마나 많이 자행되고 있는지 모른다. 우리는 회의할 때 자기 개인의 이익 달성을 위해서 '정의', '선교', '하나님 나라', '교회의 발전'이라는 명목을 사용하지 말아야 한다.

지명 수배자 예수
(요 11:54~57, 예수 / 찬 96장)

예루살렘에는 유월절 명절을 지키려고 많은 사람이 올라와 있었고 그중 어떤 이들은 명절에 예수님 과연 예루살렘에 올까 하는 호기심을 가지고 있었다(55절). 예수가 명절을 지키러 올까라고 묻지 않고, "저가 명절에 오지 않을 거야"(56절), 즉 부정문 형태를 쓰면서 그가 오지 않을 것임을 확신하였다. 왜냐하면 예수님은 지명 수배를 받고 현상금이 걸려 있는 상태였기 때문이다(57절). 그럼에도 예수님은 며칠 후에 예루살렘으로 모든 사람의 시선을 끌면서 나귀를 타고 당당히 오셨다. 그는 현상금 붙은 사람이었다. 그는 수배자였다. 그는 생애 마지막 순간까지 가장 불명예적인 이름을 가지고 사셨다. 그러나 이 세상에 그만큼 감명과 영향을 끼친 현상금 붙은 사람이 역사상 있었는가? 그만큼 전 세계 역사를 송두리째 뒤집어 놓은 수배자가 있었는가? 그만큼 전 세계 모든 대륙의 구석구석을 발칵 뒤집어 놓은 범법자가 있었는가? 그는 그의 생애 마지막 순간까지도 수배자라는 이름을 달고 사셨지만 모든 시대와 전 세계를 통틀어서 가장 위대하고 가장 감명 깊은 수배자로 사셨다.

짜증 안내는 봉사자
(요 12:1~8, 회개, 변화, 새사람 / 찬 284장)

유월절 엿새 전에 예수님께서 베다니에 오셔서 사적인 잔치에 참여하셨다(1~2절). 마리아는 값비싼 향유를 예수님의 발에 붓고 자기 머리털로 그의 발을 씻어드렸다(3절). 이것은 곧 있을 예수님의 죽음을 애도하는 행동이었다(7절). 이 와중에 마르다는 열심히 음식을 장만하고 있다(2절). 그녀는 항상 열심히 일하는 자였다. 그녀는 누가복음에서 예수님과 마리아와 나사로 세 명의 식사준비를 하는 중에 짜증을 부리다가 예수님께 심각한 가르침을 받았던 적이 있었다(눅 10:38~42). 그런데 마르다는 지금 예수님과 열두 제자, 마리아, 나사로, 자신까지를 포함해서 열여섯 명 분량의 식사를 준비하고 있으면서도 짜증을 냈다는 기록이 없다. 동생 마리아가 부엌일에 동참하지 않는 상황 가운데서도 마르다는 화를 내지 않았다. 그녀는 전에 예수님께 따끔한 가르침을 받은 후로는 변하여 봉사하는 일에만 열중할 뿐, 짜증내는 일은 하지 않았다. 그녀는 설교를 듣고 자기의 결점을 고쳤다. 우리는 한해에도 최소한 오십 편 이상의 설교를 듣고 살고 있지만 얼마나 자신의 결점을 고치며 살고 있는가?

나사로는 최초의 순교자였을까?
(요 12:9~11, 순교, 기득권 / 찬 318장)

많은 유대인들은 죽었다가 부활한 나사로를 보고 싶어 했다(9절). 이런 일은 예루살렘의 제사장들에게는 매우 신경 거슬리는 부분이었고 이것이 마침내 나사로를 죽일 모의까지 하게 만들었다(10절). 우리는 그들이 나사로를 정말 죽였는지 알 길은 없다. 그러나 추측컨대 그가 제거되었을 가능성은 있다. 제사장은 사두개파에 속하는 사람들이다. 그들은 교리적으로 부활을 믿지 않는다. 그런데 죽은 자 가운데서 부활한 나사로가 그들 앞에 나타났다. 또 부활한 나사로를 보고 많은 사람이 사두개파의 가르침을 의심하게 되었고, 반면에 예수님을 더 추종하게 되었다(11절). 예수님과 나사로 이 두 인물은 사두개파 체제를 존속시키는데 결정적으로 걸림돌이 되는 사람들이었다. 그래서 그들은 증거를 인멸할 계획을 가지고 있었다. 이 본문 이후로 나사로의 이야기가 성경에 나오지 않은 것으로 봐서 그가 예수님 때문에 희생된 최초의 순교자였을 가능성이 있다. 이 나사로의 피가 초대교회의 씨앗이 되었을 가능성이 매우 높다. 나사로는 한국에 교회가 심어지게 된 최초의 순교의 씨앗이 되었을 가능성이 높다.

마지막 어린양 예수
(요 12:12~19, 어린양, 속죄제물, 심판 / 찬 104장)

나귀를 타고 예루살렘으로 올라가는 예수님을 보고 군중들은 종려나무 가지를 흔들며 호산나 찬송을 부르며 환영하였다(12~14절). 그런데 예수님은 왜 유월절 명절 기간에 예루살렘에 올라가셨는가? 이 시기는 유월절 행사에서 희생될 제사용 양들도 예루살렘으로 항상 함께 끌려 올라간다. 수만 마리의 양들은 유월절 때 희생 제사용으로 피를 흘리고 죽을 제물들이다. 그런데 그렇게 많은 양 중에 가장 위대한 어린양이 거기 계셨다. 그 어린양은 나흘 후, 수많은 양이 죽임을 당할 때 자신도 죽임을 당함으로 마지막 최후의 유월절 어린양이 되시기 위해서 그날을 택하여 예루살렘으로 가셨다. 이제 이 위대한 어린양의 죽음으로 우리는 두 번 다시 동물을 죽이는 일을 안 해도 된다. 이제는 이 어린양을 구세주로 받아드려야 한다. 우리가 이 어린양을 지금 여기서 거절한다면 그에게 돌아갈 기회가 주어지지 않을 지도 모른다. 그때는 예수님이 작은 나귀를 타신 평화의 왕이셨지만 장차는 흰 병거를 타고 오실 심판주가 되실 것이다(계 19:11). 지금 때를 놓치면 영영 그때가 안 올지도 모른다.

죽는 것을 면류관으로 보신 예수님
(요 12:20~36, 구원 / 찬 310장)

안드레와 빌립이 예수님께 헬라인들이 예수님을 뵙고자 한다는 말을 전했다(20~22절). 이때 예수님은 '그들을 만나지 않겠다' 혹은 '만나서 기쁘다'라는 말을 한 것이 아니라 "영광을 얻을 때가 왔다"(23절)라고 말씀하셨다. 그는 헬라인들이 자기를 찾아온 것을 하나의 전환점으로 보셨다. 구원이 유대인들 뿐 아니라 이방인에게도 주어질 그 위대한 일이 이제 코앞에 왔다고 보셨다. 그래서 예수님은 그때가 왔다며 자신의 죽음에 관해서 본격적으로 말씀하셨다. 자신은 한 알의 밀알로 곧 죽을 것이며(24절), 자신은 그 죽음을 겪으러 왔으며(27절), 자신은 높이 들리어 죽게 될 것이며(32~33절), 그리고 '빛'인 자신이 사람들과 같이 지내는 것은 이제 잠시 뿐이므로 빨리 자신을 믿고 빛의 자녀가 되라고 하셨다(35~36절). 그는 자신의 죽을 때를 '영광을 얻을 때'(23절)로 보셨다. 죽음이 과연 영광인가? 적어도 예수님께는 그렇다. 그는 사람을 위해서 죽는 것을 영광으로 아셨다. 오늘 우리를 위해서 죽는 것을 면류관으로, 훈장으로, 영광으로 여기셨다는 그의 말이 우리의 눈시울을 붉게 만든다.

소수의 유대인 관원들 중에는 예수님을 믿은 사람도 있었으나 그들은 숨어서 그의 제자가 되기를 원했다(42절). 그러나 요한복음의 저자는 대부분 유대인들이 예수님을 받아드리지 않은 것은(37절) 선지자 이사야의 말을 이루려는 하나님의 계획이었다고 밝힌다(38절). 요한복음의 저자는 이사야의 탄식을 인용해서 현재 유대인들이 예수님을 받아드리지 않는 이유를 설명하였다. 이 저자는 "자신이 하나님의 말씀을 바로 전했는데도 하나님께서 이스라엘 백성들의 마음을 완고하게 하고 그들의 눈과 마음을 닫으셨다"(40절)는 이사야의 글을 인용했다. 현재 예수님을 믿지 않는 유대인들의 불신앙은 하나님의 섭리와 계획 속에 있다는 것이다. 하나님은 인간의 불신앙마저도 자신의 계획을 촉진하기 위하여 쓰신다. 바울도 로마서에서 하나님이 이방인을 구원하시기 위해서 유대인들이 예수님을 거절하게 했다고 했다. 믿지 않는 것은 인간의 책임이지만 하나님은 그것을 어떠한 형태로든 자신의 목적에 이용하신다. 하나님의 손에 의하지 않고는 인간사에서 아무 일도 일어날 수 없음을 다시 깨닫게 된다.

예수님은 자기를 믿는 것이 곧 하나님을 믿는 것이라고 하셨다(44절). 예수님은 자기를 보는 것이 하나님을 본 것이라고 하셨다(45절). 예수님은 자기의 말을 듣는 것이 하나님의 말을 듣는 것이라 하셨다(49절). 예수님은 자신을 빛이라 하셨고 이 빛을 믿는 자는 심판받지 않고 구원을 얻는다고 하셨다(46~47절). 예수님의 신성을 이보다 더 자세히 밝히 설명하고 있는 구절이 지상에 있을 수 있을까? 예수님은 방금 열거한 이 내용들이 '하나님의 명령'이라고 하셨고(49절), 이 명령이 곧 '영생'이라고 하셨다(50절). 그러면 영생은 어떻게 얻는가? 영생은 예수님의 신성을 믿는 믿음을 통해서 얻는다. 영생은 예수님의 가르침을 하나님 자신의 음성으로 믿는 믿음을 통해서 얻는다. 그러므로 예수님을 오직 한 인간에 불과하다는 '유대교', '이슬람교'와 예수님의 신성을 부인하는 '여호와 증인'과 자기 종파의 교주를 신의 위치까지 올려놓는 '안상홍증인회', '이만희의 신천지'는 영생과 상관이 없다. 영생은 예수님을 영원 전부터 존재하셨던 하나님이라고 믿는 믿음을 통해서 얻는다.

예수님은 "아버지께로 돌아갈 때가 이른 줄 아시고 세상에 있는 자기 사람들을 끝까지 사랑하셨다"(1절) 그래서 제자들의 발을 씻기시며 그 사랑을 실천하셨다(5절). 이 와중에 눈치가 둔한 베드로가 발 씻기시는 예수님을 만류했지만 문제는 되지 않았다(6~10절). 1절에서 예수님은 "아시고", 그리고 "끝까지 사랑하셨다." 그는 무엇을 아셨을까? 십자가에서 죽을 때가 다가왔다는 사실을 아셨다. 예수님은 "아시고 나니" 제자들을 더 애틋이 사랑하지 않을 수 없었다. 그리고 '일어나서' 수건을 '두르고' 발을 '씻기셨다.' 자신의 때를 아신 예수님은 제자들을 더 적극적으로 사랑하셨다. 그렇다. 알아야 사랑할 수 있다. 모르면 무감각하다. 무지하면 공감하지 못한다. 하나님이 누구인지? 하나님의 요구 사항이 무엇인지? 우리가 어떤 존재인지? 내세의 삶이 있는지? 알아야 한다. 알아야 세상과 교회와 이웃을 사랑할 수 있다. 사랑하되 그 사랑은 실천적이어야 한다. '일어나서', '두르고', '씻기는' 구체적인 사랑이어야 한다. 일단 알아야 한다. 인간의 본질과 영적인 세계의 원리를 알고 나면 사람은 사랑을 시작하게 된다.

예수님의 참 인격
(요 13:12~20, 예수의 인격, 사람의 인격 / 찬 90장)

예수님은 자기와 식사하는 사람 중에 자기를 배신할 사람이 있다는 것을 아셨다(18절). 그럼에도 불구하고 그는 제자들의 발을 정성껏 씻겼다(12절). 그리고 예수님은 "너희들의 스승이며 주가 되는 내가 이렇게 모범을 보인 것처럼 너희도 서로의 발을 씻겨 주라"고 당부하셨다(13~15절). 예수님은 자신이 곧 한 제자에게 배반당할 것을 아셨지만 그는 그의 발도 정성껏 씻겨주셨다. 지상에서 이보다 더 아름다운 모습이 있을까? 자기 무리 속에 배신자가 있음을 알았다면 그는 사람들을 무정하게 대해도 된다. 더군다나 그는 이제 하나님께로 돌아가야 할 때가 되었다. 이 세상과의 관계를 청산해야 될 때가 되었다면 이제 그는 이 세상을 경멸해도 된다. 그러나 그는 이전보다 더 큰 사랑으로 제자들의 발을 씻기셨다. 사람들이 그를 해치면 해칠수록 그는 더 그들을 사랑하셨다. 우리는 보통 모욕을 당하거나 피해를 입으면 얼마나 차갑게 매정하게 변해버리는가? 그러나 그는 우리 인간과 같지 않으셨다. 그는 우리와 다른 분이셨다. 우리가 어떻게 하면 이 예수님의 인격을 닮아갈 수 있을까?

무감각이 화를 부릅니다
(요 13:21~30, 사랑의 호소, 응답 / 찬 323장)

예수님은 제자 중 한사람이 자기를 배신할 것임을 말씀하셨다(21절). "누구를 두고 하시는 말씀입니까?"라는 제자들의 질문에 "내가 떡 한 조각을 찍어서 주는 그이니라"고 대답하셨다 (24~26절). 떡을 소스에 찍어 주는 행위는 동방의 식사 풍습으로써 친근감의 표시였다. 떡을 찍어 주었다는 것은 범인을 지목하는 표시가 아니고 "나는 아직도 너를 친구로 생각하고 있다"는 의미이다. 예수님은 가룟 유다에게 여러 번 돌이킬 수 있는 기회를 주셨지만, 그의 마음은 결코 움직이지 않았다. 예수님께서 그렇게 자주 호소하였는데도 그는 그 사랑에 무감각했다. 이 무감각! 이것이 결국 사람을 망하게 한다. 우리도 혹시 이렇게 무감각, 무감동으로 살고 있지 않은가? 목사님의 설교를 통해서, 성경공부를 통해서, 매일의 QT 타임을 통해서 예수님의 사랑의 호소를 늘 듣지만 거기에 무감동하지 않는가? 이 무감각이 오래가면 소통이 끊어질지 모른다. 아니 무감각 자체가 이미 소통이 중단된 상태를 가리킨다. 매일 그분이 찍어주는 그 떡을 맛있게, 감동적으로 받아먹어야 내가 살아있는 존재인 것이다.

사랑은 이해심에서 시작합니다
(요 13:31~35, 이웃, 용납, 공감 / 찬 293장)

예수님은 제자들에게 "내가 지금 어디론가 떠나니 너희들은 서로 사랑하라"고 하셨다(33~34절). 자신이 제자들을 사랑한 것같이 제자들끼리도 그렇게 사랑해야 한다는 것이다. 제자들을 향한 예수님의 사랑은 '이해심'에서 비롯되었다. 예수님은 자신이 고난 받고 십자가를 질 때 도망갔던 비겁한 제자들을 이해하셨으니 그들을 다시 받아주셨다. 또 예수님은 세 번 자기를 부인한 베드로도 이해하셨으니 다시 받아주셨다. 가룟 유다에게 계속 기회를 주신 것은 한 인간으로서의 나약한 그를 이해하신 까닭이었다. 예수님의 사랑은 인간에 대한 이해심에서 비롯되었다. 우리가 누군가와 함께 생활해보면 그 사람의 변덕심, 괴팍성, 불성실을 금방 알게 된다. 그러나 예수님은 내가 너희를 이해한 것처럼 너도 그것을 이해하라 하신다. 이해하면 용서되고 사랑하게 된다는 것이다. 상대의 상황을 깊이 공감하면 우선 미워하는 감정은 막을 수 있다. 나에게 사랑이 부족하다면 상대를 이해하는 능력이 없는 것이다. 사람을 유독 잘 미워하는 성향의 사람은 상대의 처지를 이해하는 능력에 문제가 있는 자이다.

나보다 더 나를 잘 알고 계시는 예수님
(요 13:36~38, 예지, 통찰 / 찬 344장)

예수님께서 베드로에게 "내가 곧 이 세상에 없을 터인데 너는 내가 가는 곳에 따라 올 수 없다"(36절)고 하시자, 베드로는 다소 흥분된 목소리로 "내가 어찌 당신을 따를 수 없다 합니까? 나는 당신을 위하여 목숨을 버릴 각오가 되어 있습니다"(37절)라고 말했다. 이런 베드로에게 예수님은 한 번 더 강조하셨다. "너는 닭 울기 전 나를 세 번 부인 할 것이다." 베드로는 이 말을 받아드릴 수가 없었다. 그는 너무나 자신만만했다. 베드로는 자기가 가장 예수님의 충성스러운 종이라고 확신했지만, 그러나 예수님은 베드로보다 베드로를 더 잘 알고 계셨다. 예수님의 요지는 이렇다. "네가 나를 위하여 목숨을 버린다고? 정말 그럴까? 네 느낌이 정말 그러느냐? 네 뜻이 정말 그러하냐? 너는 너 자신에 대해서 아무것도 모르고 있구나 너는 곧 나를 부인한단다"는 것이었다. 예수님은 나보다 더 나를 잘 알고 계시는 분이다. 그는 내가 아무리 큰소리치며 결단해도 우리 속에 있는 연약함을 늘 간파하신다. 그러나 중요한 것은 예수님은 그런 나를 매번 믿어주시고, 매번 받아주시고, 매번 사랑하신다는 사실이다.

길이요 진리요 생명이신 예수님
(요 14:1~6, 예수, 길 / 찬 405장)

예수님께서 처소를 예비하러 간다고 하니(2절) 도마는 어느 길로 가시냐고 물었다(5절). 이때 예수님은 자기 자신이 바로 그 '길'이라고 하셨다(6절). 정말 그가 길인가? 우리가 낯선 곳에서 길을 물었는데 안내자가 "1분쯤 직진하다가 좌회전하고 또 가다가 우회전하고 또 가다가 30도로 꺾고 1분쯤 가다가 U턴하라"하면 우리가 그 길을 잘 찾을 수 있을까? 그러나 만일 그 안내자가 "나를 따라오세요" 한다면 우리는 안전하게 그 목적지를 찾을 수 있다. 그러면 그는 길이 되는 것이다. 예수님도 이와 같은 분이시다. 이 길만 따라가면 목적지까지 100% 갈 수 있다. 우리는 그가 길이라는 사실은 조금도 의심할 필요가 없다. 우리가 그에게 몸을 맡기기에 그는 조금도 부족함이나 약점이 없다. 수학이나 물리를 배우는 학생은 가르치는 교사의 인격에 별로 영향을 받지 않는다. 그러나 도덕을 가르치는 교사가 바람둥이거나 조직폭력배라 문제가 달라진다. 그러나 예수님은 길이시기에 조금도 약점이나, 의심받을 만한 구석이 없는 분이시다. 그는 길이시기에 완벽한 분이시다. 그러므로 무조건 그분에 몸을 맡기면 된다.

내 이름으로 기도 드렸습니다. 아멘
(요 14:7~15, 기도 / 찬 361장)

예수님은 성도가 예수 이름으로 기도하면 모든 것이 이루어진다고 하셨다(13~14절). 그런데 예수님은 지상의 모든 기도가 응답된다고는 하지는 않으셨다. 반드시 예수의 이름으로 드리는 기도만 응답된다. 그러면 예수 아닌 다른 이름으로 기도드리는 성도가 있다는 말씀인가? 그렇다. 성도들 중에 자기 자신의 이름으로 기도하는 자가 있다. 예수님 중심이 아닌 자기중심적인 기도를 하는 자가 바로 그런 성도이다. 예를 들면, 무조건 원수 갚아달라는 기도, 무조건 출세시켜 달라는 기도, 무조건 일확천금을 달라는 기도, 무조건 내 자식만 잘 되게 해달라는 기도가 바로 그런 종류의 기도이다. 이런 기도는 예수님의 이름으로 하는 기도가 아니라 자기 개인의 이름으로 하는 기도이다. 우리는 기도할 때 기도 내용이 예수님의 이름으로 드릴 수 있는 기도 내용인지, 아니면 자기 이름으로 하는 기도 내용인지 잘 판단해야 한다. 우리는 "예수님 이름으로 기도합니다. 아멘"하며 기도를 마쳤다고 해서 예수님의 이름으로 기도드렸다고 생각하면 오산이다. 그것은 기도의 내용이 결정한다.

성령님께 비워드려야 합니다
(요 14:16~17, 성령 / 찬 182장)

예수님은 '보혜사'를 우리에게 주시어서 영원토록 우리와 함께 해 주시겠다고 약속하셨다(16절). 이 '보혜사'는 성령님을 가리킨다. 성령님의 또 다른 이름은 '청함 받은 자'(파라클레토스)이다. 어려운 상황 하에서 도움을 받기 위해서 청함 받은 전문가, 법정에서 억울한 사람을 구하기 위해서 청함 받은 변호사 그가 곧 성령님이시다. 그래서 이 성령님을 청하지 않는 사람은 성령님을 만날 수 없다(17절). 믿는 성도에게 성령님은 분명히 내주하고 계시지만(17절), 자신 역할을 별로 바라지 않는 사람에게는 성령님은 그 사람 안에서 쉬고만 계실 뿐이다. 성령님은 우리가 예수님을 영접할 때 우리 속에 내주하고 계신다. 그리고 성령님의 강력한 활동과 역할을 우리가 간절히 청할 때 그분은 더 우리를 강하게 사로잡으시고 우리의 불완전과 곤고를 잘 처리하여 주신다. 우리는 매일매일 성령님의 능력이 더욱 강하게 임하시기를 바라며 그를 기다리는 시간을 별도로 우리 삶 가운데서 설정해 놓아야 한다. 이 성령님은 인격적이신 분이라 우리가 그의 자리를 비워드리는 것만큼 역사하신다.

하나님은 나에게 달려 있습니다
(요 14:18~24, 하나님의 도구, 성결 / 찬 287장)

예수님은 제자들을 고아처럼 내버려두지 않고 다시 찾으러 오시겠다고 말씀하신 후에 하나님께서 참으로 '사랑하는 자'가 누구인지 말씀하셨다. 하나님은 어떤 자를 사랑하시는가? 계명을 잘 지키는 사람이다(21절). 하나님은 자신의 말씀과 계명에 순종하는 사람을 사랑하신다. 이것을 반대로 말하면 계명을 준행치 않고 그것을 소홀히 여기는 사람에게는 하나님은 내려오시지 않는다. 물론 하나님은 악한 사람과 관계를 맺지 않는 것은 아니다. 하나님 자신의 목적을 이루기 위해서는 악한 사람을 이용하실 수 있다. 그러나 친교는 안하신다. 하나님의 계명은 도덕과 윤리를 바탕으로 한다. 하나님은 도덕적으로 바른 사람과 친교하신다. 하나님께서 손을 뻗치시는 사람은 성결이 바탕이 되어 있는 사람이다. 그동안 하나님께서 나에게 내려오지 않았다면 그것은 전적으로 내 탓이다. 그동안 하나님께서 나에게 나타나지 않았다면 나의 도덕성을 점검해봐야 한다(21절). 그동안 나에게 기적이 안 일어났다면 나에게 거룩이 없었던 것이다. 그분의 사랑을 받느냐 못받느냐 하는 문제는 전적으로 '나'에게 달려있다.

예수님의 전유물인 평안
(요 14:25~31, 평안 / 찬 411장)

예수님께서 성령을 보내주시겠다는 약속(26절)을 하신 후에 제자들을 향해서 "내 평안을 너희에게 주노라"고 말씀하셨다(27절). 이 말의 정확한 뜻은 "나의 것인 평안을 너에게 주노라"이다. 평안은 본래 예수님의 전유물이었는데 그것을 제자들에게 주시겠다고 약속하셨다. 예수님은 죽음을 앞두고 계신 몸이다. 예수님은 자신이 십자가에서 얼마나 비참하게 죽을지 알고 계셨다. 그런데도 그의 마음은 평안으로 가득차 있었다. 예수님은 곧 닥칠 여러 가지 사건과 의문들로 인해서 제자들이 동요할 것을 아셨다. 그래서 예수님은 그 비상시를 대비해서 자신의 전유물인 그 평안을 제자들에게 주시기로 하셨다. 이 평안은 환경을 초월한 평안이다. 세상의 조건이나 환경이 좋아서 얻어지는 평안이 아니라 궁극적인 하늘의 평안이다. 예수님은 자신의 전유물인 그 평안을 오늘날 신실한 자신의 성도에게도 허락하신다. 그래서 성도의 마음에도 예수님의 그 평안이 있다. 성도들이 어떠한 환난이나 재난이 와도 우왕좌왕하지 않고 흔들리지 않고 침착할 수 있는 것은 그분의 평안이 그들 속에 있는 까닭이다.

우리의 몫을 당당히 요구합시다
(요 15:1~10, 기도, 응답 / 찬 369장)

가지가 반드시 포도나무에 붙어 있어야 열매를 많이 맺듯이 인간도 과실을 많이 맺기 위해서 포도나무이신 예수님께 붙어있어야 한다(4~5절). 이와 관련하여 예수님은 "너희가 내 안에 거하고 내 말이 너희 안에 거하면 무엇이든지 원하는 대로 구하라"(7절)고 하셨다. "원하는 대로 구하라"는 말은 "너희 몫을 구하라"는 뜻이다. 만약 우리가 포도나무이신 예수님 안에 거하고 나면 그 다음 단계는 무엇을 할 수 있는가? 몫을 요구할 수 있다. "몫을 구하라 그리하면 이루리라"는 말에서 "이루리라"는 "존재케 되다"의 뜻이다. 즉, 우리가 예수님 안에 거하고 또 예수님의 가르침이 우리 안에 있으면 우리는 우리의 몫을 당당히 요구할 수 있고, 그리고 하나님께서는 그것을 존재케 해주셔야 할 의무가 있으시다. 놀라운 말씀이다. 우리는 우리의 몫을 반드시 받기 위해서는 포도나무이신 예수님께 붙어있어야 한다. 그리고 우리는 그의 말씀에 지배당해야 한다. 우리와 그분과의 이런 상관관계 없이 무조건 우리 몫만 요구하면 우리만 피곤만 할 뿐이다.

왕의 친구
(요 15:11~17, 성도. 하나님의 친구 / 찬 443장)

예수님은 이제부터 제자들을 노예로 부르지 않고 친구로 부르겠다고 하셨다(15절). 사람이 하나님의 노예가 된다 하더라도 그것은 부끄러운 것이 아니다. 모세도, 여호수아도, 다윗도, 바울도 다 하나님의 노예(둘로스)였다. 그들은 자신이 하나님의 노예였던 것을 자랑스럽게 여겼다. 하나님이 우리를 노예로 부려먹어도 그것은 감격스러운 일이다. 그런데 예수님은 이제는 우리가 하나님의 노예가 아니라 그의 친구가 되었다고 하신다. 이 얼마나 놀라운 은혜인가? 그렇다. 우리는 하나님의 친구이다. 우리는 이제부터 멀리 떨어져서 동경하는 마음으로 임금을 바라보는 자가 아니라 그와 속삭이는 친구가 되었다. 우리는 임금이 길을 통과하는 것을 멀리서 바라보는 군중 중 한명이 아니다. 이제 우리는 임금의 친구가 되어서 함께 그 길을 통과하는 자이다. 우리는 매 주일 청중 속에서 하나님께 예배드리기도 하지만, 그 자리가 아닌 다른 곳에서는 그 하나님과 개인적인 담소를 나눌 수 있는 그의 친구가 되었다. 하나님께서 우리를 친구삼은 것은 우리의 삶이 풍성해지도록 하기 위함이다(16절).

우리는 괴상한 자입니까?
(요 15:18~21, 성도, 구별 / 찬 444장)

제자들은 항상 세상으로부터 미움을 받게 되어 있다. 그것은 그들이 이 세상에 속하지 않고 다른 세상(예수)에 속해있기 때문이다(18~19절). 세상은 자기와 다른 색다른 사람을 수상히 여긴다. 세상에서 가장 흔한 물건인 우산을 영국에 소개하기 위해 누군가가 우산을 처음 쓰고 다녔을 때 사람들로부터 돌 세례를 받았다고 한다. 세상은 색다른 행동이나 사고를 하는 사람을 괴상한 사람 혹은 위험인물로 간주한다. 세상은 뭔가 특이한 사람에게 이상한 사람이라는 딱지를 붙인다. 그런데 예수 믿는 성도도 그런 딱지가 붙어있어야 한다. 왜냐하면 성도는 세상과 전혀 다른 신념을 가지고 살아야 하는 존재이기 때문이다. 성서는 항상 흑백논리를 주장한다. '이쪽 아니면 저쪽' 성서의 사람은 항상 세상과 다른 방향에 서 있어야 한다. 성도가 그렇게 행동하는 것은 대단히 용기 있는 일이지만 위험부담도 있다. 그러나 그와 같은 용기를 가지지 않고서는 성도가 될 수 없다. 성도는 세상을 향해 "너는 그쪽에 서라, 나는 이쪽에 선다"고 말하는 자이다. 그래서 성도에게는 '괴상한 자', '위험한 자' 라는 딱지가 붙는다.

성도는 위험 부담이 있습니다
(요 15:22~27, 깨달음, 심판 / 찬 426장)

예수님은 사람에게 신앙의 세계에 대해서 많은 가르침을 주셨다(22절). 예수님이 오시기까지 사람들은 하나님을 알 수 있는 기회를 갖지 못했고, 하나님께서 사람들에게 무엇을 바라는지도 몰랐다. 그래서 책망 받는 일도 없었다. 그러나 우리는 이제 하나님을 알 수 있는 많은 지식을 가졌다. 그러므로 우리는 장차 아무것도 몰랐다고 핑계를 댈 수 없다(22절). 우리는 이제 하나님을 슬프게 하는 것이 무엇인지, 하나님이 사람에게 원하는 것이 무엇인지, 또 우리가 어떻게 해야 구원을 얻는지도 알고 있다. 우리는 이제 많은 영적인 지식을 가지게 되었다. 그러나 그 지식을 가진 만큼 위험부담도 크다. 정상적인 환경에서 자란 아이에게는 용서할 수 없는 일이지만 불우한 환경에서 자란 아이에게는 용서해 줄 수 있는 일이 있다. 우리는 이제 안 만큼 살아야 한다. 우리는 배운 만큼 행해야 한다. 그렇지 않으면 장차 우리의 운명은 더 위험에 처해진다. 성도의 또 다른 명칭은 '위험부담을 안고 사는 자' 이다. 아는 대로 살면 그것보다 더 큰 복이 없지만, 그러지 못한 때는 그것보다 더 큰 위험도 없다.

그 아들을 죽이면서 그 아버지를 사랑하는 자들
(요 16:1~4, 잘못된 충성 / 찬 320장)

예수님은 장차 제자들을 향한 세상의 적의가 매우 단호하고 격렬할 것임을 말씀하셨다. "사람들이 너희를 죽이면서 하나님을 섬기고 있다고 생각할 때가 올 것이다"라고 말씀하셨다(2절). 즉, 장차 그리스도를 증거 하는 자들을 죽이면서 하나님께 봉사하고 있다고 믿는 사람이 있을 것이라는 것이다. 이 말씀은 초대교회 당시에 실제로 이루어졌다. 당시 유대인들은 하나님께 충성하는 길이 예수의 무리들을 처단하는 것이라 믿었다. 그 대표적인 사람이 바울 이전의 사울이었다. 그들은 율법의 영광, 하나님 영광을 외치면서 예수의 증언자들을 죽였다. 오늘날 교회 안에도 이런 일들이 일어날 가능성이 있다. 교회 안에도 하나님께 충성한다는 명목으로 옳은 사람들을 희생시킬 가능성이 있다. 교구 안에도 질서를 세운다는 명목으로, 부흥과 성장을 이룬다는 명목으로 참 일꾼들을 배제할 가능성이 있다. 교회의 질서를 바로 세우는 것은 항상 필요한 일이지만 행여나 그 안에서 사람이 다치지 않도록 늘 주의해야 한다. 사람은 옳은 일을 하면서도 본의 아니게 종종 죄를 짓는 경우가 있다.

성령님이 우리에게 해주시는 일 (1)
(요 16:5~11, 성령 / 찬 190장)

예수님께서 떠난다는 소식에 제자들은 모두 비탄에 빠져 있었다(5~6절). 그러나 예수님은 자신이 제자들을 떠나는 것이 유익하다고 하셨다. 그 이유는 예수님이 떠나야 보혜사 성령님이 오시기 때문이다(7절). 사실 제자들은 예수님이 육신으로 지상에 계실 때는 그와 항상 함께 지낼 수 없었다. 만약에 예수님께서 홀로 다른 지방에라도 가신다면 그들은 그와 떨어져 지내야 한다. 어떤 제자가 친구의 병문안을 다녀와야 할 경우에도 그와 헤어져야 한다. 예수님이 육신으로 지상에 계실 때 제자들은 항상 그와의 교제에서 시간과 장소의 제약을 받았다. 그러나 그가 가시고 난 후 오실 성령님은 시간과 장소의 제약을 받지 않으시며 사람과 함께 할 수 있다. 성령님은 인간의 정신과 마음속에도 들어가실 수 있다. 성령님은 사람들이 어디로 가든지 그와 동행할 수 있다. 이 점에서 볼 때 2000년 전 육신의 예수를 대면했던 제자들보다 지금 성령님과 교제하고 있는 우리가 더 행복하다. 왜냐하면 우리는 예수의 제자들보다 더 폭넓게, 더 깊이 하나님과 교제를 나누고 있는 사람들이기 때문이다.

성령님이 우리에게 해주시는 일 (2)
(요 16:5~11, 성령 / 찬 185장)

성령님은 인간의 죄에 대해서, 의에 대해서, 심판에 대해서 깨닫게 하신다 (8절). "죄에 대해서"란 무엇인가? 예수님을 죽이고도 죄 의식이 없었던 유대인들이 훗날 자기들의 죄를 깨닫게 된 것은 성령님의 역사였다(행 2:37). 사람이 죄를 깨닫게 되는 것은 성령님이 그 마음속에서 역사하셨기 때문이다. "의에 대해서"란 무엇인가? 예수님의 의는 십자가였다. 성령님은 정치범으로 몰려 빌라도에 의해 사형당한 그 예수의 십자가가 인류 구원을 위한 하나님의 사건이었음을 깨닫게 해주셨다. 성령님은 예수님의 그 '의'로우신 행위, 즉 십자가를 지셨던 그 행위가 전 인류에게 생명을 주는 사건이었음을 깨닫게 하셨다. "심판에 대해서"란 무엇인가? 성령님은 모든 인간은 장차 하나님의 심판대 앞에 서야 될 것을 가르쳐주었다. 그러므로 성령님은 사람에게 똑바로 살아야 한다는 의식을 가지게 하였다. 내가 늘 나의 죄를 회개하고, 십자가를 굳게 믿으며, 심판을 의식하여서 항상 바르게 살려고 노력하는 것은 전적으로 성령님의 역사이시다. 즉 내가 예수를 영접한 것이 아니라 성령님께서 영접케 하셨다.

하나님의 계시는 계속되고 있습니다
(요 16:12~14, 성령 / 찬 184장)

예수님은 영적 세계에 관한 모든 정보들을 제자들에게 다 가르치지 않았고(12절) 일부분만 가르쳤다. 그리고 하나님은 그것을 제자들로 하여금 기록으로 남기게 하셨다. 그래서 그 기록된 하나님의 계시의 말씀은 모든 인류에게 하나님을 아는 귀중한 자료가 되었다. 그러면 그 성서를 끝으로 하나님의 계시 활동은 끝이 났는가? 아니다. 다음 세대에 있어서 전수되어야 할 하나님의 계시 활동은 성령님께서 맡으셨다 (13절). 그래서 다음 세대의 사람들, 즉 우리들은 성령님을 통해서 계속해서 하나님의 계시를 받게 되었다. 2000년 전 예수님의 제자들은 늘 그를 대면하며 살았지만 오늘날 성도는 성령님을 대면하고 산다. 이것은 친밀하고 개인적인 대면이다. 성령님은 우리가 무엇을 선택해야 할지, 어떤 길로 가야 할지를 지금도 우리에게 계시하신다. 그 계시는 성령님을 통해서 오늘도 나에게 이어지고 있다. 성령님은 오늘날 나의 삶 속에서 마치 친절한 가정교사처럼 나에게 하나님의 계시를 가르치고 계신다. 그래서 오늘날 나는 예수 당시의 제자들보다 훨씬 깊은 영적 지식을 가지고 있다.

쓴맛 뒤에 반드시 단맛이 옵니다
(요 16:15~24, 부활, 고난, 축복 / 찬 358장)

예수님은 잠시 후 제자들이 예수를 못 보겠지만 또 잠시 후에는 그를 볼 것이라고 하셨다(16, 19절). 잠시 후 못 본다는 말은 아홉 시간 후에 예수님이 십자가에서의 죽으실 것을 두고 하신 말씀이고 잠시 후 보리라는 말씀은 예수님이 죽으셨다가 3일 만에 부활할 것을 두고 하신 말씀이다. 여기서 '잠시'라는 시간은 아홉 시간과 3일의 시간이었다. 제자들은 예수님이 '잠시' 안 보일 때는 애통한다(20절). 그러나 '잠시' 후에는 부활하신 예수님의 모습을 보고 기쁨을 얻는다(22절). 그러므로 앞의 '잠시'라는 시간은 기쁨으로 가기 전 거쳐야 할 필연적인 시간이다. 산모는 반드시 산고의 시간을 가져야 한다. 그래야만 새 생명이 탄생되기 때문이다. 그러므로 앞의 '잠시'라는 시간은 신나며 반가운 시간이다. 왜냐하면 그것은 '잠시' 후에 올 복을 예표하기 때문이다. 빛을 보려면 어두움을 봐야 한다. 고통 없이 기쁨이 공짜로 주어지지 않는다. 영광을 얻고 싶으면 눈물을 흘려야 한다. 하나님은 단맛을 주기 전에 쓴 맛을 주신다. 현재의 어두움은 새 아침을 맞이하기 위해 거쳐야 할 필연적인 타임일 뿐이다.

예수님께서 길을 터주셨습니다
(요 16:25~28, 예수, 길, 은혜 / 찬 86장)

예수님은 그동안 비유, 즉 암시와 상징으로 사람들을 가르쳤다. 그래서 영리한 사람들만 그것을 이해하였다. 그러나 이제부터 사람들에게 비유를 사용하시지 않고 분명하게, 쉽게, 직접적으로 가르치겠다고 하셨다(25절). 그가 분명하게 가르치겠다고 한 내용이 무엇인가? 두 가지이다. 한 가지는 자신이 하나님으로부터 와서 하나님께로 돌아가야 한다는 내용이다(28절). 또 한 가지는 사람들이 직접 하나님께 나아갈 수 있게 된다는 내용이다(26절). 사람은 예수님을 거치지 않고 직접 하나님과 상대할 수 있게 되었다. 이제는 성도가 원하는 바를 예수님이 대신 들고 하나님을 찾아갈 일이 없게 되었다. 성도의 기도를 예수님이 대신 들고 가서 하나님께 아뢸 필요가 없게 되었다. 이제는 성도 스스로가 하나님을 찾아갈 수 있게 되었다. 예수님께서 세상에 오셔서 십자가를 지심으로 이 길을 터 주셨다. 이리하여 하나님께 이르는 길이 나에게 열렸다. 그래서 오늘도 나는 별의 별 문제를 다 들고 하나님을 찾아간다. 예수님은 내가 하나님과 독대할 수 있는 직행 코스의 길을 터주셨다.

용서와 신뢰
(요 16:29~33, 용서, 신뢰 / 찬 285장)

예수님은 제자들이 자기를 버리고 부인하게 될 때가 오리라고 말씀하셨다(32절). 그러나 예수님은 제자들을 변함없이 사랑할 것을 다짐하셨다. "이것을 너희에게 이르는 것은 너희로 내 안에 평안을 누리게 함이라"(33절)고 하셨다. 예수님은 제자들이 자기를 버리게 될 것이지만 그들에게 평안을 주실 것임을 약속하셨다. 예수님은 그러한 그들을 용서하신다는 사실이 놀랍기만 한다. 그러나 더욱 놀라운 것은 그러한 그들을 회복시키시며 신뢰하신다는 사실이다. 예수님은 제자들이 자기에게 처참하리만큼 비열해질 것을 알고 계셨다. 그러나 그렇게 된다 해도 그들에 대한 자신의 사랑은 변함이 없으리라는 것을 미리 예고 하셨다. 사람은 자기에게 죄를 범한 누군가를 용서는 할 수 있다. 그러나 그를 다시는 신뢰하지는 않는다. 심지어 부모도 비열한 자기 자식을 용서는 하지만 믿어주지는 않는다. 그러나 예수님은 사람을 용서하시며 동시에 신뢰하신다. 이 세상 어느 곳을 가 봐도 용서와 신뢰가 이처럼 밀착되어 있는 곳은 없다. 우리는 한 개만 받아도 감사한데 두 개를 다 받았으니 이 얼마나 감사한가.

영생의 참의미를 아십니까?
(요 17:1~5, 영생 / 찬 246장)

하나님은 만민에게 '영생'을 주시기 위해서 예수님을 보내셨다(2절). 예수님은 이 '영생'에 관하여 말씀하시기를 영생은 하나님과 예수 그리스도를 아는 것이라고 하셨다(3절). 여기서 하나님과 예수 그리스도를 '아는 것'이라는 말은 추상적인 지식을 가리키는 말이 아니다. '안다'라는 말은 하나님과 예수 그리스도의 명령에 즐겁게 순종하고 그 사랑을 기쁨으로 받아드리는 것을 의미한다. 이런 자들에게 영생이 주어진다. 그러면 영생의 참 의미는 무엇인가? 영생은 헬라어로 '아이오니오스'(aionios)인데, 이 말의 일차적인 뜻은 '오는 세대의 삶' 혹은 '다음 세대의 삶'을 의미한다. 예수 그리스도를 구세주로 믿고 그의 말씀을 즐겁게 따르며 순종하는 사람에게 영생의 삶이 주어진다. 즉, 지금 이 세대가 지나가고 난 뒤 그 '다음 세대'에서 하나님과 예수님과 더불어 사는 삶을 의미한다. 이 영생의 일차적인 의미는 다음 세대에서 삼위일체 하나님과 함께 사는 삶의 질을 의미하는 것이다. 영생의 일차적인 의미는 삶의 길이가 아니라 삶의 질이다.

예수님께서 '본래 하나님의 것이었던 그들'(6절)을 자신에게 주셨다고 고백하셨다. 여기서 '하나님의 것이었던 그들'은 누구인가? 하나님께서 예수님께 주신 '지금의 그들'(7절)은 누구인가? 지금 현재의 예수님의 제자들을 가리킨다. 그러니까 갈릴리의 열한 명의 시골 사람들은 3년간 예수님을 따라다니라고 보낸 하나님에 의해 예정된 사람들이었고 하나님께서 그들을 그에게 보내셨던 것이다. 그래서 예수님은 하나님께서 주신 '그들'을 충실히 가르치셨으며(8절) 또 그들을 위해 중보기도하신다고 말씀하셨다(9절). 이 말씀은 오늘 나에게도 해당된다. 오늘 내가 하나님의 일을 충실히 이행하는 제자로 살고 있다면 '나' 역시도 하나님이 미리 예정하여 예수님께 보낸 '그들 중 한 명'이다. 나는 누구인가? 나는 하나님이 보낸 자이며 예수님께서 나를 위해 중보기도하도록 되어있는 자이다(9절). 예수님은 나를 위해 중보기도 안 하면 안 되도록 하나님과 계약을 맺으셨다. 나 같이 못난 사람이 지금까지 이렇게 잘 살고 있다면, 그것은 전적으로 예수님이 중보기도하며 고생하신 까닭이다.

예수님은 "내 것은 다 아버지의 것이요 아버지의 것은 다 내 것이다"(10절)라고 말씀하시며 자신의 제자들에 대한 각별한 애정을 나타내셨다. 그리고 예수님은 그 제자들을 향해서 중보기도하셨다. 그 기도의 내용은 이렇다. 예수님은 자신은 곧 떠나지만 여전히 세상에 남아서 많은 일을 감당해야 할 제자들을 보호해달라는 것이었다(11절). 그리고 이 땅에서 사역을 감당해야 할 제자들이 자신과 하나님이 하나이듯이 그들도 서로 하나 되게 해 달라는 것이었다(11절). 또 제자들이 세상의 악한 자들의 공격에서 보호받고 멸망당하지 않게 해달라는 것이었다(12절). 그리고 제자들의 삶에 항상 기쁨이 넘치고(13절) 그들이 악한 세상과 구별되며(14절) 악에 빠지지 않고(15절) 거룩하고 성결된 삶을 살게 해달라는 것이었다(19절). 예수님은 지금도 동일한 기도제목으로 나를 위하여 중보기도 하신다. 예수님은 내가 악으로부터 보호받기를 원하시고, 내가 이웃과 사랑하고 화목하기를 원하시고 내 마음에 항상 기쁨과 평화가 넘치기를 원하시고, 그리고 내가 더 깨끗하고 성결된 삶을 살기를 원하신다.

교회를 위한 예수님의 중보기도
(요 17:20~23, 주기도, 교회 일치 / 찬 208장)

예수님은 '이 사람들'(20절), 즉 자신의 제자들만 위해서 기도하신 것이 아니라 제자들을 통해서 복음이 전해질 때 그 복음을 받아드릴 미래의 성도들을 위해서 기도하셨다(20절). 즉, 미래의 세계교회를 위해 기도하셨다. 예수님의 기도는 팔레스틴에서 멀리 떨어져 있는 유럽, 아프리카, 아시아, 미국, 한국 교회를 위한 기도였다. 기도제목은 미래의 세계교회들의 하나 됨이었다(21절). 예수님은 교회 간에 경쟁보다 서로 협력하는 공동체가 되기를 원하신다. 그러나 이 예수님의 소원은 지금 어떻게 되었는가? 오늘날 교회는 여러 교파, 여러 교단들로 나뉘어져 있다. 세계 기독교역사를 보면 교회가 분열하지 않았던 때가 없었다. 자기 조직만 사랑하고, 자기 교리만 옳다하고, 자기 교회 운영 방식만 최상이라 함으로 교회는 항상 분열과 갈등의 길을 걸었다. 예수님의 기도는 아직 응답되지 않았다. 이제 그를 구주로 믿고 그의 명령을 준행하는 우리들이 예수님의 소망을 이루어드려야 한다. 그래서 교회 일치 운동, 즉 에큐메니칼운동은 이 시대에 가장 중요한 기독교의 과제이다. 오늘 내가 출석하는 교회에서 서로 용납하고 포용하는 작은 실천에서부터 세계교회의 에큐메니칼은 시작되게 된다.

예수님의 종합선물세트
(요 17:24~26, 내세 / 찬 235장)

예수님의 소원 중 하나는 믿는 성도들을 장차 자신이 있는 곳에 함께 있게 하는 것이다(24절). 예수님은 장차 완성될 하나님 나라에 자기 백성들을 입장시키고, 함께 사는 소망을 가지고 계신다. 뿐만 아니라 자신에게 부과된 영광을 자기 백성들에게 나누어주실 소망도 가지고 계신다(24절). 그리고 예수님은 자기 백성들이 그런 영광을 누릴 수 있는 자격을 가지도록 '믿음' 까지 수여하신다(26절). 예수님은 '믿음'과 '천국'과 '영광' 세 가지가 담긴 '종합선물세트'를 자기 백성들을 위해 준비하고 계신다. 그러면 예수님께서 자기 백성들에게 주시고자 하는 그 '영광'(24절)은 무엇일까? 하나님의 모습을 직접 뵈올 수 있는 영광 아니겠는가? 지금은 거울을 통해서 보는 것처럼 희미하게 하나님에 관하여 알지만 그날에는 전능하신 하나님과 그에 관한 모든 비밀을 통달하게 된다. 이런 영광뿐 아니라 우리는 그 나라에서 장차 예수님과 함께 영원히 왕 노릇하게 된다(딤후 2:11~12). 오늘 우리가 교회에서 이렇게 헌신하고 땀 흘리고 애쓰는 이유는 그 종합선물세트 때문이 아닌가?

예수님이 잡히실 때 하신 일
(요 18:1~11, 은혜, 보호 / 찬 295장)

예수님을 잡기 위해 가룟 유다와 군대와 종교지도자들이 '무기'를 들고 왔다(3절). 그들은 예수님을 잡을 때 무기가 필요할 것이라고 생각했다. 만일 예수가 저항하기로 마음먹는다면 무슨 일이 일어날지 짐작했기 때문이다. 그러나 예수님은 그들을 다치게 하지 않았다. 심지어 당시 베드로가 대제사장의 종 '말고'의 귀를 칼로 내리쳤을 때 오히려 베드로를 꾸짖고(10~11절) 그를 치료해 주었다(눅 22:51). 또 예수님은 대적자들에게 자신을 빨리 체포하라고 친히 자신의 이름을 일러준 뒤 "제자들이 가는 것은 허락해 달라고"(8절) 하셨다. 즉, 제자들의 신변의 안전을 부탁하셨다. 대적자들이 자기 제자들까지 체포하려 한다는 사실을 아셨기 때문이다. 예수님은 최악의 상황 속에서도 비겁한 제자들 뿐 아니라 원수들에게까지 은혜를 베푸셨다. 그렇다면 예수님은 자신의 가족인 오늘날 우리들에게는 얼마나 큰 은혜를 베푸실까? 지금도 하나님 우편에서 우리를 위해 간구하시는 예수님이 우리를 그 나라에 도착할 때까지 흠 없이 보존해 주시리라는 것을 이보다 더 확실히 보여주는 본문이 있을까?

그들이 예수님을 묶었다고요? 천만에
(요 18:12~14, 구원, 십자가 / 찬 151장)

예수님의 대적들은 예수님을 묶어서 대제사장 가야바의 사위인 안나스에게 끌고 갔다(13절). 안나스는 장인의 권력을 힘입어서 당시 유대 종교계의 최고의 실력자로 있었다. 장인 가야바는 예수에 대한 처형이 유대 종교 체제를 유지하는데 필수적인 사항이라고 늘 주장하였던 사람이다(14절). 이제 그들은 그 목표 달성을 눈앞에 두고 예수님을 단단히 묶었다. 여기 예수님을 묶는데 동원된 사람들은 누구인가? 군대와 천부장과 유대종교계의 하속인들이었다(12절). 모든 이들이 총동원해서 한 사람 예수를 묶었다. 분명히 저들은 자기들이 예수를 묶었다고 생각했을 것이다. 저들은 자기들이 무력으로 예수를 체포하는데 성공했다고 생각했을 것이다. 그러나 진정으로 예수님을 묶었던 것은 누구일까? 예수님을 묶은 것은 예수님 자신이셨다. 사람들이 예수님을 묶었던 것이 아니라 인류에 대한 하나님의 사랑이 예수를 묶게 만들었다. 예수님을 묶었던 것은 그들의 밧줄이 아니라 하나님의 사랑의 끈이었다. 2000년 전 하나님의 아들 예수를 묶은 것은 오늘의 '나'였다.

누가 베드로에게 돌을 던질 수 있는가?
(요 18:15~18, 25~27, 용기, 가능성 / 찬 397장)

베드로는 세 번이나 스승을 부인했다(25~27절). 비겁한 행동이었다. 그러면 베드로가 정말 그렇게 몹쓸 사람일까? 베드로는 잡혀가는 스승을 홀로 둘 수 없어서 대제사장의 뜰 안까지 스승을 쫓아갔다(15절). 그는 스승을 지킨답시고 동산에서 칼을 휘둘렀다. 얼마 전 다락방에서 스승께 충성을 맹세한 사람도 베드로였다. 베드로는 용감한 사나이였다. 반면 다른 제자들은 스승을 저버렸다. 그들에게는 스승을 부인할 기회조차도 없었다. 왜냐하면 그들은 이미 스승을 지킬 각오조차도 하고 있지 않았기 때문이다. 그러나 베드로는 용감하게 예수님이 고난당하는 현장에 있었다. 그가 실패한 것은 비겁했기 때문이 아니라 용감했기 때문이었다. 그는 가능성이 더 많은 사람이었다. 부활하신 예수님이 훗날 베드로에게 더 많은 애정을 쏟으신 것은 이러한 그의 가능성을 아셨기 때문이다. 예수님이 오늘날 우리를 사랑하시는 까닭은 우리의 현 상황 때문이 아니라 우리의 가능성을 보시기 때문이다. 이 세상에는 베드로에게 돌을 던질 만한 사람이 없다. 이 세상에 베드로만큼 용기 있는 인물도 없다.

이권에 따라 너무 움직이지 맙시다
(요 18:19~24, 이기심 / 찬 415장)

대제사장이 예수님께 당신의 교훈이 무엇인가 하고 물었다(19절). 예수님은 자신이 공식적으로 회당과 성전에서 늘 백성들을 가르쳤기 때문에(20절) 그들에게 물어보라고 답했다(21절). 예수님은 3년간 공생애 기간 동안 수많은 설교와 이적과 표적을 행하셨는데 유대교 지도자들이 그것을 모를 리 없었다. 그럼에도 그들은 예수님을 죽이려 하였다. 유대교 지도자들은 예수님이 하나님의 아들임을 알고 있었다. 그들은 예수님에 대해 치밀한 조사를 했고 많은 정보를 가지고 있었다. 그들은 예수의 신성을 믿고 있었다. 그럼에도 끝까지 예수님을 죽이는 자리까지 몰고 간다(24절). 왜냐하면 예수를 살려두면 자기들의 정통 유대교 체제를 뒤집어엎을 것이 분명하기 때문이다. 예수님이 옳다는 사실을 알았지만 자기들 이해관계에 맞지 않았다. 예수님이 하나님의 아들이라는 사실을 알았지만 자기들에게 손해를 끼칠 것임을 알았다. 우리에게는 이런 속성이 없는가? 신앙의 법칙보다, 성서의 법칙보다 자신의 이해관계에 따라 사람을 세우고 추천하고 밀어주는 속성은 없는가?

중립 노선은 없다
(요 18:28~32, 결단, 선택 / 찬 350장)

빌라도 총독은 "예수가 도대체 무슨 죄를 지었는고?" 대제사장에게 물었다 (29절). 빌라도의 눈에는 이 사건은 유대인들끼리의 종교논쟁에 불과해 보였다. 그는 예수님께 사형에 해당하는 혐의가 없음을 알았다. 그는 예수를 사형시킬 이유가 없으니 데려 가라고 하였다 (31절). 빌라도는 예수님을 믿지 않았지만 죽이고 싶지도 않았다. 그는 예수에 관해서 중립에 서기를 원했다. 그러나 그것은 유대교 지도자들의 극성 앞에 곧 허물어지고 만다. 이 세상에 예수님에 관해 중립 상태란 없다. 예수님을 믿는 자로 살든지 안 믿는 자로 살던지 둘 중 하나이지 그 중간은 없다. 성도도 마찬가지이다. 우리가 오늘 하루를 살 때 예수님을 위하는 자로 살든, 아니면 그를 반대하는 자로 살든 둘 중 하나이지 그 중간은 없다. 우리가 어떤 날은 예수님의 편에 서기도 하고 어떤 날은 그 반대편에 서기도 하지 그 중간은 없다. 예수님 편에 서서 적극적으로 그 나라를 위하여 살지 않으면 묵시적으로 그는 악의 세력 확장을 도운 것이다. 적극적으로 예수님 편에 서지 못하면 그것은 사탄의 편에서 선 것이 된다. 그 중간은 없다.

예수님은 진리의 왕국의 왕이시다
(요 18:33~38, 천국시민 / 찬 240장)

빌라도는 예수님께 "네가 무엇을 하였느냐"(35절)고 물었다. 지금까지 무엇을 하였기에 이 법정까지 서게 되었느냐고 물은 것이다. 이때 예수님은 엉뚱한 대답을 하셨다. '내 나라는 이 세상에 속한 나라가 아니다'(36절) 빌라도는 무슨 일을 하다가 왔느냐고 물었는데 예수님은 자신의 나라 이야기를 하였다. 36절에서는 '나의' 라는 인칭대명사가 세 번이나 강조되어 있다. 세계 최강 로마의 대표자격으로 서 있는 빌라도 앞에서 예수님은 '자기 왕국' 이야기를 하고 있다. 그리고 자신은 '그 왕국의 왕' 이라고 하셨다(37절). 예수님 진리의 왕으로서 진리를 증언하시다가 마침내 그 법정에 서셨다. 우리도 언젠가 하나님의 법정에 설 때 반드시 질문을 받을 것이다. "네가 무엇을 하다가 왔느냐?" 이때 우리도 예수님처럼 분명히 대답할 수 있어야 한다. "저는 진리를 위해 살다가 왔습니다." 진리는 복음을 가리킨다. 복음을 믿고 복음을 위하여 수고하다 생을 마친 사람들은 그 진리의 왕국 시민이 된다. 교회는 다녀도 진리를 믿지 않고 그것을 추구하지도 않는 사람은 그의 왕국과는 상관이 없다.

예수님이 석방되면 큰일입니다
(요 18:39~40, 하나님의 계획, 섭리 / 찬 86장)

빌라도는 예수님께 진리에 관해서 물었다(38절). 본문에는 없지만 아마 예수님은 그 부분에 관해 그에게 자세히 설명을 했을 것이다. 그리고 빌라도는 밖으로 나가서 판결을 기다리는 군중들에게 예수님께 아무 혐의점도 발견하지 못하였노라고 선포하였다(39절). 이 말은 로마의 심판관으로서 예수님을 석방해주겠다는 선언이었다. 즉, 무죄라는 것이다. 하지만 군중들은 그에 대해 대비를 하고 있었다. 매년 이맘때가 되면 죄수하나를 풀어주는 관례를 알고 있는 군중들은 예수가 아니라 바라바에게 무죄 판결을 내려달라고 외쳤다. 빌라도가 예수님을 놓아줄 의향을 비취었을 때 다급해진 것은 군중들이 아니라 사실 하나님이었다. 예수님이 석방되면 큰일이었다. 예수님이 풀려나서 자유로워지면 그것은 하나님의 계획에 어긋나는 일이었다. 예수님은 반드시 죽어야 했다. 예수님은 반드시 로마의 사형집행 방법인 십자가 위에서 죽어야만 했다. 그래서 하나님은 군중들의 야비함과 이기심을 준비해 놓으셨다. '나' 한 사람을 향하신 하나님의 극진한 사랑이 그때 예수를 십자가에 처형하라고 외쳤던 것이다.

증오는 하나님도 이깁니다
(요 19:1~16, 증오심 / 찬 416장)

빌라도가 예수님의 무죄를 선포하고도 그를 관정으로 끌고가서 채찍질하였다(1절). 빌라도가 지금 무슨 짓을 하고 있는 걸까? 멍이 들고 피를 흘리시는 예수님의 모습이 군중들에게 연민의 정을 느끼게 할지도 모른다고 기대했기 때문이다. 그러나 소용이 없었다. 빌라도는 재차 예수님께 혐의점이 없다고 강조했다(4절). 소요가 일어났고 빌라도는 한 번 더 무혐의를 주장하였다(6절.) 극도의 증오에 휩싸인 군중들은 그가 예수를 놓아주면 로마의 황제 가이사를 반역하는 것이라고 엄포를 놓았다(12절). 마침내 그들은 가장 놀라운 말을 한다. "가이사 이외에는 우리에게 왕이 없나이다"(15절) 유대인들에게는 하나님 한분 외에는 다른 신이란 존재하지 않았다. 증오는 그들로 하여금 하나님마저도 잊게 만들었다. 증오는 그들의 모든 균형감각을 상실하게 만들었다. 증오는 그들의 원리도 원칙도 잊어버리게 만들었다. 증오는 이처럼 무서운 것이다. 우리는 증오를 마음에 받아드리면 안 된다. 우리가 누군가를 증오하면 곧 우리는 그 광기의 포로가 되어 하나님도, 교회도, 예절도, 어른도 잊어버린다.

빌라도의 두 얼굴
(요 19:17~22, 인간의 이중성, 비겁 /394장)

예수님이 마침내 십자가에 달리셨다. 빌라도는 그 십자가 위에 3개 국어(히브리어, 로마어, 헬라어)로 기록된 '유대인의 왕'이라는 죄 패를 써서 붙였다(20절). 이 글자가 마음에 들지 않았던 대제사장이 '자칭'이라는 말을 첨가해서 '자칭 유대인의 왕'으로 바꾸어 주길 요구했다(21절). 이에 대하여 빌라도는 "내가 쓸 것을 썼노라"(22절)며 그의 부탁을 묵살했다. 여기서 우리는 완강한 빌라도를 볼 수 있다. 유대인들의 요구에 조금도 귀 기울이지 않는 강인한 빌라도가 여기 있다. 바로 얼마 전까지도 예수님을 석방하려며 군중들의 요구 앞에서 꼬리를 내렸던 그 빌라도가 맞는지 의심스럽다. 빌라도는 두 얼굴의 사람이었다. 별로 중요하지 않는 문제 대해서는 지나치게 완강하고, 가장 중요한 문제에 대해서는 너무 나약한 모습이었다. 교회 일을 할 때 우리에게도 종종 이러한 경향성이 나타난다. 우리는 사소한 일에 대해서는 한 치의 양보도 하지 않고 굳게 맞선다. 그러나 반드시 지켜야 할 철칙 앞에서는 비겁하게 타협을 하고야 마는 경향이 있다. 우리는 어느 면에서나 항상 용감해야 한다.

예수님도 거셨습니다
(요 19:23~27, 헌신, 충성 / 찬 333장)

십자가 밑에 있는 군인들이 예수님의 옷을 차지하기 위해 도박판을 벌리고 있다(24절). 사람이 저토록 고통 받으며 절규하며 죽어가고 있는데도 저렇게 태연하게 도박에 열중할 수 있는가? 군인들은 도박꾼들이었다. 어떠한 의미로는 예수님도 그러하였다. 군인들은 '자칭 유대인의 왕'의 옷을 장난삼아 조롱삼아 취하기 위해서 그들은 걸었다. 그러나 예수님은 하나님에 대한 충성을 다하기 위해 자신의 인생 모든 것을 걸었다. 이런 점에서는 약간의 공통점은 있다. 군인들은 십자가 밑에서 주사위를 던졌지만, 예수님은 십자가 위에서 자기의 생애를 던졌다. 예수님은 십자가에서 모든 것을 걸었다. 십자가는 인간을 향한 하나님의 최종적인 호소였다. 십자가는 인간을 향한 하나님의 최대의 호소였다. 그들은 십자가 밑에서 옷을 위해 걸었고, 예수님은 십자가 위에서 전 인류의 생명을 위해 자기 자신을 걸었다. 어떤 의미로는 예수님을 믿는 우리 모두도 도박꾼이다. 왜냐하면 성도는 모두가 예수님을 위하여 죽든지 살든지 자기 인생을 한번 걸어보아야 하기 때문이다.

예수님은 '모든 일이 이룬 줄 아시고 … 내가 목마르다'(28절)고 하셨다. 무엇을 아셨을까? 인류 구원을 위한 하나님의 뜻이 이루어 진 줄 아시고 비로소 갈증을 호소하셨다. 예수님은 모든 일이 이룬 줄 아시기 전까지는 목마르다 하지 않았다. 숨 막히는 재판 과정을 겪으시고 십자가에 못 박히시고, 많은 피를 쏟으실 때도 육체적인 고통을 호소하지 않으셨다. 그러나 이제 이 모든 일을 이루신 후 비로소 육체적인 고통을 표현하셨다. 처음 십자가를 지고 걸으실 때 여인들이 건네준 몰약을 예수님은 받지 않으셨다. 예수님은 그 뜻이 성취되기 전까지는 육체적인 고통을 없애줄 어떤 것도 받지 않으셨다. 그러나 이제는 누군가가 전해준 신 포도주를 마셨다(30절). 이 예수님과 우리는 많은 대조를 이룬다. 우리는 교회에서 봉사와 헌신을 하면서도 많은 구실과 핑계를 댄다. 집안 일 핑계, 자식 핑계, 건강 핑계를 대면서 거기서 벗어나고 싶어 한다. 우리는 예수님의 그 집념을 배워야 한다. 하나님의 뜻을 성취하시기 전까지는 아무것도 자신에 관해서 관심이 없으셨던 그 집중력을 조금이나마 배워야 한다.

곧 해가지면 안식일이 되는데 유대인들은 이 날에 예수의 시체를 매달아 둘 수 없었다. 그래서 아직 살아있을 가능성이 있는 예수의 생명을 빨리 제거해서 십자가에서 끌어 내려달라고 빌라도에게 요구했다(31절). 그런데 예수님은 이미 죽은 상태였고, 그럴 리 없다고 판단한 군인들은 그 옆구리를 창으로 찔러 보았다(33~34절). 물과 피가 쏟아져 나왔다. 자기들의 조그만 종교적 규례를 지키기 위해서 사람의 생명을 저렇게 헌신짝처럼 여기는 유대교라는 종교는 참으로 야만스럽기까지 하다. 십자가에서 죽어가는 사람을 창으로 다시 찌르는 행위는 인간 최후의 야만적인 행동이었다. 그 야만스러운 창이 예수님의 옆구리를 파고 들어갔고 그 창은 예수님의 피로 범벅되었다. 그 군인들의 잔인한 창에도 보혈이 묻었다. '창에 묻은 예수님의 피!' 는 참으로 가슴 뭉클한 상징이 아닐 수 없다. 예수님은 자기에게 최고의 모욕을 주는 자에게도 보혈을 주셨다. 그 창끝의 피는 오늘 나를 향한 하나님의 무한하신 자비를 상징한다. 창끝의 피는 용서받지 못할 그 어떠한 지상의 죄도 없다는 사실을 보여준다.

사람은 아무도 모른다
(요 19:38~42, 인간의 내면, 겉모습 / 찬 354장)

예수님이 죽은 후 아리마데 사람 요셉이 예수님의 시체를 모셨다(38절). 니고데모는 그 예수님의 시신에 몰약과 침향 섞은 것을 바르고, 세마포로 잘 싼 뒤 정성껏 장례를 치렀다(40절). 이 두 사람들은 유대교 최고 지위 인 산헤드린 회원이었다. 그러면서도 아리마대 요셉은 예수님의 제자였고(38절) 니고데모도 예수님을 따르던 자였다(39절). 그들은 분명히 예수님을 비밀리에 믿는 자들 이었다. 왜냐하면 예수님은 당시 산헤드린의 공공의 적이었기 때문이다. 그들은 숨어서, 조용히 예수를 믿던 자들이었다. 그러나 그들은 주위의 시선을 아랑곳 하지 않고 예수님의 시체를 보살폈다. 그들은 큰소리치던 베드로와 제자들이 도망쳤을 때 예수님의 시체를 사랑으로 장사지냈다. 가장 어두웠던 순간에 조용히 믿었던 그들이 큰 용기를 내었다. 사람의 신앙이란 겉모습으로 판단할 수 없다. 외형적인 모습으로는 누가 끝까지 예수님 곁에 남아 있을지 모른다. 이 두 사람의 모습을 감안할 때, 평상시에 겸손히, 조용히, 묵묵히 예수님을 따르는 자들이 잘 믿는다고 떠들고 날 뛰는 자들보다 더 나을 가능성이 많다.

세마포와 수건의 의미
(요 20:1~10, 부활 / 찬 170장)

예수님은 안식 후 첫날 부활하셨다. 마리아는 그날에 예수님의 무덤가의 돌이 치워진 것을 보았다(1절). 요한 (다른 제자)은 빈 무덤 안에서 세마포를 보았다(5절). 베드로도 세마포와 수건을 보았다(5절). '보았다'라는 동사는 예수님의 부활 사건이 시각적으로 확인할 수 있는 역사적 사실임을 보여준다. 세마포와 수건은 예수님을 '쌌던 대로' (7절), 즉 그 형태로 놓여있었다. 세마포가 잘 개켜져 있었다는 것은 서두르지 않고 정돈했다는 것을 보여준다. 예수님의 머리에 둘러져 있었던 수건도 마찬가지로 잘 정돈되어 있었다. 그 무덤 안에는 아무도 손 댄 자국이 없었다. 예수님은 부활하셔서 고스란히 세마포와 수건을 빠져 나가셨다. 예수님은 거기 계시지 않았다. 이러한 정황들은 역사적으로 예수님의 시신을 누가 훔쳐 갔을 것이라는 설이 전혀 근거가 없음을 보여준다. 도둑이 황급히 도둑질하고 어떻게 세마포와 수건을 정성스럽게 정돈할 수 있겠는가? 예수님은 부활하셨다. 예수님의 부활의 역사적 사실을 잘 정돈된 세마포와 수건보다 더 잘 보여주는 증거는 없다.

예수는 항상 '나의 주'
(요 20:11~18, 진실, 순종 / 찬 446장)

빈 무덤 앞에서 흐느껴 울던 마리아는 몸을 구부려 안을 들여다보았을 때 (11절) 두 천사 중 하나는 예수님의 시체가 놓였던 머리맡에, 하나는 발치에 앉아 있는 것을 보았다(12절). 천사가 어찌하여 우느냐는 질문에 "사람이 내 주를 가져다가 어디 두었는지 내가 알지 못하나이다"(13절)고 대답했다. 마리아는 예수님을 가리켜서 '주' 라고 하였다. 그녀의 마음에 예수님은 이미 죽었지만 여전히 그녀에게는 '주' 이셨다. 예수님은 과거에 그녀 속에 들어온 귀신들을 쫓아내 주셨고, 여러 해 동안 그녀 곁에 계셨으며, 그리고 사랑과 가르침으로 그녀를 사로잡았다. 그 세월동안 예수님은 진실로 그녀의 주님이셨다. 그러나 이제는 주님은 죽으셨다. 게다가 시신을 잃어버렸다. 그렇지만 그녀는 여전히 '내 주' 라고 말하고 있다. 그녀는 죽을 때까지, 그리고 죽음을 넘어서도, 진실했다. 나는 항상 어디서나 이 여인처럼 한결같이 진실할 수 있을까? 예수님은 좋을 때만 '나의 주' 가 되지만, 나의 상황이 악화되기 시작하면 나의 마음속에 저주의 신, 무표정한 신, 무감각한 신, 냉담한 신이 되어있지 않은가?

기쁘다면 나가야 합니다
(요 20:19~23, 제자, 십자가의 길 / 찬 463장)

부활하신 예수님에 대해서 아직도 믿지 못하던 제자들은 조그만 인기척에도 군인들이 자기들을 잡으러 온 것이 아닐까 두려워했다(19절). 그때 부활하신 예수님께서 그 현장에 나타나서 제자들에게 두 번의 인사말을 건네셨다. 첫 번째는 "너희에게 평강이 있을 지어다"(19절)는 의례적인 인사였다. 그리고 예수님은 자신의 손과 옆구리를 보여주자 그들은 비로소 기뻐했고 평안하였다(20절). 그리고 두 번째 "너희에게 평강이 있을 지어다. 아버지께서 나를 보내신 것 같이 나도 너희를 보내노라"(21절)고 하셨다. 첫 인사는 두려워 떨고 있는 그들을 달래주는 말이지만 그 다음 인사는 그들에게 책임을 부여하기 위함이었다. "이제 내가 너희를 세상 가운데 보낸다." 마음에 기쁨과 평안을 경험한 그들에게 십자가의 길을 가도록 불렀다. 모든 성도는 예수 믿고 자기 영혼이 기쁘고 평안한 것에서 만족하면 안 된다. 그 후로는 나가서 예수님께서 당신의 죄 용서를 위해 죽으셨다고 선포해야 한다(23절). 교회는 부활의 기쁨을 맛본 사람들이 모여서 세상을 향해 죄 용서를 선포하는 곳이다.

도마는 위대한 신학자였다
(요 20:24~29, 신앙고백, 기독론 / 찬 96장)

도마는 부활을 목격한 제자들의 말을 믿지 못했다(25절). 그리고 8일이 지났을 때 부활하신 예수님은 도마에게 나타나서 자신의 손바닥과 옆구리를 보여주셨다(26~27절). 여기서 도마는 "당신은 나의 주님이시며 나의 하나님이시니이다"(28절)라는 위대한 신앙고백을 한다. 이 말은 최초로 예수님을 하나님으로 불렀던 위대한 신앙고백이다. 베드로도 '주는 살아계신 하나님아들입니다'(마 16:16)라고 고백하였다. 마르다도 '주는 하나님의 아들이신 줄을 내가 믿나이다'(요 11:27)라고 고백하였다. 이 두 사람의 신앙고백의 공통분모는 둘 다 예수님을 하나님의 아들로 고백했다는 것이다. 그런데 도마는 예수님을 '하나님의 아들'이라고 하지 않고 '나의 하나님'이라고 하였다. 예수님은 도마의 신앙고백을 듣고 틀렸다고 하시거나 정정해주지 않았다. 우리는 예수님을 하나님의 아들이라고 부르면서 은연중에 예수님을 성부 하나님보다 아래인 종속적인 개념으로 생각하는 경향이 있다. 아니다. 예수님은 본래부터 선재하신 하나님이셨다. 이것을 바르게 정립하는 것은 신앙생활에 있어서 가장 필수적인 것이다.

요한복음의 기록 목적
(요 20:30~31, 21:25, 성서, 신앙, 지식 / 찬 198장)

요한은 예수님의 생애를 기록할 때 더 많은 정보를 요한복음서에 기록하지 않았다고 한다(30절). 왜냐하면 요한복음의 기록목적은 이 글을 읽는 독자들에게 예수님에 관한 객관적인 정보전달이 아니라 그들이 믿고 구원을 얻는데 있었다(30절). 만약에 우리가 예수님에 관한 책을 썼다면 이분이 얼마나 근사한 분이며, 키는 어느 정도이고, 눈의 색깔 어떠했는지까지 기록했을 것이다. 또 사람들이 궁금하게 생각하는 공생애를 시작하기 전 그의 어린 시절의 모습, 그의 형제들과의 관계, 혹은 아버지 요셉을 도운 목수 일에 대해서 기록했을 것이다. 그러나 요한은 그런 것에 관심이 없었다. 요한의 기록 목적은 독자들에게 예수님을 하나님의 아들로 믿게 하고 영생에 들어가게 하는데 있었다. 그러므로 우리는 요한복음을 예수님에 관한 객관적인 지식 습득의 자료로 이용해서는 안 된다. 오히려 이 글을 읽는 동안에 믿음이 생기기를 소원해야 한다. 만약에 이 글을 다 읽고도 믿음이 생기지 않는다면 그것은 참으로 비극이다.

전문가이신 예수님
(요 21:1~14, 예지, 기도, 신뢰 / 찬 293장)

예수님 부활 후 제자들은 자신들이 가장 잘 하는 일, 고기잡이를 하면서 시간을 보내고 있었지만, 고기는 거의 잡지 못했다(3절). 이때 예수님께서 나타나서 "고기가 좀 있느냐?"고 물으셨다(5절). 그리고 "그물을 오른편에 던지라"고 명하였다. 배는 곧 만선이 되었다(6절). 예수님은 그들에게 일의 성과에 대해서 물으신 후 그물을 오른 편으로 던지라 명했다. 왜 하필 오른쪽인가? 예수님께서 그렇게 말씀하셨으니까 오른편이었다. 만일 왼편에 던지라 했어도 그렇게 했을 것이다. 예수님은 우리가 스스로 자신 있게 일을 해 나갈 때 물으신다. '많이 잡았느냐?' '성공했느냐? 만족하느냐?' 이 질문을 통해서 우리는 실패를 깨닫고 그를 의지하는 법을 배우게 된다. 우리는 우리 일을 잘 안다고 생각하지만 예수님께서 우리 일을 더 잘 알고 계신다. 만일 예수님이 내 일을 더 잘 아신다고 확신한다면 우리는 먼저 우리의 불순종을 회개해야 한다. 그리고 일을 착수하기 전 그에게 일일이 물어야 한다. 그러면 예수님은 우리의 일의 과정 속에서 순간순간 '오른편으로 던져라' '왼쪽으로 가라' 지시할 것이다.

함께 여행을 갑시다
(요 21:15~24, 십자가의 길 / 찬 454장)

예수님은 베드로에게 세 번이나 자신을 사랑하느냐고 물으셨다. '네가 나를 사랑하느냐?' (15~17절) 세 번의 질문에 꼬박꼬박 대답하는 베드로를 향하여 예수님은 그의 미래가 어떻게 될지를 암시하셨다. 미래에 베드로는 누군가에 포박당해서 자기가 원하지 않는 곳으로 끌려가게 된다고 하셨다(18절). 이것은 순교를 암시한다. 이어서 예수님은 그에게 "나를 따르라"(22절)고 말씀하셨다. 이 말을 좀 더 정확히 번역하면 "나와 함께 여행하자"는 말이다. "나와 함께 여행하여 십자가로 향한 삶을 살아가자"는 것이었다. 베드로는 훗날에 그 말씀대로 십자가에서 순교한다. 그는 예수님이 걸어가신 그 십자가의 길을 그대로 따라갔다. 예수님을 따르는 것은 그와 함께 여행하는 것이다. 그가 가본 길을 따라가는 것이다. 그가 걸어가신 골고다의 길, 그가 걸으셨던 그 풍랑 위, 그가 받았던 찬송과 배신의 길을 따라 가는 것이다. 예수님과의 여행은 반드시 낭만적이고 아름다운 추억만 있는 것이 아니다. 거기에는 사망의 음침한 추억도 있다. 예수 믿는 것은 그의 손을 잡고 그가 가신 그 길로 여행하는 것이다.

사복음서 단락별 설교 핸드북

초판 1쇄 발행일 2009년 10월 30일

저 자 | 박유신
발행처 | 베드로서원
발행인 | 한순진
대 표 | 한영진

등록번호 : 제318-2005-000043호 · 등록일자 : 1988. 6. 3

서울시 영등포구 양평동4가 281 삼부르네상스한강 1307호
Tel. 02)333-7316, Fax. 333-7317
www.petershouse.co.kr
E-mail : petersbooks@hotmail.com

베드로서원은 기독교문화 창달을 위해 좋은 책 만들기에 힘쓰고 있습니다.
*파본 및 잘못된 책은 바꾸어 드립니다.

ISBN 978-89-7419-275-4

값 12,000원

미주사역

PETER'S HOUSE(원장:한순진)
2150 Cheyenne Way #178, Fullerton, CA 92833
Cell. (714)350-4211
e-mail _ soonjinhan@hotmail.com